Heinrich Federer

Berge und Menschen

Roman

Heinrich Federer: Berge und Menschen. Roman

Erstdruck: 1911

Neuausgabe
Herausgegeben von Karl-Maria Guth
Berlin 2016

Umschlaggestaltung von Thomas Schultz-Overhage unter Verwendung
des Bildes: Clarence Gagnon, Zug bei St. Paul, 1922

Gesetzt aus der Minion Pro, 11 pt

Verlag: Henricus - Edition Deutsche Klassik GmbH
Mörchinger Str. 33, 14169 Berlin, info@henricus-verlag.de
Druck: Libri Plureos GmbH, Friedensallee 273, 22763 Hamburg

ISBN 978-3-86199-879-2

Bibliografische Information der Deutschen Nationalbibliothek

Die Deutsche Nationalbibliothek verzeichnet diese Publikation in der
Deutschen Nationalbibliografie; detaillierte bibliografische Daten sind
im Internet über www.dnb.de abrufbar.

1.

Der Ingenieur Emil Manuß schüttelte sich von den Achseln über den ganzen Rücken hinunter. Kein Düftchen vom Krankenzimmer da oben wollte er mitschleppen. Dann blickte er noch einmal von der Straße zum zweiten Fenster des Obergeschosses. Hinter seinen weißen, gefältelten Vorhängen, ganz ans Licht gerückt, lag sein Kollege Bert mit einem müden Gesicht und einer dumpfen Ergebung in den sonst so gescheiten und frohen Augen, wie für immer ins Bett vergraben. Seit Wochen lag er. Nichts tat ihm weh. Nur müd' war er. Seine Frau und die älteste Tochter Maria konnten es nicht begreifen, daß die paar Spuren Eiweiß, über die der Arzt täglich wie über eine beharrliche Bosheit des Kranken schimpfte, so furchtbar viel zu bedeuten hatten.

»Steh' doch auf!« wollte auch der arbeitsfrohe, immer frische Emil fast zornig sagen. »Das Bett ist deine Krankheit, ganz allein das Bett.«

Aber Bert lächelte nur schwach und schloß die Augen vor Müdigkeit. War er etwa nicht zehnmal vom Lager gesprungen? Einmal so grimmig, als müßte der schläfrige Zauber des Bettes vor der Überrumpelung ohne weiteres brechen. Darauf überlegt und voll Ruhe, wie man an eine sichere Sache geht, die nicht mißlingen kann, wenn nur alles sachte, sachte geschieht. Oder er tat es leis, mit verschmitzten Heimlichkeiten, versteckte die Strümpfe unter das Kissen, zog die Unterhosen an und schob sich wieder unter die Decke. – Ich will beileibe nicht aufstehen! – Dann rutschte er aber doch ganz gleichgültig in das erste, das zweite Hosenbein, knöpfte sich verstohlen die Weste zu und schlich wie absichtslos zum Lehnstuhl hinüber. Aber die unsichtbare, unheimliche Krankheit ließ sich auf keine Art übertölpeln. Beim ersten Blick vom Fenster in die Beweglichkeit der Straße hinab schwindelte ihn. Er floh zu den grünen Ulmen des Kirchplatzes hinüber. Aber diese so gelassenen und dunkeln Bäume schienen ihre Finger auf einmal zu verschnörkeln, Fratzenmienen zu schneiden und drohend nach ihm zu häckeln. Bert meinte, vornüber zu sinken. Er fing an zu frieren und sich elend und immer elender zu fühlen, bis er wieder tief ausgestreckt im Bett lag. Und der Arzt sagte unter ärgerlichem Kopfschütteln: »Fünf Promille Eiweiß! Was treiben Sie denn untertags?«

Der arme Tropf! Und er war noch ein so junger Geometer!

Sein schwächliches Reden, das müde Bewegen der Hände und das ewige Nicken zu allem, was Frau Bert für ihn sagte, machte Emil betroffen. Er begann an eine tiefe Krankheit zu glauben und seinen alten Schulkameraden ehrlich zu bedauern. Aber je weiter er vom Krankenhause wegschritt, im gesunden Atem der Straße, um so kräftiger freute er sich über das eigene Wohlsein. Leichter als sonst und selbstgefälliger faßte er seine biegsamen Schritte, und indem er schon die Stirnseite seiner Wohnung erblickte, sagte er zwar noch einmal hastig: »Der arme Tropf!« dann aber fügte er, die Arme dehnend, voll Überzeugung hinzu: »Mir fehlt nichts! zum Teufel, ich bin doch ein gesundes Stück Mensch!«

So oft Manuß seinem Hause nahte, diesem hellgrauen, vielfenstrigen, mit kargen, aber feinen Ornamenten gezierten, soliden Hause und besonders der tiefbraunen Doppeltüre mit dem Scheibengitterchen davor, das zwei Fasanen mit nahen Schnäbeln und stolz gebäumten Schweifen darstellte, das Weibchen und seine Brut; so oft kam es ihm unwillkürlich: das ist eine Witwe, aber eine junge, so hell und doch so gedämpft, so erfahren und doch so froh, so Mädchen und doch schon über die Frau hinaus – ja, eine junge Witwe stellt mein Haus vor.

Das Haus Berts machte dagegen den Eindruck eines Gelehrten mit seiner Massenhaftigkeit und seinem allegorischen Schnickschnack. Und neben Emil hatte Doktor Legamer mit seinen nach dem seligen Theophrastus Paracelsus riechenden Rezepten die Straße besetzt. Urgroßvaterstil! Drüben, vor der Konradikirche, deren zwei helmhaubige Türme über alle diese Häuserseelen wie Prediger herabsahen, wohnten die beiden Pfarrer und Junggesellen in Amtsgebäuden, denen man den Prädikantenrock, das Gesangbuch und das gesalbte, langsame Amen ihrer Stubenherren von weitem ansah. Aber das Manußhaus mit seinem verwilderten Prachtgarten auf der hintern Seite spielte unter diesen steinernen Geschwistern unleugbar die Rolle einer jungen Witwe.

Als Emil vor anderthalb Jahren seine Frau im eigenen Zweispänner ans Portal fuhr, ist ihm, dem gar nicht Einbildnerischen, dieses Gleichnis gekommen. Einmal war Sette selber auch eine junge Witwe mit einem kleinen Minchen an ihrer Seite. Und sie trug eine silbergraue Seide, fast wie das Fasanenweibchen, und hatte hellgraue, frohe Augen und viel lichtbraunes, sozusagen freudiges Haar, das in der Sonne oder in erregten Augenblicken noch zu wachsen schien. Es blähte sich dann auf und blühte vor Feuer. Und von diesem Scheine erglühte dann auch das sonst einfärbig weiße, kleine Gesicht mit dem fast runden, dunkeln

Mund. Kindlich jung war alles an ihr. Doch so rasch diese zierliche Figur ihre Hände und Knie bewegte, gegen den Kopf zu ward es stiller bei ihr. Auch da ertönte eine gewisse Munterkeit des Lebens noch vernehmlich genug. Aber es war doch allerlei dazugekommen, die Krankheit des ersten Mannes, ein Leichenlaken, ein furchtbar schwarzer Sarg und hernach das Alleinsein, von allem das Bänglichste. Wohl hatte sie das schwarzhaarige Minchen bei sich. Aber wenn das Kind »Papa!« rief, kam es erbarmungslos hohl aus den Ecken zurück: Papa! Papa! – So war die Not, ernsthaft zu sein, gar schnell über Sette, die junge Witwe, gefahren.

Wie an jenem Vormittag der Ehe stand wieder Emils Zweispänner vor dem Tor. Ein großer, grauer Koffer wurde vom Hausknecht Michel und dem Kutscher Franz unters Rückleder geschoben. Minchen im Reisemäntelchen warf den Pferden Zucker vor. Alle zehn Sommer seines Lebens strahlten aus seinen großen, schwarzen Augen. Jetzt sah es Emil die Straße heraufkommen und sprang ins Haus hinein.

Ein Schatten flog über das blaßrote, längliche Gesicht des Ingenieurs, verhuschte jedoch sogleich wieder. Er hatte eine erbärmliche Krankheit gesehen, dem Kameraden eine wichtige Arbeit abgenommen, und das war es, warum er die Abreise seiner Frau ins Bad beinahe verpaßt hatte.

Am Portal begegneten ihm Sette und Minchen. In Settens grauen Augen lag ein leiser Vorwurf.

»Wir müssen eilen«, sagte sie rasch und bot Emil die kleine Hand. »Mach' Papa einen Kuß, Minchen, schnell!«

Minchen hob sich auf die Zehen und küßte Emils Wange. »Noch einmal!« bat Emil, den tiefbraunen, weichen Schnurrbart zurückstreichelnd, »noch einen für die Mutter, – hier!« – Er reichte dem Kinde den Mund und erhielt ein zweites, eiliges und etwas frostiges Küßchen.

Aber von Sette wagte er das gleiche nicht zu fordern. Er half ihr in die Kutsche und schloß den Schlag. Dann trafen sich ihre Blicke nochmals, die stahlblauen oder fast stahlgrünen Augen des Mannes und die weichen, grauen dieses Weibchens. Es war, als wollten sie einander noch etwas sagen. Aber sie brachten es nicht über sich. Sette schien ein wenig traurig, Emil ein wenig verlegen, aber beide fest.

»Hüpp!« rief Minchen unzufrieden dem Kutscher Franz zu, und der schwang gleich die Geißel.

»Halt!« gebot Emil zum Bock hinauf. »Du mußt noch wissen, Sette, daß es mit Bert schlimm geht. Ich hab' ihm nun doch die Messungen für die Bergbahn am Absomer abgenommen. Er wollte gerade nur mich haben.«

»Sag' ihm von mir recht gute Besserung!« bat Sette und lehnte sich ins Polster zurück. Sie wünschte einmal den Abschied vorbei. Aber es freute sie doch heimlich, und ganz leise bewegte sich ihr wachsgelbes Haar, als sie sich ihren Mann fern von der Stadt, droben in den Ostalpen, am einsamen Absomer dachte; – gut – sehr gut!

»Hüpp!« wiederholte Minchen fast weinerlich.

»Es ist höchste Zeit, Herr!« brummte Fränzel und sackte die dicke Uhr ein.

»Geht also, geht, los!« machte Emil plötzlich um vieles härter. »Und belustigt euch und schreibt etwa, wann ihr wiederkommt –«

»Ich schicke dir Muscheln, Vater, einen ganzen Hut voll«, schrie Minchen, schon wieder aus den Kirschenaugen lachend. Denn der Wagen fing an zu rollen.

Emil schwenkte nochmals die Hand und ging ruhig ins Haus zurück. Im Büro breitete er die Zeichnungen Berts über den Tisch, stützte sich auf die Ellbogen und überdachte das Werk. Wenn man seinen nach vorn und hinten stolz gewölbten, braun und dicht befiederten Scheitel, die hartgeschlossenen, dünnen Lippen und seine funkelgrünen Augen über dem papierenen Land dräuen sah, mußte man an einen krallenfesten, herrschenden Adler denken.

»Wie anders habe ich mir das gedacht!« sagte Sette für sich im Wagen. »Zum erstenmal in die Ferien gehen und ohne ihn!«

»Ohne Vater?« fragte Minchen leise.

Aber die kleine Frau hörte nichts. Sie erinnerte sich im einförmigen Rollen des Gefährts an den flotten Studenten Miggi, den sie als kleines Närrchen schon bewundert hatte. Sie trugen den gleichen Namen Manuß und waren nahe verwandt. Bei gemeinsamen Vettern und Basen hatten sie sich etwa getroffen. Er war mager, farblos, verschlossen, stolz, aber verschoß Blicke von eisblauem Glanz und mächtigem Eifer. Und auf seiner immer leicht geröteten Stirne lag ein stetes Nachdenken. Sein langes, fast frauenhaft zartes, aber hartes Gesicht schien zu sagen: Alles für mich! alles für mich! – Er kümmerte sich nicht um den Fant. Aber Settchen konnte ihn nicht mit den Blicken loslassen. Damals lernte sie eigentümliche Dinge kennen: schwärmen, rot werden vor zwei Augen, stundenlang an ein einziges Gesicht denken, am hellen Tag träumen und sich, weiß Gott, mit vierzehn Jahren unglücklich fühlen.

Dann hatte sie ihn aus dem Auge verloren, und sogleich kehrte ihre Munterkeit zurück. Freilich war es eine Verstandesehe, in die ihre Eltern sie früh wegen einer lächerlichen halben Million trieben. Aber sie fand sich gar nicht übel hinein, gebar ein überlustiges Minchen und erfüllte die sieben Ehejahre mit einer fast possierlichen Jugendlichkeit. Aber immer in Züchten! Streng war sie erzogen, ehrenfest war ihr älterer Gemahl und Seidenbänderherr, und sie selber ein Wesen so voll von innerem Lachen und wunderlicher Selbstfreude, daß sie gar nicht begriff, wie man über die schönen und sicheren Grenzen des eigenen Paradieses hinaustölpeln könne, so blöd, so dumm, so schlecht!

Die Kutsche rumpelte über die holperig geplättelte Brücke. Der blaue Fluß schimmerte bis in die dunkle Kutsche hinein.

»Wir schauen das Meer, Mutter! – daß es mächtig groß ist, hast du gesagt, gelt ja?« – Minchen faßte die Hand der zurückgelehnten Frau und liebkoste sie.

»Das Meer – ja, das Meer ist sehr groß«, sagte Sette gehorsam und ohne Gedanken.

Nun nach dem schnellen Tod ihres Gatten war das kleine, aber reiche Leben in der seidewebenden Grenzstadt doch gesprengt. Wie aus einem engen, heimischen See fühlte sich Sette in ihrer großen Freiheit nun auf das offene Meer geworfen. Sie fürchtete es wahrlich nicht, ob es auch bald um die beflorte Fregatte lebhaft von allerlei Fahrzeug wimmelte, das sie ins Schlepptau nehmen wollte, zum Beispiel so ein umfängliches Kauffahrteischiff – Sette mußte leise lächeln –

»Was hast du, Mamachen?« forderte Minchen, an den Handschuhen zerrend, »jetzt red' doch einmal!«

– – Weitbauchig, breitsohlig, – »nichts, Minchen, wahrhaftig nichts, laß mich!« – und voll Pfeffer, Zimmet und anderem Gewürz; dann ein gepanzertes Linienschiff, schneidig, rasch, aufgedonnert, aber mit ewigen Kanonensaluts und Kommandos; – dann auch eine Lustjacht – Salut, Monsieur Beaugorge! – elegant, lustig, mit Champagnerkübeln und weißen, breiten Gigerlhüten an Bord! Und alle wollten einhacken. Aber im weitern Bogen sah Sette die kleinern, bald frechern, bald zahmern Segelschiffe und Ruderboote. Sette sah sie alle gehörig an, aber empfand nie ein Gelüsten, mit einem dieser Geleitsfreunde hinauszufahren, wo die fernen, weißblauen Breiten des Ozeans den Wolken zuschwanken. Und doch fühlte sie sonderbar die gleichen, leisen Schwärmereien der Mädchenjahre wieder in die Klugheit ihrer Witwenschaft hineinflüstern.

Es fehlte also doch etwas. Ihr Herz war ein wenig vom Manne und mehr noch vom Kinde warm geworden. Aber geblüht und geglüht wie eine Rose oder Flamme hatte es noch nie. Und sie merkte doch, daß sie's könnte, jetzt noch, nicht mehr im Mai und nicht mehr im Juni, aber doch immer noch im starken, reifen Juli. Innen, in ihrer Seele, fing ein Dürsten an nach dem Unbeschreiblichen, Unbesieglichen, dem Großen, wie das Meer oder die Leidenschaft.

»Ist's denn schön, weit hinauszufahren?« fragte Minchen wieder.

»Wo – was hinausfahren?«

»Ins Meer?«

»Man muß achtgeben, daß die großen Wellen einen nicht bekommen.«

Sie war halb aus Unlust vor diesem Hof von Herren, und halb aus Anhänglichkeit zu ihrem Elternsitz, dem inzwischen vereinsamten Manußhaus der Steinerlinie, in ihre liebe Vaterstadt zurückgekehrt. Wie allen eingeborenen Kindern dünkte sie diese Schweizerstadt gewaltig groß und schön, mit den Vororten noch so naiv wie Dörfer, dem Zentrum wie ein alter Reichsplatz und den neuen Straßen dazwischen, meist mit schrecklich ungeschickten, neuen, jedem Trödel nachgeäfften, aber heillos lustigen Landhäusern hin und her bestellt. Auf den alten Hügeln stehen die Kirchen, tiefgrau, in einer Luft voll Glockenhauch, aber doch feierlich gemütlich, und es wohnen noch eng herum Leute von altem Schnitt und Schnupftabak. Und hier hat die Stadt das Herz, das alteidgenössische Herz. Aber mit dem Scheitel reicht sie an eine waldige Berghöhe, wo es Felschen wie ein Spielzeug der Alpen und einige Ahorne und Eichen gibt. Unten fängt die Stadt mit einer schönen Umarmung den weißblauen See auf und gibt dem ewig neuen Wasser ihren alten Mutternamen. – Dieser See hat ein mildes, großes Gesicht mit einem fernen Streifen schneeig verblauender Berge am südlichen Ende. Der Volksschlag jedoch an seinen Ufern geht weit mehr ins Körnige und Handliche, und seine Maler treffen alles eher als das Feine in Luft und Lichtgeflimmer. Der See entläßt einen breiten Fluß durch die Stadt, vom gleichen Geist und Wasser. Er fließt langsam und mit süßem Gespräch durch das Weichbild hinunter, hält neugierig an jeder Brücke ein bißchen inne, nährt grätenreiche Brachsen, trägt Gondeln und Lastkähne, treibt auch phlegmatisch ein paar Räder und tut sonst noch viel Geduldiges, ist zu allem ein schönes, blankes Spiegelschauen, aber bringt es im übrigen nicht weit. Kaum ein Dutzend Stunden tiefer wird der Wanderbursche von einem viel kräftigeren und freilich auch älteren Bruder ins gemeinsame, nun ins Große langende Auslandsgeschäft genommen oder besser vergewaltigt und hatte nicht einmal den Mut oder das Recht, seinen Namen in die Firma zu retten. Das betrübt die verbohrten Stadtbürger ein wenig. Auch sie fürchten ein solches Los: früher oder später von einem internationalen Fresser verschluckt zu werden.

Sette hörte den Fluß gerne wieder heimlich nachts in die Fenster des nahen Manußhauses rauschen. Ihr ward heimatlich wohl. Sie dürstete immer noch, sogar heftiger, aber so, wie jemand dürstet, wenn er endlich den erlösenden Brunnen nahe rauschen hört. Sie war ohne Sorge. Sie fühlte, daß es jetzt käme, das Große, wie ein Meer, und allen Durst löschte.

Um die gleiche Zeit kehrte Emil Manuß aus dem Kongo heim. Nach vollendeter Hochschule war der verwaiste, reiche, reisefrohe Vetter mit einem Schulkameraden dorthin gefahren und hatte Eisenbahnen für den verflixten König Leopold gebaut. Diesen langbärtigen König mochte Sette gar nicht leiden. Denn ihr seliger Mann war in einem Kongoverein Vizepräsident gewesen, und da hatte sie Entsetzliches vernommen, was die weiße Haut dort unten im Stromgelände der schwarzen Haut zuleide tue. Sie hatte einmal als kleiner Zopf Emil gesehen, wie er hoch zu Roß saß und nicht dem Rappen, dem er gütig den Hals kraute, sondern dem Stallknecht die Gerte über den nackten Arm zwickte. Dazu der fahle Blitz der zwei Augen, die langen Oberzähne in der schmalen Unterlippe nagend und die kleinen schnaubenden Nasenlöcher. Seitdem sah sie immer die Peitsche neben ihm.

»Mutter, guck' mal, dort drüben ist schon der Bahnhof.«

Ohne es zu verstehen, gab Sette dem Kind jetzt einen Kuß auf das Plappermäulchen, fast als müßte sie für das Böse Emils etwas Gutes tun.

Und Minchen verkroch sich ganz in den Reisemantel der Mutter und wollte nicht mehr hervorsehen, bis man hart vor dem Bahnhof wäre. Alles auf einmal wollte es dann sehen. Inzwischen zählte es ungeduldig: Eins – zwei – drei – vier.

Sette aber dachte daran, wie sie ohne das mindeste Herzklopfen mit jenem Emil aus Afrika zum erstenmal wieder zusammenstieß. Es geschah in Erbzwistigkeiten der großen Verwandtschaft, wovon sie beide in gleichem Maße berührt wurden. Fast kalt oder gar mit Übelmögen begegnete sie ihm. Noch sah er schlank, hart, selbstherrlich aus, ohne ein graues Haar auf dem Scheitel oder eine Furche in der Stirne, wie sie sonst aus dem Kongo gebracht werden. Sein Schnäuzchen war etwas dichter und dunkler gebräunt, aber sein dünner Mund noch immer so verschlossen und immer noch gruben sich die langen, gelben Oberzähne recht wölfisch in die Unterlippe. Seine Augen trugen noch die vollen Lichter, eher grüner als blauer. Und immer noch pfiff und sang er grundfalsch. Das ist ein Mensch ohne Musik und Herz und Gewissen, dachte sie.

»Ist's noch immer nicht –?« ruft verstohlen Minchen unter dem Kleid hervor. »Ich zähl' schon dreiundfünfzig, vierundfünfzig –«

»Sei doch ein Hergottsweilchen still, du Zappel du!«

»Ich mein' am Bahnhof? sind wir?«

»Nein, du darfst noch nicht gucken.«

»Fünfundfünfzig, sechsundfünfzig, siebenund –«

Er sah nicht sonderlich nach ihr. Sie aber sah nach und nach nur noch ihn. Nie lärmte er in den vielen Erbzusammenkünften, verlor unter allen allein niemals die Gelassenheit, als spotte er des Geldes und verschmähe alles Kniffige, wozu seine Partei rief. Aber wenn er sprach, war es das Kühlste und Faßlichste von allem. Unter soviel Nullen konnte man ihn unmöglich übersehen, konnte überhaupt nur ihn sehen. Mehrmals, als die Sache sich verzog, vertrat er auch Settens Anteil, damit die Frau sich nicht immer herbemühen müsse. Und eines Tages brachte er dem Bäschen Wittib den erfochtenen Gewinn in einem Häufchen blauer Papiere mit Frau Helvetias gedankenlosestem Gesicht darauf. Er strich ihr mit den wunderhübschen glatten, langen Händen, die einst die Gerte auf den Knecht und sicher die Nilpferdpeitsche oft auf arme Negerrücken hatten sausen lassen, mit den gleichen, unberingten Händen die Banknoten vornehm nachlässig hin und ließ die Quittung unterschreiben. Dann ward er lebhafter, ließ sich das Haus mit dem obern Vestibül, dem breitsimsigen, nußbaumgeschnitzelten Geländer und dem Bildersaal zeigen, die Base immer an der Hand. Sie gingen von einem Porträt zum andern, wandelten unter erloschenen Frauen- und Männerblicken dahin, einander dabei absichtlich oder auch ohne Schuld nicht verstehend, weil sie sehr trocken und er gar herrisch, wenn auch fein höflich tat. Endlich landeten sie am Ursprung ihres Blutes, dem beidseitigen Urgroßvater Johann Sebald Manuß, der das Emilsche wie dieses Steinersche Haus erbaut und den klingend frischen Namen mitsamt den feinen japanischen Seidenspulen über die Stadt verbreitet hat. Dieser Mann war auch mager, länglichen, harten Gesichts, hatte die gleichen glänzend braunen Pinselstriche von Brauen in die Stirne gezogen, und daß ihm auch unter schweren, langen Wimpern hervor ein gewaltiges grünes Licht hervorbrach, das schuf ihr jetzt eine süße zauberische Beängstigung.

Lange sprachen sie nichts. Aber er merkte wohl, wie ihre Hand in der seinen zuckte. Endlich sah er sie an, erforschte langsam ihr Gesicht, schaute sie gleichsam durch und durch und küßte sie zuletzt ruhig einmal, zweimal, dreimal, immer mitten auf die Lippen. Und sie, die flinke und witzige, stand da wie vom Blitz ereilt, hilflos, lautlos, leblos. –

»Ach! –«

»Mutter!« schrie das Kind.

»Bleib, bleib!«

»Du hast gemacht – ach, – ach! – und hier klopft es wie ein Hammer und ist heiß, Mutter, was –«

»Bleib, Minchen, bitte, bleib! 's ist gar nichts.« – Settens Haar zittert freilich und bläht sich, und wie ein Brand fährt es über die Wangen hinauf zur Stirne. Spät war ihr Frühling angebrochen, und späte Frühlinge sind heiß und sturmreich wie Sommer.

Dem Kind ist's bang unterm Schultertuch geworden. Es gräbt sich hervor und sieht mit unverständigem Staunen, wie die Mutter vor seinen Blicken zwei feuchte Augen schließt. Zum Glück hält der Wagen jetzt vor dem brausenden Bahnhof. Gleich sind die zwei in den Wirbel der Reisenden gerissen und haben Mühe, die Furche zu behaupten, die der breitrückige Diener mit dem noch breiteren Koffer durch das verschlungene, widerwillige Volk reißt. Aber gern ringt sich Sette durch. Das erleichtert sie jetzt.

»Frau Manuß, hier, zweite Klasse!« weist Michel, den Finger am Käppischild.

An den Waggons wird es ruhiger. Unter den bäuerlichen Leuten, die aus dem eben angeprusteten Landbähnlein nebenan steigen, erkennt Sette sogleich zwei Bertkinder, nämlich die Stieftochter Marie, ihre zwanzigjährige Freundin und Ferdel, Berts rechtes und echtes Söhnchen – ein kleiner Künstler.

»Wie, ihr seid heut schon weit gewesen?« wundert sich Sette. »Beim Hinsenörech[1] im Sihltal.«

Maria, eine herrliche Gestalt, butterfrisch, mit großen, ruhigen, braunen Augen und einer süßen Ehrlichkeit in der Stimme, schiebt mit ihrer schweren Hand eine grasgrüne Flasche aus dem Täschchen, woran ein Zettel mit häckeliger Schrift klebt. Das ist die Mixtur des berühmten Kräuterdoktors und Wasserschmeckers am Albishorn, Hans Georg Appli, dem so viele verzweifelte Stadtseelen, wenn alle griechischen und lateinischen Sätze der Apotheke ausprobiert sind, noch im letzten Stündchen ihres hoffenden Lebens sich auf Gnad oder Ungnad ergeben. Marias gescheite Augen schauen die Flasche ohne großen Glauben an. Aber das Büblein lacht. Eine so große und so grüne Flasche muß gesund machen.

Der Zugführer pfeift. Einsteigen, einsteigen!

»Ja, Ferdel, das wird wirken« nickt Sette viel gläubiger; »adieu, Liebe, – also Emil hat den Berg, den – den –«

»Absomer?« fragt Maria leuchtend.

»Übernommen. – Eine gute, gute Besserung!« – Sie küßt die hohe Jungfer auf beide Wangen. – »Wir müssen – ich schreib' von Basel, morgen –«

»Und daß du mir die Muscheln schickst, zeitig, ich brauch' sie«, ruft Ferdel zum Waggonfenster empor.

Ernsthaft nickt Minchen dem dicken Spielkameraden zu, der eine Muschelgrotte in Arbeit hat.

»Sonst kannst du dann sehen, wer dir die Grotte macht, ich nicht!«

»Sicher, Ferdel, die größten Muscheln und Schneckenhäuser –«

»Und Krebse und Seeigel – und, und, wart' –«

»Alles, alles!« verspricht mit der Güte eines Gottes Minchen vom langsam rollenden Wagen aus. Sie rundet die Arme dabei. Alles! Das ganze Meer, wenn er will.

»Und wart'!« – Ferdel stampft wütend, weil er's nicht sogleich in so dringlichem Augenblick sagen kann, »– und einen Tintenfisch!«

Er sah, daß die Winkenden da vorne ihn nicht mehr hörten. Aber jetzt fiel ihm alles ein und er mußte es nachschreien, was er nur vom Ozean wußte: »Korallen und Perlmutter –«

1   Hansengeorg … Vielfach ist in den Bergen noch üblich, dem Sohn den väterlichen Taufnamen vorzustellen

»Komm, Ferde!«, sagte Maria und faßte ihn unterm Arm.

»Und Seerosen – und Aale – und Haifische –«

»Ferdel, hör', der Vater wartet auf das Gütterli da. Du mußt es ihm selber geben, daß er sich daraus gesund trinkt, komm! schnell!«

Darauf verschwand das Meer, das nun doch immer gefährlicher geworden wäre. Mit großartigen Wunderdoktormienen zappelte der Bub den großen Schritten Marias voraus zum Bahnhof hinaus.

Sette aber spann den Faden ihrer Träumerei fort.

2.

Seit jenem Auftritt unter den Augen des alten Sebaldus wußte sie, daß Emil Manuß ihr großes Lebensschicksal sei, daß in diesem Manne ihre ganze Zeit bis zum Tode beschlossen würde, zum Glück oder Unglück, einerlei. Wie ein heißer Föhn durchstürmte die verspätete Liebe jetzt ihre kleine, zierliche Person und zerbrach sie fast. Sie müßte nun sterben ohne ihn.

Er erhitzte sich nicht so und hielt sie fest und sicher in der Hand, nicht wie ein trunkener Liebhaber, sondern wie ein rüstiger, kluger Eroberer. Nie hatte sie ihn wahrhaft leidenschaftlich gesehen, und ganz sicher wußte sie nicht, was sie ihm eigentlich bedeute, Kameradin, Dienerin, Sklavin, Hausfrau oder vielleicht doch Geliebte. Aber sie mochte das in ihrer Verliebtheit nicht bedachtsam prüfen. Sie glaubte und er log sie nicht an: nach einem kurzen, mühelosen Jahre wurde sie sein Weib. Ein großes Vermögen kam zu einem noch größeren. Sie richteten sich mit Minchen und Heinz, Emils altem Hauslehrer und Faktotum, sowie dem beiderseitigen alten Gesinde im Manußhaus der Emilerlinie einfach vornehm ein.

Nun aber fing die Ehe an, und da ward Settchens Herz auf einmal wie aus einem durchtanzten Sonntag in den nüchterngrauen Montag geworfen. Sie machten keine Hochzeitsreise, wegen einer dringenden Trasseestudie Emils. Schon am ersten Ehetage arbeitete er wie sonst seine Bürostunden durch, kam keine Minute früher zu Tische. Er ließ sie schalten, wie sie wollte, hemmte sie nirgends und geizte, so mäßig er selber lebte, ihr gegenüber nie. Sie durfte ihre Schränke füllen und ihre Zirkel halten nach Herzenslust. So grob er die Bedienten anfuhr, ihr trat er nie zu nahe, war immer höflich und gerecht. Aber das war das Kalte und Grausame – er tat wie ein längst Verheirateter, so klug, so weise, so nüchtern und so geschäftsmäßig. Er war froh, als die Zeremonien des Trautages vorbei waren und er wieder zwischen den Instrumenten und Projekten seines Büros saß. Das war seine Leidenschaft, messen, rechnen, zählen, Winkel und Kreise zeichnen. Sie merkte, dieser Mensch würde nie eine Frau innig lieben können, er hatte schon eine – die Geometrie!

Jetzt verstand sie ihn. Eine Hausfrau wollte er, eine schmucke, treue, ihm wie ein Hündchen ergebene, eine Angehörige zur Pflege und Ordnung des Hauses, zur Gesellschaft am Tische etwa, eine Gattin zur Gesundheit und Genüge seines Leibes, eine Frau Manuß in den seltenen, nicht zu umgehenden Besuchen. Aber mehr wollte er nicht. Doch sie wollte mehr, viel mehr! Ihr Blut war noch nicht vergoren. Gewaltig trieb noch der Most ihrer Lebensfreude. Doch was tun? Er war und blieb ein fest versiegelter, alter, kühler Wein. Vielleicht gab es auch da noch ein heimliches Feuerchen. Aber sie merkte nichts davon. –

Man fuhr jetzt zur Stadt hinaus. Frau Sette sah, ins graue Polster geduckt, unfroh die letzten Vorstadthäuser entschwinden. Während Minchen unendlich schwatzte und Tausenderlei ahnte, was erst noch Großes kommen würde, unersättlich wie alle Kinder, war es der kleinen, grauseidenen Frau mit dem harten Schweizerkopf gleichgültig, wohin die Fahrt ginge. Einstweilen bis Basel, dachte sie. Aber als das schwarzzopfige Mädchen immer noch Neugier auf Neugier versprudelte, lispelte sie: »O du mein Trost!« und küßte das selige Ding schier neidisch auf die niedrige Stirne. »Daß ich doch auch noch solchen Appetit am Leben hätte!« Der stille, oft unterdrückte Groll gegen den, der ihr diesen heiligen Appetit genommen hatte, stieg ihr wieder wie Übelkeit auf.

Kann man in anderthalb Jahren so überflüssig werden? Ja, überflüssig, das ist das rechte Wort, nicht verliebt, nicht verfeindet, wo man sich nötig wäre, sondern überflüssig. Nie haben sie sich gezankt, nie gehadert. Jeden Abend bekommt sie seinen Kuß, ob er vor oder nach ihr zu Bette geht. Aber was sind das für Küsse? Küsse, die nun einmal im Brauch sind, laue, unbeseelte, die sie anfrösteln. Er küßt, wie er die Kubikwurzel auszieht, genau so ordentlich und kühl. Ganz anders war seine Zärtlichkeit unter dem Bild des Stammvaters Sebald. Oder machte es damals die Kühnheit und Erobererfreude, daß seine Küsse so brannten? War er damals schon so fischblütig? Oder ist sie ihm so rasch zu wenig geworden? Nun ja, er ist gescheit, denkt scharf, weiß unendlich viel, sein Büro gilt Wunder was. Und ich bin nichts Gelehrtes und Weises. Aber ich bin frisch und lustig und geweckt und verdiene, daß er mich so liebt, wie ich ihn. Ich verdien's …

Ihr wunderbar melodisches Haar bläht sich auf und schimmert blond über das weiße Gesichtchen und den kleinen, runden, grollenden Mund.

Er liebt nur sich. Das ist's. Er arbeitet, wie er will, geht, wohin es ihm behagt, und kommt, wann er mag, wir haben nichts Gemeinsames. Er plaudert mir nie von seinen Unternehmungen etwas vor. Kaum weiß ich, wo er eine Linie absteckt. Hat er mir je von Afrika erzählt? von den Palmen? von der Wüste und den Straußen? von Kamelen und schwarzem Volke? Frau Bert sagt mir, daß er unter den Kollegen sehr beredt sein könne, mitunter zu einem Schelmenstück reize und recht harte und schlimme Geschichtlein auskrame. Und gar nicht ohne Sinn fürs Weibliche! mahnte mich die Plaudertasche einmal. Daraufhin habe ich wie ein Falke spioniert, aber nicht eine Fährte bemerkt. Nur Unruhe ist mir von dieser Klatschbase geblieben.

»Du mußt ihn bezaubern, du hübschestes Frauchen«, sagte die Bert. Hundertmal wollte sie ihn bezaubern – Torheiten!

Sette erinnert sicht wie sie einmal den hellen, gelben Rock mit dem feinen Seidenkrepp darüber anzog, an einem Werktag. Das war der Rock, an dem sie ihn zum Ahnensaal geführt hatte. Sie lächelte auf zehn Arten vor dem Spiegel, um zu lernen, wie sie am gewinnendsten aussähe. Sie erfand Gesten wie in einer Schauspielprobe und studierte jeden Satz, wie sie ihn am liebsten färben könne. Ihre Brust ging hoch auf und nieder, als nach diesen Vorbereitungen eines halben Tages Emil ahnungslos die Treppe heraufstieg. Oben stand sie grüßend. »Junges Wittib!« scherzte er mit langweiliger Stimme, bot Minchen eilig den Mund und rief dann heftig: »Flink, ein Glas Wein und etwas Kaltes, aber lauf, Sette, lauf! ich muß auf den Zug.« – Fünf Minuten später war er fort. Sein Pfeifen während des Abendbrotes höhnte sie noch lange im leeren Speisezimmer, und alle Spiegel spotteten ihr gelbes Kleid aus.

»Junges Weibchen!« oder »Junges Wittib!« Mit diesem verfluchten Namen wurde ihr alles Echte gestohlen. Das mußte für liebe Frau und Schatz und Herzkäfer und alle andern Kleinodien gelten, womit ihr erster, zehnmal weniger geliebter Gemahl sie so freigebig geschmückt hatte. Ein einziges solches Wörtlein wäre ihr mehr wert gewesen, als der erste Diamant der Erde.

»Ich sah euch neben dem Büro heute nachmittag vorbeigehen«, sagte Emil einmal Abends, die Zeitung zusammenlegend. »Ein Schreiber flüsterte zum andern, wer das wäre, so elegant das Kleine und das Große! Ich wußte es beinahe selber nicht, so fremd ginget ihr am Fenster vorbei. Wie die zusammen gehören, ein Kitt! dachte ich. Ich blieb gern im Büro. Gar nicht gepaßt hätte ich zu euch.«

Das sagte er in aller Unschuld und ahnte nicht, wie wahrhaft und wie häßlich er sich zeichnete.

»Warum nicht gepaßt?« – Sette wartete mit halboffenen Lippen.

»Ihr seid ein Paar, das man nicht zerstören darf, wo ein drittes zuviel wäre.«

»Ich verstehe das nicht, Emil!« widersprach sie erregt.

»Dann ist's ja auch gleich. Ich passe sicher zu keiner Frau!« – Er öffnete das Blatt wieder und las unbekümmert weiter.

Was hieß das? Sie marterte sich den Kopf fast wund daran. Endlich schien ihr etwas licht zu werden. Sie sollte mehr gute Mutter als verliebte oder grollende Frau sein, das war's. Darin hatte sie gefehlt. Denn wohl wenig war sie Mutter gewesen in den letzten Jahren, diesen Trabantenjahren um die stolze Sonne Emil. Minchen war ihr mehr ein bequemes, liebes Begleitstück in ihren Pröbeleien gegen Emil gewesen. Schon fing das Kind an, sich eine solche Mutter entbehrlich zu machen und mehr auf die gute Maria Bert zu hören. Nein, dieses liebe Wesen sollte ihr nicht auch noch entschlüpfen. Wie ein Vögelchen, das schon beide Schwingen zum Ausfliegen lüpft, aber das man gerade im letzten Augenblick noch am Schwänzchen fassen kann, so nahm sie Minchen und zog es in den Käfig ihrer Mütterlichkeit zurück. Mit ihrem ganzen, unvergeudeten Herzen übergoß sie das Töchterchen und gewann es noch rechtzeitig zurück. Zuerst war auch noch einiges Falsche dabei. Sie hoffte Emil eifersüchtig zu machen. Dies war ihr letzter Selbstbetrug und nun gehörte ihr Herz ganz dem Kinde. Sie wurde von da an um ein Geringes glücklicher, in ihrer Lage jedenfalls sicherer und selbständiger.

Um sich noch mehr zu härten, stellte sie sich seitdem oft alle Schwächen und Kleinlichkeiten Emils vor, denn solche hatte auch dieser Gott. Seine Liebe zum Kaffee, die fast ins Tantenhafte ausartete, sein schweres Aufstehen am Morgen, als wäre er noch ein unerwachsener Junge, seine ewigen kleinen Halsleiden, seine immer belegte Stimme, das langsame, gekerbte Sprechen, als wäre er ein Alter, seine langen, gelben Oberzähne, sein langes, bläßlich rotes Gesicht, seine erregte, hastige Art, den Dienern zu befehlen, seine groben Flüche – einiges davon dünkte Setten nach und nach geradezu lächerlich, einiges überaus unschön. Aber an das Gesicht als Ganzes, dieses stolze, harte, und vor allem an die Augen, durfte sie nicht geraten, die hatten jetzt noch Gewalt über sie.

Von all dem hatte Emil sehr wenig gemerkt. Er hielt sie für glücklich, da sie ja seine Frau sein durfte und da sie nie klagte. Erst ihr Gleichgültigwerden berührte ihn ein wenig. Sie grollte also doch ein bißchen, weil er kein Frauenknecht wie Bert war. Nun, nun, das wird schon vorübergehen. Ein bißchen gezwungen oder befangen war es vielleicht neben ihr, wenn sie gar nichts redete, als was man gerade muß. Allein das konnte er nicht ändern und tat ihm ja auch gar nicht weh. Daß ihr leidenschaftliches und entschiedenes Herz allmählich anfinge, die Liebe in Haß umzuwechseln, das ahnte er schon gar nicht. Sie selber verneinte es sich ängstlich Tag für Tag. Aber es kam, es kam sicher, zur stillen Dulderin hatte sie kein Talent.

Ihre Gesundheit litt sehr unter dem allen und Doktor Alberti riet ihr, wie allen seinen reichen und bleichen Patienten, um diese Zeit ein Nordseebad an. Selbstverständlich, sagte Emil. Fast dünkte sie, er freue sich auf diese erste Abwesenheit seiner Frau. Auch sie betrieb es nun eilig. Nur einmal ein wenig aus diesem Hause weg! – Vielleicht nützt das beiden, nähert sie wieder oder schneidet sie endgültig voneinander.

Je lauter Minchen an ihrer Seite indessen vom Meere redete, Unglaubliches, Unerhörtes, gleich auf der Stelle Erfundenes, desto mehr fing nun doch auch Sette an, sich mit der Ferie zu beschäftigen und eine farbige Vorstellung von so einem Meerbad, seiner graugrünen Woge und seinem als leichtherzig gescholtenen Indentagleben zu machen. Sie hoffte auf vielen starken Wind. Der kam ihr recht. Kein Lüftchen war gegangen in dem dicken, wohlvergitterten Manußhaus. Aber an die Sandstufen der Badestadt hinauf wird die Brise weißgemähnte Wellen wälzen, Ungeheuer, die zischen und brüllen, und sie wird Segelschiffe durch die See jagen und Dampfer auf die Seite neigen und ihre Maste brechen und den Frauen die Hüte und Schleier abreißen und gleichsam mit einem Dutzend stürmischer Besen die alten, warm verhockten Siebensachen des Herzens hinausfegen – wie Gerümpel. Es tut weh, aber sie will lachen, wenn's nur geschieht.

Im gleichen Wagen sitzen einige ausländische Reisende. Jeden Augenblick staunen sie mit Oh! und Ah! in Settens Vaterland hinaus. Und es ist schön! Man fährt talab, den Ebenen zu. Aber so ist's einmal hier, immer an einem Fluß, der noch frische Lieder von der Schneewiege und noch lange kein müdes Abendlied vom holländischen Sandbett singt. Und es ist wirkliches Gebirgswasser, so klar, blau und kalt, als wären darin eben noch die letzten Gletscherstücke zerschmolzen.

Und man sieht, wo größere Äcker sind, immer die gleichen Leute langsam und wortarm hindurchgehen, ein steinschädeliges, grob und langgesichtiges Volk, mit schweren Füßen und breiten Händen, aber hagern, lenksamen Leibern. Und immer sitzt eine besorgte, wenig genügsame, rechnerische Miene in der zerfurchten Stirne, aber auch etwas Schalkhaftes und Heimeliges spielt mit. Schweizer, alles Schweizer, und in alle Ewigkeit nicht zu verwechseln mit irgendeinem nahen und gleichzüngigen Stamme.

Wo eine Stadt kommt, sind die Leute etwas geschickter im Bau, weicher im Gang und sehen minder vereinsamt aus. Doch die gleiche, langsame, tiefe Melodie der Sprache, der gleiche kerbige Schnitt des Kopfes, die gleiche kluge und wohl auch pfiffige Vierschrötigkeit, stille zu stehen und auf den Profit des Tages zu horchen. Und überall Derbheit, im Gehorchen der Knechte drüben am Hügel, im Kommando des Obersten dort an der Kaserne, im Wink des Fabrikherrn auf dem Aarauer Perron nach dem abfahrenden Makler, im Scherz der Jungen, die sich vor den Barrieren abprügeln. Aber alles geht so ernsthaft, klar, solid und fast feierlich zu. O Schweiz, liebe, herrliche, herzverschlossene, menschenwunderliche Schweiz, was bist du für ein spaßig liebes, würdiges Ländchen! –

Die Hügel verebneten sich. In der Ferne sah man die Ränfte einer tiefen buschigen Schlucht wie einen Erdspalt auf gähnen. Sicher rollt dort schon der grüne Grenzstrom, der noch schweizerische, noch ungezähmte, noch demokratische Rhein! Aber viele Reisende blickten jetzt gegen Süden, wo nach dem roten Reisefexen Baedecker die Berge sich nochmals gehorsamst vorstellen sollten.

Sette, die vornehme Bürgersfrau einer alten, schweizerischen Stadtfamilie, fühlte sich in der Gesellschaft dieser deutschen und welschen Herrschaften plötzlich wieder frischer. Das war ihre Schweiz, von der da alles sprach und so sprach, als gehöre sie wie ein Weidplatz den spazierenden Touristen. Und das Kind neben ihr war auch ein echtes

Schweizerchen und sollte es bleiben, auch am Meer unten. Und – sonderbar wohl tat ihr der Gedanke – das hatte sie doch noch mit ihrem Gatten gemein, den guten Tropfen Manussenblut, alten, bewährten Schweizersaft. Die Leiden der Liebe sind sicher in allen Völkern die gleichen, dachte sie. Wer weiß, was diese Herrschaften aus Dresden und London unter ihren vornehm langweiligen Masken schon duldeten. Allen tut es gleich weh, das Entbehren, und allen gleich wohl, das Geküßtwerden. Aber es verhalten und hart verschließen nach außen wie wir, und es in sich töten, das Jubeln oder Stöhnen, nein, das ist unsere Art, dachte sie stolz, ihr steinig hartes Köpflein mit der blonden Haarkrone aufhebend. Und hier soll mir niemand ansehen, was ich bin, Frau oder Wittib oder gar Minchens große mitreisende Schwester.

»Hier soll Gottfried Keller geboren sein«, näselte ein Hamburger und wies in ein von einem Bach zerrauftes, schmales, baumerfülltes, grenzenlos heimeliges Einsamkeitsplätzchen in der Taltiefe. »Wie ist es denn eigentlich?«

Die gefragte Frau, eine Doktorsgattin aus Schaffhausen mit ihrem Sohn, einem stulpnasigen Gymnasiasten, antwortete sehr ruhig und sehr stolz: »Das weiß ich nicht, wo der Gottfried Keller geboren worden ist.«

Grenzenloses Staunen. »Das weiß sie nicht«, lispeln die Hamburger verblüfft und mitleidig zueinander.

»C'est très fort«, krähte eine Gallierin.

Aber der Doktorssohn, der Blaumützler mit der frechen Nase und der schwellenden Oberlippe, fing an zu pfeifen: »O mein Heimatland, o, mein Vaterland –«

Und gleich sang das süße, überhohe Stimmchen Minchens mit: »Wie so innig, feurig lieb’ ich dich!«

Gnädig nickte der Student, worauf Minchen noch einen halben Ton höher sang.

Plötzlich brachen sie ab.

Denn da geschah, wie es die krause und eigenmächtige, aber sinnvolle Laune unseres Landes so haben will, daß, wenn man ein, zwei Stündchen, sei’s nach Nord oder West, von der Stadt weg ins Flache fährt, nun an dieser Talecke, nun am Flußknie dort, jetzt ein drittes Mal gar am Saume der Heimat zwischen Kartoffelfeldern und Kleegütern, wo einem schon ein Geschmäcklein vom Ausland auf die Zunge kommt, daß einen da auf einmal das weiße Bild der Alpen aus unerklärlichen

Fernen grüßt. So tauchte jetzt, gerade über der donnernden Rheinbrücke, weit hinten im Süd und Ost wie eine gütige Altvätererscheinung diese Kette weißgehörnter oder silberkuppeliger, bunt aneinander gewachsener Schneegebirge auf, milden Gesichts, mit erhabenen Stirnen und einem überirdischen, aus den obersten, blauen Himmeln empfangenen Glanz. Sie standen feierlich da und schienen zu sagen: Vergiß nicht, Schweizerkind, daß du Stein von unserem Stein und Firn von unserem Firn und Stolz von unserem Stolz bist! Ade! –

Dann tauchten sie unter, wie verschluckt von der Gier der unersättlich großen, sich dehnenden Ebene. Aber die kleine, grauseidene Frau mit den dicken Schweizerzöpfen ließ sie nicht aus dem Auge, bis der letzte Zinken verglomm. Dann blickte sie mutig ins fremde Land, an dessen Saum man jetzt fuhr. Der Knabe und das Dirnlein aber summten wieder weiter:

> »Lasse strahlen deinen schönsten Stern
> Nieder auf mein liebes Heimatland!«

Heimat, Emil, Schneeberge, Liebe, alles floß in diesen Versen für die Reisende in einen schmerzlich süßen Sang zusammen. Sie fühlte sich besser. Kam das von den Bergen, den gesunden, starken Bergen? Emil zieht ja dort hinauf. Meinetwegen, meinetwegen!

Vielleicht machen sie ihn besser, vielleicht.

Meinetwegen! wehrt sich ihr Stolz nochmals.

Vielleicht doch, o ihr Berge, vielleicht doch!

Und dieses Vielleicht schwebte wie ein sanfter, gern geduldeter Widerspruch über ihren kleinen, böse aufgeworfenen, blutdunkeln Lippen und über ihren tapfern grauen Augen und löste nach und nach das Streitbare und Harte in ihrem Gesichtlein auf, bis sie sich endlich über das schläfrig gewordene Minchen bog, es auf den glitzerig schwarzen Scheitel küßte und zu ihm und halb auch zu dem kecken Schaffhauser Knaben sagte: »Singt das doch noch einmal, wisset, – wie doch, ei, – Thronenglanz ob – deinem Berg vergaß –?«

Die zwei lachten unverschämt ob der wirren Vertrödelung so heiliger Verse und wiederholten dann, da auch sie, wie alle Schweizer, nur die erste Strophe genau wußten, die alten wunderbaren Worte:

»Schönste Ros', ob jede mir verblich,
Duftest noch an meinem öden Strand!
Mein Heimatland, mein Schweizerland,
    mein Vaterland.«

3.

Bert sah immer auf die grüne Flasche und lächelte. Der erste Schluck
hatte ihn schon gesünder gemacht. Es steckte der Geist tiefer, scharfer
Alpenwurzeln darin und das machte so leicht und hell. Freilich schien
ihm, er höre auch besser, vor allem das viele, überflüssige Geplapper
seiner plauderseligen Frau. Die fünf Töchterchen schwatzten geradeso,
nur mit weichem Kinderstimmen. Es ging wie in einem Spatzennest
durch das vielzimmerige Haus. Nur Maria, die Stieftochter, war
schweigsam. Nach dem Gezwitscher der Frieda, Lene, Emma, Lieschen
und Babettli kam wieder eine große Stille: Ferdel Bert! Auch er war ein
Schweiger die längste Zeit. Nur wenn's einmal an der Stunde war, etwas
zu erzwingen oder hinauszupredigen, dann überredete und überschrie
er alle fünf Mädchenschnäbel.

Aber das Gelärm dämpfte sich vor Berts Kammer. Aus dem Gebrüll
ward ein Geflüster, und die mörderischen Klappschuhe verwandelten
sich in sohlenweiche Katzenschrittchen. Dazu freilich ein Dutzend unnötiger Pst! der Mutter.

Bert, der lange Mann im langen Bett, strich zufrieden die mager
Bartsträhnen über die Decke und freute sich dieser Zimmerruhe. Immer
wieder erinnerte ihn Hinsenörechs Mixtur an die Alpen. Der alte Salber
war gewiß weit oben gewesen, wo die Bäume aufhören und die Felsen
anfangen und die Schneekämme mitsamt der blauen Himmelsdachung
fast von der Hand zu greifen sind. Dort verliert sich auch sachte, sachte
der verdammte Menschenlärm wie vor einer Schlafstube. Er dringt noch
in ein Bergtal hinauf, ja, mit einer Bahn oder einem Kraftwerk oder
einem vermaledeiten Luftkurort. Ja, er stänkert sogar in die höhern
Nebentäler hinauf. Denn der Kulturfex ist frech. Aber dann kommt eine
Felswand oder eine Schlucht oder ein kitzliges Gerölle, und daran stirbt
der Lärm der Welt. Darob wird es nun herrlich still bei den wenigen
Blumen und Vögeln und den wunderbar eintönigen Bächen, deren
Musik einem doch nie verleidet. Die nahen Felsen stehen still seit

Zeitanfang. Nur die Sonne und die Wolken in ihrer himmlischen Lautlosigkeit bewegen sich immer ein wenig. Man sähe es ihnen freilich kaum an. Aber die blaugrauen Schatten am Berg, die stets ein wenig rücken und die Beleuchtung der Gegend ändern, die verraten sie. Doch das hat Bert nie gestört.

Unhörbar geht die Türe. Mutter, Lene und Ferdel gucken durch den Spalt.

»Schaut, schaut, der Vater lächelt! Laßt ihn, 's tut ihm gut, zu lächeln.«

Lenchen wirft von ihrem kirschbesudelten Mund eine Kußhand herein. Ferdel nickt nur ernsthaft. Die Flasche hat er ja gebracht. Und in der Flasche hat das Lächeln gesteckt. Das werdet ihr nun oft sehen!

Vater tut, als höre er nichts. Sowie er sich allein weiß, steht er schon wieder am Absomerstock, mißt ab und schreitet die Linien entlang und schüttelt den Kopf. Diese Steine, wie Berge auf Bergen, diese Schlünde, diese lebendigen Schuttfelder der Weigete, diese unhemmbaren Schneeströme – das ist prachtvoll und schreckhaft. Nein, hier gibt's keine Bergbahn. Sein Lächeln nimmt zu. Er will ihr den Berg schon zuriegeln.

Die Aktionäre haben ihn freilich fürs Gegenteil bestellt. Er soll verkünden, die Linie lasse sich bequem ausführen, und die fünf veranschlagten Millionen reichen völlig. Für dieses Zeugnis zahlen sie ihn eigentlich, das weiß er gut genug. Nicht für das mühevolle und studienreiche Finden der besten Projektlinie durch alle Schauer dieser grauen Felsenpaläste hinauf. Das ist Nebensache. Wenn sich nur ein Weg zum berühmten Gipfel für den rußigen Teufel von Lokomotive bauen läßt. Wenn nur Volk und Rat glauben, fünf Millionen reichen. Dann kommt das Amen der Bundesväter in Bern, und der Berg ist besiegt, und alles weitere, wie vermehrte Aktien und doppelte Gelder, wird sich schon finden. Denn diese Bergbahn wird zehn und zwanzig Prozente abwerfen.

Man schaue doch den Absomer an! Hat er nicht alles, was so ein flotter Kerl von Berg Anziehendes haben kann? Eine tödliche Steilheit über Haupt und Achseln herunter, eine großartige Miene, freien Blick ringsum und erst in respektvollen Abständen Brüder und Schwestern, die alle an ihm heraufschauen müssen. Alle großen Alpenketten von Süd und Ost sieht man von seinem Scheitel wie vor dem Fenster. Vom Ortler bis zum Montblanc! Und durch ein anderes Fenster blickt man gen Nord und West in die flachen, ausländischen Reiche. Aber vom Bergfuß aus gehen nach allen Seiten grüne Hügel und bilderreiche Täler in die Weite, und Dörfer und hurtige Flüsse und blaue Waldrücken wechseln bunt. Ziemlich nahe der auslaufenden Absomerkette liegen zwei bedeutende, sportlustige Städte mit einem dröhnenden, internationalen Bahngleise, und nicht viel weiter dehnt sich der gewaltige Fünfländersee aus, der jeden Sonntag dreißig Dampfer voll Touristen nach unseren Bergen trägt. Und auf allen dreißig Dampfern sieht man durch den schweizerischen Alpennebel in seinem Schneekragen den Absomer wie eine erlauchte Macht hervorragen. Und die Zofen und Mamas sagen dann ihren Pumphosenkindern auf dem Verdeck feierlich: »Na, Jungens, das ist der Absomerstock, der noch nie erstiegen worden ist.«

»Der Kohli soll diesen Stock sicher nicht erklimmen«, schwor Bert. Sonst feierte er ein Fest, wenn zum erstenmal die Bahn auf den metallenen Pfaden, die er ihr gefunden und gewiesen, durchs beflaggte Land rollte. Seine Bahn, seine Straße! Alle sollten ihm danken, die darauf fahren! Jahrhunderte wandeln nun da sozusagen auf seinen Sohlen.

Aber immer hatte Bert die Berge geliebt, schon als Student. Ganze Ferien war er mit Emil in den Alpen von Kette zu Kette gewandert, von Gipfel zu Gipfel. Mehrmals hatte er armen Bergländchen in die Verschupftheit ihrer Winkel hinauf Bahnen errichtet, daß doch auch dahin Leben, Licht und Handel käme. Aber auf den Absomer, das war etwas anderes! Das war reines Börsengeschäft und reines Bergfexentum. Das war Unruhe in einen großartigen Naturfrieden, Alltagsschmutz in einen keuschen Sonntag geschmissen. Das Volk um den Berg brauchte die Bahn nicht und wollte sie in seiner gesunden Mehrheit nicht. Also keine!

Nicht auf einmal war er so geworden. Die ersten Tage dachte er an nichts anderes, als wie er das Ziel möglichst leicht und billig erreiche. Aber je vertrauter er sich zum Volk und Berg nach und nach stellte, um so klarer wurde ihm, daß seine Arbeit Sünde sei. Es war ein Betrug zu glauben, mit fünf Millionen baue man die Strecke. Noch betrüglicher war die Rede, das Volk habe davon Vorteil. Ja, den Rauch der Lokomotiven und das Gekreisch der Fremden und zwei, drei Hotels, von deren Schwelle ein hochnäsiger Oberkellner einfache Schweizerleute von ungebügelten Hosen und manschettenlosen Ärmeln gebieterisch abweist und höchstens in die barackenhafte Dienerstube drüben in der Dependance begnadigt. Nur ein paar Herren haben die Wolle davon, der Ernst Broller vor allem in Absom.

Immer inniger verbrüderte sich Bert mit Volk und Berg. Seine Arbeit gefiel ihm je länger, je weniger. Er frohlockte bei jeder Hemmung der Linie, die neue Hunderttausende verschlingen würde. Jedem wilden Alpbach, der Talent zur Verwüstung zeigte, und jeder Lawinenhalde dankte er herzlich. Als ihm der Geolog des Berges, der übrigens seinen Befund flüchtig und dem Besteller zu Willen verfaßt hatte, einmal im Vertrauen erklärte, es sei doch eigentümlich, wie in diesen Gebirgen hartes Gestein mit kilometerweiten Strecken eines verbröckelten, verfaulten Bodens wechsle, so daß man den Berg bald martern, bald streicheln müsse, um ihn zu bezwingen, und daß das Martern viel, aber das Streicheln noch viel mehr kosten werde: da entfuhr Bert ein wahrer Freudenschrei.

Doch, er hatte sich für die Arbeit verpflichtet und wollte sie richtig und gewissenhaft fertig bringen. Unmöglichkeiten wollte er nicht vorlügen, aber die Kosten hoch genug schreiben. Freilich, der Broller war ein Kraftmensch, der vor dem Doppelten und Dreifachen vielleicht nicht zurückschreckte. Daher nährte Bert gern noch die leise Hoffnung, beim weiteren Messen und Abstecken der Linie, besonders einmal oberhalb der Absomeralp, wo die Felspartie beginnt, würden sich doch noch Unmöglichkeiten herausstellen. Er rechnete da vorab auf Ende Juni, wenn der meiste Schnee weg ist, die Sommergüsse kommen und man das bewegliche Terrain der Schuttbänder dann genau beobachten kann.

Da er nun einmal die Rettung des Berges fest im Sinne hatte, betrachtete er ihn nach und nach immer mehr als sein Eigentum und liebte ihn, wie man ein besonders teures Kind oder eine reine Braut liebt. Er hätte nie gedacht, daß man einen Berg so tief menschlich lieben könne. Im Herbst hatte er die Arbeiten übernommen. Schon im April, da noch überall hoch Schnee hier oben lag, wohnte er wieder in Absomdorf und ging mit dem schneeschmelzenden Mai langsam den Berg hinauf, zuerst an den Hügeln, dann durch die Waldungen bis zum Alpdörflein Miezeler, dann von da gegen die Hochalp Absom. Der Poet erwachte in ihm dabei, der Naturnarr, den er sonst bei Ingenieurwerken der Ebene gemächlich einschlafen ließ. Die Frau mußte ihm zwei und zwei von seinen Rangen heraufsenden, und Emma und Ferdel glaubten, einen andern Vater wiederzufinden, einen Vater, der so munter wie sie hüpfte und pfiff und kletterte und die Halden hinabkollerte und Dinge anstiftete, die er ihnen zu Hause schwer verübelt hätte.

Aber immer kamen die Jungen mit Schnupfen und Husten heim. Denn Papa ließ sie in den Bächen waten, halbnackt in Wind und Sonne tanzen und nächtelang in luftdurchlöcherten Heuschobern auf prickelnden Halmen schlafen. Und sie erzählten, daß auch Papa immer huste und eiskaltes Wasser dazu trinke. Zuletzt sperrte sich Frau Bert dagegen, ein weiteres Kind in diese ungesunde Wildnis hinaufzugeben. Ihr Mann fügte sich, lachte aber über die unverständigen Leute, die nicht begreifen wollen, daß man von der Stadt herauf ungesund daherkommt, und daß nun der rauhe Berg säubert und reinigt und einen da freilich etwas derb in seine Kur nimmt.

Unterweilen ward ihm der Absomer so teuer, daß er oft tief in der Nacht an ihm herumkletterte, zu Stunden, wo sonst niemand an den Berg dachte, wo er ihn sozusagen allein besaß. Er lernte ihn zu jeder Nachtzeit kennen, im mitternächtigen Volldunkel, beim Erbleichen der größten Sterne, unter der dünnen Mondsichel, bei flatternden Wolken, bei samtweichem Himmel, halb in Nebeln und dann wieder glorreich vom vollen Mond beschienen. Immer war er ein anderer an Majestät und Ausdruck, und immer doch der liebe, treue Absomer. Bert begriff jetzt den Maler Albert Gos von Genf, dessen Ausstellung von dreißig Matterhornschilderungen er voriges Jahr gesehen hatte. Der konnte sich auch nie ausmalen und ausleben an seinem Berg. Wenn Bert nur malen oder dichten oder musizieren könnte! Sapristi, was gäbe das für Werke! Das vergantete und vertrampelte Matterhorn! Ah bah – aber so ein noch freier, unberührter, unverlästerter Berg wie der Absomer, das ist was anderes!

Er hatte einen Hilfsburschen vom Ratsherrn und Alpenwirt Üli gedungen, Mang, und der verstand ihn, wenn er auch kühler blieb. Er war eben noch ein Bub. Aber mit dem konnte man über alles reden. Auch die andern Bergleute bestärkten Bert in seiner Liebe. Sie waren meist ganz unpoetisch. Doch von den Gipfeln und Wildhöhen sprachen die rohen Kerle immer mit Respekt. Das war eingeboren.

So schlief er oft in den Höhlen, kroch tagelang durch die Felsstollen, lag im Schnee, sammelte grüne Feldspatkristalle für Ferdel, Edelweiß an luftigen Steinnasen für Maria, dieses große Edelweiß seines Hauses; schwitzte, verkühlte sich an den zweiunddreißig Quellen, die er schon entdeckt, zeichnete den Grundriß über Miezeler zur Alpe hinauf, ward aber blässer, magerer, hatte hie und da Schwindelanfälle, hustete wie ein Spitäler, schlief nicht mehr gut, fieberte und wurde, sowie ihn der

Absomer Arzt ein bißchen untersucht hatte, Kopf über Hals als schwer an den Nieren und vielleicht auch an den Lungen erkrankt heim in die Familie spediert. Es war Ende Mai, gerade zur Zeit, wo er sehnsüchtig und sicher auf die großen Unmöglichkeiten der Bahn wartete.

An das alles dachte Bert jetzt im Bette. Er redete mit dem Berg. Es wunderte ihn, ob es denn wirklich schon erst Juni wäre.

Der Berg nickte: Ja, heißer, erster Juni, aber bei mir oben ist's kühl.

»Du hast mich aber recht müd gemacht«, fuhr Bert lächelnd fort. Er konnte sich prächtig mit dem Absomer unterhalten.

Der Berg nickte wieder, aber nicht wie ein Schuldiger. Und eigentlich glaubte auch Bert nicht, daß das kalte Wasser und der Wind und Schweiß und Schnee dort oben ihn krank gemacht hätten. Er war eben auch schon zu schwach für die Berge. Er hielt ihre Kraft nicht aus.

»Aber schön ist's doch gewesen bei dir!« fügte Bert dankbar bei.

»Selbstverständlich!« schien der Berg zu sagen. Und er lachte ihn unwiderstehlich in den grünen, grauen und weißen Farben seiner Staatsfigur an.

»Werd' ich wieder zu dir kommen?« seufzte Bert leise. »Hm, ich habe Heimweh, mußt du wissen.«

Jetzt sagte der Berg nichts. Er tat, als besänne er sich.

»Nun ja, das wird sich schon zeigen. Die Hauptsache ist, daß dir niemand wehtut.«

Der Absomer lächelte. Er schien zu danken.

»Dem Manuß werd' ich es noch eigens ans Herz legen. Er ist frech, aber er wird Respekt haben.«

Der Berg machte eine Miene, die sagen wollte: »Laß ihn nur heran! Ich fürchte keinen!«

»Hab' keine Angst. Er tut dir sicher nichts. Er nimmt's noch genauer als ich mit der Strecke und schont die Kosten noch viel weniger. Der Solide heißt er ja.«

»Er redet wieder einmal laut mit sich selber und hält die Augen dabei zu«, sagte die große, etwas plumpe, runzellose Frau Felizitas Bert nun unter der Türe und ließ Emil ganz ins Zimmer. »Er ist sicher wach. Rufen Sie ihn nur beim Namen!« Sie wollte das alles flüstern, aber ihr großer, lachender Mund, den sie auch allen ihren Kindern geschenkt hatte, konnte nicht flüstern.

Emil trat leise ans Bett und rief: »Bert!«

Bert blieb unbeweglich tief in seinen Träumen haften.

»Emil ist hier, er kann's dir selber sagen!« lispelte er zum Berg.

Frau Felizitas mußte drollig lachen und schob sich rasch hinaus. Sie wollte die Männer beim Geschäft nicht stören.

»Nein, Bert«, sagte Emil betreten und nahm den Kameraden am Arm, »du mußt jetzt aufpassen.«

»Ich passe gut auf«, versetzte Bert zum Berg, der ihn vor Emil zu warnen schien, »fürchte nichts, du bleibst mein bester Freund!«

»Das hoff' ich«, bemerkte Manuß, »und darum nehm' ich dir die Linie ab, da doch die Aktionäre so pressieren. Einem andern tät' ich's nicht zulieb. Übermorgen reis' ich hin.«

»Gut, gut«, spann Bert fort, »es geht flink vorwärts an meinem Faden. Jetzt die Absomeralp, dann die Kräglihalde, die Weigete, der Kürdligrat, und wir sind am Haupt.«

Emil hatte mit Bert gestern alles besprochen und sich auch auf dem Papier schon ordentlich in die Sache studiert. Er wollte nur noch einiges Nebensächliche wegen Kost und Logis fragen. Aber er sah, heute war mit Bert nichts zu machen. Er wollte gehen. Da schlug der Patient endlich die müden Augen auf, erkannte ihn und bat, noch ein Weilchen zu bleiben.

»Sind wir nicht als meisterlose Bälge schon dort am Absomer herumgekrochen?« sagte er mit gemütlichem Tone, »so im dritten, vierten Semester? Im großen Bergtourenjahr? Mir wackelt es im Kopf von allen Bergen, denk' ich dran. So viele waren's, so unmöglich viele!«

In der Tat, dort herum mochten sie beide gewesen sein. Emil erinnerte sich daran, wie an einen großen Rausch. Das erste Examen war flott bestanden, prachtvolle Sommerferien, lustige Kameraden, Geld zum Prassen, man tanzte überall, trank überall viel schweren Wein, war nie recht bei Sinnen. Er schämte sich hernach lange Zeit über dieses seiner Natur so widrige, unnüchterne Leben und dachte nicht gern daran zurück. Namen, Berge, Gegenden hatte er längst vergessen.

»Du wirst dich wieder erinnern, Miggi«, sagte Bert, in sich hinein sinnend. »Du wirst dich wieder an manches dort erinnern«.

»Mag sein«, gab Emil trocken zurück. Er wollte das gar nicht.

»Nimm's genau, Freund, der Berg verdient's! – und das Komitee erst recht«, lachte Bert hinzu.

»Du kennst mich hoffentlich«, erwiderte Emil.

»Und tu ihm zulieb, was du kannst!«

Nun stutzte Emil. Dem Berg? Dem Komitee? Doch, das ging ja zusammen.

»Und du wirst sehen, es macht dich besser. So ein Berg reinigt. Ich fühle mich viel reiner jetzt. 's ist Kirchentum dort, aber menschenloses, unendliches, göttliches. Nicht lachen, du, du! – Ja, Absomer, grad sag' ich's ihm.«

Berts Wangen brannten dunkelrot. Diese Alpenmedizin griff wohl stark an.

Emil verstand nichts mehr. Das war hitziges Fieber. Er lief zur Türe und rief: »Kommen Sie herein, Frau Bert! – Frau Felizitas! – Die grüne Flasche da wirkt nicht gut, Frau Bert, sie macht ihn ja ganz wirr.«

Die Gattin beugte sich über den Kranken und fragte mit ihrer großen frohen Stimme: »Wie ist dir denn, Schatz?«

»O gut, lieb, rein, – es ist prächtig hier oben. Aber der Wind geht. Huium! Da haltet euch nur fest!« Er kicherte und griff nach den Bettpfosten.

Die große, starke Frau hob ihren Patienten ein wenig im Kissen und sagte: »Emil will dir Adieu sagen!« – Sie wünschte ein Ende des Gesprächs.

»Es ist alles in Ordnung«, meinte Bert und reichte Emil die schlotternde Hand. Nun so aufgerichtet, sah man erst, wie mager und zerfallen er war. Mit bedeutungsvollen Augen in dem gelben Gesicht und jetzt sicher wohl bei Sinnen, setzte er fort: »Ich vertraue ihn dir an, wie meinen Sohn, wie mein Leben! Miggi! – Grüß' mir alles dort oben und halt dich an den Mang, der paßt zu dir! – Den mußt lieb haben. Der kann dir bei allem helfen, bei gar allem!«

Müde fiel er zurück, und Emil empfahl sich mit fast unhöflicher Hast, um endlich aus dieser Luft zu kommen. Wie eine andere Welt dünkte ihn die Straße. Er riß von einem jungen Nußbaum ein fettes Blatt, zerrieb es und sog den Duft ein, um den Atem jener Krankenstube zu verlieren. ›Der arme Kerl‹, dachte er, ›der hat sich da oben gründlich verderbt. Der wird keine Alpenrosen und Gletscher mehr sehen. Lisette muß mir gleich wollene Unterkleider einpacken, und Heinz soll den Apparat mitnehmen. Wir wollen dort oben fleißig Tee und Kaffee machen. Ich habe keine Lust, krank zu werden.‹

Eben ging Maria drüben auf dem Trottoir vorbei. Er zog den Hut tief. Diese ernste Jungfrau achtete er hoch, und ihm war, als habe sie ihn bei niedrigen Gedanken ertappt.

4.

Die Eisenbahnen unseres Vaterlandes – köstlich Ding! Sie atmen ganz seinen Geist und riechen durchaus nach seinen niedern Stuben.

Zwar der Blitzzug wettert durch unsere engen Gaue wie ein Augenblick. Dort oben kommt er, ein Glutpünktlein – hurrrr! – dort unten verschwindet er, ein Glutpünktlein. Vorbei! Kaum hat er unser Land gestreift. Daher sitzen nur Fremde drin. Er ist ein Blick des Auslandes durch die Schweiz, nicht mehr!

Aber die Personenzüge sind heimatliche Wesen. Wenn sie sehr schnell laufen und wenig Sinn für Halt und Weile haben, dann freilich ist noch ein gut Teil sputreiches, hastiges Ausland darin und von den eigenen Mitbürgern viel romanisches Volk hinterm Gotthard und vom Genfersee. Dennoch, es verliert sich ordentlich im waschecht Schweizerischen der breiten Kaufherren von Zürich und Winterthur, der dickhalsigen Amtsleute aus dem Bernischen, der brillenblitzenden und an jeder Station eine Zeitung kaufenden Politiker aus Sankt Gallen, der urschweizerischen oder bündnerischen Gasthofkönige mit dem violetten Kinn und den melierten Flügelbärtchen und den schon halb verbauerten Landjuristen, welche die Telegraphenstangen und die Krähen auf den Drähten zählen, in Ermangelung kurzweiliger Prozeßakten. Daneben gibt es begüterte, dicke Hofbäuerinnen, die einen halben Zentner rauschender Kleider um sich schwingen, Trauerleute mit Efeukränzen zu irgendeiner vornehmen Leiche, hie und da auch einen Nationalrat mit Freibillett, der von einer weisen Bummelkommission aus der letzten Hotelecke der Schweiz heimkehrt, ein winziges Tintentröpfchen und sehr große Weinflecken an der immer wieder zurückgeschobenen Manschette. Es sind auch Geistliche da, katholische Kapläne, den Frack hoch oben geschlossen, die Ärmel abgerutscht, ein großes Nastuch in die Brust gestoßen und das Schönste, was sie haben, das goldschnittige Brevier, mit eingeklemmtem Zeigefinger auf den Knien, etwas scheu, etwas linkisch, etwas streng, aber jedesmal mit einem Lächeln, sobald sie durch ein Dorf fahren, wo sie auch schon gepredigt oder am Kirchenfest den Subdiakon gemacht haben. Der protestantische Pfarrer bringt eine Ledermappe unter dem Arm und den jesaiastiefen Seufzer in den Wagen: »Es reicht noch, danke, danke, es reicht noch! – Aber das nächste Jahr fertige ein anderer den Rechnungsbericht!« – Und die dankbaren Mitglieder des Erziehungsheims »Im Gras« winken vor dem Fenster und lächeln verdammt klug: »Der Herr Pfarrer tut's wieder, – wer wollte das besser machen?« Und auch er lächelt nun, aber will gar nichts versprechen. Der HERR wird sorgen! –

Selten blinkt der rote, grüne oder blaue Kragen und die goldene Knopfreihe unserer Uniformen aus dem einfärbigen Ernst des Schweizertuchs. Haben wir doch kein stehendes Heer, kein bewaffnetes Jahr, nur etwa eine gemütliche kriegerische Woche. Dennoch schauen die paar Offiziere drein, als hätten sie zu Mittag statt Kalbfleisch rohes Eisen verzehrt. Sie können zwar nicht anders, sie müssen mit den Reisenden plaudern und Zigarren tauschen. Das macht der gleiche, gemütliche Most in den Adern. Dann aber zur Wahrung ihres besäbelten Berufs blicken sie streng auf eine Wiese von achtzig Metern im Geviert, und einer sagt mit tiefem Baß und die Stirne unter dem Käppi drohend gerunzelt: »Hier ließe sich bequem ein Bataillon angriffsweise entwickeln.« Worauf der andere scharf sichtend entgegnet: »Aber gestaffelt, mit kürzesten Distanzen!«

Leider ist auch das namenlose Volk der Geschäftsreisenden da mit aufgedonnerten Schnurrbartenden, gesalbten Scheiteln, pfiffigen Augen und einem lächerlichen Dünkel. Auf der Brust baumeln dicke Uhrketten aus Katzengold, und im Ring glänzt ein grüner Kristall. Menschen von unausstehlich geist- und bildungslosem Geschwätz und dem kleinen, schnellen Gehirn eines Tagesanzeigers. Sie fühlen sich nicht wohl in den so hübsch gemischten vaterländischen Wagen und ziehen sich in einen Auslandsabteil zurück. Dort reißen sie ihre ins Notizbuch verzeichneten und auswendig gelernten Witze. Aber wenn man durch einen blaugrünen Tannenwald fährt oder auf einer Trift braune Kühe muhen hört, oder die graue Alpenkette von Appenzell über einem Hügel fern auftauchen sieht, dann vergißt der Jüngste und Unverdorbenste von ihnen seine Mustertasche von englischen Hemdbrüsten, spitzt den weichbeflaumten Mund zu einem losen Bubenpfiff und bekommt einen edeln Knabenglanz ins verstaubte Auge.

Ja, die Eisenbahnen unseres Vaterlandes –!

Aber nicht einmal einen solchen Eilzug hatte der kluge Manuß erwischt. Um eine halbe Minute war er zu spät gekommen. Mit roten, ausgescholtenen Köpfen standen der pappellange Franz und Heinz neben ihm. Ein Güterzug mit etlichen Wagen dritter Klasse rumpelte vor. Verächtlich sah Emil das langsame Ding mit der alten Maschine, dem dummen, großväterlichen Kaminturm und den greisenhaften, verarbeiteten, plumpen Händen und Füßen stille halten und sich wie ein Lungenkranker auspusten und aushusten.

»Verfluchte Dummheit! Da kann ich jetzt in den Kasten hocken! – Schafft die Koffer hinein!«

»Wartet Ihr«, sagte Heinz in seiner altmodischen Respektsanrede, »und geht lieber auf den Vesperzug!«

»Was ist jetzt das wieder, Vesperzug? – He, mit dem da wird es jetzt wohl auch gehen.«

Emil und Heinz machten es sich auf der harten, braunen Holzbank des verrauchten alten Wagens bequem, so gut es ging.

»Das Abhärten fängt früh an«, spottete Emil sauer. Darob mußte Heinz über sein ganzes spinnwebiges graues Gesicht herunter lachen. Er konnte nicht anders. Das reizte Emil immer.

»Du wirst schon nicht mehr lachen, wenn du mir stundenlang das Gestell und Meßzeug im Nebel halten mußt, daß dir fast die Finger abfrieren!«

Er hätte noch Böseres sagen können, Heinz mußte einfach lachen. Wenn es ihn ankam, half nichts dagegen. Es verschüttelte ihn jetzt fast gar. Und das sauersüße Gesicht seines Gebieters war dazu überaus komisch anzusehen.

»So kalt – wird es dort oben?« stammelte er, immer noch mehr lachend, aber ehrlich dagegen kämpfend, »daß die Finger – nein, aber –« Es war unmöglich, vor Lachen weiter zu kommen.

Jetzt spielte sich auf dem langen, zarten Gesicht des Manuß eine sonderbare und rasche Geschichte ab. Es wandelte ihn an, grimmig zu werden und eine Ohrfeige zu hauen, und doch lockte es ihn auch wieder, mit diesem treuherzigen Hausgeist da, seinem Jungjahrehüter und selbstlosen Knecht und Helfer in allem, mit diesem dünnbärtigen, knochigen, breiten, guten Gesicht, dieser narbigen Stirne und diesen bieder, hellbraunen Kaninchenaugen mitzulachen. Aber Spaß war nun einmal nicht sein Ding. Es floß kein Tropfen Humor durch sein Blut. Nur aus Freundlichkeit konnte er mitlachen, weil es eigentlich doch lustig war, den alten Heinz so närrisch lachen zu sehen. Indessen, er überwand sich und sagte, die Lippen gleichsam in jedes Wort pressend: »Lach' dich aus, Joggel, wenn's dir so wohltut!«

Dann winkte er Franz her, reichte ihm ein schweres Silber zum Fenster hinaus und befahl: »Geh und sorg' gut für die Flora! Reit mir aber auch den Fuchs alle Tage ein wenig, – oder weißt du – frag' mal bei Berts – das Fräulein Marie – wenn sie das Gespann etwa brauchen könnte, – vielleicht für den Vater, oder sonst, – nun, es sei gern anerboten! – Geh!«

Er schob sich schnell in den Wagen zurück, daß Fränzel vor dem leeren Fenster seinen tief dankbaren Bückling machte. Ein Fünffränkler, na! Frau Sette hatte nur einen Zweifränkler gegeben.

»Ein großartiger Cheib ist er eineweg!« murmelte Franz immer noch mit abgezogener Mütze und verlor im Anschauen des warmen Talers vollständig die Erinnerung an das starke Dutzend imposanter Schimpfwörter, das ihm der Herr vorhin ins Gesicht geworfen hatte.

»Nun lachst du schon nicht mehr?« fragte Emil Heinzen. »Das ist eine verdammt kurze Komödie gewesen. Vorwärts, lach noch einmal mit deinem göttlichen Runzelgesicht!«

Aber jetzt konnte der Arme nicht mehr, weil es erlaubt war. Er bemühte sicht die hundert kleinen Falten, die sich ihm beim Lachen bildeten, streng zu glätten.

Der Zug glitt aus dem Bahnhof. Häuser, Gärten, der Fluß, die nächsten Hügel schwanden gemächlich an den offenen Fenstern hin. Sie hatten alle Zeit, noch einmal in den Wagen zu gucken. Ein Vormittagslüftchen blies herein. Dann kamen Äcker, Kleefelder, Mostwiesen, Dörfer, deren Stationen mit schläfrigen Signalglocken und schläfrigen Wärtern wie die persönliche Langeweile aussahen. Später mehrten sich Hügel und Bäche, die Wälder wurden breiter, die Luft ward frischer, die Tannen dämmerten tiefer, man war in eine Nebenbahn geraten. Über den Waldlinien traten immer klarer die Vorberge ins Bild. Die menschlichen Wohnungen klommen vereinzelter und einsamer die Höhen herauf, sie verloren das Kunststeinmäßige, wurden hölzern, sonnenbraun, schindelnvernagelt, und Bergstimmung lag vor ihren vielen kleinen Scheiben und Bretterlauben. Langsamere Menschen, stillere, schritten die Hänge nieder, so sicher, als gäbe es keine Städte und Stadtbüros. Manchmal tauchte auf einem Weglein eine Jungfer oder ein kleines Frauenzimmer auf mit Brustkoller, bebändertem Haar und andern tapfer Spuren einer alten, absterbenden Tracht. Bald dufteten Harz und Walderdbeeren in den Wagen hinein. Die Nähe der Berge meldete sich. Es ward dunkelblau und dunkelgrün im Coupé. Die Gesichter bekamen die tiefen Schatten der Tannen und überall hörte man nur noch das Lärmen der wilden Natur, die Bäche, die rollenden Steine, die bewegten Nadelhölzer und die Schellen der unruhigen, unbehüteten Berggeißen. Wenn ein Hüter da war und rief: »Ho-o-o-ojooo!« – so klang auch das wie ein Ton aus der milden, unmenschlichen Naturmusik allhier.

Langsam, aber stetig stieg die Bahn. Doch die Menschen sind unverbesserlich. Ging ein Seitental auf, so war gleich wieder eine Störung der Bergwelt da mit Firlefanz der Stadt und Gigerleitelkeiten, französischen Ladenschildern, Fabriksächelchen in Glaskästen, Momentphotographen, Syphonschenkerinnen. Dann ging's weiter durch eine Bergklemme, sozusagen zwischen den Knien des Gebirgs hindurch in die Höhe. Wieder ward alles Naturwildheit. Und wieder kam ein Tal, noch höher oben, mit großen, saubern, stolzen Dörfern und Leuten. So weit hinauf wagen sich die Menschen! So hoch bauen sie sich an, fast unter die hängenden Lawinen, diese frechen Zweibeinler!

Die Eisenbahnen unseres Vaterlandes – köstlich Ding!

Diese Drittkläßler vor allem, die an jeder Station halten, auf daß wieder ein Gemüsekorb oder eine alte Haube für eine Viertelstunde mitfahren kann! An so einer Hauptstation, wo heute großer Jahrmarkt war, stiegen alle Bänke voll ein. Da ist der Kern vom Land zu sehen, die Tubäklerbauern und Barfußjungens, Mütter mit dem Saugflaschenkind, ein Gemsjäger oder Wilderer, gleichviel; geruhige Hebammen und das Kram- und Krämervolk vom Dorf Absom. Auch Handwerksburschen und Italiener, mit so klebrigen, braunen Hosen und Kitteln wie die Erde, aber wundervollen Gesichtern. Sie bauen an unseren Kanälen und Bachbetten, Wuhren und Dämmen und mischen ein himmlisches Deutsch in die enge, scharfe, singende Mundart dieser Gegend. Endlich sitzen da noch Viehtreiber, Kilbikomödianten, ein Ratsherr vom katholischen Bergdorf Mattli, der Dorfschreiber von Absom, ein Zipfelkappenbauer, ein Stickereifabrikant, kurz, alles Volk durcheinander, mager und fett, klug und dumm, witzig und ernst, batzenreich und arm bis aufs durchlöcherte Hemd – der Kern des Landes!

Kein köstlicher Ding als unsere Eisenbahnen!

5.

Noch nie war der Manuß in einem solchen Mischmasch gefahren.

Er legte die Ingenieurzeitung weg und gaffte in das bunte, von Station zu Station ein bißchen wechselnde und doch stete Volk. Man sprach da wie in einer Stube so gemütlich und rätlich, mit Dörflerton und Dörfleroffenheit über alle Dorfdinge. Aber es war alles doch auch Erlebnis einer Menschheit. Die Hebamme trug ein eingemummtes Kindchen im Schoß und klatschte eine schrecklich verlebte Nacht an der Seite einer armengenössischen Frau aus. Zwillinge gab es, uneheliche Zwillinge. Wer hatte so was gehört? Eins starb, Gott sei Dank, schon in der Nacht. Und das arme Weib rief immer: »Laßt mich sterben, sterben!«

Einige Katholische von Mattli bekreuzigten sich beinah, andere brummten: »Die Hure!«

»Acht Franken dürft' ich verlangen«, redete die Hebamme weiter, »'s ist sicher nicht zuviel, wenn man eine ganze Nacht hindurch sich zwischen drei Leben und drei Sterben ohne Wanken und Weichen behaupten soll, alle Hände voll Schweiß und Blut. Der Armenkasse schenk' ich's auch wahrhaft nicht. Der Mutter geb' ich's dann, – geltet!«

Die Absomer im Wagen wußten das alles bereits. Die Hebamme kam mit dem Kind vom Marktdorf herauf, wo sie es wegen der Pocken in der nächsten Stadt schon hatte impfen lassen müssen.

»Wenn man nur den Mann kännte!« meinte der Ratsherr. »Es scheint, die Person will's nicht eröffnen!«

»Sie beißt die Zähne zusammen und gibt kein Wort heraus«, erklärte die Hebamme, »dem Pfarrer nicht, Euch nicht, Dorfschreiber, und nicht einmal mir. Verdient's so ein Kerl? Was hat sie davon? Man munkelt allerlei. Gewiß steckt ein Herrensohn dahinter. Ihm wollt' ich's, sei er wer er wolle, in die Zähn' werfen!«

»Ein Hurenweib ist auch sie!« gab der Ratsherr zurück. »Hat sie nicht schon vor zehn, fünfzehn Jahren, fast noch ein Kind, einen Buben bekommen? 's war ein Landärgernis!«

»Das ist wahr«, sagte jetzt der Fabrikant mit rasiertem Gesicht und hohem Zylinder, »aber wir wollen nicht richten.« –

Der Zipfelkäppler nickte lebhaft. Er sprach nichts. Aber man sah ihm an, daß er am meisten wußte.

»Und der Bub tut recht, nicht wahr?« wandte sich nun der Fabrikant geradeswegs an den Mann, »nicht, Wirt Üli?«

»Der Mang ist ein Muster, das wißt Ihr. Ich sag's nicht siebenmal«, antwortete Üli unwirsch. »Und was soll all das Geschwätz? macht Ihr's damit anders? – Ach was, die Gesetz macht anders, die alten, verdammten Gesetze!«

Man schwieg betroffen. Das Gesetz! Der Üli von den zwei Gasthäusern Zur Krone und Zum End' hatte recht. Das fühlten sie. Das Gesetz war etwas Hölzernes geworden da oben, das seine Opfer ans Kreuz nagelte.

Aber das Gesetz war etwas Uraltes, Heiliges. Schon sein Name macht andächtig.

Und eben, da unten im Lande haben sie keinen Respekt vor dem Gesetze mehr. Mit Gesetzen gehen sie wie mit alten und neuen Möbeln um. Daher die Verderbnis!

Davon redeten sie nun, aber leiser. Städter waren ja da. Dennoch, was man nur immer von Zürich hört! Da geht's zu wie vor der großen Sündflut. Man lehnt sich gesichert an die geraden Banklehnen. Nein, am alten Gesetz hängt doch noch das letzte Gute, wenn's viele auch erbärmlich zermartert, – hängt noch Ordnung und Sitte. – Uneheliche Zwillinge auch, ja, – in Gottes Namen, Menschen sind wir allesamt. –

Aber viele hörten nicht diesem Reden, sondern der Hebamme zu, die weiter prahlte und lästig viel log. Doch so oft sie sich zum Paketchen auf ihren Knien beugte, worein das liebe Lebendige zappelte, wurde sie über ihr borstighäßliches Gesicht zärtlicher und stiller, horchte und flüsterte zu den Nächsten: »Sst! nicht so grobianisch lärmen! – Es schnäufelt wacker. Ich bring's stracks morgen zur Taufe!« – Und wieder horcht sie, immer, auch im Schweigen, die bärtigen Lippen bewegend, und nickt. – »Ihr brauchtet auch nicht ein so verfluchtes Zeug zu rauchen!« schimpft sie plötzlich zum Hinterwäldler neben ihr und klopft ihm unversehens die Pfeife am Gesimse aus. Er hatte sie lahm zwischen den Fingern gehalten, nachdem er noch einen scheußlichen Qualm aus Mund und Nase über die Frau und ihr Schoßkind ergossen hatte.

Alles lachte, breit und rollend.

»Teufelsweib!« zürnt der Alte und steckt doch gehorsam die heiße Pfeife in den Rocksack.

Drüben ist man, als hinge das alles zusammen, von der Cäcilie Astli, dieser Zwillingsmutter, auf einen jungen Knecht zu sprechen gekommen, Bastian Keller. Der soll in jener selben Nacht Feuer an des reichen Ernst

Brollers Scheune gelegt haben. Gestern fingen sie ihn. Nun ist er schon eingezäunt.

Emil blickte Heinz an. Sie hatten auf einer untern, bedeutenden Station ja jedenfalls diesen Bastian gesehen. Ein schwarzhaariger, feuriger, magerer Mann von etwa dreißig Jahren stand da auf der Plattform zwischen zwei grünen Landjägern, ein Kettlein von einem Fußknöchel zum andern und Handschellen an den Gelenken. Also das war ein Brandstifter. Zuzutrauen war ihm das schon.

Viele behaupten, ihm geschehe zu hart. Die Herrenpartei hab' ihm das Leben schon lang sauer gemacht. Weil er frei herausredete! Im Hunger würd' sogar ein Erzengel stehlen!

»Herrenpartei!« raunte Emil zu Heinz. »Also da hat es auch Regenten und Diener! Mußt schon weit fahren, Heinzel, bis du in eine herrenlose Luft kommst!« Spöttisch lachte er seinen Diener an.

»Die, wo Geld haben«, schrie einer, »wo regieren, wo ins Herrenleben nur so hineinsitzen können, die drehen alles nach ihrem Rad. Wir andern können wach sein oder schlafen, wir ändern's nicht.«

Der Ratsherr und der Fabrikant taten auf einmal, als hörten sie nichts mehr, als den Bach draußen.

»Wär' einer wie der Broller an etwas schuldig geworden, und wär's ein fünfmal ärger Feuer, der würd' herausgebissen, so sicher ich leb' und sterb'.«

Emil horchte sich immer tiefer in diese Volksgespräche. Das alles war so frisch und wuchtig gesagt. Ihn ging es ja rein nichts an. Aber es kann nichts schaden, wenn man die Verhältnisse da oben schon ein bißchen kennt. Er wird nun doch monatelang unter diesen Leuten da arbeiten müssen. Es fängt überdies an, ihn merkwürdig zu interessieren. Er sieht und hört diese Menschen zum ersten Male. Und doch kommen sie ihm gar nicht unbekannt vor. Schon beim Auffahren ins Gebirge flog es ab und zu wie Lichtflocken von Erinnerungen über ihn. Diese Stimmen, diese Mundart, dieses Gehaben, diese Natur, sonderbar, wie ihn das berührte, wie ein altes, vergessenes Lied, dessen Worte man auch jetzt noch nicht findet, aber dessen Melodie man Note um Note auf die Zunge bekommt.

Das Schimpfen und Tadeln rumpelte lustig weiter.

»Nicht so schreien!« kreischte die Hebamme, den Riß des Paketes etwas lüftend, »daß mein Knirps nicht schon das Gehör am ersten Tag verliert! Sieh mal, Tubäkler, welche Augen der Balg macht, welche himmelblauen Löcher! Gott, wie frech schon!«

Der Bauer bog sich, lachte den Kindskopf an, spuckte weit übers Fenster hinaus und sagte: »'s ist wahr, ein herrlich Wesen; Bub oder was Dummes?«

»Hoffentlich ein Mädchen! – was sollt' ein Bub ohne Vater? Mädchen hauen sich da noch besser durch. – Ja, ja, munziges Käferli du!«

Sie küßte das blaublickende, verwunderte Menschlein im Paket derb aufs Brustlätzchen.

Heinz sah und hörte alles, unendlich ergriffen. Er war ein unerhörter Gefühlsmensch. Dazu grüblerischer Philosoph. Seit Jahren brütete er an einem Buche herum: »Über den Zusammenhang der Seele mit der Natur«. Ein ungeheures Thema. Hier, dünkte ihn, empfange er haufenweise neuen Stoff, etwa für ein Sonderkapitel »Die Gebirgsseele«.

Die Schatten der unehelichen Mutter, des Brandstifters Bastian Keller und des reichen Ernst Broller verdunkelten die redenden Gesichter immer mehr. Oder war es der Himmel über den Tannen? Blau war er nicht mehr, sondern nach und nach aschgrau mit gelben und feuerroten Tupfen über den Bergen. Es wurde auch ohne Sonne drückend heiß. Die vielen Vogelstimmen verschollen immer leiser und ferner im Walde. Ein Apollo mit schwarzen und roten Ringelflecken flog vor Müdigkeit fast in die Gleise.

»Das wird schön krachen, sapermost«, sagte der Tubäkler, »wenn der Ost nicht Oberhand kriegt, Herrgott neunundvierzig! – Dort vom Rheintal bläst wohl ein Lüftchen, aber der gottlose West ist Meister.«

Die andern machten sich nichts aus den zornigen himmlischen Dingen, die da herunterdräuten, sondern schwatzten weiter von den drei, vier wichtigen Erdsächelchen, dem eingeäscherten Scheunenflügel, den Zwillingen, dem Handschellenbub, dem gewalttätigen Broller. Der ward mit bäuerlicher Derbheit bis ins letzte Zipfelchen besprochen, und alles ward in einen bösen, frechgewollten Zusammenhang gebracht. Aber doch mit Vorsicht, unter unerfaßlichem Zwinkern der Augen, mit halbem Satz und den immer wiederkehrenden: »Ich red' niemandem das Böse – nichts will ich gesagt haben – wer weiß denn etwas Gewisses? – Nehm's und kratz', wen's angeht! –« Als aber an einer kleinen Station zwei helle, aufgeschossene Jungfer mit Körben voll Bandstickereien eintraten und sich Emil gegenübersetzten, wurde das Geplauder plötzlich zum Geraune.

»Wie sie doch tückisch und unverschämt sind, diese sittlich frommen Bergler!« dachte Manuß. »Wo nichts entfernt zusammengehört, reimen sie's doch und machen einen Spruch daraus. Kein einziger hat ein Gesicht zum Vertrauen. Verschmitzt und holperig sind diese Köpfe, voll Neid und leer an Eigenem. Dieser Dorfkönig ist reich und weitsichtig, sonst säß' er in der Bahnkommission nicht als erster. Das zwickt die Erdäpfelbeißer!«

Und es reizte ihn ordentlich, diesen Kraftmenschen Ernst Broller bald kennen zu lernen.

Beim nächsten Wechsel im Wagen setzte sich der Zipfelmützler Üli, ein pfiffiger, kleiner, ganz verlederter Mensch, mit magern Wangen und überhängenden Lidern und Lippen, neben die Jungfern, gegenüber Emil und Heinz. Seine kleinen, dunkelgrauen Augen blickten teilnahmlos drein. Die in den Zähnen lose hängende Pfeife vollendete den Eindruck von etwas Schlampigem. Aber etwa schoß ein Laternchen aus den Augenhöhlen, als suche er etwas im Dunkeln. Heinz hatte längst bemerkt, wie der kleine Alte sie beobachtete, so aus der Tiefe und Verstohlenheit heraus. Traf ihn Emils Auge zufällig, so erloschen die Laternchen, und dieser Wirt zweier Gasthöfe wäre wie ein Häuflein Gleichgültigkeit erschienen, hätten nicht seine rasierten Mundwinkel noch immer leise gezuckt. Der würde sterbensgern etwas fragen.

»Die Herren sind nicht des Landes hier«, sagte er endlich doch, auf dem Sitze rutschend. »Nein, nein, frag' ich doch dumm!« Dabei faßte er Heinz ins Auge. Der lachte. »Das sieht man doch von weitem. Wollet wohl in die Berge?«

»Ihr habt mich rein überfragt«, entgegnete Heinz, vom Tanz des Mützenzipfels unendlich belustigt. Der verriet so ganz die Neugier seines Trägers. – »Ich weiß rein nichts, was morgen geschieht, und weniger als nichts, was wir übermorgen tun.«

Der Üli grinste hell. Der Fremde neckte also. Gut, in dem Ton kann er's auch, – er müßte kein Absomer sein.

»Ihr müßt wohl immer, wie's dort steht! hehehe!« – damit wies er mit einem Blick auf Emil, nicht unartig, aber boshaft – »rechtsum, linksum; halt!«

»Aufs Wörtchen so!« lachte Heinz.

»Meine Geißen gerade auch so!« sagte Üli spitzig.

»Sind aber auch liebe, flotte Tiere! Das laßt Ihr mir doch!«

»Besonders an den Hörnern hab' ich sie gern.«

»So, so!« machte nun Heinz in kindischer Unbeholfenheit. Der Witz ging ihm schon aus.

»Dann wollt Ihr wohl Geißen photographieren?« – Der Wirt wies auf die schwarze Kiste zu Häupten, worin das feinere Meßzeug geborgen ward. »Was gilt das Stück?«

»'s kommt drauf an, ob Ihr dabeisteht oder nicht!«

»Das hoff' ich, macht einen Unterschied im Preis!« nickte Üli.

»Der Ostwind, seht!« schrie die ein dickgezopfte Jungfer.

Kleine, weiße Wölklein flogen wahrhaftig dort drüben vom Österreichischen her. Die Wetternacht in der Südwestecke schob sich tiefer zurück, und auf einmal trat das bisher von ihr verhüllte graue Steinalpgebirge mit seinen drei Ketten und den vielen Zinken, Kuppeln und Türmen zu oberst wie hinterm Vorhang hervor. Auch der Absomer stand stattlich und herrisch, aber in gelassener Stimmung unter den anderen Brüdern. Höher und stärker als die ineinander vermengselte Herde von Bergen um ihn herum, nahm er sich wie ein gewaltiger Bock unter vielen Schafen aus.

Die lachenden, weißen Wolkenfähnlein schwebten indessen tapfer ins graublaue Gewitterfeld, und wo sie gingen, entstanden dünne Gäßchen eines grellblauen Himmels, die sich aber wieder rasch hinter ihnen schlossen. Doch reichte es aus, um ein paar Streifen Sonne durch die knappen Spalten zu werfen. Während hinter dem Absomer das pechschwarze Wetter sich zusammenduckte wie eine greuliche Riesenkatze, und darob sich hellere, aber unheimliche, fremdartige Wolken rastlos schoben und übereinanderdrängten, glänzte da eine Alpe, dort eine Wand oder ein noch beschneiter Gipfel in dieser grellen, schwefelgelben Sonne fast schmerzhaft auf. Aber all dieses Lachen war erzwungen, gleich verschlangen es die Wolken wieder.

Hier unten merkte man nichts vom Kampf dort oben. Eher noch bleierner ward die Luft. Wie steif und tot stand jedes Blatt im Walde. Und todmüd' krümmte sich auch der dünne Scheidbach neben dem Eisenbahndamm durch die Steine. Kaum hörte man sein Wasser.

In den hinteren Stühlen ging der Kampf um die Dorfdinge über die Haube der Hebamme und über das glucksende Paket immer wilder hin und her. Die Fahrer sind zu Hause Mosttrinker. Jetzt regte sie der reichliche Wein vom Markt auf. Sie sprächen sonst viel bedächtiger. Aber man zupft und reißt an einem frischen Werg.

»Das geht uns ja alles nichts an«, schreit eben der Jäger dem alten Bergknöpfel ins Gesicht, einem hinkenden Junggesellen, der aber noch alle Berggipfel aus reiner Lustbarkeit abläuft, die Mundorgel, seine andere Seele, immer bei sich. »Aber die Absomerbahn geht uns an, die soll der große Ernst nicht durchsetzen. Da sollt' man zusammenstehn! Bei Gott, sollt' man!« –

Das hatte Emil erwartet. Diese Landpolitiker mußten am Faden, den sie so breit drehen, doch zuletzt auch an die Bahn geraten. Man kann sich denken, wie niedrig das Pack davon denkt.

»Herrenwerk!« hieß es. »Die Stadt und die Juden trinken die goldigen Eier aus, und wir haben nur den Dreck und Gestank.«

»Pst, pst! nicht so laut! – jetzt habt ihr mir das Kind schon wieder geweckt. Aber recht habt ihr«, rief die Hebamme. Draußen brummte und grollte der Himmel.

»Fragt nur die Büdner, die haben's schwer genug erfahren«, gab der Ratsherr hinzu.

Jetzt öffnete der Mann mit der verschütteten Pfeife seinen großen Mund: »Uns gehört doch der Boden und das Wasser und jeder Stein. Können wir da nicht befehlen?«

»Ja«, zürnte man zurück, »die Herren sagen dir schon, wo sie die Stationen und Kantinen bauen, und was das Billett kostet.«

»Der Absomer ist doch sozusagen ein König, – sicher ein gesunder Kerl! Und da nehmen ihn diese Herren und verschnitzeln und verbohren ihn, als läg' er gerad' auf dem Operiertisch.«

»Und zu oberst machen sie eine Kohlenhütte und ein Hotel, wo unsereiner nicht hineindarf, so nobel und teuer ist's.«

»Verfluchte Bahn, der Teufel hol' sie!«

»Wo man so waghalsig hinaufgeklettert ist und sich baß gefreut hat, so allein bei Wolken und Vögeln – Herrgott, war das schön! – da hat dann nur noch das seidige und gekräuselte Fremdenvolk Platz, was gerade vom Kanapee kommt und welscht, pfui Teufel! Kein rechtes deutsches Wort mehr. Mussiö, Madamm! – Ein Melkbub paßt nicht mehr hin. Die Gemsen wissen nicht wohin, und einen anständigen Adler gibt's nicht mehr.«

Immer näher rückte das rollende, donnernde Unwetter. Hie und da ein fahler Blitz.

»Und unsere lieben Küheli und Geißli rennen vor dem Kohli weit davon.«

»Wenn der Inschenier alles vermessen hat, kommen die Baumeister mit ihren Tschinggen[2], und dann haben wir gerade wieder Messerten genug.«

Die zwei großäugigen Italiener lachten gutmütig, und der eine, den Mund voll verkauten Tabaks, sagte: »Sind wir nit so slimmi, sicuro!«

»Schon, schon, das Schlimmste seid ihr nicht! Aber das Geschrei alle stillen Berge hinauf und die Kantinen voll Gesöff und die Rollwagen und Stinkkohlen und die Herren mit den goldenen Zwickern und Uhrketten – man erhenke sie daran! – die sind das Schlimmste!«

»Der Ernst handelt einfach wie ein Judas am Land!« schrie der Jäger.

»Er ist's nicht allein«, sagte jetzt der Dorfschreiber demütig. »Die Großhansen von Zürich und Bern helfen ihm, Nationalrät' oder Ständerät' oder sonst ein Unrat.«

»So schlimm wird's doch nicht sein«, warf endlich der Zipfelwirt gemütlich nach rückwärts in den Trubel. »Ihr übertreibt!«

»Ja, Ihr, Ülrich, seid uns schon der Rechte! 's ist schad um Euch! Habt eben Eure Freud' am Inschenier!«

»Mein' doch, ich hätt' den Berg auch gern!« erwiderte der kurz und ruhig.

Man schwieg einen Augenblick. Man wußte, der Ülrich Festli war zehn Jahre Wildhüter und zehn Jahre Forstmeister in den Bergen gewesen. Er hatte den Absomer als Erster bestiegen. Von ihm rührte das wuchtige Steinmannli droben auf dem Kopf. Dann ward er Wirt. Zuhinterst im Absomertal hat er ein mächtiges, braungeschindeltes Haus mit vielen Gästen. Das ist die Wirtschaft Zum End', wo alle Älpler und Bergsteiger einkehren, denn hernach fängt das Klettern rechts gegen den Plättlisee und links noch höher gegen das Alpennest Miezeler an. Bis Gallustag trinkt man im End' einen schäumenden Apfelmost, bis Othmar den süßesten Rheintalersauser. Aber auch im Winter ist's gemütlich, in Ülis Schlitten mit einem kleinen Räuschchen ins Dorf zurückzufahren. Daneben war er aber mächtiger Kronenwirt im Dorf Absom selber und Gemeinderat. Er hatte spät geheiratet, und seine Frau, die ihm ein Irmeli und einen Seppli schenkte, bald am Lungenstich verloren. Ein ganz Unabhängiger war er und ein großartiger Schweiger. Aber redete er, so ging kein Wort in den Wind.

2   Italiener – von cinque, fünf

»Das wird der Mann sein«, sagte sich Emil, »den mir Bert so heiß empfahl.«

»Ja, den Berg hast du gern, – das weiß man!« lobte die Hebamme.

»Und wenn's möglich ist, hat ihn der Inschenier noch lieber!« sagte der Alte. Er hatte sich ganz umgedreht und kehrte jetzt Emil den gewölbten, aber schmalen Rücken und das zierlich gekräuselte silberne Haar am Hinterkopf zu.

»Mehr kann ich nicht sagen, versteht!« fügte er barsch bei.

»Gegen den hat niemand etwas. Aber er soll ja schwer krank sein. Dann kommt ein anderer.«

»Auch der kommt nicht über den Absomer weg, versteht!« sprach Üli.

»Wieso?« hieß es durcheinander. »Die Inscheniers könner doch alles.«

»Wir können alles«, musizierte es in Emils Ohren. Er lies sich keine Silbe entgehen.

»Verflucht viel verstehen sie einmal, das ist sicher«, sprach der Dorfschreiber. »Fährt man nicht schon auf die Jungfrau?«

»Wird schon sein«, gab Üli seelenruhig zurück. »Aber alles können sie doch nicht.« – Schalkhaft verdrückte er die Auger und winkte über seine Achseln. »Ich denk'«, wollte das besagen »der da hinter mir ist der neue Inschenier.«

Emil merkte es sogleich den vielen unguten Blicken an, die ihn jetzt trafen.

»Der Herr Inschenieer Bert, sagt man, gehört zu den feinsten im Fach, aber er –« Plötzlich wandte sich das flinke Männlein um, sah quer zu Emil und sagte: »Ihr, Herr, müßt das wissen! Auf Ehr' und Seligkeit, Ihr kommt für den Inschenier.«

So eine Überrumpelung! Aber Emil war ein harter Manuß! Ohne ein Lid zu bewegen, sah er den greisen Schalk stahlfest an und sagte mit deutlicher Stimme, wenn auch durchs lange, schmale Gesicht errötet: »Jawohl, ich bin sein Nachfolger! –«

»Er ist's! – da seht! –« Man rutschte, bog und reckte sich und wußte nicht, was für ein Gesicht machen.

»Das hab' ich von Anfang an gemerkt, daß Ihr keine Geißen photographiert«, schmunzelte der Bezipfelte lustig zu Heinz hin.

»Cheib der! So ein Üli riecht den Teufel sieben Stund' weit«, bewunderte man.

»Da braucht's doch nicht viel Grütze! – Inscheniere kennt man sofort.«

»An was denn?« fragte Emil argwöhnisch. »An was, Herr Wirt?«

»Den Herrn hab' ich zu Haus' im Kleiderkasten gelassen. Sagt nur immer Üli!«

»Also, Wirt Üli«, bestand Emil heftig, »an was kennt Ihr uns so gut?«

Alles ward sogleich totenstill, um den Spaß zu hören. Der Witz vom Üli ist berühmt. Und die Absomer lieben nichts so sehr wie den Mutterwitz. Um einen gehörnten Witz würde sich einer unglücklich machen. Jetzt vergaß die Hebamme ihren Balg, der Bergknöpfel seine Mundorgel, der Tubäkler seine Pfeife, man vergaß den Ernst, die Bahn, den Bastian, alles, alles – –

Ein Blitz, lang und breit wie eine funkelnde Sense, von West nach Ost gezückt, machte einen Augenblick den finstern Wagen goldig. – »Jesses Gott!« schrien die Jungfern. Darauf rumpelte ein Donner über die Köpfe, voll von langen, schweren Hammerschlägen, als müßte der Himmel zerklopft werden. Dieses überirdische Gepolter machte das Bähnlein, die Schienen, den Damm zittern. Sicher erbebten die Berge selber davon.

Nun Ruhe. Aber die hellen Wölklein und die Spältchen Himmels waren nirgends mehr. Alles da oben sah braun und grau und schwarz aus. Die Berge standen im weißlichen, von Wind und Hagel bis hieher tosenden Sturmnebeln. Und die näherten sich wie Riesen durch die Luft. Die nächsten Wälder bückten sich schon davon. Eiskälte bliesen sie voraus. Rechts unten im Grund lief der Scheidbach noch immer kümmerlich aber klar durchs Tobel. Doch drüben die Dörflein, die zwischen Halden und Schluchten so schmuck wie Spielzeug hingehäufelt waren, gingen schon im Getös' und Sturmgrau unter. Nur das Läuten ihrer Kirchtürme, vom Wind verzerrt und halb verschluckt, hüpfte noch etwa wie ein nackter Flüchtling daher.

Das Volk im Wagen war ziemlich unbesorgt. Es kannte diese schwarzen Augenblicke des Bergsommers. Sie kommen, sie gehen, und die Sonne wird alles, alles wieder zurückerobern. Heinz freilich zagte. Dafür erwachte in Emil eine frische, frohe Spannung, die ihm wohltat.

»Also, warum kennt Ihr uns so gut?« wiederholte er lustiger.

»Jawohl, Euere Meinung, Üli, – oder wir rühren Euch kein Glas mehr an«, drohte man.

Es klapperte draußen. Hagelsteine! Aber jetzt war vor der mutwillig zuckenden Lippe des Üli auch dieser Obst und Heu vernichtende Hagel, der tödliche Blitz, der dazwischenfuhr, all die Verwüstung, wonach das Zinsen um Martini dreimal schwerer geht, alles war vergessen. Den Witz, den Witz! Dieses unverwüstliche Völklein wollte seinen Witz haben. Allein das graue Männlein narrte sie alle.

»Woran ich sie kenne, die Inscheniers?« rief es laut und gar nicht mehr heiter, »daran, – ich red' von den Bergmessern bloß, – daß sie zuerst übermütig daherkommen und unsere alten Berge im Hosensack davontragen wollen – nicht lachen! – ich verbiete euch das Lachen!« herrschte er die Grimassenschneider an.

Donner und Blitz schossen ums Bähnlein. Der Hagel hörte sogleich auf. Ein fauchender Wind blies den Straßenstaub auf. Man schloß die Fenster. Die Bahn fuhr nur noch wie eine Schnecke. Im Wagen ward es so dunkel, daß der Schaffner naß und staubig zu den Leuten hereintrat und fragte, ob er die alten Petrollampen füllen und anzünden solle.

»So schweigt doch einmal! – – Aber dann steigen sie hinauf und messen, und alles ist groß, wie sie's nie gedacht hätten, diese Städter, und alles wächst schier in den Himmel. Und da bekommen sie Respekt vor den Bergen und ziehen den Hut ab vor dem Absomer, und wenn sie ins Dorf herabkommen mit dem Ding da, – Na – Na – Sta – Stativ – oder wie –«

»Meßtisch, – Tachymeter, – Phototheodolit, – Stereokomparator –« prunkte Heinz.

»Dummheiten – oder meinetwegen – aber dann sagen sie nicht mehr: wir sind spazieren gegangen – sondern: wir sind auf Leben und Tod geklettert! Und nicht: welch ein hübsches Projekt! – sondern: welch ein unbändiger Kerl, dieser Absomer, daß ihn Gott erhalt'!«

»Gut gesagt! daß ihn Gott erhalt'! Bravo!« scholl's durcheinander.

»Und das Weitere wird der Inschenier mit sich selber ausmachen. Denn er hat auch ein Gewissen. Jedoch pack' er's an, wie er wolle, er tut nicht mehr so leicht.«

Emil staunte den so veränderten Mann förmlich an. Ergriffenheit war nicht seine Sache. Aber einen ernst zu machen, verstand dieser Kauz.

»So ist's dem Bert ergangen und so dem früheren. Und Ihr seid auch so einer. Das merk' ich an Euerem strengen, kalten Dreinschauen. Auch

Ihr treibt kein Gvätterlispiel mit dem Berg. Gebt mir die Hand, Inschenier!«

Die straffe, lange, frauenhaft feine Hand des Manuß rasch erhaschend, drückte er seine beiden klotzigen Bauerntatzen darum und beschloß: »Jetzt wißt Ihr, an was ich den Berginschenier erkannt habe! – Und da habt Ihr Euern Knecht!« fügte er mit wiederkehrender Spaßigkeit bei.

»Ihr seid ein Herrgott hier, mit Euerer Zunge und Euerem Aug'«, nickte Heinz.

»'s ist nicht so gefährlich!«

»Ich steig' bei Euch ab«, erklärte Emil, »wenn Ihr Platz habt.«

Üli nickte bloß. Draußen fing es zum zweiten Male an zu hageln, jetzt bitter ernst. Kerzengerade fielen die Schloßen. Der Wind störte sie nicht mehr. Es prasselte wie von einer schießenden Schlacht. In der Tat, der Himmel beschoß die Erde. Man sah nicht über den Bach, so dicht fiel das entsetzliche, eishelle, schallende Korn, hüpfte wieder hochauf vom Boden, daß es grausige Tänze gab, zerfetzte die Bäume, füllte das Bächlein mit Eis wie im kältesten Dezember und deckte alles Grüne und Sommerliche mit einem jähen Winter. Die ganze Luft knallte, der Wagen ward wie verprügelt, alles Leben so erschlagen und verlärmt, daß man den Donner und den Blitz vor seiner Nase nicht mehr achtete, seine eigene Stimme und das ängstliche Pfeifen des Bähnchens vor der Station »Nelke« nicht hörte. Man hatte die Scheiben aufgetan, alles sah hinaus und fror vor so viel Eis und Schrecken. Das zerschmettert alles, dachte man. Jetzt hätte man wieder einen guten Witz brauchen können.

An der Station verwandelte sich endlich dieses Hageln in ein flutendes Regnen. Ein Mädchen mit einem Sack über dem Kopf rannte zum Wagen und reichte ein Päcklein Briefe herein. Von der Türe der »Nelke« sprang unfeierlich schnell ein langer, bärtiger Mann zum Wagen, brach in Emils Abteil, setzte sich schwer und sagte tief aufschnaufend: »Grüß' euch Gott miteinander! Ist das ein Gericht! – Und ich bin bachnaß dazu, hejo, – das gibt mal wieder einen Erzkatarrh.« Er hustete zum voraus.

»Grüß' Gott, Herr Pfarrer!« ertönte es ringsum, zurückhaltend, aber mit Achtung.

»Hier zieht es! – von der Türe da«, sagte der geistliche Mann und zog nervös die Schultern ein. »Unsere Wagen schließen herzlich schlecht.« Er blickte mit den brauenlosen, doch gemütvollen, laublauen Augen besorgt im Wagen herum.

»Kommt hieher, Herr Pfarrer!« ersuchte Üli. Sie wechselten die Plätze. Emil hatte nun die beiden Jungfern, Heinz den Pfarrer Knie an Knie gegenüber.

Der Pfarrer neigte höflich den Kopf vor den Fremden, überflog Emil mit dörflicher und oberhirtlicher Neugier und sagte dann zur älter Jungfer: »Lisbeth, da sitzt Ihr am offenen Fenster! Wißt Ihr, daß der Blitz gern in die Eisenbahnen schlägt?« – Er lachte dazu, als hielte er das für Aberglauben und wollte nur erschrecken.

Die Jungfer reckte den mächtig bezopften Kopf mutig und erwiderte mit einer prachtvollen Altstimme: »'s hat keine Gefahr mehr. Am Absomer heitert es auf. Seht nur!«

»Blauer Himmel!« tief die jüngere und zeigte in die Höhe. Emil schoß auf. – Diese hohe, süße Stimme, leise und klingend, wie ein wiegendes Sonntagsglöcklein, – was war das? Warum ging sie so eigentümlich in sein Ohr? Wie eine ferne Melodie? Warum gefiel und drückte sie ihn so seltsam?

Er sah das Gesicht an, woraus dieses Geklingel hüpfte. Der Mund wie eine rote, runde Beere so klein, die Backen hochrot und voll, die Augen harzbraun und sehr groß, aber die Stirne sonnenverbrannt, niedrig und von kurzen, rotbraunen Haarkräuseln bekränzt, ein gutes, lustiges, leichtes Ding von etwa zweiundzwanzig Jahren.

Habe ich die denn wohl schon einmal gesehen? Unmöglich! wo in aller Welt? dachte er.

»Sonne, Sonne!« rief sie wieder. Ihre lustigen Augen rissen alle Blicke mit hinaus. Es war aber auch wahrhaft großartig; was der Himmel nach einem so ungeheuren Spektakel schon wieder Artiges und Gütiges leistete. Ein rechter Choleriker! Aller Jähzorn hatte in Wohlwollen umgeschlagen.

»Da lacht er jetzt wieder, nachdem er den Kropf geleert!« meinte der Üli.

»'s geht unsereinem auch so«, versetzte der Pfarrer, Heinzen anlächelnd.

»Sehen Sie«, wagte sich nun Heinz heraus, »wie der Scheidbach wächst? Woher hat er wohl den seltenen Namen?«

Der Pfarrer hätte keine Frage lieber beantwortet. Er sah da viele Katholiken von Mattli. Sie standen nicht auf brüderlichem Fuße, die Absomer und Mattler. Pfarrer Daniel Munder aber war ein Fanatiker des Friedens und der Liebe. Er fahndete heiß nach jeder Gelegenheit, zwischen den Protestantischen seines Tales und den Römischen über der Wasserscheide des Plättlisees rhetorische Friedensbrücken zu bauen. So ein Architekturstück bot sich hier bequem. Er schloß also zuerst die Augen und vertiefte sich in die alten Zeiten der Chronik. Aus diesen heraus wie eine andere Stimme begann er dann zu reden.

Indessen hatte es alle Wolken am Absomer verjagt. Die Felsen glänzten in die blauen Lüfte empor, ihre nassen Wände funkelten wie Spiegel, und wo sie sich in den Schatten oder in eine Schneefurche kehrten, da bekamen sie eine köstliche, violette Farbe. Die Alpweiden zwischen den grauen Steinen waren so saftig grün wie im Mai. Gen Osten gab es noch viele Wolken, aber wollig weiße, bewegte, wie eine davontrabende, unendliche Schafherde. Die Landschaft ringsum schien aus einer Samstagwäsche in den Sonntag zu gehen, so rein und festlich war ihre Miene. Zwar sah es noch weitum weiß vom Hagelkorn auf allen nahen Halden und Wegen aus, und Fetzen von Baumästen lagen wie bleiche Leichen dazwischen. Auch das hohe Junigras war wie eingestampft. Aber die Büsche des Holder und der Hasel glühten so köstlich in ihren unzähligen, durchsonnten Regentropfen, die Tannen blickten so sauber drein, die Schloßen schmolzen so rasch in der Straße, eine so scharfe, duftige, neue Luft wogte in die Fenster, das Vögelgezwitscher kehrte so massenhaft und übermütig zurück, und die Sonne im Westen lachte den fahlen Mondstreif im Osten so heillos aus, daß man durchaus heiter werden und mit lachen mußte. Auch die breiten Schöpfe der Obstbäume in den Wiesen, die Helme der Kirchtürme und die roten Ziegeldächer hüben und drüben lachten. Alle Grobheit war dem Himmel verziehen, alles steckte er mit seinem goldenen Humor an.

Nur der Scheidbach in der Tiefe machte nicht mit. Er schien mit seinen furchtbar angeschwollenen, braungrauen Fluten zu sagen: »Lacht ihr nur wieder, aber ich habe Charakter!« – In der Tat, das war ein Charakter! – Von Hagel und Wolkenbruch plötzlich ums Zehnfache vergrößert, wuchs er noch immer, weil hundert neugeborene Bäche und ein immer gewaltigerer Zuschuß vom oberen Tal Absom ihn speiste. War er vorher wie ein Wanderbüblein des Weges gegangen, so glich er jetzt mit seinen hohen Wassern und den Baumstämmen, Felsen und Brettern, die er mitführte, einer wilden, alles mit sich reißenden Völkerwanderung. Er bildete eine Macht, über die man nicht wegkam.

Emil bemerkte von allem wenig. Er achtete auch nicht stark auf die Erzählung des Pfarrers, der gerade darauf wies, wie auf der anderen Bachseite die Kirchturmspitzen alle ein Gefunkel von Kreuzen, auf dieser hier ein Gekrähe goldener Hähne offenbarten. Immer noch hörte er die so merkwürdige Stimme sagen: »Blauer Himmel! – Sonne!« – War das Settchen? Nein, niemals, die sagte auch: Himmel und Sonne! aber ganz anders.

Er fuhr sich an die Stirne und krumelte in den scharfen, sichelhaften, braunen Augenbrauen, wie er's bei einem Rätsel gern tat. Schon zwei-, dreimal war ein Erinnern wie eine leise Hand über seine Schläfen gefahren, vielleicht am meisten bei der eigenwilligen Sprechart dieses Volkes mit seinem singenden Satzfall. Nun aber gab ihm diese hohe Jungfernstimme noch mehr Arbeit. Überhaupt, die duftige Regenfeuchtigkeit vom Rock des Pfarrers, das ferne, verdämmernde Donnern wie ein letztes, ohnmächtiges Gebrummel, diese herbstsüße Luft, und wieder diese Stimme und Aussprache: wo kam das alles her? was ging es ihn an? warum bemerkte er das so eigen? was wollte es mit ihm? Der harte Manuß, der von Gefühlen wie von lästigen Fliegen dachte, die man mit leicht geschwenkter Hand verscheuchen könne, ward ein wenig unruhig, weil er das gar nicht wegbrachte und er es doch nicht erkannte, dieses Dunkle, leise, leise an sein Herz Rührende. –

»Diese Menschen mit ihren Gebirgssentimentalitäten kränkeln einen an«, redete er sich mißmutig ein. »Das wäre nun doch für die ›Fliegenden‹, wenn ich zu schwärmen anfinge wie Bert. Ah bah, das verdammte Mundorgeln des Alten da hinten, das ist's wohl, – das hat so etwas Süßfaules, daß man einen Dusel bekommt!«

Der Bergknöpfel schob wirklich das singende Holz sachte zwischen den Lippen hin und her. Feine Töne, tiefe und hohe, rannen mitsammen heraus. Mit keiner andern Musik war dieses kleine und doch so reiche, auf- und abwogende Örgelchen zu vergleichen. Wie wenn Kinder mit Männern und Frauen singen, war's zu hören.

»Das ist ein Hinterwäldler!« rief ein Junge, der schon jeden Tanz kannte.

»Spielt nur weiter!« bat die Hebamme. »Das Kind sperrt die Augen auf und hört's gern. Fällt nicht aus der Art.«

Die zwei Jungfer wurden brandrot. Aber der Tubäkler sagte: »Dann ist's also eine echte Absomerin, unser Blut! und nicht ein halbfremd' Gewächs wie der Mang!«

»Den laßt einmal aus dem Spiel!« forderte unendlich kühl Üli. »Solche ernste, herzhafte Jungen täten, mein' ich, dem Dorf mehr not als Tänzerinnen!«

»Noch nie hat ein Schaf oder eine Geiß gefehlt, wenn er die Allmend hielt«, erklärte jener Bub neben dem Bergknöpfel. »Und in der Schul' war er weitaus der erste.«

»Die Schul'«, lachte der Bauer, »das heißt mir nichts. Aber Schaffen kann er wie ein Großer. Das ist wahr. Zwei Klafter Buchenes hat er mir in vier Tagen gesägt und gespalten.«

Der Bergknöpfel spielte indes stumm weiter, halb wie Tanz, halb wie Sang, alles in einer dumpfsüßen, unsagbaren Sehnsucht. Viele horchten; viele summten mit.

6.

Der Pfarrer aber fuhr immer lauter und immer mehr Zuhörer sammelnd, in seiner Erzählung aus dem Jahre 1551 weiter: »– Und da zogen die Katholischen von da drüben, die ihre Messe und den Papst nicht verleugnen wollten, und die Evangelischen hierseits mit dem Prädikanten und Luthers schwerer deutscher Bibel voraus, zogen mit geschwungenen Schwertern und unter grimmigem Psalmensingen sich entgegen, um einander zur gleichen Seligkeit zu zwingen und zu quälen.« – Der Bergknöpfel begleitete das Wort mit schmerzlich hohen Tönen. O, er kannte, wie alle diese Alten da, die Chronik!

»Wahrscheinlich bin ich einmal hier gewesen, wie der Bert auch sagte, Anno – ei was, das ist ja gleichgültig«, sann Emil widerwillig nach. Im vierten Semester war's, glaub' ich! Das ist wohl ein Ton daher. Meinetwegen! – Um die vielen Dorf- und Bergnamen hab' ich mich gar nicht gekümmert. Ja, der Bert hat alles aufnotiert. Der war immer so.« – Emil mußte lächeln. »Ich tat's zur Erholung meiner abstrapazierten Examennerven. 's ist aber doch alles Wildheit und Hetze gewesen. Am Tag auf so und so viele schöne Gipfel und abends gespaßt mit so und so vielen hübschen, kräftigen Bergtöchtern. Mich hat's wieder stramm gemacht. Da hab' ich ja wohl meine Schlingelkraft ausgetobt. Aber, –« sann er, sein Lächeln rasch begrabend, weiter, »aber solches Schwätzen und Singen und so eine Stimme gibt es wohl nur hier, daß es einem so nachgeht.«

»– Am Bach standen sie einander vor die Stirne, Schwert und Kreuz dort, Schwert und Bibel hie. Und jeder sah mit seinem Aug' nur Feindschaft und Tod im andern. Da waren Bruderskinder und Verschwägerte vom dünnen Wasser geschieden. Weiter hinten standen beidseits eine Reihe Gewehrtragender und eine alte Kanone geladen und zundbereit. Wenn der Prädikant das Buch über die Köpfe hob oder der Pfarrer drüben die violette Stola schwenkte, dann sollten sie schießen.« –

»Die violette Stola, – der Pastor kennt die Chronik auswendig«, dachte der katholische Ratsherr.

Die meisten hörten jetzt das ihnen wohlbekannte Ereignis an. Schöner als der Pfarrer mit seinem Bariton kann's kein Mensch erzählen. Der Bergknöpfel freilich musizierte leise dazu, und etliche summten ebenso leise mit, auf und ab, wie über helle, runde Hügel und Täler.

»– So schauten sie sich an«, fuhr der Pfarrer gewaltig fort, »und wollten einander bekehren, aber fanden vor den vielen harten Gesichtern des Gegners kein Wort, das mächtiger als aller Zorn und Angriff wäre. Schweigen herrschte. Das Knirschen der Waffen, die man aus dem Leder zog, ging durch die Massen –«

»Das Knirschen der Waffen, – akkurat so steht's!« lobte leise der Mattler.

»Die Katholischen dachten: das sind sie, die unsere Altäre zerschlagen und die goldenen Meßkelche zu Geld geschmolzen haben. – Und die Evangelischen: das sind sie, die uns in alte, rostige Ketten zurückwerfen wollen, – die unseres edeln Huldreich Zwingli Gebeinasche in alle Winde verstreut haben. Und der Grimm würgte sie. Laßt uns stürmen, hier hilft kein Reden mehr! – Es war unter den Evangelischen abgemacht, vor dem Kampf zu singen: ›Alles Leben strömt aus dir‹, – wisset, mein Herr«, wandte sich der Pfarrer an Heinz, »das ist unser uraltes Lied, mit dem das Volk der zwanzig Dörfer seine Landsgemeinde heut noch eröffnet. Ein Magister hat's an der Kirchenorgel ersonnen.«

»Aber auch die Katholischen hatten sich auf dieses Lied geeinigt. Auch sie sangen es ja an der offenen Tagung des Landes mit. Und so hörte man jetzt von beiden Seiten zugleich die wunderherrliche Strophe:

Alles Leben strömt aus dir
Und durchwallt in tausend Bächen
Alle Welten, – alle sprechen:
Deiner Hände Werk sind wir –«

»Deiner Hände Werk sind wir!« wiederholten alle Zuhörer lauter, nachdem sie die Verse in ihrer choralhaften Melodie leise dem Pfarrer nachgesungen hatten. Emil wußte sicher, daß er diese Weise schon einmal gehört habe. Neben der Bahn im Tobel wogte und tobte der Bach und rauschte schwer, als rege ihn das Furchtbare, was er damals erlebte, heut noch auf.

»– Die singen ein Lutherlied! – Die singen ein Papstlied! – dachte man hüben und drüben. Denn man konnte vor dem eigenen Sang die andern nicht verstehen. –

»Aber als der letzte Vers ›Deiner Hände Werk sind wir‹ nach und nach verklang, merkte jede Partei, daß die andere das gleiche Lied gesungen habe. Und ein Staunen faßte sie. Das gleiche Lied! Das gleiche Lied! – Sind wir denn nicht fortan ungleich durchs ganze Leben und alle Ewigkeit? Wieso das gleiche Lied?

»Und sie erinnerten sich, wie sie vor der großen Spaltung in den gleichen Kirchen und auf dem gleichen Landsgemeindeplatz zusammengekommen waren, jahrhundertelang, und die Obrigkeit gewählt, die Satzungen festgelegt, den Vogt ins Untertanenland bestellt, die Alpsömmerungen ausgemacht, und wie sie, die große Bergfamilie des Gaues, sich hier für Freud' und Leid eines Jahres fest vereidigt hatte. Und nun mußten sie einander ans Blut geraten wie Raubtiere.«

»Wie Wölfe«, verbesserte leise der Ratsherr von Mattli. »So steht's!«

»Ihre Hände hielten die Säbel lockerer, und sie blickten einander minder grimmig an. Ja, sie erröteten. Kains Scham griff sie an. Nur der Prädikant und der Pfarrer behielten sich mit tapferem Zorn im Auge. Die Evangelischen begannen die zweite Strophe, und gleich fielen die Katholischen, die doch jetzt kein neues Lied mehr singen konnten, mit in die Verse ein:

> Daß ich fühle, – daß ich bin,
> Daß ich dich, du Großer, kenne,
> Daß ich froh dich Vater nenne, –
> O ich sinke vor dir hin!
> O ich sinke vor dir hin.« –

Wieder begleitete der Orgeler, wieder sangen die Leute mit, diesmal schon laut. Es war wie halber Kirchengesang. Heinz wußte sich vor

Entzücken über diese Poesie ringsum nicht zu fassen. Zusammenhang von Seele und Natur, da sieht man!

»Jetzt«, deklamierte der Pfarrer fort, »wußten alle, daß sie mitsammen gesungen. Das rauschte mächtig in die Lüfte und packte gewaltig die Herzen. Es war, als ob die gleichen Worte und die gleiche Melodie diese erzürnten und entzweiten Menschen wieder zusammenbinde. Einige Bekannte lächelten einander herüber, hinüber an. Zwar die Geistlichen trotzten noch immer hart gegeneinander. Aber die Bibel ward nicht gehoben und die Stola nicht geschwungen. – Was sollen wir? – morden? – wenn wir den gleichen Vater kennen und den gleichen Vater nennen? – Sünde ist's, was wir tun.«

»Es war gegen zehn Uhr vormittags, genau die Stunde, da unsere Landsgemeinde anfängt. Ein heller Apriltag! Dann glänzt der Schnee auf den Bergen wie schmelzendes Silber. Der Föhn geht. Alle Gipfel rücken groß und nah heran. Man merkt den Lenz. Und es ist, als ob der Herrgott neben einen stehe, so feierlich und voll großen Lebens.« –

»Woher hast du das?« rief leis der Mattler; »in der Chronik steht es nicht.«

»Und zum dritten Male und mitsammen begannen die Bauernheere mit ihren rauhen Kehlen:

Deiner Gegenwart Gefühl
Sei mein Engel, der mich leite,
Daß mein schwacher Fuß nicht gleite,
Nicht sich irre von dem Ziel,
Nicht sich irre von dem Ziel!

»Da hielt sie nichts mehr. Man schrie laut auf und sprang übers Bächlein zueinander, weinte, umarmte sich und bat unendlich um Verzeihung. Man tauschte die Säbel zum Andenken, lud sich auf Sonntag zu Gast und trug sich zu Gevatter an. Es war wieder ein Volk. Die Kanonen fuhr man heimlich und beschämt hinter die Haselstauden und riß den Feuerstein von den Büchsen. Ein großes, heiliges Volkslachen und Volksweinen schlug wie zwei Wellen ineinander, und nur die zwei Pfarrer standen noch wie zwei Eisberge darin. Ihre harte Buchweisheit sträubte sich vor solcher Kapitulation. Vor den Herz kapitulieren, dem unsinnigen, schwankenden – diese Schriftgewaltigen, Alleinwissenden – nein, niemals! –

»Aber da rief es: ›Wo sind die Pfarrer? Sie müssen sich die Hände geben, sie hätten's zuerst tun sollen. Vorwärts, die Hände geben! Wir wollen Frieden, Frieden, Frieden.‹

Man drängte und stieß die Herren nicht gar sanft gegeneinander. ›Ob ihr wollt oder nicht, ihr müßt!‹ Drohend umringte man sie, schlug an die Gürtel und klopfte auf die Säbelköpfe. ›Sofort, auf der Stelle!‹

Und da gaben sie sich die Hände, der beweihte Prädikant und der jungfräuliche Pfarrer und verzogen den Mund vor innerem Weh.

›Und küssen sollen sie sich!‹ stürmte und begehrte es brausend.

Da sah der eine dem andern nah ins Auge. Immer hatten sie sich nur von weitem gesehen, wie Feinde. Zum ersten Male sahen sie sich nun menschlich nah an. Und jeder sah neben etwas Tapferem auch etwas Warmes und Freundliches, neben einer harten Bibel- und Schulgerechtigkeit auch etwas wie Herz glänzen und dachte: Mein Bruder irrt zwar, aber er ist gut. Er hat auch Liebe. Ich will ihn gern küssen.

Und sie reichten sich den Mund.

›Der Herr mit dir!‹ sprach der Absomer.

›Pax tibi!‹ der katholische von Mattli, zu Deutsch: Wir wollen Frieden haben.

Und alles, was zusah, weinte oder lachte vor grenzenloser Freude.

Dann ward entschieden, daß die Evangelischen auf diesem linken Ufer, die Römischen auf dem rechten bleiben und ihres Glaubens froh werden sollen, daß der Bach da die Bekenntnisse scheide und daher Scheidbach heißen solle. Aber nur die Bekenntnisse, nicht die Liebe soll er scheiden.«

»Und hat's doch getan«, brummelte der Ratsherr.

Aber das Wort ging unter im Spiel Bergknöpfels, der allen zunickte, den Choral nochmals zu singen. Während das Bähnlein durch einen gesprengten Felsklamm gen Absom holperte, ward der Chor wiederholt. Aber ohne Worte, schon weltlicher, im Dreivierteltakt. Am Ende ging's ohne viel Federlesens aus dem heiligen Lied in einen tüchtigen, fast tanzhaften Jodel über, und zuletzt ward's ein wahrhafter Walzer. Der Wagen jubelte mit. Und hoch über alle Stimmen hinaus, wie das höchste Glöcklein im Turm, das kleine, zu oberst, gerade am Schalloch unter dem Helm, so klingelte die Stimme der Sopranjungfer. Ihre Töne leuchteten förmlich. Auch Heinz sang mit, so gut es ging.

Aber wie das Bähnchen nun aus dem Felsschnitt rutschte und urplötzlich in ein ganz grünes Hochtal geriet, wo hinten das Dorf Absom stolz und sauber im blauen, überhängenden Waldschatten lag, zuerst Hügel, dann Alpweiden, dann graue Felsen mit weißen Schneeschärpen, und endlich das letzte und beste von allem, den urblauen Gebirgshimmel über sich, und als Emil alle diese Gesichter sah, die beim Singen etwas Liebes dachten und etwas Inniges bei sich trugen, darunter die Hebamme mit unaufhörlichem Kindchengeküß, den Bergknöpfel mit dem unsterblichen Holz im Mund, den Tubäkler und Üli, die mit einer wahren Wonne aufs Dorf und seine Berge schauten, und vor allem auch die vorsingende Jungfer, deren Augen lachten und sicher auch ein liebes Geheimnis bargen: da fühlte sich Emil wie noch gar nie in seinem Leben in seiner kühlen Verstandesart mit dem fast eingeschläferten Herzen wie von allen Seiten fremd und abgestoßen, und packte Heinzen, der sich nun gar auch noch mit Singen und Wundern an diese gefühlvollen Leute festkleben wollte, unwillig am Arm: »Du gerührte Seele! He, nimm das Zeug zusammen, wir sind ja im Dorf!«

Üli half zutunlich mit. »Dort ist die Wirtschaft, Inschenier!«

Er zeigte auf ein stattliches Haus mit geschweiftem Dach und einer vielzackigen, vergoldeten Krone über dem niedrigen Tor. Man fuhr durch die Dorfstraße hinauf, an der Kirche, am Pfarrhaus vorbei. Daniel Munder nickte seiner Frau zum Fenster hinauf und dachte wie immer an dieser Stelle: Wie schade, daß das Bahnhöflein nicht hier, sondern noch hundert Schritte weiter liegt! Man könnte unterweilen fast zwei Kapitel Matthäi lesen oder eine Eröffnungsrede für den Großen Rat studieren. – Übrigens wollen wir den Ingenieur Sonntags zu Tische laden. Er scheint ein sehr distinguierter Mensch zu sein. –

Müd und verschlagen von diesem holperigsten aller Bähnchen ließ sich Emil sogleich die zwei grün tapezierten, hübschen Kammern Berts einrichten. Er sah auf den großen, nur von einigen Kinderstimmen und wenigen Schritten belebten Dorfplatz hinaus. Die Fenster der jenseitigen, herrischen Häuser brannten in der Abendsonne. Wie still! Und doch war das also das Dorf dieses Broller, dieses Brandstifters Bastian, dieser wilden, kindergebärenden Jungfer. Hier hatte Bert gehaust und dort hinten ging's gegen den Absomer hinauf. Und da, da geht ja die Vorsängerin über den Platz die so seltsam: Sonne! rufen kann. »Diese Jungfer, diese Jungfer!« lispelte er.

»Was sagt Ihr?« wunderte sich Heinz allmächtig. Er hatte genau verstanden.

Emil sah ihn barsch an, aber meinte dann gegen alle Erwartung milde: »Man jodelt hier sehr schön! Es hat mir gefallen!«

7.

»Sette, wie spät ist's?«

»He, was gibt's denn da?« – Emil reibt sich die vom Schlaf stets geschwollenen Augen. Er meint, im Manußhaus zu sein und sitzt auf. »Ist das Mond oder Sonne?«

Es ist das Frühlicht, gesponnen aus blassem Mond und noch blasser Sonne. Silber der Nacht und Gold des Tages mischen sich. Aber das Gold wird mit jedem Augenblick mächtiger.

Als Kind war Emil von überaus schwächlicher Gesundheit. Dann erstarkte er und seit dem siebenten Jahr hat er keinen Doktor mehr gebraucht. Aber seltsam! Jeder Tag schien eine kleine Wiederholung seines Lebens. Sowie der Manuß erwachte, fühlte er sich immer zuerst ungeheuer schwach, konnte keine Faust ballen und glich einem hilflosen Kind. Dann streckte und reckte er seine stahlgeschmeidigen Glieder, stemmte die Zehen an die Fußwand und bemühte sich minutenlang, eine Faust zu knoten. Nach und nach gelang's. Die Kraft kehrte zurück und Emil stürzte auf einmal wie ein Riese aus den Federn. Aber zu diesem Umschwung war doch ein Viertelstündchen nötig. Emil schämte sich dieser eigentümlichen Schwäche und verhehlte sie vor allen, Sette und Heinz ausgenommen. Auch im besten Spaß duldete er von Heinz keine Anspielung darauf. Der tat, als sähe er nichts davon, und so wollte es sein Herr am liebsten.

Die niedrigen Dielen und der Holzgeruch der Kammer erinnerten den Halbwachen, daß er in einem Gasthof im Gebirg übernachtet habe. Ei wohl, er besinnt sich nun auch, daß er mehrmals in der Nacht erwacht ist und die Stundenschläge vom nahen Turm gehört hat. Auch Träume hatten durch seinen Kopf gespukt, aber er wußte nicht mehr, was sie mit ihm getrieben. Eine Locke von Settens glänzend geblähtem Haar, etwas Schnee vom Absomer und die Zipfelmütze des Üli blieb noch vom ganzen Schabernack übrig.

Dann hatte er eine Pfeife gehört. Der Milchmann! Jeden Morgen pfiff er vor dem Manußhaus.

Aber nun war es ganz etwas anderes, denn da lief ein unzählbares Getrippel und Getrappel mit schwerem Blöken und heiterem Meckern unter dem Fenster vorbei über den gepflasterten Dorfplatz. Eiskalte Bergluft lag im Zimmer. Emil sprang ans Gesimse und sah wohl zweihundert zottige und spitzbärtige Horntiere zum Dorf hinaustraben. Sie klebten wie eine einzige, vielhöckerige Masse zusammen, wo es tausendfach beinelt und schwänzelt und doch nicht voneinander kann. Bald erhob eine Geiß ihr schneidermäßig fürwitziges, bald ein Schaf sein schwarznasiges, pastorales Gesicht aus dem melodischen Rhythmus der Herde. Voraus war ein kleiner Junge mit der Holzpfeife gegangen. Aber unter der Kronentüre stand offenbar der eigentliche Herr des Zuges, ein Jüngling von rotblondem Kraushaar auf seinem runden Schädel. Er trug schwarze, zwilchene Hosen, eine rote Weste und einen kurzen, weißen Hirtenkittel. Am Rücken hatte er einen ledernen Sack hängen. Emil sah vom Fenster schräg auf den Burschen herab. Soviel er merkte, trug der Junge eine regelmäßige, schöne Stirne, breite, kurze, rotgoldige Brauen, ebenso rote, lange Wimpern und eine noch undeutliche, kurze Kindernase. Der Mund stand ihm breit offen, und zwischen den Lippen drohten eine Reihe weißer Schaufelzähne. Er hatte eine gerade, steckenhafte Haltung, war mager, langbeinig und an den Achseln sehr schmal. Das Gesicht wimmelte bis zur Nasenspitze von kleinen, feinen, braunen Märzenflecken. Es war tiefbraun von der Sonne oder dem Hirtenleben. Der ganze Bursche hatte etwas bald Rotgoldenes, bald Goldgelbes, woran besonders diese unbeschreiblich glänzenden, gelbroten Haare schuld waren. Die Augen des Jünglings sah Emil nicht, aber er hörte eine sehr sangvolle, helle Stimme, die das Hoihe! – hohoh! aus blitzenden Zähnen in die Herde rief.

»Das ist der Mang, den mir Bert anbefohlen hat, sicher.«

Unten sprach der junge Hirt mit dem Wirt im Hausgang. Dazwischen pfiff er und lockte und befahl in die Tiere hinein, alles mit einer noch ungebrochenen, hohen Stimme.

Emil zog Hosen und Weste an. Die Häuser über dem Dorfplatz, die höher lagen, hatten schon alle Scheiben voll Morgensonne. Hier war noch eine Minute Schatten und daher alles noch nacht- und felsenkalt. Aber schon berührten die goldenen Fußspitzen der Sonne die wolligen Schafrücken und die langen Ziegenbärte, und auf einmal stand sie beherzt mit der ganzen Sohle auf dem Boden. Sogleich ward der Platz weiß von Licht, die Schafe leuchteten, die Ziegenhörner funkelten, das Getrappel ward schneller. In die Höhe! In die Höhe! Emil merkte, wie es ihn zur Arbeit am Berg mitzog.

»Mach's gut!« rief die Stimme im Hausgang, »und gib mir auf den Seppli acht! Längstens morgen früh kommen wir nach, der Inschenier vielleicht vorher.«

Der Junge, ohne sich zurückzuwenden, sprang von der Türplatte und sagte: »Adi-ä-ä!«

Dann hob er das Gesicht gegen die Turmuhr und rief: »Heijo! schon halber sechs!«

Jetzt sah der Manuß in das frische, wangenrote, aber trotzdem eigentümlich düstere Knabengesicht. Stolz, finster, in sich gekehrt, aber gescheit sah er aus. Viel verschuldeten dabei die dicken, schräg von der Nase in die Stirne gebüschelten Brauen. Nicht halb überwölbten sie die Augen, sondern schossen fast gerade auf und sahen wie zwei gegeneinander gezückte, breite, bronzene Schwerter aus. Strengte er sich in etwas an, so wie er ins glitzrige Zifferblatt emporgeschaut hatte, dann zog sich die getüpfelte Stirne zusammen, es gab einen tiefen, kurzen Schnitt ob dem Näschen, und die zwei Schwerter gerieten fast zusammen. Doch das Seltsamste in diesem Gesicht waren die Augen. Emil hatte gedacht, hellbraun müßten sie in diesem Gesichte sein. Nun erglommen sie mit einem leisen Schiller ins Grüne zündend blau und schauten so naß und funkelnd wie zwei kleine, tiefe Alpenseelein aus dem unspaßigen Bubengesicht hervor.

»Grüezi!« sagte Mang unbefangen, als er den Ingenieur sah.

Emil grüßte und lachte sich heimlich aus, weil er so höflich dazu mit dem Kopfe genickt hatte. Gegen diesen Holzschuhknaben!

Mang aber schritt hinter den letzten Schafen hoch einher, ohne Hut, die Gerte schwingend und ganz wenig zum Üli zurücklächelnd, als dieser nachrief: »Hast auch Bücher mit?«

Indessen war Emil völlig munter geworden, nur seine schmalen Augen schienen noch wie jeden Morgen vom Schlafen entzündet. Wie ein Kind rieb er darin, bis sie überflossen. Dann rannte er zur Türe von Heinzens Kammer, krachte sie rücksichtslos auf und schrie: »Auf, Alter!«

Heinz lag schon lange wach auf dem Rücken und schielte zum Fenster hinaus. Die ganze Bergkette blickte über die nächsten Hügel mit einem

Dutzend Gipfel herein. Alle blitzten mit ihrem Schnee im Morgen wie weiße Kerzen.

»Guten Morgen, Emil!« sagte Heinz und streckte die Hand entgegen. Lässig nahm sie Emil. »Seht Ihr einmal das Gesimse hinab«, plauderte er weiter, »das ist die Hinterseite des Dorfes, und wir sind hoch oben auf einer Terrasse.«

»Steh du jetzt nur auf!« gebot Emil und trat ans Fenster. Wirklich, diese ganze Häuserseite fiel steil über eine Böschung in tiefe Wiesen hinunter, die sich glatt und still mit wenigen Bäumen und Höfen zu den waldigen Hügeln hinüberdehnten. Wie ein grünes Meer war's und die Gehöfte wie alte Schiffe und die paar Föhren daran wie Mastbäume. Dünne weiße Sträßchen zogen hindurch und allenthalben zerschnitt ein brauner Hag das Gefild in kurzweilige Stücke. Sennen mit blendender Sonne auf ihren blechernen Milchtausen gingen langsam dorfwärts. Schneller eilten einige Fädlerinnen oder Stickerinnen in ihre Arbeitsstuben im Dorf. Denn hier ward feine Fingerarbeit verrichtet.

Von ferne in die Landschaft nickte und regierte der Kopf des Absomer. Von hier gesehen stand er hinter den Vorbergen ziemlich zurück. Aber er mußte hochgewachsen sein, daß er hinter so starken Steinkerls noch so wuchtig erschien. Der blaueste Himmel lachte ob seinem groben Scheitel. Eine breite Binde von Firn ging ihm um den Hals.

»Das ist er!« entfuhr es Emil.

»Zuerst war er dunkelblau«, sagte Heinz, »dann violett. Das hättet Ihr sehen sollen. Violett wie das Seidenfutter Eueres Hutes. Oder wie, wie – wie ein Bischofsmäntelchen.«

»Willst du wohl aufstehen!« herrschte ihn Emil nun strenger an und zog ihm das Kissen unter dem Kopf weg. »Und dann ward er sicher rot – und dann gelb –« spottete er.

»Ich lüge nicht! – ja, dann rot wie unser Blut, ganz überspritzt davon. Manuß, ich sag' Euch –«

»Man muß dich hinauspeitschen!« lachte Emil, der eine Hundepeitsche an der Wand hängen sah. Belustigt, aber ernsthaft ließ er sie über dem Bett Heinzens schwirren. Der Diener vergrub das Gesicht in die Decke. Mit jedem Hieb verhärtete sich Emils Gesicht. Er biß die langen, gelben Oberzähne in die dünne Unterlippe.

»Halt! halt! – wir sind jetzt nicht am Kongo! hört auf!« schrie der verschüchterte Faulenzer. »Frau Sette, Frau Sette, zu Hilfe!« lärmte er mit komischem Entsetzen.

Emil lachte trocken. Das Fürchtenmachen gefiel ihm.

»Sagt, habt Ihr den Brief gelesen, den von Frau Sette?« Mutig setzte sich Heinz plötzlich im Bett auf. Ein Zwick traf ihn auf die Achsel.

»Hör' auf, Miggi! ich bitt' schön«, bat nun Heinz in der alten, heimeligen Sprache, die er ehedem gegen den Knaben und Schüler Emil hatte reden dürfen. Er rieb an der Achsel, wo es schmerzte, aber blieb aufrecht und schlug kein Lid mehr nieder. »Frau Settens Brief, Miggi!«

Diese Tapferkeit gefiel Emil. Er schleuderte die Peitsche in die Ecke und warf Heinzen die Hose ins Bett.

»Sput' dich ein wenig! Welcher Brief? – ach ja, du hast ihn mir beim Einschlafen gebracht. Da war ich zu müd'. Wo ist er? wo ist er?«

Heinz schlüpfte in die Kleider. Das ging so rasch, wie bei einem, der sich daran gewöhnt hat, jeden Augenblick in der Nacht aufkommandiert zu werden. Emil aber warf sich in den Lehnstuhl am Fenster, strich ungeduldig seinen seidenweichen, kurzen Schnurrbart und befahl: »Die Stiefel! die Uhr! den Brief!«

Das barfüßige Faktotum holte alles aus Emils Kammer. Dann kniete es vor seinen Herrn hin und zog ihm die weichen, aber hartgenagelten Bergschuhe an und nestelte sie fest zu. Wie ein Sklave! Und er tat es gern und blickte zufrieden zum anscheinend gefühllosen Herrn empor. Dienen war sein Bedürfnis, seine Seligkeit. Sein Lebtag hatte er nichts anderes gekannt.

Emil fächelte sich die Wangen mit dem breiten Briefkuvert.

»Leset ihn jetzt, bitte!« bat Heinz. »Derweil' bürst' ich Euch die Schuhe besser. Sie sind schlecht gewichst.« – Und sogleich zog er ein Bürstchen aus der Tasche und trieb einen heißen Glanz aus dem matten Leder. Emil liebte glänzende Schuhe.

»Wie, Ihr schiebt den Brief in die Tasche? – dann vergeßt Ihr ihn gar noch. Sagt nicht nein! – auch schon, auch schon! – Wenn das Frau Sette wüßte! – der andere Fuß!«

Emil legte den zweiten Schuh über Heinzens Knie und sah nachdenklich ins Gebirge hinauf. Wo ging's da eigentlich hinauf? Gleich nach dem Frühstück wollte er Berts Karten nochmals durchgehen, dann um Mittag ins »End« fahren und bis Miezeler oder gar bis zur Alp hinaufsteigen. Er sehnte sich, je eher, je lieber in der gewaltigen Welt dort oben zu arbeiten.

Aber kopfschüttelnd fuhr Heinz fort: »Den ersten Brief seiner Frau! – Und nicht drauf losspringen und ihn verschlingen wie ein Verhun-

gernder! – Jesses, seid Ihr ein Mensch! Hebt den Schuh ein wenig! so!
– was für Teufelswichse haben denn die Leute hier drangestrichen,
Kuhmist? – Die Briefe meiner seligen Agnes haben mir jedesmal einen
Rausch angehängt. Ich wär' gestorben, hätt' ich sie nicht gleich aufreißen
und essen, nein fressen können! Euch versteh' ich gar nicht. Ihr seid
kalt wie ein Ofen im Sommer. Herrgott, könntet Ihr denn gar nicht
lieben?« – Wie ein Beter vor einem starren Götzenbild kniete Heinz da
und blickte auf diesen Gott, dessen Lippen leise spöttisch zuckten.

Emil hörte etwas, aber es war ihm reines Gefasel. Heinzens Vielrede-
rei, bah! – Da oben unter dem Schnee des Absomerkopfes floß eine
breite, schiefe Strecke Geriesel. Die wird zu schaffen geben. Nah' darunter muß die Absomalp liegen.

»Vielleicht ist ihr unwohl! – vielleicht fragt sie nach Euch – man
weiß ja nie, was fern geschieht. Auf dem Stempel steht Basel.«

Wo möglich noch heut dort hinauf! Aber Decken und Proviant mit,
Fleisch und Rum. Ich bin kein Milchkalb. »Heinz! schau, wie hochmütig
der Absomer auf uns herabguckt, der Donnerwetterskerl!«

»Sicher hat Frau Sette schon Heimweh, Miggi! Sie leidet! Sie plagt
sich mit Gedanken an dich! – Tu' ihn auf, Miggi! – Hör' auch wieder
einmal auf mich! – Seht Eure Schuhe, – glänzen sie genug?«

Emil sprang auf, das alte, treue Knechtlein schier über den Haufen
werfend. »Komm hinunter, Heinz, zum Kaffee! Er riecht fein herauf! –
Und dann ans Werk – 's wird ein strammer Tag! Der Absomer mag
sich vorsehen!«

»Der Brief, Herr!«

»Auch ihm kann man das Genick brechen, – wir kennen keine ungebrochenen Majestäten, wir Ingenieure! – Und du, alter Märchenerfinder,
hör' einmal auf mit deinen Geschichten! – Das war dem Buben etwa
gut! Immer vergissest du das! – Du hast, mein' ich, gesagt, Lieben,
Heimweh, Herz und andern Unsinn! – Ich sag': Kaffee und Butter und
Alpenkäse, und hernach – Geometrie!«

»Und zuhinterst doch die Liebe!« beharrte Heinz hartnäckig.

8.

Berts Karten waren hell und scharf und mit der göttlichen Genauigkeit des Pedanten gezeichnet. Eingeschlossen in seine Kammer, mit verriegelten grünen Läden, beugte sich Emil über das Gemengsel der Papiere und hatte bald den ganzen Weg erkannt. Die Bahnlinie war im kürzesten Strich durch die köstlichen Wiesen der Talschaft gezogen, aber schleifte sich dann, sobald das billige Bergterrain begann, in einer bequemen, schrägen Richtung durch die Wälder über Miezeler hinauf zur Alpe. Der gewöhnliche und schönere Wanderweg dagegen ging zuhinterst ins Tal zum »End«, stieg dann über krüppelig bewachsene, abgerutschte Halden zum Plättlisee und von da über eine verfluchte Schroffheit von Gefels nach Miezeler. Von da ging's noch zwei Stunden ziemlich mit der Bahnlinie zur Alpe. Könnte man vom Seelein die Wände empor, – und es war da etwas wie eine Gemsenspur hineingekritzelt, – dann gelangte man schnell und geradeswegs zu den Absomerhütten. Haarscharf war diese Alpe hingestrichelt. Man sah die drei Alphütten hinten am Felshang, vorne die furchtbaren Abstürze der Flühen gegen den See, den Bach links oben aus den ewigen Stein- und Schneeschründen in die Weide fließen und sich ein Viertelstündchen ob den Hütten durch das Gras zu den Ränften schlängeln, wo er dann in einer Kaminrinne zum See abstürzte. Halb um die Alpe herum starrte der oberste, steinerne Berg auf, zuerst in grauen Geröllhalden, immer steiler ansteigend, dann aber als knochiger Fels bis hoch zu den Firsten, an wenigen Vertiefungen mit einem alten, harten Schneepelz belegt. Von diesen Steinwüsten an wurde die Sache wichtig, da begann Emils Arbeit. Zwar zogen sich durch die untern Partien noch Zeichnungen fast bis zum Rumpf des Absomer, Gefälle und Steinsorte war genau bestimmt und sogar die Kletterei der Waghalse auf den Gipfel mit Pünktlein verraten. Aber Emil staunte. Die sichere Hand Berts fing an, je höher es ging, zu zittern; die Linie verlor ihren so bestimmt zum Ziel weisenden Finger. Es war, als habe der Mann Schwindel bekommen. Wie eine schleichende Katzenfährte machte der Strich da große Umwege, wich jeder Wand und Steilheit aus und beschrieb fast eher die Flucht als den Angriff des Berges. Das war nicht die offene, mutige, oft beinahe romantische Art Berts. Ja, links und rechts waren neben die Hauptlinie noch Nebenstriche hingetüpfelt, eine geradezu schmähliche Tat in Emils Augen. Denn für einen richtigen Pfadweiser soll es keine Seitenwege und Notgäßlein, kein Nörgeln und Pröbeln aus der sichern Richtung heraus geben. Der Manuß kannte neben dem: so! – kein: vielleicht auch so! –

Vor dem Fensterladen hörte man Kindergeschwätz. Die langsame Stimme Heinzens mischte sich reichlich darein. Er narrte mit ihnen, der Kinderaffe! Sehr vernehmlich erzählte er diesen Dorfplatzjungen, die mit rudernden oder radschlagenden Armen Eisenbähnlis und Luftschifflis spielten, daß Zeppelin über seine Stadt und das Haus des Ingenieurs geflogen sei, klirrend und brausend wie ein neues, großartiges Unwesen der Lüfte.

Das störte und ärgerte Emil ein wenig, dieses Geplapper, so hörbar durch die trockenen Holzwände des Hauses. Aber er stützte den Kopf an den kleinen, dünnen Ohren in die Hände und war nun wieder ganz im Projekt.

Daß Bert so weitläufige Gänge beschrieb, begriff sich allenfalls. Man muß das von Auge prüfen. Es wird wohl am Fels und Getrümmer liegen. Aber wie er nun bei aller Spaziererei doch zuletzt an eine Kluft von mehr als dreißig Metern gerät und gerade hier einen kostspieligen Viadukt vorsieht, – das gibt zu denken. Man merkt, der arme Bert kränkelte schon lange, entschuldigt Emil. Aber dann weiter oben in scheinbar leichten und sicheren Felsbändern immer den bequemsten Weg zu gehen, einmal mit geradezu verblüffend feiner Benützung einer Naturhöhle und eines Steinkamins, das war dann doch wieder gerechnet mit einer so schlauen, findigen Stirne, daß Emil stutzte. Und siehe, so ging's an einen jähen Absatz, wo ein Tunnel durch die größte Breite des Kegels gebohrt werden mußte, – es gab keinen Ausweg. Auf der andern Seite stand man dann noch hundert Meter unter dem Gipfel, fast senkrecht, fast unmöglich. Kein Pünktlein gab da weiter die Absichten des Zeichners kund. Unerklärlich!

Emil biß die gelben Zähne in die Lippe und kniff die Augen, daß nur noch ein Strahl, so dünn wie eine Stahlschneide, auf den aufgerollten Karton blitzte. Die Zeichnung regte ihn auf, wie ein boshaftes, aber verteufelt gescheites Abenteuer, in das man unversehens geraten ist, und das man nun wohl oder übel so klug als möglich mitmachen und überwinden muß.

Bert vergeudete da Millionen in die Felsen. So kam die Strecke unbezahlbar teuer. Das ganze Projekt war so tot.

Dem Manuß dämmerte immer klarer auf, daß Bert die Bergbahn unmöglich machen wollte. Das irre Reden des Kranken wurde ihm nun viel verständlicher. Das war weder Fieber, noch Irrsinn oder Blödigkeit Berts, das war klare Absicht gewesen. Er hatte sich in den Berg und in sein Volk verliebt. Seinem gefühlvollen, poetischen Wesen tat gerade hier eine Fremdenbahn je länger, je mehr weh. Dann wurde er krank und erst recht sentimental. So kam's, daß er mit einer umständlichen, geistreichen, geometrischen Pfiffigkeit den Absomer vor der Fremdensaison, dem Spekulantentum, dem Dividendenschacher retten wollte. Aber das geht die Ingenieure rein nichts an!

Nochmals ging Emil alle Karten und Berechnungen durch. Ja, so war es. Schlau und naiv zugleich. Fast rühren konnte diese ausgedachte, erbarmungsvolle List des Armen. Er hoffte wohl durch geniale Zeichnung und romantische Nebensachen zu täuschen, und sicher, ein Phantast wäre überlistet worden. Aber so ein kalter Mann wie Emil Manuß, oho! – was denkst du eigentlich, guter Bert? Wirklich, du bist schwerkrank!

Draußen wogte der Lärm immer ärger ans Haus. Lachen, Heinzens Rufe, Hetzereien, kecke Antworten, Holzschuhe, Hüst und Hott! – Doch Emil weilte jetzt droben in der Einsamkeit des Absomer und hörte nichts mehr. Er begann mit scharfer Stiftspitze in den Entwurf hineinzukorrigieren, kürzte Wege, löcherte Felsen, wagte Steilheiten von dreißig Grad, verband mit einem festen Strich zwei Wände, zwischen denen ein grausiger Schlund gähnte, überwölbte hier einen Gießbach, schuf dort eine Wuhre gegen das Wasser und einen Damm gegen faules Steingeriesel und operierte so beflissen am Berge, daß ihm die Stunden nicht minder schnell verflogen, wie den Kindern draußen ihre Papierdrachen. Kein Uhrenschlag, keine Zeit, keine andere Welt mehr!

Gerade legte er das Brücklein über den schwarzen Spalt zwischen dem Kräjoch und dem Absomsattel. Fein hatte er es angestellt, wenn jetzt nicht mitten im Werk ein Sturmwind dreinfährt. Da, wahrhaft, rüttelt und poltert es wie besessen an seinen Fensterladen. Ein Toter wäre erwacht. Wütend schoß der Geometer auf, sprengte die Läden und blitzte dunkelgrün in den verdichten Haufen von Mädchen und Knaben hinunter. Die Mädchen mit ihren langen Zöpfen rutschten beängstigt rückwärts, dann auf und davon. Aber einige Knaben mit gespreizten Hosensäcken faßten sich ein Herz, zwinkerten kühn mit den wasserhellen Augen, und einer rief: »Inschenier, gebt uns den Zeppelin herab!«

Am Haken des Ladens hatte sich so ein Papierschiff verfangen, ein noch unmündiger Zeppelin, aber schon waghalsig und halbwegs flügge. Er baumelte am Riegel mit zerrissenen Gondeln und war auf einer Seite platt gequetscht. Es mußte sich ein schauerliches Manöver abgespielt haben. Die kleinen Burschen faßten es auch so auf. Sie fühlten mit, was das Schiff und seine Fahrer jetzt leiden mußten! Wie sie die Arme gegen die Erde streckten und brüllten: Um Hilfe, zu Hilfe! – Es war furchtbar, in diese Tragödie der Lüfte hinaufblicken zu müssen und nicht retten zu können! Die Knaben standen auf den Zehen und reckten sich fast die Arme aus und schrien: »Gebt herab! gebt herab!«

»Den Zeppelin herab!« bat die ganze Gasse.

Heinz stand unter den Kindern, wagte jedoch nicht zu fürbitten. Ihn traf der erste zornige Blitz von da oben, und er senkte den Kopf wie ein armer Sünder. Er wußte, was kam.

»Den Zeppelin herunter!« rief nun schon mehr befehlend das wachsende Völklein.

Emil überwand seine Heftigkeit. Mit äußerlicher Kälte nahm er das Schiff vom Haken. Fünfzig Kinder hielten jetzt ihre auffangenden Hände hoch. Der Mann am Gesimse aber betrachtete das Schiff genau und riß ihm dann langsam den Bauch auf.

Ein hochstimmiger Schrei von unten begleitete diese Grausamkeit.

»Er ist kaputt«, sagte Emil kühl und warf die Fetzen über die Köpfe. Dennoch hatte ihm das Spielzeug mit dem einfachen, federleichten Triebwerk in der Hülle gefallen. Mit einer Miene von Eisen fuhr er dann leise und jedes Wort zwischen den langen Zähnen wir zu Kieseln meißelnd zu den Kleinen fort: »Ich muß studieren. Wer mir nochmals ans Fenster gerät, dem klopf' ich verschiedenes aus den Hosen! – Heinz!«

Er schloß die Läden wieder. Häßlich hatte sein rötlichbleiches, langes Gesicht mit den nagenden, gelben Zähnen ausgesehen. Wild und erschüttert blickten die Rangen noch lange zum Fenster und hielten Heinz fest, damit er nicht zu diesem Cheiben Inschenier[3] hineingehe, wo er gewiß Prügel bekäme. Ein kleiner, feuerbäckiger Ernstli aber stand vor ihn hin und sagte speiend und wortsuchend, wie Fünfjährige tun: »Wenn der Walter dagewesen wäre, – wißt, unser Walter, – er kann Skifahren und Velofahren und Reiten auch und – und – und mir springt er ohne Anlauf über den Kopf – und ist flink, gelt, Maxli und Hansli, geltet, –

3   verdammten Kerl von einen Ingenieur

im hujum ist er mir über den Kopf, – ja, der Walter, wißt, – und hat mir kein Härchen getroffen, nicht eins, – wißt ihr, wenn der Walter dagewesen wäre, der hätte es dem In – In – schienier schon gezeigt – wie –«

Und Maxli und Hansli und selbst der immer zweiflerische Wernerli nickten voll tiefer Beistimmung. Ja, ja, der Walter, hoch wie eine junge Tanne, der hätte es dem Inschenier schon gezeigt. –

Dann zerstreute man sich. Aber jedes lebendige Bein im Oberdorf wußte, ehe eine Stunde um war, wie der neue Inschenier einen bösen, grünen Blick und einen Haß auf die Kinder habe. »Wir können ihn am Sonntag kaum einladen«, sagte der Pfarrer Daniel zur Frau. »Er liebt die Kinder nicht und wir haben das ganze Haus voll von Ferienkindern.« Die Pastorin stimmte bedauernd bei. Es tat ihr leid, einen so wichtigen Stadtherrn nicht ein bißchen nach den Stadtfrauen ausforschen und ihm dann zeigen zu können, wie sie trotz aller Küchenchefs in den großen Stadthotels eine Fleischplatte doch auch recht orginell zu garnieren verstehe.

Bis zum Mittagessen verlor Emil an Heinz kein gutes Wort. Nur Befehle gab er, was einzupacken sei, daß man um halb zwei Uhr aufbreche, daß er vorher ein kleines Schläfchen tun und punkt fünf Minuten vor der Abfahrt geweckt sein wolle.

Heinz hatte diesmal die Gnade, zu schweigen, sogar freundlich zu schweigen, ohne ein mürrisches Gesicht zu machen. Das war das Gescheiteste, aber auch Seltenste, was der empfindliche Bursche in solchen Lagen tat. Emil wurde dadurch beruhigt, und gerade, als er zum Nachtisch die ihm lieben Schokoladewaffeln zu einem Spitzglas Bordeaux naschte, durfte Heinz es schon wieder wagen, Karton, Schnüre und eine Federspule auf den Tisch zu legen und um den Grundriß für einen neuen Zeppelin zu bitten.

Emil wischte den Plunder mit einem Ruck des Ellbogens vom Tische.

Aber jeder Mensch bleibt irgendwo noch naives Kind. Und Heinz wußte, wo diese Tugend bei Emil saß. Ruhig hob er das Zeug auf. Am Nebentisch versuchte er nun selber den Plan zu zeichnen und auszuschneiden. Dazu klirrte er mit der Schere entsetzlich wichtig. Dann füllte er Emils Gläschen wieder und fuhr messend fort: »Ungefähr so – ja! – diesen Winkel hat er etwa! – Aber da – das ist schwer. – Herr Manuß, das könnt Ihr auch nicht! – na wart mal – vielleicht –«

Bei solch schlauem Getue war Emil neugierig nahegerückt und hatte, als ihm die Ungeschicklichkeit zu bunt wurde, ohne weiteres die Schere genommen und die Teile zugeschnitten. Scheinbar widerwillig und doch gern ließ er sich erbitten, auch die Spule einzurichten und das Gerippe zu bauen.

Wieder füllte Heinz das Glas und trug es ihm mitsamt den braunsten Waffeln herüber.

»Du willst mich bestechen!« sagte der Manuß, ohne zu lächeln.

»Wenn ich nur einmal das auseinanderhalten könnte«, entgegnete Heinz, »Ellipse und Parabel. Aber wer kann das? Nur der Miggi!«

»Hast du mich verstanden?« fragte Emil scharf und flimmerte den Narren sonderbar und mit einem verächtlichen Zucken des Mundes an.

Doch der unverwüstliche Heinz sagte, als hätte er Emil gar nicht verstanden: »Das ist doch eine Erfindung! Herrgott, wie groß! dieser Zeppelin!«

Als Emil schlief, kleisterte Heinz das Schiff fertig, hing die Drehflügel ein und verband sie mit der Federspule und dem Faden. Dann ließ er Zeppelin II. lustig vom Gaststubenfenster in die Kinder treiben. Die waren schon wieder alle da. Die höheren Klassen hatten am Morgen eine Schulreise in die Berge angetreten, und da hatten nun auch die Buchstabenhelden der ersten Kurse zwei freie Tage bekommen. »Wenn der Herr Ingenieur aus dem Hause geht, so verbergt das Schiff!« warnte Heinz.

»Jawohl!« versprachen alle dankbar.

»Wie heißest du?« fragte Ernstli und stand mit glänzend braunen Augen vor Heinz.

»Heinz!«

Alle lachten, am meisten der knopfnäsige Frager.

»So heißt ja euer Fuchs, auf dem Walter reitet«, sagte man zu Ernstli.

Dieser fand vor Lachen immer noch keine Worte. »So – so –« sammelte er sich endlich, »da hat also der Walter einen Heinz und ich einen. Nimm mich auf den Buckel!«

Heinz hob das Bürschchen ohne Kragen, Hut und Strümpfe auf die Achsel und lief mit ihm behend durch den Kinderknäuel dem Luftschiff nach. Beinahe konnte der Kleine es mit seinen Tätzchen abfangen. Aber dann riß der Wernerli an der Schnur, und weit weg war der Zeppelin II. Heinz keuchte und schwitzte, die Zipfel seines Bergkittels flogen, und die Jungen zerrten in unbändiger Lust ihn bald da-, bald dorthin, um seinem kleinen Reiter das Haschen nach dem Segler zu erschweren.

In diesem Augenblick trat der Pfarrer aus der Kirche, dahinter die Hebamme, die dickgezopfte Sopransängerin von gestern, der Sigrist und ein rundliches, feistes, kahlköpfiges Männlein von sechzig Jahren, mit grauen Stoppeln im Gesicht, aber dem genußsüchtigen, roten Schleckmaul eines Achtjährigen. Er trug einen ungeschickten, überlangen Festfrack. Das war der Armenhausvater vom Absom. Bei ihm lag die von schwerem Kindbettfieber ergriffene Cecilie Astli. Denn eine Abteilung des Hauses diente solchen Kranken, die von der Gemeinde erhalten werden mußten.

Die würdige Taufgesellschaft blieb einen Augenblick kopfschüttelnd vor so einem Auflauf stehen. Die Absomer sind bei Taufen, Beerdigungen und Hochzeiten von einer sehr ernsthaften, steifhölzernen Feierlichkeit.

Zuletzt faßte der Pate die Jungfer an der Hand, drückte und rieb seinen fetten Handballen mit schmutzigem Augenzwinkern um ihre Finger und sagte mit öliger Stimme: »Ihr bringt's Magdaleni mit in die Krone!«

Die junge Patin lachte und nahm der Hebamme sorgfältig die weißgebettete neueste Dorfbürgerin vom Arm. Dann ging der Zug mitten durch die stillgewordenen Kinder. Buben und Mädchen sahen totenschweigsam auf das kleine Wesen, das da, man weiß nicht wie, sich in die Mitte kugelt, nun auch eine Kinderstimme im Dorf haben will, und das doch einstweilen nicht mehr als ihr Spielzeug sein könnte. Eigen! –

Heinz hatte den Ernstli auf der Schulter behalten, obwohl jeder vorbeigehende Absomer ihm einen Blick schenkt, der soviel heißt, wie: »Du bist ein lebensgroßer Narr!« – Dem Pfarrer sagt er im Begegnen keck: »Meinen Reitknab sollte man gerade auch noch einmal taufen!« – Denn Ernstli hat alle Farben der Straße im Gesicht.

Daniel Munder nickt lächelnd und blickt dann vergnügt über alle die struppigen Köpfe. Alle hat er mit dem Taufwasser übergossen, auch die älteren alle, die Realschüler, die heut in die Berge gingen, die Konfirmanden und noch viel ältere. Und heut hat er zum ersten Male eine Patin in der Kirche gehabt, die auch noch von ihm getauft worden ist, die Dore Astli. Damals war er mager, sechsundzwanzig Jahre alt, bleich und blutlos von den Stipendienjahren in Erlangen, Tübingen und Berlin in diese stolze Gemeinde gekommen, und der Amtsrock, den der Vorgänger ihm belassen, hätte dreimal soviel Theologie verschluckt. Er zitterte bei der ersten Taufe und kam in der Predigt ganz aus dem Konzept, wenn sich ein rotes Nastuch entfaltete und eine Ratsherrnnase darin umständlich schneuzte. Dann verwechselte er Paulus im Korinthermit Paulus im Epheserbrief und sagte: »Er erhub seinen Mund« – statt, wie der reformerische Professor in Berlin verlangte: »Er erhob seine Stimme«. – Vorbei, vorbei. Ruhig war er in diesen ruhigen Bergen geworden, behäbig in diesem behäbigen Volke. Statt Zwinglis Briefe zu übersetzen, wie er in den ersten Jahren vorhatte, und sich einen literarischen Namen zu erobern, gab er sich jetzt am Feierabend lieber mit einem Königsjaß[4] oder einem gemütlichen Geplauder und Blindekuhspiel bei seinen kindlichen Pensionären ab.

Mit eigenen, fast erschrockenen Gefühlen hat er jüngst die erste Trauung einer von ihm getauften Jungfer vollzogen. Nun werden schon die Patinnen und dann die Mütter kommen, die seine schüttende Hand erfahren haben. Wie er alt wird, wie er alt wird! Er schüttelt sich, als müßte das ergraute Haar von ihm fliegen.

Ernstli reitet indessen weiter und schreit seinem Roß unablässig in die langen Ohren: »Ich bin schon getauft! Was meinst du eigentlich? Da hast du's!« – Und er haut ihm eins.

Auf dem Steinsöller der Krone blickt der Pfarrer auf den Platz zurück und sagt sich leise: »Ich muß diesen Ingenieur am Sonntag doch einladen, – aber diesen Narren dabei. Und vielleicht ist es doch auch der Mühe wert, einige Aktien der Absomerbahn zu kaufen. Wir wollen sehen, wir wollen sehen. – Bitte, bitte, – Sie voraus, hübsche Jungfer Gotte[5]!«

9.

Der Dorfplatz von Absom war voll Musik.

In der Kirche drüben orgelte der Gesanglehrer nach freien, fröhlichen Eingebungen noch ein gutes Stündchen über den Taufakt hinaus durch die leeren Hallen und vergaß ganz, daß die stumme zehnjährige Zia

4   Kartenspiel

5   Patin

Broller mit ihrem großen, geschickten Fingerspiel ein Viertel nach ein Uhr bei ihm Klavierstunde hatte und jetzt ohne Zweifel, genau wie er hier, auf seinem alten Tafelklavier phantasieren und die sonderbarsten Weisen aus den Tasten sozusagen enträtseln würde. Der Orgeltreter war da, das mußte man in Gottes Namen nutzen.

Aus den Fenstern der Gaststube tönten die lauten, lachenden Gespräche der Taufgesellschaft und das Simsim von Bergknöpfels Mundörgeli. Bald kommt's zu einem Tanz, das ist sicher. Und sieh, als es die halbe Stunde schlug, stieg Emil zwischen einem Choral rechts und einem Walzer links in Ülis Einspänner und sagte zum mitfahrenden Wirt beinahe strafend: »Habt Ihr denn hier nur Singen und Spielen im Leib?«

Ülrich Festli schwänzelte darauf mit der Troddel seiner Mütze hin und her. Dann knallte er mit der Geißel. »Hüo!« – Und eilig rollte das Wägelchen durch die neuerdings stillgewordenen Kinder hindurch zum Dorf hinaus, den Bergen am Ende des langen Absomtales zu.

Aber als die Kutsche den Zipfel des Dorfplatzes erreicht hatte, erscholl es: »Adiä-ä-ä-ä! Heinz! – Adiäää! Kumm wieder!«

Und der Zeppelin flog über dem Gewimmel wie zum Gruß ihnen nach.

Emil sah nicht zurück, sondern spottete Heinzen geradeswegs ins Gesicht: »Mir scheint, du hast dich schon mit dem halben Dorf angefreundet.«

»Habt Ihr jetzt den Brief gelesen?« entgegnete Heinz ruhig.

»Alle Gofen[6] hänseln und heinzeln dich schon, – hör' nur!«

»Ihr habt ihn da in Euere rechte Rocktasche gesteckt.«

»Du duzest wohl schon die Hebamme und den Orgeltreter, – oder?«

»Jetzt hättet Ihr alle Ruhe zum Lesen. Ich bitt' Euch!«

»Die Pfarrköchin natürlich auch und die Armenhäusler samt und sonders.«

»Er ist von Basel und ich hab' eine Ahnung, daß Wichtiges für Euch drinsteht.«

»Ich mag dieses Unter-die-Leute-Laufen einfach nicht leiden, das weißt du.«

»Ich will unterdessen nicht atmen, wenn Ihr leset!«

»Zweimal sag' ich so was nicht, verstanden!«

6   Kinder

»Ich bitt' zum hundertundeinten Male, lest soviel Liebes, das drinsteht.«

»Schweig, Dummkopf!«

»Doch, Miggi, doch, lies!«

Mit einem furchtbaren Blick schlug jetzt der Manuß jedes weitere
Wort nieder.

Aber der graue Pfiffikus auf dem Bock fältete die lederbraune Stirne
greulich und sagte sich heimlich: »Wer aus den Zweien da klug wird,
der muß sieben Teufel haben, einer tut's nicht.«

Es war heiß, Himmel, Berge, Hochtal voll von sonnigem, aber
schleierhaft dünstigem Nachmittag. Alles rauchte leise und verstohlen
vom Lichte, das kurze, hellgrüne Gras, die stillen, verschlafenen Wälder
und selbst der wenige Schnee in den Steinfalten des Gebirges. Hoch
oben flogen die Schwalben wie schwimmend im Blau. Die Wiesen
wurden schmaler, das Tal stieg langsam und verengte sich. Auf beiden
Seiten traten zuletzt die Berge sich so nahe, daß dazwischen nur noch
die gewundene Straße und hart daneben im tiefen Kessel der Braunbach
Platz hatte, ein Bruder des Scheidbachs, mit dem gleichen alten, wohl-
bekannten Rauschen und dem gleichen, wagefrohen, fast gefährlichen
Wandertrieb, den alle unsere unpatriotischen Bäche im Leibe haben.
Zwei Touristen, einige Holzfuhren und ein Viehtreiber begegneten ihnen.
Sonst war es einsam auf dem Wege. Der Ülrich schien auf dem Bocke
eingeschlafen.

Zuweilen standen mattrote Helgenstöcklein am Saume, der Pfahl
vornüber oder hintenüber geneigt, je nach dem stärkern Wind. In dem
dünnvergitterten Kästchen sieht man ein geschnitztes Bild, sei es die
grausige und grelle Marter des Heilands oder den pfeilgespickten, aber
lachenden Sankt Sebastian oder den ernsten, viehweidenden Sankt
Wendelin oder der braunbekutteten, frommen Eidgenossen und Eremi-
ten Bruder Klaus mit abgemergelten Wangen und dem langen Rosen-
kranz in den Händen, ein so lieber und großer Heiliger, daß die Bauern
zornig werden, so oft sie denken, daß man zu Rom inzwischen so viele
Italiener und diesen einzigen Urschweizer immer noch nicht heilig gesprochen hat. Straßenstaub überflog diese andächtigen Wegweiser, der
Bach spritzte an sie herauf, Erlenbüsche und Roßfliegen umflügelten
sie. Aber sie mit ihrer ganz andern Welt kümmerten sich nicht darum.

Da herum waren also die Katholischen Meister, das merkte man an
den frommen Bildern und den vielen Kapellen, wenn man es nicht

schon weiter unten gleich nach dem Übergang über den Scheidbach den ältern Häusern, den unmodischen Kleidern, der häufigem alten Landestracht und den eigentümlich dunkelhaarigen und tiefäugigen Gesichtern der Leute mit ihren umkrausten, niedrigen, oft tief vergrübelten Stirnen angesehen hätte.

Jeder von den dreien im Einspänner fuhr für sich allein dahin. Emil rechnete, Heinz phantasierte, und der Üli zählte, wie viele Touristen ihm begegnen. So viele Herren, so viele Flaschen Bier, – so viele Frauen, so viele Limonaden, und so viele Kinder, so viele Sirups und Lebkuchenschnitten sind »Im End« verbraucht worden. An den Kuchen und Sirups gewann er am meisten. Aber heute kamen wenige Leute vom See herab, – alles in allem drei Flaschen Bier, zwei Limonaden und ein einziger roter Himbeersirup. Bei solchem Juliwetter und solchem Mond in der Nacht ist das nichts. Diese wetterwendischen Fremden!

– – – – – – – – –

Immer beim Fahren, selbst im holperigsten Wagen, erging es Heinzen spaßig. Es kam ihm alles in den Sinn, was sonst tief unterm Staub lag. Aber alles Drückende daran war gehoben, sonntäglich Wohlsein umfing ihn. Zuletzt fing er an, gereimte Verse beinahe aus dem Ärmel zu schütteln.

Jetzt, da Heinz hinter sich den weißen Straßenstreifen tief ins Tal zurück fast bis zum Anfang verfolgen konnte, im Schatten und in der Ernsthaftigkeit der nahen Berge, die selber an verlebte Jahrtausende zu denken schienen, jetzt überkam ihn das Zurückschauen auf seine versponnenen Tage lebhafter als sonst bei einer Fahrt. Wie durch ein Wallfahrtskirchlein zogen diese Jahre durch seine Seele, eins hinter dem andern, gingen bis vorne zum Altärchen, wo man opferte und ein Feuerchen entbrannte, gingen an den Wänden zurück, langsam, feierlich, beim Umkehren ihr ganzes Gesicht deutlich offenbarend, seltsame, liebe Pilger.

Im ganzen hatte er seine vierundvierzig Jahre froh verbracht. Er hatte viel gelacht, viel gesehen und reichlich genossen. Zwar von Vater und Mutter hatte er nur noch etwas Weißes und Schwarzes im Sinne: langes, weißes Spitzenhemd, weißen Kranz, weiße Hobelspäne unter dem weißen Kissen und ein furchtbar weißes Gesicht; – dann schwarze Sargdeckel, schwarze Mäntel und ein schwarzes Band um sein neues Röcklein. Von Vater- und Mutterliebe und der süßen Kinderantwort darauf wußte er nichts. Zwischen den zwei so nahen Särgen hervor riß ihn Albert Manuß, ein heftiger, früh ergrauter Mann. Er war seines Vaters Prinzipal und Kamerad gewesen und sorgte jetzt für den verlotterten, aber recht reichlichen Nachlaß des einzigen Heinzknaben. Sechs Jahre lang war dieser gleichsam der Sohn des Manußhauses. Dann aber zog eine junge Freude in das alte Haus ein. Albert heiratete als Achtundvierziger ein junges, hübsches, armes Bäschen. Zwei Jahre gab es Jubel und Glück, besonders, als das erste Wiegenlied erscholl. Ein spitzohriges Kerlchen mit meergrünen Augen, magerem Leib und unsäglich weichen Knochen war dieser Emil. So unmanierlich hatte er sich gegen Licht und Leben gewehrt, daß die bange, schwächliche Mutter seither nie gesund ward und bei einem zweiten Versuch, die Welt um ein Kindergeschrei zu mehren, mitsamt dieser Hoffnung starb. Nun war es Albert einsamer als je im Haus. Er war froh um Heinz. Der plapperte und sang den Tag tot. Auch Nichtchen und Vettern mußten jetzt häufig im Manußhaus einkehren. Ein tolles Leben begann. Alles kicherte und tanzte und sprang um den Witwer, um ihn weniger einsam zu machen. Heinz aber gab sich vor allem mit dem kleinen, dürftigen Miggi ab. Man nannte ihn nur die Amme oder die behoste Mutter. Er liebte den abgezehrten, jeden Tag neu ums Leben ringenden, aber allmählich doch erstarkenden Kleinen, spielte mit ihm, diente ihm, vergötterte ihn und bot seinen breiten Jünglingsbuckel allen herrischen Launen dieses Fratzen. Ah, Heinz muß lachen in die grünen Tannen hinauf und in das witzige Geschleif der Straße den Hang empor, – so frischgrün und kurzweilig war es damals zu leben.

Aber Heinz hatte Talent und Geld. Albert sandte ihn ans Gymnasium. Hei, welch ein Zug von grauen Andenken: die rote Mütze, der Stammtisch, die Burschenkonvente und Fuchsenstreiche, die Studentenbude, der Kaffee seiner Philisterin, die bekleckten Schulsäle, die verschabten Professorenfräcke, die Klassiker, – Hut ab: Homer! – Kopf nieder: Sophokles! – Dann die Ferien mit Emil, der ein kleines Genie schien, im Manußhaus oder in der Bauernvilla droben am Obersee.

Universität! Das erste Gedicht! – Das erste Zöpflein einer Blonden, das sich in die Träume des Universitätlers ringelt. Der erste verliebte Seufzer auf einem Bänklein der Promenade mitten im raschelnden Kastanienlaub. Und dann ein langer, wunderbarer, herzverwirrender Schwindel! – Jedesmal mußte Heinz sich die Augen zuhalten, wenn er das überdachte.

Nun erst recht hatte sein Studium kein System mehr, wenigstens kein berufliches System. Seinem vielseitigen, genußsüchtigen Wesen war die Wissenschaft immer wie ein fruchtglitzriger Kirschbaum vorgekommen. Man hängt darin wie ein Vogel, pickt und schleckt bald von dem, bald vom andern Zweig, rote, schwarze Beeren, was man lieber mag. Und so kehrte Heinz nach siebenjährigem Universitätsstudium weder als ein Dr. jur., noch med., noch ing., ja nicht einmal als ein Dr. phil. heim und wußte vielleicht doch mehr als alle seine Genossen. Und er blieb zeitlebens Student, einer, der alles liebt, Musik und Poesie, Historie und Philosophie und Naturgeschichte, Technik und Kunst und Sprache, ausschweifendes Landfahren und faulstes Sofaliegen. Er staunte über die Menschen, die ein Fach besonders und fertig wissen und daran genug haben. So einer wurde der mathematische Emil. Aber Heinz ward an nichts satt, bekam nie genug. Selbst auch nur im Kleinsten mitschaffen, das mochte er nicht. Ich bin zum Genießen da, zum Beifallspenden, zum Klatschen mit meinen breiten, schlampigen Händen, entschuldigte er seinen Müßiggang. Ich gehöre nicht auf die Bühne, nicht einmal hinter die Kulissen oder in den Souffleurkasten; aber ich will gern und still im hinteren Parterre sitzen und horchen und Bravo rufen. Sein Satz war: Alles lieben, denn alles ist schön und gut. –

So hatte er von einem einzelnen Fach nichts. Aber wenn es gäbe, was er sehnlichst wünschte, einen Lehrstuhl, ein Fach für den Zusammenhang alles Lebenden und Wissenden, wo man zeigen dürfte, wie alles ineinandergehe, der Ton in die Farbe, die Farbe ins Wort, das Wort ins Leben, – ah, da wollte er zeigen, was er in den vielen Jahren gelernt und erdacht hatte! Darüber möchte er Bücher schreiben.

Aber vorläufig heiratete er das weißblonde, graziöse Mädchen mit den flinken, grauen Augen, der niedern, aber wie er sich so fein ausdrückte, klangvollen Stirne, den nadelfeinen Mundspitzen, dem Kinn wie ein kleines, rundes Butterbrötchen und der vollen Unmöglichkeit, traurig oder auch nur ernst zu sein. Heinz hatte keinen Beruf. Sein Agneschen ist sein Beruf. Er lebt mit ihr wie in einem Stern. Sein Geld zerränne in wenigen Jahren, wenn der alte Manuß ihn nicht zum wohlbesoldeten Hauslehrer Emils bestellte und ihm nicht dazu als Wohnung das niedliche Vorstadthäuschen einräumte, wo er seine eigene Braut vor der Heirat einlogiert hatte. Vier Stunden vom Tag diente nun Heinz dem jungen Manuß, zwanzig seinem Frauelein. Er war selig. Er hätte gewünscht, daß Emil immer ein zehnjähriger Knabe und Schüler und Agnes immer eine Hochzeiterin des ersten Liebesjahres bliebe.

Das letztere geschah, aber furchtbar: das zu junge Agneschen starb schon im neunten Monat. Weil es zu früh geheiratet hat, das liebe Kind, sagte man.

Wie sind die sonnigen Felsen und die in Golddüften schimmernden Tannenwipfel auf einmal so schattig, wenn man an solche dunkeln Dinge denkt! Jetzt kam das Weinen nach dem Lachen. Von daher sind Heinzens Augen so umrunzelt und hat der Mund so tiefe Winkel und schillert der hellbraune Schnurrbart so früh ins Graue. Jetzt kam das schwere, abendliche Stehen am Fenster und das trübe Hinausstieren und das Grausen vor der alleinigen Nacht. Und jetzt wurde der elfjährige Emil seine Rettung. Auf ihn, den er die kurze Zeit doch vernachlässigt hatte, warf er nun alle Liebe und Sorge, so kalt auch der Bursche war. Ihn durchs Leben begleiten und ihm dabei, so gut es ginge, nützlich sein, darauf beschränkte er jetzt seine noch übrige Zeit und Kraft. Und als Vater Albert früh wie alle diese heftigen, eifrigen Manuße starb, stand es so: Emil hatte in der ganzen Welt niemand notwendig, so auf sich gestellt und kalt war seine Art. Aber wenn er dennoch froh um eine Hand war, die er etwa fassen konnte, um einen Fuß, der mit ihm schritte, um ein Gesicht, in das er seine Pläne schüttete, und allenfalls auch um einen Buckel, der sich in hitzigen Augenblicken geduldig vollprügeln ließe, so war es sein alter, lieber Heinz. Er mochte den so wenig mehr missen, als Brot und Kaffee am Morgentisch.

Lauter rauschte der Bach, schärfer blies der Wind und trug aus den Voralpen den feuchten, durchdringenden Geruch von dörrendem Gras herunter. Die Schatten über der Straße wurden dunkelblau. Schon sah man das rote Fähnlein auf der Endwirtschaft hinten im Eck des Tales, hart an den Abhängen. Wie eine helle Flamme züngelte es über das Ziegeldach und wehte den Rauch aus dem grauen Kamin umher, den vergnüglichen blauen Rauch des Vesperkaffees.

Als Heinz diesen Rauch sah, übermannte ihn wie immer das Gefühl der Wohnlichkeit und Traulichkeit mit Emil, und er suchte und faßte die Hand seines Gebieters.

Bis Cadiz hatte er Emil begleitet, als der Ausstudierte weltbegierig und durch einen Mitkameraden verlockt nach dem Kongo reiste, um dort mit seiner Meßkunst als Eisenbahningenieur zu beginnen. Aber da, an der Schwelle seines lieben, alten Erdteils, graute es Heinzen weiterzugehen. Der heimatliche Kaminrauch! Dieses homerische Heimweh! – Emil ließ ihn ziehen und das Manußhaus behüten.

Acht Jahre! – Heinz schrieb an seinem »Zusammenhang alles Wissenden und Lebenden«. Er wollte Emil, wenn er heimkäme, mit einem zwölfbändigen Werke überraschen. Widmung: Meinem Schüler und Meister! – Allein, jedes Jahr riß er einige Kapitel heraus, setzte einige neue ein und zerriß dann das Ganze, um es noch besser zu machen. Im übrigen hielt er das alte Manußhaus mit den paar Hausdiener in Ordnung oder besser in malerischer Unordnung, wobei er aber doch Emils Zimmer jeden Tag so ausrüsten ließ, als ob dieser gerade heute kommen würde. Daneben las er viele Romane und Novellen, besonders die russischen Dichter, an denen er eine Geradheit und ein Erdgeschmäcklein, zugleich mit einem erhabenen erzieherischen Einsatz wahrnahm, wie in keiner andern Literatur. Den Abend brachte er bei Bekannten zu, die Kinder besaßen, zumal bei Berts. Und da geschah es, daß er, der kein einziges Geschichtlein auf Papier fertig brachte, die Lieblichsten und dichterhaftesten Dinge sozusagen aus dem Ärmel schüttelte und mit soviel Seele erzählte, daß die Kinder an ihm wie Kletten hingen und ihn nur den Geschichtli-Onkel nannten.

Endlich, endlich kam Emil zurück, so unverändert, als wäre er nur in der Nachbarschaft gewesen, und das alte halb herrenmäßige, halb kameradschaftliche Verhältnis wob sich weiter. Neben seinen Liebhabereien bekam nun Heinz Arbeit genug, den Ingenieur auf seinen Messungen zu begleiten, ihm überall an die Hand zu gehen, kurz – sein treuer Schatten zu sein. Emil gewöhnte sich so sehr an diesen Schatten, daß ihm etwas fehlte, sowie der alte Bursche ein paar Tage weg war. Das hinderte nicht, daß er Heinzen etwa einmal in einer donnernden und blitzenden Stunde fast zu Boden wetterte. Mehrmals dachte Heinz im ersten Groll, wenn er gar zuviel hatte schlucken müssen, sich vom Manuß loszumachen und mit seinem nun flott erwachsenen Vermögen nochmals auf freien Füßen in die Welt hinauszustehen. Aber er getraute sich dazu doch nicht mehr recht. Er hatte Emil und diese ganze Luft im Manußhaus zu lieb, um dem Gestrengen, der schnell wieder gut war, nicht auch das Böseste zu verzeihen. Neckte man ihn etwa mit dem Heiraten, so behauptete er allen Ernstes, sein Vermögen zu lieben sei an Agnesen verbraucht worden. Aber daß immer noch eine große, vielleicht doch heiratsfähige Liebe in ihm war, das sickerte in tausend kleinen Lichtlein aus ihm, so wenn er die Kinder herzte, im bärtigen

Emil noch immer den zwölfjährigen Miggi verhätschelte und an seiner Heirat mit Setten so mächtig kuppelte, als gälte es seine eigene Seele.

Sette, hier wollte er nicht weiter denken, nein! – Bis dahin war alles klar, gemütlich und gut. Aber mit Sette fing etwas an, was Heinz nicht verstand. Hier wurde ihm immer schwer, weil er sich so unendlich bemüht hatte, bei Emil und bei Sette, daß sie zusammenkämen. Ihr gehört zusammen, hatte er gesagt, wie der Goldfinger zum Mittelfinger an einer und derselben Hand.

Aber der Goldfinger und der Mittelfinger spreizten sich mehr und mehr auseinander, daß die ganze Hand darunter litt. –

»Sooooo!« knurrte Ülrich zufrieden und schreckte Emil und Heinz aus ihrem stillen Nachdenken. »Da sind wir! – das ist das ›End‹ der Welt!«

Mehrere Touristenköpfe schoben sich neugierig aus den sieben niedern Fenstern des Häuschens.

»Und das Ende deiner Träumerei«, schimpfte Emil rasch ernüchtert zu Heinz, »du liebe, hockende Langeweile du! – Du hast tapfer geschnarcht im Schlaf.«

»Ich geschlafen? und geschnarcht?«

»Und heillose Dinge im Traume gesagt.«

»Ah bah!«

»Agneschen, Thereschen, Luischen, – erster Band, zweiter Band –!«

»Emil!« brauste Heinz auf. Jetzt konnten auch seine Kaninchenaugen sprühen.

»Nicht böse sein! Aber auf Ehre, ich glaube, dein Werk ist wieder um einen Band gewachsen.«

»So, nun geht das Bergsteigen an«, sagte Üli schadenfroh. »Da ist der Bub! Wollt Ihr noch einen Schoppen Rheintaler zuvor?«

Heinz nickte ja, Emil nein.

»Dann also viel Glück, ihr Herren!« rief der Wirt. »Mang! hat der Seppli die Gemeindsschaf’ dem Töni auf die Sommerweid’ geführt?«

»Noch am Vormittag«, sagte Mang kurz, die goldenschweren Brauen leise lüpfend. »Und die ganze Realschule ging mit.«

»Wird schön zugegangen sein. Die jagen Bock und Schaf durcheinander. – Du laufst also den Herren vor, – hör’, nicht zu hurtig!« gebot Üli mit einem fast mitleidigen Blick auf die Städter. »Und«, er lachte nun gar spöttisch, – »ja nicht über den Hosendreckler!«

»Was ist das?« fragte Heinz, das Lachen verbeißend.

»Fragt lieber nicht!« sagte Üli lustig.

»Gerade den Hosendreckler hinauf will ich!« beschloß Emil und nahm den Mang befehlend an der Achsel.

Mangs Augen blitzten abenteuerlich aus dem düster Gesicht. Aber er duldete Emils Hand nicht auf sich.

»Ihr werdet's wohl bleiben lassen«, bemerkt Üli ruhig und schirrte den Gaul ab. »Der andere Herr da bekommt schon jetzt den Schlotter. Und steht er gar am Felsbändchen oben und sieht alles helle, lautere Luft umher, dann fällt ihm der Mut und – nichts für ungut! - noch anderes in die Hosen. Davon kommt das Wort. In den Büchern heißt's mannierlicher ›Mordfluh‹.« Langsam und breitschuhig schlorpte er ins Haus.

»Hat's denn soviel Gefahr auf sich?« fragte Emil im Emporsteigen.

»Jaja!« machte der Junge, »der Meister sagt's recht.«

»Bist du selber schon –?«

»Zweimal!«

»Mit Gepäck?«

»Mit Gepäck geht's nicht. Das muß man auf die Alp spedieren lassen.«

»Ist der Weg kürzer als der über Miezeler?«

»Viermal kürzer und großartig, aber nichts für Herren!«

»Aber wenn du's konntest –«

»Leicht konnt' ich's.«

»Dann kann ich's auch!« bestimmte Emil hochfahrend und schlug den eisenstiftigen Stock fest in den Boden. »Vorwärts!«

Mang betrachtete den Ingenieur lange mit einer nicht gütigen, aber starken Hochachtung. Dann wies er auf Heinz, der ängstlich in die Felsen sah, und fragte: »Aber der?«

»Aber ich?« bestätigte Heinz, »ich mit meinem Schwindel?«

»Vorwärts!« beschloß Emil kurz und gut –

Mit bebenden Knien gehorchte Heinz. »Ich werde stürzen und sterben«, dachte er. »Ach, wegen diesem Hosendreckler da! - und ohne daß mein Werk gedruckt ist. So wie ich meinen Sudel niedergeschrieben habe, wird kein Hexenmeister es lesen.«

Jener gefährliche Weg sollte erst über dem Plättlisee beginnen. Aber Heinz zitterte schon jetzt. Er ging hinter Mang, trat immer auf die gleichen Steine und hielt sich an den gleichen Stauden fest, wie der Bergführer, obwohl es hier eine ungefährliche, wenn auch steile Böschung hinaufging. »Ich werde mich um mein Leben wehren wie eine Katze«, nahm er sich vor. –

Emil beschloß den Zug, indem er den keuchenden, an allen Strähnen schwitzenden Heinz beständig antrieb und mit seinem immer und immer wieder grundfalsch gepfiffenen Lied ärgerte: »Wo Berge sich erheben –«

Mit den Dreien ging die eintönige Melodie der Stecken, der kollernden Steinchen, der geknickten Ästchen und hoch oben das Sausen der Lüfte, die fühlbar den Geruch von Bergwasser, Schnee und Alpe herunterjagten.

Zuweilen stand Mang am Stecken still. Dann wandte er sich rückwärts und warf zuerst einen gelangweilten Blick auf Heinz, dann einen prüfenden, unguten auf Emil. Oder sah er weiter hinaus, wo fern, fern, zuvorderst im offenen Tal, Absom mit den weißen Häusern glänzte? Aber warum war dann dieses Dreinschaun so unfreundlich, fast unheimlich? Immer mehr wie eine Drohung kam das Gesicht Heinzen vor. Als hieße es: Kommt nur, kommt nur, ihr werdet was erleben! – Und die alten Köpfe der Berge blickten über dem gelbroten Schopf des Jungen genau so böse drein und riefen auch: Kommt nur, ihr werdet was erleben!

»Mir ist, ich müsse diesen Weg kennen«, sagte Emil, hie und da von einer Stelle eigentlich verblüfft. Etwas Schweres, Unklares stieg in ihm auf. »Hier bin ich sicher einmal gewesen. Ja, ja, in jener verteufelten Ferie!« fuhr er aufrichtig fort. »So war's, daß ich jetzt von allem nichts mehr weiß, als daß ringsum Berge waren ...«

»Und Mädchen!« warf Heinz scherzhaft ein. Er kannte Emils lose Studentenstreiche.

Bei diesem Wort ward es Emil, als risse ein Fenster auf und strömte Licht in ein dämmeriges Zimmer. Mädchen! – Dieses vielköpfige, blonde und schwarze Thema kümmerte ihn unendlich wenig mehr. Aber jetzt, in dieser Gegend mit ihren immer mehr entschleierten Zügen eines alten, bekannten Gesichtes, jetzt plötzlich macht das Wort betroffen. Mädchen, Berge, Ferien, – Herrgott, daß ihm das nicht eher einfiel: ein übermütiges, leichtsinniges Abenteuer seiner Studentenzeit! – Der verfluchte Druck dieser Berge! Daß man da aus einmal so erinnerungsselig wird! Er hatte wohl einige Flirtsächelchen auf dem Gewissen; aber die waren längst eingeschlafen und galten nicht mehr und nicht weniger als zu Recht ausgenossene Jugend. Nur eines von allen Geschichtlein erwacht jetzt in diesem heillosen Ernst des Gebirgs. Warum kann er nicht daran denken und lachen, wie bei andern? Was hat es denn auf sich? – Nun dünkte ihn, die ganze Herreise im Bähnlein, das Reden der Hebamme, das Singen und Duseln und Musizieren der Leute habe schon darauf leise hingewiesen. Und jetzt bei Heinzens ungeschicktem Wort steht's vor ihm: ein stiller, kleiner Seespiegel, eine verräucherte Hütte, eine goldbraun behaarte Jungfer, genau wie die Sopransängerin und mit der nämlichen Stimme – darum! darum! – und alles, alles weitere –

»Das sind Träume und Narrheiten«, redete er sich ein und war froh, daß Heinz gleich darauf die Stille unterbrach und in seiner gezierten Weise sagte: »Was für ein gesperrtes Knie der Berg hier macht!«

»Ich will ihm die Knie und anderes mehr strecken!« rief Emil unnötig laut. »Und sehen will ich doch, ob wir nicht den Hosendreckler fertig bringen! Nun erst recht!«

Finster sah Mang zurück. »Furchthans!« schien sein erster Blick gegen Heinz zu sagen. »Prahlhans!« der zweite gegen Emil.

»He, vorwärts!« gebot Emil und pfiff noch falscher und ärgerte Heinzens musikalisches Ohr noch schwerer.

10.

Gegen fünf Uhr gelangte man auf den Rücken eines Vorberges und sah vor sich in einer felsenumschlossenen Mulde den schattenblau und leis in Tannen liegenden Plättlisee. Dahinter zur Linken den Hofendreckler oder die Mordfluh, und darüber ragte von weit hinten der Absomerkopf hervor. Aber nach rechts zog sich das Vorgebirge von der Mordfluh fast rundum, und hinter ihm ging den gleichen Bogen die Fortsetzung des Absomers, ein langes, köpfereiches Gebirge. Zwischen diesen zwei Bergketten liegt, von keiner Seite sichtbar, das katholische Mattli.

Durch eine niedrige Türe ging Mang seinen Herrschaften in die am See gelegene Hütte voran. Man grüßte kurz, trank kuhwarme Milch und aß Käse und altbackenes Brot. Die Hirten sah man kaum hinten am Herd, so rauchig und finster war es im Raume. Die Älpler redeten nur mit Mang, doch wenig und mit singendem Tonfall.

»Wie kannst du jetzt von Absom fort?« fragte der knochige, junge Alpwirt Töni.

»Wie geht's ihr?« fügte sein stoppelbärtiger, alter Knecht hinzu.

»Weiß nicht«, versetzte Mang dumpf und wandte sein Gesicht gegen den Rauch.

»Gar nicht gut, sagt man«, murrte der andere.

»Laßt ihn!« lispelte laut genug der Knecht.

»Das ist der neue Inschenier«, sprach endlich Mang wieder.

»So-o-ooo!« erwiderten die zwei unlustig.

»Geht Ihr noch heut auf die Alp?« forschte dann Töni.

»Ja!« sagte der Mang.

Plötzlich wurde es draußen laut. Der Frischli bellte böse und rannte zur Türe hinaus. Ein Haufen junger Gesichter sah herein, die Realschule von Absom. »Habt ihr Milch?« schrie es.

»Habt ihr auch genug für vierzig Mann?« foppte man. Trotz dem bissigen, knurrenden Hund trat einer schlank und hoch herein. Er war um einen krausen, runden, glutäugigen Kopf größer als alle. Schöne Augen haben die Bergleute hier, bald wasserklar blaue oder lichte, hellbraune oder samtdunkle. Aber diese Jünglingsaugen waren nicht zu überbieten, so ein rötlichschwarzes Feuer verspritzten sie mit jedem lachenden Blicke.

»Grrüezi, Mang!« sagte er lustig, »komm auch zu uns herrraus!«

Sogleich erkannte Heinz Ernstlis Bruder, den hochgefeierten Walter Broller. Weniger an dem runden Römerkopf oder an den gleichen nächtig schimmernden Augen, sondern an der schönen, vollen, purpurnen Lippe, die in der Mitte gespalten war und aus der das R so rollend hervorkam.

Mang und Walter waren wohl vom gleichen Alter. Aber als sie vor der Türe im vollen Lichte nebeneinander standen, hätte man sich keine ungleichern Kameraden vorstellen können, so südliche und so nördliche Augen, so ein dunkellockiger Bursche und so ein heller, rothaariger Mang, hier ein Gesicht voll Übermut, da eines voll Ernst und Düsterkeit. Mangs Bewegungen hatten etwas Gerades, Aufrechtes, fast Steifes; bei Walter dagegen spielte der Körper wie eine geschmeidige, schwungvolle Melodie jedes Wort und Lachen mit. Sorge und Sorglosigkeit hatte man wohl noch nie so jung und nah beisammen gesehen.

Mit dem Lehrer saßen die Knaben im Kreise ins Gras und tranken frischgemolkene Milch aus hölzernen Näpfen und packten zum Imbiß von ihren Proviantsäcken Brot und geräuchertes Fleisch aus. Walter neckte in einem fort die kleineren Buben und warf da einem ein Steinchen in die Milch, dort einem Tannadeln hinter den Hals. Aber mit Mang, neben dem er durchaus sitzen wollte, tat er wie mit sich so gut und respektierlich. Auch die andern bezeigten gegen Mang eine eigene scheue Freundlichkeit.

»Dieser Mang steckt in einem Unglück«, sagte sich Heinz und trat unter die Schüler. Das waren Jungens von zwölf bis fünfzehn Jahren, viele klein gewachsen, eingedrückt und nicht besonders frohfarbig im Antlitz. Die Kinder auf dem Dorfplatz hatten viel munterer und frischer ausgesehen. Kam das vom jahrelangen Bänkehocken? oder vom Helfen abends beim Sticken und Fädeln? Geweckt blickten freilich alle drein. Ganz arme gab es da nur drei, vier. Auch diese trugen saubere Kleider, aber jenen frühen Druck des Geringerseins und Minderhabens als alle andern und daher jene ängstliche und gequälte Verdemütigung auf den Stirnen, die so himmelschreiend ist und die von den übrigen Gespielen, besonders dem reichen, schönen und herrschenden Walter nicht gefühlt, wohl aber wie etwas ganz Selbstverständliches ausgenutzt wird.

Mehrere hatten freilich hellere und rotbackige Gesichter; merkwürdig, gerade die, welche auch feine, städtische Pumphosen, schmiegsame Schuhe, teure Jägerhemden und einen dreischnalligen, silbernen Gurt um die Hüften trugen. Einfach sahen auch diese aus, ohne Krawatte und Kragen und ohne der gezierten Firlefanz der Stadtbüblein. Aber ihrer Sorglosigkeit und ihren aufgeräumten Mienen sah man die schwere Börse ihres Vaters, die vielen seidenen Sonntagsröcke der Mutter im doppeltürigen Schrank, den Mittagstisch mit ungewässertem Most und kräftigem Braten und den süßen, stolzen Leichtsinn an, der nie fragen muß, woher das Geld komme, wohin das Geld gehe und was es für Kraft und Blut koste. Die große Mehrzahl waren jedoch die schlicht Vermöglichen, einfach, ländlich genügsam, lieber ärmlich scheinend, aber ihrer Sache von Herzen sicher.

»Ist das der Ingenieur?« fragte man Mang, als Emil einen Augenblick unter die Hüttenöffnung trat, um von diesem verschlossenen Tälchen aus zu den gewaltigen Felsquadern über dem See aufzustaunen. Zuerst zwar ging es mit dichtem Gebüsch in die Höhe. Aber nach und nach wuchs der reine Fels heraus und stieg in seltsamen, senkrechten Formen, ähnlich einigen gewaltigen Orgelpfeifen, in die schwindelnden Höhen. Wo da ein Fuß gehen könnte, schien rätselhaft.

Unfreundlich waren die Blicke der jungen Leute auf den stolzen Mann gerichtet, der soviel ungemütlicher aussah als der allen liebe Bert. So frostig, verschlossen, ohne Aug' und Gruß für sie stand er da. Der war kein lieber Mensch. Der Reallehrer zerrte am weitgeschweiften Schnurrbart. Er hätte unendlich gern Bekanntschaft mit dem Ingenieur gemacht. Aber man wird so schüchtern in den Dörfern. Als er noch im Seminar in Rorschach studierte – Rorschach ist sozusagen der leichte Schatten einer Stadt – da hätte er sich nicht lange besonnen. Er würde vor Emil getreten sein und hätte im erlesensten Deutsch sich als Bewunderer der höheren Geometrie und Meßkunst vorgestellt und gesagt: »Bemüßigt es Sie nicht zu sehr, wenn ich Ihnen ein wenig Gefolgschaft leiste?« Bemüßigen ist nämlich sein Lieblingswort; es hat einen dreifachen, ziemlich dunkeln Sinn und gibt der Frage etwas würdig Breites, Halbamtliches.

Aber jetzt ist er schon an die fünf Jahre im Dorf. Selbst das feine Wort »bemüßigen« gibt ihm augenblicklich nicht den Mut, mit diesem gescheit blickenden Gelehrten anzubinden.

»Kann er's noch besser als der Bert?« fragte Walter den Mang.

»Gescheit ist er schon! – und frech!«

»Frrrech?« rollte Walter. »Wieso?«

»Nicht so laut! – er will die Mordfluh hinauf.«

Walters Purpurkopf leuchtete sonnig auf. Den Hosendreckler. Nun liebt er den Manuß. »Traust du dich mit?«

»Warum nicht!« antwortete Mang gelassen.

»Dann komm' ich auch!« flüsterte ihm Walter hitzig ins Ohr.

»Unsinn, du darfst doch nicht von der Schule weg.«

»Wir übernachten ja auch auf der Alp oben. Die Mädchen sind schon dort. Also kann ich diesen Weg mit euch nehmen, gerad' so gut wie mit den andern dummen Kröten, marsch! pfui!« – Er spie großartig aus.

»Der Lehrer läßt dich nicht! Und ich will nicht, daß man weiß, wir gingen den bösen Weg. 's gibt immer Geschrei.«

»Aber, ich komm' mit, ich komm'!« schwor Walter. Die Lippen schwollen ihm vor Erregung. Er sprang vom Rasen auf und stürzte herum. Ja, wenn er fragt, wird es ihm streng untersagt. Also nicht fragen! Einfach davonlaufen! – Er weiß schon wo. Ha, das gibt einen Hauptspaß!

Neben der Hütte unter dem vorhängenden Dach liegen ganze Bündel roter Richt- und Meßpfähle; sie wurden für den Ingenieur schon gestern da heraufgeschafft. Älpler werden sie die nächsten Tage auf die Alpe tragen. Emil hat gemeint, ein Esel würde leicht in drei Gängen den ganzen Haufen über Miezeler zu den Absomeralphütten schaffen. Aber einen Esel haben nur die Mattler, und es kostete schon zwei Tage, bis das rare Tier hier wäre. Emil studiert, was da zu machen sei. Er pressiert. Oder was sinnt er? Ah, ans Seebord sitzt er und entfaltet die Karte. Nichts weiter!

Indessen zerrt der Reallehrer immer verzweifelter an den hübschen Zipfeln des Schnäuzchens. Ach, er redete so gern mit lehrreichen, weisen Leuten. Wenn sie ihm dann antworten, vielleicht nur sagen: »Gewiß, Herr Lehrer, gewiß!« so gab das eine langandauernde Glorie auf sein Haupt. Aber dieser Herr ist wirklich zu abstoßend. Er kehrt ihm trotz Hüsteln und steifem Hinblicken beharrlich den Rücken. Starr sitzt er dort, hört und sieht nichts.

Schon wollte der in der Kalligraphie und in der Grammatik besonders reife Mann die letzte Hoffnung aufgeben, als ihm beim Anblick der Stäbe noch rechtzeitig ein genialer Schulmeistereinfall kam. Er wandte sich also an einen Schüler und sagte mit lauter Stimme und übereifriger Betonung: »Junge Leute sollen diensteifrig sein. He, Klausli, warum sag' ich das?«

Einige Erstrealer hoben den Finger wie im dumpfen Schulzimmer.

»Gix, gax!« spotteten die ältern zu diesen Zahmen und Zutunlichen.

»Wollt ihr schweigen! – Warum sag' ich das also?« – Noch lauter schrie der Lehrer das und blickte zu Emil. Der rührte sich so wenig wie ein Stein. »Kann ich diesen kühlen Menschen denn gar nicht interessieren?« seufzte Lehrer Fanner.

»Ich! – ich – ich!« baten indessen immer mehr eifrige Schüler.

Aber der Lehrer rief keinen auf. Er wollte sie nicht reden lassen. Er selber wollte sich produzieren.

»Gerade euch, die größern Buben, geht das an. Warum also sagte ich so? – Weil die Herren von der Stadt«, fuhr er predigend fort, »ein großes und schweres Gepäck mit sich führen. Da bietet sich denn ein beflissener, dienstwilliger Schüler an, ob er etwas tragen helfen dürfe. Dort drüben sind gewiß – wie ich freilich ganz unmaßgeblich schätze – fünfhundert oder sechshundert Meßstäbe. Da könnt ihr euch nützlich machen. Den Sorglichern gibt der Herr Ingenieur sicher« – wieder ein gewaltiger Blick auf den Manuß! – »einiges von den köstlichern Utensilien zu tragen, als da sind Stativ – Meßplatte –«

»Das nehm' ich – das Dativ!« schrie ein starker Junge.

»Ich, ich, ich!« klang es begehrlich.

»Das alles muß ja auch auf die Absomalp, denk' ich«, schloß der Lehrer.

Aber Emil rührte sich noch immer nicht. Heinz hatte ihn schon lange beobachtet. Mit fahlem Gesicht saß Emil am Wasser, die Karte auf dem Knie und sann und bohrte an etwas mächtig herum. Unter ihm, kaum mannstief, lag die abendstille Flut des Seeleins, über der Spinnenfäden hinspannen und kleine, surrende Mücken hin- und herflogen. Schon fiel der Schatten der diesseitigen Höhen halb über das grundlos scheinende Wasser und rückte, je tiefer die Sonne fiel, gegen das andere schroffe Ufer hinüber. Jetzt wie eine dunkle Armee, gleichmäßig und gleichschrittig an der Frontlinie, klettert er empor. Freilich, die sonnengelben Felsköpfe, die sich über die Mordfluh ob der Alpe gleichsam herausbeugten, die dunkelten noch lange nicht. Die tranken noch volle Schalen Lichtes. Die hohen Wesen haben es ja immer besser als die tiefgesetzten.

Doch alles das gab Emil nichts zu denken. Aber in der Hütte waren Dinge an sein Ohr gelangt, die ihm fast den Sinn verstörten. Denn kaum waren Mang und Heinz mitsammen zur Gesellschaft hinausgegangen, so hatte sich der jüngere Älpler an den alten Knecht gewandt und gesagt: »Wir hätten nichts von dem Zeug da reden sollen, er ist wehleidig.«

Der Alte brummte etwas und stieß dicke Tabakswolken aus seiner Pfeife.

»Aber schad' ist's um so einen jungen Kerl. Keinen Vater und so eine Mutter! Durch und durch verderbt ist das Weib. Engel sind wir alle nicht, wenn einen das Blut nesselt, das weiß man. Doch die kann nur huren.«

Wieder verblies der andere eine ungeheure Tabakswolke und rührte dazu mit einer Kelle wie ein Prügel die Schotten[7]. Auch unter dem großen, an einem rußigen Haken hängenden Käskessel qualmte ein dichter Rauch vom nicht ganz dürren Holz empor.

»Vor x Jahren den Mang und jetzt gleich zwei auf einmal! – Und was dazwischen ging – hm! 's gibt eben kein Protokoll darüber.«

Der junge Alpmeister lachte widrig. Der Alte nickte kein Ja und kein Nein.

---

7   dick gelaufene Milch

»Und aus guter Familie ist die Cäcilie. Nur daß sie alle tänziges Blut haben. – Der Mang, ja! – Recht ist's nicht, daß man ein Uneheliches minder wert hält. Was vermag sich der Wurm dabei? Aber ins Haus zu meinen Kindern nähm' ich halt doch keins.«

Er hielt inne. »Warum redest du nicht, Hannes?«

»Schimpft ihr nur weiter auf die Weiber! Ich bin ein Lediger und tu's doch nicht.«

»Das ist's gerade, du kennst sie nicht!«

Es war ordentlich dunkel in der Hütte. Schwer dunstete der Rauch gegen die Türe und die Dachbalken hinauf. Hie und da zerlöcherte er sich auf dem Wege, und dann sah Emil bei seinem Kaffeenäpflein und seiner großen Käseschnitte deutlich, wie der Alte Grimassen in sein Stoppelgesicht schnitt. Zuweilen flackerte eine Flamme hervor, und dann sah er aus wie ein blutroter Teufel.

»Und ihr, kennt ihr sie etwa?« begann Hannes endlich. »He, Marei, geh nur schnell hinaus! Da flucht einer erbärmlich auf euch frische Jungfern.«

Über die dicke, rauchumtanzte Leiter, die an der Wand hinauf zum Heu- und Schlafboden stiegelte, kam ein breites, aufrechtes, junges Weibsbild herunter mit verbranntem Gesicht und wirrem Haar. Sie war die Schwester des jungen Älplers und ein bißchen ins Heu hinauf schlafen gegangen. Vom Lärm unten war sie erwacht und kam nun neugierig herab.

»Laßt ihn nur! Mit der Schwägerin Sepha ist er doch gut«, sagte das kräftige Mädchen und lachte schelmisch. Da sah sie den Ingenieur am dreibeinigen Tischchen sitzen. Erschreckt fuhr sie zusammen, glättete schnell das Haar und knöpfte die Bluse zusammen.

Emil starrte sie totenbleich an. Die Jungfer sperrte ihm förmlich die Augen auf. Spukt es denn gegen ihn oder träumt er? Vor fünfzehn Jahren, wie diese Männer sagen, an einem solchen Abend, in einer solchen Hütte, kam eine solche verschlafene Jungfer wegen des Studentenlärms vom Heuboden in die Käserei herab, strich hastig ihr rotbraunes, wildes Haar aus der Stirne und erschrak, als sie die blauen, züngelnden Blicke des verwegenen Studenten herrisch auf sich gerichtet sah.

»Bring dem Herrn da noch etwas Milch, Marei, dann geh!«

Emil wollte abwehren, daß er nichts mehr trinken möge. Aber jeder Ton war ihm in der Kehle erstickt. Wie gebannt saß er da. Immer dachte er: Es ist unmöglich, es ist unmöglich! Und trotzdem fühlte er von Augenblick zu Augenblick eine entsetzliche, unglaubliche Wahrheit ihn mit wachsender Heftigkeit packen. Er wollte sagen: Danke, danke! – aber es gelang nicht. Schon stand sie da neben ihm und schöpfte ihm mit einem Riesenlöffel dampfende Milch ins Näpfchen. »G'segn' es Gott!«

Da erkannte Emil diese alte Kelle mit den gekreuzten Kerben, erkannte diese Bewegungen der nackten, braunen Arme beim Eingießen, und vor allem erkannte er dieses »G'segn' es Gott!«, als hätt' er das gestern abend erlebt. Dem eiskühlen Manne jagt es den Schweiß aus den Händen.

Sie aber, eine großgewachsene, bäuerlichgrobe Schönheit von zwanzig Jahren, ging nicht aus der Hütte, sondern zog sich in eine Ecke zurück, wo es sehr dunkel war, und setzte sich dort aufs Reisig.

Gerade so war's damals gewesen. Emil fing nun an, sich dieser unheimlichen Macht, die ihn da so unzeitig überrumpelte, in allem Ernst zu widersetzen. Aber er kam gar nicht zu Atem. Er merkte selber, daß sich hier ein Geschick erfüllen wolle, daß es so unaufhaltsam komme, wie eine Flut dem Falle entgegengeht.

»Marei!« rief der alte Knecht wieder und stocherte im Feuer herum, »stopft Euch die Ohren. Er redet wüst heut'.«

»So zeig' mir, daß ich verlogen red'!« begehrte der auf.

»Ich denk', daß jedwede junge Dirn' ein gutes, aber lustiges, warmes Blut hat. Jetzt bringt Feuer derzue, so siedet's.«

»Nicht alle, die besten Vögel gerad' nicht kann man locken«, sprach der Töni.

»Aber die leichten, – und wenn so ein Hübscher und Hitziger kommt und ihm die Glut aus Augen und Lippen brennt, und wenn er ihr die Ohren mit seinem prächtigen Singsang voll musiziert und sie fest dazu in die Arme nimmt, und wenn sie das erste Mannstum so nah und kräftig schmeckt, daß sie fast benebelt wird, – he –«

»Tobelhannes, Tobelhannes!« warnten die Geschwister.

»Dann gebt ihr zehnausend Schutzengel, aber der schöne Teufel da hat allein Gewalt. Nimmt sie und schlürft sie und geht weg und lacht müd und satt wie nach einem flotten Z'mittag.«

»Du weißt ja mehr als ein Verheirateter«, spöttelte Töni.

»Tut nur ihr nicht so fromm!« entgegnete Hannes und hustete schnell den Rauch aus der Kehle. »Verflucht oft geschieht so was in den Bergen, und dann singt ihr: ›Auf der Alm, da gibt's kei Sünd‹.« – Das sang er mit der häßlichen Fistelstimme des Greises. Die Geschwister schwiegen. Emil saß wie genagelt auf seiner Stabelle.

»Über das alles schimpf' ich ja nicht. – Aber dann kriecht so ein Wurm aus, wie der Mang. Das schlechte Weibsbild! heißt es jetzt. Alles rückt zehn Bänke weit weg. Der feine Vater hingegen ist verduftet oder lügt alles lustig ab, mit erhobenen drei Fingern. Na, jetzt, ledige Mutter, hockst da, links allein, rechts allein, armesündermäßig allein!«

»Das ist vielleicht wahr«, sagte die Marei leise und wie verzagt.

»Und jetzt noch ist das Weib grad ein Mensch wie wir und hat die Natur aller Weiber in sich, ja, nun mehr als die andern, und brennt und siedet. Aber alles stößt sie weg. Kein ehrlicher Bursch holt sie an die Kilbi[8]. Doch sie kennt jetzt das Glück vom Mannsbild, nicht lauter wie ein Ehweib, wie eine Vergiftete. Und muß das Gift wieder haben, so oder so«

»Nein, nein«, sperrte sich der Hirt, indes seine Schwester düstere Augen bekam.

»Ja, ja, sag' ich. – Und da hat einer leichte Sache. Die Cäcilie hat Jahre lang getrotzt, wie kein Mann es könnte. Aber dann war's zu End' mit der Weiberkraft.«

Die Marei wollte nichts mehr hören. Sie verhielt sich die Ohren, aber lauschte doch zwischen den Fingern. Da schrie der Alte aus Fieber und Rauch hervor: »Ich bin euch wohl zu bissig? Aber hier auf der Alp in dieser Hütte ist's der Armen zuerst grad so an einem heißen Heumonat passiert. Ich hirtete ja hier. Und da hab' ich eben noch den Mang gesehen. Da ist mir halt die Galle gestiegen und ist mir die unmanierlich' Red' entfahren. – Aber ich nehm's nicht zurück, nein, nein!«

»Der Rauch ist mir zu stark!« stammelte Emil heiser und schwankte durch den Qualm zur Türe.

»Herr Inschenier!« rief der Alte und schwang ein brennendes Scheit von der Feuergrube in der zitterigen Hand, »ich weiß nicht, seid Ihr beweibt oder habt Frau und Kind. Aber müßt Ihr nicht sagen: Der Tobelhannes hat dreimal recht, wenn er sagt, verflucht und verdammt sei der erste, der unrecht ans Weib geht?«

Emil hörte vor dem Gebrause seines Blutes im Kopfe nichts mehr. Auch die Marei hörte er nicht sagen: »Hannes, der hat Euch kein Wort verstanden, das ist noch ein Guter.« Worauf der Alte ins Feuer spie

8   Kirchweih

und grimmig sagte: »Hab' jetzt ich oder hat der Rauch den Inschenier hinausgejagt?« – »Ihr jagt uns alle noch hinaus«, entgegnete schmollend die Jungfer und winkte Töni, mit ihr hinauszugehen und das Geld für der Vesperimbiß einzusammeln. »Marei«, sagte dann draußen der Bruder, »er mußte so schimpfen; er ist ja Cäciliens Götti. Die Väter sind Stiefbrüder gewesen.« –

Das alles hörte Emil nicht mehr. Er saß am See und entfaltete die Karte auf den Knien und fühlte, wie ihm die Hände vor Nässe am Papier klebten. Seine Füße zitterten. Das war aus dem Meer in einer endlos langen Gewitternacht und war im afrikanischen Röhricht mit seinen rachsüchtigen Negern und ihren vergifteten Bolzen nie vorgekommen. Jetzt geschah es. Wie eine kalte Hand strich es über den Rücken Emils hinunter. So viele Jahre hatte er kühl und sicher gelebt, daß ihn diese erste, jähe Verwirrung ganz von Sinnen brachte. Und wie er selber bebte, so schien sich alles um ihn zu drehen, das atemstille Wasser, die stummen, steifen Berge ringsum und die schlafenden, wipfelleisen Tannen. All diese beharrliche Natur, die nie ihren Sitz wechselt, hastet jetzt wie verrückt durcheinander: Baumzinken, Wellen, Felshäupter schlagen zusammen, selbst der Boden scheint auf und ab zu wanken.

Manuß schloß die Augen, um sich zu sammeln. Er wollte einen Augenblick gar nichts denken, vor allem nicht diese Sache zusammendenken. Er wagte keinen Zusammenhang zu suchen, keine Folgerung zu ziehen. Aber sein Verstand war zu groß. Alle Folgen dieses kleinen Geschichtleins von Hannes standen schon unerbittlich klar vor ihm. Besonders zwei Fragen, die er durchaus überhören wollte, pfiffen und kreischten immer wieder wie ein Schwaden giftschnäbliger Vögel in sein Ohr: »Ist Mang mein Sohn?« – Und nach einer totenstillen Weile: »Ist diese Cäcilie jenes Mädchen vor fünfzehn Jahren?«

Es wollte ihm übel werden.

Wie rasch ist das gekommen! Es war Emil, er sei in ein anderes Leben gestürzt. In einer Minute! Also so schnell ist ein stolzer Mensch zerschellt. Ein Blitz – und zu Boden liegt seine Pracht. Daß man so was nicht voraussieht, nicht abwehren kann! Aber Dummheiten, Dummheiten! Miggi, nimm dich doch zusammen! Kaltes Blut! Was ist denn das alles? Lug und Trug! Hundertmal passiert im Tag, was dieser alte, schwermütige Mensch erzählt hat. Und nun soll gerade ich der Bösewicht sein? – Emil Manuß, verlier' dich nicht in die abergläubischen

Träume dieses Grüblervolkes! Du bist jetzt Ingenieur hier und nichts weiter. –

»Hör' einmal auf! Immer hast du nur den Sinn am Narren!« hörte man Mang zornig schwatzen.

Dort steht er bei Walter. Seine Stimme klingt genau wie die jener Sängerin in der Bahn, und jetzt weiß Emil, daß das auch die Stimme jenes Hirtenkindes vor fünfzehn Jahren ist. Darum, darum! –

Und wenn alles so wäre? Wer weiß denn, daß ich an diesem Buben mitgeholfen und mitgeschaffen habe? Ist denn eigentlich jetzt auch nur ein Tropfen meines Lebens anders als gestern oder vorgestern, da ich von all dem noch keine Ahnung hatte? Niemand weiß, auch ich nicht sicher, ob überhaupt ein Faden an der ganzen Geschichte wahr ist. Und wenn ja, ob dieser Faden dann gerade zu mir hinüberspinnt. Kann dieser Mang denn nicht ebensogut der Sohn von einem andern Liebhaber sein? Und immer wieder, wenn es auch wäre: wie viele Väter müßten wohl Kinder, namenlose Kinder, aber doch ihre Kinder, in der ruchlosen Zerstreuung der Welt suchen! – Tun sie's? Aber ich soll da der einzige rare Heilige sein, hingehen und sagen: Habet Erbarmen mit mir, ich bin der Vater dieses Mang, ich bin der Verführer dieses Weibes, aber ich bereue und stehe für alles gut, auch für diese Bälge, die jüngst auf die Welt kamen, ich bin ja der erste Verführer! Und ich stehe gut für alle, die noch kommen könnten! – Pfui doch!

Aber dort steht Mang und ich hör' ihn reden und es ist die Stimme jener Jungfer, er ist sicher ihr Kind, und ich, ich bin sein Vater! … Jetzt vor allem Ruhe! Herrgott, daß ich meine Hände und Füße nicht stillhalten kann!

Wie als aufgeregter Knabe klaubt und zupft er in den Hosentaschen herum, nur um etwas zu tun. Dabei zerrt er den Brief Settens heraus. Er blättert ihn auseinander. Alles ohne zu denken, nur um etwas zu tun, um Gottes willen, um etwas zu tun.

Lange Zeit blickt er ohne zu lesen auf dieses mit großen, runden Buchstaben beschriebene Blatt. Nach und nach, trotz seines verstörten Kopfes, trafen ihm diese vollen S und O mit ihren fast klingenden Strichen und prachtvollen Schweifen doch mit zu bekannten Mienen vor den Sinn. Die einzigen zwei Worte der ersten Zeile, so einsam und groß gezeichnet, stachen ihm besonders ins Auge: »Lieber Mann!« – Emil dachte immer noch an nichts und fing an, mechanisch zu lesen, nur um etwas zu tun. Zuerst hörte er nur das Wort, aber in der zweiten

Zeile fühlte er auch die Stimme und in der dritten das Auge und die Lippe und das ganze Frauenwesen, das aus dem Briefe sprach. Er las immer lieber. Das war nun wirklich seine Frau, das wußte er. Wie eine Rettung kam ihm ihre sonst so kühl aufgenommene Anrede vor: »Lieber Mann!« Hier tritt ihm alles so unheimlich verfeindet, schier wie auf Tod und Leben entgegen. Und da heißt es: »Lieber Mann!« Emil hat nie gedacht, was so ein Wort einem in der Verlassenheit wert sein kann. Er klammert sich an dieses Papier fest wie ein bedrängter Krieger an seinen Schild. Er hält es zum Schutze gleichsam vor die furchtbare Entdeckung und vor das Weib, das ihm da in den Weg tritt. Aus der fremden, grausigen Welt hier flüchtet er sich wie ein Kind in die kleine Welt dieses Briefleins, zu seiner Frau, zu diesem Töchterlein, das – ja, ja, da unten! – auch noch ein Grüßchen, wenn auch mit einem einzigen S beigekritzelt hat. –

»Sagt es ihm selber!« hörte er jetzt Mang sagen.

Aber von mir ist kein Ton in dieser Stimme, dachte Emil. – Überhaupt, in gar nichts finde ich eine Ähnlichkeit mit mir heraus.

Heinz trat nun an den Ingenieur heran. Er wollte sagen, daß man aufbrechen müsse. Und daß er bitte mit der Schule den gewöhnlichen Weg links über Miezeler hinauf gehen zu dürfen. Klettern könne er mit seinen alten Knochen nicht mehr.

Die Schüler würden alle Stäbe und Instrumente gleich mit nehmen. Heinz wolle scharfe Obacht halten, daß die Dinge richtig bei den drei Absomer Hütten ankommen.

Da sah er den Basler Brief in Emils Händen, und ein glückliches Lachen ging breit über sein Gesicht und rötete seine grob vorstehenden Backenknochen. Mit steigender Neugierde betrachtet er Emil, wie er liest! – Entschuldigend wandte sich Heinz zum Lehrer, der sich vom Begleiter dem Ingenieur nun einfach auf Gnad' oder Ungnad' wollte vorstellen lassen.

Also nun las er doch den Frauenbrief! – Na, das war einmal herzig schön. Darum also war er so still an dem See gesessen und hatte so tiefsinnig ins Wasser geschaut. Er fühlte ohne Zweifel zum ersten Male im Leben ein Streifchen Heimweh. Es ist halt doch gut, wenn man für ein Weilchen auseinandergeht, – das hat er ja immer gesagt! – man fängt dann an, sich zu schätzen, zu vermissen, zu lieben. Das kann nun alles doch noch recht gut werden. Heinz reibt sich vor Vergnügen die schlampigen, runzeligen Hände. Pst! – macht er zum Lehrer, der ihm etwas sagen will, pst! Der Ingenieur studiert gerade an einer wichtigen Geometrie herum.

Der Brief klang so:

»Lieber Mann!

Wenn Du in den Absomeralpen oben dieses Kuvert mit dem Basler Stempel bekommst, stutzest Du wohl ein wenig. Jawohl, wir sind noch nicht weiter. Wie ich die zwei Türme und das bunte Ziegeldach des Münsters sah, nahm es mich schon ein wenig am Ärmel: bleib da! – Aus barem Gwunder gingen wir vor Minchens Vaterhaus. Da standen die Rötheli auch schon im obern Stock am Fenster. Wir mußten zu den Mietleuten hinauf. Hernach wollte Minchen natürlich auch durch die leere Wohnung im ersten Stock spazieren und sein altes, liebes Kinderstübchen grüßen. War alles verstaubt und ungelüftet. Aber uns halbe Baslerseelen heimelte das alte Gehäus' und das prrrächtige Basler RRRch so an, daß wir für einmal beschlossen, hier haltzumachen. Wir promenierten am Abend über die alte Brücke und den obern Rheinweg und trafen Bekannte fast auf jedem Schritt. Der Fluß war nichts als Glanz und Jubel. Ich fühlte mich so wohl und frei, wie schon lange nicht mehr. Und ich dachte: Wo könnten wir es doch noch schöner haben? – Da bleib' ich.

Nach mir kann ich nun auch ungefähr bemessen, wie wohl und frei erst Dir in den Alpen zumute sein muß.

Sollten wir doch noch ans Meer gehen, um den Doktor Alberti nicht zu stark zu verärgern, so schreib' ich es Dir zeitig genug. Übrigens hat es ja nichts auf sich, ob wir einen Kanton oder Erdteil weit auseinander sind, – oder wie zu Hause nur um eine Tischbreite. Auseinander ist auseinander. – Bleibe gesund und froh, und fehlt Dir etwas, so berichte. Aber was könnte Dir fehlen? – –

Deine Sette.

Und viele Grüße von Minchen.«

Mehr als einmal sah Emil die Buchstaben nicht mehr, so ein Schwindel regierte ihn immer noch. Das graue Briefböglein hielt nicht, was es mit der Anrede versprochen hatte. Dagegen das Erschreckliche, was er da aus dem wüsten Hirtenmaul vernommen hatte, toste noch so laut in seinem Innern fort, daß ihn die leisen Vorwürfe und der stille, aber feste Trotz dieses Briefes gar nicht ärgerten, wie es sonst unausbleiblich gewesen wäre. Doch sobald der Manuß das Papier in die Tasche geschoben hatte, empfand er doch etwas wie Hilflosigkeit und Vereinsamung. Es begann ihn zu reuen, daß er in dieses Abenteuer der Berge so unbedacht gegangen war, daß er nicht noch ruhig und kalt unten im städtischen Büro saß oder zum Kaffee mit seiner Frau plaudern konnte. Da saß sie immer so still und hübsch und plagte ihn gar nicht mit Begehrlichkeiten wie andere Frauen. Sie wirkte wie eine Beruhigung nach der Arbeit auf sein Wesen. Jetzt in der Ferne gefiel ihm die Stille und der Stolz dieses kleinköpfigen, grauäugigen Weibchens unter dem Heiligenschein seiner wahrhaft goldenen Haarkrone. Er mußte jetzt an sie denken, das zog ihn von häßlichen Dingen ab.

Immer war der Tisch gedeckt, wenn er kam; immer das Bureau geheizt, wenn er fror; immer gab es gewichste Schuhe und gebürsteten Hut und waren der Weichselstock, sowie ein großes, seidenes, blaues Nastuch, wie er es liebte, bereit, wenn er ausging. Allerdings verschwanden nach der Hochzeit die Herzlichkeiten; denn Sette erwies sich gar nicht als das Hündchen, das ihm die Fingerspitzen küßte und kniend die Schuhe auszog wie Heinz. Von ihrer Schüchternheit und hellen Liebe und von ihrer Hingebung und Ehrfurcht während der Verlobung hatte er wohl falsche Schlüsse für die Ehe gezogen. Er hatte gemeint, auch Sette werde nun, wie Heinz, ihre Liebe durch völlige Aufopferung ihrer Person und durch einen mägdlichen Dienst gegen ihn, den König und Herrn, bezeigen, ohne dafür auch etwas für sich zu fordern. Das heißt, er studierte gar nicht daran herum, er fand das selbstverständlich, wie die ganze Besorgung seiner Jugend durch die Dienerschaft, eine Bedienung mit stets abgezogenem Hute, ihm, der nichts anderes kannte, selbstverständlich gewesen war. Beliebt Ihnen dies? beliebt Ihnen das? hieß es da immer. Nun gab es eben Enttäuschungen auch für ihn in der Ehe. Aber ihm taten sie nicht weh. Für ihn war es mehr eine Verwunderung und dann beinahe ein Respekt, daß es auch solche nicht dienerhafte, selbständige, anspruchsvolle Menschen neben ihm geben könne. Er nahm es Setten nicht übel, daß sie befremdet tat. Wenn sie aber in den ersten Zeiten sich beleidigt zeigte, dann konnte er sie nicht begreifen. Hatte sie ihn denn für einen heißen Liebeshelden gehalten, statt für einen Ingenieur, dem nichts über sein kaltes Rechenfach ging? Und war er im übrigen nicht recht mit ihr? Gab er ihr nicht alles, was sie nur wünschen mochte, jede Freiheit, jedes noch so teure Kleid, jeden Genuß von Theatern, Konzerten, Gesellschaften, wo und wann es ihr danach gelüstete, wenn sie nur ihn aus dem Spiele ließ? Unsinn, wenn sie noch mehr, etwa ein Herz heischte! Ein Herz für eine Frau! Wenn es ein Herz gibt, das mehr ist als diese blutdurchwanderten Kammern, dann hat er das nie gehabt oder in den Herzlosigkeiten am Kongo verloren. Leidenschaft, ja! Dann und wann für ein Pferd von stahlweicher Behendigkeit, für eine schwierige Preisfrage in seinem Fache oder eine geistreiche und profitable mechanische Erfindung und hie und da auch für eine durstige, glühende Stunde. Aber das Letzte selten, sehr selten und immer seltener!

Eines mußte er indes zugeben: ein so weißes, stilles Gesicht, das immer unabhängigere Mienen annahm, nicht schmeichelte und nicht streichelte, kälter ward, je mehr Kälte es im Gemahl vermutete, ein solches Gesicht bewog ihn zu einer ungewohnten Zurückhaltung. Es hielt ihm das herrische Reden in der Kehle zurück und legte ihm eine gewisse Höflichkeit auf, die er gegen seine Leute selbst nicht übte und die ihn zuerst genierte. Doch später fand er sich recht gut damit ab. Freilich ein solches, wenn auch noch so hübsches Gesicht konnte ihn nun erst recht nicht mehr aufregen und ihn, wenn etwa eine Hitze seiner männlichen Natur erwachte, nicht befriedigen. Gleichgültig, aber sehr ehrenhaft erschien ihm Sette. Er gab sich, so wie sein sprödes Wesen nun einmal beschaffen war, mit dieser Lage um so lieber zufrieden, als viele seiner Kollegen von den vielen Kettlein und Schlößchen der Ehe so recht im Königtum ihrer Mannheit behelligt und, wenn man ihnen glauben durfte, daran hin- und hergezerrt, gequält und oft im Schwung ihres Talents elend behindert wurden.

So war ihm nach und nach diese Ehe mit Sette wie ein Glück vorgekommen. Er war zufrieden mit ihr und sie doch wohl auch mit ihm. Zank kannten sie nicht, Not nicht, Verliebtheit nicht. Was brauchte er da noch?

O wie gern wäre er jetzt zu Hause gesessen und hätte die besonnene Stimme Settens der Magd in die Küche rufen hören: »Lisa, habt Ihr den Bordeaux für den Herrn auf den Tisch gestellt?« – Lieber hätte er jetzt jenes Zahnweh wieder gehabt, bei dem er fast die Wände hinaufkroch vor Schmerz. Denn er war ans Weh nicht gewöhnt. Sette bat ihn, an den Ofen zu sitzen, legte selber Scheiter ins Loch, daß es hellauf knisterte, goß ihm ein Fußbad mit Asche und Salz zurecht und rieb die Sohlen mit ihren kleinen, saubern Händen ein. Es tat ihm wohl, das Zahnweh ward glimpflicher. Emil dachte, so eine Frau hat doch immer alle Hände voll Hilfe, wo wir Männer wie Torenkinder dastehen. Er hätte die Niedergekauerte jetzt beinahe am Köpfchen heben und küssen mögen, wenn er sich nicht geschämt hätte. Vielleicht täte er es doch. Aber da steht sie schon auf und er liest in ihrem Gesicht wieder die alte Ruhe und alte Kühle der Pflicht.

Was ihm jetzt nicht alles durch den Kopf fährt! Das Vergessenste erwacht. Hilfe hat man, das ist nicht zu leugnen. Man weiß, ich kann heim zur Frau. Der Junggeselle, der mit mir über Halsweh klagt, beneidet mich schier zu Tode, wenn ich vom Bier aufstehe und sage: »Meine Frau muß mir sogleich einen Umschlag machen. Sie hat Kräuter und Flanell ganze Säcke voll.«

Sette, Sette, Sette, – wie ein Engel schwebt sie um ihn! Immer sie! – Diese vermaledeite Aufregung macht ihn so weich und weinerlich. Er wird ganz wild über sich. Doch er kann es nicht hindern: es zerrt und zieht ihn an allen Gliedern, zu Setten zu laufen. Aber sogleich stockt er wieder. Was gäbe das für eine Kälte und einen Stolz bei diesem Weibchen, wenn er seine Sünde erzählte. Sie finge an, ihn zu hassen – in Gottes Namen! – aber auch zu verachten, und das wäre ihm unerträglich.

Könnte er es ihr verschweigen? Er ist gerade, ehrlich, unbestechlich! Knapp im Reden, nimmt er kein Blatt vor den Mund, wenn er einmal auspackt; schont niemand, sich selber am wenigsten. Man achtet ihn darum hoch. Sollte er nun etwa hier scheinheilig tun? Unehrlich schweigen? Ein ganz gemeiner, feiger Heuchler sein? Sein Blut empört sich bis aufs letzte Tröpflein gegen den bloßen Gedanken, er fände den Mut nicht, zu seinem Werk und Verschulden zu stehen.

Dann wieder erfüllt ihn eine stille Wut gegen das Weib hier im Gebirge. Das fordert! Da stellt es ihm den Buben vors Gesicht, da schleudert es ihm die Grobheiten der Älpler entgegen, da klagt es ihn aller Verirrungen seit vielen Jahren an. Es lebt und wartet nur auf ihn.

In Ruhe soll man ihn lassen! – Ist ihm denn nicht das Mädchen geradezu in die Arme gefallen? – Deine Augen, deine Augen! hat es immer gesagt. – Was kann er für seine Augen? – Sehe man selber zu! Wer sich daran verbrennt, ist allein schuld. Und das Jüngferchen war so eine Lichtmücke. Er verhielt sich still wie eine Flamme und harrte und lachte, bis diese dumme Mücke hereinstürzte. Wer sie zu schwachen, willenlosen Mücke und ihn zur starken Flamme machte, der ist Schuld.

Am Ende trage eben jeder, was ihn freut und was ihn schmerzt, selber so gut es geht – fertig!

Emil erhob sich, und das tat ihm wohl. Er schüttelte den Kopf und stemmte die Zehen in den Schuhspitzen und fühlte sein strammes Ich wieder durch den ganzen warmen Leib. Jetzt nur Ruhe! befahl er sich. Nur Ruhe! – Alles ist noch wie vor einer Stunde. Kein Tüpfelchen daran anders! – Ich habe mich ganz selber in der Hand. Auf mich allein kommt's an. –

Er wandte sich um und sah die lustigen Kinder bewaffnet mit den roten Stäben und seinem andern Geräte. Walter trug das feine Meßkästlein sorglich an die Hüfte geschnallt. Der Lehrer kam jetzt auf ihn zu mit einer so gelehrten und zutunlichen Dienstbarkeit, wie sie nur ein Reallehrer von zweiunddreißig Jahren, einer hohen Stirne, einem dürftig zerstreuten Kopfhaar, einer äußerst scharfen Brillennummer, einem eifrig geführten Tagebuch und einem regierenden Eheweib zu Hause in diesem überwältigenden Maße aufbringt. Heinz nahte mit ihm und lachte gezwungen, weil die Mordfluh ihn noch immer beunruhigte. – Alles das kannte der Manuß. Jetzt nur Ruhe! – Nichts ist anders als gestern und vorgestern, wiederholte er sich. Nur Ruhe!

»Gehen wir also!« sagte er, Heinzen das Wort mit seiner harten, aber nun etwas belegten Stimme abschneidend.

»Und wirklich die Mordfluh hinauf?« fragte Heinz leise.

»Nun erst recht!« wollte Emil erwidern. Jetzt stürzte er sich gern in etwas Tollkühnes. Aber er besann sich und sagte nur: »Warum nicht? – He, Mang!«

Den Namen Mang konnte er nicht mehr so leicht sagen. Doch das merkte kein Mensch. Selbst der große Herzerforscher Heinz, der ein achtbändiges Werk über den Menschen schreiben will, schaut ihn mit der Harmlosigkeit eines Kaninchens an. Der riecht keinen Pfeffer. »He, Mang!« rief Emil noch einmal.

»Mit Gepäck geht es nicht«, sagte der Lehrer und biß sich auf die dunkel behaarte, farblose Lippe. – Ach, jetzt hatte er sich so schneidig vorstellen wollen: »Euseb Fanner, erster Reallehrer zu Absom, Bibliothekar der Lesegesellschaft und ständiger Mitarbeiter der Blätter ›Volkstum und Volksmund‹, die, wie Sie sicher wissen, Herr Ingenieur, in Bern verlegt werden.« – Das stand fertig gedrechselt auf der Zunge. Aber da gibt es zwei fragende, katzengrüne Augen, ein Mensch wie ein Tiger steht vor einem, und man läßt seine Bildung und seine gute Erziehung fahren und rülpst heraus: »Mit Gepäck geht es nicht.«

»Emil Manuß«, hatte der Ingenieur längst geantwortet, aber der verwirrte Magister überhörte es und fuhr fort: »Meine Schüler tragen gerne Ihre Sachen hinauf. Das so heikle Meßinstrument will ich selbst übernehmen. – Das«, er wandte sich zurück, »wirst du mir geben, Walter!« – Der Jüngling aber mit den so stolz aufgeworfenen Lippen schüttelte ein herzhaftes Nein aus seinem krausen, dunklen Schädel. – »Und auf der Alpe, Herr Geometer, treffen wir wieder zusammen. Sehr erfreut, Ihre Bekanntschaft zu machen! Aber wissen Sie auch, daß die Mordfluh ein Wagnis –«

In diesem Augenblick kam Mang aus der Hütte. Er sah noch ernster als zuvor aus, spähte nach Emil und lief gleich herzu.

»Reut es dich etwa, den Weg mit mir die Flühen hinauf zu nehmen?« fragte Emil. »Du darfst immer noch zurücktreten.«

»Nein, viel lieber geh' ich mit Euch die Fluh hinauf als sonstwo.«

»Mit Ihnen! – Mang!« rügte der Lehrer.

Mang tat, als höre er nichts.

»Aber ich will hundertmal lieber mit der Schule«, meldete sich nun Heinz mit einer dringenden Angst in den feuchten Augen. »Ich fiele da schon beim ersten Schritt zu Tode. In tausend Scherben läge ich im Abgrund. Sicher! – Und was wolltet Ihr denn ohne Heinz, Herr?« – Er lachte unendlich gutmütig und bemitleidenswert.

»Ihr? Ist das möglich?« Verblüfft, ja eigentlich gebrochen starrte Euseb auf den Stadtmenschen, der die Höflichkeitsform noch nicht kannte und so altväterisch mit dem Pronomen umging.

Emil sah Heinzen durchbohrend an und verzog verächtlich die Unterlippe; als sagte er: »Und wäre es denn schade um so einen verscherbten Kauz?« Nach einigem Überlegen entschied er ruhig: »Dann geh' eben mit dem Haufen!«

Eine große Erlösung malte sich auf Heinzens Gesicht ab. »Ihr seid gut mit mir«, lobte er rasch. »Aber nun seid es doch auch mit Euch! Kommet mit uns! Verwagt Euch nicht zu dreist!« bat er mit wiedergewonnenem Atem und viel lebhafterer Stimme als zuvor.

»Sei still«, warnte Emil mit einem gefährlichen Blick, »oder du mußt doch noch mit!«

11.

Man brach auf. Walter redete mit seinen Mohrenaugen zu Mang in aller Stille. Der nickte und schwieg. Dann winkte er dem Ingenieur und schritt ohne ein Wort zwischen etlichen magern Tannen voraus zum äußersten Vorsprung des Landes, wo ein Nachen lag. Mang schob zwei Finger in den Mund und ließ einen schrillen Pfiff zur Hütte hinauf fahren. Von allen steilen Ufern pfiff es zurück. Gleich wand sich unter den tiefen Nadelzweigen Marei hindurch, barfuß und eine Korallenschnur um den braunen Hals, warf die Kette ins Schiff und sprang nach einem starken Stoß noch rasch mit ins schwimmende Boot. Fest packte sie die Stehruder und glitschte ruhig mit ihnen durchs wunderglatte Wasser. Das Gesicht hob sie über die Fahrer hinaus zu den Felshöhen hinüber. Ihre Zöpfe und ihre Korallen überm Mieder, aber am meisten ihre braunen Augen glänzten dunkel. Man fuhr im Schatten. Aber was über der zehn Kirchtürme hohen Wand lag, lachte noch in der gelben Sonne des Abends. Viele dumpfe Wolken lagen im Westen. So bekamen die schräg darunter hervorfließenden Strahlen eine eigentümliche, fast zitronengrüne Farbe, während die lichtlose Tiefe da unten, besonders der schwarzschattige, im Ruderschlag leis aufplätschernde Spiegel etwas geradezu Herzbeklemmendes an sich hatte.

Und wahrhaft auch dem tapferen Emil Manuß schnürte es hier den Atem zu.

Damals, damals! – So früh am Tage wie es jetzt spät war, beim ganz gleichen Licht oben und beim ganz gleichen Dämmerblau unten, las er die Heufasern von seinem Studentenfräcklein mit dem braunen Samtkragen und sah frech zufrieden der rudernden Jungfer Cäcilie ins Gesicht, die ungekämmt und mit entfärbten Wangen, am ganzen, hastig bekleideten Körper fröstelnd, ihn und zwei Kameraden im gleichen Takt der Ruder hinüberfuhr. Bert war dabei. Vor Emils Augen flüchteten sich ihre Blicke immer wieder in die Felsen hinauf zu den Bergschwalben und gern wäre sie mit so einem wilden Vogel in das oberste, unzugängliche Steinnest gekrochen. Sie hörte die losen Späße und Anzüglichkeiten der Kameraden nicht. Aber als sie endlich niedersah, da schwammen ihre prachtvollen Augen in Tränen. Emil wurde rot und sagte sich: »Mensch, du bist ein Barbar gewesen.« – Jenseits blieb er unter dem Vorwand der Ablöhnung ein wenig mit ihr zurück. Mit der linken bot er das Fährgeld und mit der rechten Hand hielt er ihr ein vom langen Krampfen brennendes Goldstück entgegen. Sie nahm den Ruderlohn, aber zauderte wegen des Goldstückes, schüttelte immer langsamer den Kopf und deckte plötzlich das Gesicht mit der Schürze. Darunter drang ein unbezwingliches Geschluchze hervor. Emil war ratlos. Ganz fremd war ihm das. »Was hast du?« fragte er. »Oh – o – o!« wimmerte sie mit ihrer aus der Zertrümmerung noch herrlich klingenden Stimme. – Er riß ihr das Tuch weg und sah in ein vom Weinen ganz verwühltes Gesicht. Die Freunde riefen von den Hängen herab. Da wußte er nicht, was er tat, als er ihre Hand in der Hast heftig schüttelte und sagte: »Am Abend komm' ich zurück.«

»Wann, Herr?« fragte sie schnell und wild.

»Hieher, um acht Uhr!«

»O Ihr! – Ihr habt – ja, ich komme – ja, ich warte um acht Uhr! Ihr habt –«

Was wollte sie sagen? – Ihr verblichenes Gesicht wurde wie Blut vor viel Freude und Dank und noch mehr vor Scham.

»Gut also! Nimm jetzt!« gebot Emil schon kälter und warf die Münze in ihre Schürze. »Adieu!« – Er wandte sich um und lief wie eine Gemse den Geißweg im Gestrüpp empor. Aber er fühlte es sozusagen körperlich mit, daß die Jungfer noch immer unbewegt, ohne das Geld anzurühren, dort am Ufer stand, ihm nachblickend und an ihren breiten, zuckenden Lippen nagend, so wie er sie im Fortspringen noch im Sinne hatte. Noch lange sah er es so stehen, dieses Mädchen, das gar keinen Spaß verstand. Untertags zwar weniger. Die Kameraden witzelten, zeigten auf seine entzündeten Augen und hießen ihn einen Übernächtler. Trotzdem war er ihnen immer voran, Wegweiser und Pfadbauer. Keiner las so gut die Siegfriedkarte und übersetzte sie so famos ins praktische Marchieren.

Aber es kam eine sternenschwere Nacht hoch oben im Geklüfte. Sie lagen zwischen zwei felsigen Mauern windgeschützt und schliefen im Angesicht des stillen, goldenen Spazierganges so vieler Lichter zu Häupten fröhlich ein. Nur Emil sah jetzt wieder das Mädchen lebhaft vor sich. Es stand am See und winkte mit der verdammten Schürze. Es wartete vielleicht bis Mitternacht. Emil wollte sein Mitleid verspotten, aber es war ihm doch ungeheuerlich zumute. Die nächsten Tage ging's über weitere Bergketten in ein Land hinüber, wo die Mädchen nicht so rote Korallen am Hals und nicht so harzbraune, feuchte Augen im frischen Gesicht tragen und nicht gleich so ernsthaft auflodern. –

Wie langsam schwamm den Fahrern doch das dunkle Ufer drüben entgegen! Emil saß vorne am Spitz, gerade wie damals. In den Kielknauf hatte er seinen Namen gekerbt, wie Studenten ja so gern einen denkwürdigen Augenblick mit dem Schnitzelmesser verewigen. Er suchte den Kerb. Doch das Holz war grau, verwaschen und verkritzelt. Sein E und M erkannte er nirgends.

Aber da fiel ihm ein, daß er sich anderswo unauslöschbar eingeschrieben habe. Zeuge – dieser Mang, der da so breit und finster auf dem Mittelbrett des Bootes sitzt. Oder ist alles Spuk? Denn bis heute hat Emil alles das vergessen gehabt. Jedes Jahr hatte neuen Schutt drauf geworfen. Verschollen und tot war's.

Und nun vor dieser aufrechten, kräftigen Jungfer mit den saftigen Lippen und den großen, weißen Zähnen taucht urplötzlich auch wieder jenes erbarmungsvolle alte Bild auf. Und weil diese Rudrerin noch so ungebrochen dastand und so frisch ins Gebirge hinaufsah, noch so reich und satt von sich selber, – ah, da trat der Gegensatz jener andern, in einer Nacht entblusteten und geknickten, armen Person um so schärfer und elender in sein Gedächtnis.

Es trieb ihn förmlich aus dem Schiff. Schnell zahlte er die Schifferin und rannte das Weglein hinauf. Wenn nur bald die Gefahr kommt! Ein recht schwindeliges Klimmen und Klauben am Fels, so daß man zum Leben schauen muß, weil's nur an einem Bröcklein Stein hängt! Dann sind diese Hirnspiegeleien bald ausgefegt. – Wie ein Jüngling lief er durchs Buschwerk im klirrenden Gerölle empor. Gefahr, komm! Ich größe dich! – Ich küsse dich!

»Hier müssen wir aus dem Weg heraus!« erklärte Mang.

Der Manuß erschrak. Er hatte ganz vergessen, daß er nicht allein war.

»Da links, den roten Kreuzen nach!« forderte Mang mit dumpfer Stimme. Er sah bleich aus, müd, aufgeregt; er hatte in der Hütte kaum einen Bissen angerührt. Freudlos blickte er ins Gerölle.

Das ging steil aufwärts, hei! Doch Emil griff gewaltig zu. So rückte es flink in die Höhe. Schon sah man über den Wipfeln der letzten Tannen unter sich tief den See, wie eine schwarzblaue Tintenflut in einem grauen Steingefäß. Das Schiff schwamm in der Mitte, einen weißen, fadendünnen Schnitt nach sich ziehend.

Hier ging kein Lüftchen. Gras, Stein, Holz, alles starrte von Unbeweglichkeit. Emil wurde es eng. Wäre doch Heinz mitgekommen! So allein mit diesem verschwiegene, brütenden, unheimlichen Jungen! – Er mochte ihn nicht anreden. Er fürchtete jeden Blick. Er zitterte davor, in der kleinsten Bewegung des Burschen eine furchtbare Entdeckung zu machen.

Rennen, rennen! – So wild trieb er es, daß ihm Hals und Hände von Schweiß troffen. Er hörte nur noch seinen Stock, seinen Schuh, seinen Atem.

Einmal stand er still, um zu verschnaufen. Er sah nach dem Knaben hinunter. Ei doch, der stand dicht hinter ihm, atmete kaum merklich und hatte Stirn und Haar trocken. Ganz nahe sah jetzt Emil den Jungen, und er fing an zu vergleichen. Nein, die Gestalt so steif, das gelbrote, krause Haar, Lider und Brauen hochblond, breite Hände und Füße, das Gesicht eher rund, die Lippen breitblättrig und bleich, die Nase ein Knopf und alle Haut braun, dichtbraun von Märzenflecken betüpfelt, nein, das glich ihm in nichts. Er – Emil – war braunhaarig, hatte ein langes Gesicht, schmale Hände, schmale Lippen, schmale Nase. Nur die schlanke Figur und die jähen Achseln Mangs erinnerten an Emil. Aber jäh an den Achseln und schlank in den Hüften sind Tausende, die einander nichts angehen. Doch auch heftige, blaue Augen hatte der Bub, mit einem seltsamen Feuer und einem länglichen Mandelschnitt. Und auch da glich er Emil kaum ein Fünklein. Ganz blau glaubte er die seinigen, ganz grün die vom Mang. Und immer trug sie der Junge halb verschleiert von seinen langen Wimpern. Aber der Manuß zückte sie offen, wie eine helle, wache Katze.

Dennoch, es war ungemütlich bei diesem seltsamen jungen Menschen, seltsam wie bei einem Gespenst.

Da rollt Kies bergab, ein Stock klirrt, aus einem versprengten Busch schießt Walter hervor. Er lacht mit seinen heißen, tiefroten Backen und grüßt zutraulich den Ingenieur. An die rechte Hüfte hat er das Meßkästlein geschnallt.

Überrascht sah Emil bald den jungen Broller, bald Mang an.

»Das war ein flotter Streich!« entstürzte es den wulstigen Lippen Walters, »wie ich entwischt bin. Beim Riedelbach bückte ich mich zum Wasser, tat, als tränke ich, und ließ alle vorbeigehen. Dann fort über die Stauden! Nur der Seppli weiß, wo ich bin, und sagt es dem Lehrer, wenn man um mich Angst bekommt. – Nun gehen wir also die Mordfluh hinauf. Herr Ingenieur? Darauf hab' ich schon lang gepaßt. Das ist einmal etwas Feines! – Sie haben nichts dagegen, daß ich mitklettere?«

»Komm nur!« erwiderte der Manuß, im Innersten froh über diese neue Gesellschaft. Der Junge hatte etwas Aufheiterndes. Gleich wurde Mang lebendiger.

»Siehst du, Erzgauner!« lachte Walter. »Und du meintest, der Ingenieur lasse mich nicht mit! Da hast du's. Es sind nicht alle wie du! – Er ist«, wandte er sich rege zum Manuß, »so ein – ein – ja, wie denn? – so ein Grübler und Gelehrter und nimmt alles schwer, wissen Sie! Ein Pfund für einen Zentner! Hahaha!« –

Das sagte er mit rollendem R und so schnell, daß sich die Worte auf den Lippen fast überschlugen. Jedes wollte vor dem andern heraus.

»Aber was ist's nun mit dem Kästchen da?« fragte Emil ernst.

»Das trag' ich, das geb' ich keinem ab! Wo ich hinkann, kann das auch mit. Nur keine Angst!«

»Du wirst es schon noch bereuen, wart' nur«, drohte Mang. »Da hinauf ist einem alles zuviel, sogar das Nastuch, das Sackmesser, der Hut.«

»Hast du etwa nichts bei dir, he?« spottete Walter und faßte Mang unterm Arm. »Da sind doch Bücher und da auch, ganz mit Büchern ist er gestopft.«

»Laß mich!« gebot Wang beinahe böse und zerrte sich heftig los.

»Was sind denn das für Bücher?« fragte Emil betroffen.

Mang wurde schamrot. »Lasset mich nur, ich bring' meine Sachen schon hinauf.«

»Liefest du gern?« forschte Emil.

»Hm, ja!« sagte Mang mit erzwungener Lässigkeit.

»Die Bibliothek im Pfarrhaus hat er fast ausgelesen!« warf Walter ein.

Sie gingen immer steiler aufwärts. Ein Weg war das schon lange nicht mehr in diesem zähen Farnkraut, rieseligen Gestein und beginnenden Felsgewände. Hie und da begann bereits das Klettern.

»Zeig' mir doch ein Buch!« bat Emil an einer Stelle, wo man wieder zusammenstehen und tief unten den See wie eine dunkle Pfütze betrachten konnte.

»Wir müssen uns befleißigen, sonst wird's dunkel«, entgegnete Mang abweisend.

»Gib mir eines der Bücher«, wiederholte Emil, »dann haben wir alle etwas zu tragen.«

»Ich bin mir's besser gewohnt«, versetzte Mang unfreundlich.

Emil blinzelte mit den Augen wie immer im Ärger. Der Grobian! So sollte ihm ein anderer kommen!

Aber da schmiegte sich Walter behend an den Kameraden, griff unversehens in seine Brusttasche und riß blitzschnell ein Büchlein heraus. »Da, Herr Ingenieur!«

Zornig zischte Mang mit seinen Schaufelzähnen Walter an: »Jetzt zum letzten Male, Walter, laß mich in Ruh! – Ich bin nicht der Ortli oder der Teilig oder sonst einer von deinen Furchthansen.«

»Ja, ja, – jetzt bin ich wieder brav«, versprach Walter mit einer schalkhaften, goldenen Röte in den Augen und umschlang Mangs Nacken und lachte so gutherzig, daß der Freund gar nicht mehr brummen konnte.

Emil öffnete das alte, vergilbte Büchlein. Homer! Die Odyssee! – Vom alten Voß übersetzt, auf einem Papier, das von hundertjährigem Bibliothekmoder roch.

»Gottlob!« sagte sich Emil erleichtert. »Gedichte! – Das ist nicht meine Schwäche.« – Dann steckte er das unbequem dicke Buch ein. »Ich trage es dir hinauf«, versprach er und lachte ein wenig, zum ersten Male seit der Plättliseealp. »Bei den Absomerhütten liefere ich dir diese Odysseus und Hektor und das ganze behelmte Geschlecht mitsamt dem einäugigen Polyphem, sofern wir nicht vorher zu Tode stürzen, gesund und mit ganzen Knochen wieder ab. – Es sind ja auch Götter dabei, nicht wahr, die einen mit Wolken umfangen und in die Höhe entführen. Das könnten wir just brauchen.«

Mang gefiel das Spotten durchaus nicht. Er nahm die Odyssee sehr ernst und den Berg noch ernster. Kein Wort erwiderte er.

»Und liesest du solches sehr gern?« fragte Emil wieder.

»Ja, von Helden und Heldenstücken und was sonst noch etwa Wackeres in der Weltgeschichte steht.«

»Aber im Homer stehen ja lauter Märchen.«

»Das hat uns der Lehrer auch gesagt«, meinte Walter. »Aber du bist nicht in die Sekundarschule gegangen, wo wir das durchgenommen haben.«

»Wärest du denn gern länger in die Schule gegangen?«

»Ich wäre schon gegangen«, sagte Mang ungern, weil er Mitleid mit allen diesen Fragen spürte; »aber so zu lesen, etwa beim Schafhüten, ist's noch schöner.«

Walter spürte die Scham seines Kameraden und sprang hilfreich ein: »Er weiß doch mehr als alle Realschüler zusammen«, rühmte er. »Unsere Chronik, wisset, die von Absom und Mattli, und die Schweizergeschichte, und das Nibelungenlied und bald auch alles das griechische Zeug da weiß er so gut als der Lehrer.«

»Gebt lieber acht jetzt! Da fängt's an!« bat Mang ernstlich. »Walter, du lässest Steine rollen. Das darf man hier nicht.«

»Auf Ehr', nun pass' ich wie ein Tausendäugler auf.«

»Und das Kästchen mußt du jetzt auf die Brust vorne schnallen, sonst geht's nicht. Rücken und Seiten müssen wir frei haben.«

Still und schier feierlich wie in etwas Glorioses schritten nun die Wanderer hintereinander in die Schauder der berüchtigten, halsbrecherischen Mordfluh. Voran Mang, dann Emil, zuletzt Walter. Keiner redete mehr, obwohl Walters Augen immer noch leichtsinnig lachten. So bedächtig geht man wohl nur noch aufs wüste Meer oder in die tiefe Ewigkeit.

12.

Es gibt viele berühmte und lustige Seiltänze in unsern vaterländischen Bergen, wo einem der Tod mit dem kleinen Finger kalt in den Rücken tupft. Bald ist es eine falsche Gwächte, bald eine verräterische Eisbrücke oder ein Firn, hart und glatt wie Kristall, wo man beim Ausglitschen gleich in die Ewigkeit hinüberglitscht.

Aber das Schlimmste sind doch die Felsen. Da schupft der Tod einen schon mit der ganzen Hand. Ich meine die Felswände mit den spärlichen und spöttischen Handhaben der Natur, einer Wurzel oder einem zermürbten Loch, dann die Steinrippen, die einem die Haut zerfetzen, die Schutthalden, die wie Lawinen beim unvorsichtigen Hüsteln eines Menschen schon in Bewegung geraten, und die Felsbänder von Wand zu Wand, schmal und tausend Meter über dem sichern Erdboden hängend. Keine Katze liefe darüber, auch wenn das Gesimse voll Mäuse wäre. Selbst dein guter Engel macht hier nicht mit; er läßt dich allein gehen.

Ja, diese Felsbänder! – man schwebt zu drei Viertel in der Luft. Oben Himmel und unten Hölle! Aus der Tiefe besehen, klebt man wie eine Fliege an der Wand. Wenn einer falsch greift oder um Zehensbreite rutscht oder den Blick in eine glashelle Tiefe mit kleinen Tännchen, Hüttchen und punktgleichen Kühen unter den Sohlen nicht ertragen kann; wenn einer nicht elastisches, stahlfeines Muskelzeug und Adleraugen für jedes Profitchen mitbringt, zum Beispiel für eine handbreite Rinne, eine vorspringende Steinnase, ein Absätzchen, das schmal wie ein Türsöller aus der Wand schaut; wenn einer das Gewicht seines Leibes nicht beim Klettern wie eine schlaue Katze zu verteilen weiß, so etwa, daß eine Hand immer mit einem Fuß oder einer Hüfte wirkt, ja, daß zuweilen ein Knie oder Ellbogen das Schwergewicht allein übernimmt; – und endlich, wenn einer nicht bei alledem eine gewisse stolze Fröhlichkeit, zu leben und zu sterben, aber dann, wenn's ernstlich an die Knochen geht, einen unverwüstlichen Trotz gegen das Untergehen in sich hat:

dann lasse er das himmlisch freche Spiel da oben und freue sich an festen Stuben, breiten Steigen, hochgeländrigen Treppen und doppelt gefütterten Sofas. – Gigantisch muß sich fühlen, wer sich mit Giganten messen will.

Ja, es gibt viele berühmte Totentänze in unsern Bergen. Köstlich sträubt sich einem das Haar auf der welschen Seite des Matterhorns; man macht sein Testament an der Teufelskante des Piz Roseg, und das Blut will einem stocken vor der höllischen Scharte am ersten Kreuzberg. Man betet um Vogelflügel. Der gelangweilteste englische Knorz bekommt hier sein kurzweiliges Stündchen.

Aber immerhin, das sind Berühmtheiten. Hier ist das Klettern ein Theater, das Stürzen eine Reklame. Du wirst in allen Reisebüchern mit zwei oder drei Sternchen bezeichnet, und der Strick, der ob dir gerissen, kann in einem Museum gegen das Eintrittsgeld von fünfzig Rappen bewundert werden. Auch eifern so viele da hinauf, daß der schwierigste Weg bald bequem für alle ausgetrampelt ist.

Doch viel gefährlichere und heldenhaftere Abenteuer gibt es im Gebirge, das noch abseits von der Bergfexlinie London-Zermatt-Interlaken, nicht im Sonnenschein der Mode und im Orgelton der Agenturdepeschen, für sich still und einsam liegt. Hier gibt es noch keine bekannten Griffe und Stufen, keine gedruckten Anweisungen und keine Überlieferungen, kein klatschendes Parterre und keine Berichterstatter von den

Proszeniumslogen Riffelalp oder Mürren aus. So ein Gang ist der Weg zwischen dem fünften und sechsten Silberplattenkopf im Appenzellischen, der Arnigrat im Bernischen und vor allem die Mordfluh im Absomgebiet.

Sie ist lohnend. Auf ihren kleinen, herausfordernden Felsennasen schimmert zauberisches Edelweiß. Nirgends in den Alpen weitum gibt es solche Riesensterne. Sie sind das Ordenszeichen des Überwinders. Keiner kann schwindeln: Ich bin die Mordfluh hinaufgeklettert. Wenn er diese gespitzten, milchigen, scheuen Blumen mit den seidengrauen Herzlein nicht talergroß im Knopfloch heimträgt, so hat er dick gelogen.

Und sie ist gescheit. In einer halben Stunde hat man einen Umweg von zwei witzlosen Stunden wettgemacht. Und kühn ist sie auch. Schräg geht es den senkrechten Wänden entlang auf kitzligen Gesimslein empor. Ein Stück weit fast zu oberst muß man den Rücken katzbuckeln, weil der Fels überhängt. Und wo diese heillose Manier am unbequemsten wird, gerade da bricht das Gesimse stellenweise ab und bietet etwa auf fünfzehn Meter nur noch abgeriffene, kleine Vorsprünge, gerade recht, um mit der ganzen Sohle darauf abzustehen. In seitlichen Sprüngen, den Rücken an der hohlen Wand, muß man sich von einem Absatz zum andern hinüberschwingen. Während des Sprunges klafft eine Tiefe von zehn bis zwanzig schlanken Kirchtürmen unter den Füßen und braust dir der Firnwind in die Hosenbeine. Ein Adlerjäger in blinder Verfolgerwut ging erstmals diese Strecke. Seitdem sind immer etliche Verwegene die Mordfluh gegangen. Aber man kann sie an den Fingern zählen, es waren immer die sechs oder sieben gleichen, unsterblichen. Das Lob dieser Auserlesenen ist in aller Mund. Man wird nicht sagen, Werner Hocher, der am eidgenössischen Schützenfest Revolverkönig geworden ist, – oder Walter Broller, der am Manöver die rote Armee zum Sieg geführt hat, – oder Ernst Eisenhut, dem sechshundert feine, weibliche Hände täglich ganze Ballen Spitzchen ins Haus bringen, nein, das sagt man nicht, obwohl Soldatenspiel, Schießen und Gold drei hohe Trümpfe in Absom sind. Nein, in alle Ewigkeit wird man sagen: der Ernst oder der Walter, der die Mordfluh hinaufkletterte! Das ist mehr als Schützenkönig, Millionär und Armeekommandant; das ist, gleichsam der Sieg über den Tod.

Es ging langsam vorwärts. Die Wand wurde senkrecht. Man meinte über den See hinauszuhängen. Es prickelte einem die Beine herauf, wenn man eine Dohle über sich aus den Felsrinden hinaus in die schwindelige Luft fliegen oder einen Stein unter den Schuhen sich lösen und ins Leere schnellen sah. Wie klein war die Welt da unten und wie erbärmlich das Menschengewimsel! Nicht einen Ton von den Millionen Schreihälsen vernahm man hier. Die Erde konnte so gut wie ausgestorben sein. Denn erloschen war jede Menschenspur.

Nach und nach legten sich blaue Dünste über die Täler. Je mehr man stieg, um so weiter rollte sich das Flachland vorn im Norden gegen den Horizont aus. Die jenseitigen, niedrigem Berge im Westen versanken, und man sah darüber hinaus schon die langen, matten Linien des Jurazuges. Darob braune und violette Nebel und dann gleich die rote Sonne. In einer halben Stunde wird sie zu Bette gehen. Solche Aussichten von der Höhe hatte Bert seinem Kollegen genau geschildert. Er hatte mit keiner Farbe übertrieben.

Aber genießen konnte man diese Herrlichkeiten nicht. Zu nahe lauerte der schwarze Tod. Der schiefe, schlüpfrige Fries, den man jetzt beging, wurde schmäler, die Luft wilder, der Wind lauter, die Wand schroffer. Es nahte die Ecke, wo der Fels sich vorwölbte. Dort, gerade hinter dem Bug, begannen die Luftsprünge.

»Das ist ja eine alpine Teufelei ohnegleichen«, dachte Emil und kämpfte gegen einen leise aufsteigenden Schauder. So hatte er sich den Weg denn doch nicht vorgestellt. Ein Gang für beherzte und kühle Steiger, jawohl, aber dann sicher und ohne Gefährde. Aber die Tour da war eine Tollheit und schien ihm je länger je mehr ein unverantwortliches Unternehmen. Wie er doch nur so kurzsichtig hineinrennen konnte! Und er war doch der Anstifter! Hier konnte er nicht einmal für sich selbst gutstehen. Und nun lag ihm die Verantwortung für zwei junge, prächtige Burschen noch auf dem Buckel. Hätte man ihn doch gewarnt! So, wie man's tat, hat man ihn eher gereizt. – Aber, fällt ihm ein, indem er die behutsamen Tritte vor und hinter sich hört, das sind doch zwei liebe und interessante Kerle, die da den entsetzlichen Weg mitgehen, weil er ihn geht! – Wie würden ihre Leute zittern, wenn sie die Lieblinge da in der Luft sähen!

Eine Bergschwalbe flog von einem Steinerkerchen weg und ließ dabei ein bißchen Schutt herunterrieseln. Gerade zwischen Mang und Emil ging das Staubbächlein in den Abgrund. Mang sah zurück, was das wäre. Da flackerten seine Augen aus dem getüpfelten Gesicht mit einem Stolz und mit einer angespannten Kraft, die ihn wunderschön machten. Aber er war furchtbar blaß.

»Steht einen Augenblick! Kannst du's auch, Walter?« rief Emil.

»Ja!« tönte es ruhig von hinten.

»Und mein Apparat?«

»Ist gut versorgt!«

Wie urweltlich diese Stimmen im großen Bergschweigen erklangen!

»Was meint ihr«, fragte der Manuß und fühlte sich in dieser Einsamkeit und Gefahr fast brüderlich mit den zweien, »sollten wir doch noch zurück? – Oder werden wir's gut bestehen?«

»Habt Ihr Schwindel?« sagte Mang statt einer andern Antwort und beobachtete den Ingenieur scharf.

»Gar nicht!« erwiderte Emil errötend. »Aber die Sache sieht viel schlimmer aus, als ich mir ausgemalt habe.«

Walter lachte hell und leichtsinnig. Mang zuckte nur die Achseln.

»Um mich habe ich nicht Angst. Aber –« Emil staunte selber über sich, daß er so reden konnte, »aber um euch.« Seine Stimme zögerte. »Es kann hier passieren, was will, so bin ich daran schuld. – Ich könnte das nicht aushalten – und –«

»Macht Euch doch keinen Kummer«, fiel Walter von hinter gutartig ein, »ich bin wohlauf!«

»– und ich fiele mit euch – hinunter, – das ist sicher!«

Walter lachte leise zwischen den Zähnen. Aber Mang sah aufmerksam auf Emil, der jetzt sprach: »Ihr seid noch zu jung – und versteht das nicht. Aber, glaubt mir, für meine Ehre gäbe ich keinen Batzen mehr.«

Da er das sagte, ward er rot und schlug die Augen nieder. – Meine Ehre! – Log er nicht? Lag diese Ehre nicht da unten am See oder – ach was!

»Ist Euch das so ernst?« fragte leise Mang, und etwas Freundschaftliches spielte nun zum ersten Male aus seinen Auge zu Emil hinüber.

»Das kannst du mir glauben«, gab Emil fast rauh zurück »daß ich hier nicht spaße. Vorwärts denn!«

Er wollte nicht zeigen, wie wohl ihm die kleine Freundlichkeit getan hatte.

Walter pfiff eine Walzermelodie zwischen den Zähnen. Der sonnige Bursche hatte noch keine Ahnung von Gefahr und Sterben. Emils Ernsthaftigkeit kam ihm beinah' lächerlich vor.

Mang gelangte nun hart an die Ecke, Emil blieb scharf hinter ihm. Jetzt stiegen graue, dünne Nebel auf. Der Wind orgelte um die Felsen, bald mit tiefem Baß, bald mit kleinen, scheltenden, spitzen Pfeifen. Emil fühlte, daß er hier der Schwächste sei. Aber mit der Gefahr wuchsen ihm Mut und Umsicht. Was ihn quälte, waren die Vorwürfe, die man ihm wegen der Burschen machen könnte. Darum hatten alle ungläubig gelacht und Witze gemacht, wenn er von der Mordfluh gesprochen hatte. Im Ernste hatte niemand sein Wort genommen. Aber Mang, der verdammte, wunderliche Kerl, hatte Ernst gemacht. Bestimmt, sollte ein Unglück geschehen, dann lag Emil nichts mehr am Leben. Was er heut' da unten erfahren hatte, nahm ihm schon ordentlich den Appetit. Settens Brief war auch nicht aufmunternd. Käme noch ein Unglück dazu, dann würde es gerade genug sein.

Ängstlich folgte er jeder Sohle Mangs. Dieser Junge nahm in seinem Denken wider Willen einen immer breitern Platz ein. Nichts Drolliges und Flegelhaftes zu seinen Jahren hatte er bisher gezeigt. Ernst, verschlossen, widerhaarig und stolz wie ein König in seinen nach Schafmist riechenden Zwilchhosen – nein, so was hatte Emil noch nie gesehen. Dieser Jüngling war ungewöhnlich. Sein Blick enthielt Unaussprechliches, so klug, tief und düster war er. Auf einen solchen Sohn dürfte man wohl stolz sein, dachte Emil. – Aber was ist das? – Ich werde mich doch nicht in einen Schafhirten vernarren!

Oben an der Ecke kehrte sich Mang halb um und rief: »Ihr! – paßt jetzt auf! –« Dann schwang er sich mit seinen langen, schlenkernden Beinen um den Erker und war verschwunden.

Sobald der Manuß den Buben nicht mehr sah, packte ihn Angst. Geschmeidig rasch schlich er das dünne Gesimse hinauf, mit Händen und Füßen tastend und sich an der Wand verstemmend. Jetzt bog er um die Steinnase. Ein heulender Wind riß ihm die Mütze vom Kopf. Im Ringelreihen tanzte sie durch die glasige Luft hinunter.

»Schaut jetzt nicht hinunter! Kommt flink da weg!«

Gottlob, Mang lebte! Er lehnte mit dem Rücken am Felsen, der sich hier wie das Chor einer Kirche im Halbrund wölbte, und hielt beide Hände flach an die Wand. In drei Sätzen hatte er schon einige Gesimslücken übersprungen und stand jetzt auf dem vierten, etwas bequemern Vorsprung.

»Was sagst du?« rief Emil. Der Wind fraß jedes Wort von der Lippe weg. – »Gebt acht, wie ich's mache, und bleibt erst auf meinem Platz da stehen! – Sagt's dem Walter!«

Emil nickte. Er hatte keine Silbe, nur die gescheiten, redenden Augen des Jungen verstanden. Der preßte Lippe auf Lippe, machte einen strengen Blick gegen den Berg und wiegte sich dann, immer den Rücken am Felsen und das Gesicht in die gähnende Leere hinausgekehrt, elastisch in den Hüften hin und her, einmal, zweimal und schwang sich beim dritten Male auf den nächsten schuhbreiten Absatz hinüber. Aber ohne Verweilen, im gleichen Schwung wiegte er sich auf den sechsten, siebenten, achten Vorsprung, wo er stillstand und mit Befriedigung sah, wie Emil ihm alles genau nachmachte bis zum vierten Absatz.

Nun tauchte auch Walter an der Kante auf, schlank wie eine Schlange, den Mund halb offen und die Augen voll Neugier. Er grüßte lachend in die Rundung hinein, wo die zwei Begleiter starr wie die Heiligen in der Kirche von Mattli, – Sankt Ulrich und Sankt Jakob – hoch auf den Wandsöllern stehen. Das war wirklich zum Lachen. Emil schrie ihm fast zornig hinüber, daß er sogleich die Kante verlasse und es genau wie sie mache. Gleichzeitig setzten er und Mang die fatalen, wiegenden Seitensprünge fort. Einen Augenblick später rasteten alle wieder, jeder auf seinem knappen Kapitäl und sahen wie an die Wand geheftet aus. Jetzt waren es alle drei Heiligen des Chores in Mattli, der schmucke junge Hauptmann Sankt Sebastian war auch zu seinen himmlischen Kollegen gekommen.

Da verging auch dem Walter das Lachen. Bei diesem luftigen Abenteuer hörte doch alle Gemütlichkeit auf. Aber das Pfeifen zwischen den Zähnen konnte er nicht lassen.

So ging es nun ein ewiges Viertelstündchen lang, kaltes Windblasen die Hosen hinauf, Schneeluft in der Nase, jede Zehe und jeder Finger auf Tod und Leben gespannt und die Augen voll Sehnsucht nach dem grünen Ranft oben an den nahen Zinnen der Wand und nach seiner göttlichen Sicherheit gerichtet. Dort winkte die Alpe.

In dieser Viertelstunde lief dem Manuß das ganze Leben durch den Kopf. Tausenderlei sah er, alles schnell und hell wie Blitze: seinen hitzigen, ihn verhätschelnden Vater, den geduldigen Lehrer Heinz, die Jahre des Bierzipfels und der Zigarette, die Tollheiten und Gescheitheiten am Polytechnikum, dann die Zelte am Kongo, Barkenlieder der Neger, das belgische Welschen, die langweiligen Hafenplätze, die Heimkehr, Setten, Berts Mixturen, die Hebamme, den Pfarrer von Absom, den Alten am See, die Cäcilie und vor allem Mang und immer wieder Mang. Das ist dein Sohn! schrie der Wind, rauschte der gottlob magere Wasserfall zwischen dem achten und neunten Absatz, krähten die Dohlen, sang und befahl das laute Blut hinter seiner Stirne: Das ist dein Sohn! Vierzehn Jahre hat er auf seinen Vater gewartet, vierzehn verachtete Jahre neben einer schandbaren Mutter! – Und du hast nie daran gedacht, bist ruhig und stolz gewesen. Und hier oben kommt er dir jetzt in den Weg und führt dich in den Tod. Das ist Rache! – Das ist Strafe! – Hast du's etwa nicht verdient? –

Man rutscht und schwingt sich halsbrecherisch weiter. 's ist einem immer, man stecke mit einem Bein schon in der Ewigkeit. Wie ein Wunder sieht es aus, daß noch keiner in die Tiefe fiel. Bei jedem Sprung hinter und vor ihm nimmt es Emil den Atem, bei jedem Sprung ist ihm dreimal schwerer, als wenn's nur um sein Leben ginge. Ganz naß ist sein Kopf vor Schweiß. Also, es gibt eine Verantwortung, eine, die einem den Schweiß ausdrückt und das Herz schier sprengt!

Verschwindend tief unter ihnen gähnt eine Kluft auf. Darin ist etwas Weißes, Gekrümmtes, wie ein Kreidestrich auf dunklem Schiefer. Wohl ein Wildbach. Wer da stürzte! Bis zum Jüngsten Tag würde er nicht gefunden, so tief und unzugänglich sieht es aus.

Die grauen Nebeltücher steigen an den Wänden immer höher, aber die scharfe Bise[9] zerreißt sie immer wieder in Fetzen. Im Westen geht die Sonne bald unter. Es sickert ihr Blut nur noch tropfenweise aus den matten Wolken am Horizont. Entsetzlich lärmt der Wind. Welche Stimmen er hat! Stimmen von Kindern, die winseln wie Hündchen, und von Wahnsinnigen und von Zornigen und von Spöttern. Und alle diese gellenden Stimmen scheinen zu rufen: »Haben wir dich jetzt?« – Dann wieder sind es die Stimmen aller seiner Bekannten, die langsame von Heinz, die hohe von Mang und Cäcilie, die ehrwürdige des Pfarrers, die keifende des Hüttenalten, der Choral von gestern, die kreischende Hebamme, das Gesumm Bergknöpfels, – aber zuletzt wird dann immer das verstörte Geschwätz durch die wilde Jungfer am See überschrien: »Heute abend um acht Uhr! – Heute abend um acht Uhr!«

Ist dieser Abend gemeint? – Der Abend und die Nacht da unten im Abgrund? – Die Hochzeit mit dem Tod? – Herrgott im Himmel!

Es nützt Emil nichts, daß er sich einen Toren schilt und sich zehnmal sagt: »Die Angst macht dich kindisch! du hast Fieber, du phantasierst! Sei doch stramm!« In diesen vom Sturm kahl und nackt gescheuerten Felsen ist ihm, die Winde lüften auch seine tiefste Seele aus und entblößen sie in ihrer ganzen Nacktheit. Scharf wie die Steinzacken und

9   Nordwind

Gründe sieht er seine Kälte und Unbarmherzigkeit, die Ungerechtigkeit und vierzehnjährige Lüge ein, in der er bis heute so brav lebte. – »Du hast Fieber, das Bertsche Fieber«, wiederholt er sich, »schäme dich!« – und im nächsten Augenblick fügt er bei: »Gutmachen, Manuß, gutmachen, ehrlich sein!« –

Er gibt jetzt doppelt acht auf jeden Tritt. Das muß in Ordnung kommen. So elend bin ich nicht. Ich will meine Sachen gerade haben. Nur jetzt leben, nur jetzt! Eine große Arbeit fängt an!

So oft er auf den stolzen und aufrechten Mang vor sich schaut, möchte er rufen: »Mang, ich habe ein Geheimnis für dich! – Droben erzähl' ich's dir! – Aber ich könnte jetzt sterben! – Also, du bist –« Dann brüllt der Wind wieder alles nieder, und es kommt eine neuer Sprung auf Tod und Leben.

Mit den klebrigen Händen klammert er sich am Stein fest. Nur jetzt nicht sterben! – Nie hab' ich's nötiger zu leben! Wichtigeres steht mir bevor, als den Absomer in Schienen zu legen.

Wie weit geht es noch? Bravo, Mang ist bald oben. Aber warum bleibt er jetzt stehen? Auf einem so kleinen, entsetzlichen Absätzchen! Sogleich überspringen sollt' er's! – Hei, er lehnt den Kopf hintenüber an die Wölbung und ist kreideweiß.

»Mang! – Mang!«

»Könnt Ihr eine Minute warten?« fragt der Bub tonlos, ohne den Kopf zu wenden. »Es geht schnell vorüber!« – Er stiert an den ganz nahen Zinnenrand über sich, von dem die Alpgräser wie grüne Strahlen fast zum Greifen in die graue Luft hinausblitzen.

Emil bedeutet Walter, stille zu stehen, sobald er guten Stand fasse. Er selber kann von seinem Vorsprung aus nicht näher zu Mang. Es ist kein Sims dazwischen. Mit der Hand kann er ihn nicht erreichen. Stöcke, Seile, selbst das Sackmesser haben sie als hinderlich unten gelassen. Der Manuß kann nichts tun, als stille stehen und zuschauen, wie dieses stumpfe, wachsweiße Näschen die Nüstern auf- und niederbläht und ein Räuchlein bei jedem Atem hervorstößt. Schroff und herb ist das Gesicht, die Märzenflecken sind verschwunden. Die Augen hat er geschlossen, um den Schwindel nicht zu sehen, der ihm die Füße drehen will. Zwei- bis dreimal kommt ein schwaches Stöhnen aus dem weißen Munde. Das rote Haar ist gesträubt.

»Mang, mein lieber Mang!« schreit Emil. »Halt aus!«

Mang probiert zu reden. Aber er ist jetzt am übelsten daran. Kein Wort bringt er fertig. Er stemmt sich noch fester ins Gefels.

Wie schön ist er! Wie ein kalter, schneeweißer Engel aus einer andern Welt, bis zu den Fingerspitzen schneeweiß. Am langen, schlanken Hals, der wie ein Halm aus dem Hirtenkittel schießt, hängt der runde, rothaarige Kopf hintenüber an den grauen Fels gelehnt. Wie zu Stein geworden, haftet er am Stein, ein junger Held Prometheus. Und jetzt, wo etwas wie halber Tod sein Gesicht unendlich scharf herausmeißelt, jetzt sind seine roten Krausen, seine blauen Lippen, seine Kindernase, seine niedrige Stirne und sein kleines, rundes Kinn und die dunkelroten Brauen und langen, dunkelroten Wimpern, das alles ist jetzt so rührend, unschuldig, märtyrerhaft, heilig anzusehen.

»Mang! Mang!« ruft Emil mit einer Stimme, die er seit Jahren nie mehr so weich gehört hat. »Halt' dich fest! Mut, Mang! – Es geht vorüber!«

An sich oder an den jungen Broller im Rücken denkt Emil nicht. Und doch ist es wahrhaft kein Spaß, ruhig auf diesem schuhbreiten Felsplättlein zu stehen. Aber jetzt gilt nur Mang. Das ist sein Sohn! Von nun an weiß er's sicher. Dieser ernste Augenblick kann nicht lügen. Seine ganze innere Natur fühlt sich dort hinübergezogen, wo sein Fleisch und Blut steht. Er empfindet eine unsagbare Liebe, etwas Neues, noch nie Verspürtes. Es ist nicht Leidenschaft, wie er sie auch schon fühlte, nicht wie Kameradschaft oder Begeisterung für einen jungen, mutigen Burschen, es ist einfach die Liebe eines Vaters zu seinem herrlichen Kind.

»Wenn er nur leise schwankt«, nimmt sich Emil vor, »sich ein bißchen vorneigt, – so spring' ich über, umfass' ihn im Falle, küss' ihm die Lippe und stürze mit ihm. Und im Fallen werd' ich sagen: ›Das ist dein Vater, der mit dir stirbt.‹« –

Es ging noch keine ganze Minute vorüber. Aber eine solche Minute hat auf keinem Zifferblatt der Welt Platz.

»Lieber Mang«, unterbricht der Manuß die Stille wieder, »wie ist dir?«

Zerquält und erschüttert blickt er auf den Jungen. Es ist nicht an den Himmel zu malen, was er leidet. Eiskalt weht hier die Luft. Aber Emil glänzt übers lange Gesicht von tausend feinen Schweißtröpfchen.

Endlich öffnet Mang die Augen und sagt deutlich: »Es bessert!«

Nie hat Emil ein schöneres Wort gehört. Er redet nicht mehr ein, er horcht – was Gutes wird Mang gleich wieder sagen?

Da bröckelt und klirrt hinter Emil ein Steingeriesel nieder. Er schielt zu Walter. Man kann sich ja nicht richtig umdrehen. Mit purpurroter Verlegenheit sieht der Broller einem fallenden Stein nach.

»Was machst du da? Hast du Angst?« fragte Emil streng.

Walter lacht leise und schüttelt den Kopf. Er lehnt sich auch an die Wand, aber hält die rechte hinter den Rücken.

»Halt' dich doch besser!« befiehlt Emil.

»Ja, ja!« macht Walter ungeduldig.

Wie der Manuß sich gegen Mang kehrt, blickt der schon frischer drein und sagt mit tapferer Stimme: »Jetzt geht's wieder!« – Seine Nasenspitze ist zwar noch weiß wie eine Kerze aber der Bub hat doch wieder Leben. Er biegt sich wiegt sich und ist in ein paar Sprüngen drüben am letzten Felsband. Ohne zurückzuschauen, schleicht er noch die zehn Schritte am Band hinauf und stürzt sich oben durch die Luke in die grüne Alpe. Von unten meint man, er renne und versinke im blauen Abendhimmel. Denn es ist da nichts als der graue Felsschnitt wie ein Tor und dahinter Himmel zu sehen.

Mang lag, als Emil ihn erreichte, nur drei Schritte vom grauenhaften Rand im kurzen, bronzefarbenen Gras der Alp auf dem Rücken. Seine Brust ging schwer auf und nieder. In seinen Wimpern hingen große Tränen. Er war wie entkräftet und ausgelöst am Boden und weinte leise. Nichts ringsum schien er zu sehen oder zu hören.

Emil kniete neben ihn, nahm den roten Krauselkopf in seine Hände wie in zwei weiche Schalen und drückte ihn an sich.

Aber diese Zärtlichkeit war Mang so fremd, daß er augenblicklich zu sich kam. Mit Augen voll Scham sagte er: »Laßt, laßt! –« und wie er noch Walter nahen sah, stieß er Emil fast hart von sich. Doch sogleich bat er, wieder ganz Kind in der Stimme: »Ich schäme mich heillos, Herr! – Ihr hättet wegen mir verunglücken können. Was denkt Ihr jetzt von mir, – sagt, was?«

Ängstlich sah er Emil und Walter in die Augen. Aber er fühlte sich so blöde, daß er liegen blieb.

»Glaub' schon, daß dir schlecht worden ist«, schimpfte Walter und verbarg etwas hinter dem Rücken. »Wisset, Herr Inschenier, er hat rein nichts gegessen in der Plättlihütte.«

Mang nickte. »Es war mir dort nicht ums Essen.«

»Und nichts getrunken als Wasser. Da muß einem blöd und übel werden.«

»Jaha«, sagte Mang und dankte Walter mit einem schönen Blicke für seine Erklärung.

»Aber was sagt Ihr nun?« drängte Mang aufs neue, als hinge vom Urteil des Ingenieurs seine Ehre ab.

Emil wollte seine Hand ergreifen. Aber Mang entzog sie ihm schnell.

Das kränkte Emil. Trotzdem war er unfähig, sich zurückzuhalten. Mit einer Stimme, die Walter und Mang verwundern machte, einer Stimme schier wie einer Frau, einer Mutter, sprach er: »Ich denke, daß du ein tapferer Mensch bist, ein Alpenheld, – das denk’ ich, – – der Walter übrigens auch!«

Jetzt war es Mang, der nach Emils Hand suchte und sie dankbar drückte. Und Manuß dachte, dieser Händedruck sei ein Lohn, so schwer wie alle Angst vorher. Mang lächelte wieder. Seine roten Wangen und seine braunen Flecken kehrten zurück. Er gesundete von Augenblick zu Augenblick.

»Sagt’s noch einmal, wenn’s Euch ernst ist, auch dem Walter –« bat er gerade wie ein Kind.

»Ja, ein wehrhafter, tapferer Eidgenoß bist du gewesen und dein Freund mit dem Kasten auch!«

»Noch tapferer –! müßt ihr sagen«, verbesserte Mang und setzte sich auf.

»Sie aber auch!« fügte Walter mit seinen lachenden vollen Lippen hinzu.

»Ist das wahr?« fragte Emil Mang.

Der Bub nickte. Zehntausend Könige hätten dem Manuß das sagen können, es hätte ihm nicht soviel wie dieses Nicken gegolten.

Die sanft ansteigende, breite, baumlose Alpe glänzte Emil wie ein Paradies an. Jeder Halm glühte hellauf, und doch war keine Sonne mehr. Er fühlte ganz gut, daß er sein Lebtag noch nie ein so warmes Momentchen gehabt hatte. Und nie hatte er so blankes, fröhliches Gras gesehen.

Zuoberst, fast am Ende der Weide, sah man die drei Absomerhüttlein. Dahinter bald Steinhalden, bald aufrechte Wände. Über sie weg schauten die Felsköpfe der zwei Bergzüge, die sich in einem harten Winkel am Absomer trafen. Der stand wie ein aufrechter Eckensteher mitten im Ost- und Südgebirge, so hoch und so allein für sich, daß man dachte, es gebe hernach nichts mehr, das sei der Dachfirst der Erde. So klar und nah hatte man nun diese gewaltigen Bergmajestäten, daß man sie mit Händen zu greifen oder mit einigen Sprüngen zu ereilen wähnte.

Durchs Gras hörte man ein Bächlein klingeln, ohne es zu sehen. Aus den drei grauen Dächern stieg Rauch auf, nach allen Seiten blau verdunstend. Heimelig tönten einige Kuhschellen, und ein Hund bellte vor dem schwarzen Türloch der mittleren Hütte. Das meiste Vieh stand hinter den Hütten und wurde gerade abgemolken.

»Also wir sind alle drei großmächtige Helden«, spaßte Walter, »aber wo sind die Edelweiß?«

»Ah bah, wer hätte an die denken können!« meinte Emil, immer noch den Jüngling festhaltend.

»Kein Mensch hat uns beim Klettern gesehen. Niemand glaubt, daß wir da heraufkommen.«

»Das ist mir gleich«, sagte Emil.

»Aber mir nicht und dem Mang auch nicht«, schalt Walter laut. »Und drum hab' ich eben doch einige gepflückt. Wißt wo? – dort, wo der Stein herunterfiel und Ihr Augen machtet wie der Mang, wenn er bös' ist. Da sind sie, – gerade drei!«

»Vier!« verbesserte Mang und lächelte die großen, keuschen Blumen an, deren eine Walter zu spät im Ärmel hatte verstecken wollen. Dabei entwand er sich Emils Hand rasch. »Das hat noch keiner geleistet«, lobte er Walter, »so eine heikle Schachtel die Wand da heraufgetragen, Edelweiß gepflückt und dazu immer ein bißchen gepfiffen. Du bist schon ein Kerl!«

»Ganz leicht war's auch nicht, 's ist wahr! ich tät's wohl nicht wieder!« sagte Walter ohne den geringsten Stolz und reichte jedem ein prachtvolles Edelweiß. Aber das kleinste steckte er in sein Knopfloch und das größte von allen behielt er in der Hand.

»Hunderttausendmal Dank!« rief Mang glänzenden Auges.

»Wenn er mir so dankte!« dachte Emil eifersüchtig. Aber ich bin ihm nicht den kleinen Finger von Walter wert.

»Wem ist das vierte Edelweiß?« fragte er Walter.

»Das gibt er einem Mädchen«, fiel Mang ein.

»Weißt du das so sicher?« fragte Walter schon dunkelrot im Gesicht.

»Alle Mädchen mögen den Walter heillos wohl, Inschenier, aber er mag nur eine.«

»Pst!« machte Walter, seine Brauen zückend.

»Und er hat auf dem ganzen Wege nichts anderes gedacht, als das gefährlichste Edelweiß vom ganzen Berg seinem Irmeli zu bringen.«

Emil sah den stolzen Jungen verwundert an. So frühes, ernsthaftes Lieben? Ja, es mußte wahr sein. Wiewohl Walter in großer Verschämtheit zu Boden sah, hatte er doch einer frohen und schalkhaften Ausdruck behalten. Und er war fast wie ein Mann so groß, und schon etwas Reifes lag über ihm.

»Und an was hast denn du gedacht?« fragte der Manuß Mang.

»Ach, das – weiß ich nicht mehr.«

»Aber ich habe zuletzt nur noch an dich gedacht«, sagte Emil so fest und so ernst, daß Mang erschrocken zu ihm hinsah. Dann schritt er schweigend zwischen den zwei jungen Gebirgsmenschen den Hütten zu.

13.

Ein verzwergter, alter Hirt trug jetzt einen Kübel Milch in die Hütte. Neugierig wie alle Bergler, denen die Berge nichts ausplaudern, stand er still und beschattete das Auge mit der freien Hand gegen den feurigen Westen, um die kommenden schwarzen Gesichter eher zu entziffern.

»Sagt nichts«, bat Mang mit gesenkter Stirne, »von dem, wißt –«

»Das kannst doch denken«, beruhigte ihn Walter großartig.

Sie saßen vor der Hütte in der noch immer hellen Dämmerung auf die Steinklötze ab, die da herumgesät waren, Felsen aus den Höhen, einst droben fast am Himmel hangend, dann durch einen Unfug der Natur heruntergeworfen und jetzt friedlich in den Alprasen verwachsen, breitschlachtige Sofas, Fauteuils der Bergwelt. So gierig tranken sie von der frischgemolkenen Milch, daß den Jungen der zarte Flaum um die Lippen noch von Nidel schäumte.

Die schweren, braunen Kühe trampelten daher, glotzten sie an und trotteten dumm und gut vorbei, indem sie die Häupter mißbilligend schüttelten, wenn ein Kälblein ohne Arg und Falsch in seinem hellgrauen, vergnügten Aufputz zu nahe an die Fremden heranschnäufelte. Immer lebendiger ward es vor der Hütte. Ein junger, fast schwarzer Muni mit seinem unheimlichen Mohrenkopf und den kleinen, glühenden Augen trat jetzt aus dem Stall, und wie einer Respektsperson gab ihm die Herde Durchlaß. Aber mitten in der Gasse stand er still. Die tiefe

Röte am Himmel gegenüber machte seinen Rücken und seine noch kurzen Hörner glänzen. Er ringelte den Schwanz und peitschte sich ungeduldig damit. Augenscheinlich wußte er nicht, was er jetzt zuerst tun wollte, frisches Gras abbeißen oder in die verfluchte Bande der immer zu Kapriolen aufgelegten Geißen stürmen oder sich mit einem befreundeten Kühlein boxen. Plötzlich fiel ihm ein, daß es immer einen verteufelten Spaß mit dem gelben Hüterhund absetze, wenn er den Kopf senke und davonrenne. Das tut er und sieh, der Hund sprang ihm sogleich mit entsetzlichem Ernst hart an den Hufen nach. Nun fingen auch einige Kühe an zu springen. Alte Narren! Wie braune, massige, zweiteilige Wogen waren sie anzuschauen, so wie sie den Hinterleib aufwarfen, den Kopf senkten und auf- und niederhotzelten. Der Hund weiß nicht mehr, wo angreifen mit seinen hängenden, nassen Lefzen. Der Muni ist doch der böseste! Den! – Aber jetzt gibt es einen Witz. Walter muß hellauf lachen. Der gehörnte, junge Flegel kehrt sich mit einem schnellen Ruck gegen den Hund um und senkt die gablige Stirne gefährlich. Der Hund sperrt sich mit breiten Füßen, bellt unendlich und weiß vor Angst und Zorn nicht, soll er zurück oder vorwärts. Aber der Stier wirft sich um und galoppiert in seinem wunderbaren zweiteiligen Galopp weiter, eine ganze Wolke lustigen, freien Atems aus den Nüstern stoßend. Er grinst vor Freude. Daß dieser famose Ordnungshund da keinen Spaß versteht, das eben ist der kolossale Spaß, der ihm bis in den Schwanzzipfel wohltut.

Ein paar Hirten und Hirtenweiber, Mägde oder Geschwister, schlürfen indessen vor die Hütte und lehnen sich an die Untermauer. Es ist Feierabend. Die Männer tragen nur Hosen und Hemd. Mit den Füßen stecken sie in Holzsandalen. Das klottert bei jedem Schritt. Die Ärmel haben sie bis zu den Achseln aufgewickelt und die behaarte Brust weit offen. Sie reden wenig und schauen unverwandt auf die drei Gäste.

Und ringsum stille Berge und ruhiger Himmel und um und um ein Geruch, als wäre soeben aus Lehm und Saft und Gotteshauch die Welt geschaffen worden, so frisch und schöpferisch. Aber da zündet der älteste Hirt einen elenden Knaster an, und in den Duft der Urwelt mischt sich der Moder der Gegenwart.

Und doch, wie anders ist die Welt hier! denkt Emil. Man könnte kaum glauben, daß es in den tiefen, fernen Dünsten da unten der Ebene zu noch etwas gibt, wie eine Stadt mit Trambahn und Bureaus und

Schreibmaschinen und Krawattengeschäften. Hier ist die Welt noch aus der ersten Hand. Dort unten ist alles zu Papier geworden.

Der Manuß lehnt sich zwar fleißig zurück, wenn eine besonders freche Ziege an seinen Beinen schnüffeln will. Auch dieser uralte Duft von Stall und Muttermilch und scharfem Gras, dem die Tabakpfeifen der Älpler doch nicht viel anhaben können, freut ihn nicht sehr. Aber er haßt ihn doch nicht. Wenn Walter einem Ziegenmännchen den Hals unter dem Knebelbart kraut, mitunter auch ein Haar ausreißt und dazu sagt, »Ia, ja, mi Schägg, – mi Fuchsli!« und sich in den Augen dieser Tiere dann bespiegelt, sich und den ganzen Himmel und die Berge wie in einem schwimmenden, dunkeln See, – dann nimmt sich der Manuß vor: ich will mich an das alles auch gewöhnen. Ich glaub', es wird mir nach und nach sogar gefallen. – Ganz homerisch sieht es ringsum aus. Er zieht das Buch aus der Tasche und blättert darin. Wie alles, hat er auch seinen Homer in der Schule gut gelernt, wenn auch kalt und un-gerührt.

Geringschätzig blicken die Alpleute auf das Buch. Um so brennender folgt Mang den Seite um Seite überschlagenden Fingern des Ingenieurs. Er ist verliebt in diese Welt. Nun erst schnallt auch Walter seinen Kasten ab.

Die Hirten reden immer noch nichts, obwohl eine ganze Bibliothek von Neugier hinter ihren gekünstelt gleichmütigen, schlauen Augen hockt.

Ob es hier wohl ein Nachtlager für sie drei gebe? fragt Walter für den Ingenieur.

Es wird geantwortet: In einer Hütte schlafen die Mädchen, in der andern die Knaben der Realschule. Wenn sie dort wollen? Sie sagen es mit ungastlicher Miene.

Dann wieder Stillschweigen und steifes Beobachten.

Aber Walter vermag nicht mehr zu schweigen. Er zeigt das große Edelweiß.

»Das sind Blumen, hä?«

»Hm, ja!« brummt der Älteste.

»'s hat auch was kostet, Sapristi!« tut Walter wichtig.

»Von wem hast's 'kauft?« foppt der Älpler. Die andern an der Hütte lauern boshaft. Das ist der Herrenbub vom Dorf, mit so feinen Pump-hosen und so einem Prachtgurt. Ihm mögen sie's gut gönnen, wenn ihr alter Kobelkarli ihm eins aufbrennt, dem überstelligen Hochnäser!

»Das möchtet Ihr wissen, von wem ich's 'kauft hab?« neckt Walter. »Ihr seid nicht einmal g'wundrig!«

Er hält die Blume dem Alten entgegen, aber wie der sie fassen will, schreit er: »Paßt auf, die macht Euch schwindelig, ich habe sie vor einer Stunde dem Hosendreckler abkauft.«

»Sternenhageldonner!« flucht der Alte und schaut die drei auf einmal wie enthüllte Götter an. Die andern recken die Hälse und staunen.

»Alle drei? – und mit dem Kasten da? – Du auch, Steinschorebueb?«

Statt aller Antwort zeigt Mang auf die Edelweiß in seinem und Emils Knopfloch. Sie sind wunderbar groß, noch frisch und feucht. Alles tritt näher. Aber die Weiber denken jetzt nur an Mang, stupfen einander und flüstern: »Nein, frag' du!«

»Und wer's jetzt noch nicht glaubt, der geh' einmal selber hinab und schau' auf der Bachplatte nach! Dort sind wir alle drei eingekritzelt mit Namen – der Ingenieur und Mang und ich! 's hat noch mehr Edelweiß dort, wer etwa kaufen will.«

Das wirkte Wunder. »Inschenier, Ihr könnt in unserer Hütte schlafen und für euch zwei ist auch Platz«, sagte der Kobelkarli.

Emil blätterte noch immer suchend im Buch. Er nickt nur mit dem Kopfe und sagt dann doch: »Danke! Wenn's ein bißchen bequem ist, zahl' ich euch wie im Hotel.«

»Gebt uns lieber ein paar Zigarren! Ihr raucht da eine blitzgute!« sprach der Alte einfach.

»Ein paar Zündhölzchen und etwas Kirsch, – wenn Ihr habt!« fügten andere bei.

»Und das Absomer Samstagsblättli!« heischten die Weiber.

Emil warf sein ganzes Etui hin und das silberne Zündhölzchenschächtelchen und die Frankfurter und Neue Zürcher Zeitung und was er sonst noch von der unheiligen Welt da hinauf geschleppt hatte.

Walter erzählte indessen laut und stürmisch die Reise. Mägde, Hirtinnen, Älpler, selbst der beruhigte und gescheit mit den Ohrenspitzen redende Hund zu Walters Füßen, alles horchte. Denn das ist ein Fest, soviel als eine Geistergeschichte wert. Dabei musterte man unaufhörlich den Ingenieur. Alle drei werden bewundert, aber am meisten in Glorie steht nun doch Walter, der Steinschorebub, wie er von Großvaters Heimwesen, der Steinschore, im Volke immer heißt. Er ist jetzt nicht mehr der vornehme, kurzhosige Brollerknab aus dem ältesten Dorfgeschlecht, nein, er ist der Gebirgsmensch wie sie, und was für einer dazu!

Die Berge schlafen stehend und sitzend, wie sie tagsüber sind, einer nach dem andern ein. Schwarze, ungeheure, formlose Massen sind sie geworden. Der Himmel selber verdunkelt und vertieft sich, aber schlitzt da und dort ein goldenes Löchlein durch seinen wunderbar weichen Samtbaldachin auf. Über dem Absomer gibt es sogar einen schmalen, sichelförmigen Schnitt. Aha, der liebe, süße, alte Mond! Einem galanten Boote gleich gondelt er sich über die schwerfällige Erde, lustig und leicht.

Über die Ebene im West und Nord hat die Nacht schon lange ihre schwarze Fahne gesenkt und Millionen kribbelnde, krabbelnde Menschen zugedeckt.

Die Augen der Älpler sehen das nicht mehr. Sie lieben es, sind es aber auch gewohnt wie Milch und Brot. Doch Walter ist ein heißes Liebkind der Natur. Und je mächtiger und voller sich diese Nachtherrlichkeit ob seinem Purpurgesicht entfaltet, um so schöner und feuriger erzählt er das Abenteuer.

Währenddem kommt durch das feuchte, weiche Gras ganz still und müd auch die Schule daher. Der Hund knurrt leise. Voran weisen Heinz und der Lehrer. Sie atmen auf, sobald sie Walter und Emil und Mang noch am Leben sehen, wie vor drei Stunden. Alle sind müde, kauern sich ins Gras, schlürfen leis die Milch und horchen dem Rubelkopf[10] auf dem Stein zu. Und verherrlicht von soviel Augen und besonders von zweien, die er sich nie recht in der Farbe schildern kann, ob sie mehr grau oder blau oder braun sind, – aber die schönsten der Welt sind es jedenfalls, – entzündet sich der Fabuliereifer Walters immer mehr. Er kommt jetzt zur Teufelskirche, so heißt die Hallenwand, kommt zum Schrattenbächlein, zu den tödlichen Hüpfereien und den Edelweiß. Seine Lippen scheinen noch von dem Furchtbaren zu riechen, das er erlebt hat. Er lacht nicht, er sagt es ernsthaft. Und jedesmal, wenn er wieder einen solchen Todessprung über eine Gesimslücke erzählt, zittern dem Lehrer die Beine und er sagt sich heimlich: »Wenn ich das gewußt hätte, Walter wäre mir nie – –«

Und jedesmal denkt Heinz, indem ein Frösteln über seinen buckeligen Rücken heraufkriecht: »Gottlob, daß ich nicht dabei gewesen bin. Zerschmettert läg' ich.«

10 Krauskopf

Aber die Hirtenleut' und die Kinder können sich nicht satthören, wiewohl es auch ihnen graut und schwindelt und dabei doch leise durchs Blut prickelt und flüstert: »Möcht' ich's doch auch probieren, ich auch!« –

Emil und Mang saßen nebenan auf einem großen Stein. Die Herde hatte sich in der Alpe zerstreut, äsend oder schon im Gras liegend. Emil suchte noch immer im Buche. Er wollte Mang eine Stelle zeigen, wo Homer in seiner großen Schlichtheit Hirt und Herde schildert, oder jene rührende, wo der geblendete Polyphem den Leitbock anredet, in dessen Wolle hängend Odysseus aus der Höhle des Menschenfressers flieht. Hie und da hielt er inne. Nicht wegen des ah! und o! nebenan, oder wegen der stillen Majestät dieses Abends, sondern wegen des gar nicht lieblichen, aber so eigentümlich anziehenden, ihm so engverwandten Gesichtes da, dessen Wärme er deutlich auf seinem Gesicht als die Wärme des gleichen Blutes spürte. – O wie konnte er es nur anstellen, dem Knaben da den Vater zu offenbaren!

Ein Weib schlich an Mang heran und zischelte leis: »Wie ist's denn mit deiner Mutter? – Ist es wahr, daß sie am Kindbettfieber schwer daniederliegt? wie?«

»Was geht Euch das an?« fuhr Emil sie so grob an, daß sie sich eilends wieder rückwärts schob. Dann wandte er sich zu Mang, der den Kopf tief hängen ließ, und zeigte auf ein Blatt im Buch, indem er mit weicher Stimme fragte: »Kennst du diese Stelle?«

»Welche? welche?« fragte Mang gierig, obwohl er vor Müdigkeit kaum die Augen offen behielt.

Ihre Gesichter berührten sich jetzt beinahe im Bestreben, die Buchstaben im Zwielicht noch zu erkennen. Aber sogleich sagte Mang freudig: »Aha, das weiß ich, der Sohn Telemach kommt nach zehn Jahren zum alten Hirten daheim zurück. Nicht? – Ja, das ist prächtig! – Die Hunde kennen ihn schon am Tritt und bellen darum nicht, und der Hirt – da ist's, da: –

Da eilt er entgegen dem Herrscher,
Küßt ihm das Angesicht und die beiden glänzenden Augen,
Beide Hände dazu und häufig entstürzt ihm die Träne.
So wie ein Vater den Sohn mit herzlicher Liebe bewillkommt,
Der – der«

Plötzlich las Mang langsamer. War's, weil ihm seine Vaterlosigkeit in den Sinn kam, war's wegen der großen Dunkelheit?

»Der aus entlegenem Land – nach – zehen –«

»Ich seh's nicht mehr«, entschuldigte sich der Junge. Aber Emil las fort:

»Der aus entlegenem Land heimkehrt im zehenten Jahre – Einziger
   Sprosse erzeugt – um den viel Kummer er ausstand, –
Also umschlang den schönen Telemach jetzo der Sauhirt,
Ihn mit Küssen bedeckend, als der aus dem Tode entflohn war –«

»Es ist prächtig!« unterbrach Mang scheu, »aber ich schlafe fast ein.«

»Und doch ist das nur der Sauhirt Eumöos«, sprach Emil, bald nicht mehr fähig, kalt zu erscheinen. »Weiter unten – da – ist erzählt, wie der rechte Vater Odysseus sich auch zu erkennen gibt. Wir haben diese Stelle auswendig gelernt. Sondern –« seine Stimme bebte, »sie beginnt: Sondern ich bin dein Vater, um den du mit –«

Mit einer mißklingenden und barschen Stimme unterbrach ihn Mang: »Ich geh' schlafen!« – Mit den früher, mißtrauischen Blicken sah er Emil an, nahm ihm kurzerhand das Buch aus der Hand und sagte: »Gut' Nacht!« Im Nu war er im Dunkel der Hütte verschwunden.

Eine Stunde später lag auch Emil im Heu. Ein weißes, grobes Linnen, ein Laubkissen und eine Roßdecke, das war sein Bett. Auf einer Seite lag Mang, auf der andern Walter in dieser Ecke des Heubodens. Aus den andern Winkeln hörte man das Schnarchen und Schnaufen der Alpleute. Durch manchen fingerbreiten Spalt strömte der Bergwind herein. Zuweilen hörte man eine ferne Ziegenschelle oder das dumpfe Reiben einer Kuh am Gaden oder den dünnen Pfiff eines Murmeltierchens aus dem Geklüft.

Emil saß noch lange aufrecht zwischen den zwei Schläfern. Es war stockfinster. Aber er konnte seine Nachbarn am Atmen leicht unterscheiden.

Der zur Rechten atmete ganz leicht, mühelos, freudig. Er blies sozusagen die Luft von den Lippen, weich wie ein Flötenspieler sein Lied. Das war Walter. Der andere schnaufte langsamer und schwerer, wie aus einer Tiefe herauf, aus einer Brust, auf der von jung an schwere Gewichte lagen. Nach dieser Seite wandte sich Emil; dahin zog es ihn.

Was war dieser Tag nicht für ihn! In ein paar Stunden hatte er mehr erlebt, als im ganzen Leben vorher. Hatte er vorher überhaupt etwas erlebt?

Aber ich habe nichts erreicht, schalt er sich. Er kennt mich nicht. Ich bring' es wohl nie dazu, ihm zu sagen: Ich bin dein Vater. – Er fühlt nichts für mich. Und ich hab' ihn schon so gern!

Ein unglaublich heftiger Wunsch plagte ihn, Mang noch einmal zu sehen, jetzt im Schlafe, in aller Ruhe. Er griff nach der Taschenlaterne, drückte den Knopf mit der einen und schattete mit der andern Hand das grelle Licht ab. Mang lag auf dem Rücken, beide Hände unter dem rothaarigen Kopf. Die wolkigen Brauen wuchsen in die Nasengrube, wo ein tiefes Fältchen gerissen war. Den großen Mund preßte er hart zusammen. Die Backenknochen traten hart hervor, wie nie bei Tage. Er war bleich. Noch im Schlaf schien er zu leiden.

Welch ein finsteres, stolzes, gescheites, armes Kindergesicht.

Immer schwerer ward es Emil beim Anblick ums Herz. Was hat der wohl alles meinetwegen erdulden müssen, dachte er, daß so ein junges Geschöpf schon diese schwarze Runzel und so einen schweren Atem bei vierzehn Jahren hat! Das kommt vom Suchen und Rufen nach dem Vater. Oder vom Verfluchen des Feiglings! – Was muß er ausgestanden haben, so oft die andern ein Prahlen und großes Wesen mit ihren Vätern machten, wie es so Bubenart ist! Dann lief er wohl weg wie vorhin. Und die groben Leute hier haben ihn ganz sicher nicht geschont. Er hat genug zu hören bekommen. Daher ist er so scheu und wortkarg und einsam. Wär' er von der hellen Art wie Walter, so ein Vogel, dann tät' er sich leichter. Aber er kann ja gar nicht lachen. Er ist von meinem ernsten und empfindlichen Schlag. Da hilft alles nichts. Mein Werk und mein Verschulden.

Doch langes Sinnen und Härmen ist nicht Emils Sache. Er reckt seine Glieder. – Was tun?

So schnell als möglich der Geschichte mit der Cäcilie nachgehen. Und ist es so, woran er nicht mehr zweifelt, daß Mang ihr und ihm gehört, dann offen heraus mit der Sprache. Jenem Weibe will er dann aus den Sorgen helfen, und Mang bleibt bei ihm. Er wird ihn diese Tage beim Ausmessen immer um sich haben. Da gibt es genug Gelegenheit, ein Bekenntnis abzulegen. Es wird schwer sein, alles zu sagen in dieses widerwillige, scharfäugige Knabengesicht hinein. Aber es wird doch auch etwas Seliges in dieser Beichte liegen. Wann soll er dem Jungen sich bekennen? Morgen, übermorgen? Je eher, je lieber.

Alles Poetische und Feierliche ist Emil zuwider. Aber jetzt fällt ihm doch immer wieder der alte Homer ein. Was damals in den Studentenbänken so gleichgültig wie Luft an ihm vorüberschwamm, ergeht jetzt geradezu wie ein mächtiger Brief direkt an ihn. Die Verse, die sein kaltes, scharfes Gedächtnis behalten hat, erstehen aus einer erlernten Gerümpelsache plötzlich zu etwas Lebendigem, was ihn, nur ihn jetzt angeht. Neben dem verbitterten Bubengesicht steigen die Verse hörbar an ihm herauf und tosen, unausgesprochen und doch so laut, daß er daneben nichts mehr vernimmt, über ihn weg:

>Sondern ich bin dein Vater, um den du mit innigen Seufzern
Soviel Kränkungen duldest, dem Trotz der Männer dich
  schmiegend.
Also sprach er und küßte den Sohn, und herab von den Wangen
Stürzte die Trän' ihm zur Erde, die stets mit Gewalt er gehemmet.«
  –

Überwältigt nicht allein von diesem Augenblick, sondern vom ganzen unaussprechlich schweren Tag, sank er zum Jüngling nieder und küßte ihm die Lippe.

Mang rutschte unter einem Seufzer mit dem Kopf zur Seite.

Sogleich ließ Emil das Laternchen erlöschen und legte sich. Aber noch lange schlief er nicht. Während Walter träumte, er stecke sein großes Edelweiß vor allen Buben und Mädchen dem Irmeli in den Mund, rückte Emil ganz nahe an Mang und dachte: »Wie schön hat es doch ein Vater, neben seinen Kindern zu schlafen.«

Ein Weilchen später seufzte er: »Schon vierzehn Jahre hätt' ich's können! Das ist ein verrücktes Leben.«

14.

Am nächsten Morgen regnete es dicht und grau wie Katzenhaar. Man mußte im Rauch der Hütten sitzen, wenn man nicht pudelnaß werden und frieren wollte. Mang zeigte sich nirgends, und Heinz machte sich mit seiner langweiligen und unmännlichen Dienstbarkeit dem Ingenieur so beschwerlich, wie noch nie. Da die Nebel immer verdrießlicher herunterhingen, hatten die Schüler schimpfend und grollend, als wäre der gute Lehrer Samuel daran schuld, den Rückzug angetreten. Glücklich war nur einer, Walter Broller. Findig hatte er den einzigen Regenschirm der Absomeralpe aufgetrieben und ging nun unter einem Dach mit Ülis Tochter, dem Irmeli.

Emil trat endlich aus dem stickigen Dampf ins Freie. Um die Hütte lief Wasser in breiten, schwarzen Tümpeln. Von einem Berge sah man nicht die Spur. Alles, was da hin- und herwallte, war Nebel. Und es tröpfelte und rieselte so fein und eindringlich aus dem Grau, als sollte Mensch und Tier bis auf die Knochen einmal gründlich durchweicht werden.

Endlich bemerkte der Manuß Mang. Der Bursche lief an ihm vorbei wie ein Schatten, grüßte kurz, aber blickte ihn nicht an. Emil fühlte sich maßlos ernüchtert, wie nach einem gewaltigen Rausch. Barsch lehnte er jedes Gespräch mit Heinz ab, warf sich einen Schultermantel um, stülpte die Kapuze ins Gesicht und steuerte schräg über die Alpe dem Berg entgegen.

Allenthalben rannen Bächlein durch die Trift. Der eigentliche Alpbach aber war schon eher ein kleiner Fluß. Heut ginge es nicht mehr durch die Teufelskirche. Hui! Da, wo der Nebel schwärzer schien, mußten die Felshänge sein. Dorthin also!

»Daß ich doch arbeiten könnte!« dachte Emil. »Am ersten Tag schon dieses verfluchte Pech. So ein vermaledeiter Regen könnte einen zum Erhenken bringen.«

Unten von den Hütten hörte er Heinzen rufen: »Herr Manuß! Herr Manuß! Zurück! – Ihr verirrt Euch im Nebel.«

Der Esel! Bin ich etwa nicht schon ganz in die Irre geraten?

Aber von oben herab, aus dem Gebraue und Gekoche der Nebelschwaden, erklang ein helles Bellen. Da ist ein Hund und sicher auch ein Mensch, dem es zu langweilig in den Hütten wurde. Er klomm rasch bergauf, der Hundestimme nach. Die scholl bald lauter, bald wie unterdrückt. Es war, als rede jemand mit dem Tier.

Weiter oben hörte das Regnen auf, da ging ein scharfer Wind. Der kältete und trocknete die Luft, zerfetzte den Nebel und schmiß ihn mit vollen Händen in die Abgründe, während er kleinere Restchen wie Pfeifenwölklein zu den Gipfeln blies. Ein rechter Prahlhans, dieser Wind.

Einem solchen Fetzen lief Emil nach. Oben sah er schon blauen Himmel und unten die aufhellende grüne Alpe. Aber gerade vor dem Gesicht, am Aufgang durch die Geröllhalden, vernebelte noch so ein abgerissenes Räuchlein den nächsten Weg.

Genau in diesem Rauch bellte der Hund und suchte ihn jemand umsonst zu beschwichtigen.

Häßlich nah und naßgrau erschienen die Gebirgstürme. Den mächtigen Absomer selber meinte man wohl mit einem Steinwurf zu erreichen. Nach dieser saubern Wäsche der Natur und bei dieser klaren Luft sah Emil den Hauptkerl bis in die feinsten Gliederchen. Jede Kante, jeder Saum, Vorsprung, Einschnitt, Kerb erschien haarscharf wie am feinsten Modell auf dem Tisch. Und alles in allem war es eben doch eine Majestätsperson sondergleichen. Man kann nicht anders, man muß ihr höflich begegnen, sie jedenfalls, wenn nicht im Plural majestatis, so doch mit Sie anreden. Ein hartgemeißelter, schwergefurchter, prachtvoller Felsengreis, – das sagte sich auch Emil.

Er riß ein Blatt aus dem Taschenbüchlein und zeichnete in fliegender Eile, ehe wieder ein Nebel käme, die Hauptzüge dieser Bergphysiognomie hin. Und indem er ihm, fast wie ein genialer Pariser Schneider seinem königlichen Kunden, die Maße nahm, blitzte ein Moment der Erleuchtung auf, wie es deren in jedem Leben gibt: er sah instinktiv, ohne Berechnen und Lernen, in einem einzigen raschen Strich, wo er an den Trotzigen herauf die eiserne Kette legen müsse. Eine große, sichere, unfehlbare Linie. Es war jener genialische Instinkt, mit dem eine Gemse die unmöglichste Kletterei vollführt, oder ein Kind unbewußt auf einer Dachrinne läuft. Wenn sie studierten, würden sie fallen. Emil zitterte vor Erregung bis in die feinen Fingerspitzen. »Es geht also, es geht!« jubelte er.

Er hätte in der ersten Freude jetzt am liebsten gleich den Absomer erstiegen. Er wußte, daß sein Auge dann in allem recht bekam. Aber die Hirten hatten abgeraten. Der Stein müsse ganz trocken sein, und dann noch lasse sich nicht spaßen. Freilich, wer den Hofendreckler –

Jedenfalls will er Mang da hinaufnehmen. Heut noch will er ihn fragen. Und recht herzlich zum Gehilfen will er ihn erziehen. Der Wirt Üli hat ihm den Verdingbub ja gegen ein kleines Taggeld zugesichert. So lernt man sich besser kennen, gewöhnt sich zusammen, wird unbefangen, familiär, und zuletzt fehlt nur noch das Wort Vater.

Mang hat ihn zwar gestern grob behandelt. Es nimmt sich aus, als ob er ihn wie einen Eindringling anschaue und gar nicht gut leiden möge. Aber wart' er nur! Den bekommen wir schon. Wenn ich die Wände dort oben fürs Rad öffne und die Lokomotive bis zur Spitze fahren lasse: das wird dem Bauernkind imponieren. Dieser Junge hat Respekt vor dem Können. Zwar, er ist ein schwieriger Kerl. Aber ich studier' dich, bis ich dich ins letzte Knöchelchen kenne, wie den großen Bruder da drüben. Danach fass' ich dich und bezwing' ich dich. Du mußt mich lieb haben. –

Das Gebell scholl näher. Emil hörte schnelle Schritte, die sich in diesem vermaledeiten Nebel bergauf entfernten. Der Mensch da oben lief ihm davon. Das war leicht zu merken. Manuß warf sich frisch in die Füße und lief dem Klirren der Steine nach. Ganz nahe schon hörte er die Flucht zwischen den Platten und dem kantigen Geröll. Er wollte nun einfach wissen, wer ihn da mit einem solchen Versteckspiel im Nebel höher und höher foppe.

Dabei dachte er immer an Mang. Dem lief er ja auch so heiß und durchs Ungewisse nach, wollte ihn erringen und erspringen.

O, wenn ich ihm sag', er dürfe mit mir in die Stadt gehen an der besten Schule studieren, solang er wolle, er könne ein Professor werden oder Geschichtsschreiber oder was ihm gefalle, – er müsse nur mit mir kommen und mich lieben – wie ein Kind den Vater liebt –

»He da, halt! – wer läuft mir da vor?« schrie er wütend. Eben hatte er durch den sich lichtenden Nebel ein behende Gestalt gesehen.

Keine Antwort als das schimpfende Bellen des Hundes.

»Steht still!« herrschte Emil, als ob er in dieser Bergfreiheit wie einst am Kongo zu regieren hätte. Dann rannte er katzengleich das immer steilere Geschiebe hinauf. Deutlich hört er das satzweise Springen seines Gegners.

»Wenn der da vorne mir auch bis in die Zinken hinauf vorspringt, – er darf ja, da gibt's kein Verbot –« besinnt sich Emil. »Aber einholen will ich ihn.«

Und wieder fiel ihm ein, geradeso fliehe Mang vor ihm. So oft er ihm nahen wollte, wich der Bursche. Je freundschaftlicher man an ihn trat, um so ruppiger kehrte er sich ab. Liebe zahlte er mit Grobheit.

»Was hab' ich eigentlich davon«, sagte sich Emil pustend und keuchend, »nur Mühsal! Wenn er nicht will, warum dann diesem roten

Querkopf nachrennen? – Ist das nicht gemein? Meine Art war's bisher sicher nicht.«

Aber da meint er das Schnaufen des Flüchtlings zu vernehmen. Frisch an!

Er glühte und keuchte vor Erhitzung, die Knie knickten ihm ein, aber er wäre jetzt bis zur Tollheit weitergesprungen. Eher zusammenbrechen! Blutig biß er die langen Zähne in die schmale Lippe und preßte hervor: »Nicht nachgeben!«

Da hörte das Geräusch vor ihm auf. Noch einige Sprünge, und Emil trat aus dem Nebel. Drei Schritte von ihm lag Mang in den Steinen, langgestreckt und schwitzend, Hemd und Ärmel offen, gewaltig schnaufend und wilde, nasse Blicke auf Emil schießend. Die Augen waren gerötet, die Lippen verklemmt, der ganze junge Körper zitterte vor Aufregung. Den roten Kopf kühlte er an den nassen, kalten Steinen.

»Du?« schrie Emil und fuhr vor Staunen einen Schritt zurück.

»Warum lauft Ihr mir immer nach?« stammelte der andere zürnend und finster und immer noch um Atem ringend. »Laßt mich doch einmal in Ruhe wie andere Leute!«

Emil fand im Augenblick kein Wort. Aber kalt ward ihm und elend fühlte er sich.

»Ich hab' Euch doch nichts getan! – geht, geht!« Und der Bub warf die Hand gegen ihn.

»Ich hab' nicht gewußt, daß du vor mir läufst«, sprach der Manuß, sich sammelnd.

»So geht jetzt, geht!« –

»Nein, ich gehe nicht, ich bin froh, daß ich dich hier finde. Wir können einmal miteinander reden, Mang. Schon gestern wollt' ich's.«

»Ich hab' mit Euch nichts zu reden«, schrie der Bub, sich abwendend.

»Warum weinst du denn?«

»Das geht Euch nichts an. Ich will nicht, daß Ihr mir immer aufpaßt.« Er stieß es böse hervor, und währenddem kugelten ihm die Tränen immer reichlicher über die Backen.

»Deine Mutter ist krank, das ist's, nicht wahr?«

Mang schwieg und weinte leise in die Steine hinein, daß man es weniger sehe. Daneben stand Frischli, der Hüttenhund, und legte bald die rechte, bald die linke Pfote in steifer und plumper Liebkosung auf seinen Nacken. Dann winselte er wieder und fragte Emil mit den beiden treuen

Hundeaugen, ob er gekommen sei, dem Buben leichter oder schwerer zu machen.

»Aber die Mutter kann wieder gesund werden und du – und der – Vater –«

»Ich habe keinen Vater! – hört auf!«

Mang schnellte vom Boden auf. Aber Emil faßte ihn jetzt streng an der Hand.

»Es gibt viele Kinder ohne Vater. Du bist besser daran. Dich haben ja viele gern. Der Üli, der Lehrer, die Hirten samt und sonders –«

Mang schüttelte den Kopf.

»Und mancher flotte Mann wäre froh, wenn er so einer Sohn hätte. Was gibt es also da zu weinen?«

»Ich will hinunter«, schrie Mang und zerrte sich los. »Es ist alles anders, als Ihr sagt! Weg da, weg!« –

»Bleib!« befahl Emil laut.

Mit rotgeränderten, nichts als Unmut versprühenden Augen sah Mang auf Emil.

»Einen«, versuchte Emil milder zu sagen, »einen weiß ich sicher, der dich so gern hat wie sein Kind – er –«

»Aber Euch mag ich nicht leiden, – Euch hass’ ich!« rief der Knabe mit zischenden Lippen und zurückweichend.

»Hör’ doch, Mang!«

»Ich weiß nicht, was Ihr immer mit mir wollt. Aber ich will nichts mit Euch! –«

»Laß mich –«

»Ich konnt’ Euch schon von Anfang nicht leiden! – Daß Ihr’s gerade wißt! Schon drunten im Dorf.«

Wie geschleuderte Steine flogen diese Worte aus dem so wohlklingenden Munde des Jünglings. Emil meinte zu erstarren. Er öffnete wohl seine erbleichenden Lippen, aber nur ein Ton wie von einem Tiere brach hervor.

»Wißt, ich hab’ nicht wegen der Mutter geweint«, rumpelte es nun aus dem Jungen, als wollte er seine bösen Worte schwächen. »Ich lach’ vielleicht, wenn sie stirbt. – Ihr wißt ja alles, – das weiß ich schon. Und wegen einem Vater wein’ ich auch nicht. – Jetzt brauch’ ich keinen mehr! Ihr müßt mich gar nicht immer so mitleidig anschauen. – Zu essen und zu trinken hab’ ich, soviel ich mag. – Aber heut bin ich

vierzehnjährig – und – und – ich möchte nicht immer so ein Verding
–«

Alles andere ward im lauten Weinen und Davonspringen verschluckt.

Der Manuß stand noch lange da, den Rücken gekrümmt, den Kopf vorgeneigt, die Augen halb geschlossen, wie einer, auf den Schläge niedersausen. In seinen Ohren gellte es: »Euch hass' ich, – weg! – ich brauch' jetzt keinen Vater mehr –«

Als er sich allmählich erhob, war ihm wie einem verzogenen, verhätschelten Kind, das zum ersten Male wuchtig verdonnert worden ist und noch gar nicht daran glauben kann. Fassungslos, mit großen, naiven Augen starrt es die katzenhafte Welt an, die also nicht nur immer schmeichelt und streichelt, sondern auch jählings kratzt und beißt.

An so was war er noch nicht gewöhnt. Er weiß noch sehr wohl, wie sein kaltes, mageres Kinderküßchen den zornigen Vater zähmte. Wie ein milderes, nicht im üblichen Herrenton gesprochenes Wort den Heinz biegsam machte. Selbst wie Sette, wenn er nur ein wenig artig und fein redete, in ihrer Art mit allerhand fühlbaren Sorglichkeiten dankte. Also die paar Brosamen Liebe aus seiner Hand wirkten solche Wunder. Und jetzt, wo er ein ganzes Brot reichte, ward er hart und schmählich abgewiesen.

Aber sein Respekt vor diesem gewaltigen Trotzkopf da wuchs nun ins Ungeheure. So war Emil. Wenn ihn einer hieb, so mußte es fürwahr ein imponierender Kerl sein, noch härter, noch eigensinniger, noch herrischer als er selber.

»Er gleicht mir«, jubelte es in Emil trotz der tiefen Kränkung. »Von mir hat er dieses Eigenherrliche und Ungebogene. Jetzt weiß ich's sicher, daß das mein Fleisch und Bein ist. Ihm nach!«

Doch mäßigte er den Schritt im Abgehen. Das war ja sicher, daß Mang ihn nun noch mehr als vorher haßte. Aber Emil sah nicht ein, warum der Bub ihn so haßte. Er hätte gedacht, Mang müßte ihm an den Hals springen. Aber eben, er gleicht ihm!

Was nun? Da oben ein Nothäuschen bauen zum Nächtigen bei üblem Wetter. Also Holz und Arbeiter in Absomdorf holen. Dem Üli das Knechtlein für die ganze Zeit der Messungen gültig abdingen. Vier, fünf Wochen braucht er sattsam. Ruhig und ohne Weichheit mit Mang umgehen und das übrige der guten Stunde anheimstellen.

Je näher Emil den Hütten kam, desto sicherer war er über alles Zukünftige. Er rechnete jetzt nur noch ein Datum aus. Heut ist der zweite

Brachmonat. Vierzehn Jahre zurück! Er errötet. – Achtzehnhundertund –! richtig, dieses Jahr steht prächtig groß auf dem Diplom. – Herr Emil Manuß stud. ing., hat – usw. usw. – mit Auszeichnung bestanden und daheriges Diplom – zehnter August. – Gleich in der nächsten Woche ging's in die Berge, um Bücherstaub und Maschinengeruch auszuschwitzen. Das kann so der vierzehnte oder fünfzehnte August gewesen sein, – und heut ist der zweite Brachmonat. Das könnte stimmen. – Leicht wird es dem Manuß bei dieser Rechnung, aber auch schamhaft zumute wie einem Entblößten.

Als er in die Hütte trat und nach Mang fragte, zeigte ihm der Kobelkarli ein schmutziges Papier. Vor einer halben Stunde hab' der Üli das hinaufgeschickt. In wunderlichen Kribeln stand da: »Cäcili ist schlechter dran, – komm flink herunter. Darfst doch nicht tun, als kennet ihr euch nicht. Es geht schnell, meint Schwester Anna. – Üli.«

Und Mang, der lachen wollte bei Mutters Sterben, war gleich barfuß und barhaupt ohne Essen und Trinken hinuntergesprungen, – und verrückt genug, – die Mordfluh hinab.

»Die – Mordfluh?« Emil rann es kalt über den Rücken. »Bei dieser Nässe! … Heinz!«

»Endlich einmal auch wieder Heinz«, sagte der kaninchenäugige Mensch mit weicher, gekränkter Stimme.

»Wir gehen nach Absom, – in fünf Minuten fertig!«

»Aber doch nicht – ums Himmels willen – den – Hos – …« Kreidebleich stockte Heinz vor dem gefürchteten Namen.

»Den gewöhnlichen Pantoffelweg«, spottete Emil schonungslos hart, »daß ja keiner von deinen köstlichen alten Knochen verloren geht.«

15.

Mang ging langsam aus dem Dorf durch die Wiesen. Ein kleines Sträßchen führte zwischen wilden, dornigen Kirschbäumen zum Waisenhaus. Er kannte es gut. In diesem von Eschen ganz verschatteten, braunholzigen, umfänglichen Gebäude hatte er elf Jahre lang als armes Kind unter armen Kindern gelebt, war bei viel Milch und Brot und wenig Liebe so groß, stark und klug geworden, daß ihn das Waisenamt dem Wirte und Ratsherrn Üli gegen hundertsiebenzig Franken Jahresvergütung verdingen konnte. Außerdem mußte Üli zu Tisch und Bett dem Buben noch je ein Werktagskleid aus Barchent und ein feiertägliches aus halbwollenem Stoffe geben.

Der Rothaarige setzte sich auf ein Bänklein unterwegs. Er verzögerte den Besuch bei seiner kranken Mutter, solang er konnte. Er hat ja alle Achtung und Liebe zu ihr verloren.

Bis ins fünfte Jahr hatte er geglaubt, seine Eltern seien tot. Da, an einem zweiten Brachmonat, zog ihn der Waisenvater nach Vesper aus dem Spiel der Kinder ins Besuchstübli. Dort stand eine große, schöne Frau mit braunrotem Haar schnell vom Stuhl auf, sprang auf ihn zu, faßte seine Hände und fragte mit heimlichem Lachen: »Mang, gelt, kennst mich!« – Er wollte davonlaufen. Aber sie herzte ihn und sagte: »Gelt, kannst mich gern haben?« – Endlich entsprang er zur Türe, zürnend und heulend. Da aber versperrte ihm der dicke Waisenvater den Weg, führte ihn zur Frau zurück und sagte: »Das ist deine Mutter!«

Ruhig wandte er sich dann und ging hinaus.

Mang versuchte nicht mehr zu entkommen. Die Frau mit einem eiligen Glanz der dunklen Augen und der tief roten Wangen zog ihn fest zum Sessel, zwang ihn in ihre Knie und brodelte tausend schöne, überraschende Sachen hervor. Er sei ihr Bub. Und schön sei er und groß! Ganz ähnle er ihr. Sie liebe ihn. Jetzt, sogleich, müsse sie ein Küßchen von ihm haben. Warum er sie so anstarre? Er fürchte sie am Ende gar? Durchaus nicht fürchten müsse er sie. Da hab' sie ihm was in der Tasche. Aber erst ein Küßchen! Sonst gebe sie nichts herfür. Ein Geburtstagsküßchen. Heut sei er fünfjährig. Schon fünfe, und groß wie ein zehnjähriger! – Wie, er wolle noch nicht? Nun, da, da soll er einmal schauen, was für ein Nastuch sie in Mattli für ihn gekauft habe. Sie breitet ein großes, honigfarbenes, nagelneues Nastuch aus, wie die Sennen ein solches statt eines Gurtes umbinden. Es ist mit Kälblein und Schafen bedruckt, mit Alpenrosen, Edelweiß, Viehschellen und Stall und Fels. Sie legt diese Alpenherrlichkeit auf seinen Knien aus und lockt: ob er jetzt wolle? Nur ein einziges Küßlein? Sie spitzte ihm schon den Mund entgegen. Dann, als er noch immer bockstill stand, warf sie das Tuch zu Boden und fing an, überlaut zu weinen. Aber im Nu hatte sie wieder trockene Augen und zog eine ihrer dunkelroten Haarflechten über die Schulter. Die hielt sie an sein rotes Kraushaar und sagte: »Glaubst du nicht, daß ich dein wahrhaftiges Mutterli bin? So sieh doch, wir haben ganz gleiches Haar, so rot wie Buchenharz!« – Noch stand er ein Weilchen stumm da. Aber dieses Haar, so rot und glänzend wie dunkles Buchenharz, wirkte so mächtig, daß er gar nicht mehr widerstand, als sie aufs neue ihn liebkoste und küßte. Er glaubte nun an diese Mutter. Doch seine Lippen blieben kalt und gaben ihr nichts, gar nichts.

Von da an dämmerte ihm das eigene Leben immer deutlicher auf, bis es voller, unfroher Tag war. Es kam das Sticheln und Verspotten und Nachrufen der Kleinen, es kam das Mitleiden oder Verachten der Großen und die tägliche schmerzhafte Erfahrung, daß er den gemeinsten ehelichen Kindern nicht ebenbürtig sei. Kein Vater und eine verschriene Mutter! – Da fing er denn an dreinzuschlagen und seinen großen Händen und flinken Füßen Achtung zu verschaffen. Das half. Sein Ansehen wuchs, so wie er über die andern hinauswuchs. Und da er am bäldesten las und fein erzählen konnte, überhaupt in der Schule der beste Kopf war, so freuten sich alle an ihm. Auch die Lehrer. Was hat der Bub wohl für einen geschickten Vater, daß er so seltsam gescheit ist? fragten sie sich heimlich. Mang lachte selten und je mehr er las und lernte und mächtige Geschichten erfaßte, um so weniger redete er. Er ging seine eigenen Wege und duldete nur Walter noch etwa um sich, der ihm mit leidenschaftlicher Freundschaft ergeben war. Aber gütig war er gegen jedermann. Jahrelang hütete er die Dorfherde in der Sömmerungszeit. Da sann er viel in sich hinein und bekam einen schier finstern Ausdruck. Seine blaugrünen Augen, die immer halbverdeckt unter den langen, roten Wimpern lagen, verrieten, wenn er aufblickte und redete, wie gescheit und stolz und unabhängig er war. Ja, er wurde stolz. Nicht, weil er ganz gut wußte, wieviel mehr Talent und Tiefe er habe, als alle die Mitschüler zusammen, denen er wegen seiner Armut nicht in die Realschule folgen durfte; und nicht darum, weil es ihn heiß drängte, immer mehr und mehr zu wissen, während die Kameraden schon satt schienen. Nein, er meinte noch immer, daß die andern ihn heimlich geringer achten und glauben, er müsse froh um die ehelichen Gespielen sein. Und darum wurde er nun der Stolze, der selten einem Bescheid tat, keinem nachlief, sich suchen ließ und in Wahrheit sie alle durch diese Kraft überwand. Selbst den stolzen, regiererischen Walter Broller.

Nur mit den Kleinen im Waisenhaus war er lieb und rührend zärtlich mit den Tieren. Er konnte stundenlang mit einem Hunde reden. Sie kannten ihn auch. In ganz Absom bellte kein Köter gegen ihn.

Bei Üli wurde er dann mit den Kronenkindern, dem lustigen, leichten Seppli und dem scheuen, aber zähen Irmeli fast geschwisterlich vertraut. Hier wurde er auch Walters inniger Freund. Ülis Mutter und Walters Großmutter waren Stiefgeschwister gewesen. Überdies war Vetter Üli Walters Taufpate. Da lief denn der junge Broller gern von den Schreibpulten und Stickereiballen des Vaterhauses hinüber in die kurzweiligen Gasthausstuben des Vetters Götti oder in seinen Stall zu den Rossen oder in seine Wiese zum Vieh und trieb allerlei lustiges Zeug mit Seppli und Irmeli und den vielen Leitern, Seilen und hundert Ecken der unendlichen Scheune. Hier überall arbeitete Mang vom Morgen bis Abend. Und Walter half auch mit oder sah zu und vergaß beim ernsten, stillen, in seiner Art so großartigen Waisenhausknaben all den herrischen und quälerischen Mutwillen, den er sonst an der übrigen jungen Welt so gern ausließ. Er liebte Mang nach und nach mit seinem ganzen, zwar etwas leichten, aber innerlich guten und sonnigen Herzen. Sonntags hörte er gern den Musikanten im Wirtshaus zu oder veranstaltete ein Tänzchen unter den Gespanen, wenn's irgendwie anging. Auf Irmeli hatte er es früh wie ein Freier abgesehen. Das Mädchen war sein Abgott. Mit ihm und Mang verbrachte Walter manchen Sonntag nachmittag mit Lesen und Geschichtenerzählen. Mang verführte Walter zu furchtbar strengen Historien, und umgekehrt zwang dieser den Mang zum Fußballspiel, Flobertschießen und Militärien. Nur war Mang ein schrecklich ernster Spieler und Walter ein furchtbar loser Leser.

Mit seiner Mutter kam Mang selten mehr zusammen. Sie diente in der Saison in Fremdenhotels auswärts, im Winter als Aushilfsmagd im Land herum. Aber immer, wenn sie ihn sah, lachte sie zuerst und weinte zuletzt. Weil er so großartig dastand, lachte sie, und weil er so finster und karg tat, weinte sie. Hie und da brachte er einen Sonntag mit ihr zu. Sie kam dann in Ülis Haus und aß mit der Familie. Auch an der Kirchweih im Herbst und an den paar großen Tanzsonntagen half sie auftischen und die Gäste abwarten. Oft sah dann Mang, wie sie von diesem oder jenem Zecher in den Arm gekniffen wurde und üppig lachte. Oder wie man ihr Unfeines und Sonderbares ins Ohr tuschelte und sogar laut zurief. Das tat ihm weh wie ein tiefer Nadelstich. Aber wenn sie dann ihre goldbraunen Augen weit offen behielt und auch etwas Freches ohne Erröten erwiderte, so gab es ihm einen Stoß wie von einer Lanze.

Dann kam Walter nicht gern ins Haus. Wenn getanzt wurde, freilich, konnte der hübsche Mädchennecker nicht gut fehlen. Tanzen war ihm eins und alles. Am liebsten schwang er den Walzer mit Irmeli. Es war nämlich in Absom alter Brauch, daß an den Tanztagen von vier bis acht Uhr die Schulkinder den Saal beherrschten und schlecht und recht zu Geige und Hackbrett herumwirbelten. Aber statt um acht Uhr kamen schon um sieben ältere Tanzleute dazu, zuerst eine achtundzwanzigjährige Jungfer, die noch immer nichts geangelt hatte; dann ein zum erstenmal rasierter Jüngling; dann zwei Verlobte vom vergangenen Samstag, die ihre Sohlen einfach nicht länger ruhig halten können. Gegen acht Uhr tanzt groß und klein wirr durcheinander, Kindheit und Reife, Blust und Frucht, Spiel und Leidenschaft. – Sie kreuzen und umschleifen sich, und zwischen der Welt, die noch nichts weiß, und der andern Welt, die zuviel weiß, drehen sich ein halbes Dutzend Halbwüchsiger, – immer Walter darunter! – schon in einem frühlenzlichen Ahnen und einer halben Verzauberung des Geschlechts.

Mang tanzte ungern, etwa einmal mit Walter oder Irmeli oder Seppli oder mit Walters stummer, aber tief musikalischer Schwester Zia. Sonst sah er lieber zu und sehnte sich wacker, bis es achte schlüge, wo Seppli, Irmeli und Walter mit ihm noch ein halbes Stündchen im Familienstüblein zusammenhockten und plauderten.

Das alles fuhr nun durch Mangs Kopf. Weg mit diesen Gedanken, sagte er sich, sonst kann ich nicht dort ins Haus!

Ins Sträßchen bog jetzt vom Dorf her ein Bübel gegen Mang. Weiter hinten blitzten silbern die Handgriffe eines Velos in der Sonne und es rief von dort eine lustige Stimme: »Lauf, ich komm', ich komm'!« – Worauf der Kleine erschrocken zurücksah, lachte und dann mit gestreckten Armen gegen Mang füßelte.

Der kam nicht aus seinem Sinnen. Er sah und hörte nichts vor dem heißen Musizieren jenes Kilbitanzes, an den ihn das Denken heut noch brennt wie ein lebendiges Feuer. Denn als nun Kinder und Große so durcheinanderhüpften, griff der reiche Broller, Walters Vater, ein Mann mit einem wundervollen bleichen Kopf und einem ebenso herrlichen, schwarzen Bart, aber mit Augen voll tiefer nordischer Bläue, griff er der servierenden Cäcilie an die Hüften und sagte: »Cäci, jetzt einen mit mir!«

Und sie in ihrer geraden, hohen, lustigen Schönheit streifte die Servierschürze ab und legte den Arm um seinen Nacken, den stierenhaften, und tanzte. Man sah, wie einige Männer, die tabakrauchend an den Wänden standen, einander spitzig oder roh zulachten. Walter aber begegnete im Hin- und Herfahren des Walzers plötzlich mit seinem umschlungenen Irmeli dem Vater, ließ sein Gespann fahren und ging hinaus.

Alles das hatte auch Mang gesehen und war schwer böse über die Mutter, den Broller und nicht weniger über Walter geworden. Er wollte ebenfalls nicht mehr zusehen und schlüpfte vom Hausflur in die Milchkammer, wo es trotz der glimmenden Kerze in den Winkeln sehr dunkel war. Ganze Batterien Bierflaschen und Körbe voll goldgelber Eierröhrli standen da herum.

Aber er war kaum hinter die Türe gesprungen, so hörte er etwas wie unterdrücktes Schluchzen. »Wer ist da?« rief er leise. In diesem Augenblick lief Cäcilie herein, der Broller hinter ihr. Er hielt sie am kurzen Samtjäcklein. Sie lachte und bückte sich mit einem Teller zum Backwerk. Da beugte er seinen herrlichen, bleichen Christuskopf zu ihr nieder und küßte sie so tapfer, daß es durch den ganzen Raum rauschte. Und sie legte die halbvolle Platte auf den Boden, umschlang ihn mit beiden Armen und küßte ihn auch.

»Herrgott, hast du noch ein Feuer!« sagte er lachend.

Mang lehnte wie tot hinter der Türe.

Sie aber sah dem Broller heiterselig nach, schichtete die gelben Kuchen zu einer hohen Beige auf den Teller und summte leise: »Allweil fidel, fidel, fidel, – traurig sein mag i nit, bei meiner Seel'.« Im Hinausgehen netzte sie den Zeigefinger, tupfte damit vom Zuckerstaub und ging schleckend davon.

Mang wollte diesem Weibe im ersten Augenblick nachspringen und ihm die Faust in die verfluchten Zöpfe schlagen, daß es zusammenbräche, so sinnlos wütend war er. Aber da er hinter der Türe hervorstürzte, brach aus der andern Ecke Walter hervor, umfing ihn mit inbrünstigen Armen, schmiegte ein tropfendnasses, heißes Gesicht an das seine und drückte ihm Kuß auf Kuß auf den Mund, so reine, so heilige, um Erbarmen flehende und selbst Erbarmen spendende Küsse, daß der eben noch so entheiligte Platz jetzt wie ein Kirchlein wurde.

Aber Mang, von tobendem Schmerz erfüllt, verstand ihn nicht sogleich. Grimmig schupfte er Walter von sich und schrie: »Geh zum Vater! – ich will nichts mehr mit euch haben, ihr – ihr – ihr Hurenpack – ihr –«

Damit stürzte er auf und davon. Er wußte nicht wohin. Das viele, drängende Volk riß ihn geradeswegs in den Tanzsaal zurück. Dort saß Broller wieder ehrbar am Tisch, rauchte ruhig und redete ernsthaft mit den Nachbarn vom Preis des Buchenholzes. Die Cäcilie ging auf und ab, einschenkend, Eierröhrli verteilend und die verspritzten Tische mit dem Handtuch abwischend. Das Tanzen aber machte seine endlose Runde weiter unter dem Schwirren, Surren und Klingen der Musik. Nur Walter kam nicht mehr.

Endlich zupfte Irmeli den Buben am Kittel und fragte: »Ist dem Walter unwohl worden?«

»Ja«, machte Mang bedrückt.

Irmeli sah ihn betrübt an und fragte: »Macht dich das so traurig? – So komm, wir suchen ihn.«

»Ich hol' ihn«, schrie Mang und lief durch das verknäuelte Volk zum Saal hinaus. Er stürmte in die Milchkammer. Seine Worte reuten ihn maßlos. Da stand Walter noch immer am gleichen Platz, stumm, mit klebrigen Tränen, die Stirne schattig gefurcht und unendlich gekränkt und grollend.

Mang tat, was er nie getan und nie mehr tun will. Er kniete neben Walter hin, streichelte seine wie leblos hängenden Hände, schmiegte den Kopf an sein Knie und flehte: »Du, Walter, gib mir ein paar Ohrfeigen! Nur fest! – Und dann sei wieder gut! Ich bin halb verrückt gewesen. Ich nehm' alles zurück.«

Walter wandte sich ab.

Da legte Mang die beiden schmalen Hände Walters auf seinen Kopf und bat noch dringlicher: »Ich lass' dich nicht los, bis du's tust. Ich hab' viel mehr verdient als das. Fest, nur fest!«

Jetzt, da Walter seine Finger in Mangs Haar spürte, konnte er nicht mehr widerstehen. Er packte ihn mächtig halb an den Haaren, halb an den Ohren und zerrte ihn wild hin und her. Er bebte vor frisch erwachter Rachsucht. Seine Mohrenaugen und seine Zähne glitzerten durch die Dunkelheit, und man hörte seinem schweren Atem die Befriedigung dieses Augenblicks an.

»Nicht an den Ohren!« befahl Mang heftig. »Schlagen hab' ich gesagt.«

»Da!« sagte Walter heiser und hieb ihm mit der langen, weichen Herrenhand ein Tüchtiges über den Kopf.

»Nur fester! – aber schnell – Irmeli wartet draußen auf dich!«

Aber Walter führte den zweiten Schlag nicht mehr aus. Er riß Mang jäh empor und sagte: »Hau' du mich jetzt!« – und hielt schon wieder mit einem Hauch von Spaß seine rote Backe her. Nach fünf Minuten tanzte er, über das ganze schöne Gesicht strahlend, mit dem blonden, lieben Irmeli. – Er aber, der arme Mang, behielt von jener Kirchweih einen Stachel im Fleisch, der immer wieder lökt, so oft er seine Mutter sieht.

Jetzt war Walters kleiner Bruder schon ganz nah am Bänklein. Aber das Velo, das hinter ihm blitzend und geräuschlos die Räder dreht, wird ihn vielleicht doch noch vorher ereilen. Mang indessen bedachte, wie oft er seit jener letzten Kilbi seine Mutter angeredet hatte. Dreimal. Am Neujahr hatte er ihr schnell Glück gewünscht. Zu Ostern hatte er ihr vom ersparten Sümmchen Trinkgelder zwei der blanksten Fünfliber gebracht. Während sie die runden Silber in den Fingern drehte, lief er weg. Hoffentlich kommt es nun nicht mehr vor, daß sie von Üli Geld entlehnen will. – Dann war er ihr vor etlichen Wochen mitten im Dorf begegnet. Mußte er nun wohl ein Weilchen stille stehen? Gottlob, sie hatte Eile und sagte: »Ein andermal! Ich muß zur Apotheke!« Sie hatte ihm nicht gefallen. So hastig, scheu und mit verwaschenem, fiebrigem Gesicht hatte er sie noch nie gesehen.

Dann kam der furchtbare Abend, wo Üli ihm die Mitteilung machte, Cäcilie sei niedergekommen und liege nun schwerkrank am Kindbettfieber im Wiegenstübel. So hieß die größer Krankenstube im Waisenhaus, weil dort meist ein wildes, neues Leben ausgetrumpft wurde. Mang, sorgte Üli, solle mit Seppli einstweilen die Gemeindeherde auf die Dorfweide treiben, bis der neue Inschenier komme und ihn vielleicht wieder für seine Bergmessungen anstelle. So entziehe er sich dem Glotzen der dummen Leut'.

Damals war dem Mang alles verleidet. Nur das Studieren nicht. Doppelt wild erwachte jetzt die Lust in ihm, aus diesem schmutzigen Leben heraus sich in die reinen und weisen Bücher zu retten und da seine Heimat und Vater und Mutter zu haben und da frei zu werden. Aber wie konnte er? Er müßte auf hohe Schulen. Und rasch! Schon war er ein Jahr lang ohne Schulunterricht. Und schon rückte er ins sechzehnte Jahr.

Wäre er nur gerade in den Felsen umgekommen, entweder beim Klettern mit dem unausstehlichen Inschenier oder gestern. Denn unfroh, schandbar, ja fast unmöglich war es, so weiter zu leben.

Aber nun schoß ihm Ernstli Broller schreiend in die Beine und gleich glitt Walter hart dahinter vorbei, machte einer famosen, kleinen Bogen und sprang ab. Er glänzte vor Entzücken.

»Nun hab' ich auch ein Velo; sieh da! – Schladitz! – Eine feine amerikanische Nummer. Teuer, aber solid. Und warum hab' ich's so schnell bekommen? – Weil ich den Hosendreckler mit euch hinaufgeklettert bin. Zuerst wollte mich Vater aus der Stube werfen, weil ich mein Leben nichts wert halte. Als ich ihm dann am nächsten Tag das Edelweiß zeigte und erzählte, daß ich immer ein bißchen gepfiffen habe, auch beim Gumpen[11], da warf er mir drei Banknoten auf den Tisch und sprach: ›Jetzt kannst dir ein Velo in der Stadt kaufen! Aber eine solide Marke!‹ – So ist mein Vater.«

»Ja«, nickte der still horchende Ernstli, »kannst Velo kaufen.«

»Probier' auch einmal, ich halt' dich«, sagte Walter, immer noch strahlend wie das Nickel am Velo.

»Ich mag nicht, ich muß jetzt ins Haus dort.«

Nun erst erkannte Walter, wie niedergeschlagen Mang aussah, und ahnte den Zusammenhang.

»Mach's du kurz!« riet er und wollte traurig erscheinen. Aber der Nickelglanz ließ sich nicht aus seinem prächtigen Gesicht verscheuchen.

Mang nickte.

»Ich begleite dich und warte dann vor dem Haus.«

Zwischen Walter und Ernstli schritt Mang langsam dem alten, breitklaftrigen Gehöfte zu, wo durch eine wundersame, dreiteilige Einrichtung mit Anbauten, ineinandergeschachtelten Kammern, Gängen und Stiegen Waisen, Armenhäusler und Kranke gesondert lebten.

Walter wollte anfänglich auf dem Velo mitfahren. Aber, so gern er gezeigt hätte, wie merkwürdig langsam er radeln und hie und da stillestehen könne, so widerstrebte es doch jetzt seinem Edelmut, sich neben einem so unglücklichen Freunde gar so glücklich und geschickt zu zeigen. Und so ging er bescheiden zu Fuß. –

Je näher man dem Hause kam, desto bedrückter ward Mang und um so stiller auch Walter. Das Nickel verblaßte allmählich. Vom Dorf her pfiff das Bähnlein.

»Walter!« stieß Mang plötzlich hervor, »wenn ich doch fort könnte, nach Amerika oder Japan! – Gerade jetzt möcht' ich, mit dem Zug!«

11 Sprünge nehmen

Walter schaute besorgt in Mangs Gesicht. Auf einmal blitzte ein gescheiter Einfall durch sein dunkles Auge. Aber seine goldbraune Stirne ward schattig.

»Mang«, sagte er weich, »du hast es doch nicht übler als die meisten, – wenn du schon immer meinst –«

»Als du etwa?« fragte Mang bitter.

Eine dicke, breite Frau trat vors Haus mit einem Bürdchen auf dem wiegenden Arm, woraus es quiekte und gluckste.

»Als ich?« wiederholte Walter und wechselte die Farbe beim Anblick der Hebamme. Er kämpfte sichtbar mit einer Eröffnung.

»Du bist doch reich, hast das schönste Haus am Dorfplatz, und Vater und Mutter gelten etwas. Darfst in die Welt hinaus, wenn du älter bist, und kannst werden, was dir gerade gefällt, Förster oder Militär der Kavallerie. Und hier treibst du, was du magst, reitest, fährst die schönsten Skier im Winter und hast da nun wieder ein Velo gekriegt. Und so eins ums andere, dir –«

»Halt!« gebot Walter, »ich will dir was sagen.« Er betrachtete das Velo und sein Metall schien ihm schon etwas erloschen. Er zauderte noch einen Moment, aber, sowie er Mangs schmaler und blasser gewordenes Gesicht und die ungeheure Freudlosigkeit darin wieder sah, begann er mit gedämpfter Stimme: »Auch bei mir ist nicht alles lauter Butter und Honig. – Weißt du, was man jetzt sagt, – die bösen Mäuler? Meinst du, ich trag' nichts? hä?« – Sein Gesicht wurde dunkelrot wie eine überreife Beere. Jetzt war nur noch Schwermut darauf.

»Ich weiß von nichts, – ich bin ja immer in den Bergen oben die Zeit.«

»Aber denken kannst du dir's doch.«

Mang nickte.

»Weißt du noch die Kilbi, – die Milchkammer –« flüsterte Walter mit unheimlichem Zögern. Tief schob er die grüne Velomütze in die Augen hinunter.

Mang nickte wieder.

»Kilbi! was Kilbi?« jubelte Ernstli, »kummt's bald wieder? Kilbi und Rößlispiel, juhui!«

»Und das weißt du auch nicht, wie's mir oft ist zwischen einem Vater und einer Mutter, die einander alle Stunden versalzen. Wenn etwa der Vater vom frischgeschöpften Suppenteller aufspringt und ungespeist in die Schreibstube rennt und die Tür verriegelt und wir Kinder alle die

Köpfe hängen und den Löffel auch nicht mehr anrühren mögen, aber die Mutter über die Schüsseln hinweg lacht und sagt: ›Esset nur, der Alte hat wieder den Rummel!‹«

So düster war nun nicht einmal mehr Mangs Antlitz. Walter sah aus wie einer, der noch nie gelacht hat.

»Was macht Mutter, du?« fragte Ernstli neugierig.

»Nichts, nichts«, lenkte der Bruder ab; »ja, lachen tut sie viel. Aber schau, Ernstli, das Meitli dort hat das Aug' verbunden.«

Mang aber dachte: Ja, das ist auch ein Elend! überall hockt es.

»Und wenn d' Mutter in allen Läden von Vaters Fehlern erzählt wie ein Waschweib, – und im Zorn dazu tut und – lügt, lügt, Herrgott!«

»Wer tut lügen, Wälti?« fragte Ernstli. Er spitzte die Ohren. Das ging ihn auch an.

»Sei doch still!«

»D' Mutter ist nicht bös, d' Mutter ist gut! Da schau«, wehrte sich der Kleine in ahnungsvoller Unschuld, »was sie mir geben hat, grad vorhin.«

Er klaubte ein dreißigrappiges Geldsäcklein aus der Tasche.

»Sicher, d' Mutter ist gut mit dir! – Das ist ein feiner Geldsäckel!«

»Und mit dir und Zilli!« behauptete das Bübchen unerschütterlich.

»Hast recht.«

»Und mit Vater auch!«

»Schau mal, das sind alles Waislein ums Haus herum. Die haben keinen Vater und keine Mutter«, lenkte Walter den eigensinnigen Schwätzer ab.

»Und mit Vater auch gut! gelt, sag'! Wälti!«

»Ich geh jetzt«, sagte Mang. »Wartet also!«

»Ja, ich fahre nur ein bißchen ums Haus –«

»Und mit Vater auch gut! gelt, sag', gelt«, zwängerte der hartköpfige Knabe und zerrte Walter an den Hosen.

»Du kannst da vorne aufsitzen, wenn du willst«, versprach Walter.

»Du, – aber du, sag'!«

Als Mang über die Schwelle trat, hörte er noch das zornige: »Ja, mit Vater auch, – aber jetzt fahr' ich allein, Steckkopf!«

Mang ist es über dem Geredeten etwas leichter geworden. Es ist wahr, dachte er, soviel Wüstes und Bitteres gibt es sogar in Walters Herrenhaus am Markt, wo es doch ein so feingeschnitzeltes Doppeltor mit vergoldeten Gittern und mit einer so süßen Klingel gibt, daß man meinte, Unholdes könne da gar nicht ein. Ja, da sieht man. Auch mein Meister hat seine Kümmernis gehabt, weil ihm die Frau so früh ist weggestorben, – das weiß ich. Und der liebe Bert ist auf den Tod krank in einer tiefen, staubigen Stadt und wär' doch so gern hier oben. – Und glaub' doch niemand, daß der andere Inscenier nicht auch an etwas Schwierigem herumlaboriert, – wie wär' er sonst so eigen? Dem fehlt gerade viel, mein' ich. – Sein Heinz aber, der ist gar sein Lebtag nur ein himmeltrauriger Knecht und Packträger gewesen.

Unter diesem tröstlichen Hinsinnen hatte er sich von der Krankenschwester ins Wöchnerstübchen führen lassen und stand unversehens vor dem Bett seiner Mutter.

Abgemagert, aber mit rosigen Backen und schimmernden Augen, stützte sie sich auf einen Berg von Kissen und strich das herrliche, braunrote Haar, das um einen tiefen Schatten dunkler war als Mangs Gekrause, aus ihrer niedrigen, gelben Stirne. Sie lächelte wie immer und schlug kein Auge nieder. Nichts Scheues lag in ihrem Blick. Stramm reckte sie den Arm nach Mang und schüttelte seine Hand kräftig wie eine Gesunde.

»Das ist recht, das ist schön«, sprudelte sie hervor. »Sitz' daher! näher! – noch ein bißchen, – so! – Wie du nur alle Tage größer und hübscher wirst! Immer muß ich staunen, wenn ich dich seh'.«

»Wie geht es dir?« fragte Mang beklommen.

»Gut, über Erwarten gut, kann ich sagen. Oder siehst du mir an, daß ich krank bin? – Nicht wahr, Schwester Anna, es steht alles gut?« hastete sie.

Schwester Anna, mit ihrem milden Gesicht, ihren offenherzigen Augen und ihrem schönen, weißen, runden Kinn schon ein Trost für die Kranken, sagte ruhig: »Ja, liebe Frau, es geht Ihnen jetzt ordentlich.« Sie betonte das Wörtlein jetzt recht ernst.

Aber das hatte wohl nur Mang gemerkt. Cäcilie weidete sich stillvergnügt am Wort: Frau. Immer redete die Schwester mit diesem hübschen Titel zu ihr.

Es war einen Augenblick still, währenddem die Kranke kein Auge von Mang wandte. Der Bub wußte schon nichts mehr zu sagen.

»Bist du böse?« fragte sie unvermittelt.

»Ich böse?« stotterte Mang verlegen.

»Sei's doch nicht! Schau, ein Kindchen ist ja schon tot, und das andere –«

Aus ihrem hellen Gesicht tropfte eine Träne, wie aus blauem Himmel ein kleiner, ganz unwichtiger Regen spritzt. Aber Mang war betroffen und klob sich verlegen in den Hosennähten.

»Gottlob, das andere lebt und ist hübsch. Möchtest du's nicht sehen? Schwester, wo habt Ihr's?«

Aus Mang kam es klanglos: »Nein!«

»Dein Schwesterlein nicht sehen? was? Sei doch nicht so stolz! Sind wir nicht alle gleiche Menschen?«

»Frau Cäcilie!« warnte die Schwester vom Tischchen, wo sie Verbandzeug säumte. Bäume, Wiesen, Hügel, nichts als Grünes lachte in das braungetäfelte Stübchen.

»Also nichts mehr von dem!« sprach die Wöchnerin zu Mang und Schwester zugleich. »Aber glaubt mir, jetzt werd' ich eine gute Mutter. Nur jetzt nicht sterben! Jetzt erst recht leben für die Kinder! Magdalenli heißt das Mädchen. Es soll nicht viel weinen. Lachen soll es und dich auch zum Lachen bringen. Wir wollen's dann lustig haben. O so ein Leben!«

»Frau Cäcilie!« rief die Schwester schon wieder.

»Mir ist's heiter! Gerad jetzt möcht' ich mit dir einen Walzer tanzen, so leicht ist mir!«

»Frau Cäcilie! Frau Cäcilie! Wo habt Ihr auch Euere Gedanken?« rügte die Schwester. »Ihr habt die Kilbi im Kopf, wo Ihr doch ganz andere Dinge studieren solltet!«

»Kilbi!« – Mang zuckte zusammen.

»Also nichts mehr von dem! – Mang, lieber, lieber Mang! Rück' doch näher, ganz ans Bett! Gib mir die Hand! Hei, wie kalt! Frierst du?«

»Mir ist's warm genug«, versetzte der Junge und sah gerade vor dem Fenster Walter vorüberradeln. O wär' er auch schon wieder draußen!

»Du hast es sicher zu streng! Ich glaub', der Üli verbraucht dich ganz.«

»Der Üli ist gut mit mir, und ich hab' noch viel Zeit zum Lesen.«

»Du liesest, ja, ich weiß«, gestand die Kranke bewundernd. »Auch ich hab' gern Geschichten gelesen, Himmel, wie viele! – Von so romantischen Sachen, wie man's heißt, – weißt ›Die Tochter des Kunstreiters‹ und ›Die arme Luise‹, O das war am schönsten, wo sie der reiche Graf aufs Roß setze und sagte: ›Du mein Schatz, gelt ja, gelt ja, mußt mir –
–‹«

»Solche Sachen mag ich nicht«, unterbrach sie Mang finster, während die Schwester ihm billigend zunickte.

»Du liesest andere Bücher, schwere, tiefe Sachen, hä? Ach, ich sollte dich in eine gelehrte Schule schicken können! Du würdest etwas Großartiges abgeben.«

»Laß mich nur so!« machte Mang grob.

»Der Inschenier hat dich ja auch gerühmt. Hilfst du ihm immer noch auf der Alp?«

»'s ist jetzt ein anderer da.«

»Wie schad'!«

»Dem muß ich noch mehr helfen, hat der Üli gesagt. Aber ich mag ihn nicht schmecken.«

»Ist's denn ein Prahlhans?«

»Im Gegenteil, er redet fast gar nichts.«

»Oder ein Zorniger und Frecher?«

»Mit mir tut er lieb und fein wie mit einem Herrn.«

»Ah! – Was denn? Kann er etwa nichts?«

»Oha, – der ist ein Geschickter, – hat seine Sache so gut los als Bert.«

»Und du magst ihn doch nicht gern? Das versteh' ich nicht.«

»Ich weiß selber nicht warum. Ich glaub', niemand hat ihn gern, als sein Diener. Aber der ist ein Narr. Sonst besitzt er sicher keine Freunde, so etwas Hartes, Stolzes, verflucht Kaltes – wie Eis – ah bah, ich kann's nicht erklären.«

»Aber er ist gewiß ein Reicher und recht Vornehmer?«

»Meinetwegen ein Millionär.«

»Aber Mang, der könnte dir helfen! So einer könnte dich fein schulen lassen. Man hat schon oft gehört, daß arme, gescheite Buben von –«

»Ich will nichts von daher!« trotzte der Junge errötend.

Es klopfte an der Türe, und gleich darauf trat der Doktor ein. Die Schwester winkte Mang, mit ihr hinauszugehen. Im engen, dunklen Flur klopfte sie ihm auf die abschüssige Achsel und sprach: »Du mußt artiger mit der Mutter sein. So ist's nicht recht.«

Was geht sie das an? dachte Mang böse. –

»Sie ist doch deine leibliche Mutter, und du bist ihr kindliche Liebe und Ehrfurcht schuldig, so steht's in der Bibel.«

»Ich kann nicht anders, Schwester Anna«, brummte er.

»So? – und wenn dies das letztemal wäre?«

»Das letztemal?« stammelte Mang erschüttert.

»Du meinst, ihr sei wohl. Sie meint's auch. Aber das ist ein Wohlsein im Fieber. Deine Mutter ist auf den Tod krank. Sie kann leben und sterben vor Abend.«

Mang starrte die Schwester an und zog fröstelnd die Schulter ein.

»Der Doktor wird ihr sicher verbieten, noch mehr zu plaudern. Hast du noch was Wichtiges zu sagen, so tu's. Ich lass' euch noch ein paar Minuten allein. Aber geh nicht so von ihr weg! Gib ihr ein liebes Wort! Das tut ihr besser als Medizin.«

»Ja, Schwester Anna«, versprach Mang tonlos. Er wußte genug Wichtiges.

»Gib ihr einen Kuß! Sie hat wohl hundertmal geklagt, du habest ihr noch nie einen Kuß gegeben.«

In Mang kochte und keuchte es zum Ersticken.

»Bedenk' dich nicht zu lang! Du hast keine Minute zu verlieren.«

Sie standen noch still nebeneinander, da ging die Türe auf und der Arzt sagte laut: »Schwester, bringen Sie doch mal das Kind herein, das – das –«

»Magdalenli!«

»Ja, selbiges, – und wenn's ruhig ist, so laßt ihr's ein Stündchen! Es schadet jetzt nichts mehr«, brummelte er, in den finstern Gang hinausstochernd.

»Hoi, der Mang!« fuhr er erschrocken zurück.

»Er weiß schon, wie es mit der Mutter steht«, bemerkte die Schwester leise und wie zu seinem Lobe.

»Und er ist ein tapferer Junge, das weiß ich«, rühmte der Doktor und hob ihm das Kinn. »Nur immer Kopf hoch, Bursche!«

Darauf saß Mang wieder neben dem Bett und sah voll Abscheu das weinrote Gesichtlein eines winzigen, putzigen, achttägigen Balges auf der Decke mit dem widrigen Namen Schwesterlein, gegen den er immer protestieren will.

Schwester Anna nickte Mang nochmals beredt zu und ging leise hinaus.

»Sieh, da sind wir zum ersten Male allein beisammen, unsere kleine Familie«, frohlockte Cäcilie, »wie ist das schön!«

Mang schluckte und würgte und sagte zuletzt mit unendlicher Anstrengung: »Mutter!«

Sie bog den Kopf schnell vor, wie nach einem verlorenen Lieblingslied, das jetzt irgendwo auf einmal wieder anklang. »Wie sagst du? – Du hast Mutter gesagt? – Hei, jetzt werd' ich wieder gesund.«

Aber Mang ward fahl und düster und erbebte vor dem, was nun kommen mußte.

»Mutter!« wiederholte er weich, aber mit unbewußt rohen Worten, »vielleicht wirst du gesund, aber vielleicht mußt du halt doch sterben. Also sag' mir etwas Wichtiges. Wer ist dem da – sein Vater?«

Heraus war's. Aber beinah konnte er nicht mehr atmen von so großer Arbeit.

Doch Cäciliens Gesicht ward weder schattig noch schamvoll, wie er gedacht. Sie leuchtete ihn mit unveränderlich frecher, aber zwingender Fröhlichkeit an. O diese Frau bereute nichts, was sie getan, sondern nur, was sie nicht getan, was ihr entschlüpft war. In ihren Augen brannte noch viel Durst.

»Wer sein Vater ist?« scherzte sie. »Wie vornehm vielleicht? hä? ein wie Feiner und Reicher, hä? Das errät niemand. Mußt du es wissen? Weiß es der Wurm da?«

Das Kleine schnupperte und gluckste auf der Decke und hantierte mit den gepreßten, blauroten Fäustchen in der Luft herum und rutschte den Flaum herab, so daß Mang es immer zurückstoßen mußte. Aber er rührte nur das Kißchen, nicht das Kind an.

Jetzt holte Mang sozusagen mit der ganzen Seele aus und fragte rasch und entschieden: »Geradeaus, ist es der Broller?« – Er hielt den Atem vor Erregung an.

»Ei, Kind, warum soll es jetzt gerade der Broller sein?« sagte sie unverwirrt. »Warum fragst du mich nicht lieber, wer dein Vater ist?«

»Du hast mir oft gesagt, du wissest es selber nicht.«

»Ich weiß es und ich weiß es nicht«, sagte sie singend und den Kopf müde und eitel hin- und herwiegend.

»Was heißt das, Mutter?« drängte Mang mächtig. »Spaße doch nicht immer!«

»Wie er heißt und was er ist und ob er noch lebt, das weiß ich nicht«, erklärte sie noch immer singenden Tones. »Aber ein Student war er und machte ein hartes, stolzes, kaltes Gesicht, wie du's vom Inschenier gesagt hast. Man hat ihm nicht widerstehen können. O Mang«, – sie sah träumerisch durch die Wände des Spitalstübchens hinaus in die Bläue jenes Abendhimmels, jenes Alpensees und jener herrschenden

Jünglingsaugen und erzitterte dabei wie von heißen Schauern der Sehnsucht. – »O Bub, er war schön und mächtig. An seinen Augen würde ich ihn sofort wieder erkennen. Deine Augen, Mang, ganz die deinen. Er konnte damit wahrhaft blitzen wie du.«

»Und du hast ihn nie mehr gesehen?«

»Nie!«

»Wo habt ihr euch denn getroffen?«

»In der Plättlihütte. Frag' nichts mehr! Ich erzäht' doch nichts. Wenn ich stürbe, – ja, dann wohl! aber ich werde gesund und noch lang leben und das Alte alles bei dir und dem Krötchen da vergessen.«

Schon trat die Schwester wieder herein.

»Nun ist's Zeit. Ihr seid ganz ermüdet«, sagte sie, ans Bett tretend.

»Mutter, ich muß alles wissen!« schrie Mang fast drohend und packte die Kranke am Arm.

»Wenn ich sterbe, dann! Aber sieh doch, jetzt machst du die gleichen Augen wie er, so blau und grün, wie wenn der Föhn drin wäre. Aufs Tüpfchen die gleichen Augen!«

»Du stirbst, Mutter!« rief Mang wild.

»Sst! Sst! –« bat die Schwester.

»Mir ist besser als je.«

»Der Doktor sagt's ja auch«, lärmte Mang heraus.

Entsetzt über sich selber stand er starr und offenen Mundes da, und das rote Haar stand ihm an der Stirne gradauf. Das Weib im Bett entfärbte sich und langte unwillkürlich nach dem Kindlein auf der Decke. Dann aber lachte es schnell auf und sagte: »Warum wollt ihr mich alle fürchten machen? Ich glaub' keinem! – Da horcht, wie mein Puls noch so laut und kräftig unter dem Brusthemd klopft. Gelt, Magdalenli, du spürst es, mein Herrgottli!«

Sie drückte das süße Ding an ihre Brust. Strafend blickte Schwester Anna auf den Jungen, der alle Sprache verloren hatte. Dann wandte sie sich zur Kranken und sprach: »Ihr wißt, in Euerem Zustand ist man immer schon mit einem Bein drüben. Aber –«

»Aber mit dem andern Beine noch tapfer auf dieser Seite geltet, und zwar mit dem rechten Beine. Und so stell' ich mich noch fest in den grünlebendigen Boden. Ihr werdet sehen, was ich noch vermag.«

»Mang, du mußt jetzt Abschied nehmen«, mahnte Schwester Anna.

»Und ich tanz' euch zu leid und dem Tod zu leid noch lang mit diesem flinken rechten Bein. Wartet nur, ihr werdet noch Augen machen.« – Leise summte sie vor sich den volkstümlichen Text zu einem Jodel hin:

>»Wenn ich emal stirb, stirb, stirb –
Und wenn i emal stirb, stirb, stirb,
Müsse mich elf Jungfern trage
Und dazu die Harfe schlage, –
Wenn i emal stirb, stirb, stirb – –«

»Ade, Mutter!« sagte Mang, unwiderstehlich angewidert von diesem ihm allerfremdesten und doch auch allernächsten Menschen.

Sie preßte seine Hand mit erstaunlicher Kraft. Ihre Hand glühte wie Feuer.

»Sagst du mir wirklich nichts mehr?« fragte er nochmals.

Sie lächelte.

»Sag’ doch!«

»Geh und mach’ dich an den neuen Inschenier. ’s ist gewiß dein Glück!«

Mang ging bis zur Türe, verfolgt von den stillen Vorwürfen der Schwester. Der hölzerne Bub!

Aber an der Tür kehrte er sich um und sah schwankenden Mutes seine Mutter an, wie sie aufrecht an den Kissen sitzend, das Kind an der Brust, ihre großen, heißen, hungrigen Augen ihm wie zwei Bettler nachschickte. Es lag ein herzbrechendes Heimweh auf ihrer hellen Miene.

Er beharrte einen Augenblick auf der Schwelle, lief dann breitfüßig und ungeschickt ans Bett, bückte sich zur Frau und küßte sie, die ihn ungläubig anstierte, schwer auf die braunen, vom Fieber dürren Lippen.

Wie ein leises, ersticktes Jauchzen brach es aus Cäciliens Mund. Reden konnte sie jetzt nicht mehr. Aber sie hielt nun auch noch das kahlköpfige Kind ihm entgegen, mit seinem roten, gerümpften Stumpfnäslein, den nassen, dünnen Lippen und den herrlich blauen Augen. Und ihre brennenden Blicke bettelten: »Auch dem Schwesterlein gib davon, wenn du so Gutes austeilst!«

Und Mang bückte sich noch tiefer, diesmal mit fast unüberwindlichem Grausen und berührte auch das offene, zahnlose geifernde Mündchen Magdalenlis. Dann aber sprang er mit drei Schritten zur Türe hinaus und gelangte überhitzt und dunkel vor Scham ins Freie. Kräftig spuckte er aus.

»Acht einmal, was ich schon kann;« sagte Walter gerade vor dem Haustor und stellte die Räder so ins Kreuz gegeneinander, daß das Velo auf dem Fleck stehen blieb, – ganz unbegreiflich.

Ernstli klatschte vor Bewunderung in seine kleinen Hände, und Walter selber hatte ob dem Kunststück wieder alle Sorgen vergessen. Er lachte und plauderte und fuhr in Kreisen und Zwickeln um die beiden Begleiter und merkte erst nach langem, daß Mang noch kein Wort gesprochen hatte.

»Warum redest du gar nichts und spuckst immer aus?« fragte er.

»Es kitzelt mich etwas im Halse«, entgegnete der Kamerad und fühlte wieder das kleine, saftige Geschöpf mit den blauer Augen und dem üblen Kleinkindergeruch an seinem Munde. Da spuckte er nochmals tief aus, als holte er's aus der untersten Seele. Und Ernstli sagte staunend: »Wie du weit über den Hag hinausspucken kannst, saperiment! Hui, wenn ich auch könnt'!«

16.

Alpnest Miezeler, im Absomergebiet, 6. Juli.
»Meine werte Frau und Herrin Sette!

Riegel Sie die Türe zu, setzen Sie Sich bequem: es wird ein langer Brief.

Sie glauben es nicht, aber es ist doch wahr: jeden Abend sagt Miggi, ich muß Setten schreiben.

›Was wollen Sie ihr schreiben?‹ frage ich.

›Das geht dich gar nichts an‹, kommt es im Handkehrum zurück.

Dann frage ich natürlich nicht mehr und tue gleichgültig wie ein Stein. Und so bekomm' ich ihn. Und nun muß ich's hören und immer wieder hören: ›Sette sitzt unten am Rhein im todfrommen Basel. Ist das eine Luftkur? Heinz, glaubst du, daß ihr dort rote Backen wachsen? Wenn sie doch in einer Stadt hocken will, so soll sie ins Manußhaus. Dort sind wir daheim.‹

Das ist ein grober Ton. Aber ich sage Ihnen, es klingt eine leise Note von Heimweh nach Ihnen daraus. Ohne Lüge, Miggi hätte Sie gern hier.

–«

Minchen zeichnete neben Frau Sette auf ein großes Papier ein Haus, so wie es eines als hohe Frau einst haben wollte. Es bemerkte leicht die Bewegung der lesenden Mutter.

»Was hast du denn auch?« fragte es belustigt und guckt in den vielblättrigen Brief. »Du zitterst ja wie eine alte Großmutter! – Ei, das sind Heinzens große Buchstaben. Schreibt denn der so gruselige Sachen?«

»Warum nicht gar! nur Kleinigkeiten stehen darin. Was du nicht alles meinst!«

Aber Minchen nimmt sich stramm vor, Mutter zu beobachten. Und so oft sie froh dreinschaut, will es eine Sonne, aber wenn sie unliebe Miene macht, eine schwarze Wolke über den Giebel seiner Wohnstatt malen. Also!

»Da sind wir schon drei Wochen oder vier oder fünf – man hat hier keine Uhr – in den Bergen, hoch über dem letzten Baum und Gras, selbst über den Vögeln, in lauter stummem Gefels, und messen und rechnen und zeichnen auf Karten. Und die Zahlen und Instrumente sind so leblos wie dieses Riesengetrümmer um uns. Dazu sind wir oft tagelang in einen Nebel so dicht wie in ein graues Spinnennetz verwoben. Mit allem Zappeln und Krabbeln kommen wir nicht eine Minute früher heraus, als es diese eigensinnige Spinne will. Und vor dieser entsetzlichen Stille und Leblosigkeit meilenweit wird einem unheimlich und bang. Man verlernt das Reden. Und das wenige, was man spricht, klingt in dieser Einöde wie aus einer andern Welt. So bekommt man – auch Emil! – nach und nach einen großen Hunger nach Menschen, besonders nach den gewohnten, vertrauten, heimischen.«

Sette lächelte leise. Dieser unverbesserliche Poet! – Aber Minchen malte eine kleine Sonne aufs Papier.

»Wenn Mang, unser junger und gescheiter Gehilfe, zwischen zwei Steinblöcken, die dem Wind wehren, ein Feuer anzündet, und wir Tee daran absieden, und es dann so kräuspelt und knattert in den Scheitern, und der Rauch mit hundert spaßigen Grimassen verwirbelt, dann haben wir es ein Stündchen lang gemütlich. Denn wir denken an eine bequeme Stube, an appetitlichen Küchenduft und an einschenkende liebe Hausfrauenhände.«

Wieder kugelte eine kleine Sonne in den Minchenhimmel.

»Und so unter grauem Stein, und man darf wohl sagen auch ähnlich grauen und versteinerten Alpmenschen lebend, ohne den kleinsten Schein eines Zöpfleins und ohne die spärlichste Gnade eines Frauenlächelns; – sehen sie, da geht es auch dem Sprödesten ans Herz. Man fühlt sich wie Adam, da er noch allein war, nur bei halbem Leben und ruft laut oder leise der andern Hälfte.

Wenn das schon mich, den Hagestolz, trifft, der doch unter das heillose Kapitel ›Weiblichkeit‹ einen dicken Strich gezogen hat, und so schwer trifft, daß ich ums Leben gern wieder einmal einen seidenen Rock rauschen oder ein süßes Frauenhaar riechen möchte, wie muß es dann erst den Verheirateten und von ihren Gattinnen sorglich Gehegten hier zumute werden? Auch Miggi kann nichts dawider. Alle seine Sprödigkeit hält hier nicht stand. Auch diesen kühlen Adam verlangt nach seiner Eva. Wahrhaft, ich lüge nicht, die Sache ist mir und Ihnen gar zu ernst.«

Frau Sette mußte im Lesen innehalten. Ihr wirbelte es um die Augen. Ihr Gesicht ward bleich, und schaudernd zog sie die Achseln ein. Sie fühlte das Schicksal, dem man nicht rufen, nicht wehren kann, mit jäher, aber längst erwarteter unumwiderstehlicher Hand aus diesen paar Böglein Papier langen. In dieser Sekunde, kein Zweifel, entschied sich etwas Großes. – Minchen aber malte nun endlich auch einmal gern eine Wolke übers Dach. –

»Kurz und gut, Emil wird Sie bald zu uns herauf rufen. Vielleicht noch zehn, vierzehn Tage. Dann ist er mürbe und schreibt. Ich tue nichts dazu. Aber zählen Sie auf meine Weissagung!

Das ist die Wohltat der Berge, Frau Sette! Sie machen ernst und nachdenklich und zwingen zur Selbsteinkehr. Und dann säubern und läutern sie mit ihrer klaren Luft und ihrem Fegewind und strecken das krüppelige und bucklige Wesen in uns gerade und recken es aufrecht zu ihren Gipfeln empor. Alles wird größer bei diesen großen Gesellen, unser Denken, Urteilen und Lieben. Wie Basartrödel kommt einem das meiste vor, was uns früher als Monument galt. Ich sag' Ihnen, diese Brise hier oben schmeißt einem den Schnickschnack der Kultur spurlos in die Winde. – Ah, Sie stochern mit Ihren kleinen Pantoffeln im Teppich und werden ungeduldig. Also nichts mehr davon! Es wird darüber ein eigenes Kapitel in meinem Werke sieben. Bald ist's halb fertig. Ich hoffe doch, es werde mit einem neuen Schritt in die Welt rumpeln. Schon der Titel wird aufhorchen machen: Montes sani et sacri – Die gesunden, heiligen Berge! – Bumm!« –

Jetzt mußte Sette wirklich laut lachen, wie's Heinz vermuten mochte. Eine gewaltige Sonne spazierte über Minchens Hausdach.

»Lachen Sie nur mit Ihrem kirschdunklen Mäulchen. Aber Miggi hat doch diese gesunden, heiligen Berge erfahren. Sie würden ihn manchmal recht merkwürdig finden.

Er herrscht mich zwar an und scheltet wie immer. Ja, heftiger als zuvor. Aber das ist's eben, er hat seine große Kühle verloren. Sonst stand er immer auf Null Grad Celsius. Jetzt schießt er bald hoch in die Hitzen, bald tief ins Eis. Kurz, alles Ruhige ist ihm abhanden gekommen. Langsam und hastig, frech und zaudernd, übermütig und niedergeschlagen sieht man ihn jetzt in der gleichen Stunde.

Sind das die gesunden, heiligen Berge? werden Sie spötteln. O Vorwitz aller schönen, jungen Weibchen! Lassen Sie mich doch eins ums andere abhaspeln!« –

So sauersüß sah Sette bei diesem Satz darein, daß Minchen diesmal mit seiner Astronomie ratlos blieb. »Ist's lustig oder trüb?« fragte es darum.

»Nein, ernst, recht ernst!« spricht die Frau und bläst den letzten Anflug von Lächeln von sich. Gut also, wieder eine große, schwere, kaffeebraune Wolke!

»Zuerst fing es nämlich damit an, daß Emil eine Felswand erkletterte, wo von Hunderten neunundneunzig elend abstürzen mußten. Er sagte mir selber hinterdrein, er habe den Tod nicken sehen. – Übrigens ein feines Wort! – Und er wundere sich, daß er nicht eisgrau in jener Stunde geworden sei. Zwei leichtsinnige Jungen gingen mit. Und das war das Schreckliche: die Angst und Verantwortung für die zwei! Bis die im Sichern waren! – Viele im Ländchen können es Emil heut noch nicht verzeihen, daß er mit ihrem jungen Blut so aufs Geratewohl zwischen Leben und Tod herumturnte. Seit jenem Abend an der Mordfluh, dünkt mich, ist Miggi verändert, in sich versunken, düster, unsicher.

Einer von den Jungen – eben dieser Mang – blieb bei uns und macht sich mit tausend kleinen Arbeiten nützlich. Bert brauchte ihn schon. Für den ist Emil nun ganz Aug' und Ohr. Gerade als müßte er jetzt noch wie bei jener Kletterei das Leben dieses Knaben behüten. Er müht und sorgt sich um ihn fast wie eine Mutter. Und doch ist dieser Bauernjunge gar nicht fein gegen meinen Herrn. Aber je stolzer und unholder er sich gebärdet, um so milder benimmt sich der Ingenieur, und je weniger Mang von Emil will, um so mehr Freundlichkeit wirft ihm der nach. Nie hätte ich es für möglich gehalten, daß der stolze Manuß solcher Demut fähig wäre. Ich weiß nicht, ist es das Gescheite oder Unverbrochene und Trotzige im Buben, was Emil so anzieht. Denn im übrigen kennt der Knab' nur eine ledige Mutter, die als ausgeschämtes Weib verrufen ist. Jüngst hieß es, sie sei an Zwillingen gestorben und habe noch in den letzten Augenblicken unter der Decke nach einer Mundorgel gesucht und damit auf den Estrich hinaustanzen wollen. Das war Klatsch. Aber schwerkrank ist sie, und unser Helfbub arbeitet gern fern vom Dorf in den Felsen oben, wo er die bösen Zungen und bösen Augen des Dorfes nicht fürchten muß.

Er ist übrigens ein ehrenhafter, feiner und kluger Jüngling, den alles im Tal und Gebirg' liebt. Aber stolz! An mich hat er noch keine drei Worte verloren. Ich bin ihm Luft.

Wenn Mang bei uns ist, so arbeitet, plaudert und spaßt Emil, als müßte er uns die Zeit in der Einöde kurz machen. Dann rückt das Werk. Wir sind nun schon am Hals des Absomers. – Aber wenn Miggi und ich beim Regentag allein in dem Hüttlein sitzen, dann schwatzt er stundenlang kein Wort oder wird einfach unerträglich. Den Abend nehme ich aus. Dann hocken wir im selbstgezimmerten Hüttlein, das man wie ein Spielzeug auseinandernehmen und wo man will aufstellen kann. Miggi liegt auf der Matratze und sieht zu, wie ich den Kaffee über dem Spiritusapparat braue. Dann wird er gemütlich und fängt an zu reden von einer gewissen seidenkätzchengrauen Frau Sette und einem kleinen Vögelchen Mine, und dann geschieht es immer, daß er sogleich einen Brief schreiben will und doch nicht schreibt.

Dafür fragt er mich, ob Minchen sich wohl getraute, in diese Steine hinaufzuklettern? Oder ob die herrliche Luft da oben nicht auch einer Frau Sette Manuß wohltäte? Sie könnte ja zuerst in Absom bleiben. Da ist sie elfhundert Meter über Meer. Dann stiege sie ins Nestchen Miezeler hinauf, wo dieser Brief mit Käse und Zieger und Butterballen ins Dorf hinunter auf die Post getragen wird. Und so sachte, sachte, gewöhnte man die liebliche Dame an unsere Höhe von 2200 und einigen Metern.« –

»Wie du atmest, Mütti«, ruft die Kleine, »ich glaub', der Heinz schreibt dir spaßiges Zeug.« – Sie gibt es auf, neue Sonnen zu malen. Ihr Häuschen würde ja versengt und verkohlt wie ein Walliserstadel.

»Was ist's denn?« fordert sie weiter und schlägt Fäustchen auf Fäustchen.

»Er sagt, wir sollen zu Vater kommen!« –

»In die Berge hinauf? – Juhui!« Minchen schüttelt vor Freude Settens
Ärmel, daß es kracht, und schreit: »Wir gehen, gelt, wir gehen! Soll ich
einpacken –?«

»Kind, Kind, laß mich doch zuerst den ganzen Brief lesen. Dann sag'
ich dir alles.«

»Aber wir gehen.«

»Vielleicht!«

»Sicher, ganz sicher!« jubelt die Kleine und hat die Augen schon voll
Schnee, Alpenrosen und Wasserfälle.

»Kurz und gut«, fährt der Brief fort, »Emil wird Sie bald zu uns
herauf rufen. Vielleicht noch zehn, zwölf Tage. Dann ist er mürbe.
Zählen Sie darauf!«

Frau Sette nimmt ein weiteres Böglein. Sie nimmt es andächtig. Aber
auch die andern gelesenen hält sie fest. Dieses Papier ist alles wert. Es
soll ihr nicht aus der Hand fliegen, etwa wie ein Märchen, das auch so
wunderbar und ungerechnet kommt und geht.

»Ja, dann ist er mürbe von diesem Alleinsein und Ungepflegtsein,
müd' von diesem Gefels und Gewölk. Daß er diesem Mang so nachläuft,
ist mir ein unwiderleglicher Beweis, wie sein lang vergrabener Familien-
sinn erwacht ist und nun sehnsüchtig in die Knospen schießt. Es hat
dazu kein Kleines, eine schwere Lebensgefahr und eine mächtige Einöde
gebraucht. Das alles kommt mir wie ein Wunderfinger aus den Wolken
vor.«

Sette ist gerührt, auch ihr schwant von etwas Himmlischem.

Minchen war indessen leise aus dem Zimmer geschlüpft und leerte
ihre Kasten und packte allerhand zusammen in ein Köfferchen.

»Noch etwas! Die Leute hier lieben den Ingenieur nicht. Er ist ihnen
zu herrisch. Man haßt ihn beinahe wegen seiner tapferen Fortschritte
am Absomer. Denn das gewöhnliche Volk will beileibe keine Bahn. Es
hoffte von Bert und Emil zuletzt zu hören, der Absomerkegel sei un-
überwindlich. Besonders die Älpler und Jäger, Bergführer und Kutscher
und Fuhrleute schworen darauf. Teils aus klebriger Verehrung für alles
Alte, teils auch aus Engherzigkeit gegen die Fremden sträubt man sich
so sehr gegen die Absomerbahn. Nur die wenigen Industrieherren,
freilich die regierenden Leute dahier, und ein paar Gastwirte und etliche
Bauern, die an die neue Bahn von ihrem Gebiet teure Landstreifen
verkaufen können, nur die sind dafür. Emil schaut natürlich weder auf
die einen noch auf die andern. Aber man ahnt hier allgemein, dieser

zähe Mann werde den Berg bezwingen, und darum achten sie ihn wie einen argen Gewaltmenschen und Zerstörer. Ihm ist das gleichgültig. Die finstern Mienen, das grußlose Vorbeigehen, wo sich hier doch alles grüßt, und das tückische, dräuende Nachblicken beachtet Emil wohl gar nicht. Aber mir macht's Kummer. So ein unverdorbenes Volk ist gefährlich wie irgendein ungebrochenes Element der Natur. Wenn's in Zorn gerät, gibt's ein furchtbares Unwetter. Es macht die Lage nicht günstiger, daß die paar Herren, unter ihnen der allmächtige Broller, dem Ingenieur allwöchentlich zu seinen Erfolgen gratulieren und ihn Sonntags zu Gaste laden. Denn sie alle und am meisten der Aktienpräsident Broller sind auch genug verhaßt.

Aber so ein bißchen unheimlich kommt dem Miggi schließlich dieses dumpfe, grollende Benehmen der Leute doch auch vor. Er fühlt, daß er ihnen ein Fremder und mehr, ein Feind, ist. Und da tasten denn seine Hände unwillkürlich nach Menschen, die ihm nicht fremd und nicht feind sind. Er sucht instinktiv Festigung seiner Lage durch Freundschaft – Liebe. Schon sein väterliches Bemühen um Mang kommt mir vor, als möchte er aus dem allgemeinen Haß des Volkes wenigstens hier ein Fünklein Freundschaft retten. Dünkt Sie das nicht rührend? Ist er nun einmal mürbe, dann, beste Frau, holt er Sie. Sie müssen ihm ein ganzes Volk von Abneigung und Haß durch Ihre Liebe aufwiegen.

Nicht wahr, das hätten Sie nicht geträumt, daß es so kommen könnte? Aber es ist so. Wenn Sie dann bei uns sind und diese Leute und Berge und Herrgottsstille hier oben kennen lernen, dann begreifen Sie mich eher. Und wenn nun alles so geschieht und der Ruf an Sie ergeht, dann zögern Sie keine Minute und zieren Sie sich nicht, sondern nehmen Minchen an der Hand und eilen zum Schalter: Basel-Absom! – Ich glaube fest, nach dem Leben der Kühle kommt jetzt das Leben der Wärme, nach der Härte die Hingebung, nach dem Verstand das Herz. Ja, das Herz, woran ich bei Emil nie gezweifelt habe, aber wovon wir so lange umsonst die Goldadern suchten, jetzt, Frau Sette, ist dieses Herz Emils entdeckt. Das war in der flachen Stadt unmöglich. Das vollbrachten die reinen, tapfer, heiligen Berge.

Fast wie ein Gedicht klingt das. Aber ich kann nur wiederholen, es ist so, es ist so! – Gelobt sei der Allmächtige, der solche Herzen und solche Berge schuf!« –

Das feine, glitzrige Haar Settens kräuselt sich leise hoch auf, und eine süße Feuchte schwimmt über ihre seidengrauen Augen. Ihre Brust wogt auf und nieder, als liefe ein Erdbeben durch ihr gesamtes Wesen. Und dann neigt sie das Köpflein und nickt ein dankbares Ja nach dem andern in den Brief hinein.

Ach, die Liebe! Wie viele felserne Entschlüsse der Unabhängigkeit hat sie gerade in den letzten Tagen gefaßt, welchen Stolz und Frauentrotz hat sie entfacht und sich zu einer wohlverschanzten, schwer verpanzerten und tüchtig armierten Festung gemacht, die sich keinem Manne mehr ergeben wird. Und nun vor diesen paar Blättlein Papier sinkt das gesamte großartige Bollwerk wie ein Kartenhaus zusammen. O wie sie Emil liebt! Wie am Tage des ersten Kusses! Wie am Altar! Oder wie damals, als sie ihm mit dem gelben Seidenkleid eine so rührende Falle legte! Mit sieben Riegeln hat sie sich gegen diese Liebe versperrt. Und nun hat dieses Brieflein alle sieben Türen mit einem Ruck aufgesprengt. Zwar, sie kann sich Emil nun einmal nicht vorstellen, daß er lache, sie innig umarme und von Herzen küsse. Aber sie stellt sich ihn jetzt auch gar nicht so vor. Sie denkt nur: er will mich, – er hat meine Liebe nötig, – er will geliebt sein. Ja, jetzt bin ich endlich notwendig! Zum ersten Male notwendig in seinem Leben! O wie das ein herrliches Gefühl ist, einem Geliebten notwendig zu sein! Fürwahr, dieser Brief ist ein Gedicht! So eine wunderbare Poesie habe ich noch nie gelesen, wie die Zeilen dieses Heinz.

Sie vergießt unter Lächeln Tränen und hört nicht, wie Minchen das Köfferchen über den Boden zu ihr schleift und nun wartet, bis sie – erwache. Sie hört nur diese Poesie, diese Musik, diese neue, herrliche Liebe.

Aber da steht immer noch etwas. Heinz schreibt: »Ich würde sicher nicht solches berichten, wenn ich meiner Sache nicht so gewiß wäre, wie ich der Sonne am Himmel zu Mittag gewiß bin. Aber hören Sie, was den letzten Anstoß zu diesem Briefe gegeben hat: Gestern abend kamen wir von der Arbeit verregnet und bis in die Knochen erkältet zum Hüttlein zurück. Mang wollte sogleich zu den Sennen hinüber, wo er schläft. Aber Emil bat ihn, mit uns zu Nacht zu essen. Während ich einen Tee kochte und die Konserven zurichtete, saßen Emil und Mang still gegeneinander. Um die Bretter unserer Baracke heulte der Wind, daß die Flamme meines Spiritusapparates schier den Atem verlor. Oft meinten wir, der Sturm wolle unser Häuschen auf den Kopf stellen und in die Abgründe schleudern. Es war mir nicht mehr geheuer. Da begann plötzlich folgendes Gespräch: ›Mang, warum redest du gar kein Wort?‹

›Ich bin's so gewohnt.‹

›Aber dann müßtest du mich nicht so böse anschauen, als ob ich dir etwas zuleide getan hätte.‹

›Ihr tut mir auch viel zuleide‹, kerbte Mang mit erbleichendem Gesicht zwischen seinen Schaufelzähnen heraus.

Jetzt, Frau Sette, brauste Emil, so wie Sie ihn kennen, furchtbar gefährlich auf, nicht wahr? – Im Gegenteil, so milde, daß mir ganz wunderbar ward, sagte er: ›Wenn ich dir etwas zuleide getan habe, so sprich, was war's, und ich will dir Abbitte leisten.‹

Mang hielt betroffen inne.

›Also, was tat ich dir Böses?‹

Der Bub' steht auf, rollt die Augen, ringt um Atem und keucht los: ›Ihr zwingt mich, – Euch zu helfen, – da immer bei Euch zu sein, – wo ich Euch doch nicht leiden mag, – und – und‹ schon schluchzte er, ›und für die Bahn zu arbeiten, wo ich sie doch in den Boden hinein verfluche – und – und Ihr seid ein Herr, – auch so ein Leuteregierer, – so einer –‹

Mit einem Wort, dieser ernste, stille, kluge Junge tat wie verrückt und rannte bei den letzten Worten hinaus in Wind und Schnee. Weiß wie Kalk hörte Emil zu. Dann lief er ihm nach. Aber er kam allein und bleich und erschöpft zurück. Vor dem Schlafen sagte er: ›Sette und Minchen müssen unbedingt heraufkommen!‹

Ich nickte und sprach: ›Ja, Miggi, man muß da oben etwas Liebes um sich haben.‹

Da funkelte er mich wieder einmal so katzengrün an. Warum? Er konnt' es nicht leiden, daß ich ihn so gut verstanden hatte. Hierauf redete er davon, wie man Sie und den Fant hier am bequemsten unterbringen könne. Müd' schlief er unter allem ein, aber tat fast unruhiger im Schlummer als vorher. Ich konnte nicht Ruhe finden. Das Gehörte alles ging mir wüst mit dem Wind und Wasserlärm durch den Sinn. Plötzlich hörte ich etwas Seltsames. Aber das war da innen gewesen. Ich zog das Hängelämpchen auf Emil herunter, und – Frau Sette, Frau Sette! – dem Manne von Stahl quirlten unter den langen Wimpern kleine, feine, glänzende Tränentröpflein hervor. Emil hatte geschluchzt. Glauben Sie, daß ich Mühe hatte, nicht auch zu weinen. Lang noch betrachtete ich den Lieben. Sein Gesicht kam mir auf einmal schmaler, magerer, sozusagen abgehärmt vor. Etwas wie eine große Marter zeichnete sich darin ab. Das alles, sagte ich mir, kommt nicht von der

Arbeit des Kopfes allein, sondern vor allem von der Arbeit des Herzens, seines wiederentdeckten Herzens.

Ich setzte mich ans wackelige Tischchen und schrieb diesen großen Brief. Nun klebe ich ihn zusammen und gebe ihn morgen früh dem Käser, der ins Tal geht. Möge er Ihnen viel Freude machen! – Und wenn dann der andere kommt, von einer hundertmal liebern Hand, Frau Sette, dann bitte, kommen Sie auf den schnellsten und gütigsten Füßen, auf denen je ein Weibchen seiner Liebe entgegengesprungen ist.

Ihr getreuer Diener Heinz.«

»Mutter, jetzt lauf' ich davon, wenn du mir nicht antwortest.«

»Was, Herzchen, was denn, mein Schelm!« sagt Sette lachend und küßt Minchen stürmisch auf Mund und Backen. »Natürlich gehen wir zum Vater in die Berge! Ich hab's ja schon gesagt, zehnmal gesagt.«

»Nein, du hast immer nur gelesen und gelesen und kein Wort gesagt«, schmollte das Kind. »Da sieh, ist's recht? – ich hab' schon eingepackt.«

»Und ich hab' dir hundertmal gesagt, wir gehen zum Vater in die Berge.«

»Juhei!«

»Komm, wir wollen die Schuh' nageln lassen!«

Das Papier mit den wenigen Wolken und den zahllosen Sonnen lag am Boden. Sie schritten darüber hinweg, selber wie zwei unbewölkte, lachende Sonnen, eine große und eine kleine, aber gleich hell und golden.

17.

Mit dem frühesten Morgen gingen Emil und Heinz nach jener Sturmnacht geradeswegs dem Absomerkopf zu. Heute wollte der Manuß die Gipfelhöhe genau bestimmen, die Neigungen der Wände berechnen und der von Bert angetüpfelten Kletterspur folgen. Vielleicht war sie auch fürs Rad stellenweise brauchbar.

Zum erstenmal wartete der Ingenieur nicht auf Mang. Heinzen freute das. –

Hübsch vor ihnen her lief die aufrechte, rote Richtlinie der Meßstäbe, über Bäche und kleine Klüfte, in schönen, geschützten Schleifen. Man kam auf die Weigete. Da ward es auf einmal mitten in der grauen Felsenstille wie ein lauter Markt. Langsames Bauerndeutsch und italienische

Heftigkeit von zweihundert Arbeitern brodelten ineinander. »Guten Tag!« sagten die hiesigen Erdarbeiter kurz. Aber sehr lustig riefen die Tschinggen: »Buon giorno, Signor Manussi! – buon giorno, Signor Ingegnere! – buon giorno, Signor Emilio!« Sein Stolz ficht sie nicht an. Aber sein fettes Silber an jedem Samstag tut ihnen dreimal wohl. So prächtig lohnte sie noch kein Meister ab. Sie frühstückten gerade.

Ein Werkführer tritt vor und gibt Bericht. Ringsum das Geräusch von gerührtem Kalk und nasser Zementmasse, wie von Teig im Trog, das prasseln von angeblasenen Feuer, das trockene Gepolter von Steinklötzen und das dumpfe Getöse von Sand und Erdsäcken. In drei Wochen will Emil diesen Damm fertig haben; er wird ein breites und mächtiges Werk. Drei Eisenbahnen könnten wohl zu gleicher Zeit auf seinem Rücken fahren. Kaum hundert Meter Länge braucht er, um die Weigete zu überwinden, dieses rätselhafte Gerölleband von den Zinnen zu den Abgründen, das schon dem Bert zu grübeln gab. Aber tief und hoch und breit muß der Damm dafür sein, mit ungeheuren Quadern im Grunde, mit Faschinen, Erd- und Zementfüllung zu ebenem Boden und mit sehr schiefen, dicken, schlüpfrigen Granitplatten wie ein Panzerschiff zu beiden Seiten gegen alle Angriffe beschlagen. Denn dieser Wall hat den Lawinen, Steinschlägen und furchtbaren Rutschungen zu widerstehen.

»Woher kommt doch dieser Name Weigete?« fragte Emil.

»Ich glaub', weil sich da unten im Boden alles weiget«, erklärte der Mann.

»Beweget? soll's das sein?« forschte Emil.

»Ja! wenn es geregnet hat, so – ja, wenn der Herr Ingenieur einmal selber probieren will und mit dem Ohr auf den Boden liegt – so –«

Der Ingenieur warf sich glatt nieder und horchte und lauerte in den Rieselgrund hinab.

»Halt!« schrie der Werkführer und schwenkte den Arm gegen die Arbeiter, sie möchten mit ihrem lärmenden Schaffen einen Moment innehalten.

Es ward ruhiger, und Emil hörte sehr deutlich aus weiß Gott welchen Tiefen ein ununterbrochenes Murmeln und Rieseln wie von vielen unterirdischen Wässerchen. Lange horchte er. Es war wie ein Nagen und Zerbröckeln und Sichdurchfressen durch alle Knochen des Bergkörpers.

Der Manuß erhob sich mit bleicher Lippe und bösem Blicke und befahl: »Gebt einmal den Aufriß! ... Hier«, fuhr er fort und tupfte auf den gezeichneten Dammrücken, »legt Ihr noch einen Meter Granit zu. – Zwei-, – zwölf-, zwölf hundert – so zirka fünfzehnhundert Tonnen Zugewicht macht das doch wieder aus«, rechnete er bündig. »Erdrücken müssen wir die Weigete, sonst hilft alles nichts.«

Mit seinem langen, leichten Fuß stampfte er herrisch ins Gerölle, worauf er stand, und das knirschte und klirrte leis und bedrohlich, wie ein ungebändigter und nur zum Scheine sich zahm gebärdender Sklave.

Emil schritt durch die Arbeiter und Baracken schnell hindurch. »Ne vuole, Signore Ingegnere?« riefen ein paar Italiener und streckten ihm lachend ihre gelbe Polenta in den rußigen Pfannen entgegen.

»Buon appetito!« erwiderte Emil ohne Lächeln.

Zuerst wollte er einen Tunnel unter der Weigete bohren. Aber es ergab sich sogleich, daß dieses zermürbte, faule Gestein viel zu tief reiche. Also einen Damm, so schwer, daß der rebellische Berg darunter nicht einmal mehr aufzucken kann.

Sie klettern zum Fuß des Absomerkegels empor. Da boten sich dem Geleise keine Schwierigkeiten. Alles war schon genau abgesteckt.

Geredet ward nichts zwischen den zweien. Heinz wollte nicht anfangen. Immer noch hoffte er, Emil werde den Faden des gestrigen Gespräches wieder aufnehmen. Umsonst. Schroffer und kälter als je, wie die Berge nach dem Sturm und Regen, machte der Manuß jetzt eine Miene.

Das erbitterte Heinzen. »Verbeiß nur deinen Schmerz!« dachte er. »Du bist dann doch immer abends gern gekommen, Bübi, und hast gesagt: ›Heinze!, verbinde mir den Finger! Ich hab' mich am Stacheldraht heillos verstochen.‹ Er wird wieder kommen, und ich will ihm gern die Wunde verbinden. Aber so stolz und verstellt müßte er nicht tun. Und warten lassen ist nicht hübsch … Wie seltsam«, grübelte er weiter, »daß ich im Manuß immer noch den zehnjährigen Bübel sehe. Und doch, was ist er für ein Mann! Wie er jetzt da zählt und rechnet und mit einem verflucht kühnen Aug' den Gipfel mißt und die Zipfel seines braunen Schnäuzchens dabei vor Eifer in die Zähne beißt. Hie Manuß – hie Absomer! – Zum Teufel, Absomer, nun glaub' ich, dich nimmt's! – Du mußt dran glauben. Du bist doch nicht der stärkste Mann da herum, wie Bert gerühmt hat. Der da mit den Salamanderaugen ist der Stärkere!« –

Aber man mußte auch sehen, wie Emil sein Instrument einstellte, damit wunderlich schlau hantierte und dann voll Seelenruhe seine gewaltigen, eckigen und häßlichen Ziffern aufs Blatt schrieb! Er warf sie hin wie aufgelöste Schwadronen, wirr durcheinander. Aber dann zog er Striche und setzte Zeichen, und gleich war eine feine Disziplin hergestellt. In Reih' und Glied geformt stand die mathematische Soldateska da, klar zum Gefecht, ein erquicklich Schauspiel für jede arithmetische Seele.

Emil pfeift, indem er rechnet, so wie eine Katze schnurrt und spinnt, wenn ihr behaglich wird. Den alten Berner Marsch, seinen Leibmarsch! Sehr laut, sehr falsch, daß Heinzen schier übel wird.

Nun ein geniales Gesäbel auf dem Papier. Ein klassisches Handgemenge! Ganze Fronten sinken unter dem Bleistift. Das Minuszeichen und noch mehr die Kubikwurzel räumen furchtbar unter den Hunderttausendern auf. Es schmilzt die Summe beider Armeen, und immer kleiner werden die Trüppchen vor und hinter dem Gleichheitszeichen. Nachgerade verlieren die linksseitigen allen Mut. Sie ergeben sich und stürzen sich dem Gegner auf Gnad' und Ungnad' vor die Füße hin. Nur ein stolzer Xantus oder Xistus oder sonst ein heldenhafter X steht noch einsam rechts. Nun, wo aller Widerstand vergeblich wird, lüftet auch er, der Feldherr, das Visier, tut seinen Namen kund und übergibt sich. Und so geht siegreich ein kleines, dreistelliges Trüpplein aus der Schlacht, voraus eine stolze Zwei mit einem Löwenhaupt, dahinter eine trommelschlagende Neun und zum Schluß eine lanzentragende, aufrechte Eins, – 291!

Zweihunderteinundneunzig Meter hoch ist der Absomer noch von hier.

Emil ist wieder ganz der alte im Rechnen geworden, ein verbohrter, zahlenverliebter Geometer. Für den Augenblick gibt es für ihn nichts als die Zahl. Sie ist ihm Sonne und Erde und Menschheit und Leben, alles, alles. Cäcilie und Sette, Mang und Minchen und Heinz, der Absomer und seine Bahn und er selber, der großartige Meister, gehn unter in der Zahl. Das größte Wunder und die größte Wahrheit ist die Zahl.

Du kannst mir gestohlen werden mit deiner Zahl, denkt Heinz immer erbitterter. Du bist doch auch ein Mensch wie wir und hast ein Herz, wart' nur!

Zweihunderteinundneunzig Meter! Das gibt noch zu schwitzen. Emils Augen klettern am Stein empor und suchen die Spuren wieder, die er jüngst entdeckt und auf sein Blatt gezeichnet hat. Da, ja, ja, da sind sie wieder. – Plötzlich bemerkt er, wie ihn Heinz angeblickt hat. Sogleich schlug der Alte die Kaninchenaugen nieder. Aber Emil hatte genug bemerkt. Es ist ein eindringliches, mitleidiges und neugieriges Anschauen gewesen. Warum mitleidig? Merkt er an ihm etwas, das Mitleid erweckt? Zum Teufel! – Alles Wehe der letzten Tage strömt auf einmal wie ein Strom in sein Denken zurück. Und alles Männliche und Herrische in ihm bäumt sich dagegen auf wie eine Mauer.

»Heinz, blick' doch mal auf und sag', was hast du in der Nacht so verdammt fleißig geschrieben?«

»Ich?« stotterte Heinz bestürzt, und alles Blut schoß ihm in die Stirne. »Nichts weiter – so Besonderes – ich – konnte nicht schlafen bei dem Wind und da war's nur so zum Zeitvertreib –«

»Zeig' mir's!«

»Ein Gedicht! Ah bah, es ist kaum halb fertig.« – Das ist nicht gelogen, dachte er, es fehlen noch viele Verse daran. Diese seine Lüge freute ihn.

»Soviel wie du geschrieben hast? – Und noch nicht fertig? – Von was denn?«

»Es gefällt dir doch nicht, Miggi. Und dann kommt's ja auch mal ins Buch!«

»Aha, das Buch!« spottete Emil. »Das Weltbuch! – Man wird einmal sagen können, du habest Tag und Nacht daran geschwitzt, bei Sonne und bei Petrol.« – Er wollte noch weiter witzeln, aber es geriet nicht mehr und eine jähe, zitternde Blässe flog um seinen langen Mund. Mang kam fern von unten herauf ihnen nach.

»Du wirst mir heut abend das Gedicht vorlesen«, ermannte er sich. »Verstanden? Geh jetzt und reim' es zusammen!«

Nun merkte Heinz, daß ihn Emil forthaben wollte, und schritt langsam wieder zur Alpe hinunter. Er war froh, so leicht aus der Sache zu kommen. Nur ein Gedicht. Gut, dichten kann er heut, das fühlt er. Süß will er im Gedicht reden, aber bitter soll es im Kern schmecken. »Achilles« will er's betiteln.

»Ich bin« – phantasiert er schon, »ein erzumfloßner, – nein, nein,

Ich bin ein undurchdringlich harter Mann,
Mich rührt kein Schleuderstein, kein Pfeilspitz an.
Nicht siebenhäutig schirmt wie Hektors Schild
Den göttlich heilen Leib im Mordgefild
Mir eine Wehr; – von Müdigkeit und Schweiß
Und Tröpfeln Blutes und Erblassen weiß

Ich wie ein himmlischer Heroe nichts,
– Denn das ist Mitgift –« hm! hm!
hm! hm! – »des Wichts – –
Doch an der Ferse – –«

»Guttag!« –
»Guten Morgen, Mang!
– – Denn daß ich an der Ferse – –«
»Ist der Inschenier noch zornig?« fragte der Junge und wird rot, aber sieht nicht von Heinzens Gesicht weg. Er muß Bescheid haben, sogleich.
»Zornig? Was denkst du! Lustig ist er und pfeift und rechnet und rechnet. – Aber ich gehe und mache ein Gedicht. –
Denn daß ich an der vogelschnellen Ferse –
Das klänge gut, – vogelschnellen Ferse hat noch niemand gesagt – aber gibt es einen Reim auf Ferse?«
Mang schaut ihm verächtlich nach. Der da dichtet und der andere oben pfeift. Die tun, als ob sie nichts spüren. Man könnte sie vielleicht gar anspeien, sie würden sich nicht stark aufregen. Pfui! Pfui! – Alle guten Vorsätze, sich heute willig zu zeigen und am Ende gar wegen des Gestrigen abzubitten, und damit auch alle Scham und Zaghaftigkeit, die ihm bis daher die Schritte verlangsamt und das Herz lauter klopfen gemacht hat, rein weggeblasen ist alles das. Er grüßt oben Emil kurz, sitzt auf einen Block und wartet verstockt, bis ihn der Manuß um irgendeine Handleistung bitten wird.
Je näher Emil den Burschen hatte kommen sehen in seinen klappernden Holzschuhen und ohne Mütze, hoch aufrecht, Sonne im roten, verstruppten Haar und sichere, große Schritte durch das steile Geschiebe nehmend, um so befangener ward er. Er sah die niedrige Stirne des Jungen hell glänzen. Den großen, roten Mund hielt er halboffen wie einer, der viel Atem und Leben auszugeben hat. Von der hochstehenden Sonne füllten sich die Augenhöhlen mit tiefen Schatten, woraus aber wie aus zwei finstern Nestchen je ein grüner Smaragd blitzte. Seine eigenen Smaragde, die Manußaugen, die aus allen Bildern der Vorväter so fabelhaft blaugrün sprühen. – Mein Sohn kommt, mein Sohn! – Er möchte die Arme spannen und den Jungen so auffangen. Denn nur ihm gehört er ja, von ihm hat er dieses Auge, diesen Trotz, diesen Stolz, dieses Leben. Wie liebte er doch dieses sein Geschöpf! Nein, noch nie hatte er ein ähnliches Gefühl erkannt. Er wußte nicht, wie es so allmäch-

tig über ihn hatte herfahren können. Das war mit Zahlen einmal nicht auszurechnen. Aber wie er dieses Kind behalten, gewinnen und glücklich machen könne, das wurde jetzt seine liebste und tiefste Rechnung.

Da darf mir keine Mutter und keine Gemeinde in den Weg treten, sagte er sich. Ich bin sein Vater, das ist genug. Mit Mang habe ich einen richtigen Erben im Haus, einen Zweig unseres Stammes, einen jungen Manuß. – Und er wurde ordentlich stolz bei diesem Gedanken.

Wenn der Bub nur ein Fünklein Liebe für ihn hätte! Oder doch nur keinen Haß! Dieser Haß tat entsetzlich weh. Nie hätte Emil geglaubt, daß man aus Liebe so leiden könne. Einmal war es wie Brand und einmal wieder wie Eis. Er hätte gelacht, wenn man ihm prophezeit hätte, er werde vor einem Kinde zittern. Und wahrhaft, jetzt zitterten ihm die Zähne leise, wenn er ein Gespräch mit diesem Hirtenbuben beginnen wollte. Und bedachte er gar, was es noch koste, seinen Sohn von der Mutter und noch mehr vom Sohne selber zu erstreiten, sich vor den Behörden als Vater und freilich auch als langjährigen Ausreißer und Schuldigen auszuweisen und dabei von Sette und am meisten wohl von Mang die Schmach becherweise schlucken zu müssen, dann wollte ihm schier gar der Mut entsinken. Dann wollte er wieder lieber warten und sich gedulden und erst die Liebe des Jungen erobern. Dann erst getraute er sich zu bekennen.

Aber die kranke Mutter kann sterben, bevor ihm das Kunststück mit Mang gelingt. Dann ist der einzige Zeuge verloren. Die Cäcilie würde ihn sicher erkennen. An den Augen und an dem, was er von jenem Abend erzählen kann.

Wenn sie dann bezeugt hat, mag sie immerhin sterben, denkt Emil kalt. Mit diesem Weib möchte er weiter nichts zu schaffen haben. Geld mag sie haben, soviel sie nur braucht, um ganz sorgenlos hier im Ländchen bis in die hohen Tage zu leben. Aber ihn nicht weiter stören soll sie! Besser und sicherer wäre doch, sie stürbe.

Aber Hilfe braucht er jetzt. Allein bringt er da nichts zuwege. Sette muß kommen, Heinz muß raten, auch dem Üli sollte er sich vielleicht offenbaren. Das ist ein gerader Kerl, und der vermag viel über Mang.

Sowie Emil einen Entschluß gefaßt hat, wird ihm leichter. Er sitzt neben Mang ab und probiert mit Glück ein ruhiges Gesprächlein. Man müsse nun den Gipfel von der Schattenseite erklettern. Er wolle aber noch zuvor einen Augenblick gehörig ausruhen. Der Bub möge nur da unten bleiben, wenn's ihm so besser behage.

Nein, er wolle mit, wünscht Mang und fühlt etwas wie ein Unrecht und eine Schuld bei der tapfern, aber gütigen Stimme des Ingenieurs wieder wie heut beim Erwachen in sich aufsteigen.

Gut, so möge er mitkommen. Aber es sei mühsam und messe noch gut zweihunderteinundneunzig Meter.

Das verschlage nichts. Aber ob man denn von da unten eine so genaue Höhe bestimmen könne? –

Emil erklärt die Sache mit wenigen gescheiten Worten und zeigt die Ausrechnung auf dem Papier. Der Bub rutscht näher. Diese Aufgabe ist merkwürdig. Emil rückt auch ein bißchen herzu. Ihre Köpfe kommen wieder wie beim homerischen Gesang zusammen. Aber sobald das Geheimnis erklärt und der Zauber gebrochen ist, weicht Mang wieder jäh auf den alten Sitz zurück.

An solchem Abzirkeln und Ausrechnen habe er wohl keine Freude: oder? – Doch, es sei etwas Feines. – Aber ihm gefallen die Historien doch sicher zehnmal besser? – Je nachdem! – Was das heiße? – Er könne es nicht deutlich geben. – Ob er weiter im Homer las? – Mang ward ein bißchen farbiger und sagte: ja, aber in der Ilias, nicht mehr in der Odyssee. – Wer ihm da von allen Helden am besten gefalle? – Der Hektor! – Emil dächte doch, der Achill! – Nein, der Hektor, weil er eine ganze Stadt mit allem Volk verschanze und schirme. Aber er müsse sagen, auch die Ilias sei nicht die ganz rechte Historie, wie er sie am liebsten hätte. – Was er da sage! Die Schönste, die es gebe, sei sie! – Nein, es gebe noch viel bessere, zum Beispiel den Bauernkrieg, wie ihn ein Toggenburger oder Appenzeller beschrieben habe.

Emil sah betroffen auf den sommersprossigen Jungen mit den dichten Brauen und dem ältlichen Ernst. Fast ward ihm unbehaglich. Der Bauernkrieg!

Doch Mang fühlte sich jetzt endlich einmal auch bei Emil im Element. Seine großen und groben Hände kloben an den Knien und sein breiter Mund wässerte, derweil er mit Macht ausführte: ja, der Bauernkrieg, freilich, der sei etwas ganz anderes und fast Neues. Bei Homer höre man immer nur von einigen Führern, als ob die allein Troja und Griechenland ausgemacht hätten. Und sogar in der Absomer Schule habe die Schweizergeschichte und die Geschichte vom Deutschen Reich auch so nach ein paar Namen und alten Geschlechtern geschmeckt. Da habe er doch oft gedacht, das Volk, wo ist denn auch das Volk? – Er hätte wissen mögen, was sie für Stuben und Häuschen gehabt. In der Geschichte habe er nur Kirchtürme und Rathausgiebel bemerkt. Und was haben sie zum Essen und Trinken auf den Bauerntisch gestellt? Es gibt doch nicht bloß die Festmähler und Herrenessen der Historie! Und wie haben sie Geld verdient und was haben sie gesonnen, wenn immer ein paar Großartige ihnen den Nidel[12] von der Milch löffelten? Welche Leiden und Freuden haben diese Leute in den Hüttchen und armen Höfen gehabt, was für einen Werktag und welchen Sonntag? – Was Ungeschriebenes haben sie wohl gesungen und geschworen und im Elend geflucht und beim Glas verraten? Und zogen ihrer so viele Burschen ins Welschland, was hat dann so ein kalter Bergbub in der Mailänder Hitze wohl durchgemacht, und was hat er wohl gegen das Heimweh getan? – Wie viele liegen dort in der heißen Sonne statt auf unsern kühlen Friedhöfen neben dem Glockenturm! O von diesem Volk möcht' er mehr wissen! Denn er gehöre auch mit Leib und Seele zu solchem Volk. So eine Geschichte des Volkes sollte einer, der's im Kopf und in der Feder hat, schreiben. Er würd' ihm die Hand dafür küssen. Das müßte prachtvoll sein, wenn wohl auch traurig zum Lesen, aber nützlicher als alle Schützenfeste mit der Konstanzer Musik. Das Volk würde aus solchen Büchern herausmerken, wie oft und bös man ihm vors Licht gestanden ist, und wieviel man ihm von der Luft und Kraft und Ehr' gestohlen hat. Und wieviel zu unaufmerksam, leichtgläubig und geduldig es immer dagestanden hat! – Die Absomer würden dann auch nicht mehr bloß auf drei oder vier Herren hören, den Ammann und den Pfarrer und den Broller und etwa noch auf einen wütigen Schreihals und Witzemacher. Man würde glauben, daß alle ziemlich gleichviel wert sind, die Fädler und die Sticker und sogar die Armenhäusler so gut als die Fabrikanten und Ratsherren und Pastoren. Und daß sie soviel Tüchtiges an der Weltgeschichte weben können als die paar Prahlhänse. In der Absomer Chronik sei vom Volk noch ordentlich oft die Rede, und der Bauernkrieg, wie ihn da der Chronikschreiber schildere, sei wohl himmeltraurig zu End' gegangen, aber doch herrlich, weil die kleinen, gewöhnlichen Leute da einmal aufgestanden sind und haben Geschichte machen wollen. – Und gar erst die französische Revolution! Von der möchte er sehr gern Gründliches lesen. Die hiesigen Bücher schimpfen nur über sie.

12   Rahm

Emil hörte und hörte. Aus diesem unbärtigen Milchmund kam grenzenlos Neues.

»Bist du denn ein Sozialist?« fragte er zuletzt schüchtern und unsicher.

»Ich weiß nicht, was das ist. Ich bin ein Absomer und Hirtenbub. –« Hier stockte und errötete er bis zum Halszäpfchen vor Scham. Konnte er denn sagen, wer er sei? Er, der nicht einmal wußte, wer sein Vater sei und ob er am Ende gar einer von denen wäre, die dem Volk das Blut aussaugen, ein Überreicher, ein Studierter, Stolzer, wie dieser Inschenier da.

»Einer vom Volk will ich sein«, flickte er eilfertig hinzu, »und, o wie gern möchte ich dann studieren und davon für alle, alle Leute schreiben!«

Aber alles in ihm hatte sich jetzt einmal Luft gemacht: die Gedrücktheit von vierzehn Armenhäuslerjahren, das Sichbückenmüssen vor Reichem und schöner Benamsten, das hilflose Zuschauen, wie die Herren dreinfahren, und die tausend verbitterten, nachdenklichen Stunden über dem allem. Das war ihm jetzt frisch entfahren. Aus Mund und gespreizter Nase stieß Mang einen heißen, blauen Atemrauch seinen grimmigen und sehnsüchtigen Worten nach.

Dem Manuß kam der junge Sprecher wie ein geliebter, aber gefährlicher Feind vor. Er treibe weder Geschichte noch Politik, erwiderte er. Dagegen sei er weit in der Welt herumgekommen und habe in den großen Ländern die gar zu engen, vaterländischen Schrullen abgestreift. Er liebe die Schweiz, aber nicht wie ein Verliebter und Vernarrter, der daneben nichts Großes oder Gutes mehr sieht. Zum Beispiel da vorne im flachen Norden diese um und um weite, kräftige, deutsche Monarchie mit einer so prächtigen Kaiserkrone und einem so strammen, blauäugigen Haupt darunter, das sei doch ein göttliches Spektakel. – Unsere guten Knochen sind aus der schweren Erde dahier herum gekittet, ja, – und das Beste in diesem Knochenhäusel kommt wohl auch von der gleichen Erde. Dennoch, viel Großes singt und lehrt und führt und bildet uns von da oben herab, aus diesem verwandten, deutschen Norden, ohne den wir sonst stumme Hocker in den Bergwinkeln blieben. Und das begeisterte und glänzende Franzosenvolk und sein wunderbares Paris, und das frechkluge, kühle England mit seinem allmächtigen Weltnicken und Weltschütteln, und die guten, frohen, kunstherrlichen Italiener an ihren blauen Meeren, und dann das Meer selber, da mag so ein Schweizerchen auf die Zehen stehen und große Augen machen!

Die Berge sind schön, aber das Meer ist noch schöner. Überhaupt, alle Welt ist gut und fein und darum so prächtig reich gebaut, daß man nicht ein einziges Plätzchen eng ins Herz schließe. So sei's mit dem Vaterland. Und gerade so mit den Völkern auch und mit den Ständen und Klassen. Auch er liebe nicht so ein neidisches Kastenwesen. Aber das Genie, die starke Hand, der flotte Mut und der kühn und klug eroberte Besitz hätten doch wohl ein Wörtlein mehr ins Regieren hineinzuwerfen als die Dummen und Schwachen und die Müßigen und die Kranken und die Bettler. Ein paar große Menschen hätten eben doch immer in der Wissenschaft und in der Kunst und im Staat die Hauptrolle gespielt, das Volk sei stets im Hintergrund gestanden. Es war zum Ausfüllen da. Wenn das Volk die Hauptrolle spielte, oha, das gäbe ein schwieriges Theater. Man könne das an der französischen Revolution sehen, die dem Mang so imponiere. Da habe nicht lange das Volk regiert, sondern gleich seien wieder ein paar Starke gekommen, die Danton und Robespierre und zuletzt der ungeheure Napoleon, der wieder ins Geleise brachte, was der Haufen verfahren habe. Nur immer ein Genie könne den Menschen den versperrten Weg zum Licht wieder frei machen. Dabei gehe ja wohl viel Gesindel kaput. Aber das sei nicht zu bedauern. Nein, schloß er, das Volk aus sich allein kann sicher keine Geschichte machen. –

Die Augen Mangs verfolgten jedes Wort auf Emils dünnen Lippen mit entzündeter, blutiger Schärfe. Vieles davon konnte wahr sein, aber das vom Gesindel und das vom Volk im Hintergrund machte ihn im Innersten ergrimmt. Er glaube das nicht, sagte er. Es sei nicht wahr. Der Inschenier rede eben auch wie ein Herr, nicht wie einer aus dem Volke.

So solle er ihm die Sätze widerlegen, forderte Emil. Nur einen Satz widerlegen. Er lasse sich wahrhaft gern belehren, auch von einem viel Jüngeren.

Das könne er nicht, meinte Mang. Er sei viel zu dumm. Aber er wisse, daß er recht habe. Übrigens, ob man nicht jetzt auf den Kopf wolle, bevor es zu heiß würde?

Beide brachen gern ab und begannen den steilen, langsamen Aufstieg. Eigentlich war es ein stetes Klettern und Untersuchen, immer im Sinne der Papierskizze, entlang den steinernen Gesimsen, Bändern, Kaminen und Vorsprüngen bis zum Gipfel. Sie redeten nicht mehr. Aber es schien doch etwas wie ein Hindernis zwischen beiden gefallen zu sein. Sie hatten beide über etwas sehr Ernstes geredet, jeder in einer andern Meinung, aber beide mit Kraft und Charakter.

Nach anderthalb Stunden war man ohne besondere Fährlichkeit oben. Tief unten sah man die drei Alphütten, noch viel tiefer den Plättlisee und fern im Tal vorne das stattliche Absomerdorf. Näher zu auf der Westseite des Berges kamen in der Tiefe einige Gehöfte von Mattli zum Vorschein. Rechts und links starrten nichts als stille Berggipfel in die Höhe. Zwischen ihnen flogen freche Felsschwalben her und hin, während in ihren zerklüfteten Gründen kleine, unbekannte Seelein wie dunkelblaue Augen aufgingen. Unten am südlichen Horizont zog sich die ganze Alpenkette vom Ortler bis zu den Savoyerbergen wie ein weißer, versilberter Rahmen des buckeligen Schweizerporträts hin. Der Dunst des heißen Julitages überflimmerte sie leise. Aber man sah das tausendfache und doch so ewigruhende Durcheinander dieser Riesenfamilie mit ihren felsgrauen oder schneehellen Scheiteln noch wirksam genug. – Herr, du mein Gott, so viele Berge gehören uns! Dem Mang lachte das Herz.

Gegen Norden ward die Erde platt wie ein Teller und verschwamm in ungenauer blauer, violetter und brauner Zeichnung nach und nach mit dem Himmel, ohne daß man hatte sagen können: hier! oder: dort! – Nur das große, nahe und stille Gewässer an der Heimatecke zeigte noch feste Gestalt und schweizerische Helligkeit. Drüben noch einige heimelige schwäbische Dörfer, gemütlich in den Spiegel nickend, noch eine waldige Lehne, dann verglomm alles im Dunst der Ebene.

Der Gipfel war breit. Man konnte da auf allen vier Seiten herumspazieren wie auf einer Turmterrasse und man fühlte sich wirklich nur noch mit den Sohlen auf einem bißchen Erde und sonst ringsum in unbeschränkter Luft, wie auf dem Giebel der Welt.

Mang freute sich an diesem großartigen Platz und an allem, was er von da aus wie eine ausgeschüttete Welt um sich sah. Welch eine stolze Heimat! Diese wehrhaften Berge! Und die lauschigen Täler! Und immer wieder ein See oder ein aufblitzender Fluß, um der durstigen Eidgenossenschaft die Lippen zu netzen. Ging's einmal in eine Hochebene, so lief gewiß ein kurzweiliger Hügel dazwischen mit viel blauem Wald und anklebenden Haldendörflein, oder der Jura fingerte mit seinen Ausläufern hinein, oder eine alte gemütliche Stadt plauderte sich mitten ins Bild. Und wo es dann so unendlich eben werden wollte, da zog erst noch der stattliche Rhein seinen breiten, grünen Wassergraben, daß wir nicht etwa unvermerkt eines schönen Tages in diese Ebene hineinrutschen und darin mitsamt unserem buckeligen Republikanertum verschwinden. – Wie schlau zu aller Schönheit das Ländchen doch gebaut und eingerichtet ist!

So voll und ergriffen war Mang davon und so beflissen, die fernen Gipfel und Gegenden herauszuklügeln, daß er gar nicht merkte, wie Emil sogleich seine Meßschnur hervorzog und das Geviert nach allen Seiten abschritt, dann notierte und rechnete und vom Panorama nicht ein einziges Bildchen kostete.

»Seht, da schwingt jemand von der Alp her ein Tuch«, rief Mang. »Das ist sicher Euer Heinz.«

Mang riß sein Nastuch hervor und schwenkte und grüßte damit. Es kamen nun auch Älpler aus den Hütten. Aber die schwenkten keine Tücher. Bald waren sie alle wieder in die Hütten gekrochen. Keinen sah man mehr. Warum wohl?

Da plötzlich kam es über Mang, er sei ja mit dem Manuß wegen der Eisenbahn und nicht wegen der Aussicht da heraufgestiegen. Nicht um die Heimat von da oben zu bewundern, sondern um sie dahier zu verwüsten, war der Inschenier nur den stolzen Kamm hinaufgeklettert. Die verfluchte Eisenbahn – Ach, wenn Emil Meister bleibt, so dampft sie schon in etlichen Jährchen mit Gestank und Gelärm und vielen Ausländern, die auch nicht vom guten, niedern Volke sind, da herauf, auf diesen erhabenen Felsenkopf, auf dem noch so wenige Menschen gestanden sind! Schamlos! – Und sie gucken und spionieren von da oben ungeniert in unsere lieben, schweizerischen Heimlichkeiten hinein und schimpfen über unser altes gutes, kleines Wesen und kanzeln und kritisieren alles heillos herunter. Versauen und verdrecken den reinen Boden der Alpen da unten und verwirren unser liebes, einfältiges Volk. Der Greuel ist gar nicht auszudenken.

Mang steckte das Tuch beschämt ein und fühlte heftiger als je den Abscheu vor dem Werk und seinen Stiftern und Helfer und vor allen Fremden. Dieser Inschenier ist ihm auch ein Fremder, und das weiß er vom Gerücht, daß sein eigener, unbekannter, feiger Vater auch so ein Fremder war, zugereist aus einer großen Stadt. Und der Broller war gar sechs Jahr weit in der Fremde gewesen. Von daher hatte er alle seine unheimischen Gedanken. Diese Fremden brachten wahrhaft nur Unruhe und Unglück ins Land.

Es ist jammerschade, daß der Zweitmächtigste in Absom sein Meister Üli, dem allen mit verschränkten Armen zuschaut. Prügeln sollte man ihn. So hell im Kopf und so beliebt im Volk und so urchig im Wort. Warum schweigt der zu allem?

Rechts da unten die Katholischen von Mattli und die meisten Absomer da vorne sind doch in dem Stück einig: keine Absomerbahn! Und die zwei Gemeinden hätten doch allein zu bestimmen, ob so ein schwarzer Kohlenwagen da hinauf darf. 's ist ihr Gebiet und ihr Weg. Aber da sieht man: wieder machen ein paar große Herren die ganze Historie über alles tausendköpfige, tiefgeduckte Volk hinweg.

Es gäbe noch eine Rettung. Wenn dieser Inschenier neben mir sagte: »Ihr Männer, eine Bahn da hinauf lohnt sich nicht. Der Weg kostet dreimal zu viel. Das Werk müßte verlumpen. Die Aktionäre verlören all ihr Geld.« – Jawohl, dann nützte alles Klottern und Klirren mit dem Gold den Herren Bankiers nichts. Die Erlaubnis von den hohen Herren in Bern bliebe ein prächtiges, aber stummes Papier, der steinige Kopf des Broller müßte nachgeben, der Inschenier wäre der Mächtigste von allen. Ihm würde man unbedingt glauben.

Bert hätte es so gemacht, das ist ein überall herumgeflüstertes Geheimnis.

Aber dieser gefühllose Mensch da, der hier nichts bewundert und nichts liebt, täte der das auch? – Schwerlich, – nein, unmöglich! Der hat ja nur Augen für seine verdammten Zahlen. Wenn ein prächtiger Wasserfall niederrauschte wie der Lontschibach oder das Treppenwasser, so lauter wie Kristallglas, oder wenn sich das Echo in einer Felslücke fünfmal lachend überschlug, hat er da nur ein wenig Freude gezeigt? – Wer zum ersten Male an den Plättlisee kommt, staunt vor so blauem Wasser. Aber der Herr Manuß zog die Uhr hervor und fragte: Wie lange brauchen wir hinüber? – Welche Felsen hat er gesehen! Solche, die einem das Kinn gen Himmel reißen. Sagte er ein einziges Mal: Das ist schön? Und jetzt auf diesem Weg – immer hat er die Absätze und Säume untersucht und gebrummt: Es geht, es geht! – Ging's lieber nicht! – Und bei dieser kaiserlichen Rundschau hier oben, wo einem vor soviel Himmel und Erde die Augen schier überfließen, tut er so trocken wie der Schreiber in der Kanzlei zu Absom. O der! der! –

Ganz sicher, er wird die Bahn bauen. Er kann's! Und drum muß ich ihn auch so hassen! Den Landverderber! O die verfluchte Bahn!

Aber wenn ich es nun probierte und ihn bäte, den Plan nicht fertig zu machen! Es sei unmöglich! – Er hab' ja selber gesagt, das Zeug koste mehr, als er gemeint habe! Und wegen des Dammes habe er doch auch recht besorgt getan! – Ein eigentümliches finsteres Gesicht hab' er gemacht, sagten doch eben die Arbeiter drunten, als er das Ohr an den Boden legte. Ja, wenn ich ihn recht tapfer bäte? – Mir zuliebe! Denn er hat mich gern. Das merk' ich. Walter behauptet immer, er habe mir nach der Mordfluh einen Kuß geben wollen. Aber das war aus Angst, ich sterbe. Aber auch Üli und Irmli sagen, er liebe mich so gut, wie wenn ich sein Bub wäre. – Vielleicht ist ihm ein Bübel gestorben, das mir geglichen hat. Nun, es muß schon so sein, daß er mich mächtig lieb hat. Denn gestern abend tat ich noch unverschämt grob mit ihm und heut hat er mich dafür mit keinem Wort gescholten. – Vielleicht, wenn ich ihm verspräche, artiger und lieber zu sein, würde er nachgeben. Ich würde sagen, daß ich ihm folgen wolle, daß ich gern mit ihm gehe, daß er mich wie seinen Buben anschauen dürfe, damit er den toten besser vergessen könne, – aber er dürfe da nicht weiter bauen.

Mang biß in den gebogenen Zeigefinger vor Eifer und Kampf. So ernst ward ihm zumute, daß er ganz blaß aussah.

Emil bemerkte in einer Pause seiner Berechnungen diese bleiche, leidende, aber seltsam entschlossene Miene des Jungen. Das rührte ihn. Ihm schien der Knabe weicher gestimmt als sonst. Er hat wohl etwas auf dem Herzen. Da schoß es ihm plötzlich wie eine Eingebung heiß auf: Jetzt, jetzt, sag' es ihm! – Hier, wo es nur wir zwei hören: Mang, du gehörst mir. Ich bin dein Vater! –

»Inschenier!«

»Was willst du?« fragte Emil bebend.

»Glaubt Ihr, die Bahn könne da hinauf?«

»Sicher! Das geb' ich jedem, der es will, schriftlich.«

»Aber das ist schad'.«

»Aha, du bist auch einer von denen –«

»Das ist furchtbar schad'! – Das tut mir weh!«

»Hör', lieber Mang! –«

»Sagt mir nie so, wenn Ihr uns das zuleide tut! Schaut, ich könnte Euch wohl am Ende noch lieb haben, wenn Ihr meinen schönen Berg in Ruhe ließet! Das ist unser Berg! Inschenier! Wir wollen ihn nicht den Fremden geben. – Hier wollen wir für uns sein. Nicht wie die Bündner oder die Berner Oberländer wollen wir werden, die vor Engländern und Amerikanern nichts Eigenes mehr haben. – Nein, nein, – seid still, bis ich fertig bin! – Laßt uns doch den Berg! Ihr wißt nicht, wie er uns lieb ist. Saget wie Bert, er koste zuviel Geld oder sei zu schwierig für eine Bahn. Sagt das, dann seid Ihr uns allen lieb! Sonst, – sonst –« Mangs Augen sprühten und zündeten unter den goldenen Wimpern hervor, und wie ein junger Wolf fletschte er mit seinen Schaufelzähnen, – »sonst hass' ich Euch all mein Lebtag!« –

Er war an Emil herangesprungen und reckte hoch wie zu einem Kampf den Arm. Laut schnaufte er aus dem aufgerissenen Munde. Er war größer als Emil. Auf sein Rothaar warf die Morgensonne ihr noch so frisches Gold, daß es aufglitzerte. Wie ein Arnold von Melchtal sah er aus. Aus der Tiefe summten die Kuhschellen und krähten die Dohlen in die lange Pause hinein. Himmel und Erde schauten ihnen zu.

Der Manuß war rot und bleich unter der Rede des Burschen geworden. Bis in die Zehen fühlte er das Zittern vor all dem Ungeheuerlichen, was er da vernommen hatte. Es war ungeheuerlich, zu denken, in einer Sekunde ende vielleicht sein, er allein weiß wie, unsägliches Leiden. Im nächsten Augenblick dürfe er von diesem rauhen Knaben hören: Mein Vater! – Ach, das war nicht auszukosten! – Aber auch ungeheuerlich und ganz verdammenswert ist diese Zumutung: die großartige Arbeit, jetzt, wo sie am kecksten und stolzesten wird abzubrechen. Er hat sie übernommen. Die wird fertig gemacht das geht bei ihm nun nicht anders. Das wär' schon lustig, vor diesem Steinhaupt, das gar nicht so schwierig zu erklimmen ist, zu sagen: Es geht nicht. Ich bin schwächer als der Absomer! – Wir, die Ingenieurs, wir, die Technik, wir, die Kunst der Geometrie, sind schwächer als dieser Kerl da! Torheit! Nach Jahren käme ein anderer und baute die Bahn doch hinauf. Einfach läppisch tut der Bub. 's ist eine Zwängerei, eine stierköpfige, wahnsinnige und kindische. –

»Ihr redet nichts, Ihr wollt nicht, – ich –« sprudelt Mang immer gehässiger hervor. »Ich –«

Auch im Manuß wirbelte das Blut auf. »Warte«, rief er, »höre mich jetzt um Gottes willen an!«

»So saget: Ja! Inschenier, nur das –«

»Mang, sei gescheit!« bat Emil, sich unter furchtbaren Nöten einige Ruhe erringend. »Von mir aus würde ich doch hier nie eine Bahn anlegen. Meinetwegen bliebe es hier still wie zu Adams Zeiten, wenn euch das wirklich besser gefällt. Ich habe den Plan nicht erfunden, zum Absomer eine Bahn zu führen. Ich sage nicht, man solle sie bauen, und sage nicht, man solle sie nicht bauen. Das geht mich nichts an. Ich tue nur meine Pflicht als Geometer. Das ist mein Fach, mein Beruf! Ich wäre ein Narrenhäusler, wenn ich wegen Freunden oder Feinden der Bahn mein Meßzeug einpackte und sagte: ›Euch zulieb oder zuleide tu’ ich das nicht!‹ Dann gäbe es keine Ingenieurs mehr. – Und ich wär’ ein Lügner und schämte mich vor jedem tapfern Menschen, der was in die Hand nimmt und fertig macht, und wenn’s nur ein Nadelstich ist. – Verstehst du das?«

Immer eifriger und hitziger hatte er sich in die Empörung hineingeredet.

Mang tat kein Zeichen. Tief ließ er das dunkel gewordene, zuckende Gesicht hängen.

»Nein, das ist mein Fach«, fuhr Emil fort, »und du kannst mir’s glauben, ein großartiges Fach. Oder dünkt es dich keine Menschenkraft, auf diesen Fels, wo man noch nie eine Gemse stehen sah, mit Lokomotive und Wagen voll Menschen wie durch die Luft hinaufzufahren? – Da sieht man doch, was der Mensch kann! Daß er stärker ist als der stärkste Berg. Alles kann er. Du, ist das nichts?«

Aber Mang machte eine unwillige, gehässige Gebärde, wie: das sei alles Schund.

»Sag’ nein, wenn du kannst«, donnerte ihn jetzt der Ingenieur aufgebracht an. »Beweisen muß man, nicht immer behaupten wie ein altes Weib.«

Mang hielt die Hände vor die Ohren, um nichts mehr zu hören.

Da trat der brennende Mann mit zerquälten, wütenden Augen auf den Trotzkopf ein. Der wich zurück, rückwärts und rückwärts bis an den schwindlichten Rand. Fast stand er mit den Absätzen der Holzschuhe in die Luft hinaus. Aber man sah ihm an, daß er sicher darüber hinaus in die graue Leere träte, wenn der Verhaßte auch nur noch einen Schritt näher käme. So voll Abscheu und Wut war er.

»Komm herein!« schrie Emil entsetzt.

»Rührt mich nicht an!« keuchte der Jüngling und drohte und blitzte mit den Augen wie ein Gewitter. »Steht!« –

»Herein! befehl’ ich dir«, brüllte Emil. Bachnaß wurden seine Hände vor Angstschweiß. Wie angewurzelt stand er. Keinen Zoll wagte er weiter. Und doch meinte er, seinen Sohn halten zu müssen, so zu äußerst am Rand klebte er.

»So laßt die Bahn sein«, gebot Mang und spannte die Arme aus, als wollte er rückwärts in die Luft hinausfliegen.

»Mang, Mang, ich lieb' dich wie mein Kind, aber –«

»Ächch!« stieß Mang hervor und spie voll Ekel über den Platz.

»So wirf dich hinab, du Fratz!« rief Emil jetzt sinnlos vor Zorn und Schmerz. »Meinst du, ein Mann werde kindisch vor dir? Wirf dich nur hinab! Ein Tollhäusler verdient's nicht besser.«

Da Mang starr stillestand, trat der Ingenieur ohne Überlegung herzu, riß ihn vom Rande in die Mitte hinein und schüttelte ihn ingrimmig an den Achseln, daß der Knab schwer in die Knie sank.

Dann ließ ihn Emil los. Zitternd an allen Gliedern, raffte er schnell den Hut und das wenige Meßzeug am Boden zusammen und suchte die Randstelle, wo er auf die Kuppe geklettert war. Es flirrte und flimmerte vor seinen Augen. Doch, sieh, da war die Lücke! Er sah nicht mehr, wie Mang sich erhob, einen Schritt vortrat und wie er den Mund zu einem Wort öffnete. Nein, er kniete in Hast ab, ließ sich über den Rand rutschen und glitt sehr unvorsichtig, aber mutig und gegen alle Gefahr in seiner Wut gefeit, an den Schroffen und Scharten hinunter.

Mang blieb stehen, wie ein verhagelter Mensch. So hatte er Emil nicht gekannt. Wie ein feuerspeiender, furchtbarer Vulkan war er gewesen, ein prachtvoller, großartiger Mann. Wie hatten seine grünen Augen gelodert! Wie eisern war der Griff seiner Hände gewesen! Und alles, was er sprach, war mächtig, hatte gedonnert wie eine Lawine. Das sah er jetzt auf einmal. Alle Schwächlichkeiten des Manuß hatte dieser wunderbare Ausbruch des Zorns im Gedächtnis des Burschen ausgelöscht. Er kam sich von Minute zu Minute kleiner und glücklicher vor. Der Berg gefiel ihm nicht mehr, das ganze Gebirge erschien ihm gering, die Aussicht farblos, es ward ihm eng. Er riß das Halsband auf, warf sich in die Steine und würgte und schluckte wie einer, dem es ein Trost wäre, zu weinen, wenn er nur könnte.

18.

Solange es am Kegel hinunterging, hatte Emil Not genug, um einen Fußbreit Platz für sein Leben zu sorgen. Aber durchs stundenweite Getrümmer der Halden schräg ab gab es dann reichlich Zeit, zuerst diesen Buben und dann die ganze Geschichte drum und dran zum

Teufel zu wünschen. Alles wollte er jetzt vergessen. Für ihn sollte es keinen Mang und keine Cäcilie gegeben haben. Die Arbeit hurtig fertig machen! Dann fort von diesem heillosen Pack! Wütend schleuderte er die im Wege stehenden Steine mit den Schuhspitzen in die Tiefe.

Als die Felsblöcke weiter unten etwas feiner wurden und in ein Geriesel von Kieseln ausliefen, da milderten sich auch seine Gedanken. Sein mathematisch gerechtes Gefühl rechnete ihm immer wieder vor: Aber er ist halt doch dein Sohn. Da gibt es kein Vertuschen und kein Vergessen. – Und ist es ein Manuß, einen Manuß kannst du doch nicht als Waise und verdingten Knecht hier oben lassen. Mußt ihn doch aus diesen kleinen, niedrigen Anschauungen herausreißen. – Und auch mit der Cäcilie solltest du reden, fügte die gleiche mathematische Gerechtigkeit bei, – das muß alles sauber und genau geschlichtet sein. Du willst doch kein lumpiger Schuldner gegen irgendwen verbleiben. Um keinen Preis!

Gut, ich will auf dem gerichtlichen Weg die Sache ordnen. Mit dem Bub da oben knüpf’ ich nicht mehr an. Er will nicht, er muß also!

Emil geriet jetzt ins feuchte, weiche Alpengras. Wie das den Sohlen wohltat nach dem spitzigen Pflaster in der Höhe!

Das ist freilich wahr, kein Fränklein würde er selber an diese Strecke geben. Für keine einzige Aktie will er sich am Sonntag beim Broller verpflichten, und wenn er die zwanzigprozentigen Dividenden schon wie ein goldenes Bächlein daherfließen sähe. Soweit will er dem Mang nachgeben. Der Junge soll sehen, daß ich ein so kühnes Werk leicht fertig bringe, aber daß es mir dabei nicht um schäbiges Geld, sondern um mein Fach und um meine Kunst zu tun ist. Er soll mich achten lernen. So weit bring’ ich’s hoffentlich noch.

Von der Achtung aber bis zur Liebe ist der Weg beim jungen Volk sicher nicht mehr so lang und mühsam.

»Das Gedicht ist bis auf eine Strophe – doch Ihr blutet am Finger, – und da und da seid Ihr geschürft. Was Teufels habt Ihr angestellt’?« – unterbrach den immer milder sinnenden Manuß an der Schwelle des Hüttleins sein treuer Heinz.

»Ich bin vielleicht zu schnell vom Absomer herabgeklettert. – Fort mit dem Fetzen! Aber einen reinlichen Papierbogen gib und Feder und Tinte!«

Vor den Augen des verblüfften Heinz entstand unter lautem Buchstabieren folgender Brief:

176

»›Liebe Sette!

Ich mache keine langen und großen Worte, das ist Heinzens Amt –‹«

»Aber Herr Emil!« widersetzte sich der Alte, durchs ganze Herz auflachend.

»Laß dir einfach sagen, daß ich wünsche und froh wäre‹«, – »nein, das ist zuviel gesagt! –«

»Miggi, lieber, guter, edler Miggi, das mußt du schreiben, das ist tapfer. So schrieben immer die Edelleute der Dame, wenn –«

»Bleib mir mit deiner Phantasterei vom Leibe, Poet! – Also denn: ›Und froh wäre, wenn Du sogleich einpacktest, das Minchen am Arm nähmest und schon am Montag in unsere Absomerberge kämest. Es täte Dir wohl und mir noch viel mehr.‹« –

»Miggi, Miggi! wie schön du das sagst!« rief Heinz immer noch in einem halben Zweifel, ob alles nur ein Zauber sei. »Wie bist du ein Guter! Ich wußte es ja und hab's immer vorausgesagt –« Er stand hinter Emils Stuhl und fuhr dem lieben Herrn, als wäre er noch immer das schmucke, achtjährige Büblein, mit weicher Hand durchs kurze, dichte, braune Haar.

»›Ich hab' Dir viel zu erzählen, – zu eröffnen, sag' ich wohl besser, und bitte Dich schon jetzt, bring' Dein gütigstes und nachgiebigstes Herz mit hierher!‹ – Ist das recht gesagt, Heinz?«

»Frag' mich nicht, es ist einfach wunderbar!«

»Du kannst nur schmeicheln oder grollen, Taugenichts«, hänselte Emil. Dann endigte er:

»›Settchen, Du wirst hier manches Rohe und Bittere finden, aber jedenfalls einen andern, Dir von nun an besser zusagenden

Emil Manuß.‹«

»Ist's dir nun so warm genug, Heinz?« fragt Emil und faltet den Bogen mit geheuchelter Gleichgültigkeit flüchtig zusammen. »So geht's einem, wenn man unter Aufsicht von Poeten schreibt, – Sette wird brav lachen.«

Da Heinz noch immer nichts erwidert, blickt Emil rasch um und sieht in ein vor Freude bleiches, über und über von Tränen betropftes Gesicht hinauf. Heinz drückt umsonst die Fingerknöchel in die Augen, es quillen immer neue, warme Bächlein hervor und gießen ihren Tau in die hundert kleinen Runzeln des Gesichtes und von da in den leise ergrauenden, dünnen Bart. Hilflos in seiner Ergriffenheit steht er vor dem Herrn da. Er versucht zu lächeln, aber das kommt ungeheuer dumm heraus. Da weint er lieber wieder.

»Laß es gut sein!« meint Emil möglichst trocken, aber in Wahrheit von dieser Dienertreue seltsam berührt, und steht auf. »Hast du nichts zu beißen? Wir gehen gleich nach Miezeler hinunter wegen der Unterkunft für Sette und Minchen. Und wenn's langt, können wir noch vor Abend nach Absom marschieren.«

»Da ist noch ein Stückchen Schaffleisch übrig von gestern und –«

»Schaffleisch und immer Schaffleisch«, beschwert sich Emil mit Humor. »Willst du denn durchaus einen Schöpfen aus mir machen?«

»Es ist auch noch Ziegenkäse und ein Teller voll Erbsen da. Wir können ja auch die zwei Thunbüchsen leeren. Soll ich den Bordeaux dazu –« Er sprudelt das hervor und lacht und glänzt in den noch unverwischten Tränen und schneidet eine Küchenfexmiene, gegen die das Wichtigtun der Kollegen im Schweizerhof zu Luzern unterste Demut ist.

»Also Bordeaux und etwas Thunfisch, aber hurtig!« Während Heinz kocht und hie und da mit einer letztlichen Träne die Speise salzt, wirft Emil auf einen Zettel die paar Worte: »Lieber Mang! Ich gehe nach Absom und kehre vor Dienstag nicht zurück. Bei Üli will ich vorsprechen und sagen, daß ich Dich da oben nun nicht mehr brauche. Warum – muß er nicht präzis erfahren. Eine kleine Aushilfe werde ich mir schon verschaffen. Den Lohn, den ich da beifüge, hätte ich jedem andern auch gegeben. Er ist wohl verdient. – Emil Manuß.«

Er öffnete dann das homerische Buch vom duldenden Mann aus Ithaka, das Mang hier verwahren wollte, da man es ihm in der schmutzigen und neugierigen Hütte drüben, wie er meinte, verunehrt hätte. Die Ilias trug er mit sich. Auf Seite dreihundertdreiunddreißig, wo Telemach gar nicht glauben will, daß Odysseus sein Vater sei, schob Emil Brief und Geld ein, verpackte und verschnürte und versiegelte das Buch und schrieb groß und saftig: »Mang, Absomerhütte« darauf. Dann trug er das Paketchen zu den Hirten hinüber. Mürrisch und schweigsam empfingen sie ihn. Jetzt, da sie den Ingenieur auf dem Gipfel hatten stehen sehen, zweifelten sie nicht mehr, daß die Bahn Wahrheit würde. Vorher war sie ihnen noch immer mehr oder weniger ein altes Fabeltier gewesen. Sie boten den Zweien weder von der frischen Milch noch vom Käse an wie sonst, baten nicht einmal um etwas Tabak und grüßten kaum zum Abschied.

Der alte Melker Hansjürg schaute ihnen von der Hüttenschwelle nach. »Daß ihr Cheiben[13] den Weg da herauf nicht mehr findet«, brummte er; – »he, Mathis, traget den Eimer in die Milchstube!«

Mathis war der noch ältere Käser, ein schweratmiger und engbrüstiger Greis, wie es so viele in der reinen, dünnen Bergluft bei der fetten Milchnahrung werden.

Aber der Meister Kobelkarli saß am fast erloschenen Feuer wild und böse und schnarrte seinen siebzehnjährigen, verwachsenen Buben Moritz an: »Tu dem Mathis die Tür auf, du Maulaff! – Nun habt ihr den Kohli, wißt!«

Mathis wandte sich sorglich mit dem randebenvollen Milchnapf gegen den Alpherrn und murrte und knurrte fast wie ein Hund: »'s ist noch lang nicht Abend.«

»Die Absomer sind falsche Satanen«, wetterte halb zur Hütte hinaus der Melker Hansjürg. »Erst sind's vom Glauben abgefallen und unkatholisch worden. Und jetzt werden sie auch noch unvaterländisch und verhandeln 's Ländli an die Fremden.«

»Pst!« winkte der Meister herein, »müssen sie's drüben in den Hütten hören?«

»Aber alle sind doch nicht so schlecht«, fuhr der Melker fort.

»Nur ist kein Verlaß auf sie. Achtet mal nur am übernächsten Sonntag, wenn in Miezeler unten die gemeinsame Älplerkilbi ist! Wie sie da lachen und fluchen und maulen – und hintendrein kein Wort halten!«

»'s hat auch feste Leut', aber sie sind von den Fabrikanten gebodiget«, sagte der Kobelkarli.

»Regt Euch nicht auf«, ermunterte der Jürg. »Durch die Luft kann kein Dampfwagen fahren, – er muß einfach auch durch Mattliboden hindurch. Aber der ist in unserer Faust.«

»Von Bern können's uns zwingen, die Rät'!«

Da wandte sich Mathis mit dem Napf um und rief: »Alle sieben Bundesrät' nehmen Euch keinen Stein vom Dach, wenn Ihr nur stramm sagt: Nein, nein! ich will's nicht und duld's nicht. – He, paß auf, Moritz 's ist schad um jedes Tröpfchen.«

Moritz war dem zittrigen Alten beim Öffnen der Kellertür an den Ellbogen gestoßen, und zwei, drei fette Milchtropfen fielen zu Boden.

13   verfluchte Kerls

»Da redest du falsch«, entgegnete der Meister. »Nicht bloß einen Stein, das ganze Dach und alles Vieh darunter, wenn es den Hochmögenden so beliebt, und die Alp und schier Luft und Licht unseres Herrgottes dazu markten sie dir mit Geld ab. Es steht doch im Blättli gedruckt, daß der Broller im Nationalrat die Bahn hat erlaubt bekommen. Die Konzessio sei erteilt, wenn's Geld reiche und der Weg gesichert sei, das heißt so gesichert, daß der Ingenieur sagt: die Strecke ist nicht unmöglich. Nicht so, daß man uns etwa lange fragt: Gebt Ihr oder gebt ihr nicht das Land her!« –

Der Käser stand still, und der Atem drohte ihm auszugehen.

»Im Absomer Blättli stand's? – 's ist erlogen!«

»Der Mang hat es uns vorgelesen, Wort für Wort, und die Unterschrift von den Räten. – Und sicher ist's, daß die Absomer schon lang – und unsere Mattler grad so gut, die's angeht, den Boden hinterrücks verkauft haben an die Aktionäre. Der Broller hat genug herumgeweibelt. Und Geld ist Geld, versteht!«

»So verdamm's und verderb's Gott!« keuchte der alt Mathis und schleuderte den Napf voll an die Mauer. Die dicke, süße Milch rann in weißen Bächlein langsam auf der Lehmboden nieder.

»Seid Ihr wieder einmal einer!« schrie der Moritz. »Das könnet jetzt Ihr zahlen.«

»So möcht' ich selber meine Seel' ausleeren an dem Tag, wo die Bahn da zwischen unsern lieben, alten Hütten durchfährt.«

»Aber zahlen müßt Ihr das!« keift der geizige Bub.

»Willst eins aufs Maul, Dreckbub«, fährt da der Kobelkarli auf. »Lock' lieber den Hund her, daß er's aufschleck'! So hat doch der einen Profit von der Bahn.«

Grimmig lachte er und zündete die Pfeife an den Kohlen an. Der gelbe Frischli aber schleckte den Rahm mit Appetit von der Wand und vom Boden auf und konnte bei all seinem kluger Hundehirn doch nicht erraten, wem er dieses Fest zu verdanken habe.

19.

Indessen schritten Emil und Heinz von der Hochalpe nieder nach
Miezeler.

Es ist etwas eigen Schönes und Herzbequemes, von den Felshöhen
wieder talab zu steigen. Man hat das schreckbare Erhabene reichlich
genossen und mag jetzt gern wieder dem Trauten und Nestwarmen des
Tales sich ergeben. Und es ist wie ein Gang aus einer halben Ewigkeit
zurück ins gemütliche Leben. Zuerst kommen die Alpenrosenslauben,
die jetzt um die grauweißen Steine und ins Moos eine sanfte Röte
werfen und einen sonderbar scharfen Duft, wie aus dem Munde einer
schönen, reifenden Jugend verbreiten. Dann kommen die weißen und
blauen Vergißmeinnicht, der große Glockenenzian und der kleine
Sternenenzian von einer berauschenden Bläue. Darunter mischen sich
immer frecher die langen Stengel des gelben, in breiten Radblumen
leuchtenden Enzians, aus dessen zähen Wurzeln man einen Schnaps
brennt, stark und sengend, daß man damit fast Tote wecken könnte.
Knabenkraut, Pfaffenkäpplein, Königskerzen und Windröschen kommen,
und schon meldet sich das Gehölze mit kleinen Kieferbüschen, einer
verzwergten Föhre, dann aber auf einmal mit einem stattlichen Ahorn
oder einer erfahrenen Wettertanne. Nun dunkelt es grünnachtig von
dichten, hartversponnenen Tannen. Großes, fettes Kraut wächst dazwischen auf und Halme wie Messer und Nadeln, und das Gezwitscher
der Meisen und Finken beginnt. Noch einige Schritte und es surren die
Mücken, Bremsen und Hummeln wie ein fliegendes Orchester um dich.
Man sieht schon von einem Vorstoß des Abhangs die roten Ziegeldächer
und die geraden Wege des Tales in der Tiefe. Und es riecht schon
wieder nach Staub und Schwatzhaftigkeit und dem lieben Lirumlarum
der Allgewöhnlichkeit bis da herauf. Mit jedem Fußtritt wird einem
geselliger und freundnachbarlicher zumute. Halbgemauerte Hütten
kommen. Die Atzweid' wird mehr und mehr zur Wiese. Eine Bergka-
pelle grüßt aus Weißdornhecken und schon funkelt einem ein gedörnter,
wilder Kirschbaum seine schwarzen, knallharten Beeren entgegen. Man
ist in der Mitte zwischen Gipfel und Tal. Von unten faßt und zieht uns
die heiße, runzelige, nervöse Mutterhand des Tales, und von oben hält
uns die kühle, reine, schneeweiße Hand des Hochgebirges fest. Man

möchte zurück in seine Erhabenheit und doch auch wieder hinab, eilig hinab zu den Menschen.

Hier zwischen dem obern und untern Wald, an aussichtsreicher Halde, liegt Miezeler. Von da schräg weiter durch den Forst geht ein mehrstündiger Weg bis ins End. Ein kürzerer, schroffer Abstieg links an den Wänden hinab führt geradeswegs zum Plättlisee. Da oben im Gras, hinter den Tannenspitzen und Abhängen, sieht und ahnt man nichts von ihm.

Auf dem ganzen Weg bis hierher hat dieser See Verstecken mit den zwei Wanderern gespielt. Einmal sah man ihn am Pfadsaum heraufgähnen, aus schier nicht meßbarer Tiefe. Ein andermal verschwand zwischen Imbeerbüschen und Grasränften jede Spur von einer abgründigen Tiefe.

Emil wollte dem Heinz nun seine Sache mit Mang mitteilen. So oft man das dunkle Wasser wieder aus einem Loch heraufschimmern sah, dachte er: Jetzt tu' ich's. Dann aber geriet man, noch eh' das erste Wort gesprochen war, gleich wieder in eine sehr sanfte, breite, geblumte Weide und Emil konnte sich da einfach nicht offenbaren. Ich warte noch, beschloß er dann.

Während Heinz wie alle Asthmatiker federleicht bergab ging, fuhr es dem Manuß, je tiefer man geriet, immer schwerer in die Füße und aufs Herz. Nicht als fürchte er sich vor Heinz. Tausend Morde wagte er dieser Dienerseele zu beichten. Aber einmal heraus, dann war's Wahrheit: sein Unrecht, die Zerstörung dieses Weibes, das Elend des Dingbuben. Bis jetzt liegt's nur in ihm. Niemand weiß davon. Schweigen und fortgehen, und alles ist wie früher!

Ach, es ist eine unnennbare Erniedrigung, die ihm da bevorsteht!

Und wenn's mir alle Knochen zerbricht, jetzt sag' ichs halt doch, sobald man den See wieder sieht. Der muß helfen. Richtig, da ist er und das Halbinselchen und ein weißer Streifen von einem eben zugefahrenen Schiffe. Jetzt sag' ich's.

Aber auch diesmal geht es nicht. Feig verschiebt er's auf die nächste Gelegenheit. Oder wenn ein Bach käme, der ziemlich laut rauschte, daß man da leichter täte mit der Stimme, so daß man schon ordentlich mit der Beichte im Gange wäre, wenn man aus dem Bereich des Wassers käme, ja dann am liebsten! Aber es kommt jetzt gerade kein Bach, dagegen taucht der See schon wieder auf und diesmal nicht wie's im Fremdenbuch der Krone so häufig steht, »unschuldig wie ein Kindesaug«, sondern eher wie das grüne Auge einer Schlange oder des bösen Gewissens, wie das Auge einer noch nicht eingestandenen, noch nicht gebüßten, schreienden Sünde. Ja so! –

Je tiefer man läuft, um so höher wachsen die Berge und desto schwerer drücken sie auf Emil. Alle ihre Millionen Quadern scheinen jetzt ganz allein auf das kleine Flecklein seiner Brust zu zielen und darauf zu wuchten. Sie dulden einfach keine Falschheit, sie hassen alles Heimliche. In kühner und freimütiger Entblößung, wie sie da aufrecht stehen, so wollen sie auch die Menschen haben. Nicht ausstehen können sie dieses verschmitzte und verdrückte und verlogene Wesen. Wird ihnen einmal das Berglervolk zu listig und verstellt, so sind sie imstande, auf die eigenen Söhne brausende Wasser und tötenden Steinhagel zu schleudern.

Ob sie schön zum Malen und Dichten sind, das geht Emil nichts an. Aber daß sie in diesem Augenblick unbegreiflich auf ihn herabdrücken, etwas furchtbar Belastendes und Richterliches an sich haben, – etwas zum Bekenntnis Zwingendes, das fühlt er deutlich. Sie recken ihre Gipfel: Heraus mit der Sprache, wenn du ein Mann bist!

Es sei. In fünf Minuten ist alles vorüber.

So war's auch. Heinz merkte keinen Deut, was Gewichtiges da kommen wolle. Er horchte und lachte leise. Und dem Manuß ging's im dumpfen Gesumm der Hummeln und im unruhigen Hin- und Herwiegen der Kleeköpfe immer leichter aus den Zähnen. Aber scharf, mit beiden Augen, hielt er Heinzens Miene fest. Er wollte ihn in seiner Gewalt haben. Und da wunderte er sich denn, daß Heinz gar nicht aufschreckte, sondern nur das Lächeln verlor und sein bekanntes, weiches und geduldiges Kaninchengesicht zeigte und womöglich noch kaninchenhafter machte. Es tat ihm wohl weh, was da Emil, der Herr, wieder einmal übel Verübtes erzählte, aber wie einem, der keine Gewalt dagegen hat, als Bitten und Seufzer.

Während Emil bündig und hart erzählte, erinnerte ihn das Gesicht seines alten Freundes, daß er ihm ja in den Studentenjahren oft und nachher auch noch ein paarmal von wilden, verbotenen Nächten berichtet und sich am Entsetzen des harmlosen Zuhörers sogar köstlich geweidet hatte. Bis Heinz sich dieses müde, ergebungsvolle, nur leise protestierende Gesicht angewöhnt hatte, das dem Manuß nach und nach keinen Reiz mehr bot. Warum auch hatte er diesmal solche Mühe gehabt, das Bekenntnis zu beginnen? Die Berge standen in voller Sonne. Sie verloren alles Gewicht.

Aber als er laut sagte: »Mang ist also mein Sohn!« – da fiel dem Heinz der Stock aus der Hand.

Und als er schon nicht mehr so kräftig beifügte: »Und die Cäcilie, die am Sterben liegt, ist seine Mutter«, – stand Heinz wie ein schneebleicher Wachsstock plötzlich still. Und Manuß fühlte wieder: Nein, das ist doch nicht wie die andern Male. Und wieder fielen die Berge wie Zentner auf ihn und hatten schwarze Gesichter.

Ratlos blickte der gute Heinz auf Emil. Also das! Jetzt erst verstand er. Ihm, dem alles sogleich schwer ins Gefühl hinüberspielte, verwirrte sich das Denken. Er sah nichts als Unmögliches und Unüberwindliches und stotterte mit tonlosen Lippen: »Und jetzt? – und jetzt?«

»Heb' erst den Stecken auf und steh nicht wie ein Ölgötz da!«

Mechanisch gehorchte Heinz und trabte neben Emil bergab. Ganz ungeheuerlich ward ihm. Er brachte kein Wort mehr hervor.

So gingen sie längere Zeit schweigend nebeneinander. Die silbergrauen, steinbeschwerten Dächer des Alpdorfes Miezeler mit dem roten Kapelltürmchen winkten schon aus einer Waldlichtung herauf.

»Und darum hast du Sette hergeladen?« unterbrach endlich Heinz die Stille.

»Doch eben darum!«

Das war dem Manne, der an einem achtbändigen Werk über den Menschen und seine Zusammenhänge mit der Natur und dem Unsichtbaren schrieb, etwas geradezu Unfaßliches.

»So bitte ich dich jetzt, telegraphiere, daß sie nicht kommt!« sagte er furchtsam.

»Nein, gerade jetzt brauche ich Sette.«

Wieder Stillschweigen und tödliches Erstaunen bei Heinz.

Aber nach und nach bekam er eine gewisse Ordnung in die Sache. Sein gutes Herz regelte: Emil müsse jedenfalls gutmachen, also zuerst mit dem Weib, dann mit dem Jüngling ins Gerade kommen. Aber nur Setten bis dahin aus dem Spiel lassen, sonst wird alles zweimal schwerer! Emil blieb fest.

»Du mutest ihr zu, ein Engel zu sein; und du bist nicht einmal immer ein passabler Mensch!« hielt ihm Heinz vor.

»Sie soll nur kommen und mich recht lieb haben. Dann wird sie auch gern diese böse Geschichte schlichten helfen. Ja, mit der Cäcilie wird sie vielleicht besser fertig, als wenn ich auch mittue.«

»Nein, Miggi, so weit treib' es aber nicht! Das geht über eine Frauen-kraft.«

»Du kennst die Frauen nicht. Du hast sie immer verhätschelt.«

»Und du hast sie immer auf den Schemel gedrückt.«

»So tief!« – Emil hielt die Handfläche fast zu Boden.

»Haben wir jetzt Zeit zu spotten?« flammte Heinz auf.

»Sette wird in Zukunft neben mir sitzen«, sagte Emil mit ganz ande-rem Tone. »Ich habe viel gelernt in diesen Wochen und mehr durchge-macht, als du in einem Buche schildert könntest. Dafür muß sie nun auch etwas tun. Das schwierigste Teil Arbeit werde ich doch auf mir haben. Mit Mang wird's harzen.«

»Das glaub' ich nicht! Jubeln wird er, daß er nun endlich einen Vater hat und einen, der es offen sagt. Ganz anders wird er nun gegen dich sein. Herr, du mein Gott, ich begreif's immer noch nicht recht, – du, sein Vater! Du! – Der wird seine grünen Äuglein auftun!«

Aber Emil jubelte nicht mit. Er sah schärfer und finsterer ins Morgen. Als man gleich ins einzige Gäßchen von Miezeler kam, eigentlich mehr ein Kotbächlein mit großen Steinen und Farnbüscheln als Inselchen, da war die Sache für ihn noch nicht im reinen.

Das Häufchen Hütten mit dem schlauen Namen Miezeler ist über-haupt ein Rätsel für den Wanderer. Es stellt seine kurze, einseitige Zeile von Wohnungen gegen Nordost, in die luftige Aussicht gegen das Tal hinab und zum Ländchen hinaus. Trotz des Kotes vor dieser Front und trotz der possierlichen, schwarzen Ferkelchen, die darin lustwandeln, gebärdet sich Miezeler doch als Dörfchen. Ein Dorf ohne Poststempel, aber doch ein Dorf. Hätte es sonst ein Kirchlein mit brandrotem Dach und einem säulenbestandenen Vorhof? – Rechts davon steht ein lose und locker gebautes, rohes Bretterhaus, die Kaplanei. Aber vier Fenster und ebenso viele knallgrün gepinselte Fensterladen sind daran, eine verschließbare Türe und sogar ein Kaminrohr auf dem Dach. Nun, ist das ein Dorf oder nicht? – Die Wirtschaft links mit dem rostigen Säbel über der Stalltüre und den fünf, sechs Wandlöchern bildet weise den baumeisterlichen Übergang zu den andern Häuser, einfachen Sennhütten, deren niedriges Dach hinten in die Halde gebaut ist, aber vorne gegen das Gäßlein dreimannshoch über die Schweinchen emporstrebt. Es riecht in diesen Häuschen genau wie im Stall oder in der Tenne, und den Boden bildet die eine allgemeine, von breiten Holzschuhen festge-stampfte Mutter Erde. Dennoch ist Miezeler ein Dorf. Denn neben der

Käserei und der Milchkammer und dem Viehstall besitzt jede der neun Hütten den königlichen Luxus einer Menschenkammer. Längs der einen Wand liegen Matratzen mit Laubkissen und hänfenen Decken. An der andern Wand läuft eine Bank hin und hängt das Bild der heiligen Margaret, einer hübsch gekräuselten Jungfer, die mit einem unbeschreiblich niedlichen und koketten Füßlein dem beschuppten Drachen auf den Schweif tritt und dazu so frisch lacht, wie wohl nur Himmlische bei solchem Abenteuer noch lachen können. In den protestantischen Hütten, die den Absomerleuten gehören, sieht man dafür den Konfirmationshelgen und etwa noch eine Landschaft in goldener Sauce. – Aber in allen fünf katholischen Mattlerhütten und in den vier evangelischen steht zumitten ein wackeliger Tisch mit einem Schieferblatt zum Jassen und Trumpfen. In den Ecken hängen die Sonntagskleider und auf dem Schnitztrog stehen Becken voll geronnener Milch oder in Windeln geschlagene junge Käse, die vielleicht bald nach Amerika reisen müssen, aber einstweilen noch duften und stinken dürfen, jeder auf seine Art. Zu den Fensterlöchern herein schaut untertags oft glotzäugiges Vieh und hetzt ganze Schwärme Fliegen in die Kammern, daß es da innen zu Mittag dumpf und doch schrill wie eine Trauermusik tost. Aber man schelte und zucke hochmütig die Achseln, soviel man will, das sind und bleiben Kammern, und Miezeler ist doch ein Dorf.

Natürlich nur im Sommer. Im Oktober vernagelt man die Fenster und Türen und zieht ins Tal, die Katholischen in ihr dunkelhäusiges, laubenreiches und hochgiebeliges Mattli, die Evangelischen in ihr stolzes, weites Absomerdorf. Und in der Traulichkeit der geheizten Winteröfen, der Christbäume und Fastnachtschlitten in Mattli denkt niemand an das schneeverschüttete, leblose Miezeler hoch in den Bergen. Aber im Mai, wenn das Vieh Alpengras wittert und die vielen Bergbäche eisfrei und kristallen ins Tal hinunterjauchzen, dann zieht es die Miezeler wieder in ihre Alpenvilleggiatur hinauf. – Seit die Mattler eine Kaplanei errichtet haben, gibt es auch Fremde droben, vier oder fünf. Die schlafen im Pfrundhaus und essen im ›Degen‹ und lernen ohne Schuhe und Kragen und Hut mit aufgekrempelten Ärmeln und ungekämmtem Haar wieder langsam der uralten, wahren, nach dem Lehm der Schöpfung riechenden Menschenart nahekommen.

Hier wollte Emil seine Frau unterbringen.

Der Kaplan sei im ›Degen‹, hieß es.

Dort in der Gaststube saß wirklich der rotbackige, riesenhafte, beleibte Mann mit dem rabenschwarzen Haar und dem breiten, samstäglich glatt rasierten Kinn. In dem fleischigen Gesicht versteckten sich sozusagen zwei dunkle, kleine, grundgütige Augen. Rote, frische Lippen wie ein Kind und eine ganz faltenlose Stirne hatte der Riese. Vor ihm auf dem Tische stand ein Häfelchen mit Wein, und daneben wiegte sich ein schlankes Bürschchen in den Zwanzigern mit munterem Gesicht und hoher Stimme wie eine Jungfer in den weichen Hüften auf und ab. Dieser junge Mann trug ein Bockbärtchen und glinselte mit zwei großen, braunen Augen wie mit Spiegeln im Gesicht herum. Unter der Kellertüre stand Jochem, der Wirt, ein scharfmauliger, alter, gerader Mann von eckigen und magern Formen. Sein Kopf war kahl, sein Gesicht fein rasiert, aber schwer behaart die offene Brust und die entblößten Arme, mit denen er nicht nur die schwersten Käse allein aus dem Kessel schwang, sondern auch den rostigen Wirtshausdegen wie ein alter Kämpe führte.

»Einen Halben Veltliner!« befahl Emil und suchte im küchenartigen Raum eine Stelle zum Sitzen.

Die drei brachen ihr eifriges Gespräch wie mit einem Messer ab und starrten unverfroren den Ingenieur an. Der Geistliche am längsten. Sie hatten von Emil schon viel gehört und ihn auch etwa vorbeigehen sehen. Aber so nahe von Gesicht zu Gesicht in einer Stube hatten sie ihn noch nie betrachten können. Jochem wischte langsam zwei lehnenlose Stühle ab und winkte die Gäste ans Fenstertischchen. Der Wein war kühl, stark und gut, das Brot schneeweiß, der Käse fett und gelb wie Butter. Die beiden aßen sich tapfer den Hunger weg, den man in dieser zehrend scharfen Bergluft fast gleich nach Tische wieder kriegt. Kein Wort redeten sie.

Als die drei sich die Ankömmlinge satt angesehen hatten und nichts mehr bei ihnen zu holen war, verfielen sie wieder in ihr abgebrochenes Gespräch.

»Den Staffelsepp muß ich haben«, bestimmte Jochem. »Einunddreißig Jahr' bin ich hier und er hat immer vorgegeigt. Ohn' ihn ist's nicht wie Kilbi!«

»Sind gut vier Wochen, daß der Vater keinen Ton mehr spielt«, wehrte der junge, schlanke Mann ab. »Er ist halt zu krank. Das Zeug ist ihm in den Kopf gegangen.«

»Krank ist er nicht, hintersinnen tut er sich allein wegen dem Ältesten. Ah bah, nehm er d' Geig' und streich er sich den Ärger vom Holz!«

»Hast leicht sagen, Jochem. So was sitzt tiefer innen.«

»Du sagst doch, das Gericht habe den Bastian freigesprochen und auf ledigen Fuß gestellt. Gut also!«

»Mangels rechtskräftiger Beweise«, brummte der Kaplan.

»Man kann's ihm nicht beweisen, daß er gefeuerlet hat. Aber eineweg, wer's gern glaubt, darf's doch glauben.«

Emil wurde jetzt aufmerksam. Da sprach man von einem Bekannten. Aber im nächsten Augenblick sollte ihn das Gerede noch viel enger berühren. Denn der Degenwirt entgegnete fest: »Das macht alles nichts. Dein Bruder hat sich als Vater von Cäciliens Zwillingen bekannt, selber, ohne Not, ganz offenherzig. Das schafft ihm Freund'. Denn er hätte nichts bekennen müssen, wenn er nicht wollte. Das Weib im Armenhaus schwieg wie ein Stein, und alles Gerede, der Bastian habe ein Verhältnis mit ihr, war nur Vermutung. Aber Vermutung gilt nichts vor Gericht.«

»Wahrhaftig, so ist's«, bestätigte der Kaplan.

»Aber nun ist ein kräftiger Unschuldsbeweis da: der Broller hat den Knecht wieder in Dienst genommen, sogar zum Oberknecht gemacht! Versteht ihr das? – Den Brandstifter nimmt man doch nicht ins eigene Haus auf.«

Bastians Bruder schüttelte den schwarzen Flatterkopf.

»›Also das sind deine Zwillinge?‹ hat der Bezirksrichter vor Broller und zwei Zeugen gefragt. – ›Ja‹, sagte Bastian munter. – ›Könnt Ihr's mit einem Eid beschwören?‹ wundert's den Richter. – ›Herzhaft!‹ meint der Bastian. – Darauf der Broller: ›Das offene Wort sollst du nicht umsonst gesagt haben. Du kannst von heut ab mein Oberknecht sein.‹ – So geht's im Land um. Wie ein Märchen! Aber es ist so, der Bastian ist freigesprochen, Brollers Oberknecht, und geht als Vater im Waisenhaus aus und ein. Ja, so ist's!«

Respektlos trotz all dem Bewiesenen lachte der Schwarze. »Oberknecht bei Broller! Hahaha!«

»Hansbartel, du darfst nicht lachen. Das ist eine Ehrenrettung, für die man Gott danken muß«, redete der Kaplan auf ihn ein. »Und die Cäcilie wird er nun heiraten, dann ist alles gut auf gehoben.«

»Im Sarg!«

»Jaaaaa – wär's so weit?« machte Jochem ungläubig.

»Das ist eine Krankheit, wo man siebenmal stirbt und siebenmal aufsteht. Die gar! 's ist ein Wunder, wenn sie nicht heraufkommt und mitkilbenet.«

»Nein doch, das wär' ein Ärgernis ohnegleichen!« wehrte der Kaplan.

»Kurz und gut, mein Vater kommt nicht. Extra hat er mich zu Euch geschickt. Sag' nur, ich sei schwersinnig worden –«

»Das war er immer, so ein bodenloser, bedenklicher Grübler«, beruhigte der Geistliche.

»Sei schwersinnig worden, trug er mir auf zu sagen und würd' euch Walzer streichen, daß ihr die Ohren verhieltet.«

»Dann schau' ich selber nach und hol' ihn, fertig!« entschied Jochem. »Aber die andern kommen sicher?«

»Die wohl! – Der Baßgeiger, der Pfeifer, der Trompeterpauli und Balz mit dem Hackbrett.«

»Zeitig sollen sie kommen. Um zwei Uhr fangen wir schon an, wenn's Wetter recht tut.«

»Aber um einen Vorgeiger –«

»Laßt mich machen! Und hockt morgen über acht Tag' dein Vater nicht dahier mit seiner feinen Geige, so will ich an der ganzen Kilbi Kröten essen.«

Staffelsepphannes trat, seine üppigen schwarzen Locken verschüttelnd, an den Fremden vorbei in die Sonne hinaus vors Türlein. Große, ungläubige Augen machte er. Es war ein kleiner, aber geschmeidiger und schöner Kerl, er glich mit seiner südlichen Augenpracht und seinem Haar und gelben Gesicht eher einem Italiener. Ganz so hatte der Bastian ausgesehen, nur länger im Aufbau und unfrei an Händen und Füßen.

Heinz war umsonst besorgt gewesen, Emil würde vor Aufregung sich in das Gespräch mengen und es ins Ungute kehren. Nein, Emil wunderte sich gar nicht über diese Berichte, so neu sie waren, und so innig sie mit seinen eigenen Schicksalen zusammenhingen. Wenn er doch Tag und Nacht an diesem einen Faden spann, der von ihm um Mang und Cäcilie lief, so war es ihm nach und nach ganz natürlich geworden, daß er auf Schritt und Tritt andern begegnete, die auch ein kleines Fädlein aus diesem Hauptfaden zogen. Er kümmerte sich im übrigen so wenig um das Gehaben der Umgebung, als ob sein Leiden und sein Wohlbefinden allein in der Welt stehe. Da begriff er denn wohl, wenn er einmal aus dem Fensterlein seiner Eigenliebe herausguckte, daß die andern auch so oder so in sein Leiden oder Frohsein ein bißchen verwickelt wären. Von einem Verhältnis des Knechtes mit der Cäcilie hatte er mehrmals ein Geflüster und Gewisper gehört, – ebenso wie man dem Broller die Zwillinge hatte in die Schuhe schieben wollen. Auf all das gab er, der Verächter aller Klatschmäuler, rein nichts. Aber verwunderlich war es nun doch, wie dieser erste Mensch, den er im Ländchen gesehen hatte, ihm so nahe und verwandt tat, der gleiche Sünder ist er worden. – Und nun war er gerade auch beim Broller, dem Oberrichter und Hauptaktionär der Bahn angestellt. Es war schon heillos merkwürdig, wie sie alle unter einem Schicksal standen: er und Mang und der Bastian und die Cäcilie und der Broller. Wie klein ist so ein Ländchen! Eine Schaufel Erde, und so wenig Leute haben da Platz, daß sie alle fast miteinander verwandt sind, und wenn sie etwas Liebes oder Übles tun wollen, gleich mit den Ellbogen aneinanderstoßen.

Eine große Überraschung hatte es für ihn gegeben in der Plättlihütte. Die hatte ihn fast umgebracht. Nach ihr spürte er die kleinen Überrumpelungen des Zufalls so arg nicht mehr. Wie dumm sah doch Heinz eben mit seinen aufgesperrten, grauen Augen aus! Wie der nach jedem Wort des Jochem schnappte und dabei fast Asthma kriegte und dann Emil zunickte, weich, tiefsinnig, glänzendfeuchten Blicks, wie ein Prophet! Äch, dieser feierliche Lappi!

»Gelt, Mirakel auf Mirakel!« spottete Emil. »Notiere doch!«

Strafend blickte Heinz von Emil weg.

Kaplan und Alpwirt sahen den unbetrübten Staffelsepphannes noch ein bißchen in der Sonne stehen und mit den magern Fingern in dem blauschwarzen Schopf wühlen. – Er bedachte sich noch ein wenig. Sollte er wieder hinein? – Der Vater spielt ganz sicher an der Kilbi nicht auf. – Nicht wegen dem Zuchthausschatten auf dem Bastian, – das schon auch! – und nicht wegen der Cäcilie, – sondern wegen etwas viel Stärkerem. – Hannes ist sonst leichtblütig und hat nur Wein und Walzer in den Füßen. Und so sind auch die Mattler zumeist. Aber bei solchen Sachen wie denen zu Hause hört denn doch einmal das Spaßen auf.

Mit zu Boden gesenkten Augen geht der Staffelsepphansi links in die Weid’ hinunter gegen den Plättlisee, um von da noch vor Mitternacht beim trübseligen Alten anzukehren und zu sagen: »Sie glauben es dir nicht. Mußt einfach geigen!« – Dann wird der Greis in der verlotterten, nur von Mannsbildern bewohnten Stube irgendein Gerümpel auflesen, am End’ gar die alte, staubige Geige, die sonst so wohl singt, und ihm mit verstörten Augen das Instrument an den Kopf werfen.

Jochem und der allgroße Geistliche ließen den jungen Mann mit ihren Augen nicht los, bis er unten an den Ränften verschwand. Zu unterst hatten sie ihn wieder pfeifen hören. Dann blickten sie sich vielwissend an, wie zwei, die das gleiche denken, aber nicht verlautbaren mögen.

»Dem Springinsfeld wär' so ein Streich eher zuzutrauen gewesen«, murmelte endlich leis und vorsichtig der Älpler.

»Der Bastian ist ernst und schwerblütig wie der Vater«, entgegnete der Kaplan. »Er war bei mir christenlehrpflichtig und konnt' sein' Sach' gut aufsagen. Weiß noch wohl, wie ihm der Judas Makkabäer gefiel, da er den Syrerkönig zusammenschlug. Aber auffahren und wütend konnt' er werden wie ein Muni[14]. Dann war er wieder treu und stet wie kein zweiter.«

»Ein Feuer konnt' er schon im Zorn anzünden, ja!«

»Aber die Cäcilie hat er ganz offenbar geliebt, ohne Hehl'.«

Da gab es nichts zu verschweigen, als daß die eitle Schachtel über ihn weg auf Höhere sah.«

»Genug, Hochwürdiger, gut Tag!«

»Gut Tag!«

Jochem ging in die Küche, und der Kaplan erhob sich und ging oder tappte vielmehr wie ein Bär mit gewaltigen Schritten zur Gäßleintüre. Jetzt erst ward einem der stämmige, breitklaftrige Mann in seiner ganzen Größe und Schwere offenbar, als er gebückt mit drei einzigen Schritten zur Schwelle lief. Da rief ihn Emil an: »Herr Kaplan, ich möchte Sie um einen großen Dienst bitten.«

Der Geistliche lüpfte die kleinen Wölklein seiner Brauen, die im hellen Himmel seiner runden, weißen Stirne so possierlich hingen, ein wenig in die Höhe und etwas Unfreundliches und Verdrießliches verdunkelte leicht das heitere Äpfelbackengesicht. – Dienst! Dieses Wort ist ihm in der Seele zuwider. Da kommen sie immer: Herr Kaplan, einen Dienst! – Herr Kollega, einen Dienst! – Und er soll in der Nachbarskirche predigen und amten am einzigen freien Sonntag, den er im langen Jahr hatte erlisten können. Einen Dienst! – Herr Kaplan! – Der Verleger des Samstagsboten von Mattli und oft auch der Redakteur vom Absomerblättli ersuchen ehrerbietigst um einen Artikel über die Einweihung der neuen Schützenfahne mit nachherigem Preisschwinget – oder über den Besuch des Bischofs mit Ansprache und Gedicht der Väter Kapuzi-

ner im Kloster – oder über die letzten Ausgrabungen in der Blaubären-
höhle mit den kolossalen Urmenschenknochen oder was Kuckucks.
Und zahlen natürlich nicht einmal das Porto! Und wieder: Herr Kaplan,
einen kleinen Dienst! – Und da betteln sie ihm das wenige Geld ab,
das er selber so hart braucht. Und selbst in den paar Wochen hier oben
verfolgt ihn das unverschämte Wort. Einen kleinen Dienst: und da soll
er stundenweit ein Steinhüttchen besegnen, weil der Schafhirt meint,
die Geister gehen darin um, – oder er soll einen Touristen unterhalten
und ihm den Weg zu den Edelweiß zeigen, aber wie auf einem Pantof-
felgang! – Oder jetzt soll er die Sprüche der Absomerpfarrer dichten,
die das Wildweib dann deklamiert. Einen Dienst, einen Dienst, und
immer das, was er von Amts wegen gar nicht müßte, wollen die Leute
von ihm. Und gar wenn so vornehme Herrlein und Fräulein kommen
und so süßliche Augen machen und mit zuckeriger Stimme sagen:
»Hochwürden, einen kleinen Dienst! – Ich bin so unruhig, so, so, so
ganz in geistlicher Verlassenheit – so, so, so, ach, wissen Sie, so im innern Zwiespalt, – so wie von brausenden Geistern umstritten – ach,
ach!« – Du gewaltiger Herrgott der Berge, – da könnte er fast die
Zunge über den Boden ausspucken vor Ekel über all dieses dienernde
und Dienste heischende Geschmeiß aus der Stadt.

Aber seine Brauenwölklein verloren ihre Gewitterstimmung und legten
sich wieder bequem auf den fetten Augenwulsten nieder, als Emil sehr
ruhig erklärte, ob in der Kaplanei noch eine leeres Zimmer wäre. Er
möchte es mieten. Verköstigen könnte man sich ja wohl hier in der
Hütte.

»Wirtschaft«, verbesserte der eben eingetretene und mithorchende
Jochem.

»Ein Zimmer für Sie?« fragte der Kaplan und zog aus dem grünschim-
meligen Frack eine Schildpattdose.

»Nein, ich bin meist auf der Alpe oben.«

»Für wen denn?« fragte der andere barsch.

»Für ein Frauenzimmer.«

Unwirsch verneinte der Kaplan. Ewig und unzerstörlich diese Frauenzimmer! – Nein, für die hatte er keinen Platz übrig.

»Es sind nur vier Zimmer«, sagte er und stopfte die Nase mit Schnupf
voll, »im ersten schlafen Herr und Frau Fehr, im zweiten der Maler
Hitz, im dritten hustet die ganze Nacht der kranke deutsche Redakteur
Gabriel Josephy, und im vierten wohnt meine Wenigkeit.«

Eine schöne Wenigkeit! dachte Heinz belustigt.

Aber der Geistliche war wieder in drei gleichen Schritten zum Tischchen getreten und hatte sich gegenüber Emil gesetzt, als müsse sich doch immer noch über die Möglichkeit der Miete reden lassen.

»Dann freilich darf ich keinen Platz für meine Frau beanspruchen, entschuldigen Sie!«

»Ihre Frau?« rumpelte der Kaplan hervor, und eine angenehme Enttäuschung malte sich in seinen klugen, kleinen, fast ins Fett verschlüpften Äuglein.

»Aber vielleicht ließe sich etwas herrichten zur Not«, wandte sich Emil an den Alpwirt, »nur etwas ganz Einfaches. Arbeiter brächte ich schon herauf. Vielleicht hier in der Wirtschaft.«

Die zwei staunten. Wie leicht der Mann da so eine Sache nahm! An dieses alte Bild der Wirtschaft oder Kaplanei so im Vorbeigehen, für ein paar Tage, etwas Neues anzimmern. Donnerwetter! Wo wir glauben, es sei alles hier so gewesen und müsse so bleiben, die Berge, die Steindächer, die Pfützen und die rauchigen Kammern.

»Pressiert es denn?« fragte der Kaplan.

»Am Dienstag abend muß alles in Ordnung sein.«

Was ist das für ein bestimmter Mensch! Wie der aufs Ziel geht! Unglaublich.

»Nun also«, fährt Emil fort, »heut nacht kommen noch die Bretter und Balken und Zimmerleute herauf und gleich können sie –«

»Am Sonntag wird nicht gearbeitet, Herr Ingenieur!« betonte der Kaplan. »Wir sind hier nicht unter Heiden.«

Aber Emil sprach kaltblütig weiter, und das wirkte wie ein kühler Guß auf den Priester und den Wirt: »Am Montag also wird rüstig gezimmert, und ich schicke ein paar Möbel herauf – bis Dienstag abend wird doch eine Baracke mit Bett und Stuhl an eine Euerer Wände genagelt sein!«

Vor einem Manne, der so sicher redet, als nähm' er's gerade vorab aus dem Ärmel, kriegen die zwei Alpleute immer schwerere Hochachtung.

»Aber den alleinigen Frauen«, wirft nun der Kaplan ein, »wird es hier immer langweilig. Der Maler und der Redakteur und die andern zwei sind keine passende Gesellschaft für Ihr Weib. Das geb' ich Ihnen zu bedenken.«

»So ganz allein ist sie nicht. Ich komme oft da herab, und sie bringt das Töchterchen mit. Und«, etwas Lustiges huscht einen Moment über das harte Gesicht, zuletzt noch auf den braunen Schnauzzipfelchen verleuchtend, – »und sie selber behilft sich schon den Tag hindurch. Sie ist ja an Langeweile gewöhnt.«

Dazu fragte er Heinz mit den Augen: »Ist's wahr oder nicht?« – Der errötete vor Verlegenheit.

»Ein Töchterlein!« rief der Kaplan.

»Neunjährig.«

»Dann freilich muß es Platz geben«, versprach der Kaplan, und ein breites, fettes, herzgutes Lächeln blieb auf seinem Gesichte stecken, als hätte es eigentlich schon lange dahin gehört.

»Seine Dame und sein Kind, ja, ja, kann mir's denken, mag so ein Stadtherr bei uns rauhen Menschen und Bergen nicht lang entbehren. Ein paar Tage wohl. Aber wenn's in die Wochen geht und nie heißt: Papa! oder mein Fraueli und Schatzli! – verfriert so ein Mannsbild da oben. Jawohl!« – Er lachte so verschmitzt und unschuldig, wie ehelose Leute lachen, wenn sie Witze über Verehelichte verbrechen.

Dem Manuß war bei diesen Worten, wiewohl er ein Lächeln hervorzwang, recht bitter zumute.

»Ja, Herr Ingenieur, Ihre Frau und Ihr Mägdlein sollen Sie da oben haben. Wißt ihr alle mitsammen, was? – Nichts einfacher: ich tret' mein Zimmer ab und lieg' hier im Tenn'.«

»Welch ein guter Mensch ist jetzt der wieder«, dachte Heinz warm, »sicher, es gibt viel mehr gute als böse Menschen auf Erden.«

Emil war über das Anerbieten beschämt. Das könne er doch nicht annehmen, nein. Er danke, aber – Nichts da, er hab's so wollen, jetzt müss' er's eben so nehmen, versetzte der Kaplan. Ein Bett und ein kleines Kanapee sei schon da. Nur den Schreibtisch und ein paar Bücher wolle er herübernehmen. Geh es dann im Degen zu kriegerisch zu, so trag' er das Möbel in die Kapelle hinüber und studier' und schreib' dort seine Predigt. Der liebe Gott werd' nichts dawider haben.

»Aber zahlt Ihr mir auch einen schönen Batzen?« spaßte er, unter dem Türrahmen sich bückend, und zeigte die weiße, flache Hand wie ein Empfänger. Zwischen den Schweinchen und Ziegen wandelte er dann hoch und schwerschultrig, den gemähnten Kopf zu den Gipfeln gereckt, wie ein Riese an dem Kapellchen vorbei zu seinem Pfrundhaus. Aber vor dem Pförtlein der Kapelle lüpfte er das Samtkäpplein vom

Scheitel und bog den massigen Rücken ein bißchen. Denn Patronin Margret, die Heilige, war noch eine ganz andere Riesin gewesen.

»Ist er aufs Geld versessen?« fragte Emil den Wirt.

»Seid Ihr's etwa nicht?« gab der rasch und bissig zurück. »Meßt Ihr umsonst da oben? – Und auch ich wollt' mich verwahren, wenn Ihr meinen guten Veltliner nur mit einem Vergelt's Gott! zahlen wolltet.«

»Ihr habt ein scharfes Maul«, sagte Emil halb ernst, halb scherzend. »Was kostet der Imbiß?«

»Pressieren müßt Ihr nicht. Ich hab's nicht darum gesagt, versteht! – Der Wein sechzig, zweimal Brot und Käse macht noch sechzig, und eine Landjägerwurst dreißig – gradaus fünfzehn Batzen«, – rechnete der Wirt und wollte auf den Zweifränkler herausgeben.

»'s ist schon gut«, erklärte der Manuß.

Darauf strich der Jochem das blanke Silber in den weißledernen Beutel, zog die Schnüre fest zusammen und schlang einen doppelten Knopf. Dann versenkte er das Säcklein so behutsam in die tiefste Tiefe seiner Hosentasche, als ob er Zeit seines Lebens hart am eigenen Leibe erfahren habe, wie man nichts ist und nichts gilt und nichts vermag und keine schöne Stunde und keinen Mut und kein sicheres Herz hat ohne diese runden, kleinen weißen und gelben Teufelchen im Sack. So ein Herr hat gut über Geiz loszichen. Aber wenn er um ein Fränklein durch haushohen Schnee waten müßte, wie er als junger Küherbub, oder wenn er für fünf Rappen per Liter ein Faß Wein da herauf spedieren sollte, oder –

Doch Emil unterbrach ihn jäh. Er wollte auf den Rappen wissen, was er für die Verköstigung seiner Frau und des Kindes per Tag zahlen müsse, und was wohl dem Kaplan für die Zimmermiete zu leisten wäre.

»Mir gebt Ihr fünf Franken für beide zusammen«, forderte Jochem nach langem Überlegen. »Fleisch hab' ich freilich nur Sonntags auf dem Tisch. – Und dem Hochwürdigen erböt' ich einen Franken per Tag für die Kammer. Dann ist er wohlauf zufrieden.«

»Macht Ihr das gleich in Ordnung für die nächsten Wochen! Derweil schau' ich mir das Zimmer an.« – Der Ingenieur warf Heinzen seine Brieftasche vor die Nase und murmelte: »Nur nicht knausern!« – »Hat er Euch so ins Vertrauen geschlossen?« staunte der Degenwirt, sobald sie allein waren und Heinz prahlerisch die grünen und blauen Banknoten aus dem Büchlein blätterte.

»Was ist da viel Rühmens?« entgegnete Heinz großartig; »machen wir's ab! Ihr gebt Frau Setten und ihrem herzigen Mäuschen immer die frischeste Milch, den dicksten Rahm und Brot und Käse nie vom alten Anschnitt. Auch ungetauften Wein und frische Eier –«

»Hoio! – da ist – halt! – Ihr könnt mir gestohlen werden –«

»Dafür zahlt Euch mein Herr alle zehn Tage voraus, – zehn Franken pro Tag – da«, – er schob einen blauen Schein in Jochems behaarte Hand. »Geht alles gut, so soll's an einem schweren Trinkgeld nicht fehlen.«

Der Wirt zum Degen verstummte. Jawohl, gern die frischeste Milch und so weiter und so weiter – für ein so herrschaftlich zahlendes Frauchen. – Und dem ersten Jäger, der da herabkommt, will er das Wildbret abkaufen und seine alte Mutter, die Elselore, wird's dieser Frau Se – Se – Sette oder wie, so fein wie keine Stadtköchin braten.

Heinzens Kinderherz weidete sich an dem Behagen des Wirtes. Er reichte ihm nun auch noch ein grünes Papier und sagte unendlich gleichgültig: »Dem Kaplan wollt Ihr den andern Fetzen geben, – auch für zehn Tage!«

»Wir danken«, brachte endlich der Wirt am Türsöller mit lebhaftem Respekt hervor. »Sagt's Euerem Herrn! – Aber«, – ermannte er sich dann und suchte die zwei Papiere zu vergessen, »aber sagt ihm auch, daß unser Kaplan siebenhundert Franken Jahresgehalt und kein Kupferstück mehr bekommt drunten in Mattli, und daß er hier oben fürs Amtieren bloß Kost und Logis hat. – Und daß er nie Geld in der Schublade hat, weil er alles an die Armen und Bücher wirft. Den Kragen hat er schon oft vom Hemd gegeben, und wären die Knöpf' am Brusttuch Halbfränkler, längst hätt' er sie alle abgerissen und liefe wie unsereiner mit offener Brust herum –«

»Was, so einer?« fragte Heinz tief ergriffen.

»Ja, so einer! Sagt's nur Euerem Meister, wie er's Geld liebe und warum er's liebe!«

»Das muß er wissen, sicher, das ist ja ein großartiger Mensch. – Aber nun sagt mir noch ein Wort. Was ist's eigentlich mit dem Knecht? Hat er die Scheuer angezündet oder nicht?«

»Pst!« machte der Wirt und blickte besorgt ringsum.

»Und ist er der Vater des überlebenden Mädchens oder ist der Bro –«

»So schweigt doch!« tuschelte der andere. »Es könnte Euch vors Gericht bringen. Hier zu Lande macht man nicht viel Federlesens.«

»Hört, lieber Mann! Wenn Ihr mir's nicht sagen wollt, so glaub' ich von nun an das Gegenteil von allem, was man hier schwatzt.«

»Hört auf! – Was geht denn Euch das alles an!« wollte der Mann beschwichtigen.

»Mehr als Ihr meint. Ich bin ein Zäher und bring's schon noch heraus.«

»Mich lasset aus dem Spiel! Ich hab' Euch keine Silbe gesagt, – nicht wahr?«

»Nein, Ihr habt nichts gesagt, das bezeug' ich!«

Binnen einer Viertelstunde setzten die zwei Wanderer den Weg ins Tal fort. Sobald sie den letzten Abhang gegen die Wirtschaft ›Zum End‹ abstiegen, lief ihnen Seppli mit einem Zettel entgegen.

»Von Mang«, sagte er heiß schnaufend. »Aber dem Vater nichts sagen!«

»Von Mang?« – Emil schüttelte ungläubig den Kopf.

»Doch doch, er ist Euch vorgelaufen, den Hosendreckler herab! Ich soll Euch aufpassen und den Zettel geben.«

»Ich hab' Euren Brief gelesen. Aber ich bleib' bei Euch. Ihr sollt mich nicht fortschicken. Ich kann nichts dafür, wenn ich Euch nicht verstehe. Ihr werdet wohl noch böse sein. Aber müßt denken, ich sei halt ein wilder Küherbub. Wenn ich's könnt, wollt' ich Euch schon gern haben. M.« –

Emil las das halblaut. Dieses eigentümlich bubenhafte, naive, aus Kindesnot hingeworfene Geschreibsel ergriff ihn wie eine wunderbare Melodie. Ganz entzückt war er besonders über den letzten Satz im Zettelchen. Er lachte und hastete und klob dem Seppli ein großes Silberstück aus dem Beutel und trug ihm ungestüm dreimal und dann noch einmal auf, dem Mang zu sagen: Er möge nur wieder kommen! Es sei ganz recht! – Immer wieder auf dem Weg gegen Absomdorf überlas er den Fetzen und fand in den trockenen Sätzchen und aus der steifen und groben Schreibweise etwas Warmes und Blühendes heraus, wo Heinz nur Steine wahrnahm. Da war ja, meinte Heinz, nichts bereut, nichts zurückgenommen, nicht um Verzeihung gebeten. Es war der alte Trotzkopf, der sicher nur aus steckköpfigem Ehrgefühl diese Zeilen schrieb. Aber Emil fühlte anders und feiner als Heinz. Wie ein Vater fühlt! – Er hörte aus diesem Papier schon die ersten Schritte des Kindes ihm entgegengehen, schon das Aufwachen der Sohnesliebe, schon das schüchterne Probieren, Vater zu sagen. Er küßte den Zettel, diesen ersten Brief des Sohnes an den Vater, voll Innigkeit. O, den will er behalten, der gilt ihm zehnmal mehr als sein prachtvolles Diplom in Goldrahmen!

Heinz mußte nichts mehr zu sagen. Er stand neben Emil wie aus dem Mond gefallen. Oder wie einer blöd dasteht, der aus hundert erklügelten, gescheiten Sächelchen und Büchern herausgerissen und plötzlich in ein lebendiges, göttliches Ereignis gestellt wird. Und es summte ihm in den Ohren: Siehst du, so was studiert oder schnüffelt oder strapaziert man nicht heraus. Das kommt wie eine ungerufene Amsel geflogen, sitzt einem auf die Hand und singt: Da bin ich! –

Und Heinz wiegte, ach, zum wieviel tausendsten Male! seinen ergrauenden, schweren Kopf und dachte: »Warum ist doch das Leben, das wir in die Finger bekommen, und das Leben, das wir aus den Büchern schöpfen, ein so ungleiches und widersetzliches!« –

20.

Zehn wunderlich gemischte Menschen umsaßen den von Walter gewissenlos verkerbten, uralten, eichenen Eßtisch des Brollerstübleins. Frau Therese hatte vor der schreienden Mittagssonne die Gardinen herabgezogen, und nun lag auf allen Gesichtern ein grüner Goldkäferglanz. Die Stube mit ihren niedern Diele und engen Wänden bekam von den vielen Leuten und dem Haufen Fleisch und Gemüse auf allen Platten eine so dumpfe, üble Luft, daß Heinz Atembeschwerden fürchtete und unendlich auf den schwarzen Kaffee harrte, der ihm die Not vertriebe.

Es waren Emil und Heinz mit Herrn und Frau Pfarrer geladen. Man begrüßte sich kurz und fing sogleich mit Essen an. Während der Suppe und dem ersten Braten ward kaum ein Wort gesprochen. Man hörte nur das häßliche Gesäbel der Gabeln und das Geschlurf und Geschmatz des starken Brollerschen Appetits. Denn hier zu Land wird das Z'mittag wie eine Arbeit betrieben, so hurtig, zielbewußt und schier gewaltsam.

Oben am Tisch thronte Oberrichter Ernst Broller, der Mann mit dem kleinen Leib und dem großartigen, wunderschön geformten Christuskopf. Man stelle sich vor, ein blutlos bleiches, breites Gesicht mit einer Stirne hell und furchenlos wie ein Schild. Darüber ein mächtiges, dunkles Haar und darunter von Schläfe zu Schläfe ein brauner, dichter Bart. Aber das

Schönste sind unter den herrischen Brauen, die sich immer leicht bewegen, die großen, blauen Augen. Darüber vergißt man den verzwergten Unterleib mit dem Buckel im Nacken und den krummen Beinen. Der Kopf ist alles. Seine Lippen sind sinnlich voll und dunkel wie bei Walter. Aber in den Augen neben allem Geflacker von Spaß und Begeisterung stehen die Sterne kalt und klar und still. Heinz kommt nicht von diesem Gesicht los. Der, rechnet er aus, muß ein feiner Gesellschafter sein Aber sicher sitzt er noch lieber als Machthaber auf einem hohen alleinigen Stuhl. Darum hat er wohl nicht die roten, lachseligen Mienen Walters. Darum hat er die Farbe aller Streber: das Weiß und Gelb von altem, kostbarem Elfenbein. – Elfenbein, das ist ein guter Einfall. Gleich nach dem Mahl notier' ich's.

Der Vater reicht seinem Ältesten nicht ans Kinn. Aber so wie er oben am Tisch regiert mit seinem Königshaupt, ist er ein ganz Großer, ein Würdiger, ein Feierlicher. Wer aber unter den Tisch sieht, einmal so ganz verstohlen, – er kann die Serviette fallen lassen, – der sieht die dünnen, krummen Beine sich katzenleis und elastisch rühren. Er weiß nun auf einmal, woher Walter bei aller Ritterlichkeit hie und da seine tückischen Einfälle hat, wenn er mit Kraft oder Schnelligkeit nicht auskommt; und er glaubt, daß der Broller nicht nur die Gewalt, sondern wohl auch die Listigkeit der Löwenkatze übt.

Unten am Tisch sitzt Walter zwischen seinem Brüderchen Ernstli und der achtjährigen Zia. Der Ingenieur zur Rechten des Hausherrn ist froh, so oft er das bekannte, frische Bubensicht von unten herauf lachen sieht. Sonst kann er gleichmütig in der fremdesten Gesellschaft tafeln. Aber hier fühlt er sich einfach unbehaglich. Er benimmt sich kalt und gelassen wie immer, redet und antwortet, wie es ihm beliebt. Aber er hat Mühe. Doch sieht das keiner, und seine Art wirkt auf den Broller wie ein Zepter. Dieser Gewaltsmensch kann den Ingenieur einfach nicht wie einen Angestellten, wenn auch einen noch so hohen, behandeln. Es geht nicht. Er fühlt das mit dem Instinkt des Ebenbürtigen heraus. Dem Bert schlug er seine lange, feine Hand auf die Schulter und sagte: »Sie guter vortrefflicher Mensch!« – Aber sobald er die kühle Hand Emils in seiner warmen gefühlt und die knappen Wörtlein auf seinen gewaltig grüßenden Baß gehört und diese zwei Augen gesehen hat, die sich vor seiner nordischen Bläue nicht senkten, wie alle andern Augen, da sagte er halb unwillig: Das ist kein Bert mehr!

Jedesmal, wenn er sich an Emil wandte, änderte er seinen barschen Ton und redete leiser und sanfter mit ihm als mit allen andern.

Links von Broller saß Therese, eine große, steife Figur mit einem langen Kinn und sehr schönen, falschen Zähnen im verzogenen und verbitterten Mund. Die Vierzigjährige war früh aus den weichen, runden Formen der Jugend in das Eckige des Alters gekommen. Aber ihr Teint leuchtete noch braungolden, und ihre Augen waren noch voll sommerlicher Glut. Wenn sie lachte, waren es Walters Augen. Sobald sie aber in sich gekehrt saß und etwas sann, hatten diese Augen einen stechenden und starren Blick. Es war köstlich zu schauen, wie das Erbe von Vater und Mutter aus Walter heraussah. Er lachte wie Mutter und grollte mit den Brauenbögen wie Vater. Hell wie die Mutter sang er, aber redete tief wie der Vater. Sein Teint war der mütterliche, aber den runden Kopf hatte er vom Vater. »Wem schlägt er nach?« fragte sich Emil. »Der Mutter wohl; denn bedeutend sieht er nicht aus.« – »Und wem schlägt er nach?« fragte sich auch Heinz. »Dem Vater wohl, denn er hat etwas Herrschendes und Siegreiches an sich.«

Neben Frau Therese saßen der Pfarrer Daniel mit den halb zugedeckelten Augen. Ihn ärgerte immer noch das geistreiche Zitat aus Hamlet, das er so hübsch in den Text seiner Predigt geflochten, aber dann auf der Kanzel ganz vergessen hatte. In jedem Fall will er es nun bei Tische anbringen, vielleicht bei der süßen Platte oder noch besser beim schwarzen Kaffee, wo man so gemütlich und geistreich wird.

Nun kam in der Reihe ein totenstiller, dürrer, hagerer, uralter Mann, kindisch im Aussehen, aber unendlich verehrungswürdig wegen seinem Silbergelock und den feinen Greisenzügen. Das war der Großvater Broller, mit dem nur Vater Broller redete, der nichts mehr hörte und wenig von dieser ihm schon fast entflohenen Welt sah.

Ihm zur Seite ißt wie ein Bub so flink und saftig Zia. Sie lacht nicht und hat nicht rote Backen, sondern ist verwachsen und stumm von Kindheit an. Aber dieses Kind trägt ein rührend feines, blasses und gescheites Köpflein, und seine bleichgrauen Augen reden wunderbar. Walter neckt und kost die einzige Schwester mit ausgesuchter Liebe. Er fischt ihr das schönste Stück Kalbsbraten ohne Haut und Fettlappen aus der Brühe, und er wird ihr beim Nachtisch die Hälfte seiner Basler Leckerli verstohlen unter dem Tisch zustecken. Und doch ist er selbst ein arger Schlecker.

An seinem rechten Ellenbogen sitzt der kleine, fünfjährige Ernstli. Drollig lacht das Büblein hie und da zum Pfarrer hinüber und schneidet versuchsweise auch eine Grimasse zu ihm hin. So heillos ernste Leute dünken ihn gräßlich lustig. Daneben schwatzt er immer mit Heinz. Den hat man ja nur seinethalben eingeladen. Der Fant hatte die Sache mit dem Zeppelin erzählt und Heinz seinen alten Gespan genannt. »Wenn die Menschen fliegen«, war das Thema mit Heinz. Das Kind und der Alte phantasierten gleich bunt und ernsthaft, wie man in der Luft einander von Gondel zu Gondel besuche, in drei Minuten schon rufe: Station Miezeler! – und wieder in drei Minuten: Station Absomer! – und wie man Krähen und Habichte fange und auch etwa zwischen ein paar nicht zu dunkeln Wolken wie in einem Wald Versteckens spielen könne. Leicht flogen die zwei Phantasten aus dieser dumpfen, schweren Gesellschaft ins Blaue hinauf.

Zwischen Heinz und Emil saß die Frau Pfarrer. Sie redete leise, beim kleinsten Worte schon die Stirne runzelnd und das Schnäuzchen der Oberlippe kräuselnd. Jedesmal, wenn ihr Emil die Platte bot, sagte sie: »Danke, merci!« Und sowie eine Pause im allgemeinen Gespräch eintrat, spann sie mit Frau Therese gegenüber das Thema von den verschiedenen Waschpulvern für Weißzeug fort. Aber immer mit dem geheimnisvollsten Tone. Die Hauswirtin schrak dann aus dem ihr eigenen dunklen, unguten Hinbrüten auf, währenddem alle Heiligkeit ihres knochenhaft festen und gesunden Bauerngesichts weiß Gott wohin entwichen war. Jetzt lebte sie wieder auf und horchte. Blankin? – Nein, das bräunt nach und nach den Stoff. – Kridolin? – Nun, für dickes Linnen geht das an. Aber feinere Tücher, wie die gestickten Herrenhemden Walters, ertragen es nicht.

Und indem sie Walter nennt; blickt sie den Tisch hinab zu ihrem Liebling. Starr betrachtet sie ihn, ihr eins und alles, wie er so mit Appetit ißt, dazwischen lacht und wie alles schier göttlich an ihm ist. Sie ruht auf ihm aus und sättigt sich an ihm wie auf einer Weide und vergißt darüber alles andere. Dabei blüht sie vor schönem Mutterstolz auf. Aber je länger sie hinstarrt, um so brütender und dumpfer wird schon wieder ihr Blick. Schattige Gedanken kehren zurück, daß der Junge nicht ihr allein gehört, daß er auch andere Menschen liebt, und daß er die Mutter nicht mehr küssen will, dem Vater aufs Wort, aber ihr nur gehorcht, wenn's ihm selber behagt. Und wie grob und roh geht er oft mit ihr um! Und nun wird er älter und noch freier und zieht bald ins Weite.

Ach, wie er jetzt ist, sollte er bleiben, immer, so groß, so schön, so jung und so abhängig von ihrem Tisch! O Gott, das wäre lieb! Aber man entzieht ihn ihr. Ja, ja, das merkt sie gut. – Immer unheimlicher und kränker wird ihr Ausdruck. Argwohn, Mißtrauen und das bittere Gefühl, daß sie da nichts machen kann, zerstören den Glanz ihres Teints. Unsagbar verwüstet und unlieb sieht sie jetzt aus.

»Aber das Calzidol?« lispelte die Pfarrerin und legt eine süße Melodie ins Wort, »das Calzidol wird Ihnen blendende Hemden geben und greift sogar Trikotseide nicht an.«

»Sooooo!« macht Therese abwesenden Geistes. – »Aber sagen Sie, ist Walter nicht groß und stattlich?«

»Ein Prachtsbursche!« lobt der Pfarrer für seine Frau und vergißt, wie er dem zerstreuten Tunichtgut noch jüngst im Unterricht sagte: »Da stehst du, lang wie eine Hopfenstange, und weißt wieder nichts.«

»Ja, eine Hopfenstange«, spottete Walter jetzt keck. Er vergißt keinen Schimpf. Er weiß, daß er ein Herrensohn ist. »Nur eine Hopfenstange!« wiederholt er, und jetzt hat auch sein blühendes Auge auf einen Moment den stechenden Blick seiner Mutter angenommen. Aber gleich muß er wieder vor übermütiger Schadenfreude lachen.

Der Pfarrer würgt ein Bündel Salat hinunter. Er will nichts gehört haben.

Es kommt kein tüchtiges Gespräch in Gang bei so zersplitterten Leuten. Von der Bergbahn wird nichts gesagt. Das hat der Oberrichter mit Emil vor dem Essen unter vier Augen aus gemacht. Denn die Therese würde ja alles und zehnmal mehr ausschnattern.

Emil erzählt ein weniges von Afrika, wobei Walter immer wissen will, ob ein Herr dort noch Sklaven haben dürfe, – der Broller plaudert von London, wo er sechs Jahre für die Stickerei tätig war, und die Frau Pfarrer wagt endlich ein neues Thema und fragt Heinzen gar sanft: »Ist es wahr, machen Sie wirklich Gedichte?«

Heinz wurde kirschrot. Aber da schoß ihm plötzlich etwas ins Auge, ein Färblein Schalkhaftigkeit, wie's scheue Menschen etwa gleich einem Rausch überkommt, wo's niemand vermutet.

»Siehst du, das ist ein Schriftstellerchen!« lispelt Walter Zia ins Ohr. Aber Heinz kann es gut verstehen. »Die lügen alle so erschrecklich!«

Dem Mädchen fielen fast die großen Augen aus dem blassen Gesicht vor verwundertem Anschauen.

»Ja, er macht Gedichte, Frau Pfarrer«, neckte Emil, »und sehr feine! Und schnell! Und jederzeit wie mit einer Maschine.«

»So machen Sie mir jetzt sogleich eines«, rief Walter halb lachend, halb befehlend.

»Nein, mir! mir!« drängte Ernstli. Er glaubte, es handle sich um etwas zum Spielen oder zum Essen.

»Das wäre nun zu scharmant«, flötete die Pfarrerin.

Heinz hatte sich inzwischen besonnen. »Gut!« sagte er mit einladender Miene. »Wem soll's gelten?«

»Meiner Maus da unten«, rief Broller. Er meinte seinen Liebling Zia. Aber Heinz verstand darunter das Büblein und begann sogleich:

>   »Wenn ich zehn Jahre älter bin,
>   Fahr' ich wie Meister Zeppelin,
>   Nur zehnmal höher und zehnmal toller.
>   Denn ich bin nicht umsonst ein Broller.«

Alle klatschten. Ernstli aber forderte, Heinz solle sich niederbeugen, er wolle ihm ein Küßchen geben.

Emil biß sich in die Lippe. Sein Heinz war auf dem besten Wege, böse Witze zu reißen. Aber der Broller lachte in gewaltigem Basse und rief: »So, Sie meinen, ein Broller müsse auch durchaus ein Toller sein!«

»Herr Oberrichter«, entgegnete Heinz und streichelte seinen dünnen, zerfaserten Bart, »denken Sie doch an Walters Kletterei jüngst. War das nicht toll?«

»Ja, da sind wir böse über Sie geworden, Herr Ingenieur«, fiel die Mutter langsam und gesatzlich ein. Ihr Blick ward feindselig. »Wie leicht hätte er –«

»Entschuldigen Sie«, unterbrach Emil sie sofort kühl, »Walter kannte ich ja gar nicht. Der lief uns auf halbem Weg nach. Mang warnte ihn. Aber er bestand darauf, und ich hatte da nichts zu befehlen. Ist's nicht so, Walter?«

»Ach was, ich hab's dir doch schon hundertmal gesagt, – wenn du nur hörtest!« schimpfte der Bub mit der Mutter. »Der Mang ist schon gestern wieder –« Hier schob er erschrocken die Hand vor den voreiligen Mund und schielte nach Emil.

»Und ich hab's auch nicht gern, – das weißt du, – daß du immer mit Mang zusammensteckst. So ein Armenhäusler paßt –«

»Kommst wieder mit der alten Orgel«, fuhr Walter blitzzornig auf. »Das ist mein Freund, fertig – da frag' ich dich noch lange nicht –«

»Pst, pst!« machte der Pfarrer verwundert, daß der Vater den Buben so ehrlos gegen die Mutter losfahren ließ.

Aber dem Manuß stieg eine freudige Röte ins Gesicht, als der Name Mang fiel. Es tat ihm wohl, an diesem langweiligen Tische ein so liebes Wort zu hören und dabei an etwas Gutes denken zu können. Dankbar nickte er zu Walter hinab.

»Du bist ja bei der Cäcilie gewesen«, sagte die Pfarrerin zum Gemahl, »wie geht es ihr?« – Sie wollte den leisen Mißton am Tisch auswischen.

Aber Theresens Augen leuchteten beim Namen jenes Weibes noch düsterer auf. Böse sah sie dem Pfarrer auf die Lippen, als wollte sie jedes Wort abzählen.

»Es ist möglich, daß sie doch davonkommt«, tröstete der Pfarrer. »Sie hat ein gar gesundes, starkes Herz.«

»Und dann wird sie den Knecht heiraten«, mischte sich Therese eilig ein.

»Ich hab' ihm das zur Bedingung gemacht«, sagte der Oberrichter sehr ruhig.

»Und er tut es?« mischte sich Emil mit großer Spannung ein.

»Und wie gern!« sagte der Broller gedehnt und spöttisch den Mund verziehend.

»Ich hörte sagen«, fuhr Emil mit leisem Lippenbeben fort, »er habe sich selber als der Vater der Zwillinge angegeben. Ist dem so?« – Jetzt kam's, das Gefürchtete.

Aber Ernst Broller strich über die Brauen, als belästige ihn nur eine Fliege. Schon ist sie weg, und ruhig erzählt er fort: »Wir Richter alle waren mächtig erstaunt, als er so mutig sich zur Tat bekannte.«

»Respekt vor dem Manne!« rief aufrichtig froh der Pfarrer, »er gehört jetzt wieder zu uns ehrlichen Leuten. – Doch, – da sind ja Kinder!«

In der Tat, Walter horchte auf wie ein Luchs. Aber den Blick hielt er ins Tischblatt geheftet.

»Hängen Sie auch dem Walter ein Verschen an«, bat Frau Therese zu Heinz hinüber.

»Ja, lassen Sie hören«, rief auch Broller mit auffallender Lebhaftigkeit.

»Warum auch nicht?« gab Heinz lustig zu. Er fühlte sich nach dem ersten Anlauf immer sicherer auf seinem Pegasus. Es ging ihm immer so.

»Etwas von den Bergen oder von den Rossen!« forderte Walter, mit den Zähnen blitzend.

Heinz besann sich ein kleines Weilchen und deklamierte dann:

»Wo ist der Knab', dem von drei Dingen
Jedes gleich gut mag gelingen:
Den rappligsten aller Rappen reiten,
Zum gipfligsten aller Gipfel schreiten,
Und das schatzlichste aller Schätzchen erstreiten?«

Therese wollte gegen das Schätzchen protestieren, die Pfarrerin ihr Bedenken wegen des gipflig äußern, aber der Angedichtete überbrüllte sie beide. »Das ist grandig«, sagte er im Absomer Bubenstil mit prächtigem Feuer in den Augen. »Das muß ich gleich abschreiben.« – Damit rannte er nach Papier und Stift in die Schreibstube des Vaters hinüber. Zia und Ernstli ihm nach.

»Nun müssen Sie auch einer Dame etwas bieten. Sie dichten ja des Gottes voll!« meinte der Pfarrer. »Was geben Sie unserer liebenswürdigen Wirtin?«

Frau Therese ward etwas unruhig, noch mehr der Broller. Es lagen unverkennbar Spitzen in diesen Versen. Der Kerl war ein verkappter Bösewicht.

Heinz bedachte sich etwas länger und fuhr dann los: »Aber nicht böse werden, Donna Teresa:

Den Wellen, Winden und schönen Frauen
Kann keiner in die Seele schauen.
Dem Teufel wollt' ich mich lieber vermählen,
Dem sieht man doch durch die schwarze Seelen.«

Die Brollerin lachte, daß ihr fast die Zähne herunterfielen. Sie war stolz auf das Lob der Unergründlichkeit. Auch ihr Mann brach in ein so schallendes Gelächter aus, das Ernstli erschien und neugierig an der Schwelle unwissentlich mitlachte.

»Marsch, hinaus!« rief Broller. Das Bübchen verschwand.

Nun endlich konnte der Pfarrer verstanden werden. Mißbilligend wandte er sich an den Verseleimer: »Jetzt werden Sie locker, Herr Poeta, und zügellos, so ganz wie die Modernen!«

»Sag' ich etwa, die Männer seien besser?« fragte Heinz schelmisch. »Hat nicht ein Mann, von dem Sie heut auf der Kanzel gelobredet haben, das Sprüchlein verübt:

Schöner, reifer Frauenleib
Ist mein süßer Zeitvertreib.
Ich letz' am Weib und zehr' am Weib
Bis - -«

»Nein, das ist zu stark«, fiel der Pfarrer hurtig ein und rückte krachend den Sessel. »Herr Ingenieur, was haben Sie da für einen üppigen Vogel?«

Emil hatte nur noch halb gehört, sonst hätte er sicher Heinzen niedergeblitzt. Er war schon lange nicht mehr bei diesem Geschwätz. Ihm brauste noch immer das Wort des Pfarrers im Ohr: »Respekt vor dem Mann! Er zählt jetzt wieder zu uns ehrlichen Leuten.« – Dieser liebe Spruch war dem Manuß wie das Ausspannen der Arme nach einem verschupften und verschollenen Wesen vorgekommen. Hätte Herr Daniel nur noch ein Sätzlein gesagt, so hätte Emil gemeint, diese liebevollen Arme schließen und den Verstoßenen ans heimische Herz drücken zu sehen. – Und das war doch nur so ein Knecht. Im Viehstall hat er sich solchen Heldenmut erhalten! – Da sagt er: »Das ist mein Weib! – das heirat' ich jetzt gesetzlich. – Und hier ist mein Mädchen, das ernähr' ich.« – Zum Teufel, wie großartig! – Und ich – und ich – bin ein ganz gemeiner Schleicher und Feigling – der nicht zur Sache – steht – aber, wahrhaft jetzt, –«

»Hören Sie doch!« dringt der Pfarrer in Emil. »Ihr Dichter da –«

»Nehmen Sie ihn doch ja nicht ernst!« warf sich Emil jetzt mit raschem Geist in die Rede. »Sie müssen wissen, meine Damen und Herren, er prahlt nur, – genau wie ein Kind fluchen hört und Wort für Wort großartig nachplappert.«

Das ist ein sehr originelles Bild, dachte der Pfarrer, und er merkte es sich zur späteren Notiz, indem er heimlich einen Westenknopf unter dem geschlossenen Frack öffnete. Er hatte ein gutes Gedächtnis. Nicht bloß zwei, drei offene Knöpfe, die ganze aufgeknöpfte Weste mochte er im Sinne behalten.

Aber Heinz fand es an der Zeit, sich zu verteidigen. »Bitte, bitte«, beteuerte er, »das Sprüchlein ist von Hutten, den Sie in der Predigt als Mann des reinen Wortes gefeiert haben.«

Der Pfarrer war wie vernichtet. Das paßte Emil. »Herr Pfarrer«, spann er an und wollte den Faden nicht mehr loslassen, »Sie sagten, man müsse Respekt vor dem Bastian haben, weil er sich zu den unehelichen Kindern so ehrlich bekenne. Ist denn da wirklich so etwas Großes dabei?«

Der Pfarrer nickte. Aber auch dieses Thema behagte ihm schlecht.

»Könnte er nicht«, fuhr Emil hartnäckig fort, obwohl seine Stimme zitterte, »kann er nicht bestochen sein? So was kommt doch auch vor. Um ein paar tausend Fränklein ist mancher tapfer.«

Der Pfarrer hustete verlegen. Seine Frau blickte in den Teller, aber Therese lauerte plötzlich wie eine Katze, indem sie die Hand ans rechte Ohr hielt.

»Gewiß, das kommt vor«, bemerkte der Broller gelassen lächelnd. »Aber bei Bastian täte Geld nicht not. Er stellt der Jungfer seit Jahren nach. Er liebt sie wie verrückt.«

»Dann braucht es freilich kein Geld. – Aber er ward der Brandstiftung angeklagt, und wir, Heinz und ich, haben ihn mit Handschellen am Bahnhof gesehen. Nun spricht man ihn los. Er ist selig, die große Schuld ist weg. Eine kleine, die niemand strafen kann, nimmt er jetzt leicht auf sich. Sie sagen ja, er liebe das Weib. – Gut, – da gibt er sich sogar gern schuldig. Sie wird gesund, er kann sie heiraten, alles Unebent ist glatt. – Und da mein' ich denn, Herr Pfarrer, gar so respektabel groß sei diese Leistung nicht.«

»Es ward ihm erleichtert durch die Verhältnisse, – zugegeben!« nahm der Pfarrer wieder das Wort; »und belohnt ward er durch die Güte unseres Herrn Gastgebers. – Das ist alles wahr! – Aber Respekt muß man doch vor dem Manne haben, dabei bleib' ich. – Wie viele Kinder gibt es in den Waisenhäusern der ganzen Welt, zu denen sich kein Vater bekennt! – Haben wir nicht an Mang ein Beispiel? – und«, – er sagte es sehr ungern, aber seine echte Liebe für die von der selbstgerechten Welt Verworfenen ließ ihn nicht mehr zurückkrebsen, – »und der Vater ist meist ein reicher und vornehmer Mann, der nur aus Stolz sein Kind für ein ganzes, enthrtes, namenloses Leben totschweigt.«

In Gottes Namen, dachte er, komme was wolle, gesagt ist's!

»Gewiß, mein Knecht verdient Respekt«, sagte Ernst Broller feierlich und mit der Ruhe eines Steins.

Doch Emil meinte aufspringen und sagen zu müssen: Sprecht nur, mich meint ihr! – Aber die andern waren selber erregt und bemerkten nicht, wie ein glühendes Rot das zarte, längliche Gesicht des Manuß überblutete.

Er sammelte sich ein wenig und erklärte dann: »Aber gesetzt, so ein reicher Mensch, wie Sie sagen, Herr Pfarrer, weiß nichts von einem wilden Sprößling. Auf einmal, nach Jahren, erfährt er es durch eine Fügung, und zwar so tüchtig, daß er nicht eine Minute daran zweifeln kann. Und nun soll er in seinen Ämtern und Würden und vielleicht in seiner jetzigen Unbescholtenheit zu einer Dirne gehen und sagen: Dein verlottertes Kind da ist auch mein Kind. Ich zieh' es auf! – Geht das nicht weit über seine Schuld hinaus?«

»Er wird zahlen«, sagte der Broller geringschätzig, »das ist das einfachste.«

»Das ist wohl nicht die edelste Lösung!« meinte Herr Daniel. »Aber das Gesetz steht ihr zu. Und es gibt, glaub' ich, den Kindern den mütterlichen, nicht den väterlichen Namen.«

»Und so kann alles geheim bleiben«, endigte der Broller unverfroren.

»Allein«, stritt Emil entrüstet weiter, »wenn ein solcher vornehmer Vater, wie Ihr immer sagt, nun wirklich den Buben – oder das Mädchen zu sich nähme! Wäre das nicht noch respektabler gehandelt, als wie sogar dieser Bastian getan hat?«

»O so etwas kommt nicht vor!« erklärte der Broller zuversichtlich.

»Aber es wäre heldenhaft«, gab der Pfarrer mit nicht gerade heldenhafter Stimme zu. – Er kannte alle Gerüchte, die sich um den Broller spannen, besonders die wegen der Cäcilie. Und er wußte, daß der Oberrichter sein Wort wie eine Anklage in diesen herumgemunkelten, unsauberen Dingen verstehen und gegen sich auslegen konnte. Und er verdarb es nicht gern mit dem Mächtigsten. Aber das war die helle Seite seines Charakters, der Getretenen und Gedrückten sich anzunehmen, selbst wenn er seine wohlgepflegte Haut dabei ein wenig in Gefahr brachte. – Freilich verwünschte er leise wohl zum zehnten Male diesen Ingenieur, der mit einer so seltsamen Setzköpfigkeit dieses heillose Thema aufrollte. Wenn er so ein Tischgespräch vorausgesehen hätte, wahrhaft, er wäre nicht erschienen, – er hätte Katarrh oder Christenlehre vorgeschützt.

»Gewiß, Herr Oberrichter, das könnte doch wohl einmal vorkommen«, sagte jetzt der Manuß, ohne auf die sorgenvollen Mienen Heinzens zu achten. Immer heftiger redete er, wie man es an ihm nicht gewohnt war, und versprühte dazu ein solches Feuer, daß man ihn immer wieder anblicken und immer wieder wie geblendet sich abwenden mußte. – »Da ist doch dieser Mang von der gleichen Person erzeugt. Niemand weiß mehr, als daß es ein leichtsinniger – schwerer – Studentenstreich – war. – Wenn nun der Vater –« er bleckte die langen Zähne vor Eifer, aber ward immer unsicherer in der Stimme, – »wenn der Vater käme –«

»Hören Sie, so was ist einfach ausgeschlossen«, belehrte der Hausherr.

»Das Leukothyll«, versuchte sich hier mit schüchterner, aber zäher Hausfraulichkeit die Pfarrerin in das ernste Gespräch zu werfen, »das Leukothyll, Frau Oberrichter, ist jetzt –«

»Wascht ihr euere Wäsche untereinander, ihr Männer, – da hilft kein Waschpulver«, – sagte Therese für sich, aber hörbar genug und mit fast irrsinniger Miene.

Man tat, als habe man nicht verstanden. Aber dem Manuß drohte das Herz stille zu stehen.

»Was sagt sie?« keuchte er.

»Ach, sie träumt wieder einmal«, gab der Broller gelassen zurück. »Gebt nichts darauf! – Und du, Therese, stehst jetzt nicht am Waschtrog. Bring uns lieber mal den schwarzen Kaffee!«

Therese ging lachend ab wie ein Kind, das einen bösen Streich gespielt hat und ungestraft und stolz wegkommt.

»Die Sache mit Mang ist mehr als vierzehnjährig«, wandte sich der Broller an Emil zurück. »Da kommt kein Vater mehr. Und käme er, er käme zu spät. Das Waisenamt hat den Knaben, bis er mündig ist, dem Bastian zuerkannt. Gestern abend in der Sitzung. Das ist einstweilen das Natürlichste. Der Üli wird's ungern haben. In Gottes Namen! – Sie interessieren sich warm für Ihren jungen Gehilfen, das ist schön. – Aber da sind Zigarren! Stecken wir einmal an!«

Heinz beugte sich voller Angst vor. Er sah Emil starr wie eine Statue und blutlos dasitzen, mit zurückgerissenen Mundwinkeln.

Aber von den andern sah das im aufqualmenden Tabakrauch niemand. Eher sah man verstohlen auf Frau Therese. Die klingelte lächelnd mit Tassen und Silberkanne in die Stube.

»Bastian hatte sich bereits mit Üli geeinigt. Er will auch mit Ihnen noch Fürsprach' nehmen. Sie brauchen ja einstweilen den Jungen noch, nicht?«

»Ja, ich brauch' ihn, – o ja – brauch' ihn – aber vorher – jetzt sogleich – muß ich mit Ihnen reden.«

Und im Satz erhob sich Emil und sah mit so entstelltem, dringendem Gesicht den Oberrichter an, daß dieser den Gast rasch am Arm faßte und in seine Amtsstube hinüberführte.

»Schenkt nur ein!« rief er unter der Türe. »Der Kaffee wird nicht kalt, bis wir kommen.«

»Die Bergbahn«, sagte der Pfarrer bedeutend. Neugierig fragte Therese, was es denn gegeben habe. Diese überlästigen Gäste! Gingen sie doch, daß sie das Ohr an den Türspalt legen und etwas erhaschen könnte! Auch Heinz horchte zur Türe, aber so, wie man etwa vor dem Operationszimmer harrt, wo es um Leben und Sterben eines geliebten Menschen geht.

21.

»Was wollen Sie?« fragte Broller beunruhigt, aber mit richterlicher Haltung in seinem Armsessel. »Ihnen ist ja unwohl Sie sehen entsetzlich aus.«

Emil bat mit einer stillen Handbewegung um Geduld. Er mußte sich sammeln. Jetzt war der große Augenblick da. Es galt sein Kind! Wenn er zu dieser Türe hinausgeht, ist es entschieden: bekomm' ich es oder nicht! – Er wollte sicher und widerstehlich reden.

»Mit der Bahn sind wir ja prächtig im reinen«, füllte Broller die Verlegenheitspause aus. »Das Projekt ist nun von allen Kommissionsräten gebilligt und Ihre famose Trasse gesichert. Wir sind oben, bevor wir's denken.«

»Nicht das!« sagte Emil mit heiserer und gequälter Stimme. »Ich muß wegen Mang reden. Wo ist der Knecht? Er muß dabei sein.«

»Was soll der Bastian hier? – Ich begreife Sie gar nicht!« brachte Ernst mühsam hervor. Sein mächtiger, bartumflossener Kopf sank wie in leiser Angst in die kleinen Achseln ein.

»So – hören – Sie – gut!« – Emil sprach jedes Wort mit gespreizten Lippen hell und scharf aus: »Dieser – Mang – ist – mein Sohn!«

»Gott im Himmel!« – Der Oberrichter schoß auf. Er hatte etwas anderes erwartet, etwas Furchtbares. Aber auch das machte ihn sprachlos.

Ein Weilchen Stille ward. So wie's nach einem Donnerschlag wird.

»Ich, ich war jener Student«, fuhr Emil fort. »Ein Zufall hat mich endlich nach jenen Jahren darauf geführt. Ich wollte es nicht glauben.

Doch wie ich rechnete und prüfte, es stimmte auf Zeit und Ort und –
auf den Jungen. Denn ich –« Emil schwankte, »ich – mir sind die Kinder
sehr gleichgültig – ich bin ein kalter Mensch, sagt man, ein herzloser!
– Aber so, wie ich den nun liebe, glaub' ich, liebt nur ein Vater, – Sie
müssen's ja wissen. Sie mit ihrem Walter und Ernstli – Sie, ein Vater
– ein glücklicher –«

Er fühlte Nässe aufsteigen, die langen Augen füllen, niedertropfen,
und er wehrte sich nicht. Seine Hände hingen über die Stuhllehnen. Er
war am Ende seiner Kraft. Aber Gott Lob und Dank – es war heraus!

Ernst Broller stierte ihn an mit unermeßlichem Staunen. In seinem
breiten, weißen Gesicht zuckte es kreuz und quer, wie wenn Blitze den
fahlen Himmel nach allen Richtungen tonlos zerreißen. Er kämpfte
umsonst gegen die Überraschung. Der schmale, ritterliche Mann da mit
dem steinharten, aber jetzt so hilflosen und zu Tränen aufgesprungenen
Gesicht ergriff ihn, den abgehärtetem und gegen Rührszenen von Amts
wegen gefeiten Stuhlherrn so stark, daß er selber ganz weich wurde.

»Was kann ich da tun?« fragte er zögernd.

»Mir helfen, daß ich meinen Sohn bekomme, – nach Gesetz und
Recht!«

Die zwei kalten, amtlichen Worte machten den Oberrichter nüchter-
ner.

»Haben Sie denn keine Scheu, wenn's bekannt wird?« fragte er.

»Ich? … Jetzt nicht mehr!«

»Und haben Sie bedacht, was für Folgen das hat? – Sie sind doch
verheiratet!«

»Die Folgen trag' ich schon, – das ist alles hundertmal überlegt! –
Und ich habe eine gute Frau!«

Ehrerbietig sah Broller den Mann an, der so Ungeheuerliches auf
sich nehmen wollte. In dieser Minute kam er ihm beneidenswert vor.
Er fühlte sich daneben wie erniedrigt. Etwas Gedrücktes und Unterwür-
figes bekam immer mehr Gewalt über ihn.

»Sie haben eine gute Frau!« sprach er fast flüsternd und wie mit
Heimweh nach.

»O sicher, sie wird mir helfen.«

»Aber die Beweise, – ich meine die triftigen Belege, daß Sie Mangs
Vater sind?«

»Herr Broller, wenn es nötig ist, bring' ich ihrer einen Tisch voll auf. Aber der beste Beweis ist mir Cäcilie selber. Sie wird mich sogleich erkennen, das weiß ich.«

»Sie gehen doch nicht zu ihr?« sagte Ernst betroffen.

»Noch diesen Nachmittag.«

»Das geht nicht an.«

»Wer will mir dagegen sein?« fuhr Emil zornig auf.

»Ich, lieber Herr Ingenieur!« brachte der Oberrichter fast bescheiden vor.

»Sie?« – Emils Blicke warfen wahre Feuer gegen ihn.

Ernst Broller begann nun seine Erwägungen, zuerst schüchtern und ohne Fluß. Aber bald fand er sich in den gewohnheitsmäßigen Schneid einer richterlichen Beurteilung.

»Sie sind der Vater, ich glaub' es. Aber wenn Sie nun zur schwerkranken Kindbetterin gehen und ihr, die beim kleinsten Zufall tödliche Anfälle kriegt, so alte, schwere Sachen brühwarm auftischen, – denn das weiß man allgemein, daß sie damals sehr gelitten hat, ja, ich kann's Ihnen nicht ersparen, schier unsinnig ward! – also, wenn Sie so gestreckten Gangs hinlaufen und auskramen, dann, mein Freund, töten Sie ganz sicher das Weib, bevor es Ihnen ein amtlich gültiges Zeugnis hat geben können. Reden Sie mit dem Doktor! Er wird mir beistimmen.«

»Aber wenn sie stirbt: denken Sie das! – und ich –«

»Nicht, nicht, nicht!« entgegnete der Oberrichter, die Hand schüttelnd. »Pfarrer und Doktor sagen, sie habe heute einen guten Morgen gehabt. Es liegt viel daran, daß sie am Leben bleibt, – nicht bloß Ihnen«, – setzte er bedeutsam hinzu. »Geht's schlimmer, so sind Sie im Augenblick im Waisenhaus. Bleiben Sie jetzt nur ein paar Tage im Dorf!«

»Und dann?« drängte der Ingenieur.

»Sagen Sie doch ja dem Bastian nichts!«

»Warum nicht?«

»Je mehr Wissende, um so mehr Hindernde, sagen wir im Gericht. Zuerst muß doch Ihre Frau und Mang selber die Wahrheit erfahren. Dann ist die Zugehörigkeit des Knaben zu Bastian leicht zu beheben. Aber wie ist das, – Walter sagte mir, Mang könne Sie gar nicht leiden. Ist das wahr, dann –«

Emil nickte schmerzlich.

»Dann müssen Sie doch vor allen Dingen den Burschen gewinnen. – Nicht, daß er sich, wenn ihn das Waisenamt vor die Wahl zwischen meinen Knecht und Sie stellt, am Ende gar noch zum Bastian lieber als zum Vater flüchtete.«

»Halt, halt! So dürfen Sie nicht reden!« wehrte Emil ab. Seine Stirne glänzte vor Aufregung und Not.

»Es gibt nichts Unmögliches, Herr Ingenieur! – Ich sehe, offen gestanden, überhaupt gar nicht ein, warum Bastian und unsere Dörfer wissen sollen, daß Sie Mangs Vater sind. Um dann ihre schmutzigen Zungen in die Sache zu hängen? – Ich weiß davon genug! Nein, hören Sie, hören Sie, – ich meine, Sie adoptieren, wenn alles zwischen Ihrer Frau und Mang geordnet ist, einfach den Jungen, und ich will Ihnen alle nötigen Papiere ohne viel Schererei verschaffen.«

Sehr unschuldig sagte der Broller das, mit großen, himmelblauen Augen. Aber in seinem kleinen Leib und im vorgeschobenen, bartumrauschten Prachtkopf lag jetzt etwas, das stark an Judas erinnerte. Emil fiel das unwillkürlich auf und beleidigt schrie er jetzt: »Halt, das geht nicht! Das ist eine Halbheit! Ich bin nicht weniger herzhaft als Ihr Knecht!«

Ernst Broller zuckte jäh zusammen, wie von einer Peitsche getroffen.

»Aber solche Veröffentlichungen schaden!« erwiderte er geradeaus.

»Wem?«

»Ihnen, uns, – dem ganzen Gemeinwesen!«

»Das versteh' ich nicht«, sprach Emil rauh.

Ermüdet schüttelte der Broller sein schweres Haupt. Er sann in einem harten, inneren Kampf über etwas nach und wurde dabei leicht über sein Elfenbein gerötet. Nein, es ging gegen diesen stählernen Gast da nicht ab ohne Bekenntnis. Sei es denn!

»Sehen Sie«, begann er endlich schwerfällig, »es laufen da Gerüchte um, die – die – nun –« er lächelte bitter – »Sie sind ja jetzt auch ein erfahrener Mann – die mich den Vater der zwei Mädchen schelten. – Die Cäcilie ist mir wirklich nachgesprungen, sie ist eine richtige – Dirne geworden – und –« fuhr er schon etwas solider im Tone fort, da er Emils unverwundertes, aber wie in Selbstklage gebeugtes Gesicht sah, »und wenn man zu Hause keine Weibsfreud' hat, verstehen Sie, keine Frau, in der man etwas findet, – Sie haben ja vorhin am Tisch allerlei beobachten müssen, – sondern nur Ärger, Klatsch, Falschheit und ein ödes, fadenscheiniges Wesen, – wenn einen die Frau nicht verstehen will und nicht verstehen kann vor Dummheit und Bosheit, wenn sie, statt einer Hilfe, überall ein Radschuh in meinen Arbeiten ist und mir auch die Kinder noch übel aufzieht, – denn was sehen sie und lernen sie von ihr? – Sagt nicht Walter oft genug: Mutter, da hast du uns angelogen! – oder: Schäm' dich, über unsern Vater so im Dorf herumzuschimpfen –«

Ernst besann sich hier erst, wie tief er da in seine elenden Ehedinge hineingerate. O wie wollte ihm der Mund überlaufen, wenn er damit anfing! Aber das hätte kein Ende genommen. Auch den langen Satz brachte er nicht mehr ordentlich ins Gefüge. Und ihm schien, der andere höre das nicht gern.

»Kurz, wenn Sie ein frischer, gesunder Ehemann sind und doch kein Gattenglück erleben, obwohl Sie es in so vielen sauern, öffentlichen Mühsalen gar gern als stillen Feierabendlohn nähmen, wenn Sie dann, statt daheim auszuruhen, lieber wieder so wie Sie gekommen aus der Stube rennen und vergessen wollen, bitte, sagen Sie, wie bald ist da mit einer hübschen, losen Person ein wenig scharmuziert!« – Er versuchte ein Lächeln. Aber vor dem harten Gesicht Emils blieb es ein totenbleiches Lächeln.

»Aber nun verstehen Sie, solche Verhältnisse füttern den Argwohn. Und im Argwöhnen sind unsere Bergler groß. Man lebt nicht umsonst soviel im Schatten und Gewölk. Es hilft dazu, daß der Bastian sich wie toll in das Weib verliebt hat. Der Cäcilie aber ist er schon lange verleidet, weil er ein eifersüchtiger Kerl ist und sie damit nur immer langweilt. Er haßte mich höllisch und glaubt, ich hätte ihm die Liebe weggestohlen. Es gab einen furchtbaren Auftritt, als er das letztemal bei ihr war. Er drängte zum Heiraten. Sie aber sträubte sich wild. Worauf er hinaussprang und tagelang nicht mehr zur Arbeit kam. Dann kamen die Zwillinge zur Welt, und in der Nacht darauf brannte meine Scheuer ab. Glauben Sie mir, wenn Ihnen die letzten Wochen schwer geworden sind, auch mir schmeckten sie nicht nach Butter und Honig.«

Emil glaubte es. Das breite, bleiche Gesicht des Broller sah müde aus wie von vieler Schlaflosigkeit und Seelenqualen. Das hatte nicht bloß der rohe Ehrgeiz gebleicht. Aber so nahe bemerkte Emil nun auch, daß in der stolzen und regierenden Miene des Mannes weiche, gewinnende Töne mitspielten, die weiß Gott durch welchen Fluch meist überschrien wurden. Doch jetzt in dieser Not und Selbstanklage stachen sie deutlich hervor und waren imstande, den herrischen Menschen einem lieb und schön zu machen. Man konnte wohl sein Freund und Verehrer werden. – Aber was redete er da? Das ging ihn nichts an. Er hatte am Seinigen genug. Der Manuß fühlte, daß der Oberrichter ihn mit jedem Satz ein bißchen von Mang entferne. Vorhin war er ihm noch so nahe gewesen, als stände der Bub schon vor der Türe. Nach diesem Gerede schien es ihm, Mang stehe weit ab, tief unten in einer dem fernsten Horizont zustrebenden Straße. Und Emil wollte doch zu Mang gelangen, koste es, was es wolle. Unterbrechend hob er daher wieder die schöne, schmale Hand gegen den Broller auf.

»Ich bin gleich fertig«, bat Ernst. Der Knecht stand im Verdacht der Brandstiftung. Es lief dann alles drunter und drüber – und –« mit einem tiefen Atemzug ging der Erzähler vielleicht über die mühseligste Zeit seines Lebens hinweg – »und ich bin froh, daß jetzt nach unsäglichem Gered' und Geläuf' heute alles so weit geordnet ist, wie Sie's kennen. – Fragen Sie mich nicht, was da Gerades und Ungerades mitlief! Aber wenn Sie nun hingingen und sagten: Der Mang ist mein Sohn, Frau Cäcilie, – so würden Sie damit alle Arbeit, die sozusagen erst im Fadenschlag genäht ist, wieder in Fetzen reißen. Denn die Geschichte mit dem Mang würde auch gleich wieder die Geschichte mit den zwei Mädchen aufwühlen. Der Knecht würde aufs neue und noch ärger in seiner Eifersucht toben, die Cäcilie ihn wieder anspeien, wie schon einmal, und zuletzt käme das Unwetter über mich und mein Haus.«

»Aber das ist ja eine erzwungene, ungerechte Flickerei! Die kann nicht halten. Es ist einfach Feigheit, – Pardon! – aber ich weiß keinen andern Namen.«

»Es ist geflickt, ja! Aber mit Geld. Und mit Geld macht man hier alles heil. Insoweit ist das Geld ein Engel für den, der's gibt, und für den, der's nimmt.«

Emil schüttelte heftig den Kopf.

»Und«, redete Ernst fort, »brauchen Sie mir doch keine großen Worte! Sie sagten Feigheit. – Bitte, was ist Feigheit? Ich weiß es nicht und bin doch ziemlich älter als Sie. Sie haben es gewiß bemerkt, daß mein Vater kindisch ist. Aber nicht wegen seinen fünfundsiebzig Jahren. Er hat als Gemeindeammann die Dorfkasse mißbraucht. Mit andern Gemeinderäten hat er spekuliert. Das ging so weit, bis ein volles Hunderttausend im Gemeindevermögen fehlte. Alles Zureden verfing da nicht. Man wollte das Glück erzwingen und dann die heimliche Schuld gern mit doppelten Zinsen der Kasse zurückgeben. Schande und Ruin drohte. Da bin ich, der eigene Sohn, an der Dorfgemeinde offen gegen die gemeinderätliche Wirtschaft aufgestanden, habe das eigene Fleisch vor aller Welt verklagt und mein Erbteil ins Loch des Gemeindesäckels geworfen. Damals war ich fünfundzwanzig Jahre alt. – Ist das vielleicht die Feigheit, die Sie meinen?«

»So offen sollten Sie jetzt wieder vorgehen«, sagte Emil milder.

»Als Sie fünfundzwanzig Jahre alt waren, haben Sie noch das Geld Ihres Vaters verbraucht. Aber ich hab' mich für den Vater arm gemacht. – Da steht Ihnen das Lehren gut an.«

Das schlug ein. »Es ist wahr«, verbeugte sich der Manuß mit großer Überwindung, »damals waren Sie mir weit überlegen, – entschuldigen Sie!«

»Dann traf vor Jahren eine allgemeine Stockung in unserer Stickerei ein. Die tausend Hände der Maschinensticker und Handstickerinnen lagen im Schoß. In der Stadt drunten verkrachte jede Woche ein großes Haus. Unsere Reichen waren durch entwertete Aktien, unser großer Mittelstand durch Arbeitslosigkeit in eine wahre Bedrängnis gebracht. Das stolze Dorf Absom stand vielleicht vor dem Ruin. Mich hat man immer als einen Waghals und Dorfkönig gescholten und gehaßt. Jetzt blickte doch wieder alles auf mich. Gerade damals kam Zia auf die Welt, das Mädchen, aber Herrgott, so blöd, als müßt' es gleich nach kurzer Visite wieder gehen. Ich konnte nicht vom Wieglein weg vor lauter Angst. Denn das Kind gefiel mir und sah mit seinem zarten Gesichtlein wie ein Christkind aus. Ich ließ mir die ewigen Depeschen zum Bett des Kindes bringen, als ob sie dann nicht wagten, gar so brutal zu sein und milder redeten. – Da liefen die amerikanischen Kabelberichte ein. Auch der dortige Markt begann abzuflauen. Wenn es auch da noch hapern sollte, dann waren wir verloren. Ich raffe also meine ganze Barschaft und allen Kredit von weit und breit zusammen und schleiche nachts, wo das Mägdlein schläft, ohne das Vorhängchen zu lüpfen, aus dem Haus, zur Stadt und hinüber nach Amerika. Ich renne, ich hetze, ich schreie alle Häuser ab, ich garantiere und verhandle und gebe Ausweise über unsere einheimische Arbeitskraft. Das war eine wütende Bataille Tag und Nacht. Oft dachte ich, wenn mir die kranke Zia in den Sinn kam: So, jetzt ist's genug, die Sache steht –; aber immer wieder ermannte ich mich und blieb auf dem Platz, bis alles im glatten Fluß, die Bestellung gesichert, neue Kundschaft erworben und schon unsere ersten Muster aus Absom in New York geprüft und weidlich gerühmt waren. Dann reiste ich heim, nahm das Kindli in den Arm und warf mich ins Bett. Elf Wochen Nervenfieber! – Aber das Dorf blühte – kraft – meiner – Feigheit!«

»Ihre Hand!« bat Emil ritterlich. »Ich habe durchaus übel geredet. Da sitz' ich wie ein Blinder und kenne noch nichts. Aber Sie haben Großes hinter sich, eine Geschichte genug für zwei, drei Leben.« – Er meinte es ernst. Aber nun sah er Mang noch ein gutes Stück tiefer im Horizont, fast gar am Himmelssaum stehen. – Zur Sache, zur Sache!

»Rühmen Sie nicht!« sagte Broller. »Diesmal ist's weit schlimmer. Es geht an die Ehre! Wir leben hier nicht in der Stadt. Dorf, Dorf und immer Dorf!« – Als beengte das Wort seine Brust, riß Ernst zwei, drei Knöpfe der Weste auf. »Ich stehe in öffentlichen Ämtern und habe Frau und Kinder. Und nun diese Zwillinge und das Weib im Waisenhaus! – Wenn's wahr wäre, darf's nicht wahr gelten!«

Er rastete ein bißchen, tieferregt und mit der Elfenbeinhand den dunklen Bart durchgrübelnd. Dann sagte er leise: »Der Bastian, so ein urchiges, witziges Volkskind, besitzt hier in unserm protestantischen Ort alle Herzen, wenn er schon aus dem katholischen Mattli stammt. Ich aber bin halt doch dem Volk unlieb. Da hilft alles nichts. Ich bin gewaltsamer und zugriffiger als meine freien Landsleute leiden mögen. Ich hab' ihnen zuviel Neues aufgehalst. Die Bewässerung des Tales, das Motorwerk im Kehrtobel, die neue Besteuerung, all das kommt von mir und hab' ich ihnen aufnötigen müssen. Die Absomerbahn ist mein Gedanke, mein Geschöpf. Meine Existenz hängt daran. Ich möchte damit nicht nur etwas Stolzes und Außerordentliches schaffen. Es lag mir daran, mit diesem Werk der Fremdenindustrie bei uns einen starken Rippenstoß vorwärts zu geben. Die launische Stickerei allein reicht doch nicht für alle und nicht für immer aus. Aber gerade für diese unsere feine Kunst hoffe ich mit der Fremdenbahn einen steten Strom von Kundschaft zu unterhalten. Die Fremden sollen gleichsam die feinen, vornehmen Augen- und Ohrenzeugen unserer herrlichen Nadelarbeit und hernach unsere besten Reklametrommeln werden. Langes Träumen an einer schönen Sache ist nicht meine Art. Ich wurde mutig, oder Sie sagen vielleicht verwegen. Unter der Hand hab' ich die teuersten Güter am Weg angekauft und nach der Konzession von Bern rasch die Hälfte aller Aktien vorweg übernommen. Um den andern Mut zu machen, ließ ich dabei alle meine Kredite in einem geradezu ausschweifenden Galopp spielen. Die Wirte, Ladenhalter, Werkleute und Grenzbauern, denen allen etwa ein Profitchen aus der Bahn erblüht, die halten zu mir. Dem großen Haufen aber geht das Projekt wider die Nerven. Dieses steinige, konservative Volk hat Hörner auf dem Kopf, sag' ich Ihnen, und stößt damit oft gefährlich aus. Aber mit dem Recht des Geldes und des Gescheiteren halt' ich sie nieder, wie man einen Stier mit dem Knüttel niederhält.«

Man mußte sehen, wie Ernst Broller die Faust erdwärts stieß. Man glaubte dann, daß sich da nichts Schwaches in den Weg stellen dürfe, daß es zermalmt würde. Und Emil schien, die Sache des Oberrichters wachse, und im gleichen Maße nehme die seine ab. Mang erschien nur noch wie ein Punkt am lichten Erdrand. Emil könnte rufen; so fern würde der Bub ihn nicht mehr hören.

»Sie haben recht«, fuhr der Broller fort, wenn Sie sagten, das sei alles Zwängerei. Aber ohne Zwingen richten Sie in unserer zähen, vierschrötigen Rasse nichts aus. Auch den Sturz der Ratsherren, die das Dorf an der Börse vermogelten, – auch das Wagnis nach Amerika hab' ich erzwingen müssen.«

Emil mußte sich eingestehen, daß die Leute in der Eisenbahn und die Älpler auf dem Gebirge genau der Zeichnung des Broller entsprachen. Wer etwas Erfrischendes einführen wollte, mußte sicher mit Herrengewalt in diese gemeine, enge Steckköpfigkeit fahren. Das schon! – Aber was ging das seine Herzenssache an? Mittlerweile wird er Mang verlieren.

»Und nun, lieber Ingenieur, komme ich auf den Anfang zurück: Lassen Sie die Geschichte mit der Cäcilie nochmals auflodern, den Bastian noch einmal revolutionieren, dann zündet man mir nicht allein die Scheuer, sondern das ganze Haus und all mein Lebenswerk über dem Kopf an. Am Ruhigsein hängt jetzt alles, am Stillschweigen, bis die Generalversammlung das alles billigt, was ich da vorgreifend getan habe, – morgen in acht Tagen hoff' ich's, – so daß ich nicht mehr mit meinem Kopf allein für alles hafte. – So lange Ruhe und Geduld, ich bitte Sie! Ich bin doch auch Vater –«

»Aber ich auch, ich auch!« riß sich endlich Emil aus dem Bann der Brollerschen Rede. »Auch ich bin Vater, und Sie reißen mir meinen Sohn so weit weg, daß ich ihn gar nicht mehr finde.«

»Ach Sie!« – widersprach Ernst heftig, »Sie haben doch nichts zu verlieren. Sie sagen ja, daß Sie eine gute Frau besitzen. – Wer das sagen kann! So übel ihm mitgespielt wird, die trägt das Halbe mit.«

»Ja, sicher, eine goldene Frau«, rühmte Emil und dachte, sie sollte, so wie sie zur Stunde ja wohl im Bähnlein sitze, vielleicht unsicher und bang und mit Herzklopfen vor dem Stationsruf ›Absom!‹, – sie sollte es jetzt gerade hören, wie man sie da gerühmt hat. Jetzt erst, da er diese wirre, enge Therese gesehen hatte, so erschreckend in ihrem Auslachen und Hinbrüten und so öde in ihrem Gehaben, jetzt trat ihm das helle und frische Wesen seiner Sette und ihre gerade Manier, entweder zu geben oder zu versagen, wie ein köstliches Gegenteil fast sichtbar vors Gesicht. Wie gut, daß sie kam! Und unsagbar arm war dieser mächtige Mann da, der so gar keinen Frauentrost hatte!

»So fehlt Ihnen denn nur noch eines«, redete Ernst fort, »die Liebe des Sohnes. Und da hören Sie meinen Rat: Dieser Mang ist ja doch ein Absomer, und die kenne ich nun wohl besser als Sie. Da sag' ich: Nur keinen Zwang!«

»Wie, – und vorhin –« stammelte Emil ungläubig.

»Redete ich so, wie einer reden muß, der regieren will. Er muß die Faust zeigen, die Leute ängstigen und erschrecken. So nur kann ich sie nach meinem Willen zwingen. Aber wenn ich die Liebe des Volkes haben will, dann muß ich das Gegenteil tun, warten, mich gedulden, sanft und gütig sein und vor allem diesen harten, gefrorenen Köpfen Zeit zum Auftauen lassen.«-

»So hab' ich mich ja bis zu diesem Augenblick gegen Mang benommen.«

»Und glauben Sie nur, das hat seine stille Wirkung schon getan, wenn man es auch noch nicht offenbar sieht. – Aber sagen Sie nun heut plötzlich: ›Mang, ich bin dein Vater, du mußt mich also lieb haben‹, so erschrecken Sie ihn und stoßen ihn ab. Er muß dann gehorchen, er muß dann lieben, er muß, und Sie haben zeitlebens einen erschrockenen, gehorsamen Muß-Sohn. Und das ist doch nicht das Rechte.«

»Wie denn, wie denn?« eiferte Emil ungeduldig und gemartert.

»Mang bleibt Ihnen oben am Berg. Sie zahlen solange dem Bastian das Dinggeld. Der wird sich einstweilen um den Knaben nicht weiter kümmern. Er hat den Kopf ohnehin voll genug. Da haben Sie nun Mang ganz allein, seine Zuneigung liegt in Ihrer Hand.«

War doch das ein erfahrener Mann! Emil kam es vor, im Vergleich zum Broller hab' er noch gar nicht ordentlich gelebt. Da hatte er ihm in einer Viertelstunde den Inhalt eines vollbefrachteten, taten- und gefühlreichen Lebens ausgepackt. War er dagegen nicht wie eine Maschine, die jahraus, jahrein gemessen, gerechnet, profitiert und nichts erlebt hat?

»Sind Sie ein Mensch!« bewunderte er ungescheut. »Alles kennen Sie.« – Ihm war, Mang tauche unten am Horizont wieder auf.

»Für nichts brauchen unsere Absomer mehr Arbeit und Zeit, als etwas Neues zu lieben. Und Mang ist ein echter, reiner Absomer. So einem schweren, tiefen Charakter müssen Sie recht viel Zeit lassen, warm zu werden und sich in eine innige Liebe einzunisten. Nur nichts ertrotzen oder erschmeicheln! Mit Ruhe und schier mit Gleichgültigkeit sollten Sie zu Werke gehen können und keine Verwunderung sich merken lassen, wenn der erste Funke aus dem Zündstein spritzt. Sonst schämt sich der Stein, oder es reut ihn und er funkt zum Trotz nicht mehr.«

Aber Emil hätte geschworen, dort ferne die Straße her komme Mang, zögernd zwar, aber doch immer näher.

»Ich ordne indessen unter der Hand die nötigen Papiere. Sie notieren mir die wissenswerten Umstände mit der Cäcilie genau auf: Ort, Zeit – und bringen auch etwa Erklärungen Ihrer damaligen Begleiter auf, so weit das Belege sein können. Ich befrage inzwischen Cäciliens Schwestern, zwei sehr geachtete Jungfern. Die wissen jedenfalls das wichtige Datum auch. Und endlich wird das alles mit Ihren Aussagen zu einem kräftigen Beweis zusammengestimmt und genügt unsern Waisenbehörden, auch wenn Cäcilie keine Lippe über den Fall auftun sollte.«

Wie greifbar nahe jetzt Mang rückte! Emil sah seine braunroten Haarflocken vor sich schimmern und konnte die Sommersprossen auf der Nase zählen. Er spannte die Arme aus –

»Sie aber sind einfach und gerade mit dem Bub, reden mit ihm nur ernste oder kalte Sachen und lassen Ihre Frau das Schwierigste machen. Ich kenne das. Unsere Frauen sticken alle von Hand viel feiner als die Männer mit der schärfsten Stickmaschine. – Aber nach Wochen, sei es auch nach Monaten, wird der Knabe gar nichts anderes mehr fühlen, als was jeder Sohn gegen seine Eltern fühlt. Er liebt Sie als seinen Vater, bevor er Sie als seinen Vater kennt, und das ist besser als umgekehrt.«

Ja, jetzt schloß Emil die Arme um Mang, der ihn zur Besinnung über Leben und Lieben gebracht hatte. Er preßte ihn ans Herz, unverlierbar und selig.

»Und nun, denk' ich, sind wir für den Augenblick fertig. Geben Sie jetzt auch mir die Hand!« Der buckelige Mann erhob sich und ward auf einmal viel kleiner als er im Stuhle geschienen hatte. Und es war wieder der gleiche Oberrichter Broller wie zu Anfang, mit der rauhen Stimme und dem gescheiten, bleichen, ruhigen Christuskopf.

Er öffnete rasch die Türe und rief mit einer Stimme, die schon der gastlichen Eßstube und nicht mehr dem ernsten Studierzimmer gehörte: »Der Kaffee wird doch nicht kalt geworden sein? Wir zwei haben uns in einen ehrlichen – Durst hineingeredet.« Heinz aber bemerkte sogleich, daß die zwei Gesichter viel abgeklärter aus dem Büro traten, als wie sie es betreten hatten, und seine ganz dienstbare Seele freute sich über das Glück seines Herrn.

22.

Mang blieb bei den großen Neuigkeiten still und kühl. Das war ihm doch eins, ob er auf einem gestempelten Papier dem Waisenhaus oder dem Üli oder dem Bastian zugeschrieben ward. Man hatte ja immer über ihn wie über ein Postpaket verfügt. Von einer Hand kam er in die andere. Darum hatte doch niemand den Inhalt ändern können. Mang war geblieben, was er war, ein eigenmächtiger, in sich gekehrter, dienender und doch selbstherrlicher Mensch. Für den Bastian hatte er noch eine gewisse Bewunderung. Der war doch offen, kühn ein Schimpfer auf die Herren. Im Zorn brannte er auf wie ein dunkelrotes Feuer. Und er liebte seine Mutter treu, das wußte der Bub. Und Cäcilie war seiner nicht wert, das wußte Mang auch.

Doch das alles regte den schmalgebauten, gelassenen Jungen nicht auf. Er wollte nur wissen, ob Bastian ihn beim Ingenieur belasse.

Ja!

Gut! Dann gehe er sogleich wieder auf die Alp.

Auf der Talstraße vom Dorf zum ›End‹ begleitete ihn Ulis Tochter, das dreizehnjährige Irmeli. Er zog ihr das Wägelchen mit den Bierflaschen und Limonaden. Sie hätte das Getränk erst Montag früh ins ›End‹ fahren müssen. Sobald sie aber wußte, Mang gehe nach Vesper schon wieder auf den Berg, lud sie schnell das Nötige auf, um mit dem Knaben, der ihr lieber als ein Bruder war, den zweistündigen Weg machen zu dürfen. Sauber hatte sie sich das kleine, runde Schneewittchengesicht nach der Kellerarbeit gewaschen. Ihre zwei langen, dicken, blonden Zöpfe glänzten und tropften noch von Wasser, und das enge Stirnlein mit den zwei blonden, feinen Pinselstrichen von Augenbrauen und den kleinen, lächelnden Honigaugen hatte ein festlicheres Licht gewonnen als sonst an einem Sonntagabend beim Kindertanz. Zwei Stunden allein mit Mang spazieren, das war köstlich.

Wenn er auch nicht viel redete, das war nicht böse zu nehmen. Wenn sie nur mit ihm laufen durfte. Hie und da schielte sie an sein in die blaue Luft ragendes Gesicht hinauf und sah mit Entzücken seine goldenen Wimpern in der Sonne glitzern. Aber die Augen, die langen, schwimmend grünen, wie zwei Alpseelein, halb von den Lidern geschirmt, diese Augen, die es ihr schon lange wie ein Märchen angetan hatten, daß sie sich darin verschauen konnte wie verzaubert und alle andern Augen der Welt, selbst die rotschwarzen Samtaugen Walters, ihr dagegen wie blinde Fenster vorkamen, diese Augen sah sie nicht. Die richtete er hoch über sie hinaus und über die Felder und die nähern Hügel. Er studierte wieder einmal. Da schwieg sie demütig. Aber zuweilen legte sie die Hand ans Wägelchen und stieß mit. Da, wo er seine lange, braune Hand ans Stangenkreuz hielt, legte sie ihre feine und kleine an, so nahe, daß bei einer Wendung des Karrens ihr kleiner Finger den kleinen Finger Mangs berührte. Wie hübsch und lieblich war das! Sie dankte jedem Fuhrwerk, das ihr Gefährte nötigte, auszuweichen und jedesmal dieses leise, süße, verschmitzte Liebesspiel erneute.

Mang merkte nichts davon. Ihn beschäftigte jetzt nur der Ingenieur. Am Samstag und Sonntag hatte er an nichts anderes gedacht. Wenn er ihm doch nur wieder an der Arbeit helfen darf! Er will es jetzt freundlich tun. Darum liebt er die Eisenbahn trotzdem nicht. Muß ja auch mancher in den Krieg und andere totschießen und ist doch ein Freund vom Leben und vom Frieden. Man kann nicht immer wie man will. Und der Inschenier denkt auch nur den Weg aus. Das ist eine Kunst wie jede andere. Vielleicht wollte auch er lieber, solche Berge und Täler blieben frei. Aber er hat nun einmal den Beruf, die Linie für die Bahnen vorzumessen, und er tut's großartig.

Seit der Züchtigung auf dem Gipfel fühlte Mang immer noch Emils Hände an der Schulter, so mächtige Hände und so stählerne. Er hat seitdem eine wahre Ehrfurcht vor ihnen. Das war eine Kraft und ein Zorn, Herrgott! So hat ihn noch keiner angedonnert und ins Knie gebogen. Und dann schüttelte er ihn stolz ab und ging. Nein, Mang läßt sich nicht abschütteln. Der Inschenier ist ein überlegener Mensch, ein hoher, ein Held. Mang fühlt sich wie bezwungen. Er will bei ihm bleiben;

er kann es nicht begreifen, daß er hat von ihm weg wollen. Oder daß der Manuß nun ohne ihn will fertig werden. Daß er dem Inschenier nicht unentbehrlich ist. Das möchte er sein, durchaus! Heut geht er bis Miezeler und wartet dort, bis Emil kommt. Gelesen hat er ja seinen Brief und dem Seppli aufgetragen, daß er wieder kommen dürfe, wenn er möge. Nun wohl, er will bei den Miezeler Häusern warten und sich dem Manuß dann anhängen und betteln, wenn's nicht anders geht, daß er's doch noch einen Tag lang mit ihm probiere. Und diesen Tag will er dann so tüchtig helfen und so gut und dienstlich tun, daß der Inschenier ihn für den zweiten Tag noch lieber behält. Nur jetzt nicht weg von ihm! Er tät' sich ewig schämen. – Aber wie's so kommt und einem die Seel' umkehrt, das weiß er nicht. Darauf sinnt er auch nicht. 's ist nun mal so, punktum.

Er bangt ein bißchen vor dem ersten Zusammentreffen. Was will er dann sagen? Den Brief wiederholen? Das ist zu lang. Gar nichts sagen? Das wäre zu grob. Einfach: Nichts für ungut, – und nehmt mich doch wieder! –

Unter dem gestreifelten Überhemd, im Brusttuch, hat er das Zettelchen Emils und zwei Goldstücke darin, ein gewöhnliches und einen Vierzigfränkler. Der erste Napoleon ist darauf mit der Römernase und dem scharfen Kinn und dem runden, schweren Schädel. Noch nie sah Mang so ein Stück. Wie ihn das freut! Nicht weil's Gold ist, – ein wenig auch darum! Und nicht, weil es einen so berühmten Kaiser darauf geprägt hat, – ja, zwar auch ordentlich darum! Aber was wär' ihm die Münze, wenn sie vom Üli oder Pfarrer geschenkt wäre! Kein Teil so lieb. Oft muß er mit der Linken unter das Hirtenhemd und über die Stelle tasten, wo es ein wenig knistert und rundum hart ist. Das freut ihn jedesmal. Er wird dabei immer aufgeräumter. – Irmeli, das so leise neben ihm geht und ihn nie wie die andern mit ewigem Wortgedresche stört, wenn er seinen Gedanken nachgehen muß, Irmeli ist doch auch ein gutes Kind. Eine Schwester muß einem wohl so lieb sein. Er weiß, wie oft Walter seiner Zia übers Haar streichelt. Das freilich täte er auch einem Schwesterlein nicht. Dem Walter steht so was an, dem schon. Aber er – der Mang – tät's keinem Mädchen. Höchstens dem Irmeli das Wägelchen stoßen oder sie über einen Bach tragen, daß sie nicht naß wird und hernach Zahnweh bekommt, das schon! – Jetzt möchte er ihr etwas Freundliches sagen, wüßte er nur was! Denn das ist klar,

seinetwegen geht sie noch so spät ins ›End‹ und muß dann allein heim.
– Was soll er nur sagen? Jaso, das!

»Hör' du, Irmeli, – ich bin jetzt nicht mehr bei deinem Vater. Der
Bastian hat mich gedungen. Aber am Sonntag komm' ich doch und
werd' Geschichtlein erzählen.«

Irmeli wird ganz bleich.

»Und schlafst nicht mehr im Haus und issest nicht mehr mit uns?«
fragte sie. Wahrhaft, ihre rote Masche am Zopf und ihre Spitzen an
den Ärmeln zittern, als spielte ein Wind damit.

»Nein, wenn ich mal vom Berg herab bin, muß ich wohl –«

»Ritsch hurrrrio!« – Aus den Büschen am Weg bricht jäh und zi-
schend Walter hervor. Göttlich lacht er in ihre verschreckten Gesichter
hinein. Irmeli ist dem Mang in die Ellenbogen gefahren.

»Wenn du doch nur Leute verschrecken kannst!« scheltet Mang ernst.

»Nur nicht immer schimpfen! Sag' lieber, ob ich mitdarf!«

Damit schob er Mang vom Wägelchen, faßte den Stiel und stieß und
stemmte neben Irmelis Händen. Das war ihm die Hauptsache.

»Bist du jetzt böse?« fragte er das Mädchen halb mit Lachen. Ja, sie
war böse. Sie wäre jetzt viel lieber allein mit Mang gegangen. Aber so
wie Walter lustig und gut aussah, dazu fürnehm in seinem dunkelgrünen
Anzug, fast wie ein junger Graf, konnte man ihm eben doch nicht gram
sein. Er war der flotteste Bursche im Dorf, das ist sicher, und kurzweilig
ohnegleichen, und wenn er neckte, war es am feinsten um ihn.

Doch diesmal war Irmeli stumm, und Walter merkte sofort, daß irgendwas sie traurig machte.

»Habt ihr gestritten?« fragte er besonnener.

»Irmeli ist nicht froh, daß ich nun zum Bastian gehöre«, erklärte
Mang.

Walter war heimlich um so froher. Er hatte vom Vater das wörtliche
Versprechen, wenn Mang beim Knecht sei, dürfe er am Tisch neben
Walter und Ernstli essen. Mit ihnen! Das erzählte er jetzt.

»Und am Sonntag nach Vesper und oft am Werktag abend kommen
wir natürlich zu euch«, gelobte er dem Mädchen.

Aber das war dem Irmeli nur ein kleiner Trost. Diese herrischen
Buben dachten nur an sich. Es war doch viel schöner, wenn Mang bei
ihnen am selben Tisch aß und auf dem gleichen Zimmerboden schlief.
So ist er halb geraubt.

Sie ging zwischen Walter und Mang und konnte nicht anders, als seine lässig hangende Linke fassen.

»Ich bring' ihn dir jeden Sonntag«, versprach Walter. Er hatte keine Eifersucht gegen Mang. Der war ja wie ein Bruder unter ihnen. Aber auf alle andern Knaben konnte er höllisch grimmig werden, wenn sie nur leicht mit dem Kronenmeitli[15] spaßten. Er wollte ihr am besten gefallen. Und weil er Mangs liebster Genosse war, war er auch ihr bester Kamerad nach Mang. Sie liebte ihn nur wegen Mang. Aber das merkte Walter nicht. Es ist zwischen vierzehn und fünfzehn Sommern noch so ein seliger Betrug zwischen Liebe und Freundschaft möglich. Aber nicht mehr lange!

Walter freute sich großmächtig auf das Heimgehen mit Irmeli. Es ist dann zwischen Abend und Nacht. Die breiten, gelben Wolken da oben werden dann neben dem Mond wie versilbert durch den Himmel fahren. Es wird still sein. Und sie sind allein! – Dem Walter klopft das Herz in Angst und Übermut. Er wird sie im Wägelchen fahren. Eine Viertelstunde vom ›End‹ gegen das Dorf fällt der Weg stark. Da wird er aufsitzen und mit den strammen Füßen den rollenden Wagen sicher um alle Biegungen lenken. So was Führerhaftes treibt er immer gern, besonders aber beim Mondschein und mit Irmeli. Sie soll seine Kraft und seinen Mut bewundern, ha!

Später will er sie im Wägelchen stoßen, seitlings, und neben ihr gehen. Dann gegen das Dorf zu wird sie herauswollen. Dann will er ihr heraushelfen. Fein denkt er sich das aus. Er nimmt sie am Ellenbogen, sowie sie herabspringt, beugt sich hurtig zu ihr nieder und gibt ihr einen lustigen Kuß auf den Mund. Aber flink, bevor sie schreit oder ausreißt. Und damit sie nicht etwa zürnt, sagt er: Irmeli, das ist fürs flotte Fahren, der Kutscherlohn, – den muß ich haben. Wer weiß, vielleicht gibt sie ihm dann selbst noch einen. Jedenfalls in den Arm will er sie schlingen, und so wandeln sie wie Mann und Frau bis zu den ersten Häusern. Ja, er hat sich schon alles fein zurechtgelegt! Wenn nur der Mond da oben, der Faulpelz, nicht immer noch so tagfahl wäre! Daß es dunkelte, nachtete!

»Ich will euch ein Gedicht vorsagen, hört!« ruft er plötzlich. »Der Diener oder was er ist, hat's mir gemacht:

15 Kronenmädchen

Wo ist der Knab', dem von drei Dingen
Jedes gleich gut mag gelingen?
Den rappligsten aller Rappen reiten,
Zum gipfligsten aller Gipfel schreiten
Und das schatzlichste aller Schätzchen erstreiten?«

»Fein!« sagte Irmeli.

»Der bin ich nicht«, gab Mang ruhig zu.

»Ich, ich möcht' der sein«, schrie Walter mit verspitzten Lippen und wahrhaft glühenden Mohrenaugen.

Das Mädchen staunte die zwei Buben an, die stillstanden, wie ein weißer Schmetterling zwischen einem glutigen Rosenbaum und einem bleichern, aber grad' so stolzen Heidrösleinbusch verwirrt flattert und zaudert und nicht leicht weiß, wo's besser tut zu ruhen, dort im mächtigen Duften und Brennen oder hier im freien, frischen, kühlen Heidehäuschen. Der Walter ist ein prächtiges, aber schreckbares Feuer. Beim kühlen Mang fühlt man sich viel freier, stiller, sicherer.

»Erzähle uns ein Geschichtlein, bitte«, bettelt sie Mang an.

»Ja, das ist das Gescheiteste. Eins, zwei, drei, los!« fordert Walter.

»Wartet, ich will mich besinnen.« – Er redet jetzt gern, denn er ist aufgeregt. Alle gelesenen Bücher erwachen, alle ergrübelten und entfalteten Gestalten stehen auf in ihm. Und die Berge, so hoch und schattenabendlich über ihre Köpfe niederschauend, und das einschlummernde Ried ringsum mit dem verhallenden Orchester der Grillen, und die Dorfhäuser und Menschen so weit hinten im Rücken, und von der Alp herab der Geruch von Heu und Wald und Wasser, dieser wunderlich gemischte, unnachahmliche Duft der Bergnatur, und das Klingen eines Quells droben in den Klüften und das ferne Tio-o-ioooo! von irgendeiner fenstersitzenden Berghäuslerin und die zwei lieben Gespanen neben sich und übermorgen ein schönes, neues Leben mit dem Manuß – o, er ist so aufgeregt, ihm prickelt die Zunge, er will reden, gern reden. Horcht, horcht!

Mang erhob den Zeigefinger und hob an: »Einmal gab es eine Stadt und die hieß Rom.«

»Und die steht jetzt noch«, bemerkte Walter spaßig.

»Pst!« warnte Irmeli. Walter lächelte sie gutmütig an mit seinen gen Abend immer dunkler werdenden Augen, lächelte sie wahrhaft schon an wie eine sterngoldene Nacht. Da sie nun vor so üppiger Glut den

Kopf senken mußte, packte er schnell ihre linke noch freie Hand und ließ sie auch nicht mehr los. Den Wagen stieß er allein mit der Linken. So liefen nun die hübschen drei, das Mädchen mit verknüpften Händen in der Mitte.

Mang aber fuhr fort, halb aus alter Chronik, halb aus Eigenem: »Jedoch, es war ein anderes Rom, Walter, wisse nur, eines wie Eisen und Ketten. Die Ratsherren hatten das Schwert und das Volk die Ketten. Die Ratsherren hatten das Geld und das Amt und das schöne Haus und das gute Essen und den Feiertag und die Musik und das wunderbare Studieren der Bücher. Und das Volk hatte das Arbeiten und Schwitzen, das Hungern und Steuern, das Schelten und die Peitsche und den Schmutz und die Dummheit und im ganzen Leben nie einen rechten Sonntag. Die Kinder der Herren glitzerten von Gold und die Kinder der Knechte dunkelten vor Staub. Und doch hätten sie auch gern schmausen, feiern und lieben mögen, wie die reichen Kinder. Und so hörte man in der Stadt nur zwei Sachen, das Kettenklirren und das Lachen.

Da stand ein junger Bursch auf mit frischen Backen, frischen Zähnen und frischen Händen. Der hatte lange zugeschaut und zuletzt konnt' er's nicht mehr. Er fing an zum Volk zu reden und ihm auszurechnen, wie groß es sei. Er zählte sie zusammen, und alles wunderte sich, daß man so stark sei und dennoch sich so erniedrigen können unter wenige, müßige, stolze Gebieter. Man machte auch Fäuste und staunte wieder, was das für ein Heer von Totschlägern wäre. Man schüttelte die Häupter grimmig und konnte es kaum überschauen, was das für ein Wald von wilden Wipfeln wäre.«

»Ach, Irmeli«, lispelte Walter verstimmt, »jetzt redet er wieder aus seinen Büchern. Das hab' ich nicht gemeint. Wie ein Pfarrer, so langweilig, redet er –«

»Pst!« bat Irmeli flehentlich. »Stör' ihn nicht.«

»Und wenn der Jüngling wie ein Fels in der Mitte stand mit seinem runden, steinigen Kopf, seinen feuerroten Backen, seiner Stirne auch wie ein Fels und seinem Munde gleich einer Sturmtrompete, dann wühlte und rauschte es gerade wie der Föhn in unsern Föhren. Der Mattliherr sagt, er müsse ein großartig schönes Menschenwesen vorgestellt haben, daß er aus den schimpfenden Büchern von mehr als zweitausend Jahren sich so frisch erhalten hat und ihm der giftigste Gänsekiel nichts hat anhaben und verklecksen können … Stolz war seine Mutter auf ihn.« –

»Hat er auch eine Schwester gehabt?« fragte Irmeli schüchtern.

»Das weiß ich nicht.«

»Aber ein Schätzchen?« fragte Walter mit leisem, dunkelrotem Lachen.

»Sein Schätzchen ist das Volk gewesen. Das hat er allein gern gehabt«, erwiderte Mang streng und für Irmeli mit unnötiger Härte. Aber sie ließ sein Handgelenk nicht fahren, wiewohl er sich gern frei gemacht und mit beiden Händen mitgeredet hätte.

Für Walter hatte der edle Gracche jetzt nur noch geringen Wert.

»Die über ihm haben ihn gehaßt und die unter ihm haben ihn nicht verstanden. Denn dort wachsen andere Menschen. Es gibt da keine Berge, keinen Schatten, aber viel Sand und Sumpf. Da wachsen die Sklaven, nicht freie Bergler. Und diese Sklavenmenschen haben keinen Mut. Sie haben ihren schönen Helden im Stich gelassen. Er war ihnen zu groß. Sie hatten einen solchen nicht verdient. Und ein Sklav' hat ihn durch den Rücken erstochen.«

»Sternendonnerwetter!« fluchte Walter. »Den hätt' ich von vier Hengsten auseinanderreißen lassen.«

»Walter, Walter!« flüsterte ergrausend das Mädchen. Er aber schloß es härter in seine Rechte.

»Dann ist eine lange Zeit vergangen. Und die Reichen sind noch reicher und die Armen noch ärmer geworden. Und da wißt ihr wohl, daß der Jesus gekommen ist.«

»Ich hab' gemeint, ein Geschichtlein wollest erzählen. Gepredigt hat uns der Pfarrer am Morgen schon lang genug«, grollte Walter ins Zeug.

»Walter, bitte, etwas von Jesus ist immer so schön zu hören«, schmeichelte die Kleine.

Und der Knab' mit seinem erdseligen, von Weltlichkeit glühenden Gesicht schlug sogleich die Lider halb zu, nickte zahm und spitzte einen andächtigen Horchermund über Irmelis Haar zu Wang hinüber. – Der sah scharf in die Bergschatten empor und fuhr weiter: »Ich glaub', auch der Herr Jesus war sehr hoch von Gestalt, daß er über die größten im Volk wegsah. Und er hatte ein gesundes Gesicht. Nicht so ein wachsweißes, wie auf den katholischen Helgen, nein, braun und rot von der Sonne und vom frischen Blut wie du, Walter, und ein lustiges, dichtes Haar, ich glaub' flammendrot wie ich, aber länger, reicher, goldiger, und einen gewaltigen Bart bis zum Gurt und starke Knochen, daß er sogar die Weltkugel tragen könnte. Aber sicher hatte er große, blaue Augen. Ein Braun- oder Schwarzäugiger könnte sicher nicht so reden, wisset, so gut, so - so - frei - so -«

»Warum nicht?« verlangte Walter fast drohend zu wissen.

»Wisset, so gut und gerad' heraus und so - so lächelnd und fromm dazu. - Ach, wenn ich's nur malen könnt', wie ich's in mir hab', so -«

»Aber der Napoleon hatte schwarze Augen, wie ich, weißt du!« grollte Walter.

»Mußt ihn nicht stören, Wältli«, bat Irmeli. »Sag's fertig, Mang.«

»Was meint ihr, wie sein Mund sei? Rot wie Feuer. Seine Reden haben ja auch gebrannt wie Feuer, sagt der Mattlerkaplan. Die dürren Menschen sind dabei zu Asche verbrannt, aber die frischen, grünen haben angefangen zu blühen. Und eine Stimme hat er gehabt, o einen Baß, daß die Tempeltore bei seiner Predigt gezittert und alle Herzen gebebt haben.«

»Aber das ist ja ein ganz anderer Jesus als sonst«, stotterte das Mädchen, nun doch selber verlegen.

»Das kann niemand wissen, wie er war«, gab ihr Walter recht.

»Aber ich weiß es, er war so«, entschied Mang wie ein Seher.

»Ja, freilich, du weißt es doch«, sagte Irmeli ergeben. »Aber zu fürchten war er so.«

»Man hat ihn doch auch gefürchtet, sogar die eigenen im Haus. Vielleicht ist er zu ernst gewesen. Denn er hat nie gelacht. Ich glaub', wer so etwas Schweres tun will, wie er, und soviel Grausames sieht, der kann nicht mehr lachen.«

»O, ich könnte noch beim Sterben lachen«, bestritt Walter. »Aber predigst du noch lang so weiter?«

»Hat ihm denn niemand die Hand gegeben?« fragte das Ülikind, »und ihn zu sich genommen und lieb gehabt?«

Mang schüttelte unerbittlich den Kopf.

»Wenn er doch so schön und so gut war, hätte doch sicher - Ja, hatte er denn auch kein Schwesterlein?«

»Nein!«

»- hätte doch sicher ein Meitli, das mit ihm in die Schule gegangen ist, ihn gar zu gern gesehen und wär' ihm nachgelaufen. Viele Mädchen, ich wette!«

»Nicht?« klagte Irmeli enttäuscht.

»Papperlapa! Die Mädchen! – Was kann doch so einer mit ihnen anfangen? Sie stehen ihm überall im Weg, und flennen und tun die Augen zu, wenn er etwas Gewaltiges probiert. Und immer sagen sie: ›Paß doch auf! Paß doch auf!‹ – Aber so ein Großer kann doch nicht aufpassen. Sie rufen: ›Zurück, zurück! Gib acht!‹ und anderes feiges Zeug. Hoi, er würde viel ausrichten, wenn er immer acht geben müßte oder zurückgehen wollte. So einer kann nicht zurückgehen!«

»Wo er das nur wieder her hat?« dachte Walter, von der zauberischen Kraft des Mannesbildes ergriffen fast gegen seinen bösen Willen.

»Nein, fort mit den Weibern! – Männer muß so einer haben, die Blut und Feuer sehen können ohne mit einem Augenhaar zu zittern. Ihr Mädchen verständet auch nicht, was er sagt. Ihr könntet ihm höchstens die Sohlen flicken, wenn er auf so vielen Märschen seine Sandalen durchlöchert hat.«

Irmeli fror bei diesen unbarmherzigen Worten, als wäre er ihr mit einer Handvoll Schnee in den Nacken gefahren. Immer höher, starrer und lebloser kam ihr der Erzähler vor, fast wie ein goldenes Götterbild. Aber Walter widersprach diesem Götzen, indem er zu Irmeli gewandt, mit seiner tiefen und weichsten Jünglingsstimme sagte: »Das glauben wir zwei nicht. Hat ihm doch ein schönes Mädchen mit seinem langen Haar die Füße getrocknet und die Schwester Martha ihm einen herrlichen Z'mittag serviert.«

Das Töchterlein von der Krone merkte wohl, wie Mang seine Hand immer lockerer machte. Um so heftiger hielt Walter sie fest; fast tat es weh.

»Dummes Zeug!« zürnte der Dingbub, die Brauen zückend, »meint ihr, so ein Großer habe Zeit zu Stubeten und Pfänderspiel? Der hat an anderes zu denken!«

»Das hast du vom katholischen Pfaff da oben, weißt du!« schrie Walter böse, »der nicht heiraten darf!«

»Das geht das Heiraten gar nichts an, verstehst du?« brauste nun auch Mang auf. »Ich sag' nur, bei so großartigem Schaffen ständen einem die Mädchen auf die Füße. Machen denn in der Weltgeschichte nicht die Männer alles? Die Frauen sind ja gerade nur Nullen.«

»Das ist gar nicht wahr«, widerredete Walter.

Irmeli zuckte zusammen. Es hörte nicht gern so reden von den Frauen. Es wird doch auch einmal zu diesen Frauen gehören. Aber es kennt wirklich keine Frauen recht und die eigene Mutter hat es wissend nie gesehen. In seinem Leben gab es nur den Mann Üli, seinen Vater, und die Jasser und Kegler in der Krone und Seppli, Mang und Walter.

»Haben etwa nicht im Krieg unsere Frauen einmal Hirtenhemden angezogen«, triumphierte Walter, »und den Feind so erschreckt, daß er vom Berg herabfloh? Hä, was sagst du dazu?«

»Das geht alles meine Sachen nichts an«, versetzte Mang seelenruhig.

»Und auch«, focht nun Walter heftiger, denn er fühlte, daß Irmeli es gern und dankbar hörte, »auch wenn dein Herr und Held ein schönes, liebes, heiliges Mädchen so ganz im stillen für sich gern gehabt hätte, – so ein Irmeli!« – lispelte er rasch dem Kind ins Ohr –

»Aber Wälti!« wehrte sie zündelrot bis in die kleinen, gelben Augen.

Walter neigte sich über sie, als gelte nun alles nur ihr, wurde dabei aber selber tiefrot wie Kupfer, – »und wenn er ihr angelobt hätte, du bist meine Braut! – so hätte er gar nicht unrecht getan und wäre gerade so groß und so erhaben wie jetzt! Es hätte ihm sicher nichts geschadet.«

Irmeli glaubte, ja, das hätte ihm nichts geschadet.

»Wenn ich Herrgott wäre –« lispelte Walter.

»Pst!«

»Laßt mich ausreden; ich bin noch nicht am End'«, setzte Mang in seiner Begeisterung fort. »Er, der Herr Jesus, hat fast nur vom Volk geredet. Der Kaplan von Mattli und unser Pfarrer haben gesagt, die erste Volksgeschichte habe er gemacht. Eine Geschichte vom Knecht und Säer und Zöllner, von der Wasserträgerin und von den Aussätzigen und von denen, die nicht zinsen können, und von den Fischern und Krämern und dann immer wieder von den Bauern. Am liebsten sprach er doch mit den Melkbuben, wie ich einer bin, oder mit den Ackersleuten, den Pflügern, Mähdern, Kornschneidern, mit den Fuhrleuten und sogar mit denen, die zuhinterst nur noch die letzten Halme von der Ährenlese gesammelt haben. Und von den Winzern und Gärtnern, aber doch am meisten von den Viehtreibern und Hirten. Die will er emporbringen und neben den Herodes und Kaiphas und Pilatus setzen. Ihre Hacke und ihren Rechen, hat der Pfarrer gepredigt, wollte der Herr Jesus so wichtig machen und so redend, wie das goldene Zepter des Kaisers zu Rom oder wie die Feder eines Dichters oder wie die Tafeln und die Kopfhaube des Hohepriesters. Das wollte er.« –

Er schöpfte Atem und riß jetzt seine Hand ganz aus Irmelis Fingern.

»Irmeli!« wisperte Walter an ihr Ohr.

»Was?« flüsterte sie.

»Also wenn ich der Herrgott wäre, weißt du, was ich täte? – hör'
doch, – das andere geht uns ja sauber und glatt nichts an.«

»Was tätest du?« fragte Irmeli behutsam und ärgerlich auf Mang
wegen der entzogenen Hand.

»Ich würde dich packen und mit dir durch die Luft in den schönsten
Stern fliegen. Das wäre ein Häuschen für dich. Dort oben ist so einer.«

Ihre Augen leuchteten selber wie bleiche Sterne das schwache, milde
Gestirn am Himmel an und suchten sich dort die goldenen Stuben und
Kammern zurecht.

»Aber«, fuhr indessen Mang fort, ohne das unehrerbietige Geflüster
zu hören, »auch ihn haben die armen Leute nicht verstanden und ließen
ihn an den Martern seiner Feinde sterben. Denn dort gibt es wieder
keine Berge und keinen Schatten und keine tapfern Älpler. Die Hirten
dort sind schläfrige Leute, nicht stramm wie unsere Küher. Hügel hat
es wohl, aber keine Eichen und Buchen und Tannenwäldchen daran,
keinen Schnee, keine ewigen Bäche. Da gibt es keine frische Brise wie
bei uns, keine Lawinen, keine grünen, kühlen Wiesen. Dort ist alles
zum Faulsein und Schlafen und Träumen eingerichtet. Und so sind halt
auch die Menschen ohne Saft und ohne Frische. Sie jodeln nie, sind
unstet und haben keinen starken Stand. O wenn die Berge fehlen! Und
drum hat der Jesus das Volk nicht großmachen können. Das ist's. Da
kann mir der Kaplan lange kommen und es anders auslegen.«

Er grub ein Fältchen in die Stirne und bedauerte den irregehenden
Kaplan.

»Gefiele dir eine so funkelgelbe Stube, Irmeli?« schmeichelte indessen
Walter leise. »Zwölf Engel sollten dich flugs bedienen. Wollt' einer nicht
lustig genug folgen, ich riss' ihm alle Federn aus.«

»Ach je, Wälti, nicht so –«

»Aber wenn ich auf Erden meine vielen Herrgottsgeschäfte fertig
hätte, – weißt du, – den Maag und Oretli verhagelt und der Klara
Lindner den neuen Hut verregnet –« Irmeli kicherte jetzt – »und sonst
noch eine Reihe Dächer abgedeckt und Krieg und Frieden gemacht und
die Leute so recht durch Hitz' und Schnee geschüttelt hätte, daß sie fast
toll würden, ich, der Herrgott, – und wenn du von oben herab immer
zuschauen könntest – dann käme ich zurück und jagte die Engel zum
Teufel! – pardon – zur Engelmutter und wir wären allein und du würdest mir den vielen Straßenstaub von den Füßen waschen – weißt du,
wie jenes Mädchen bei Jesus! – würdest du?«

»Ja«, hauchte das Kronendirnlein kaum hörbar.

»Und mir etwas Gutes zu essen und zu trinken geben und – dann würden wir mit dem Stern herumfahren wie in einer goldenen Hochzeitskutsche, eine Reise machen von Stern zu Stern – und ich hätte dich immer an der Hand und nähme dich eng an mich, daß du nicht hinausfielest – und ich dürfte dir – dem Herrgott ist alles erlaubt – ein Küßlein oder zwei machen –«

Irmeli eilte flinker durch die Straße zwischen einem reinen Eisberg, der krachte und donnerte, und einem Vulkan, der heiße, stille Gluten ausströmte. Aber immer minder hörte sie auf das Krachen, auf dieser Seite fror sie. Sie rückte der Wärme zu und horchte mit halbem Zagen und doch mit einer unerklärlichen, aufgeregten Neugier dem glosenden, leisen Vulkan Walter zu. Aber ihr Arm zitterte an seiner schönen, festen, kecken Herrgottshand.

Mang hatte weiter und weiter die Blätter des Weltbuchs umgeschlagen und war jetzt schon in neuere Zeit geraten.

»Dann sind die Bauernkriege gekommen mit dem Leuenberger und Schybi. Die haben versucht, soviel zu bedeuten als die Herren. Aber es ist noch immer zu früh gewesen, und unsere Bergler haben, soviel ich weiß, nicht mitgemacht. Das Emmental und das Entlebuch und das Aaretal und die freien Ämter, ja, aber die Berge sind weggeblieben, weil's zu früh war. Und so, ohne die Berge, fiel alles auseinander. Denn wisset, die Berge und das Meer halten alles Land zusammen. Aber die Berge sind jetzt das Bessere. Vom Meer her sind einst die alten, gesunden Vorväter in unsere Erde abgestiegen. Jetzt ist das Meer gerade wie das ebene Land so verfahren und verzankt und voll von verdorbenen Menschen. Da bleibt nichts anderes, das zweitemal muß die Geschichte von den Bergen her anfangen, von da muß sie herabsteigen, die Volksgeschichte, die gute, neue Bauerngeschichte. – O, ich möchte daran helfen! Ich möchte sie voraus schreiben, wenigstens die, wie man sagt, die Vorgeschichte dazu, so ein Vorwort, – das, was jetzt besser werden muß. Und so wahrhaftig möchte ich das schreiben, daß man alles sähe, durchsichtig wie in einem Brunnen, was die kleinen Leute wert sind, und was sie gearbeitet haben, seit die Welt steht, und was sie gelitten haben, seit es neben ihnen unmäßige Herren gibt. Mehr als alle Tiere und Bäume und alle Erde ist das Volk zermartert und zertreten und verbraucht worden. Immer haben nur ein paar Mäuler geschrien. Das Volk ist stumm geblieben. Es hat müssen schweigen oder sagen:

Du hast recht, Pfarrer, und du hast auch recht, Ammann, und du hast wieder recht, Geldsack, – ihr habt alle recht und habt immer recht, – ich bin still, ich folge. – O verdammtes und verfluchtes Pack!«

Wunderbar gefärbt von seiner Begeisterung und zuckend an Aug' und Lippe, aber die niedrige, feine Stirne bleich in den Himmel gestellt, stand er da und streckte die Arme, ohne es zu wissen, nach den Gipfeln der jetzt fast schwarzen Bergmassen. Seine Fingerspitzen brannten ihn vor Lust und Weh, alle Trübsal und alle Forderung der Geschupften und Gedrückten niederzuschreiben. Und dort oben auf dem Absomerhaupt, wo schon ein bleicher Mondschein anfing, zitternde Silberränder zu malen, dort oben möchte er dann das volle Buch aufschlagen und über die ganze Welt seine schwarzen, herrischen und sklavischen Blätter vorlesen. Der Blitz müßte ihm zünden und der Donner ihm die Stimme geben, und wie Sturm würde es rauschen, so oft er ein Blatt umschlüge.

Leise stupfte Walter Irmeli in die Seite und wies auf Mang. Und Irmeli sah ihn nicht mehr als den trauten Hauskameraden an, der mit ihm einen Apfel zusammen fertig biß, sondern als einen fremden, hohen, ihr gar nicht verwandten Menschen, den man vor Ehrfurcht nicht mehr lieben darf. Aber diese großartige Veränderung machte ihr unwohl.

»Reden kannst du«, sagte Walter mit aufrichtiger Bewunderung, »wie sicher kein G'studierter. Du solltest auf eine Universität! Ich sag's meinem Vater, wart' nur!«

»Kein Wort sagst du!« herrschte ihn Mang wild an.

»Was hat er jetzt wieder, Irmeli?« fragte Waltet befremdet.

Und Irmeli versetzte mit der Klarheit ihres reinen, kindlichen Gemüts: »Er wird sich halt schon allein zu helfen wissen, Wälti!«

Das Tal ward dunkler und so eng, daß es vom Bachgetöse ganz ausgefüllt schien. Die Lichter der Endwirtschaft lachten an einer Wegkehre plötzlich vor den jungen Leuten auf.

Nach einem kräftigen Imbiß im kleinen Gastzimmer stieg Mang nach Miezeler hinauf und hörte noch lange tief unten auf der harten Straße das Geroll des Wagens, das Lachen Walters und ab und zu einen Mädchenschrei, wenn der Freche aufsaß und ohne die Bremse zu brauchen, an den Biegungen wie toll heruntersauste. Aber es ward stiller, je höher der junge Hirte klomm. Vom Schatten des gegenüberliegenden Berges ward das Tal und sein hübsches Pärchen spurlos begraben. Mang aber stieg nun in den hellen, feinen, gelbweißen Mond, der die Büsche und das kurze, ranftige Gras glitzern machte.

Es ward ihm wohler mit jedem Meter, den er höher ging. Er beschloß bei sich, in Zukunft solche Dinge, wie er sie auf dem Wege vorhin geoffenbart hatte, aufzuschreiben und gelegentlich gründlicher auszuführen. Aus dem Lohne des Ingenieurs wollte er vor allem eine Füllfeder und ein ledernes Taschenbüchlein kaufen, so daß er in den einsamen Bergstunden nach Eingebung und Herzenslust dreinschreiben könne, für jeden Fall also immer seine Schreibstube bei sich trüge. Und das übrige wollte er an ein großes Werk verwenden, das nach seinem Sinne und Lernbedürfnis verfaßt wäre und das ihn unterrichten und in seinen Absichten klarer und mutiger machen könnte. Der Ingenieur oder der Pfarrer oder der Kaplan auf Miezeler wissen vielleicht, was für eines.

....

Als Mang am Montag morgen in Jochems Heutenne erwachte, hörte er hämmern und klopfen in der Kaplanei drüben. »Da schreinern sie schon in der Studierstube des Hochwürdigen für die Frau vom Inschenier«, sagte der Melkknecht und schüttelte aus Haar und Ärmeln eine Wolke von Heufasern. – »Hat er denn eine Frau?« fragte Mang. – »Eine Frau und ein Mädchen dazu.« – Da stand Mang ohne weiteres Fragen auf und ging hinüber. Den ganzen Vormittag half er umstellen, die Wände reinigen, die Spalten mit Werg und Spänen stopfen. Aber am Nachmittag verschwand er. Erst spät am Abend kehrte er von den Felsen her zurück, mit verschwitztem Hemd und Hände und Füße voll Schrammen. Er trug einen gewaltigen Büschel Alpenblumen, in das Kaplanzimmer. Da waren die gelben Trollblumen, der eisgraue Gemsbart, fünf, sechs Arten Enzian, der kurzhalsige Steinbrech, die feuchten, seidenweichen Parnaßblüten, weiße und blaue Vergißmeinnicht, Alpenveilchen und noch unerschlossene Alpenrosen untereinander. Er verteilte das alles in einer prächtig bübischen Unordnung auf verschiedene Trinkgläser. Aber das einzige Kelchglas, das ihm Jochem gab, füllte er nur mit den samtbraunen, schwerduftigen Männertreu und steckte mitten hinein ein Edelweiß, so über alle Maßen groß und weiß, daß niemand, der es sah, im Zweifel bleiben konnte, woher dieses riesenhafte, schimmernde Wunder käme.

Als Jochem noch vor Schlafen nachsah, ob das Zimmer nun wohnlich und für eine Dame erträglich wäre, sah er die vielen Sträuße mit Behagen und dachte, einen so geschmückten Empfang würde der neue Gast im schönsten Hotel von Interlaken nicht erleben. Sowie er aber das Edelweiß sah, entfärbte er sich vor Entsetzen und lief mit einem Maul voll Zornesworten hinüber. Mang aber schlief schon und hatte die breiten Lippen wie zu einem Lächeln offen. So sonnig hatte der Alte den Dingbub noch nie gesehen. Da war nichts zu machen. Mit einem: »Teufelskerl, haariger, du!« verpuffte das ganze Gewitter.

23.

Am Dienstag gingen zwei Paare den gleichen, steilen Weg vom ›End‹ nach Miezeler, im gleichen, klaren Mondschein wie Mang zwei Tage zuvor. Die Schatten des ersten Paares huschten reg und rasch über das feuchte Berggras. Denn Minchen hatte sein ganzes, kleines, staunendes Geschöpflein bis zum Halszäpfchen voll Neugier. Es fragte und äugelte umher und hastete vorwärts. Und Heinz war aufgeregt genug, sein Asthma zu vergessen, mitzuspringen und keck darauf los zu antworten, wahr oder falsch, wenn nur das Gespräch lief. Doch hie und da blickte er schnell einmal zurück zu den zwei stillern, die hinten dreinkamen, und hatte Freude und Angst in aller Mächtigkeit.

Die Schatten dieses Paares gingen leise und ohne Eile bergauf. Es war noch kein einziges, wichtiges Wort zwischen Emil und Sette gefallen. Doch beide fühlten, daß das große Tor so vieler schweigender Jahre jeden Augenblick aufgehen konnte, vielleicht mit leiser Klinke, vielleicht mit donnernden Flügeln.

Aber das Frauchen mit dem korngelben, im Monde glimmenden Haar fühlte immer noch einen Kuß auf den Lippen, einen merkwürdigen, noch nie zuvor empfangenen Kuß Emils, den sie um keinen Diamantstein Indiens hätte ungeschehen machen mögen. Es war nicht der nichtige, ton- und seelenlose, allabendliche Brauch beim Zubettegehen gewesen. Und ebensowenig der wollüstige Kuß der Romane, mit dem eines das andere sozusagen bis auf die Wurzeln ausreißt. Nein, nicht das. Es war ein inniger, warmer, sehr ernster Kuß gewesen, nicht am Bahnhof, sondern erst beim Eintritt in die Kronenkammer. Wie Blüten lagen die Lippen aufeinander und die Augen schlossen sich nicht dazu, wie bei Trunkenen, sondern sahen sich groß und lang und festlich, aber ohne Lachen an. »Ich dachte mir's ja, du bist eine feine, treue, tapfere Frau«, schoß es Emil durch den Kopf. Und ihr: »Er ist schmäler geworden und hat trübe, rote Wölklein in den Augen. Bert wird recht haben.

Es muß etwas Schweres und recht Böses über ihn gegangen sein. Sei's was es wolle, ich teile alles mit ihm!«

In der brütenden Hochtalhitz so nah und senkrecht unter der Sonne, hielt sich die kleine Gesellschaft während des Tages im Schatten des Kronengärtleins auf. Da war man nie allein. Erst abends fuhr man mit dem Gesellschaftswagen des Gasthofs das Absomertal hinauf und hatte nun schon auf der halben Höhe von Miezeler volle Nacht mit einer märchensüßen, Himmel und Erde füllenden Mondbeleuchtung.

Der Mond hier oben in den Bergen ist ein ganz anderer als drunten in den Menschendörfern. Dort wird er von engen Gassen, tiefen Stuben und Gartenbüschen gehemmt, und die Fensterlampen und Straßenlaternen verspotten und verunreinigen ihn. So kann ihn kein Wesen sauber genießen. Vielleicht der Absomer Organist, der endlich abends um neun Uhr die Orgel auf der Empore ungestört spielen und ein Mozartmotiv wie einen schimmernden Faden aus den Tasten ziehen und darüber phantasieren kann, während das Mondlicht durch die gotischen Fenster ihn und sein Instrument wie mit Silber überschäumt: der genießt allenfalls noch reinen Mond. Aber doch muß er im zehnten Takt des Andante schon ein Stümpchen Wachs anzünden, weil die Noten so unordentlich von jungen, nur an Allotria denkenden Lehrerseminaristen aufs Papier gesudelt worden sind.

Aber hier oben regiert nur der Mond. Die Sterne verduften vor ihm wie gewöhnliche Schauspieler vor einem weltberühmten Gast. Die ganze himmlische Szene gehört ihm. Und die ganze Erde dazu. Und da gibt er nun der Hochwelt ein ganz neues, vom Tag verschiedenes Gesicht. Die nahen Berge überwirft er mit undurchdringlichem Schatten. Wie formlose Ungeheuer starren sie in die Höhe. Nur zu oberst auf dem Scheitel sind sie voll Licht. Wie des Paradieses Zinnen leuchtet es von da hinab, und man denkt, daß ein ganzer Reigen seliger Geister dort lustwandelt und daß manchmal sich einer herausneigt und einen mitleidigen Blick auf die tiefen, dunkeln Menschenbehausungen niederwirft. Aber sogleich zupft ein Gespan ihn am Flügel und zieht ihn wieder in die göttliche Sorglosigkeit dieser kosenden und tanzenden Lichtwesen zurück.

Die fernen Berge drüben gegen den Mond gekehrt, die schauen aus: grün und grau und blau fast wie am Tag. Nur leiser, verschleierter, vergeistigter. Am Tage lachten sie und guckten sie um und kokettierten sie mit den Vögeln, der Sonne und hübschen Bauernmädchen. Jetzt lehnen sie sich träumerisch zurück wie Poeten in ihre Felsstühle und sinnen mit dämmerigen Augen über den Tag ihrer Wiege und den Tag ihres Sarges nach. Und diese Kinderwiegengedanken geben ihnen etwas Mildes und diese Sarggedanken etwas Ernstes, so daß kein Mensch da oben in solcher Nacht wandeln und böse bleiben kann. Es sind die Nächte der Freunde, der Verbündeten, der Liebenden.

Sette hatte nie geahnt, daß es auf den Bergen oben so stattlich und festlich aussehe, und daß sie einem die Seele so gewaltig bedrücken können.

Oft wirbelte ihnen ein Luftzug den betäubenden Vanillegeruch der Männertreu oder den süßlichen Duft von Aniskraut zu. Dann wieder rochen sie Eismilch oder Harz oder Wildheu, je nachdem der Wind aus einer Schneerinne herab oder vom Fels drüben oder aus einem feuchten Gehölz herauf wehte. Ein bißchen sang es in den Höhen. Das waren die Oberlüfte, die um die Gipfel ihr ewiges Fangspiel machen. Sonst hört man nur das Wasser durch die Mondstille musizieren. Aber wie schön! Dort im Kieselbett gluckst es wie ein Neugeborenes; da im schmalen Gras schlürft es leise hin wie ein Dieb oder klatscht in die Steinplatten wie eine Dorfbase mit hängenden Backen und verzogenen und verschwatzten Lippen. Jetzt, seht, seht, purzelt es über ein paar Blöcke und reißt Witze wie ein fünfzehnjähriger Taugenichts. Aber meist läuft das Bergwasser durch eine ferne Schlucht, rastet ein wenig im tiefen Becken und eilt mit gesammelter Fülle tiefer; dann hat es Männerstimme und die prachtvolle Gebärde eines starken, gesunden Arbeiters. Und von allen Seiten ruft es und grüßt sich und gibt sich die Hände und füllt das Hochtal mit seinem unsterblichen Arbeitslied. Und so geschieht es, daß man in solcher wunderbaren Wirksamkeit der Natur das große, müde Schlafen der Menschheit mit ihren verloschenen Augen und lichtlosen Kammern in der Tiefe gar nicht hört. Man spürt hier oben keinen Schlaf; man möchte jetzt wach sein, lange und mächtig wach sein, und irgend etwas unternehmen, das so kühn, so frisch und so groß wäre wie der Sinn dieses lustigen, ewigen Bergwassers.

Aber so erfrischend das auch für den Manuß war, er verpaßte doch immer wieder den Augenblick und verschob die Beichte, bis man da drüben im nächsten Bergschatten untertauche. Dort schämte er sich dann wieder, so feig und dunkelmäuslerig zu sein, und er setzte sich vor: Nein, wenn wir dort oben wieder im vollen Lichte gehen, fang' ich an. Doch dort war der Mond wirklich unverschämt hell. Emil sah jede

Miene Settens. Es war fast greller als am Tag, jetzt in diesem Mond eine Sünde zu bekennen. ›Zum Teufel‹, dachte er, ›das ist mir nun doch noch nie passiert, daß ich so ein Zaudern spürte, gar vor Sette. Meinetwegen, im Mond oder im Schatten, jetzt sag ich's.‹

Er schloß Settens Arm fester in den seinen und sagte deutlich: »Sette!«

›Jetzt wird's‹, dachte sie und zitterte heimlich. »Sag', Emil«, antwortete sie und stülpte ihr Näschen auf, so tapfer sie nur konnte.

»Ich habe dir etwas Wichtiges zu erzählen. Du mußt ruhig zuhören. Versprich mir das!«

»Das will ich«, gelobte sie.

»Klopft dir das Herz so? – Du mußt nicht zittern. Sette, es ist schwer, aber so ein Übel doch nicht. Sette – man kann's auch noch – verzeihen. Und es kann eine Freude daraus werden.«

»Emil!« – Sette warf sich ihm widerstandslos ans Herz und umhalste und küßte ihn. Vierundzwanzig Stunden lang hatte sie sich steif und hochauf gehalten. Zum Zerspringen voll war ihre Brust gewesen. Jetzt dieser Mond, diese Berge, diese Worte von Emil erlösten sie. Leise, aber strömend weinte sie.

»Settchen, so kann ich dir's nicht sagen. Mach' jetzt lieber ein strenges Gesicht, höre! Ich brauche dich jetzt. Du mußt mir helfen. Zuerst wirst du furchtbar böse sein und mich schimpfen. Aber nachher mußt du mir raten und etwas Schweres tragen helfen.«

»Ich tue alles, alles, Emil«, versprach sie, sich aufrichtend und die Augen trocknend.

»Ja, denn von heut an müssen wir einander von Herzen Mann und Frau sein.«

Das Weib verging fast vor Glück. Das war's, was sie erhungert hatte. Wie eine verdorrte Heide hatte ihre Seele nach dem Labsal eines solchen Wortes geschmachtet. Mochte er so Großes als Bert nur andeutete, verschuldet haben, wenn sie jetzt nur glücklich wurde! Denn sie merkte ja so gut, daß sie immer nur Emil lieb gehabt und daß alle ihre Frostigkeit nur Selbstbetrug gewesen war.

»Ich will dir von heut ab, so gut ich's kann, Ehr' und Lieb' erzeigen. Glaub' mir, ich bin nicht mehr der Kalte und Herzlose. Nur mußt du zuerst Geduld haben. Es soll immer besser gehen. Aber dafür mußt du auch etwas Großes aushalten. Wollen wir nicht sitzen? – Da an den Hag, daß ich's ruhig erzählen kann?«

»Nein, wir gehen dabei«, rief das Weib. »Wir sind beide so aufgeregt. Aber wenn es etwas ganz furchtbar Schlimmes ist und du's nicht leicht sagen kannst, so sag' es jetzt nicht, sag's nicht! Ich hab' dich doch lieb!«

»Gute Sette!« lobte Emil fast fröhlich.

»Und sagen die Leute was sie wollen, ich glaub's nur dir!«

Da entschloß er sich. »Sette«, hob er rasch und heftig an, »horch, – ich habe ein Kind gefunden, das mir gehört! Und auch die Mutter ist hier. Das rührt alles von meiner Studentenzeit her. Und das will ich jetzt alles gerecht in Ordnung bringen.«

Er hielt Sette fest mit einem Arm umspannt als wollte er sie vor dem Entweichen hindern.

»Jetzt weißt du schon alles«, schloß er langsamer und beschämt, weil so Schwieriges nun doch so leicht und straflos zu sagen war.

Er hatte gerechnet, sie würde entsetzt auffahren und sich ihm entwinden wollen. Aber er würde sie mit eisernen Händen umklammern, wie sie auch zerrte. Und er wäre froh um diesen Kampf. Er fände dabei die Kraft des Herrn wieder, des Herrn, der fehlen kann, aber der darum doch der Herr seiner Frau und ihrer Ehetage bleibt.

Aber sie regte sich gar nicht in seinem Arm. Daß sie doch grollte und jammerte! – Ruhig würde er sie austoben lassen und dann wäre er mit seinen festen und sichern Sätzchen gekommen und hätte alles erklärlich gemacht. Sie hätte den ganzen Kreuzweg mit ihm durchlaufen müssen, vom gewaltigen Erschrecken in der Seehütte durch die Vaterqualen an der Mordfluh hinauf und auf dem Absomer bis zu den unerträglichen Martern am Brollerischen Mittagtisch … Und Sette ist dann wohl sehr vergrämt, aber auch ebenso ergriffen. Sie würde sagen: »Du Böser, du Harter, was Übles hast du doch da angestellt!« – und dann: »Du Lieber, Guter, – wie können wir's mitsammen schlichten?« –

Aber sie sprach kein Wort und das engte ihm den Atem und schnürte ihm das Herz zusammen, daß er von all dem Wohlgesetzten und Feinerwogenen, das er sich auf diesen Augenblick zurechtgeschnitten hatte, nicht ein noch so winziges Teilchen mehr wußte.

»Sette, Sette!« sagte er, mit beiden Händen in ihr gesträubtes Haar greifend und ihr Köpfchen zu seinem Gesicht aufstützend.

Mit ihren grauen, feuchten Augen forschte sie ihn jetzt aus. Ihren kleinen, runden Mund hielt sie wie verriegelt. Etwas Leidenschaftliches schoß über ihr bleiches Gesicht, aber verhuschte wie ein Irrlicht sogleich im Aug'. Sie bezähmte sich großartig. Wie eine Heilige blieb sie fest, und mild klang es, als sie endlich einen Laut herausbrachte: »– Der Mang – nicht wahr –«

»Ja, der!«

»Und jene Armenhäuslerin?«

»Die Cäcilie, ja, – aber woher –«

Sie schüttelte den Kopf und sagte einfach: »Erzähle mir jetzt alles, Emil!« –

Sie gingen Arm in Arm durch den so tempelhaften Licht- und Schattenwechsel des Bergmondes empor. Er begann, aber ungern und zögernd. Allmählich verblich seine Stimme ganz. Da spürte er, wie Sette sich inniger an ihn drängte. Und er fuhr herzhafter fort und erzählte von jener verhängnisschweren Nacht vor vielen Jahren, und dabei drang ihm der Schweiß dick und warm aus Händen und Haaren, und die Scham vor dieser reinen, blassen Sette da verbrannte ihm fast die Zunge.

»Ja, ja«, wollte sie unterbrechen, »und dann am Morgen –?« Aber sie war ohne Stimme. Dafür herzte sie ihn wie eine Eifersüchtige, die ihrer Nebenbuhlerin nichts schenkt.

»Und da ist's geschehen, – und das Häßlichste war am Morgen, als ich Abschied nahm – wie – wie – aus einem Laden etwa, wo ich billiges Zeug gekauft hatte –. Ich zahlte und ließ sie stehen – und sie liebte mich doch – jetzt weiß ich's – und war unverdorben – und ist – jetzt wieder niedergekommen – und –«

»Gott im Himmel!« stöhnte Sette. Und noch enger drückte sie sich an Emil fest. In diesen Bergen, in diesen schwarzen, riesigen also war's gewesen. Die hatten alles gesehen und stehen jetzt da wie Zeugen, so unheimlich, oder wie Richter und Rächer. Die haben Emil wieder da hinauf gelockt und jetzt auch seine Frau und das Töchterlein. In ihrer flinken, farbigen Einbildung kam ihr das unheimlich sinnreich vor. Und je mehr Emil von Mang und Cäcilie und Walter und dem Bastian und dem Brollerhaus erzählte, desto überlegter und dämonischer kam ihr das Erlebnis vor. Bert mit seinen Andeutungen, dieser Broller und Üli, die Hirten und die Cäcilie, die schienen ihr alles gewußt und so gewirkt und gesponnen zu haben, von einer in die andere Hand, bis Emil ganz in die furchtbare Vergeltung verstrickt war.

Emil erzählte dann weiter aus der Schreibstube des Oberrichters, wie der Broller und sein Knecht nun über die arme Cäcilie verfügten, gegen ihre Seele. Und er gestand, wie oft er umsonst sich ermutigen wollte, zu ihr zu gehen und ihr sich zu eröffnen.

Aber jetzt umschlang ihn Sette wieder in Verzweiflung. Nie hatte sie Eifersucht gefühlt. Er war zu trocken und zu eisig. Aber da gab es nun ein Weib, das nach vierzehn Jahren noch von Emil träumte und von ihm einen stolzen Sohn hatte. Sicher, an dieses Geschöpf dachte er jetzt immer und sah darum so abgehärmt aus. Nein, mochten die beiden vor Jahren, als Sette noch ein Kind war, mitsammen verbrochen haben was immer, o ausgewischt, nur immer ausgewischt! Jetzt aber war er ihr Emil geworden, und keiner andern gehörte ein Härchen von ihm. Wie haßte sie dieses Weib und dieses Weibes Sohn! Eine neue, starke Leidenschaftlichkeit durchwogte sie. Wie alte, unmodische Kleider fielen Eitelkeit und Starrheit von ihr, womit sie bis heute ihre Liebe entstellt hatte. Zu Füßen würde sie ihm jetzt fallen und ihn an den Knöcheln umklammern und küssen, bis er sie aufhöbe und sagte: »Du allein bist mir lieb!« Sie fühlte, daß sie etwas Neues war, etwas, was sie noch nie gewesen, nur noch Weib, ein Weib, das seinem Manne gehört und von ihm und für ihn lebt. Und so ungestüm fing ihre Umarmung an zu werden, daß das Paar in dieser heißen Verschränktheit der Glieder fast nicht vorwärts kam und Emils kältere Natur beinahe Unbehagen empfand.

Jedoch er litt es und erzählte, von ihr mit unstillbarem Fragen überschüttet, was er durch Üli, Broller und andere Dorfleute von der Cäcilie vernommen habe. In allen vierzehn Jahren habe sie keine Spuren verraten, auf denen man jenen Studenten hätte finden können. Und doch habe er damals in seiner Dummheit – nein, in seiner Ehrlichkeit – ausgekramt, woher er sei und was er studiere und zwei seiner Begleiter hätten dem Mädchen sogar ihre Karten geschenkt. Er sehe sie noch immer am See stehen und warten. Und Üli habe erzählt, daß diese Jungfer oft ausgelacht worden sei, weil sie viel von einem fernen Schatz träumte, der sicher einmal in schönen Kleidern zu ihr kommen und sie zu sich holen würde. Voll Liebesmärchen habe sie den Kopf gehabt und jahrelang nie mit den Kirchweihbuben getanzt. Die ›Bsundrige‹ habe sie nur geheißen. Endlich im zweiten Sommer sei sie fortgezogen. In die Stadt, spottete man, den Liebsten zu suchen und ihm vom Bubi zu erzählen. In Wahrheit habe sie in einem Restaurant zuerst als Magd und dann als Köchin gedient. Als sie im Herbst heimkam, war sie müde, fror immer da oben, ward krank. Und kaum genesen, sprang sie wie toll in ein hitziges, wildes, gieriges Leben von Bekanntschaften, Liebeleien, Studenten und Tanznächten und allerhand dunkeln und tiefern Versteckheiten. Aber den Mang habe sie bei allem immer wie ein Heiligtum gehütet. Vor ihm habe sie sich ihrer Unart geschämt. »Du gehörst nicht zu uns«, habe sie wohl oft zu ihm gesagt. »Du bist etwas viel Besseres und Vornehmeres.« – Wenn er dann erwachsen sei, wolle sie ihm den Vater suchen helfen. Jetzt nur Ruhe, nur Ruhe – es komme alles schon wie's müsse. Aber er würde stolz sein auf seinen Vater, – das sei einer!

Sette machte bei dieser kurzen, aber entsetzlichen Erzählung eine mächtige Erkenntnis durch. Dieses ehrlose Weib also hatte ihren Emil heldenhaft, ja, fast selbstlos geliebt und liebte ihn in ihrer Art heute noch so. Sie trug gewiß die Züge der Ausgeschämtheit im Gesicht – aber – Sette konnte es nicht hindern – auch die Glorie einer rührenden Dirnentreue. War sie etwas anderes als sein Opfer? Ein betrogenes und belogenes und immer noch gegen den Tyrannen dankbares Opfer! Welch ein heißer Blutsaft mußte dieses Weib durchglühen! – Sette konnte bei allem Haß eine heimliche Bewunderung für dieses Geschöpf nicht unterdrücken. – Ich hab' ihn doch auch geliebt, wollte sie sich rechtfertigen. Aber kaum fing sie an, ihre geordnete Liebe mit dieser wilden zu messen, so erschrak sie vor der eigenen Kleinheit. Ja, sie hatte Emil wahrhaft geliebt; aber nicht demütig und einfältig genug. Emil war eine kühle, herrische Natur; der warf sich einer Frau nicht hin. Schmeicheln und liebeln verfing da nicht. Was sie hätte sollen, hat sie nicht können, das sieht sie jetzt deutlich: sich auch opfern und hingeben jeden Augenblick, warm bleiben gegenüber seiner Kälte, ja, je kälter er tut, um so wärmer gegen ihn werden, die Geduld einer Mutter, die Demut eines Kindes gegen ihn üben und wie eine Schwester so treu ins Tiefste seines Wesens sich hineingewöhnen: nein, das hatte sie nicht können. Von außen her hatte sie Emil gleichsam mit ihrer Liebe belagert, Stirne gegen Stirne. Sich auch zu bücken und tief zu verdemütigen, das hatte sie nie versucht. Von oben hatte sie's probiert. Nicht wie eine Magdalena ihm zuerst die Füße waschen, nein wie eine Judith ihn mit Prunk und Macht besiegen hatte sie wollen. O wie gern begnügte sie sich jetzt, demütig von unten auf zu beginnen!

Der Mond schien unbarmherzig klar und fast scheitelrecht auf sie herab. Die Schatten der Berge warf er zum Greifen hart und die Lichter mit einer sozusagen hellseherischen Schärfe über die Gegend. Die nahen, schwarzen Berge standen da wie Richter, die jetzt ihr Urteil überlegen. Aber die ferneren, hellen Berge drüben im Mondschein, die hatten schon entschieden. Die sahen feierlich und heilig herüber, wie wenn sie gerufen hätten: Schuldig, schuldig auch du!

Emil beichtete weiter. Diese Jungfer wäre nie so weit in Not und Siechtum geraten, wenn er nicht so gesetzlos und unsauber in ihr noch so unschuldiges Mädchentum eingebrochen wäre. Es laste auf ihm alle Verantwortung für die Schicksale der ledigen Mutter, für ihre spätern Liebschaften und Ärgernisse. Er sei schuldig, er vor allen andern müsse gutmachen.

Schuldig sein, gutmachen! Hatte Sette je solche Worte von Emil gehört? – Nie! Nun lag das doch in ihm! Er konnte sich auch schuldig fühlen und konnte bereuen. Er hatte also doch ein Herz. Hinter seinen vereisten, grünen Augen schlummerte also doch auch eine Seele. Aber eben, so harte und stolze Menschen haben die frommen, innigen Gefühle wie einen Wintersamen unter einer dicken Erdkruste eingebettet. Das hätte sie wissen können, da hätte sie graben, suchen, finden müssen.

Aber das ist's, o das: sie war zu oberflächlich gegen den ernsten Mann mit seinem tief und heimlich spielenden Seelenleben gewesen. Sie stand jetzt wie vor einer Offenbarung. Soviel wie gar nicht hatte sie ihren Mann gekannt. Was er denke, studiere, fühle, was ihn aufs tiefste bewegen könne, darum hatte sie sich nie gekümmert. Nur ums Geliebtwerden! Immer nur um Zärtlichkeiten war es ihr, der vom ersten Gemahl so verhätschelten Sette, zu tun gewesen. So blieb sein Inneres ihr wie ein ungelesenes Buch. Den festen Deckel daran und den harten Titel und die eckige Fasson und die starken Schlößchen kannte sie wohl. Aber was auf den Innenseiten stand? – Nichts, rein nichts!

Auch da war ihr ohne Zweifel die Bauerndirne zuvorgekommen. In einem Tage hatte das schlichte, ehrliche Bergmädchen ihn tiefer berührt, als sie in anderthalb Jahren. Das ist furchtbar!

Frau Setten kam es vor, dieser allerreinste Bergmondschein durchstöbere ihre Vergangenheit Blatt um Blatt. Er zerfasere ihre Seele wie mit geheimnisvollen himmlischen Röntgenstrahlen. Sie sah sich in unverantwortlicher Nacktheit bloßgestellt.

Die Berge machten eine immer bedrückendere Richtermiene, meinte ihr fiebrig flinker Geist. »Schuldig auch du, auch du!« wiederholten die monderhellten. »An nichts hast du gedacht, als an dich. Nur für dich wolltest du Liebe und Sonne und Küsse! Ha, so ein kleines Schmarotzerding, das in sich selbst sich hineinverkriecht wie eine Schneckel Andere ins Unrecht setzen und selber im größten Unrecht stecken! – Strafe hast du zuerst verdient!« –

»Strafe«, bekräftigten die nahen, finstern Berge mit ihrem schweren, rollenden Echo.

»Wir übergeben sie euch zur Verurteilung«, sprachen die hellen Berge.

»Es sei! Zur Verurteilung!« gaben die dunkeln zurück.

Der Frau graute. Sie zitterte am ganzen Leibe. Aber sie wagte nicht mehr Emil inniger zu umfangen. Sie kam sich unwürdig vor. Dem ersten Mann war sie ein Kind, dem zweiten ein eigennütziges und oberflächliches Frauenzimmer gewesen. Sie hatte geliebt, aber mit einer Liebe, die wühlte und beunruhigte und brannte und doch nicht in die tiefe Seele hinabstieg. Erst jetzt in dieser unbefleckten Welt und unendlichen Stille, wo hinauf die Lächerlichkeiten und Schwächen des Zwerglebens nicht mehr dringen, – denn sie bleiben längst unten im Gedörn oder an den Felsen hangen, – erst jetzt kam auch in ihr wieder das kindlich Unverdorbene zum Vorschein. O sie wollte auch lieben, nicht nur geliebt sein! Ja, zuerst und vor allem lieben und opfern und geben und dann erst empfangen. Und sie wollte demütig sein und zuerst verstehen lernen, bevor sie urteilte. So dicht und lebendig wurden ihr diese Vorstellungen, daß sie zuletzt in ein halbes Flüstern übergingen: »O ja, ich bin auch schuldig! – sehr viel schuldig! – mehr vielleicht als mein Mann! Ich muß auch gutmachen! Alles, alles gutmachen!«

Indem war Emil still geworden und überlegte, was jetzt geschehen solle. Seiner Frau war er nun sicher. Die liebte ihn, die verzieh, die würde helfen.

»Sette, du hast nun ein Kind und ich hab' eines. Beide sollen unsere gemeinsamen Kinder sein. Beide gleich lieb! Minchen und Mang! Und mit den Kindern werden auch wir zwei einander viel näher kommen als dies bis jetzt geschah. Ich sag' dir, Frau, was ich kann, tu' ich.«

Sette drückte nur seine lange Hand fester. Aber ihre ganze Seele rang nach einem Wort.

»Kannst du Mang lieb haben?«

»Ich glaub'.«

»Und willst du hingehen mit Mang – zu jener –«

»Ich gehe!«

»Du bist ein starkes Frauchen«, sagte er gerührt und küßte sie dankbar auf den Mund, der ihm so etwas Gutes versprochen hatte.

Gerade in diesem Augenblick sah Heinz wieder einmal über die Achsel zurück, wandte sich aber blitzschnell um und lachte.

»Warum lachst du?« fragte Minchen. »Trag mich lieber, ich bin müd'.«

»Deine Mutter hat einen Kuß bekommen, gerade jetzt; aber blick' nicht zurück, hörst du! – sieh mal, ich will dir! – denn Mutter will ihm zwei zurückgeben. – Wirst du wohl –«

Lachend hielt er das Mädchen am Zopf und Stirnlein fest, daß es den Hals nicht drehen könne. Immer lustiger dünkte beiden die Szene. Endlich sagte Heinz: »Hör', Minchen, machen wir es lieber auch so! Schenk' mir ein Küßchen!«

Damit verneigte er sich fein wie vor einem Ballfräulein und küßte Minchens blasse, mondkalte Wange.

»Aber dann trägst du mich?«

»Sicher?«

»So halt her!«

Der alte Kerl mit einer fernen, zauberischen Erinnerung an die Lippen seiner seligen Agnes fuhr sich rasch mit der Hand über den Mund und bot ihn dann dem saftig roten Mäulchen dar, das herzhaft schmatzte. Dann hob er das Kind auf die Achseln und trug es im frohen Vergessen seiner Atemnot empor wie ein engbrüstiger Älpler, der ein Schnäpschen genossen hat sein allerbestes Käslein nun dreimal leichter trägt. Ganz poetisch ward ihm zumute. Er hätte jetzt dichten mögen. Die schönsten Lieder wären ihm gelungen. Das Pech hatte er ewig, daß, wenn die Poesie in Strömen kam, er kein Papier und keinen Bleistift hatte, die Inspirationen aufzuschreiben. Ein Pechvogel war er doch immer, aber ein glücklicher trotz allem.

Der Mond fuhr hell und heilig über ihren Köpfen dahin. Mit starren, feierlichen Knien und Schößen saßen die Berge auf beiden Seiten aufrecht in ihren uralten Gestühlen, und die drüben riefen aus der Mondverklärung: »Strafet milde! Nicht allein sie da unten sind die Schuldigen. Alle! –«

»Alle!« hallte es zurück.

»O ihr kleinen, zweibeinigen Toren –«

»Toren!«

»Wie habt ihr doch nirgends Sitz oder Halt! – Und steht einander auf die Füße und bläht euch großartig und habt doch so verhätschelte und vernaschte und verworrene Mückenseelen!«

»Mückenseelen!« donnerte es wider.

»Werdet größer, ihr Zwerge! Wachset auf zu uns und schaut weit wie wir!« – »Schaut weit wie wir!« –

24.

Nein, aber so etwas erlebte Minchen zum erstenmal in seinem bunten Leben. Dies herrliche Miezeler! Man kann weitum rennen, da kommt kein Hag oder Gartengitter oder Schullehrer oder Polizist und ruft: Verboten! – Hier ist alles erlaubt. 's ist einem alles offen, fehlt nur noch das Fliegen, um sich spatzenwohl zu fühlen. Auch der Wald hemmt nicht, winkt eher mit allen hunderttausend grünen Händen.

Mang geht durch die Tannen voraus. Er darf, er ist da zu Hause und sagt jedem Baum und Strauch Name und Geschlecht. Minchen trippelt ihm auf den Fersen nach und bewundert, wie er so sicher tut und da einen dürren Ast einfach abreißt und sagt: »Donnerwetter, läßt man mir das einfach so faulen!« – Ohne Zweifel gehört das alles ihm. Lachen und horchen muß Minchen, wie er so eigen redet, rauher und lauter als jeder Stadtknab, aber singend und mit einer so hellen Orgelstimme, daß einem das Ohr wohl tut. Das ist ein prächtig lieber Bursche, so groß und schlank, mit so verknäueltem, glitzerigem Haar. Rotes Haar gefällt ihr sonst nicht: sie hat schwarzes, wie ihr Vater selig. Aber Mangs Haar ist sicher nicht ganz rot, es ist eher gelb wie Wachs oder wie reifes Korn, und die langen, langen Wimpern sind noch heller. Darunter aber schwimmen diese zwei grünen, feuchten Augen, mit einem schwarzen Tüpfelchen in der Mitte. 's ist grad zu schauen wie zwei dunkle Brünnlein, auf deren Grund grünes Moos und blaue Glockenblumen wachsen. Diese Augen geben ihr Arbeit. Man kann sie gar nicht gründlich erforschen.

Ach wie trocken sind die Stadtbuben mit ihren matten Lippen gegen diesen Mang! Der hat einen großen roten Mund voll Saft, wenn er redet, und er blitzt dazu mit den zwei Schaufelzähnen wie ein junger Wolf. Sie möchte ihm gerade jetzt einen Kuß darauf geben, die Kleine. Aber sie darf nicht, er macht ein gar eigenes, heillos ernstes Gesicht.

Sein Überhemd riecht so gut von Heu und Bergsonne. Ach, sie will auch ins Heu liegen, bis sie so duftet. Die ganze Stadt soll die Nase davon voll bekommen. – Freilich, die Märzenflecken sollte er nicht haben. Das ist schad'. Sie will Mama fragen, mit was für Salbe das Gesprenkel wegzubringen ist. Wenn es Mama nicht weiß, dann kann Marie Bert es vom Hinsenörech erfragen. Der weiß es.

Mang hat seine beste Laune. Am Morgen ist ihm der Ingenieur begegnet und hat gesagt: »Das Briefchen hat mit Freud' gemacht.« Dabei hat er an die Brusttasche geschlagen, als ob er's darinnen hütete. Sein Geschreibsel! Sollt's ihm so lieb sein? – Dann sagt er: »Das ist mein kleines Meitli, Mineli! So ein junger, dummer Heuschreck! Willst heut wohl ein wenig acht auf ihn haben?«

Dann sind sie den ganzen Vormittag herumgelaufen und gleich nach dem Mittagessen tauchte das bleiche, breite Gesichtlein mit dem schwarzen Haar und den schwarzen Augen wieder an Jochems Fensterloch auf. »Zeig' mir jetzt, wo die Imbeeren und Heidelbeeren wachsen.«

So führte Mang sie durch die Gesträucher und blanken Stämme in der samtbraunen Walddämmerung herum. Oben in den Tannenspitzen schienen weiße Wolken zu liegen, wie aus dem schwindeligen Blau heruntergefallen. Kein Vogel sang. Jede Nadel stand unbewegt. Ganz weit weg, vielleicht oben in den Felsen, vielleicht unten in einer Schlucht rauschte etwas gleichmäßig und mit uralter und urfrischer Zunge: ein Wind, ein Wasser oder sonst etwas Sanghaftes.

Es war still wie in einer großen, leeren Stube, wo nur zwei Kinder mitsammen reden und ihre Worte durch alle Ecken widerhallen.

»Kennst du den Ferdel!?« fragte Minchen.

»Berts Ferdel? – Nur ein wenig.«

»Und die große, schöne Marie?«

»Die fast gar nicht.«

Merkwürdig, sie sind doch alle hier oben gewesen. Mang ist ein Stolzer; er ist ihnen nicht nachgelaufen. Das ist's. Wenn Papa nicht zu ihm gesagt hätte, er solle mit ihr in den Wald, so würde er sie sicher auch kaum ansehen. Wart' er nur!

Sie zupften Imbeeren. Noch nie hatte Minchen sie wild vom Strauch gegessen.

»Gib acht, da ist ein Wurm drin«, rief das Kind.

Lachend warf der Bub die Beere empor und fing sie mit seinem roten Mund auf. Minchen war entsetzt.

»Was schaust du mich so an?« fragte Mang lustig. »So ein Würmchen? Was ist denn daran? Wie die Beere schmeckt's.«

Minchen verzog das Gesicht vor Schauder. Nein, jetzt würde es ihn nicht mehr küssen.

Dem Burschen kam das Mädchen übrigens sehr unwichtig vor. Nur dem Manuß zuliebe ging er mit ihm. So ein kurzrockiges, schnellstiefelndes Ding, das sich auf den Absätzen drehte wie ein Hurrlibub[16] und schwatzte wie ein Zeisig, das war komisch. Aber kurzweilig. Großartig sah er auf den kleinen Stadtschelm herab, der noch nie einen Muni gesehen hatte und um einen Kuhfladen wie um einen gefährlichen Sumpf im weiten Bogen ging.

Es war ihm lästig, von diesem Jüngferchen immer betastet und beguckt und gestreichelt zu werden. Ist das doch eine städtische Ungeniertheit, einem an Knie und Ellenbogen zu hangen! – Aber seltsame Augen hatte Minchen. Es waren eigentlich nur zwei mächtige Tintenflecken, überall gleich schwarz, ohne ein bestimmtes, helles Pünktlein darin. Man konnte sich ganz verirren in diesen Augen. Es ward einem selber ganz schwarz vor den Augen, wenn es mit diesen Tintenflecken auf einen zusteuerte. Diese Augen waren es, und weil es so scharmant redete und so warme, weiche Fingerspitzen hatte, daß er es nicht abzuschütteln wagte und immer lieber litt.

»Aber meine Mutter kennst du?«

»Hab' sie ja noch nicht gesehen! – Horch!«

Man hörte ein hohles Trommeln, schallend und widerhallend.

Mineli kroch dem Bub unter den Arm.

»Laß doch! Das ist ja nur ein Grünspecht. Der hackt mit dem Schnabel so laut in den faulen Stamm.«

»Wer hat dir das gesagt?«

»Das weiß ich doch. Hab' doch schon ganz nahe zugeschaut.«

»Kennst du die Vögel so gut?«

»Wär' schon blöd, wenn ich sie nicht kennte, die Bachstelze und das Hagschlüpferli[17], den Kuckuck und vielerlei Spechte den Buchfink, Rotfink, die Blaumeise, Kohlmeise und Waldmeise, Starweibchen und Starmännchen, die Amseln dann und die Feldlerche, den Spatz, Rotgüg-

16 Drehfigur
17 Zaunkönig

ger[18], Herrenvogel[19], das Rotbrüstel und den Kreuzschnabel. Auch Elster, Nebelkrähe, Weih und graue Felsdohle, – schau, Mineli, und das sind erst ein paar. Auch ihre Nester weiß ich und ihre Eier. Aber dann die Adler, saperlott, die Adler!«

Er warf sich ins Laub am Boden, die Kleine staunend neben ihn.

»Groß? So? Hm?« Minchen schlug die Arme auseinander.

»Nimm's dreimal so weit«, prahlte Mang und zog ein langes Gras durch seine zwei Schaufelzähne. »'s gibt aber nur noch vier Alte oben in der Börlifirst. – Die sind mächtig wie ein Kaiser.«

Dem Mädchen schien der Junge, der alles wußte, vom Vogel bis zum Ei, noch viel mächtiger.

Mit der Unbändigkeit und Freude aller Knaben am Kühnen sah der Funkeläugige durchs Geäst in die Lüfte. »Ein Adler hat das schönste Leben nach dem Herrgott!« sagte er.

»Was du für Augen machst!« Minchen ergriff die breite, braune Hand des Hirten vom Knie auf mit ihren kleinen, vollen Tätzchen. »Ganz wie Vater so blau, aber doch anders. Weißt du, du bist ein schöner Bub!«

Trotz des verschluckten Wurmes hätte sie ihn nun doch wieder küssen mögen.

Das von den Augen gefiel ihm. Das hatten ihm schon Üli, Heinz und Walter gesagt. Und jetzt dieses Ding da auch noch! Haben die andern gespaßt, so kann doch die Kleine da sicher nicht lügen. Hat er denn wirklich so unheimliche, glitzerige Luchsaugen wie der Inschenier? Das will er nun einmal wissen. Dem Inschenier will er einmal recht tief ins Gesicht schauen. Aber; wenn's ist, tät's ihn mächtig freuen.

»Hast du Vater gern?« fragt Minchen in ewiger Beweglichkeit.

»Hm!« Mang zuckt die Achseln.

»Nicht gar so gern?« bohrt sie weiter mit kindlicher Unehrerbietigkeit.

»Jetzt lieber als auch schon«, sagte der Bub und stand wieder auf.

»Ich auch!«

»Du?«

»Er hat Mutter heute zweimal – oder? wart' einmal – einmal, zweimal, nein dreimal geküßt. Das hat er schon lange nicht mehr gemacht.«

Mang gähnte.

---

18 Dompfaff
19 Eichelhäher

»Und anders geküßt! Schau, ich zeig' dir wie!« Sie streckte und reckte den Hals, aber reichte ihm nicht einmal an den dritten Westenknopf.

»Ich mag das nicht«, erwiderte Mang, sich aufsteifend.

Da warf sie flugs ihre Arme wie eine Schlinge um seinen Hals, zog ihn nieder und berührte seine Stirne leichthin mit ihren Lippen. »So macht Papa immer, wenn er Mutter küßt.«

»Laß mich los, Meitli!« befahl er.

»Aber heute so!« – Das freche Stadthexlein traf ihn mitten auf den halb offenen, schimpfenden, feuchten Mund.

»Du bist ein – ein – ein cheibefreches G'schöpfli! – Du!« Er war über und über rot im Gesicht. Mit einem starken Stupf in die Knie machte er sie purzeln. Da lag sie auf dem Waldboden und lachte und klingelte genau wie die kleine Schelle am Hals einer jungen, schneeweißen Geiß.

Sie kollerte und trollte sich übers Laub und bat ihn, wieder abzusitzen, und legte ihr Köpflein auf sein Knie und starrte von unten auf ihm mitten in den Mund und den grünen Himmel seiner Augen hinein. Dabei fingerte sie am Seidenbesatz des sonntäglichen Überhemdes, das er heute trug. So schelmisch lieb und gut hatte ihn wohl noch niemand angeschaut und mit solchem Vertrauen. Sie glaubte ihm jedes Wort. Und darum fühlte er sich in einer gewissen Verpflichtung zum Mägdlein. Es sollte sich keinem Unrechten anvertraut haben. Er wollte ihm viel Freude bereiten und es zu einem richtigen Absomer Älplerkind machen.

Nachdem sie vom Heidelbeeressen ganz schwarze Mäuler bekommen hatten, strebten sie langsam zum Wald hinaus. Aber Minchen wollte durchaus wie Mang barfuß gehen. Unter den Bäumen sah es ja niemand. Es zog Schuhe und Strümpfe aus. Himmel, welche Füßchen! Wie Lilien! Er bat, sie möchte es lassen, sie besudle und verletze sich gewiß in dem vielen Gedörn. Aber sie behielt ihren Steckkopf und trippelte lachend und aufschreiend ihm nach. Plötzlich war sie still. Mang sah zurück. Richtig, da war das Unglück geschehen. Sie stand nur noch auf einem Fuß und verzog den Mund bitterlich. Aber weinen wollte sie nicht. Mang lief herzu und fand, daß sie einen starken Dorn in die Sohle getreten hatte. Sie machte ein Gesicht, wie wenn es ans Sterben oder sonst in ein großartiges Unglück ginge. Aber tapfer wollte sie sein und schloß die Augen, als er sie an den Saum des Waldes trug, wo ein Brünnlein floß. Doch sieh da, in diesen heißen Tagen war das Wässerchen versiegt.

Da legte er sie sanft ins Gras und fragte: »Hältst du's aus, wenn ich dir den Dorn ausreiße?«

Sie gab ihm mit einer großen Gebärde die Hand und sagte: »Tu's nur!«

»Es tut weh, aber ich mach' schnell! Mußt nicht zuschauen!«

»Nur flink!« sagte sie und hielt die Hand vor die Augen. Aber sie konnte es nicht lassen, durch die Finger zu blinzeln. Da sah sie sein schönes, ernsthaftes Gesicht. So mochte sie gern einen großen Schmerz aushalten.

In seinen mutigen Augen sah sie genau, was er tat. Er biß die Zähne in die Unterlippe, packte mit Daumen und Zeigefinger den Kopf des Dorns, klemmte ihn fest und eins, zwei, drei! – war's unter einem stechenden Schmerz heraus.

»Mmm!« stöhnte Minchen und lachte sogleich wieder, als er ihr triumphierend den langen, blutigen Dorn vor die Augen hielt. Dann riß er sein noch gefaltetes Nastuch heraus, spie darauf und wusch die Wunde rein. Das ekelte sie nicht im mindesten. Zuletzt verband er den Fuß mit dem Tüchlein sehr geschickt und half ihr in den Strumpf. Sie schaute ihn bei all dem gewaltig lieb und dankbar an.

Das Paar war so emsig dabei, daß es Frau Sette nicht kommen sah.

»Was hat es gegeben?« fragte sie nun ganz nahe mit einer befremdeten Stimme.

Die zwei schossen überrascht in die Höhe.

»Was macht ihr denn da?« fuhr sie fort, ihre Verlegenheit und große Bewegung niederkämpfend. Denn an diesem Paar wunderbarer Augen, die da so kräftig grün zu ihr hinübersahen, hatte sie sogleich Emils Sohn erkannt. Sie war ihm bis jetzt noch nicht begegnet. Voll Angst vor diesem wilden Eindringling in ihre Familie war sie ihm ausgewichen, solange es möglich war. Nach allem, was Emil ihr erzählt hatte, dachte sie ihn stolz, hart, widerspenstig und unliebsam über alle Grenzen. Und da – kniete er vor ihrem Töchterlein und zog ihr überaus artig und schonend die Sandalen an.

»Er hat mir einen großen Dorn aus dem Fuß gezogen, Müetti«, brach nun die Kleine los. »Weißt, das ist der Mang!«

Sie wollte ihn stolz an der Hand fassen, aber er wehrte sie ab.

»Jetzt siehst du meine Mutter«, plauderte das Kind unentwegt fort, »das ist sie, – so groß, so klein, so hübsch, so goldig – so –« sie schüttelte sich das schwarze Haar in die Stirne und kicherte drollig zwischen den Flechten hervor.

Frau Sette hatte sich seit zwölf Stunden den Buben unablässig vorzustellen versucht. Alle Bilder zerschlugen sich vor dem wirklichen Knaben. Wahrhaft, er atmete die Unverdorbenheit des Gebirges aus seiner ganzen schlanken Gestalt! Nichts Besudeltes oder Verkümmertes haftete, wie sie gleich allen korrekt Geborenen gemeint hatte, diesem unehelichen Jungen an. Er stand so frisch und hoch vor ihr, als wäre er schon ein Mann. Er konnte wohl eine Königin zur Mutter haben, so frei hob er den runden Kopf. Daß er eine so besonnene und etwas dunkelsinnige Miene machte mit seinen schrägen, starken Brauenbüscheln, das gefiel ihr. War die Mutter ein so leichtes, windiges Garn, so hatte man hier einen solider Faden. Ja, ja, das war von Emils Wesen.

Es ging wider ihre Frauennatur, daran Freude zu haben. Aber Abscheu konnte sie auch nicht spüren, wie sie befürchtet hatte. Im Gegenteil, es war ein sehr wackerer, flotter Bursche. Der müßte blind sein, dem er nicht gefiele. Emil hatte von ihm wie von einem spröden, schier unzugänglichen Menschen geredet. Mang war ihm oft geradezu furchtbar und erschreckend. Sie aber entdeckte, er habe etwas Schlichtes, Einfaches, Natürliches.

In einer solchen Minute kann man viel denken. Sette war mißmutig dahergekommen. Emil hatte sie den Nachmittag auf alles Bitten hin doch nicht auf die Absomer Alp mitnehmen wollen. Er war mit vier Erdarbeitern allein gegangen. Schon am ersten Tag wieder Arbeit! – Überhaupt hatte er am Morgen wieder seine alte Trockenheit hervorgekehrt, so daß sie aufs Gestrige fast wie auf ein Mondmärchen zurücksah. Die Hauptsache war eben nicht sie, – sondern Mang und wer weiß – Mangs Mutter! Aber diese bösen Gedanken zerflossen vor dem reinen Bilde der zwei unschuldigen Menschen. Es kam ihr wie eine Erleuchtung, als sie sah, wie Mang ihr Minchen ins Gras trug und hübsch bediente. Ich muß diesen Mang gewinnen, sagte sie sich. Der Weg zum Gatten geht durch die Kinder, von Minchen zu Mang, von Mang zum Emil. Sicher, so finden wir uns. Das ist das Geheimnis: die Kinder, die Kinder!

Mang hatte noch immer keine Silbe gesprochen. Aber er betrachtete freundlich und fast etwas schüchtern das kleine Frauchen mit dem geblähten Seidenhaar und den grauen, runden Äuglein. Minchens Mutter mußte eine gute Frau sein, und eine geduldige Frau. Das fühlte er, auch wenn das Meitli nichts ausgeschwätzt hätte. Denn um Emil müssen alle andern Schwächern wohl leiden. Er zitterte, wenn er sich dieses süße Weibchen vor einem so schreckbaren Herrn vorstellte, wie er ihn auf dem Absomer erlebt hatte. Aber sie ist nun einmal Emils Frau, sicher auch tapfer, sicher auch gescheit und sicher auch immer wohlgerüstet.

Nun tat sie einen raschen Schritt zum unverrückt auf sie blickenden jungen Hirten und streckte ihm ihre Hand entgegen. Er ergriff sie sogleich rauh und ehrlich.

»Das freut mich«, begann sie und wurde leise rot auf ihren kleinen, runden Wangen, »daß du meinem Minchen so gut bist.«

Aber sein unverwandtes Auge nicht aushaltend, fuhr sie zu Minchen herab fort: »Kannst dich wohl bedanken für einen solchen Kameraden.«

»Ich hab' ihm ja schon einen Kuß gegeben, Müetti«, sprudelte das Kind heraus.

Sette ließ augenblicklich die Hand Mangs fahren. Der wurde bis in die Haare dunkel und sagte unwirsch: »Ich han's nicht leiden wollen.«

»Weißt, so einen Kuß, wie dir der Papa gestern vor dem Schlafen –«

Sette verhielt das Klatschmaul mit der Hand. Aber eine übermächtige Rührung wollte sie übernehmen.

»Sag' du lieber, daß ich nichts dafür konnte!« herrschte Mang sie dumpf an.

Was waren das für wunderbare Fügungen! Sette war im Innersten betroffen über so ein hilfreiches Spiel des Zufalls. Einen Moment zauderte sie noch, dann nahm sie Mang an beiden Händen und sprach: »Minchen hat recht getan. Gib ihm jetzt auch einen Kuß!«

Und Minchen stellte sich erfreut auf die Sohlenspitzen, hielt den beerenblauen Mund geduldig her und harrte sehnsüchtig in so schwieriger Stellung. Aber Mang wollte nicht.

»Tu's dem Kind zulieb!« bat Sette, »'s wird auch Emil freuen.«

Schweigend und willenlos bog der aufrechte Junge auf das hin den Rücken und hielt dem Jüngferchen den Mund her. Und mehr geschah nicht, als daß Minchen Mang nochmals küßte. Aber das Kind war selig. Trotz der Wunde hüpfte es wie ein Zicklein auf dem Alpboden herum. Dahinter gingen langsamer Sette und Mang. Das schweigsame Frauchen hatte den Knaben rasch in ein warmes Gespräch verstrickt. Sie hatte es bald herausgefunden, was Mang liebte: lesen, studieren, in der Geschichte grübeln. Da spann sie die Fäden um ihn. Wie ein witziges Spinnlein wob sie aus allem Historischen und Legendenhaften, was sie aus der Schule noch wußte, ein kurzweiliges Netz um diesen Goldkäfer. Sie behandelte ihn vom ersten Blick an mit Hochachtung, mehr schwesterlich als mütterlich, fast wie ihresgleichen. Sie habe einen Haufen alter Historienbücher in der Gerümpelkammer. Davon könne er haben, was er wolle. Er müsse aber einmal in die Stadt kommen und selber das Beste erlesen. Minchen werde ihn dann durch die Straßen führen, wie er sie durch den Wald geleitet habe. Aber freilich, hier oben im Grünen sei es viel schöner als in der steinernen Stadt. Und man sei da sicher gerade so klug und so glücklich oder eher noch mehr als dort. Ihr wäre es ganz so lieb, in Miezeler gegenüber dem Kapellchen ein Häuschen zu haben als das Herrenhaus mit dem großen, wilden Garten bis an den Stadtfluß; oder ein Bergstübchen hier oben am Wald, wo sie ihn mit Minchen so fein erschreckt habe.

Dann fragte sie, ob es viele Arme gebe hier im Land. Ziemlich, meinte er, besonders im Katholischen. Sie habe Armenhäusler mit hellgrauen Hosen gesehen und der eingenähten Adresse: »Armenhaus Absomdorf!« Das sagte sie bitter. – Mang schämte sich. Er wisse es schon. Es geschehe, daß die Leute nicht davonlaufen können. – Dann fragte sie ihn über das Sticken aus. Wie, in feuchten Kellern wird gewoben und gestickt? Buben müssen schon vierzehnjährig an die Maschine? Lieber Gott! – Und die Mädchen verderben sich die Augen, weil sie nach der Primarschule abends noch tief in die Schlafenszeit handsticken müssen. Das ist sehr mühselig, bei der Petrollampe mit feinstem Seidenzwirn fast unsichtbar kleine Buchstaben und Stengel und Schnörkel ringsum zu sticken. Oft sogar mit knallroten Fäden. Und sie verdienen nicht viel. Reich kann kein Sticker werden. Aber die vielen kleinen Stickfabrikanten haben Geld genug, und der Broller und zwei, drei andere große Herren haben's in Haufen.

Sette horchte und bemitleidete ehrlich. Ihr Herz gehörte zum vornherein den Kleinen und Beherrschten und Eingeengten. Durch Emils Behandlung, unter der sie so schwer gelitten hatte, waren ihr alle Leidenden für immer liebenswert. Sie schämte sich jetzt fast ihrer Spitzen am Halse, die gewiß auch in so müden Nachtstunden von blutarmen Mädchen geklöppelt worden waren.

Dieses verständige Zuhören und das Bedauern der Frau taten Mang wohl. Er breitete den Fluß seiner Rede immer weiter aus. Er möchte Geschichtsschreiber werden oder etwas Ähnliches, wo man fürs Volk etwas leisten könne. Die Frau sagte, da müßte er Volkswirtschaft studieren. Das sei das Richtige. Ein Verwandter von ihr hätte das auch so gemacht und daneben viel Historisches betrieben, weil's ja hübsch zusammengehe. Aber dann müsse man gut aufpassen, daß man nicht ein Stubenhocker und Papierwurm werde. Jener Herr habe darum, wie er sagte, immer die Fenster und Türen zum Volk hinaus offen gelassen. Er sei nur ein wenig zu ruhig und keine große Kraft gewesen. Aber auch so habe er noch viel Böses hintertrieben und manchen Stoß zu einer sozialen Eroberung gegeben. – Sie meinte ihren ersten Mann. Aber – sie wollte ihn jetzt lieber nicht so nahe haben. Sie nannte dann aus ihrem feinen Gedächtnis heraus einige Bücher, die Mang wohl auch studieren müßte, und gab eine kleine Hoffnung, was darinnen gelehrt und gelernt werden könnte. Mang wurde ganz Flamme. Er zerrte Frau Sette wiederholt am Arm und bat oder befahl in einem wunderlich drängenden Ton: »Dies Buch müssen Sie mir auch bringen.«

Sozialökonomie, Volksrecht, – große Namen, heillos gespreizt! Aber dahinter lag eine neue hilfreiche Welt, die er schon lange suchte, wo er sich einrichten, ordentlich umtun und nützlich machen, ja auch ein bißchen zum Besten aller regieren wollte. Das war sein Königreich, fürwahr! – Übrigens, welch eine Frau, diese Sette! So was weiß sie! Nicht einmal der Inschenier hat das gewußt. Sie ist etwas sonderlich Feines und Geschicktes. So eine Frau zu haben, – Herrgott von Mannheim! Der Inschenier war doch ein Glücksmensch, daß ihm alles Gute in die Hände lief.

»Du spielst ja schon ein rechtes Herrlein bei der feinen Frau und dem Meitli!« spottete der Jochem, als Mang erst nachts seinen Sonntagskittel ablegte und die Leiter zum Tenn hinauflief.

»Das sind ganz wackere Leute«, gab der Bub stramm zurück, »nicht so gewöhnliche Städter, sag' ich Euch!«

Aber als er kurz darauf im schräg durch die Luken fließenden Mondlicht wohlig wie schon lange nicht mehr seine langen Beine durchs Heu streckte und den Tag überlief, wiederholte er: »Ganz wackere Leute! – Nur diese dumme Mode mit dem Küssen sollen's lassen!« – Aber sogleich schoß ein Lächeln über sein strenges Gesicht. Walter fiel ihm ein, wie der an seiner Stelle das Kind närrisch gemacht und es reichlich mitgeküßt hätte! –

»Schlaft alle miteinander wohl!« rief ein Älpler im Gäßchen und schloß eine Türe.

Da schlief auch Mang ein.

25.

Emil Manuß schien seine große Unruhe verloren zu haben. Unermüdlich arbeitete er seine Linien um den Gipfel aus. Nur zwei Schleifen brauchte er für den ganzen Kegel. Aber die fraßen viel Geld weg. Sie waren dafür auch ein kühnes und schlaues Wunder seiner Kunst. Behutsam liefen sie mit der schroffgliedrigen Natur des Felsens, aber überlisteten ihn dann unversehens, wie aus dem Stegreif. Der Hochgipfel ward nun freilich seiner unantastbaren Majestät entkleidet. Aus einer himmlischen Zinne war eine vertretene Erdstiege geworden. Das war kein Löwe mehr, das war nur noch ein Lastgaul. Das Gebirge verlor seine mächtige Seele.

Aber hiervon wußte der Inschenier nichts. Ihm schien der Berg durch die Bahn wertvoller. Ein Mensch hatte doch aus seiner stummen und nichtssagenden Masse ein Geniestück der Geometrie gemacht.

Um so leichter und frischer arbeitete jetzt der Manuß, je besser er mit den ihm nahen Menschen unten in Miezeler stand. Wohl schüttelte Sette jeden Abend, wenn er ins Alpnest zurückkehrte und sie mit leisen, wunschheißen Augen anfragte, ihr leuchtendes Haarschöpflein. Noch sei es nicht so weit, dem Wang den Vater zu offenbaren. Aber sicher bald, vielleicht bevor eine Woche um wäre! Dann umarmte Emil sein Weib, und Sette merkte, wie seine Brust von Abend zu Abend immer heftiger pochte und seine Lippen von einem zum andern Kuß immer inniger wurden. Dann war er wieder stundenlang die allerkühlste Sprödigkeit. Aber doch ging nun kein Tag hin ohne ein Zeichen seines heimlich umgestimmten, zur Liebe erschlossenen Wesens.

Bei aller Ungeduld war er doch seiner Sache sicher. Denn er sah Mang zwischen Sette und Minchen sich so unbefangen und zugetan bewegen, als wüßte der Bub schon, daß er da hinein sein Familienstühlchen bekomme. Es war nicht nur artig, nein gerade rührend, wie er bei Sette seine Vierschrötigkeit verbergen und sich zum erstenmal in seinem trotzigen Leben zu einem Sie bequemen mochte. Dem Pfarrer, dem Broller, dem Doktor und Inschenier sagte er nach wie vor Ihr.

An einem vernebelten Regennachmittag legte sich Emil auf die Kammerbank und versuchte zu schlafen. Sette, Minchen und Mang spielten am Tisch gegenüber den Königsjaß. Jochem hatte sie gestern ein bißchen darin unterrichtet. Aber heute wußte keines mehr genau, wie man diese Karten wertete. Aufs Geratewohl sagte man fünfzig oder die Stöcke[20] an oder schlug das Trumpfnell[21] von Schellen mit dem Eichelzehner. Minchen und Mang fochten zusammen gegen die kleine Frau, deren Haar sich vor Lustigkeit hochgolden blähte. Minchen schielte beiden fleißig in die Karten.

»Rosenbanner«, sagte Sette und legte das Fähnlein der Rose auf das letzte Aß. Damit war die Partie fertig. Die Jungen hatten verspielt.

»Wie schad!« klagte Minchen. »Aber ich dachte es schon, Rosen – immer Rosen! Jetzt, wo ich keine habe –«

»Hast du denn die Rosen so gern?« spottete Mang.

»Das mein' ich! Unser Garten ist jetzt ganz rot und weiß von den vielen Rosen und es riecht davon in die Gasse hinaus. Das solltest du sehen. Eine ist schöner als die andere.«

»Aber sicher nicht so schön wie die Alpenrosen«, behauptete Mang.

»Oder das Edelweiß!« bekräftigte Sette.

Da der Stadtfex das nicht gelten ließ, holte die Frau ein Glas vom Fensterbrett und stellte es zwischen die Karten. Emil blinzelte durch die Wimpern. Es waren die Mannstreu mit dem ungeheuren Edelweißstern in der Mitte.

Vor der schneeweißen Macht dieser Blume verstummte sogar das Kind einen Augenblick. Dann aber rief es wie überrascht: »Das bist ja du!«

In Wahrheit, das silbergraue, mollige, blondsternige Blumenwesen da und das Weiblein daneben mit dem ebenso milden, weichen, seidenen Gesicht und dem dünnfädigen, blonden Haar, doch ja, doch ja, wer sah's denn nicht, daß die zwei Geschwister waren?

»Nun darfst du aber nicht rot werden, sonst gleichst du ihr schon nicht mehr!« lärmte die Kleine.

Aber Sette war nicht deswegen rot geworden. »Das hast du da hineingesteckt«, sagte sie zu Mang.

Er lachte. – »Ja!«

»Ich hab's schon lang erraten. Aber wo wachsen sie denn so groß?« Mang wurde verlegen.

»Am Hosendreckler«, sprudelte Minchen hervor, »Mang hat es mir selber gesagt.«

20   König und Ober der gleichen Farbe
21   Der Trumpfneuner

»Was Mang, – dort, wo –« sie stockte. Vor ihr tat sich die grauenhafte Erzählung Emils und der luftblaue Abgrund auf, den sie gestern mit dem Gemahl betrachtet hatte. Sie sah die senkrechten Wände, spürte den Wind um die Ecken orgeln und hörte Emil, als ein Apollo über den Ranft in Mannstiefe unter ihnen von Absatz zu Absatz flog, leise sagen, so seien auch sie von einem Vorsprung zum andern mehr hinübergeflogen als gegangen, den Tod zwischen den Beinen.

Sette hielt jetzt die gekreuzten Hände vor ihre runden Augen. Der Schwindel wirbelte ihr das bodenlose Bild wieder auf mit den meertiefen Hüttlein, dem See und Wald und den Wolkenschatten, die da unten so tief hinfuhren wie sie hoch über den Köpfen flogen. Es war entsetzlich. Und das alles um ein Edelweiß!

Sie öffnete die Augen wieder und blickte die mächtige Blume an, die sozusagen dem Tod aus dem Finger gepflückt ward. Die Rührung übermannte sie. Sie ergriff Mang an beiden Händen und flehte: »Versprich, daß du das nie mehr tust!«

Der Bub wollte lachen. Aber er konnt, nicht. Die Frau tat zu ernsthaft.

»Wenn du gestürzt wärest! Mang – wegen mir! Wie könnt' ich das tragen? Und wie ständ' ich vor Emil! Gott!« –

Sie schüttelte ihn, der ihr hoch über den Kopf hinaussah, in der Angst hin und her. »Das machst du nie mehr, Mang!«

»Nein, nie wieder!« sagte Mang freundlich und demütig.

Emil wäre gern von der Bank gesprungen und hätte die zwei umarmt. Aber er wollte sich nicht verraten. Jedoch beim Nachtkuß sagte er zu Sette, indem er ihr in die zitternden Augen blitzte: »Lieb's Settchen, du und niemand sonst gibst mir mein Kind! Ich weiß jetzt, nur von dir bekomm' ich's. Aber mach' schnell, ich vergehe fast vor Warten.«

....

Ein andermal, da Emil ein Stündchen in Miezeler ausruhte und am Fenster eine Zigarre rauchte, las Sette einen Brief aus der Hauptstadt vor. Marie und der kleine, dicke Ferdel hatten ihn zusammen geschrieben. Der Knirps fragte nach den Muscheln. Ach was! Da Minchen jetzt eben in den Alpen sei, so wolle er ihr die Schneckenhäuser schenken, dafür müsse sie ihm nun aber Kristalle schicken und nicht bloß weiße! – Marie aber erzählte in ihrer einfachen Weise, wie Vater Bert mit lauter Milch und Grießbrei es wieder zum Spazieren gebracht habe. Damals habe die Besserung einen großen Ruck genommen, als sie mit dem Manußgespann Vater an einem schönen Nachmittag zu den

Stadthügeln hinausfuhr. Bei jeder Lichtung der Föhren habe Bert gefragt, ob man die Absomerberge schon erblicke? – Er habe vergessen, daß man sie überhaupt da gar nicht erschauen könne. Als er aber immer flehentlicher fragte, habe sie ihm die Lieblinge nicht länger versagen können und frisch drauf los gelogen: ja, jetzt komme gerade der Absomerkopf hervor. Der kurzsichtige Vater nickte und lachte vor Glück und erklärte, dort drüben müsse eine kleine Spitze sein. – Ja, heuchelte ich. Gut, das ist die Rotzinke! – Und gerade rechts davon muß der wie ein Katzenbuckel gewölbte Marchberg sein. – Ja, Vater, ich seh' ihn auch. – Scharmant, rief Vater, je besser ich log. – Seitdem hält die Besserung an. –

Ein schweres Bündel von Grüßen war auf den einzigen Mang geladen.

»Hat dich Bert so gerne gehabt?« fragte Minchen.

»Ja!« antwortete Mang einfach.

»Gelt, lustig sind die Lene und das Babettli. Aber Emma tut stolz und Lieschen ist dumm. Am liebsten ist mir doch immer der Ferdel.«

Er nickte, als müßte es ihm notwendig auch so ums Herz sein.

»Aber du kannst dir denken, im Winter haben wir es lustig wie die Geißen hier. Nach der Schule kommen alle Bertlein zu mir, wenn Vater nicht da ist –«

»Pst!« warnte die Mutter mit einem göttlich verschmitzten Lächeln und zeigte zur Fensterbank.

»Oder wenn Vater da ist, gehen wir auf den bloßen Strümpfen am Bureau vorbei. Heinz geht uns mit den Schuhen voraus –«

Emil lächelte nun auch, aber nicht so leicht wie Sette. Von dem hatte er nichts gewußt.

»– In die große Estrichkammer! Die ist wie eine Scheune. Da spielen wir Kriegerlis. Marie nimmt ein Buch und liest. Wir haben ein ganzes Zimmer voll Bücher.«

Mang sah prüfend in Emils Augen.

»Jawohl«, bestätigt der Ingenieur.

»Du mußt halt doch einmal zu uns kommen«, warf Sette hinein, »und das alles selber anschauen. Wenn es hier oben öd' ist und der Schnee an die Dächer reicht und die Füchse herumbellen, dann mußt du einmal zu Besuch kommen, zu Weihnachten etwa.«

»O gewiß, zu Weihnachten«, bestimmte die Kleine und klatschte entzückt in ihre Tätzlein.

»Dann heizen wir dir ein Gastzimmer gerade neben der Bibliothek ein, und du kannst nachts die Türe zu den Büchern offen lassen und mit deinen langen Armen dir leicht vom Bett aus ein paar Schunken herlangen und darin bis zum Einschlafen herumblättern«, scherzte die köstliche Sette.

Mang sah lachend seine zwei langen Arme an, und die Vorstellung, wie er da vom Bett aus nach Büchern häckle und fische, erfüllte ihn mit spaßigem Behagen.

Und wieder griff den Manuß ein so heißes, väterliches Sehnen an, daß er es in der Stube nicht aushielt. Er erhob sich und meinte ernst zu Mang: »Und wenn du eine rechte Freude und ein wahres Talent hast, so kommst du zu solchen Büchern und zur Stadt und Schule und zu allem Großen, wenn du es nur tapfer willst. Man kann alles erzwingen, Mang!«

Stolz und leuchtend hörte der Knabe zu.

Aber unter der Türe kehrte sich Emil um und tief mit spaßigem Drohfinger: »Minchen, wenn ihr das nächste Mal wieder barstrümpfig am Bureau vorbeischwindelt –«

»Dann?« fragte der Schalk belustigt.

»Paßt auf, – was es dann gibt! Eine Verkältung euerer dummen Gänsefüße und von mir aus noch ein paar Pfund Vogelleim auf die Stiegen.«

»Oho! – Sollen wir dann etwa mit den Schuhen –«

»Natürlich!«

»Dürfen wir lärmen?«

»Macht, was ihr wollt, tötet mir nur Settchen nicht.«

Er sprang flink in die Stube zurück und küßte die Frau vor Mang und Minchen, was er hellen Tages noch nie getan hatte. Dann lief er noch rascher, wie einer, der sich verspätet hat, zum Hüttlein hinaus. Noch lange sah Minchen mit halboffenem Munde dem Papa nach. Endlich sagte sie langsam: »Vater ist jetzt ganz anders, – ich kann ihn gar nicht mehr fürchten! – heut abend sitz' ich ihm sicher einmal aufs Knie!«

Aber auch Mang sah an die zugeschlagene Türe. Wie Emil fort war, schien ihm alles ein Zauber zu sein, was er da gesonnen hatte. Ach, er, der Absomer Hirtenbub, vaterlos, unehelich, von einer fremden Stube in die andere verdingt – ach, wie soll er zu so Großem kommen?

....

Es wurde von Tag zu Tag gesprächiger auf Miezeler. Die Absomerkinder hatten ihre Sommerferien gekriegt und stiegen wie rechte Berggeschöpflein, soviel sie konnten, in die Höhen. Einige Schwächlinge nisteten sich gleich auf Wochen hier oben ein, darunter auch Irmeli mit seinem dünnen Blut und seinen fadenscheinigen Äderchen. Hier bei fetter Milch und sauberer Luft sollte es bunte Backen bekommen. – Aber wo ein Tropfen Honig hinfällt, da summen auch gleich ein Schwaden Fliegen und sicher ein samtbrauner, goldäugiger Hummel herzu. Und so surrte denn auch bald Walter Broller auf der Alpe herum und machte dem Kronenkind den Hof und gaukelte mit Minchen wie mit einem possierlichen, neuen Kätzchen und jagte den Hütbuben die Geißen auseinander und plagte die jungen Knechtlein, die noch mit ihm in der Primarschule gesessen hatten, aber stellte sich wie ein schmucker Ritter Frau Setten vor, verneigte sich geschmeidig und half ihrem kleinzappeligen Wesen mit galantem aber starkem Arm über steglose Bäche und Schlammgruben hinweg. Aber in allem, was er tat, zielte er es auf Irmeli ab.

Nach einem Tag, wo er mit besonders lautem Lachen und Übermut von Absom heraufgestiegen war und fast ganz Jungmiezeler drunter und drüber geworfen hatte, umschlang er nachts vor dem Einschlafen den stillen Mang im Heu und sagte: »Bei dir wird man immer traurig! Ich merke schon, daß du nicht schläfst und wieder an etwas herumbohrst.«

»Laß mich doch«, begehrte Mang verdrießlich.

»Aber du steckst mich an. Alles Schwere kommt mir in den Sinn, wenn du so spinnst. Nur bei dir geht es mir so. Jetzt könnt' ich ums Leben nicht mehr lachen.«

»Du lachst schon zuviel! – Gut' Nacht!«

»Halt, wart noch ein bißchen!«

»Was ist denn wieder los?«

»Mang! Wollen wir miteinander nach Amerika? – du hast ja so geredet –«

»Ach, hör' doch auf mit deinem ewigen Schund!«

»Ist mir heilig Ernst! Ich möchte auf eine Prärie, wo ich frei und alleiniger Herr wäre und wilde Rosse reiten könnte und eine große Pflanzung mit Knechten oder Sklaven regierte.«

»Du hast es doch gut genug daheim!«

»Lüg' doch nicht immer! Noch ärger ist's zu Hause geworden. Wie oft hab' ich die Woche das Stubenfenster schnell zugeworfen, daß man das Lachen und das Flennen der Mutter in der gleichen Minute nicht auch noch auf der Gasse hört! – Das Schlimmste ist jetzt sicher der Bastian. Dem trau' ich nicht. Früher sagte der Vater: ›Du, Bastian, mach' das und das!‹ – jetzt heißt es: ›Sei so gut und schau mal nach!‹ – Und wie Vater das sagt! – Als ob er einen Schrecken vor dem Knecht habe. Und der Bastian murrt etwas und lüpft nicht einmal mehr die Kappe vor meinem Vater von seinem Zigeunerschopf. Dahinter steckt etwas. Ich darf's nicht denken – Mang! –«

»Sorg' dich nicht um das!«

»Das kann man sagen, aber bleib' du still dabei! Und gestern –«

»Du regst dich nur auf und würgst mich dann im Traum – Wir wollen lieber schlafen.«

»Jetzt hast du zu hören!« befahl Walter und preßte Mangs Kopf an seinen Mund, um leiser reden zu können, da noch andere Leute auf dem Tenn schliefen.

»Also!« gestand Mang ungern. Er ahnte ungefähr, was kommen könnte.

»Gestern wollt' ich unsern Fuchs reiten. Vater hat's erlaubt. Aber das Tier ist voll Kot. Da sag' ich zum Bastian im Stall: ›Putz mir den Fuchs und sattle ihn, aber hurtig, daß ich ausreiten kann!‹ – Vor dem Stall wart' ich. Da kommt der Löchlerbub langsam her. Mit dem hab' ich lang schon was Schwieriges vor. Er weiß es. Drum eilt er so wenig. Aber er kann nicht mehr entschlüpfen und fragt mich furchtsam, wo der Vater sei. Er möcht' sich fürs Emden[22] und Kühweiden bei uns verdingen, weil er etwas verdienen müsse. – ›Komm nur mit mir‹, sag' ich und nehm' ihn hinter den Stall. Der bekommt jetzt etwas! hoi! –«

»Von dem mag ich nichts wissen. Jetzt willst du mir das Schlafen verderben!« schimpft Mang. Walters Grausamkeiten sind eine ewige Quelle von Kummer zwischen den zweien.

»Mang, weißt du, was der freche Lump mir vor einer Woche nach der Schule über die Straße gerufen hat? Hä? – ›Wälti, lauf heim, kannst jetzt kleine Meitli hüten!‹ – Mang, das!«

22 Öhmden, der zweite Grasschnitt

Indem es Walter flüsterte, sickerten ihm runde Tropfen aus den glühheißen Augen und er knirschte förmlich mit den Zähnen: »Dem tränk' ich's jetzt ein!«

»Aber sicher hast du ihn zuvor geneckt«, sagte Mang. »Das hätt' er sonst nie gewagt. So gut kenn' ich ihn!«

»Ach was«, sagte Walter langsamer, »ich hatte nur gespaßt mit ihm.«

»Was ist nun das wieder, das Spaßen?«

»Ein Witz und gar nichts mehr!« entschuldigte Walter.

»Wenn du's mir nicht gehörig sagst, so mag ich lieber gar nichts mehr hören.«

»Ich sagte, er soll uns mal zeigen, wie sein Vater die Straße mißt!« –

Bei der Wiederholung dieses Witzes und der Erinnerung an den wunderlichen Zickzickrausch des alten Löchlers mußte Walter nun doch leise lachen.

»Das ist aber nicht mehr Spaß«, grollte Mang. »Weißt, so verleidest du mir.«

»Hilf ihm doch noch! – Ich hab's nicht bös gemeint. Aber er schon. – Alle Buben haben mich bei seiner Red' angeschaut. Er aber ist davongelaufen. – Doch jetzt hinterm Stall fass' ich ihn mit einem Ruck, werf' ihn auf den Rücken, knie auf ihn und würg' ihn, bis er sagt, er nehm' alles zurück und bitt' mir schön ab! – Und wie er ganz blau ist, sagt er's. Und da nehm' ich seine Zipfelkappe und reiß' damit alle Nesseln um uns herum aus und reib' ihm das Gesicht ein und am meisten das ungewaschene Maul, bis ich langsam auf zwanzig gezählt hatt'. Er krümmte sich unter mir und heult und flennt wie am Sterben: ›Ich verbrenn', Ich verbrenn'!‹ Aber ich lass' ihn nicht eher los. Hart muß man sein können.«

Während Walter das erzählt, ist es schwer zu sagen, wer lauter im Atem keucht, der Broller vor Wollust oder der andere vor Grimm.

»Grad' sag' ich zwanzig und stopf' ihm noch einen Büschel ins Maul, da zerrt mich etwas gewaltig am Arm und reißt mich vom Löchler herunter zu Boden und knurrt wild wie ein böser Hund: ›Fängst auch an wie der Alte!‹«

»Das ist der Bastian gewesen«, sagt Mang beinahe getröstet.

»›Was geht's dich an?‹ sag' ich und spring' zum Trotz wieder auf den Löchler. Aber der Bastian hält mich wie eine Schraube, bis der Kerl davongelaufen ist. – Und der Fuchs steht da wie vorher, voll Kot und ungesattelt. – ›Wenn der Herr Sohn ausreiten will, so muß er den Dreck auch nicht fürchten‹, foppt der Basti.

Ich sprang zum Vater. Der hat die Stirn’ gerunzelt und mich aus der Schreibstube gejagt. So steht’s mit uns! Siehst du! Etwas ist nicht in Ordnung.«

Mutlos ließ jetzt Walter den Kopf auf Mangs Arm sinken.

»Walter!«

»Fang mir nur nicht zu predigen an!«

»Nein, das tu’ ich nicht. Es nützt doch nichts. Du wirst die armen Buben weiter quälen, du hast das Recht. Aber wenn sich so einer nur ein bißchen wehrt, dann hat er unrecht, dann wird er zu Boden gewürgt und bekommt Brennesseln ins Maul. Du allein bist ja eigentlich ein Mensch. Wir anderen sind sonst irgendwas und haben zu dienen. Nur du darfst es schön haben. Alles ist dir erlaubt.«

»Siehst du, die alte Predigt!« grollt Walter. Aber seine Stimme ist weicher.

»Schau’, du bist ein Tyrann, wie unsere alten Vögte. Wenn wir größer sind, du und ich, werden wir bittere Feinde. Das weiß ich. Ich werde gegen dich auf Tod und Leben Krieg führen, wie gegen den Türk.«

»Und ich werden dich besiegen, Mang, und du wirst um meine Gnade anhalten.«

»Nein, du wirst verspielen!«

Walter schwieg.

»Alle Tyrannen verspielen zuletzt, das ist sicher. Es geht dir ja jetzt schon schlecht genug, wenn du nach Amerika willst.«

»Ja, wenn man solche Sachen redet, – im ganzen Dorf – und mir auch niemand mehr gehorcht, nicht einmal so ein Knecht –«

»Walter, los’[23], tust du mir, was ich dir jetzt auftrag?«

»Sag’s zuerst!«

»Wenn du dem Löchler wieder begegnest, so grüßest du ihn freundlich und sagst, er solle dir nichts nachtragen, du –«

»Herrgottsternen« – braust Walter auf. »Mang –«

»Du seiest wütend gewesen. Aber jetzt wollet ihr beide vergessen. Er solle am Sonntag mit uns in die Krone kommen. Er hat eine doppelstimmige Mundorgel und kann flotte Tänze aufspielen.«

»Meinst wohl, ich bettle ihn an –«

23   Hör’!

»Walter, wenn du's nicht tust, so geht es dir schlecht. Zuerst fängt's bei Irmeli zu bösern an.«

Der Jüngling zuckt zusammen.

»Irmeli kenn' ich gut genug. Würdest ihm zehnmal besser gefalln, wenn du nicht so ein Täublig[24] und Grobian gegen die andern wärest. Es ist ein mildes Kind und hat am Milden Freud'.«

»Es is' wahr«, seufzte Walter, »bei ihm kann ich etwas Grobes nicht einmal denken.«

»So probier's jetzt auch bei den andern! Wegen Irmeli!« – Es verdient's wohl!«

Ein Weilchen herrschte Stillschweigen. Das Heu unter Walter knisterte.

»Ich versprech's dir!«

»Bravo!«

»Aber du bist ein viel ärgerer Tyrann als ich und alle Vögte!« schimpft Walter jetzt frisch. »Das muß ich dir auch noch vor dem Schlafen sagen.«

Mang mußte lachen. Auch Walter lacht. Und so unter einem sorgenschweren Himmel lachen sich die zwei Knaben in den wundervollen und unbezahlbaren Schlaf der Jugend.

26.

Emil nahm den jungen Gehilfen selten mehr in Anspruch. Geschah es einmal, so hielt er seine Gefühle nieder und preßte das Herz in Zwingen und Schrauben. Kein besonderes Wörtchen, das er nicht auch einem andern gesagt hatte, schenkte er ihm, und nicht die gelindeste Zärtlichkeit erlebte Mang. Es war immer ein festes, gehärtetes Reden, wie Meister und Bursche sich unterhielten. Doch legte der Manuß in jedes Wort und in jeden Blick eine gewisse wohltuende Hochachtung gegen seinen jungen Begleiter. Sehnte sich Mang jetzt umsonst nach etwas Wärmerem, so war er doch dankbar für die gute Meinung, die der Herr Inschenier immer noch von ihm, dem schwachen, unfertigen Tropf, bewahrt zu haben schien.

24   Zorniger

Mangs Ehrfurcht für Emil stieg, wenn er ihn so ruhig und sicher am Werke sah. Daß einer so zäh überlegen, dann so frisch zugreifen und so rasch beenden könne, hätte er nie geglaubt. Wie ein Adlerauge schwebte der Meister über dem Ganzen. Nichts entging ihm. Besonders bewunderungswürdig dünkte dem Jungen der Damm durch die Weigete. Er sah Emil wie den gemeinsten Kotbuben mitschaffen. Mit seinen zartgeäderten Frauenhänden hatte er große Granitblöcke hergewälzt, Teer, Erdschleim und Zement abgekocht und die klebrige Masse zwischen seinen zierlich langen Fingern auf ihre Zähigkeit geprüft, hatte gemessen, sprengen helfen, ward, als ein Schuß nicht losging, von allen der erste am unheimlich stummen Pulverloch gesehen. Er herrschte und lobte und fluchte und peitschte die Italiener zur Eile. Mang ward nicht anders zumute, als stände er am Pyramidenbau des Pharao; er war von allem erschreckt und entzückt zugleich.

Die Veränderung Emils seit dem Streit auf dem Gipfel schmerzte ihn hart. Es wurde ihm täglich klarer, daß Emil sich gar nicht mehr um seine Mithilfe bemühte und sich wenig daraus machte, ob Mang überhaupt mitkomme oder nicht. Der Bub hatte das nicht gern. Es schmeckte ihm bitter, wenn Emil sagte: »Aha, du willst mitkommen! Komm nur! Aber notwendig ist es gerade nicht!« – O was gäbe Mang jetzt darum, wenn es notwendig wäre und Emil etwa sagte: »Ich muß dich dabei haben, sonst geht es nicht.« Wohl wäre ihm die Arbeit selber nicht lieb, aber überaus lieb der Arbeitsherr. Mang hätte sich die Krausen vom Kopf rupfen mögen, wenn er an die Tage zurückdachte, wo er Emil grob von sich gestoßen und gehaßt hatte. Beide Hände hatte ihm der Inschenier damals entgegengestreckt. Er wäre wohl zufrieden, wenn er ihm jetzt nur noch den kleinen Finger reichte.

Am Freitag abend vor der Älplerkirchweih war der Damm fertig, die Linie bis in die kleinste Schleife festgeritzt, an schwierigen Stellen sogar wie ein Fluhband durch die Wände gehauen. Experten hatte die Trasse geprüft und ihr schmeichelhaftes Gutachten in den wichtigsten Landesblättern veröffentlicht. Besonders gerühmt war der Weigetedamm worden als ein Urbild unzerstörlicher Kraft. Die Kosten wurden genau angegeben, die Absomerbahn-Gesellschaft hatte die Anzahl der Aktien schon festgesetzt, ebenso alle Bedingungen, Lasten und Vergünstigungen dieser Papiere klar geordnet, und am nächsten Montag wollte sie sich als feste, juristische Persönlichkeit, die tapfer genug ist, für alles zu haften und alles zu verantworten, offiziell in die Öffentlichkeit wagen und ihre Papiere fliegen lassen. Damit war denn für alles Vorgegriffene des Broller solidarische Deckung gewährt. Zugleich hatte Emils Aufgabe ein Ende und mußten nun die Baumeister kommen, die rohen Handwerker seiner Kunst. Emil wollte freilich noch drei, vier Wochen hier oben bleiben. Sein Aufenthalt richtete sich längst nicht mehr nach der Überwindung des Berges, das war Nebensache geworden. Nein, er mußte so lange bleiben, als er Mang noch nicht überwunden, die Trasse in sein Sohnesherz noch nicht gefunden hatte. Hier war seine Kunst als Ingenieur noch immer zu klein.

An diesem Freitag abend, der eher das Gesicht eines Samstags mit Ablöhnung, feiernden Arbeitern, klingenden Gläsern und reiner, fertiger Arbeit machte, war auch Mang auf die Absomeralp gelaufen, vorgeblich, um die Ehrenkäslein für die beiden Kirchweihprediger beim Kobelkarli zu holen. Der Hirt oder besser seine berühmte Käshütte hat von jeher das Recht gehabt, dieses Älplergeschenk an den Absomer Pfarrer und den Mattlerherrn zu liefern. Wildmann und Wilbweib, zwei tolle Masken, die durch allerlei kecken Hokuspokus den Kilbitag hindurch den Übermut des Festes vorstellen mußten, die übergeben dann jeweilen unter selbstdichteten Sprüchen und Witzen dem Kaplan und dem Pfarrer so einen Laib Käse. Als Mang sich erbot, die köstlichen runden Dinger zu holen, war Jochem nicht wenig froh. Der ernste Junge bürgte ihm, daß die zarten Käslein sorgsam und sauber gebracht würden, nicht von Vögeln verpickt und von Ameisen verlöchert, wie auch schon vorgekommen, wenn ein Träger unterwegs ein Schläfchen gemacht und die klugen Tierlein sich bei dieser schönen Gelegenheit eine kleine Kilbi vorweggenommen hatten.

Aber eigentlich war es Mang gar nicht um die Käslein zu tun. Er wußte vielmehr, daß der Inschenier gegen Abend nach Miezeler hinuntersteige. Heinz war nicht bei ihm. Diese Gelegenheit wollte Mang benutzen. Beim stillen Spaziergang von der Alp wollte der Knabe dem Inschenier erzählen, daß seine Mutter wieder übler daran sei, daß er zu ihr wolle, daß Sette mitkäme, wenn der Herr nichts dagegen habe. Und dann, wenn alles gut ginge, wollte er direkt Emil fragen: ob er ihn nicht mehr gern habe? Ob er lieber unten bleiben solle? Was er tun müsse, um ihm wieder zu gefallen? Denn wenn er außen auch rauh sei, so tät es ihm im Herzen doch weiß wie weh, wenn Emil ihn nicht ein bißchen gern hätte. Er wenigstens könne nicht begreifen, wie er noch vor kurzem von Haß gesprochen habe, da er jetzt Emil so liebe, wie im ganzen Umkreis seines Ländchens niemanden.

Das wollte er sagen, und diese Unterredung mußte ein wichtiger Augenblick für sein ganzes Leben werden. Denn nachher wollte er auch seine Pläne wegen des Studierens vorbringen. Meint etwa Emil, er wolle betteln? Nein doch, keinen Rappen nähme er zum Geschenke an. Aber Bücher muß ihm Emil leihen, und Mang will den Winterabend bis in die Mitternacht fürs Lernen ausnutzen. Am Tag aber will er Geld verdienen. Der Bastian hat ihn gern und läßt ihn auf eigene Faust hantieren und zusammensparen. So kommt Monat auf Monat ein Häufchen kleines Silber und Nickel zusammen. Ein paar Jährchen Geduld, und Mang steigt nieder in die große, weise Stadt, besucht die Hochschule, zahlt Brot und Lehre mit dem eigenen Batzen und wird in seinem Fach ein Meister. Hurra!

Es fügte sich alles leicht, wie Mang begehrte, und gegen fünf Uhr bei schräger goldgrüner Vespersonne zog er mit den Käslein auf dem Rücken neben Emil bergab. Die sonnigen Dörflein des Tales leuchteten auf, da und dort mit blauem Rauchgekräusel auf dem Dache. Denn bereits wird in vielen Küchen geküchelt. Aus den strohgelben Riedfeldern schwelt schon ein violetter Dampf auf, der nachts dann zu einem dicken, kalten, stickigen Nebel wird. Die Bachtobel und die Waldhalden haben schon frühabendlichen Schatten. Der Himmel ist von dunkeln, hohen Schwalben durchschwirrt und zeigt ein süßeres und helleres Blau als das Vergißmeinnicht. Aber gegen die verwünschte Wetterecke im Nordwest, dort, wo die langweiligen Jurazüge herumschleichen, dort wird er graubraun wie das schmutzige Fell einer Katze. Soll das Wetter nun etwa auf die herrliche Kirchweih grausam umschlagen?

Das wäre Mang unangenehm. Denn er möchte, daß Emil und Sette die alten Bräuche der Älplerkilbi mit den zwei Predigten, den Wildleutsprüchen und der Käsübergabe, dann das Jodeln und gegenseitige Necken der Völker diesseits und über dem Plättlisee, endlich die Tänze und vor allem den alten, berühmten Bergler bei vollkommenem Wetter und in der Entfaltung durch die weite, freie Bergnatur miterleben könnten.

Er setzt im Hinuntergehen öfters an, aber verschluckt sich immer wieder. Es will ihm einfach nicht von den Lippen gehen, über seine Mutter etwas zu sagen. Böse und bekümmert ist er über seine Verzagtheit und kann sie doch nicht überwinden.

Es kommt eine Stelle, wo die Alpwiese fast wie ein Fels so steil gegen den Miezeler Wald abfällt. Kinder rutschen da gewöhnlich auf allen vieren herunter. Da sieht man, ehe der dichte Wald das Aug' umdunkelt, noch einmal weit hinaus ins Land und hinab in die Dörfchen und Hügelchen und Flußtobel des Absomergebietes. Hier setzte sich Emil nieder und sagte: »Wirf deine Käslein ab, wir wollen da noch ein wenig rasten und ins Ländli schauen!« – Jetzt wollte Mang den Mund auftun. Das war doch sicher eine Fügung. Aber Emil ließ ihm keine Zeit. Er begann wie für sich und doch auch dem Ohr des Jungen vom Bahnwerk zu erzählen. Es sei alles so sonderbar zahm an diesem Berg, man würde das von weitem gar nicht glauben. Der Gipfel sei geradezu ein Spiel. Nur wo es niemand vermute – der Regen der letzten Woche habe es gezeigt – träten Schwierigkeiten hervor, die einem bang machten. Die Weigete vor allem, die sei das Böseste, was ein Geometer überhaupt antreffen könne. Man nenne sie auch Katzenscharte, und er finde das Wort so besser, denn die Stelle sei wahrhaft tückisch wie eine Katze. Der Damm stehe nun ja wohl glorreich da, breitschultrig, als nähme er den ganzen fallenden Berg auf den Buckel, wenn es sein müßte. Aber der Grund bleibe auch jetzt noch ein Rätsel. Er sprudle in den Tiefen heut viel lauter als zur Regenzeit. Das stimme ihn bedenklich. Jedenfalls wolle er das dem Komitee und der Baukommission noch in sehr ernste Erwägung geben.

Mang wußte da mehr als der Ingenieur. Von den Älplern, den ergrauten, hatte er es, daß von Mitte bis Ende Heutmonat, also just jetzt, in den unergründlichen Modergrüften der Weigete der Boden die gefährlichsten Bewegungen ausführte. Denn unter diesem Schutt lag altes, tiefschattiges, halbversandetes Eis, das erst durch den schwülen Gewitterdruck der Juligewitter zum Tauen kam und dann mit dem gelösten unterirdischen Wasser unendliche Massen Schleim und Kieselwerk durch die vielen Höhlen und Naturkanäle des Schuttgebietes bergab wälzte. Aber Mang wollte jetzt von seinen Sachen endlich einmal reden. Nachher konnte er ja das auch noch beifügen.

»Ich möchte –« begann er.

»Still, still! Ich weiß, was du möchtest!« unterbrach ihn der Ingenieur; »du möchtest, der Damm wackelte morgen von der Mordfluh zum Plättlisee hinunter. Da sind wir Feinde, Mang, und bleiben Feinde! Aber schau, es gibt einen Platz, wo mir gute Freunde werden könnten.« –

Er streckte seine lange, herrische Hand gegen das Ländchen hinunter, das nun eine tief gelbe Siebenuhrsonne auf den Turmhelmen, Tannenspitzen und Hügelkuppen trug, während in den Einsattelungen der Täler, wo die meisten Häuser lagen, schon ein duftig blauer Abendschatten die Dorfheimlichkeiten wie mit einem Mantel überwallte. Ein dünner, grauer Faden stieg aus einer Schlucht und schimmerte plötzlich silbern, wo er noch in die Sonne geriet: Das Absomerbähnlein!

»Einen einzigen und dazu schlechten Schienenweg habt ihr im ganzen Land. Und doch zählt ihr so reiche und stattliche Dörfer und so viele Leute und Arbeit drinnen. Da rechne einemal die Entfernungen durch die Luft aus, etwa zwischen Absom und Mattli! Dreistündigen, beschwerlichen Umweg auf und nieder habt ihr vom einen zum andern. Und Nanzig und Absom, – von den Schallöchern in beiden Kirchtürmen kann man sich auf eine kurze halbe Stunde grüßen. Aber in Wirklichkeit müssen die armen Frauelein von Nanzig und die Sticker am Samstag mit ihren schweren Ballen gut anderthalb Stunden lang laufen, bis sie durch die zwei Tobel zu den Stickherren von Absomdorf gelangt sind. Dort im Osten, gegen den Seenebel, sieht man den Zwiebelturm von euerem Gerichtsort Tuzis. Gerade daneben liegt Schaffeldern. Man glaubt von hier, sie geben sich die Hände – oder nicht? – Und nun ist auch da der Weg wieder fünf Viertelstunden lang. Sehen könnt ihr euch fast alle wie an einem Familientisch. Aber fast nicht um den Tisch herum könnt ihr. Da habt ihr nur elende Prügelwege, die gleichen wie vor vier Jahrhunderten, da das Leben noch ziemlich anders lief. Da ist kein Ende und kein Maß. 's ist eine Quälerei und ein Vergeuden von Schweiß und Zeit für rein nichts. Da solltet ihr nun kleine Straßenbähnchen haben, zwei, drei elektrische Wagen, auf kurzen Strecken von Ort zu Ort. Das kostete ja nicht so hohes Geld. Das Gefälle von euern gar nicht zu erschöpfenden Bergwassern böte eine solche Kraft, daß ihr davon drei Viertel in die Stadt verkaufen könntet und dann euer Viertel umsonst hättet.« –

Das freilich gefiel nun Mang sehr. Mit seinem besonnten und begeisterten Gesicht blickte er bald auf den Sprecher, bald auf sein so schönes und so hoffnungsreiches Land nieder. Und am stolzesten drin nahm sich eben doch Absom aus mit den herrlich geschweiften Giebeln, dem hohen Kirchturm, dem Brollerschen Herrenhaus am Markt, dem heimeligen Gasthof Ülis und dem – ach Gott, ja, auch dem Armenhaus! Herr im Himmel, er vergaß ja ganz, daß da seine Mutter lag und vielleicht am Sterben! Der gestrige Bericht war wieder ein wenig tröstlicher als der von vorgestern; aber doch hieß es, Mang solle nicht säumen, wenn er nochmals mit Cäcilie reden wolle. Aber er solle vor dem Manuß damit nicht auffällig tun. Das begreift Mang nicht. Er ist doch kein Weib, um laut zu flennen. Was meinen sie denn damit? Also Mang, mutig!

»Inschenier, ich wollte –«

»Wem sind die Prügelwege? Etwa euern Herren? Die fahren in ihrer Kutsche, geh's, wie's gehen kann! – Wem sind die Prügelwege? – Euern Bäuerlein und euer Arbeitern, die in der Woche zweimal den stundenlangen Weg, im Winter bei kniehohem Schnee, mit den schweren Ballen zur Ferggerei²⁵ machen müssen. Ihr habt erzählt, wie der Seff Karloser mit seinem Bündel da erfroren aufgefunden wurde, und wie die alte, brave Wäscherin Egli von so einem Weglein todmüde abgeglitten im Dunkel und in einem Tobel ertrunken ist. Und einen Fetzen ihrer Arbeit haben ja beide noch in der Hand gehalten, als wollten sie sagen: ›Seht da, auf dem Arbeitsgang sind wir umgekommen, nicht wegen Schnaps oder schwermütigen Launen! Euere Wege töten uns. Macht doch andere Sträßchen für den Arbeiter. Es geht dann immer noch schwer genug durchs Leben, wenn ihr ihm die höckerigen Wege schon ein wenig glättet!‹ – Du starrst mich ungläubig an! Darf ich solches nicht sagen? Freilich sag' ich, das wäre einmal eine soziale Arbeit für die kleinen, schwachen, müden Menschenfüße, die du immer in deinen berühmten historischen Ohren hörst. Bah, bah, – mach' kein böses Gesicht! Es ist mir Ernst. Das wäre ein wahrhaftiges soziales Werk und für euer Volk wie zugeschnitten. Die Bergbahn hier oben reizt mich ja wohl mehr. Es gibt wilder und verzwickter zu denken. Aber dort unten die Partie zwischen Mattli und dem Seelein, besonders dann oben bei der Bergscheide, hat mich schon oft gestochen. Da gäb's ein schlaues Manöver. Und von Absom nach dem Weiler Schachmühl ist ein Grat zwischen zwei Schluchten verteufelt fein in die Strecke gelegt. Das gäb' einen Hochgenuß der Fahrt, eine Sehenswürdigkeit. – Mang, hab' mich lieb, und ich will da unten dir noch viel Hübsches machen. Das sag' ich!«

Emil redete und redete ununterbrochen, nur um Mang nicht wieder zu einem Streit kommen zu lassen wie auf dem Absomer. Jetzt erhob er sich. Aber Mang riß ihn ins Gras zurück.

25 Ins Versandgeschäft

»Ich hab' Euch schon lieb. Aber ich wollte noch –«

»Sag' mir nichts mehr vom Absomer!« herrschte Emil ihn scharf an.

»Nein, aber ich möchte morgen nach Absom zu – ich möchte ins Waisenhaus zur Cäci – zu meiner Mutter!« brach er sich endlich hochatmend durch.

»Ja so«, entfuhr es Emil langsam und beschämt. – »Ganz recht«, ereiferte er sich schnell, um seine Überraschung zu verdecken. »Was schämst du dich, Mutter zu sagen! Das ist deine Mutter so gut wie Walter und Seppli und ich Mutter gerufen haben. Geh nur! Und grüß' sie auch von mir recht vielmal!«

»Sie hat am Mittwoch einen bösen Rückfall gehabt und mir sagen lassen, ich solle doch wieder einmal zu ihr kommen. – Man weiß ja auch nie recht, ob's bessert oder –«

»Hab' du nur Mut! Das kommt schon alles recht!« feuerte Emil den Knaben an.

»Aber Frau Sette? Sie will gern mitkommen! Seid Ihr nicht unzufrieden, wenn sie mitgeht und –«

»Im Gegenteil, ich seh's gern. Sie kommt ja sonst nirgends hin. Führ' sie ein wenig im Dorf herum und zeig' ihr einen Stickerkeller oder wie so eine Handstickerin am Drehstuhl sitzt und nädelt oder wie die Klöpplerinnen hantieren. Das alles möcht' sie gern sehen.«

»Jawohl und am Abend sind mir wieder hier«, versprach Mang glücklich. Er dachte, wie leicht es nun würde, mit der hübschen, guten Frau ins Armenhaus zu gehen. Auch seiner Mutter würde der vornehme Besuch gefallen. Und wer weiß, vielleicht ist es so einer geschickten und feinen Frau möglich, tiefer in Cäciliens Geheimnisse einzudringen, als er das in seiner rauhen Art vermag. Frauen verstehen einander besser. – O wenn diese Gnade geschähe, daß er morgen die ersten Fußstapfen fände, die zu seinem Erzeuger gehen, der stärkste und beste Tag seines Lebens wäre es!

Über dem vergaß der Junge, was er sonst noch auf dem Herzen gehabt hatte. Bis Miezeler redeten die zwei kein Wort mehr. Sie hatten auch gar nichts zu sagen, so zufrieden waren sie.

27.

Schon mit der Morgendämmerung des Samstags trieb Emil Setten und
Mang auf den Weg. Denn es war so schwül und sonnenlos, daß ein
frühes Gewitter zu erwarten stand. Er selber brach zur Alpe auf, um
die ganze im Fadenschlag fertige Bahnlinie bis zum Gipfel nochmals
abzugehen, daß er sicher und wohlgerüstet am Montag den Aktionären
gegenübertreten und den Vertrag mit der Baufirma durch eine gewähr-
leistende solide Unterschrift erhärten könne.

Heinz, Minchen und Ülis Seppli begleiteten ihn bis zum Damm. Wie
ein langer, unzerreißbarer Riegel zwischen den Schrecken der Höhe
und der Tiefe starrte der sie in seiner steinernen Umpanzerung an.
Noch nie hatte er Emil so imponiert. Er legte das Ohr heute nicht auf
den Schuttboden. Heinz und die Kleinen hätten es ihm nachgemacht,
ihn ausgeforscht, ohne es zu wollen, ihn wieder in die alten Bedenken
hineingeängstigt. Er aber wollte heut ohne Sorgen sein, wollte einmal
zuversichtlich glauben, nicht zweifeln, nicht nörgeln! Fertig!

Die Jungen freute es, an den schiefen Seiten heraufzuklimmen und
über den breiten Rücken wie über eine wohlgepflasterte Straße hin und
her zu stolzieren. Heinz schrieb noch die letzten Verse für die Wildleut'
bei der Käsübergabe. Er hatte das saure Vergnügen dem Kaplan abgenommen und entwickelte nun eine boshafte Freude, in den Strophen
recht viel zu sticheln und harmlos zu schelten.

Die letzte Zeit war er ein stiller Mann geworden, der eifrig an seinem
Werke schuf und da einen raschen Faden wob, es sei denn, daß ihm
die blaue Tinte ausging und er mit der schwarzen des Redakteurs wei-
termalen mußte, wobei ihm alle Eingebungen schwanden. Dem still
erknospenden Frühling zwischen Emil, Sette und Mang sah er mit
Spannung zu, aber doch verstohlen, wie einer, der hinter den Kulissen
steht und insgeheim am Spiel mitwirkt, sei es nur, daß er etwa ein
Schlagwort zuflüstert, einer Rolle, die sich verzögert, ein Stüpfchen gibt,
eine Lampe abschraubt, wenn das Licht für die Handlung zu grell, oder
drei neue aufdreht, wenn's zu dämmrig für soviel Freude auf der Bühne
wird. Mit dem Kaplan und dem hustenden Redakteur, sowie mit Hitz,
dem Maler, verkehrte er gern. Ihnen, als seiner Prüfungskommission,
wollte er die Verse vorlesen.

Es herrschte ein merkwürdig stiller Morgen. Er war wach und doch wie tot. Der Himmel leisgrau mit einem fahlen Fleck, wo die Sonne sein sollte; die Luft schwer wie Blei, die Berge wunderlich nah, alles so leer und ausgestorben und farblos vom Alpenrasen bis hinauf zu den Nackenknochen des Absomer. Man erschrak vor dem Pfiff eines Murmeltierchens, weil er in dieser Öde dreimal lauter als sonst tönte. Und aus den schier ausgedörrten Weidbettlein hörte man das magere Getropf der vielen Wässerchen so nah und unnatürlich stark, als läg' es einem am Ohr.

Aber unten in den Wäldern, wo Mang mit Sette bergab lief, war ein Leben wie vor einer großen Flucht. Alle alten Rinden der Stämme sah man vollgekrochen von Käfern, die ihre Fühler und Hörner wie Spione ihre vorsichtige Nase vor einem Feind vorstreckten. Vom Laub gen Boden schlichen zierliche, seidengelbe Blattläuse, während weiter oben im Baum Finken, Meisen und Spatzen einander wirr um die sicherste Nestmiete für den kommenden Sturm anfragten. Es war ein fürchterliches Geflatter da oben in den unbewegten Kronen. Die braunen Waldameisen glänzten vor Eile, die erräuberten Brocken Proviants noch rasch in ihre Löcher zu schaffen. Aber die Roßschnecken mit ihren weichen Bernsteinleibern geiferten garstig und frech über den Weg. Schmetterlinge sah man nur noch zwei, drei müde und verflogen ins Gestrüppe sinken. Und was nachts im Wald wach ist, die grauen, dicksamtenen Falter, die gesprenkelte Kreuzspinne, das Käuzchen und die Fledermaus, das ward jetzt ob der großen Erd- und Luftstille so getäuscht, daß es meinte, es dämmere schon wieder in die Nacht hinein, und man dürfe bald wieder ans dunkle Handwerk gehen.

Auch den Blumen ging es nicht besser. Die blauen, roten und weißen Vergißmeinnicht hingen schlaff erdwärts, der Frauenschuh wollte schon wieder seine gelben Schnallen schließen und die samtbraunen Schutzlappen darüberschlagen, während die süße Akelei und das sonst recht kecke Pfaffenkäpplein noch gar nicht ihr Schlummeraug' aufgeschlitzt hatten. Ein moderiger, welker Geruch schwebte zwischen den Stämmen, und die zahllosen, weißsternigen Knoblauchpflanzen mit ihren scharfen Giften durchspritzten diese müde Luft wie mit Leichendüften.

Doch Sette und Mang fühlten nichts von dieser beklommenen Welt. Rüstig eilten sie zu Tal, von vielen guten Gedanken immer wieder neu gespornt. Mang stellte sich das Staunen der Mutter vor, wenn er die Ingenieursfrau ans Bett brächte, von deren Gemahl Cäcilie soviel erhofft hatte. Auch hatte er vor, das eine Goldstück mit der gezopften Mama Helvetia der Mutter ins leere Medizingläschen zu stecken. Sie könnte dann zur Armenkost später ab und zu ein Fläschchen Oberländer oder ein Eierweckli aus der ›Krone‹ bestellen. Und er will ihr sagen, daß er den Bastian gern zum Stiefvater habe und daß sie vielleicht, wenn Mang später wieder Geld bringe, ihm zur Verlobung einen dünnen, echtgoldigen Ring kaufe. Denn Mang weiß vom Brollerhaus her nichts anderes, als daß zwischen den zwei recht gut Wetter ist, Wetter zum Hochzeitmachen.

Dann läuft ein Lachen über seine Schaufelzähne und saftigen Lippen ins Kinn hinab. Wenn nämlich der Inschenier da unten im Land die Straßenbahnen erzwingt, – und er wird's, so einer, wie er mal ist! – und wenn er da alles ausmißt und festlegt, kreuz und quer, in einem so weitgesponnenen Netz, dann bekommt auch Mang haufenweise Arbeit und Geld. Dann rückt's mit dem Studieren noch viel besser. Das Leben fängt auch für ihn nun an schön und gut und reich zu werden. Juchhe! Daher fühlen seine behenden Glieder die lastende, brütende Welt da ringsum mit all ihrem Drohen von Gewittern rein gar nicht.

Und Sette lacht mit. Auch sie lebt neu auf. Mit jedem Morgen liebt sie ihren Mann treuer und tiefer. Immer wärmer wird ihr bei ihm. Geht doch auch seine Seele fein langsam vor ihr auf und schämt sich nicht, Bluest, wenn auch Spätbluest immer reicher zu offenbaren. Wie gut verstehen sie einander schon! Und es wird noch besser. Und sie kann viel dazu tun. Heut vor allem wagt sie ein Meisterstück. Zwar ersinnt und verwirft sie vorweg ihre Rede bei Cäcilie und kommt zuletzt darauf, der Augenblick müsse ihr dann Satz für Satz eingeben, wie's am dienlichsten sei. So kommt's dann frisch und herzlich und nicht erklügelt heraus. Sie hat nicht Angst. Es wird alles gelingen. Denn sie ist voll Liebe, gerade wie die Cäcilie, und da kann's nicht ungerad' werden. Durch ihr neu befestigtes Leben fühlt sie sich stark, beredt, unerschrocken und schmiegsam, kurz: halb allmächtig. Ihr lebendiges Haar kräuselt und bläht sich an beiden Schläfen wie ein geschwelltes, goldiges Doppelsegel. Sie ist nur noch Hoffnung, sichtbare, gewisse Hoffnung. So schießt sie flink durch den trägen, müden Wald ins Tal. Soll nur jemand kommen und ihr jetzt vor den Schritt stehen, hopplaho! – sie reißt alles nieder. Sie nähm's jetzt mit allen sieben Teufeln im Evangeli auf, von denen sie am letzten Sonntag den Kaplan weit über die Kapelle bis in ihren Alpenspaziergang hinauf hat predigen hören.

Die heutige Sonne, so ein blindes, verstaubtes Milchglas am hängend-grauen Dach da oben, könnte wohl schwarz beflort werden, und es könnte wie Friedhof um sie sein und nur noch das Heimchen, das man von ferne so nötlich und tödlich warnen hört, sein Miserere beten, – das tut alles nichts. Mang und Sette gehören jetzt nicht in diese Natur. Sie springen durch den toten Wald wie ein Trompetenstoß durch ein schläfriges Lager. Fast nichts reden sie. Was haben so Frohe zu sagen? Nur das erstemal, da Mang mit seinen groben Schuhen auf eine Schnecke tritt, will Sette: Gib acht! rufen. Aber es ist zu spät. Vorwärts! – Und sie sagt nichts mehr, obwohl Mang in seinen achtlos glücklichen Gedanken noch ein ganzes Heer von Käfern und Würmchen unter den Nägeln zerstampft.

Im ›End‹ wird Mittagsrast gehalten, und um die Vesperzeit geraten sie endlich in die Dorfwiesen an den ersten versäeten Häusern vorbei. Aus den erdebenen Bodenfenstern tosen eiserne Hebel, Walzen und Rollräder vom Webkeller oder Sticklokal herauf. Da sitzen die menschlichen Maschinen schon seit dem ersten Licht mit mechanischer Bewegung an dem Geräte und rutschen mit der Nadel oder dem Schifflein oder Hebel und Hammer hin und her. Dahinter geht eine Jungfer auf und ab und bessert aus und schlichtet im tausendfädigen Stoff. Bleichfarbig ist sie und hat rote Augen und blutlose, kalte Finger. So fast von Haus zu Haus dieses unterirdische Getöse, diese tiefe, feuchte Kellerluft, diese mechanischen Bewegungen, diese roten Augen und diese Wachsgesichter. Setten macht das sehr nachdenklich; ihre Schritte verlieren von der ersten Fröhlichkeit.

Befreiender wirkt unter der offenen Vorlaubentüre des Bauernhäus-chens dort eine Frau mit ihrem Mädchen. Sie beugen sich über den Stickrahmen, woran ein seidenes Schnupftuch festgekeilt ist, und verste-chen, verlöcheln und verkränzeln es mit tausend netten Nadelstichen. Und mitten ins üppigste Gerank sticken sie einen vornehmen Namen wie etwa Emil Manuß oder Fernan Ferri oder Robert Lesser oder auch Walter Broller. Der wischt mit solchen Tüchlein von unsäglicher Mühe und verstochenen armen Mädchenfingern seine freche, breite Stulpnase ab, wirft den Fetzen dann in eine Ecke und reißt ein noch feineres aus der Schublade. Wozu hat man's und vermag man's? – Aber Hunderte essen und leben davon.

Jedoch die Wohnungen sind hübsch sauber, die Kleider nett, die Gartenbeete gepflegt, die Türklinken funkeln und schwere violette

Fuchsien und Lilageranien spiegeln sich im hellen Scheibenglas. Man verdient Geld, das ist sicher. Und auch die Männer und Weiber in den zwei Fabriken, wo alles mit elektrischer Kraft betrieben wird, bringen einen anständigen Tagelohn heim.

Nach dem Vieruhrläuten gehen Sette und Mang zum Armenhaus. Noch ist der Himmel unverändert, aber der Luftdruck so unerträglich schwer geworden, daß man kaum mehr atmen kann. Wenn's so lang an einem Unwetter braut, gibt's eines wie seit hundert Jahr' keines mehr.

Cäcilie sitzt schon wieder im Freien unter der Esche und hat doch vorgestern sterben wollen. Freilich hat man sie sacht hinausgeführt und in eine Decke gehüllt. Sie erkennt Mang schon von weitem und lacht mit ihrem vom ewigen Fieber verzehrten, durchsichtig magern, aber merkwürdig blühenden Gesicht ihm hellauf entgegen. In ihren braunen Augen glüht ein wunderbares Gold und eine wahrhaft sinnliche Freude an diesem Plätzchen im Freien, an einem so sorglosen Stündchen, an irgendeiner feurigen Erinnerung und jetzt am nahenden, aufgeschossenen, schönen Knaben ihres eigenen wilden Blutes. Wer die kleine, stramme Frau neben ihm sei, in so vornehmem Städterrock und mit einem so fein garnierten Sommerhut, wundert sie zwar. Aber dann gilt nur noch Mang. »Mang! Willkommen, Mang!« schreit sie schwach.

Er gibt ihr die Hand und sagt: »Das ist die Frau vom Inschenier, bei dem ich schaffe. Ich wohne bei ihnen. Sie kennt mich gut und hat dich darum auch besuchen wollen.«

Untertänig lächelte Cäcilie aus ihrem Sitzkissen hervor und nickte geehrt zur Dame, die ihr Seidenkleid mit den Fingern vom Heuboden aufraffte und fast verrieb vor Aufregung. – Also das war die berühmte Cäcilie! Die, die die! –

Setten wankten die Knie vor diesem Weibe, das über alle Verwüstung der bösen Jahre eine so lodernde Lebenslust bewahrt hatte. Welch ein schönes Mädchen mußte sie erst vor vierzehn Jahren vorgestellt haben, als der begehrliche und kurzweg heischende Student sie erblickte und wie ein Falke abfing! Nicht daran denken, um Gottes willen nicht! Sitzen, sitzen und die Augen schließen, bis der erste Sturm sich ein wenig vertobt hat! Haß, Eifersucht, Ekel und Schmerz, aber auch ein wenig Mitleid schütteln ihr armes Gehirn. Wie unbedacht, wie tödlich unbedacht ist sie da hereingestürzt!

Aber sie gibt der Cäcilie die Hand, läßt sich gegenüber in einen Feldstuhl nieder und hört unter mechanischem Nicken die Kranke viel eitle Worte machen. Ihr, die immer so blaß ist, sieht niemanne das Gefühl unendlicher Verlassenheit an, das auf einmal sie wie eine endlose Wüste umlagert. Ach, Mang gehört dem Weibe, nicht ihr; und Emil hat auch zuerst diesem Weibe gehört und leidenschaftlich und mit einem lebendigen Zeugen ihm gehört, so wie er Setten noch nie angehört hat. Ja, Sette steht außerhalb dieser verknüpften Menschen. In dieser Minute ist aller Jubel des Heruntergehens wie ein Rauch verdunstet. Sie ist die Getäuschte, die Belogene, die Zurückgesetzte, – sie ist die Unfruchtbare, die Witwe, und weit und breit gibt es für sie nichts als Wüste.

»Welche Ehre«, sagt Cäcilie und neigt immer wieder den Kopf zu einem Kompliment, wie beim Servieren eines besseren Gastes, von dem ein besonderes Trinkgeld zu erwarten ist.

Wie es ihr gehe? fragt Sette. – Ganz gut! äußert die Kranke. Gestern noch ein kleines Blutstürzchen, heute könnte sie weben oder spinnen, so hüpfen ihr die Glieder. Müßte sie doch nicht so still sitzen! – Aber, nicht wahr, welch ein flotter Junge ihr Mang sei! Ob er schon mit ihr so in seiner tiefen Art geredet habe? Sage sie nicht selber, er sei gescheit wie der geschulteste Stadtstudent? Ein Jammer, daß man kein Geld habe zum Studierenlassen. Da haben die Reichen es gut. Die Dümmsten kann man mit Geld zu Professoren machen. – O ja, sie weiß es! Sie war auch einmal in der Stadt! – Sie stutzt. Das wollte sie lieber nicht gesagt haben.

Auch der Bub hört sie nicht gern so reden.

»Da, Mutter!« bittet er fast und klaubt das Gold aus dem Brusthemd, »da hast du meinen ersten Lohn! Es kommt noch mehr, wart' nur!«

»Gold, wahrhaftig, er hat Gold«, lacht Cäcilie und hält die rotgelbe Münze vors Auge. »Du Lieber! – wo steck' ich's aber hin, daß der Armenvater nichts merkt! Das sag' du mir! Er ist ein Luchs in dem Stück.«

Sette wollte aufstehen und die Krankenschwester begrüßen, die hinter den Scheiben im Erdgeschoß stand und die Gruppe scharf beobachtete. Nur eine Minute aus dieser Luft!

Aber da sprang Mang vorher auf und lief einem Manne entgegen, der schwarzhaarig und mit kleien, dunkeln Augen auf einem hohen Heuwagen am Haus vorgefahren war und nun leichtfüßig zur Erde sprang. Ein wilder Blick Cäciliens folgte dem Jungen.

Das war Bastian. Er lüpfte leicht den Hut gegen den Baum und kräuselte die Stirne vor Mang. Aber der Knabe packte ihn so derb an der Rechten und sagte mit einer so schönen und aufrichtig klingenden Stimme: »Grüß' Gott, Bastian!«, daß der Oberknecht sogleich freundlicher ward, lächelte und fast zaghaft sagte: »Kann ich jetzt wohl einen Augenblick mit der Cäcilie reden?«

»Komm nur!« hat Mang zutraulich und zog ihn gegen die Esche.

Aber die Kranke machte unwirsche Augen und hielt die Hand vor wie zur Abwehr. O wie sie diesen Menschen haßte, der da wie ein Verlobter auf sie zuschritt! Hatte sie ihm etwa nur einmal gesagt, sie liebe ihn? Hatte er das kleinste Recht auf sie? – War er Vater des begrabenen Mägdleins und des andern, das nun auch wie eine steife Wachspuppe im Totenzimmer lag? War nicht alles mitsamt der geplanten Heirat eine Machenschaft, auf die sie lachte? Jetzt ist sie krank. Ja, ja, jetzt gute Miene! Aber frei will sie sein und gestempeltes Papier und Briefe und Versprechen gelten ihr nichts, sobald einmal dieses verwünschte Bluten und Vernarben und Wiederaufbluten aufhört und sie genest. Doch ihm schön tun, das kann sie nicht.

Immer hat er ihr nachgestellt. Einen Augenblick liebelte sie mit ihm, wie mit jedem, der Scherz verstand. Aber Bastian nahm es sogleich furchtbar ernst, ward sterbenseifersüchtig, ließ sich wie ein Hund verjagen, knurrte und kam und leckte wieder. Er ekelte sie an. Und überall lauerte er ihr auf und überwachte sie wie ein Vogt. Sie hätte ihn töten mögen, weil er so oft ihre heimlichsten Liebeswege kreuzte. – Aber eines Abends kam er doch zu spät. Der Broller, dem sie wie eine Sklavin ergeben war, weil er so kühn und gewaltig zugriff – solche Menschen hatten seit jenem ersten in der Plättlihütte eine dämonische Gewalt über sie –, der Ernst Broller hatte sein Ziel schon erreicht. Bastian konnte nur toben und fluchen. Es war geschehen. Doch immer trug er noch Hoffnung, wie alle leidenschaftlichen, tiefen Menschen. Das konnte sie ihm nicht austreiben. Erst als er, der erste von allen, die Zwillinge schreien hörte und Brollers Verwirrung sah, ward er ein Mann. Sie weiß es gut, er ging in seiner Wut hin und legte Feuer an. Unbedacht war das. Man bewältigte das Feuer, aber auch ihn bewältigte man. Es kamen die Fußschellen, die vergitterten Fenster, zwei Verhöre, eine halbe Stunde unter vier Augen mit dem Broller allein, und die Freisprechung und – der Ehekontrakt. Gräßlich!

Cäcilie konnte den zwängerischen Mann schon nicht ertragen, wenn sie allein und gelangweilt war. Jetzt bei dieser vornehmen Frau und Mang, den sie in der Gloriole eines alten Liebesmärchens sah, jetzt war dieser Kerl geradezu unausstehlich. Immer, wenn es am wenigsten paßte, kam er. Diesen Augenblick hatte er sicher auch ausspioniert, pfui!

»Geh jetzt, – kannst am Abend kommen!« keuchte sie, und ein grauer Ekel überzog ihr Gesicht.

Er stand da und knickte ein. Zorn und Leid machten sein Gesicht ganz weiß. Schmerzlich krümmte er die Brauen, indem er sagte: »Gut! Cäci! – Ich komme gegen acht oder neun!«

Die paar Worte und die Mienen dazu offenbarten Setten mit einem einzigen Riß das schreiende Elend der zwei Leutchen. Nein, dieses arme, unselige, lachende Weib war nicht zu beneiden. Es war das unbeschreiblich geschlagene Opfer der Männer geworden. Jetzt war ihr alles klar, was bisher nur Gemunkel von Heinz und, wie auch der beschönigte, nur vom Wind ausgestreutes Gerücht gewesen war.

Sette mußte weg. Das war zuviel für den Augenblick! Mit einer leisen Entschuldigung ging sie zur Schwester am Fensterchen, während Bastian mit gesenktem dumpfen Blick den Wagen ums Haus zum Gaden fuhr. Voll Ehrerbietigkeit grüßte Sette die Bethanierin und erklärte schlicht, wieso sie mit dem Jungen sich daher gewagt habe. Was denn eigentlich vom Zustand der Kranken zu halten sei? Sie sei sicher viel kränker, als sie selbst meine. Ja, das komme ihr gerade verdächtig vor, daß sie viel zu gesund tue.

Schwester Anna prüfte zuerst das Antlitz der Dame und las daraus gerades, herzhaftes Vertrauen. Mit ihr, die wie ein Mütterchen Mang daher begleitet hatte und mit dem Ingenieur sich sicher des Buben annehmen würde, wenn es hier mit Cäcilien eine Änderung gäbe; mit diesem eifrigen, sorghaften Frauchen durfte sie schon offen reden. So bekannte sie denn, daß Cäcilie auch ihr ein Rätsel sei, das alle an der Nase führe, sie und den Pfarrer und den Doktor und den Armenvater. Aber darum traue sie doch nicht. So ein Flattern und Lachen am nahen Tod vorbei sei ihr noch nie vorgekommen. Cäcilie müsse ein Herz haben wie ein Roß und Nerven wie Stahlseile. Denn nach so großem Blutvergießen noch eine solche – daß sie es so sagen müsse! – Lebensfrechheit übrig haben, das spotte aller ihrer zwanzigjährigen Erfahrung in den Spitälern von Berlin und Charlottenburg. – Dabei machte die gute

Schwester ein so bedeutendes Gesicht, als es einer Millionenstadt und der Ehre, da zugleich mit dem Kaiser und dem Reichskanzler amtiert zu haben, durchaus zukam.

Ob man etwas Wichtiges mitteilen dürfte, ohne ihr einen Schaden zu tun? bat Sette. – Freudiges oder Schweres? fragte Schwester Anna. Sie teilte den uralten Glauben aller alten Krankenwärterinnen, daß den Patienten nur eine üble Nachricht schaden könne. – Freudiges oder Schweres? fragte sich nun auch Sette ganz verblüfft. Mühsam bröckelte sie dann heraus: »Freudiges!« – Aber ihr Gesicht errötete schamvoll. »Dann wohl!« richtete die Schwester. »Aber eilen Sie! Die Frau muß bald ins Haus.« – Sie wischte den Schweiß von ihrer schönen, großen Nase und sah bänglich zum Himmel, wo es noch viel dunkler geworden war, ohne doch bestimmte Wolken zu formen. Wie eine einzige Gewitterdecke hing alles ob den Häuptern.

Sette hatte nun auch ihrerseits volles Vertrauen zur Schwester gewonnen und sagte frisch: »Um es Ihnen offen zu gestehen, ich werde der Frau da drüben eröffnen, daß der Vater Mangs lebt und den Sohn zu sich nehmen und sich vor aller Welt zu ihm bekennen will.«

Sie hielt sich am Fenstersims, nachdem sie das Kolossale gesagt hatte. Die Schwester starrte sie sprachlos an. Dann aber zog eine ungemein zarte, süße, frauliche Freude über ihr altjüngferliches Gesicht. – »Wenn Sie aber nun meinen«, ermannte sich Sette noch einmal, »es sei besser, mit so einer – einer – unge – so einer wunderbaren Meldung noch etwas zuzuwarten, so gehe ich wieder, Schwester Anna. – Aber ich bin heute deswegen von Miezeler heruntergekommen.« – Wieder suchte sie das Fensterbrett.

Da streckte die Bethanierin ihre fette, weiche Hand zum Flügelchen heraus, faßte Setten wie ein Mütterchen ihre Tochter ungeniert fassen darf, und sah das mutige Weiblein tief erquickt an. Dann aber ermunterte sie: »Tun Sie's sogleich, aber auch sogleich! Denn« – sie neigte sich zum Ohr hinab – »die da drüben ist eben doch vom Tod gezeichnet. Da hilft kein Lachen. – Gehen Sie!«

Sette trippelte wieder hinüber zum Baum. Aller Haß war verflogen. Sie hatte nur noch Mitleid. Sie wollte diesem Weibe vor seinem Ende gerne noch eine Freude machen. Sehr schön wollte sie ihm alles sagen. Eine gewisse Ehrfurcht und Andacht ergriffen sie vor dem Menschen da, der schon im Schatten des Todes saß. Er war jetzt das Wichtigste von allem.

28.

Im Baum stand das mattsilberne Laub totenstill, als Sette neben Mang und Cäcilie sich leise niedersetzte und sozusagen an der ganzen Seele zitternd anhob: »Liebe Cäcilie, ich möchte Ihnen noch etwas Gutes erzählen. Aber Sie müssen ruhig bleiben. Du auch, Mang, damit es der Mutter nützt und nicht eher schadet.«

»Redet Ihr nur, redet!« rief die Kranke neugierig. Mang zog die Brauen schräg. Ihn sollen die Weiber in Ruhe lassen. »Mein Mann hat sich vom ersten Tag innig um Mang bekümmert. Denn er hat schon bei der Fahrt ins Ländli und am Plättlisee und auf der Alp von seiner Geschichte und von Ihnen, Frau Cäcilie, und was alles dazu gehört, wie an einem Faden ein langes Schicksal gehört.« Cäcilie nickte geschmeichelt und ahnungslos wie ein Kind.

»Mang ist klug und tüchtig und brav. Er macht Ihnen überall Ehre! Wenn sein Vater von ihm wüßte, meint Emil, so würde auch er über einen solchen Buben stolz werden.«

»Siehst, siehst!« neckte Cäcilie den immer unsicherer zuhorchenden Mang.

»Von jenem ersten Tag an hat Emil gedacht, es wäre ein Trost für beide, den Vater aufzuspüren, der nicht eine Silbe von einem so prächtigen Sohn weiß. Und –« sie stockte und ließ ihre Augen hilfesuchend um und um fahren. Da sah sie die Schwester am Vorhänglein kühn nicken und ward mutiger.

»Und, und –?« schrien die Blicke der zwei Horcher.

»Und – wir haben – ihn gefunden.«

Jetzt standen die vier Augen still.

»Es ist ein ehrlicher und wackerer Mann aus dem Studenten am Plättlisee geworden. Der Leichtsinn von dazumal ist ihm ganz verflogen. Er hat uns alles erzählt, jenen Tag und Abend, seine Genossen, und wie Sie damals aussahen, und so deutlich, daß mir gar nicht irren konnten, hat er's beschrieben. Aber die Hauptsache ist, daß er es mit Reue und Scham erzählt hat. Als er uns sagte, wie er am Morgen über den See gerudert und von Ihnen weggegangen ist, sahen wir wohl, wie ihn das bis heute grämt.«

Cäcilie und Mang hörten zu, wortlos, überwältigt. Nun aber rollten der Kranken Tränen über Tränen die schmalen Wangen herab. Aber sie konnte dabei lächeln, es war ein süßes Weinen.

Er weiß nicht, daß sein erster großer Leichtsinn solche Folgen gehabt hat, sonst wäre er gekommen und hätte den Fehler vor allen Leuten eingestanden. Er hätte Mang zu sich genommen und auferzogen. Denn er ist ein kinderloser Mann geblieben bis auf den Tag.« –

Mang schloß die Augen und lehnte sich an die Esche mit schwerem, wunderlich summendem Kopfe. Cäciliens Blicke waren trocken geworden und fingen an, feiertäglich zu spielen.

»Einer aus der Stadt, nicht wahr?« fragte sie eilig.

»Ja!«

»Aber ich war dort und hab' tagelang allen Leuten ins Gesicht gschaut und geflennt nach ihm und den rechten nicht gefunden. Ja, einmal sah ich ihn wahrhaft. Er ritt durch die Stadt. Gott, wie stolz! Ich ihm nach. Durch Leute und Wagen lief ich. Polizisten riefen mich an. Dummheit! Ich lief bis zu einer Brücke. Dort sah ich keinen Reiter mehr. 's war Sonntag und alle Leute unterwegs. Ich wär' da am liebsten gerad' ins Wasser gesprungen. Als ich in meine Wirtschaft zurückkam, stand mein Bündel im Gang geschnürt. – O wir armen Mägde!«

»Denken Sie jetzt nicht mehr an solches! Er ist ja gefunden. Mein Mann kennt ihn gut. Und er hat mich hergeschickt und läßt fragen, ob wir ihm schreiben dürfen, daß er hier ein Kind habe. Und daß er kommen und selber mit Ihnen reden solle!«

»O ja, das tut, in Gottes Namen! Sagt's ihm! Aber wo ist er? Wie heißt er? Sicher ein furchtbar Vornehmer!«

Cäcilie blickte auf ihr billiges Gewand und strich über die verkrempelten Ärmel, als wollte sie sich feiner machen.

»Er wird es selber sagen«, fuhr Frau Sette fort. »Aber das dürfen Sie glauben, er ist ein braver, arbeitsamer Bürgersmann geworden und verdient sein Brot ehrlich.«

Tief enttäuscht blickte Cäcilie in ihren Schoß und glättete die Falten nicht mehr. Also kein Herr mit Kutsche und Diener, sondern am Ende ein gewöhnlicher Arbeiter.

»Ist er reich, Frau Inschenier?«

»Er sitzt meist vom Morgen bis Abend an seiner Arbeit.«

»Reitet nicht mehr?«

»Nein, er ist verheiratet, hat Sorgen und denkt an keinen Sport.«

Ganz ernüchtert war Cäcilie. Der Götze ihrer sechzehnjährigen Träume sank bei diesen Worten in die verhockte, fadenscheinige Gestalt eines Schreibers oder Buchhalters zusammen. Also irgendwo an einem Pult und die Feder hinterm Ohr saß dieser einst so schöne, herrische Sportsjunge und mußte es sich sauer werden lassen, mit einer langweiligen Frau knapp durchzukommen. Beinahe unangenehm wurde er ihr nun. Wie anders doch der Broller daneben! So ein Gewaltiger! Der immer noch wie ein wilder Jüngling kam und forderte, gab und nahm! Und der ein Herr blieb! So und noch feiner und glänzender hatte sie sich den andern gemalt. Und nur einem so reichen und stolzen Manne mochte sie Mang gönnen.

»Wird er uns zahlen können, mir und der Gemeinde, was rechtens ist?« fragte sie spitzig. »Denn jetzt bist du mein Bub, Mang, und keines hergelaufenen Vaters Bub. – Hat er soviel Geld?«

»Er bringt gewiß alles in gute Ordnung. Man wird mit ihm zufrieden sein. Er macht nie etwas nur halb«, entgegnete Sette mit einer feinen Röte auf dem Gesicht. Sie war empört über den Umschwung bei diesem Weibe.

»Das müssen wir unbedingt verlangen, sonst –«

»Mutter!« rief jetzt Mang bitter. Das war sein erstes Wort. Er fiel von einer Scham in die andere, aber war noch wie starr von der Kunde. Täglich hatte er an den unbekannten Vater gedacht und wohl hundert Porträts sich von ihm entworfen. Aber nun so nahe, konnte er es nicht fassen, daß ein wirklicher Vater ihn hole.

Und doch muß es so sein! Jawohl, er hat also doch einen Vater, der ihn herzhaft an der Hand durch die Leute führt: Seht, das ist mein Bub! – einen Vater wie Walter Broller, wie Seppli. Und wär's auch ein armer Teufel, vielleicht ein Fabrikler oder Kopist oder Feilträger, gleichgültig, es ist sein Vater, ihm mehr wert als die drei Könige über den Grenzen.

»Frau Sette«, sagt er melodisch weich und schüttelt sie plump am Gelenk, »jedes Wort da glaub' ich Euch. Seit dem Christkindlizeug hab' ich so Schönes nie mehr gehört. Ich will ihn aber bald sehen und will ihn gern haben, meinen Vater. Wann kommt er?«

»Am Montag soll er mit meinem Manne daher kommen, nicht wahr?« sagte Sette.

»Ja, er soll kommen!« sagte Cäcilie. »Aber an was erkenn' ich ihn?«

Darauf zog Sette aus ihrem Ledertäschchen eine Photographie hervor und hielt sie beinahe feierlich vor Cäcilien hin. »Ist es der?«

Cäcilie tat einen leisen, schrillen Schrei, so, wie wenn die E-Saite an der Geige zerspringt. Dann umhalste sie ihren Knaben und weinte vor Freude und Schmerz.

»Dein Vater, Mang, ja, sicher, dein Vater!«

»Er wird am Montag kommen«, versprach Sette, »und Sie und Mang um Verzeihung für alles bitten, was Sie haben seinethalben dulden müssen. Und er wird Ihnen vergüten, soviel er kann. Es macht ihm schwer genug, daß er's nicht besser kann. Und seine Frau wird dem Mang Mutter – Pflegemutter für Sie sein. Aber jedesmal, wenn Cäcilie kommt, ist Cäcilie allein die Mutter. Ist es recht so?«

Die Kranke war ins Kissen gesunken. Das viele Neue machte sie trunken und schlaff.

»Ich bin zufrieden«, flüsterte sie mit gebrochener Stimme. »Wenn's nur schon Montag wär'.«

In ihrer Aufregung hatten sie nicht bemerkt, wie endlich das Gewitter über Absom stand und hie und da ein feiner Blitz oder ein leises Ge-brummel aus den Wolken kam. Jetzt aber züngelte ein scharfer Strahl quer über die Dolde. Das Laub erschauerte über den Köpfen. Drei, vier schwere Tropfen klatschten in die Blätter. Man holte Cäcilien in die Kammer.

Mang blieb bei ihr, Sette lief in die Krone. Ans Heimkehren noch diesen Abend war nicht zu denken. Vom Absomgebirge rauchten tiefe, rußige, prasselnde Wolken gegen das Dorf, geladen mit Blitzen, Donnern und Wassern. Bald ging die Schlacht los. Ein Gewirr von grünen, gelben und blauen Blitzen über den Dächern, als duellierten sich unsichtbare Engel und Teufel; dann ein überweltliches Kanonieren, wovon das Dörflein ganz verrumpelt ward; nun Windstöße, die Ziegel, Blumen-stöcke und Laden in die Gasse warfen, die Pappeln neben der Kirche bis in die Mitte bogen und das soeben gedruckte Probeexemplar des Absomer Festblättleins weiß Gott woher und wohin wirbelten. Dann rauschte zehn Minuten lang ein schneeweißer Wasserstrom kerzengerade über die Dächer herab, alle Laubbäume zerfetzend und im Nu Teiche und breite Bäche im Dorfe bildend. Noch war man daran, die Kellerlö-cher zu verrammeln und die Dachluken zu versperren, als plötzlich die große Glocke läutete, dann wirr die kleineren sich beimischten und vom Bühl ein Böllerschuß nach dem andern losging. Der Scheidbach, Herr im Himmel, der Scheidbach geht über! Alles läuft mit Gabeln, Schaufeln, Rechen und besserem vors Dorf, um zu wehren. Der

Scheidbach ist schlimmer als Feuer. Das kann man doch zuletzt löschen. Aber das wilde Bergwasser, ist's einmal zum Bett herausgesprungen, bändigt niemand mehr. Und wahrhaft, da kommt es wie eine graue See daher, schwimmend voll von Tannen, halben Waldhüttlein, Heuhaufen und ausgerauften Büschen. Da kommt es und wälzt sich in die Dorfäcker, in die Roßweid, auf die schönen, fettgedüngten Gemeindewiesen und in die kleinen Privatmatten mit ihren wohlgepflegten Birnbäumchen. Zu Hilfe! –

Sette schloß kein Auge in dieser Nacht, die mit Blitzen und Knallen und einem unendlichen Wasserrauschen bis in den Morgen hinein wütete, das beste Land übermuhrte, das halbe Obst entwurzelte und fünf Stadel mit allem Vieh und Heu in den nassen Boden ächerte. Erst gegen fünf oder sechs Uhr schlief sie endlich ein.

In der stickigen Kammer bei Cäcilie wachte Mang und forschte immer wieder heimlich die Photographie aus, wenn die Kranke sich gegen die Wand kehrte. Er hatte sie unvermerkt an sich genommen und obwohl das Bild des jungen Manuß wohl um fünfzehn Jahre zurückging, und wunderbar elegant, aber bübisch und frech in seiner milchbärtigen Schlingelhaftigkeit aussah, hatte Mang doch sogleich den Manuß erkannt. Er konnte es nicht glauben. Er hielt das vergilbte Papier immer wieder hart an das grüne Krankenlicht und suchte Unähnliches heraus. Und immer wieder sagte er sich mit zerspringender Brust: »Er und kein anderer! Hab' ich's nicht geahnt? hundertmal die letzte Zeit gewünscht? – Und nun soll es wahr sein! Nein, nein, das ist ein Spuk! Mutter, Mutter!«

»Lieber!« murmelte Cäcilie halb in der Sinnlosigkeit des ersten Schlafes.

»Lüg' nicht!« drohte er furchtbar und schrie die Halbwache an, »ist er's auf Ehr' und Seligkeit, ist er's'?«

»Ja, Mang, das schwör' ich dir! so war er, so schön! Und am Montag kommt er – und die Frau Inschenier hat ihn häßlicher gemacht, – er wird immer noch so schön – und – reich sein und – du – ich – und – und –«

Sie duselte wieder ein. Aber Mang ward wunderbar wach. Jetzt waren ihm der Abend mit dem alten Homerbuch und die seltsamen Blicke Emils, sein sonderbares Reden, die ewige Sorge um ihn und vor allem auch der furchtbare Zorn auf dem Absomer klar. So konnte nur ein

Vater tun. Und so mußte ein Vater tun. Jetzt ging ihm auch das seltsame Rätsel der Augen auf. Das waren in Wahrheit seine eigenen Augen.

Das alte, windumfegte Haus zitterte und krachte an allen Enden. Aber das war alles nichts gegen die brausende Freude, die Mang jetzt in seiner Brust empfand. Er überhörte das Donnern, das Schießen, das Sturmläuten und das immer wildere Klopfen ans Fenster von außen her. Erst als die Scheibe klirrte und Bastians Faust hineinlangte, sah er hinüber.

»Bastian!«

»Tu den Riegel auf«, gebot der Knecht, triefend über Haar und Achseln.

»Bleib draußen!« kreischte das Weib auf. Cäcilie war zu sich gekommen und fuhr entsetzt im Bett auf.

»Cäci! wie haben wir es?« brüllte der Mann herein. »Jetzt muß ich's wissen, gilt Vertrag, ja oder nein?«

Er brach den Scheibenrahmen ganz heraus und stemmte das Knie aufs Gesimms.

»Mang, mein Kind, mein Kind her!«

»Jetzt muß ich's wissen. Morgen ist Kilbi und ich will den Hochzeits-maien allen Leuten auf dem Hut zeigen. Ich lass' mich nicht narren. Der Pfarrer muß uns von der Kanzel auskünden.«

Er sprang aus der dunkeln, frühen Nacht jetzt wie ein Verzweifelter herein. Bäche Wassers flossen von seinen Hosen.

In diesem Augenblick schoß das von Fiebern und Träumen und Schlaf irre Weib mit blutrotem Kopf aus dem Bett zum Korb, worin ihr Kindlein gelegen, und riß Mang am Arm mit übermenschlicher Kraft mit und schrie: »Ich lass' mich nicht verkaufen!«

Sie warf sich über den Korb, als wäre Magdalenli noch lebend und schliefe darinnen. Mit einer gurgelnden Stimme und abgebrochen, dabei immer am Korb und an Mang sich festkrampfend, als wolle man ihr die Kinder rauben, schrie das Weib furchtbar laut: »Ich lasse mich nicht verkaufen, weißt du! Das Kind da ist dem Broller, – und der Mang – hat seinen – Vater – auch. Übermorgen – kommt – Und ich bin – bin – bei – den – die – Mu –«

Ihr schönstes irdisches Wort erstickte in einem leisen, breiten Blut-strom, der ihr durch die Zähne und Lippen entquoll und Mangs Ärmel und die leeren Windeln im Korb überschüttete. Dann fiel Cäcilie mit eingeknicktem, rosenrotem Gesicht ins Bett ihres toten Kindleins und röchelte wie am Ersticken.

Schwester Anna, die nebenan schlief, rannte herein, dann der Hausvater und ein Knecht. Man trug die schnell wieder Todblasse ins Bett und richtete sie mit ihrem vogelschnellen Atem hoch in den Kissen auf.

Stumm stand der Bastian da, am gleichen Fleck, und stierte aufs Bett.

»Laßt uns allein machen!« flehte die Schwester ihn an. »Ihr tötet sie ja!«

Der Knecht drehte sich auf dem Absatz schwerfällig um, machte ein blödes, zum Tode elendes Gesicht und ließ sich von Mang, wie ein Berauschter, ins Gewitter hinausführen.

Aber auf dem Dorfplatz, wo wegen des Sturmes alle Stuben Lichter hatten und das Brollerhaus mit seinen drei Fensterreihen am großartigsten in die Nacht hinausleuchtete, schüttelte er die Fäuste gegen die Scheiben der Herrenstube und brüllte: »Ich geh' ins Zuchthaus zurück! Und dich nehm' ich mit, du Schuft!«

Mang lief in die Krone. Aber alle außer Sette und der Magd waren am Wasser oder bei der Windwache, die ihre Runden ums Dorf machte. Da ergriff der Junge eine schwere Kartoffelhacke und lief dem dumpfen, tausendfachen Rauschen der Überschwemmung entgegen. Hundert Fackeln tanzten dort am schwarzen. Wasser. Man schüttete Wälle auf, baute Wehren, grub Abzugskanäle, aber die meisten stießen und stocherten von den Ufern aus den Schutt stromabwärts. Immer noch schüttete der Nachthimmel einen strammen Regen herunter. Und die Flut wuchs, und die Flußarme mehrten sich und umschlangen das grüne Land immer gieriger.

Der Bub sprang irgendwo in ein Wasser, das ihm über die Knie hinaufschnappte, und schürfte den Schutt ab. Doch die Welle wurde sogleich so heftig und stieg so rasch, daß er wieder den Ranft erklimmen mußte. Nur einer stand hier im Dunkel noch fest drüben im Wasser und kommandierte nach allen Seiten und stieß ungeheure Blöcke, Baumstämme und Bretter, die daherschwammen, in die reißende Mitte ab: der Broller. Kurz, breit und wie von Granit stand er da, und so oft Mang glaubte, dieser Stamm, dieser Felsbrocken überrenne ihn: eine wilde Gischt, ein Krachen! – und das Getrümmer donnerte weiter, während der Broller sich vom Spiegel erhob und der Gefahr spöttisch nachsah.

Jetzt stürmte von Mangs Seite eine andere dunkle, magere Gestalt in das Wasser, schwankte ein wenig, erhob sich wieder und flöchnete wie ein Riese. Er schien mit dem Broller drüben wetteifern zu wollen. Immer näher, aber auch immer tiefer watete er ihm entgegen. Doch es blieb eine unwiderstehliche Mittelstrecke, die er nicht bezwingen konnte. Da hielt er die hohle Hand an den Mund und schrie dem Broller etwas zu. Der nickte, hatte indes keine Silbe verstanden im unendlichen Gebrause der hundert und hundert Bäche. Aber es freute den Meister, daß sein Knecht Bastian so eifrig mithalf. Rechts und links sah viel schwächeres und kleineres Arbeitsvolk den beiden zu, die wie zwei Christophore im Strudel standen und den Tod, der sie ringsum umschrie, verspotteten. Sie überboten sich, übertrafen sich, und da und dort sagte man: »Die zwei müssen sich wieder gut verstehen! – sie treiben einander in den Tod.« –

Dem Bastian war das Leben keinen Pfifferling mehr wert. Und hier im wilden Bach zu sterben und den Broller mit in seinen Tod zu ziehen, das hätte ihm jetzt am besten gefallen. Das war auch der Sinn seiner aufreizenden Tapferkeit, mit der er sich im gleichen Wasser und mit der gleichen Todesverachtung gegen den Broller stellte.

Als Mang den Oberknecht erkannte, floh er weg. Mochte geschehen, was wollte, er durfte da nicht Zeuge sein. Da lärmte irgendwo eine Trompete. Der Bub sprang dem Tone im Dunkel nach und gelangte an den untern Scheidbach. Der Schutt würgte hier das Bett zu, und das Wasser drohte wie am Oberbach in die Güter hinauszuschwemmen. Rechts und links vom Fluß arbeitete man verzweifelt, um das Bett zu öffnen. Mitten auf dem angerammten Schutt stand in hohen Stiefeln Walter Broller mit einer mächtigen Gabel wie ein junger Wassergott und stach und hackte und grübelte den Schutt zu beiden Seiten weg. Schon brach das Wasser wieder durch. Über zwei Stunden lang focht und grub nun Mang mit. Bereits schossen auf beiden Seiten starke Ge-fälle das Bett hinunter. Die zwei standen in der Mitte nur noch auf ei-nem kleinen Inselchen, und man rief und winkte ihnen, sie sollten nun herüber kommen, bevor sie vom Strom abgeschnitten oder mitsamt dem Bröcklein Boden weggeschwemmt würden. Aber sie hörten vor Heldeneifer nichts, oder das Rauschen übertönte allen Lärm. Die Flut verbreitete sich, das Inselchen schwand, der Posten wurde lebensgefähr-lich. Schon reichten die kurzen Stangen nicht mehr zu den Knaben, und Seile gab es nicht. Da lud Hans Gerold, der Schießmeister, seine alte Pistole und brannte einen Mordsklapf ab. Das wirkte. Die Buben sahen zur Seite und begriffen auf einmal ihre Lage.

»Können wir noch hinüber?« fragte Walter seelenruhig.

Mang schätzte die Breite ab und sagte: »Wir zwei schon, wir springen ja gut!«

Sie faßten sich kräftig mit der innern Hand, stemmten mit der äußern die Gabel fest ins Bröcklein Boden zu Füßen, bogen sich behend in die Hüften zurück, und schon begann Walter zu zählen: »Eins, zwei –« als ihn Mang unterbrach und ihm ernsthaft ins Gesicht rief: »Du, wir müssen vielleicht noch manchen Graben miteinander überspringen.«

Walter lachte, aber begriff das Wort nicht und rief: »Eins, zwei, drei –«

Sie schnellten wie Pfeile in einem prachtvollen Bogen über das zischende Bett zu den atemstillen, angstbaren Philistern hinüber. »Bravo!« und »Ihr Cheibedonnern!« hieß es. Walter lachte sie aus, nur Mang sagte leis: »Gott sei Dank!«

Gegen drei Uhr morgens ließ endlich das Regnen nach. Die Jungen wurden weggeschickt.

»Kommst du mit?« fragte Walter. »Nun geh' ich gleich so nach Miezeler. Irmeli und Seppli sind schon oben.«

»Bei solchem Dunkel und Wasser?«

»Ich find' mich schon aus! Komm doch!«

»Ich muß auf Frau Sette warten.«

»So kommt bald nach«, wünschte Walter und verschwand in der Nacht. Eine Stunde später brach eine weitere Karawane zur Alpe auf, auch der Broller in einem der kleinen Trüppchen. Man übersah die Verheerung des Wassers kaum. Aber das Dorf war gerettet, und das Wasser lief langsam ab. Was verwüstet war, konnte man nicht ändern. Kilbi durfte man nun doch feiern. Im End stärkten sich die Leute auf die Strapazen hinab, und was nicht so fromm war, in den Alpgottesdienst zu gehen, blieb lieber noch ein Weilchen hier bei Ülis Kaffee und Kilbiküechli kleben.

Als Mang viele Stunden später unter der Türe des Armenhauses vernahm, Cäcilie lebe noch und habe schon wieder gelächelt und um ein Kilbitörtchen gebeten, ging er beruhigt ins Dorf und holte Frau Sette ab. Während sie beide still nebeneinander die Hänge emporstiegen, dünkte es Mang, er sei vom Samstag auf den Sonntag aus einem Knaben ein Mann geworden.

29.

Emil war mit der Nachprüfung der Strecke gerade vor dem Gewitter fertig geworden. Auf dem Grat hingen ihm die grauen Wolken fast ins Haar. Öffnete sich das Gespinst einmal schnell, so sah er es blauschwarz vom Jura her kommen, langsam und breitflügelig sich über die Hochebene ausdehnen und nach und nach auch die Südalpen verschwemmen: das Gewitter.

Er hatte ein Fähnlein auf den Absomerkopf gesteckt und war zufrieden mit der genialen Anlage der Trasse niedergestiegen und müde aber froh abends, da es wegen des düstern Himmels schon fast wie Nacht war, in Miezeler angelangt. Das Wirtshaus überlief schon von Kilbileuten, und im Gäßchen irrten ihrer noch viele von Hütte zu Hütte. Sonst übernachtete man lagermäßig im Freien. Aber jetzt, beim drohenden Unwetter, war nicht daran zu denken.

Emil trank fünf Tassen Milch nacheinander und suchte dann Heinz. In der Kapelle hörte er reden. Richtig, da stand Heinz vor dem Altar mit Maler Hitz, während Pfarrer Daniel und der Kaplan in einer hintern Ecke sich über die morgigen Kanzeltexte besprachen.

Meister Hitz hatte eine frisch bemalte Leinwand an die Wand ob dem Altartisch genagelt mit den zwei Alppatronen St. Jakob und St. Margaret.

»Einen Mann und eine Frau habt ihr doch gern beisammen«, scherzte Heinz, »sogar in euer heiligsten Sachen.«

»Gebt acht, es ist noch naß«, warnte Hitz, »und redet nicht so laut!« – Er zeigte auf die Geistlichen.

In der Tat, die Augen des Drachen, die schwefelgelben, und sein grüner Panzer schimmerten feucht, als wäre das Untier eben aus einem Moraste gekrochen. St. Margareta stellte den rechten Fuß auf den geschuppten Rücken, als wäre es ein gewöhnlicher Melkschemel. Daneben starrte Jakobus in die Höhe, groß, breit, mit weißem Bart bis zur Brust und einem ungeheuren Pflock im Arm. Das bedeutete den Walkerbengel, womit man dem Apostel am Fuß des Tempels den Kopf eingeschlagen hatte. Sehr ernsthaft und sehr steif sahen die beiden Heiligen aus. Denn Maler Hitz konnte so muntere Kälblein und gleichsam aus dem Rahmen springende Gemsen malen, Stiere, die sich hornten, und Zicklein, die auf den Vorderbeinen tanzten; aber wenn sein Pinsel von der Tiergemeinde zu den klugen, schweren Menschen oder gar ins ewige Land der Heiligen spazierte, dann ward er zaghaft und feierlich hölzern, wagte nichts sinnlich Rundes und saftig Lebendiges mehr, sondern schuf Taubes, Stummes, Blindes.

Das wußte der Maler, und daher waren die Personen ihm nicht die Hauptsache. Er stellte die zwei Heiligen auf einen Felsen. Da staken sie fest wie zwei farbige Schnitzfiguren. Dafür ließ er am Fuß des künstlichen Felsbergs seiner animalischen Fabulierkunst vollen Lauf. Da waren alle Sorten von Kühen, gefleckte, einfärbige, bebänderte, dann schwerwollige, buttergelbe Schafe, und solche, die fröstelnd aus der Schur kamen, dann gehörnte und ungehörnte Geißen, rötliche und gesprenkelte und schwarze Schweinchen, und zwischen allen ein herrlicher, zottiger Muni. Das war der erste Ring um den Berg der Heiligen.

Den zweiten, tiefer und minder zahmen Zirkel bildete der Maler aus dem sämtlichen Wild des Absomergebietes. Da sah man Murmeltierchen, die ein possierliches Mannli machten, neben scharrenden Feldmäusen und einem rauhbeinigen Hasen, der über sie alle gestreckten Galopps hinwegsetzte. Denn ihn verfolgte eine der wenigen, seltenen, dickschwanzigen Wildkatzen, die es da herum noch etwa gibt. In den Lüften lauerten die vier Adler der Furgglenfirst. Aber da saßen ein Mägdlein und ein Knabe am Wege von den wilden zu den zahmen Tieren, und man kannte sie sogleich trotz der Puppenhaftigkeit ihrer Glieder: Irmeli und ihr Bruder Seppli! Ganz ihr Haar und stilles Honigaug' und ein enges, lichtes Stirnlein; und ganz sein runder Kopf mit vom Scheitel stürzendem Schopf, den Faulenzeraugen und dem großen, lustigen Mund voll schwarzer Zähne.

Damit man aber nicht meine, es seien Ülis Kinder, trugen sie einen kraftvollen Heiligenschein um den Kopf. Es mußten also wohl Engelchen sein, gute Geister des Berges. Und wirklich, während die Wildkatze fauchte und zurückschlich, der Fuchs mit gepeitschtem Schwanz ins Loch kroch und der Marder ohnmächtig die Zähne fletschte, gaukelten die Hasenkinder sorglos zu Sepplis Füßen, tratschelten die Wildenten vom Plättlisee und die Rebhühner vom Absomerwald zutraulich um Irmelis Röcklein, flogen ihnen Spechte, Kuckuck, Elster und Birkhuhn auf Achsel und Knie und nahm sogar ein Hühnergeier zwischen dem Kleinvolk eine richtige Stubenvogelmiene an. Ein Hirsch und ein Rehkälblein ästen vor Seppli, aber gaben bei allem Appetit recht wohl acht, daß sie kein Edelweiß mit dem saftigen Alpengras wegfraßen. Der

Seppli lachte unheilig in diese Tierfabel hinein und ließ trotz Heiligenschein die Zipfelmütze respektlos hintenüber hängen. Aber das Irmeli faltete die Hände und blickte gläubig zu den Patronen empor.

Zu vorderst am Bildrand standen einige Häuser in Spielzeugform, die Markthalle von Mattli, sein Rathaus und die Miezelerkapelle. Gern hätte Hitz noch ein giebelgeschweiftes, stolzes Absomerhaus, etwa das Brollersche Staatsgebäude oder die Krone dazugestellt. Aber die hätten das wie eine katholische Bevormundung angesehen, und so baute er denn nur noch das Armensünderhäuschen her, das an der Grenze beider Gemeinden stand und über dessen Zugehörigkeit zehn Advokaten seit zehn Jahren die sämtlichen Paragraphen des römischen Rechts, die alten Grundbriefe und Bürgerrodel der Heimat auswendig lernten.

Im Hintergrund war die Kette der Absomeralpen mit beschneiten Spitzen zu sehen. Ganz vorne am Rahmen aber floß ein breites Wasser, der Scheidbach, fromm durchs Bild und spiegelte einen veilchenblauen Himmel ab.

Der Maler war stolz auf sein Werk. Er habe das ganze Vaterland gemalt, meinte er, nämlich das Gebirge und seine Geschöpfe, und alles unter die überweltliche Kraft der Schutzheiligen gestellt.

»Sehr gut, fürtrefflich!« lobte Heinz. »Aber Margareta und Jakobus sind zu steif. Das ist Holz.«

»Wißt Ihr denn, wie die Heiligen aussehen?« foppte Hitz spitzig. »Nachdem Ihr sie aus den Kirchen geworfen habt? – Meint Ihr, sie stehen auf dem Kopf oder lachen wie besessen?«

»Sie lachen jedenfalls und mächtiger als wir lachen können. Fragt nur die Geistlichen!«

»Lärmt doch nicht! Die kritisieren noch immer früh genug! – Aber der Muni, hä? Kommt er nicht gerad' von der Weid?« – Es blitzte durchs spinnwebige Fensterchen.

»Ein Prachtvieh! – Aber auch die Wildkatz' mit den geschlitzten Augen –«

»Pst!« Ein schwerer Donner wälzte sich sozusagen über das Kapellendach. Emil blieb noch immer still an der Schwelle.

»Also wär's ausgemacht«, sagte der Kaplan zum Altar vorschreitend. »Sie fangen mit dem Gewitter an – horch, horch! da kommt's schon! – und hören mit dem Segen Gottes auf. Und ich red' einmal von der bösen, ehrabschneiderischen, giftigen Volkszunge, die jetzt wieder so laut tut.«

»Wie Sie wollen, wenn's nur paßt!« erwiderte der Pfarrer von Absom langsam und lächelnd.

»Ich bring's schon in den Kilbirahmen, keine Angst! Mehr Ohren hab' ich das ganze Jahr nie. Es gehen da Gerüchte, es säet Unrat, zeuselt[26] und bränzelt und gibt ein leides, falsches Untereinandersein – so bei uns in Mattli, – so sicher auch bei Euch. – Da muß einmal das heilige Donnerwetter dreinschlagen!«

»Und Ihr Ehrenkäslein?« neckte Pfarrer Daniel.

»Verdien' ich mir lieber nicht mit einer Schmeichelbrüh!'«

»Gut, gut!« besänftigte Daniel, »wir wollen's beide morgen recht machen.«

»Und hilfreich fürs Gemeinsame!« fügte der Kaplan bei.

Der Pfarrer fand das Bild im Tierischen sehr gut, im Menschlichen leidlich, aber im Heiligen wie mit dem Sackmesser geschnitzt. Er hatte die meisten deutschen Galerien besucht und liebte vor allem van Dyck. Aber hier! So ein Gestammel, minder als Holzschnitt!

Dem Kaplan jedoch ging die ganze Schilderung ins Herz. Wie rührend war das! Wie anders als jene Bilder, die er vor vielen Jahren im Züricherischen Künstlerhaus von einem Lude, Ruhle – oder so was – gesehen und wo er mit zurückgelassenem Regenschirm – es war der neue, vom Jungfrauenverein geschenkte! – schnaubend und schwitzend, als brenne der Boden, hinausrannte!

»Meister Hitz!« sagte er, »ich beantrage dem Mattler Kirchenrat, Euch auch den Chorbogen malen zu lassen.«

Der grauhäuptige Maler verneigte sich ehrerbietig.

»Aber was ist das? Ihr habt ja Jakobus den Jüngern gemalt!« schrie der Kaplan auf einmal auf.

»Ich? – den Jüngern – gibt es –«

»Ein sauberer Christ, Ihr da! – Unser Patron heißt doch Jakobus der Ältere. Das ist der Spanierapostel, wißt, der von Kompostell, dem man ein Schwert in die Hand gibt, weil ihn Herodes hat grausam köpfen lassen. – Könnt Ihr das noch ändern? Muß sein, muß sein! Das gäb' ja Krieg im Himmel! – Da haben wir's!« fügte er noch schalkhaft dem Donnergerumpel bei, das eben wieder an den vier Mauern rüttelte.

Ohne ein Wort zu verlieren, stieg Hitz auf den Altartisch und verwandelte mit energischen, breiten Pinselzügen das Walkholz in ein gewaltiges

26 Spielt mit dem Feuer

Zweihänderschwert. So eines hing im Absomer Gemeindehaus und war im Burgunderkrieg dem Herzog von einem Broller aus der Stahlhand geschlagen und mit Musik heimgetragen worden.

Es donnerte und blitzte zwar immer noch wie wütend um das Kirchlein. Aber nach dieser Verwandlung des jüngern in den ältern Jakobus war der Himmel entschieden versöhnt und tat nur noch Spaßes halber so, um mit Würde aus der Sache zu gehen.

Kurz darauf saßen Emil, Jochem der Degenwirt, Heinz der Redakteur und Hitz in der Kaplanei, um die Käsereime Heinzens zu prüfen. Sette hatte telephoniert, sie komme erst am Morgen. Daher erlaubte Emil den Leuten, im Zimmer zu rauchen. Auf Settens Bett saßen Irmeli und Seppli, daneben Mineli und auf einer Kiste der alte Staffelsepp, Bastians Vater, den Jochem also doch heraufgezwungen hatte. Ein Goldstück vollbracht's. Nun sperrte er den Geigenkasten auf und stimmte die Violine. Der Kaplan öffnete die Fenster und wischte den Staub vom Büchergestell. Wenn er nur bald geht, so kann man mit den Versen beginnen. Es ist schon dämmerig. Aber die unaufhörlichen Blitze erhellen auf Sekunden alle Gesichter.

»Gäb's doch keinen Staub!« schimpft der Kaplan. »Der Staub und die Tierchen daraus, die Milben und Schnaken, verleiden einem schier gar den Beruf!«

»Warum auch habt ihr Geistlichen keine Frauen!« hänselte Emil. »Da habt ihr den Staub dafür.«

»Ach was, das Weiberzeug bringt nur noch mehr Staub mit allen Röcken und Zöpfen. Nicht wahr, Herr Redakteur?« wandte er sich an den aufhustenden, langen Mann.

»Ja, der Staub!« seufzte der bitter lächelnd durch sein mageres und abgezehrtes Gesicht mit dem spärlichen Barthaar. Gäb's keinen Staub, so wär' ich gesund.«

»Auf allen Büchern hockt er!« schimpfte der Kaplan weiter. »Seht da, auf Gibbons ›Der Gesandte Christi‹ sogar, auf so einem frischen amerikanischen Buch. Tät' er's nur den alten Scharteken zuleid, dem Homer und Sallust und dem alten Tertullian! Aber da den jüngsten Schriften von Bischof Egger und hier den Gedichten der Österreicherin mit ›Dem Jesulein auf dem Eselein‹ – und jetzt, nein doch, nein doch! – auch noch auf die wunderbare Lagerlöf, die –«

»Ah«, machte Heinz verzückt, »die Selma Lagerlöf, man kann sie nicht lesen, ohne die Hände zu falten. Und oft möcht' ich gar niederknien dazu und –«

»Puh!« machte Emil und stieß eine Wolke Tabak zur Diele auf.

»Nein, das ist zu dick!« – Immer wilder ereiferte sich der baumhohe Geistliche, stäubte und wischte über Rotschnitte und Goldschnitte und Kalbs- und Schweinsdeckel. »Ja, dieser Staub macht alles früh moderig, ihr Herren! Lacht nur! Da kriechen die heillosen Lichtmücken und Buchwanzen heraus und fressen sich in alles und machen das Leben faul. Der Staub ist an allem Elend schuld.«

»Das ist einmal Natur, Kaplanli!« bemerkte Jochem paffend.

»Gar nicht, gar nicht, das ist so ein verflixtes Menschengekünste. In der Natur gibt's gar keinen alten Staub und Moder. Seht nur, wie's über den Wald da herabfegt. Der Regen wäscht, der Wind trocknet und die Sonne macht glänzend. In einer Viertelstunde hat das ganze Land keinen Staub mehr. Aber wir, wir Staubwürmer machen immer künstlichen Staub, weil wir keine Einfachheit und reine Natur mehr haben und alles Leben verschnitzeln und verhobeln und verschleifen. Das gibt Staub. Wir verbröckeln vorweg. Und drum ist nichts Hohes und Großes mehr zu treffen, es erstickt im Staub. O du mein Herrgott, seht, seht, – auch das Birett da ist seit vierzehn Tagen von den Schaben angefressen. 's ist reinweg zum Davonlaufen! Und das passiert einem auf der Alp oder was Alp sein will, vierzehnhundert Meter über Meer!«

Er mußte in aller Entrüstung lachen. Auf dem Bett kicherten die drei Kleinen auch vor Spaß. Der alte Geiger mischte ein Ja in seinen Geigendeckel und nickte innig. Aber Heinz und der Maler wollten jetzt doch die reinen, gesunden Berge verteidigen.

Da sieh, aus dem fast schwarzen Horizont brach ein wagrechter, tiefgelber Sonnenstrahl. Halb neun Uhr, gerade vor Sonnenversinken! Dann ballten sich die Wolken auch am Westhimmel wieder zusammen, und es ward nun Nacht. Aber alle hatten den Strahl gesehen. Wie eine goldene Schnur war er durch die Stube quer an die Bücherwand gerieselt, über die Haare der Männer weg, durch den Staub und Rauch ringsum. Und da hatte man auch gesehen, wie ein Nebel von seidenweißen Stäubchen, Flöcklein und Pünktlein durchs Licht wimmelte – Millionen und Millionen!

»Da habt Ihr's«, rief der Kaplan wie zum Tode müd. »Die Sonne selber wird einem zur Plage. Wie uns ein einziger Strahl einen Haufen Moder aufdeckt! Wir wissen gar nicht, in welchem Wust wir sitzen!«

Jetzt knisterte Heinz sehr deutlich mit seinem Papier. Ein andermal diese Staubpredigt!

»Ich gehe schon, Herr Versifax!« sagte der Kaplan unschmeichlerisch. Er setzte das Birett auf, in das zwei Pfarrhäupter oder anderthalb Domherrenköpfe leicht gegangen wären. »Mich tröstet am End' Euer Poet da unten –:

›Werf ich ab von mir
Einst dies Staubgewand‹ –

er hat's auch gewußt! Ja, ein Staubgewand ist alles Hin und Her und Drum und Dran hier unten – gute Weile, ihr Herren!«

Damit polterte der Mann aus der Kammer. Das Gewitter tobte indessen auch über Miezeler. Aber das Dorfnest lag im breiten Schutz des Waldes ringsum. In seinen drei Geschlechtern, den Jungen, den Betagten und den Jahrhundertgreisen schien der Wald wie Vater, Großvater und Urgroßvater über den Landeskindern zu wachen und allen Wettern gewachsen. Mit seinen Wipfeln fing er den Blitz auf, seine unzählbaren Hände schöpften die Wasser ab und mit den tiefen Füßen hielt er den Boden unverstückelt fest. So schützte er die Zwei- und Vierbeiner in seiner freien, grünen Hallenstadt, und wie er auch keuchte und pfiff und stöhnte im Sturm, er litt es gern für die Menschen, und jeder Wipfel erhob sich gleich wieder unverwüstlich wie ein Held Gottes.

Jochem zündete die Kerze an, und nun sah man, daß Seppli schon die gelben Sennenhosen und die rote Weste und den goldverbrämten Küherkittel und Minchen auch schon die Berglerinnentracht mit Mieder, Brustkettlein und roter Haarkrone trug, gerade so, wie sie morgen den Wildleuten bei dem Sprüchesagen das Ehrengeleite geben und die Käslein tragen mußten. Das sei ja jetzt die Theaterprobe, sagten sie in aller schuldigen Unschuld.

Heinz las jetzt die Sprüche vor. Dem Pfarrer Daniel galt folgendes: Wildmann:

»Dies Käslein eßt, es ist gesund,
Wie Euer Wort so fett und rund,

Läßt sich nach rechts und links besehen
Und immer nach zwei Seiten drehen.«

»Das ist zu starker Schnupf«, meinte der Redakteur, ein vorsichtiger
und gewitzigter Mann.

»Wartet es erst ab!« bat Heinz.

»Und ich sag': es gehört ihm«, lachte herzlich der ernste Jochem.
»Der predigt euch ja und nein auf dem gleichen Känzeli.«

»Still, still!« wehrte Hitz, »morgen sind wir alle Freund'.«
Wildweib:

»Doch schneidet Ihr es durch so mittens,
Dan gibt's kein Zweitens und kein Drittens,

's ist eine Nahrung jedem Munde
Und eine Wahrheit jeder Stunde.«

»Aha«, spottete Emil belustigt, »du predigst nun auch! – möchtest dir
auch so ein Bratkäslein verdienen, hä?«
Wildmann:

»Nur muß man es zu Schnittchen hauen,
Kein Engel könnt' es ganz verdauen.
An jedem Tag auf weißem Teller
Holt Euch ein Schnitzchen aus dem Keller!
Und gebt zur frommen Sonntagsweile
Auch uns nur kleine Predigtteile!
Doch voller Milch und süßem Rahm,
Wie's aus des Schöpfers Händen kam.«

Jochem knurrt: »Das ist hoch!« – aber Maler und Redakteur klatschen
und sagen: »Ausgezeichnet!«
Wildweib:

»Mag's denn so lange Käslein geben,
Als Christi Wahrheit bleibt am Leben!
Daß unsrer Kinder Kindeskinder,
Am Leibe stark, am Geist nicht minder,

Margretentag mit Sang und Leiern
Und siebenhundert Walzern feiern.«

»Siebenhundert Walzer! das ist fein!« sagte Seppli zu Minchen. Man lachte, und der Jochem meinte: »Ja, das ist besser, das versteht man jetzt.«

Von Emil hätte Heinz gern ein Lob gehabt. Aber der riß nur die Mundwinkel auseinander und sah ihn mit schillernden Eidechsenaugen an.

Leiser ward draußen das Glimmen und Poltern vom Himmel. Rauschend ging jetzt der Wolkenbruch nieder. Die dumpfe Luft in der Stube frischte und kühlte sich schnell, wunderbar duftete es von Eis und Tannen und Moos durchs Fenster herein.

»Glaubst du«, fragte Minchen und umschlang Irmeli, das immer still zugehört hatte, »daß der Mang wegen den Bächen herauf kann, morgen?«

»Hab' doch nicht Angst um d' Mutter!« beschwichtigte Seppli mit wichtigtuerischer Miene. »Die schläft ja schon, dummer Gof, im blauen Himmelbett von unserer Gastkammer in der Krone und hört sicher kein Atemchen Gewitter.«

»Nein, ob der Mang –«

»Heija! der Mang und der Walter, – das ist ihnen Spaß!«

Aber Minchen hätte es lieber von Irmeli gehört. Es war nicht gründlich von diesem Großhans getröstet und hörte nur halb, wie sich Heinz mit geröteten, lobscheuen und loblieben Wangen an den Kaplan hermachte:

Wildmann:

»Auch Euer Wort, Herr Kapellan,
Hat es uns heilig angetan,
Daß wir Euch unter Dank und Loben
Dies Käslein aus dem Kessel hoben.«

Wildweib:

»Zwar habt Ihr uns nicht sehr geschont,
Doch sind wir das an Euch gewohnt,

Daß Ihr zuerst Gewitter macht
Und dann wie gnädige Sonne lacht.«

»Ja, ja«, schmunzelte Jochem, »darauf verlasset Euch. Es gibt eine Predigt
wie da draußen. Der Kaplan hat zwei Dosen Schnupf verbraucht diesen
Nachmittag beim Studieren. Das kenn' ich, 's ist auch ein Wetterzei-
chen.«
Wildmann:

»Wir gleichen, Weiber grad wie Mannen,
Recht unsern ungebognen Tannen,
So frech und spitz und hoch und nieder,
So Christbäum' all voll Gab' und Lieder.«

Wildweib:

»Wir müssen uns mit Schweiß und Schwingen
Wie dieser Laib zur Rundung ringen.
Daß Ihr uns segnet mit den Fäusten,
Hilft zur Vollendung uns am meisten.«

»Na, na, jetzt werdet Ihr noch spitziger wie Tannadeln«, scherzte der
Redakteur. – Emil paffte vergnügt an seiner Zigarre. So hatte er Heizen
am liebsten, wenn er ein bißchen aufzog. Er konnte es! Weiß Gott,
woher der ducksame Mensch das Zeug hatte.
Wildmann und Wildweib zusammen:

»Nun Hirte Pfarrer, Hirt Kaplan,
Legt unser Sennenkäppi an!
Und laßt Euch auch einmal von Hirten
Am Älplerkilbitisch bewirten.
Und amtet Ihr dann lange Wochen
Nach anderm Wort und Brief verpfründet:
Habt heut ein Brot mit uns gebrochen
Und ein Gebet mit uns gesprochen
Und eine Liebe uns verkündet. –
Ob unsre Bäche ihre Bahn
Nach eigner Herrlichkeit ergießen:

Ich weiß, im gleichen Ozean
Sie gern zuletzt zusammenfließen.
Nun sagt das Unser Vater vor,
Wir alle stimmen ein im Chor:

Unser Vater, der du bist in den Himmeln, geheiliget werde dein Name,
zu uns komme dein Reich –«

Still war's geworden in der Stube. Die Männer rührte das Gereim
mächtig. Keiner rief Bravo! – keiner klatschte. Auch dem Manuß war
im Horchen die Zigarre ausgegangen. Minchen war auf den gelben
Hosenbeinen Sepplis eingeschlafen. Draußen goß es ohne Ende. Da innen wogte ein Rauchnebel um die Kerze und die halbschattigen Gesichter.

Plötzlich geschah etwas Herrliches. Der alte Staffelsepp hatte leise,
leise die Geige aus dem Futter gepackt und andächtig den Bogen ange-
setzt. Nun schloß er die Augen und sog ein unnennbar feines, heiliges,
stilljodelndes Lied aus dem alten Holz, ein Lied, ganz und gar nur von
dieser Heimat und Luft da oben, worin es Berge und Schnee und Wind
und Edelweiß und gebogene Hirtenknie und darüber ein Rauschen gab
wie vom Geist der Geister.

30.

Emil schlief ausgezeichnet trotz allen Gestürmes in den Lüften. Er hatte
ein großes Fest vor sich. Sette würde es vom Dorf heraufbringen. Sie
mußte jetzt mit Cäcilie geredet und ihn angekündigt haben. Das war
dann eine Kilbi, wie kein einziger der Kilbigäste da oben eine bekam.

Die gingen noch lange nicht ins Heu. An Jochems Tischen saßen die
jüngern, während die übrigen zusahen oder ums Feuer am Käskessi
kauerten und bedenkliche Gesichter machten. So eine Sündflut war seit
1886, wo Fels über Fels rutschten, nicht mehr vom Himmel niederge-
gangen. Hier im waldumhüllten Miezeler merkte man nicht viel von
der Flut. Aber oben in der baumlosen Alp und erst unten im Tal, wo
alles Wasser zusammenrinnt, mußte es ungeheuerlich werden. Der
Handbub Marx aus Jochems Hütte war durch alles Geheul der Nacht
zum Wetterangel gelaufen. So hieß eine halbe Stunde über Miezeler der
Felsvorsprung, wo man, an die äußersten Tannen gelehnt, schwindelhoch

ins Tal hinabsah. Aber der sonst so helle Junge hatte vor Dunkel und Wassergewölk nichts wahrnehmen können und kam ganz geblendet von dem ewigen Blitzen heim. Nur oben in den Gräten habe er ein gewaltiges Rauschen wie von einem stürzenden See und hie und da das Gedonner einer Steinlawine gehört. Aber vielleicht war's doch nur Donner. Daß alle Berge zitterten und alle Böden wankten, meinte er noch auf dem festen Brett der Wirtshausstube zu fühlen. Auch wie Böllerschüsse hatte es von weitem geklungen. Aber sicher weiß er nichts, denn sein Ohr war immer voll Wasser und Wind.

Wenn uns nur nicht die Kilbi noch verregnet wird! schrie man, Herrgott noch einmal! Sei's denn: Hagel und Feuer und Wasserschwemme, aber dann tanzen, nur auch tanzen und fiedeln und lustig sein dürfen!

»Jesses, so ein Blitz!« schrie der Nazbub, ein Miezeler Käser, und rickelte über Stirn und Mund ein ellenlanges Kreuz. »Da, Eichelkönig!«

Darauf donnerte es so nah, als sei eine Erzkugel groß wie der Mond vom Himmel ins Gestein ob den Hütten gefallen und rolle auf die Schindeldächer. Unwillkürlich duckten sich alle und zogen die Köpfe ein.

»Hast den Eichelober ja auch ausgespielt, du Cheilbelappi!« zürnte Schorschl, sein Mitpart, übers Tischchen. Er war Küfer in Mattli und ein berühmtes Fluchmaul. »Vergißt so ein alter Kerl noch die Stöck[27] zu weisen. – Vor Angst!«

Der Gegner der zwei Jasser, der Bischenkuedli, ein alter, ausgedienter Fuhrhalter von Absom, murrt: »'s wird wohl nix schaden, wenn er schon kreuzelt. Ich lass' die Stöck' doch gelten.«

Neues, grelles Himmelsfeuer, jedesmal so schweflig giftig und zündend, daß die rote Feuergrube unterm Kessel erblindet.

»Jochem!« ruft die Milchmagd, »Eure Mutter, die Elselore, läßt fragen, warum Ihr den Alpsegen nicht habt beten lassen?«

»Jesses Marei! – ja, beim Tanzbodenlegen hab' ich's ganz vergessen«, stammelte der Wirt und kratzt sich die rasierten Schläfen.

»Wer hat einen Kohli[28] bestellt?« fragte Barbel, Jochems ältliche Tochter.

27 König und Ober

28 Schwarzer Kaffee mit Schnaps

»Wir, wir, und wir, alle, alle!« kreischt es und schwingt es aus vier Ecken die großen, weißen und geblumten Ohrlappentassen in der Luft.

Barbel füllt allen aus einer Riesenkanne duftigen, schwarzen Kaffee in die Tasse. Hintendrein kommt der Jochem und spendet einen wohlabgemessenen Guß Zwetschgenwasser dazu. Das hält wach und duftet noch so fein. »G'segnes Gott!« – sagt er.

»Was tun wir jetzt?« fragen einige Katholische von Mattli.

»Und grad vor dem Fest muß mir das passieren!« jammert Jochem. »Jetzt kann mein altes Mutterli schon die ganze Nacht nicht schlafen. Und alle Kilbi freut sie nicht mehr.«

»Geht doch weidli²⁹, hüp!« singt der Bischenkuedli. »Derweil Ihr den Betruf singt, gucken wir Euch die Karten an. He, Jochem, zugeschenkt mit den Zwetschgen, nicht so tröpfelig, he!«

Aber über den Stallsöller traut sich keiner. Denn vor der offenen Tür gießt es so wild und luftet so wütend und blitzt einem so zitronengelb ins Auge, daß man an den Jüngsten Tag denkt.

»Schorschli, geht Ihr doch!« bittet man. »Der Marx kommt mit, gelt!« Der Handbub nickt.

»Ihr seid der flinkste und habt eine singhafte Stimme!«

»Das macht sich. Aber ich kann den Betruf nicht auswendig.«

»Der Marxli sagt Euch die Worte eins nach dem andern vor.«

»Und Ihr braucht gar nicht bis zum Alpkreuz hinauf zu gehen. Könnt unter das Kapelldach stehen. 's gilt dem Herrgott so grad auch.«

»Gut denn«, wettert Schorschli. »Aber, he, schüttet mir da noch einen Schnaps zu.«

Er hob die halbvolle Tasse Kaffee. Und Jochem goß einen dicken, wasserhellen Strahl Branntwein ein.

»Nur zu, nur zu!« befahl Schorschli und hielt her, bis die Tasse voll war. Er trank in vier, fünf Zügen den Kohli aus. Dann erhob er sich und riß Marx am Ärmel mit hinaus: »Komm, zieh mir das Bimbam!« Gleich verschwanden die beiden im Sturm, der Handbub, der läuten mußte, und das Fluchmaul, das vorbeten sollte.

Im Kapellchen, wo das Glockenseil von der Wölbung hängt, steht eine Stallaterne angezündet am Boden, gerade vor dem offenen Beichtstuhl. Darinnen sitzt der gewaltige Kaplan, das Brevierbuch auf den Knien. Er ist bei den Psalmen eingeschlafen. Dem Pfarrer Daniel hat

29 Flink

er sein Laubbett im Tenn abgetreten und sich vor dem Kneipvolk hieher geflüchtet. Über dem Kreischen der Türe ist er erwacht und nimmt eine Prise, wird rege und nickt, sowie er Marx das Seil ziehen sieht.

Aber unter dem Tor zwischen Blitz und Donner ruft jetzt der Schorschli halb und singt er halb den uralten Betruf der Älpler. Er tut es andächtig, aber mit seiner unschönen, verräucherten Jasserstimme.

> »Lobio den Herren und die reineste Frauen
> Und Allheiligen, die auf uns schauen
> Vom hohen goldigen Abendstern.«

»– Vom goldigen Abendstern!« –

»Herr Kaplan, helfet Ihr ihm, er kann's nicht auswendig!« sagte Marx heftig läutend. – Rasch erhob sich der Geistliche und trat hinter Schorschli her.

> »Insonder Sankt Wendel, – hast Geißen gern!
> Sankt Fridolin – bist mit den Lobe leiig![30]
> Sankt Margret wird jedem Spukgeist geheiig![31]
> Sankt Agnes hast auf die Lämmer acht,
> Daß kein Wolf dem Unschuldigen wehe macht!
> Du aber, Sankt – Jakob, – du, –«

Hier gebrach dem Schorsch die Stimme oder das Gedächtnis – und der Kaplan setzte mit schallendem, weittragenden Bariton ein:

> »Sankt Jakob, du großer Apostelmann,
> Dir geben wir Wald und Wasser in Bann.
> Bring' guten Schlaf und hellen Tag,
> Wehr' Seuche, Brand und Hungersplag!
> Heb' ab von unsrem fromm' Gesind
> Schlagenden Blitz und giftigen Wind!
> Mach' wachsen Halm und Gras und Vieh
> Und bitt' für uns und verlaß uns nie!
> Wir loben dich jetzt und allezeit

30 Mit den Kühen freundlich
31 Zum Verhängnis

Mit der Mutter Gottes, gebenedeit,
Und ihrem küniglichen Sohn,
Der da sitzet auf der Dreifaltigkeit Thron
Zwischen Vater und Geist in einem Namen.
Lobio den Herren in Ewigkeit. Amen.«

Der Alpruf verhallte, das Glöcklein bimmelte aus. »Amen!« beteten alle,
die den gewaltigen Sang durchs Gewitter schallen hörten, und legten
ihre verschlafenen Gesichter auf die andere Seite ins Heu.

Aber Emil träumte, er höre das Signal der Station auf dem Absomer.
Das erste Bähnlein rutschte auf den Kulm. Eine schwarze Masse von
Reisenden strömte aus den bekränzten Wagen. Darunter auch Bert. Der
schüttelte ihm die Hand und sagte: »Nun hast du's also doch bezwungen.« – Auch seine Frau und Maria und der Tollkopf Ferdel waren da.
Mang stand neben Walter und beiden mußte man immer rufen: »Nicht
so weit hinausstehen, nicht so weit hinausstehen!« Der Broller gebot
seinem Knecht, die Weinkörbe auszuladen. »Aber unten donnert's ja«,
sagte Minchen und zeigte in die Tiefe. »Das macht doch nichts.« –
»Aber da steigen Nebel herauf.« – »Das ist ja nur Heudampf.« – »Aber
der Wind fliegt daher, Schau' nur!« Wirklich, allen reißt es die Hüte
vom Kopf und jagt sie aber die Felsen hinunter. »Die finden wir unten
schon wieder«, tröstet er. »Iß, trink' und sing', Kind!« – Der Nebel ward
dichter. Man sah sich schon nicht mehr anders als wie durch einen
verstäubten Spiegel. Aber das sah er noch und hörte er, wie einige ihre
geschliffenen Gläser erhoben und ihm zutranken. Und immer, wenn
der Broller das seine streckte, funkelte und klirrte es merkwürdig, wie
wenn Blitze daraus schössen. Emil dünkte das nicht mehr gemütlich.

Da polterte plötzlich der große bleiche Prachtkopf des Oberrichters
gegen ihn. Mit festen Handgriffen packte ihn der Broller an der Schulter
und sagte: »Schlaft Ihr? Ihr lacht ja nicht und trinkt nicht und tanzt
nicht, was ist mit Euch?« Und er rüttelt ihn entsetzlich. »Laßt los«,
schreit Emil, »ich fall' ja hinaus!«

Aber da neigte er schon hintenüber, die Sohlen verlieren den Boden
und Emil flog in die graue Tiefe. Doch er riß etwas mit sich, zwei Arme
– –

»Emil, – Herr Inschenier! – wacht doch auf! –«
»Gegen die Alp hinauf sieht's bös aus.« –
»Man kann vorm Wasser nicht mal zu der ersten Hütte.«

»Und in Absom hat's gebrannt.«

»Und die Allmenden sind nur noch ein See.«

Alle überschrien sich, Heinz, Seppli, Jochem, Minchen und der Redakteur. Und wie eine neue Überschwemmung fluteten die Berichte aus der Höhe und vom Tal über das Bett und seinen aufgeweckten Schläfer.

»Meine Frau? – Mang?« schrie Emil, nun völlig erwacht.

»Lassen Euch vielmal grüßen und sind unterwegs. Walter ist schon heraufgekommen. Der hat's gebracht. Drum sind wir da hereingebrochen, daß Ihr nicht Angst haben müßt.« – Mit dieser tüchtigen Entschuldigung schritt Jochem hinaus.

»Ist's nicht gefährlich da herauf?« fragte Emil in die Hosen springend.

»Was der Walter kann, kann der Mang noch einmal so gut«, sagte Seppli stolz. »Da habt nicht Angst. Der führt Euere Frau schon sicher.«

»Und was sagt man von der Alp? Ist etwas Unglückliches passiert?«

Man könne erst gegen Mittag zu den Hütten, wenn sich die Bäche verlaufen haben«, berichtete Heinz. Der Marx sei umgekehrt. »Aber die Alpleute wollen ja auch zur Kilbi herabkommen.«

So, das war die große Probe, dachte Emil. Sette konnte vor drei oder vier Uhr kaum in Miezeler sein. Also schnell hinauf zur Absomalp. Wie hat sich sein Werk wohl gehalten in diesem Hochgewitter? Wenn es das heil ertrug, dann hält es die Ewigkeit aus. – Heinz muß dem Herrn die Juchtenstiefel einschmieren, Käse, Brot, Fleisch und Eier einpacken und ihm den langen Bergstock holen. Dann eilt Emil behend aus dem Dörfchen, lachend auf Heinz, der ihn zehnmal zurückhalten will und zwanzigmal um heilige Vorsicht bittet. Der Waldboden ist noch feucht und weich, die Äste blitzen von Tautropfen voll Sonne, die Vögel singen wie närrisch, sogar alte Stare, die jahrelang nicht mehr die Terz übten, wagen jetzt die Quint und Sept. Und man muß sagen, ordentlich, einige sogar recht gut. – Die Tannadeln funkeln, als wären sie nagelneu, und aus den Büschen und den niedern Erdstauden und den Kräutern steigt jener unbeschreibliche Geruch von schwerem, wildem, unbezähmbarem Naturleben auf, bei dem die Lungenkranken zu husten aufhören und sich gesund gebärden. Aber dann sterben sie flink. Soviel Kraft halten sie nicht mehr aus. – Oft gab es breite, tiefe Pfützen, übertanzt von schimmernden und summenden Mückenchören. Oft auch, wo ein Bach aus dem Stegreif dahergelaufen und nun schon wieder versiegt war, hatte er doch einen unanständigen, häßlichen Schlammhaufen um die

Stämme zurückgelassen. Zuweilen lag ein von Harz duftender, rotfleischiger Ast, groß wie ein Baum, alles versperrend, am Boden. O wie gern hätte er noch das Leben seines fürstlichen Vaters mitgelebt! Oder es hingen abgerissene Äste in den Bäumen. Der väterliche Baum hielt sie noch immer fest; wie Eltern immer noch nicht glauben wollen, daß das Kind nun wirklich tot sein soll, und es nicht dem Totengräber geben mögen. Sein Gesicht sieht ja noch so frisch aus. Aber das Traurigste war, wenn man an einen Gewaltsbaum kam, der vom Scheitel bis zur Sohle zerspellt war, so daß das Mark über die Rinden hinaus zur Erde rann. Man hätte weinen können.

Es paßte gar nicht dazu, daß der Himmel schon wieder so leichtsinnig blau herabsah und die Sonne so eitel lachte, als wäre ihr alles, alles nur ein Spaß auf Erden.

Aber je dünner der Wald wurde und je näher Emil den Alpweiden kam, desto lauter hörte er ein tief und schwer rollendes Wassertosen. Wunderbare Bässe! Hurtig erkletterte er eine Felshalde und sah nun mit einem Blick wie aus einer Loge in das laute, wilde Theater dieser Hochwelt.

In den obersten Felslagen hatte es geschneit, und da klatschten nun schaumweiße, herrliche Wasserfälle von Absatz zu Absatz wie über hohe Treppen hinunter. Eisig und rauh scholl ihr Lied, und sie verbreiteten auch trotz der schon wieder stechenden Sonne eine große Kühle. Die Weigete sah man von hier vorne nicht. Aber die ganze Alpe konnte er überblicken. Da gab es kleine Seen und Tümpel und Bäche und nur selten ein mit Gerölle versaartes Flecklein Weide. Die Verheerung schien nicht groß. Denn die vielen natürlichen Einschnitte und Falten der Alpe gegen die Fluh hinunter waren alle zu bequemen Flußbetten geworden. In ihren tiefen, reißenden Wassern war alles Getrümmer in den See geschwemmt. Über diese Gräben wollte Emil die Hütten erreichen.

Von Bach zu Bach mußte er eine enge oder seichte Stelle zum Überschreiten suchen. Sinnbetäubend war das Rauschen auf einem Stein so mitten im brüllenden Wasser. Stand man ferner, so überwog das allgemeine Tosen aller Bäche zusammen. In Wahrheit, die ganze Alpe war voll von diesem dumpfen Orgelspiel der Wasser. Darüber tanzte der goldene Dampf der feuchten, besonnten Luft.

Kahl, schwarz und nahe sahen die Zinnen der Kette, besonders der verwaschene Absomer mit seiner schmelzenden Schneekrone aus.

Es vergingen Stunden, bis Emil so nahe den Hütten war, daß er einige Älpler mit Hacken und Äxten von den Felsen her kommen sah. Er rief und winkte ihnen, aber der Wasserspektakel ringsum verschluckte seine feine Stimme wie eine Mücke. Sie gingen in die Hütten. Emil war müd und durch und durch naß. Allein konnte er über dieses letzte, breite und gefräßige Wasser nicht setzen, das ihn noch von den Älplern trennte. So lag er denn mit dem Rücken auf einem warmen Stein, um sich zu trocknen und auszuruhen.

Zwischen den vergitterten Fingern sah er im urblauen Himmel kleine feine Wolkenflöcklein von Ost gen West fahren. Dieses gemütliche Dahinschweben heimelte ihn eigentümlich an. Und die erwärmende Sonne tat ihm am ganzen, halbstarren Leibe wohl. Er fühlte sich immer behaglicher. Nein, diese Wölklein, wie sie so sicher spazieren und gar nicht pressieren! Am selben Himmel, der gestern noch so schauerlich war! Ach was, es wird auch am Berg drüben nicht so übel stehen! Emil fühlt einen merkwürdigen Leichtsinn erwachen. Er packt aus und ißt voll Appetit. Sehr gut ist dieser Käse. Solchen muß Heinz mehr beschaffen. Mang weiß vielleicht –

Ja so, Mang! das ist ja die Hauptsache! Ach, was werden Sette und der Bub wohl vom Dorfe bringen? Hoffentlich nur Gutes! Hoffentlich steht er morgen schon an Cäciliens Bett und sagt: Ich bin der Vater! – Nein, Wölklein, nein, ihr habt kein Herz, sonst müßtet ihr schneller fliegen. Wer so kriecht, weiß nichts von Sehnsucht. Langweilig seid ihr, wie Schnecken!

Emil springt auf, bindet sein Nastuch in den Stecken und schwingt ihn so hoch er kann. Endlich nach langem Schwenken, Schimpfen und Stampfen rennen zwei Hirten her. Man fragt und antwortet über das Wasser. Aber kein Laut wird vor diesem schallenden Gewässer verstanden. Doch aus den Mienen der Leute kann Emil entnehmen, daß der Sturm im eigentlichen Gefels arg gehaust hat. Bald schadenfroh, bald traurig dünkt ihn ihr Blick. Jetzt gibt's kein Halten mehr. Mit so gebieterischen Augen und so stürmischen Gesten begehrt er hinüber, daß einer zu den Hütten springt, mit einer Leiter zurückkehrt und das Holz ihm zustreckt. Es reicht gerade knapp an sein Ufer. Aber einige Staffeln zumitten werden von den Wellen hoch überspritzt. Laßt's bleiben! scheinen die Älpler mit ihren abwehrenden Gesichtern zu sagen. Es geht ums Leben. Auch der gescheite Hund bellt und wehrt wie wütend. Immer ungeheuerlicher dünkt die Hirten ein solches Wagnis, und einer will schon die Leiter wieder zurückziehen. Da beißt der Manuß die langen Oberzähne in die Lippen, reißt die Mundwinkel auseinander, kneift die Augen fest, mißt, setzt an und springt in drei wohlberechneten Staffelsätzen über. Er ist totenbleich. Die andern nicht weniger. »Herrgott!« ist's dem Kobelkarli entfahren, »da unten könntet Ihr jetzt zappeln.« –

Und mit Grauen schauen alle zum nahen Rand der Alpe, wo der Bach mit gesträubter, schaumiger Mähne aufwirbelt, als grause es sogar seiner Wildheit, so tief über die Wand hinunterzustürzen. Aber sie bewundern den Frechen mit seinem nassen, braunen Schnäuzchen und den mutig gespreizten Juchtenstiefeln und helfen ihm nun auch oberhalb der Hütten den Scheidbach übersetzen. Alle wollen ihn zu den Steinen hinauf begleiten. Das fällt ihm auf. Und wieder richten sie heimlich besorgte und doch innerlichst schadenfrohe Blicke auf ihn. Es muß recht übel aussehen um den Damm herum, schließt Emil und drängt vorwärts, so daß man schon in einer sauren Stunde um die Scharte des Eggbergs an die Weigete gelangt.

Nun fängt's im Kopf Emils an sonderbar zu musizieren. Vor den Augen spielt und flimmert es fratzenhaft. Spuck! Ist das möglich? – Heio, ihr Leute, reibt euch die Augen! Seht ihr denn auch vom Damm nichts mehr als zerworfene, haushohe Brocken, versandete und verschlammte Strecken ringsum und ein leises Bewegen und Wasserbrummeln der ganzen Halde? Als wär' sie etwas Lebendiges?

Er staunt und starrt! Eine Armee mit den besten Kanonen hätte das in tagelangem Sturm nicht fertig gebracht, was dieses einzige Gewitter. Und ganz leicht muß es ihm geworden sein. Wie von spielenden, ballwerfenden Händen sind da die größten Dammklötze herumgeworfen. Der mächtige Riegel ist wie mit einem leisen Fingerdruck an zwanzig Stellen gesprengt. Ein Kartenhaus war alles gegen diese Gewalten hier oben!

»Warum habt ihr mir nichts gesagt, daß hier alles rutscht?« fragt Emil fast schüchtern. Die Wucht der Natur allhier drückt ihn nieder. Sein Gesicht hatte nie so bescheidene Mienen. Er hält den Kopf gebückt, als presse ein großartiger Respekt vor einem Ingenieur, gegen den er ein Stümper ist, ihn fast zur Erde.

Die Älpler reden nichts. Sie haben zuerst mit eigentlicher Wollust das Erschrecken und unendliche Verwundern des stolzen Menschen da genossen. Aber sie hatten gehofft, er werde wüten und toben oder weinen wie ein Kind. Nun blieb er ordentlich gefaßt und machte ein so demütiges Gesicht. Sie waren mit ihren unverdorbenen Gefühlen diesem Eindruck nicht gewachsen. Der Mann rührte sie jetzt.

»Ihr konntet das doch voraussehen, – warum habt ihr mir nie etwas gesagt?« wiederholte Emil noch leiser und gedrückter.

Jetzt nahm der Kobelkarli – er wußte selber nicht wieso – die Mütze vom Kopf, wie vor einem Leidtragenden neben dem Sarg, und sagte langsam: »Ihr habt uns ja doch nie gefragt!«

»Es ist wahr!« sagte Emil kleinlaut. »Das hätte ich sollen.«

Ein langes Schweigen entstand.

»Wir haben oft gedacht, das hält nicht«, redete der alte Hannes endlich drein. »Aber dann, wenn's so fest und hoch und breit aufgewachsen ist und so arg verbunden mit Stahlbändern, glaubt' ich doch wieder, du, Inschenier, seiest der Stärkere.«

»Nur ich nicht«, widersprach der Alpmeister, »Ich hab' oft heimlich gelacht, wenn Ihr da so gekittet habt, und hab' gedacht, wenn's einmal recht herabbläst, geht das alles auseinander wie Schaum. – Aber Euch hätt' ich nichts gesagt. Ihr waret uns viel zu stolz. Da habt Ihr's nun.«

Es kam grob heraus, aber er hatte es mitleidig sagen wollen.

»Wißt, wenn wir Älpler so leis zwischen der Tabakpfeife herauslachen, so heißt das immer: Narrenstuck! – Ihr freilich wäret mir zehnmal recht gewesen. Aber Euere Arbeit mögen wir nicht!«

Emil widersprach nicht. Er sann auch nicht, ob da noch etwas für die Absomerbahn geschehen könne. Das hat er im Hinaufgehen alles schon drei-, viermal überschlagen. Ein Tunnel und ein Viadukt, beides geht nicht, beides würde Millionen kosten. Und wäre doch nicht sicher genug. Und wenn es auch andere Zuwege zum Absomer gäbe, das ist nun kein Ausweg mehr. Denn die Güter dieser Strecke sind gekauft, und der Umweg über die Mattlerberge käme viel zu teuer. Auch geriete das uralte konservative Dorf in helle Empörung. Nein, nein, das Werk ist ganz zunichte.

Sie gingen langsam zur Hüte hinab. Davor setzte sich Emil auf den gleichen Stein, wo er damals mit Mang abends Homer las. Aber er dachte jetzt nicht daran. Die Berge forderten ihn vor Gericht.

Wie weit bin ich da mitschuldig? fragte er sich. Nun, er hat die Sache von Bert übernommen. Um die geologischen Unterlagen hatte er sich nicht mehr zu kümmern. Das mußte in Ordnung sein. Hier, wo das Geld und die Schädel so hart sind, konnte er doch nicht glauben, daß der Stein faul und modrig sei. Nun freilich weiß er's, daß man unverantwortlich leichtsinnig vorging, die Steinschichten nur zum Schein prüfte, gewissenlos ein flottes Gutachten fertigte, alles, um rasch noch das Projekt in die Zeit blühender Stickerei und kauflustiger, aktienmutiger Leute hineinzupeitschen. Mag denn das Projekt fallen! Ihm tut es nicht weh. Sein Ruf leidet nicht darunter. Er will schon aufdecken, wo die Sünde liegt.

Morgen nachmittag will er der Kommission die Wahrheit frisch ins Gesicht schmeißen. Herrgott von Sankt Gallen, diese Kerls, die einen da nur heraufschicken: mach' fertig! – Auf faule Experten und trügerische Vorstudien hin, mach' nur fertig! – Sie, die den gutmütigen Bert getäuscht haben und ihn ebenfalls schier ins Pech brachten, die sollen morgen den Appetit für immer verlieren, den Ingenieur zu mißbrauchen! Leid tut ihm jetzt der arme Broller. Der ist ein gerichteter Mann. Aber er ist der Schuldigste. Zu Boden prügeln möchte er ihn und dann wieder aufheben und ihm sagen: Seien wir Freunde und machen wir ein anderes, besseres Geschäft!

Vielleicht kann er ihn in der Kommission doch noch retten. Jedenfalls redet er über das tote Projekt kein Wort bis zur Sitzung. Heut soll der Broller noch seine Kilbi haben.

Eines kann sich Emil nicht verzeihen, daß er immer so sicher getan und geprahlt hat, wie er den Berg zwingen werde. Jetzt lachen die Gipfel ihn aus. Verbissen, boshaft und unbewältigt glotzen sie auf ihn herab. Er haßt sie. Keine Träne wird er ihnen nachweinen. Aber schämen muß er sich vor einem jeden und am meisten vor dem Absomer selber.

Noch tiefer sank sein Kopf herab.

Da hörte er neben sich eine gröblich welche Stimme. Der alte Hannes stand mit einem Napf rauchender Milch vor ihm und sagte: »Euch ist fürwahr übel. Nehmt's Euch nicht so zu Herzen. Trinkt da von der Milch. Das stärkt! Und das wisset eben auch: grad so wie's Euch jetzt ums Herz sein mag, war's mir allezeit, wenn ich dachte, die Bahn fahre hier an den Hütten vorbei. – Trinkt, trinkt, Herr!«

Aber wie er sich wunderte, als Emil aufsah und ihn fröhlich anlächelte! Na, der Mensch ist doch ein dunkel Rätsel! Wird er die Bahn doch noch fertigbringen?

Emil trank dankbar den Napf leer. Der Augenblick war aber auch wirklich gar nicht zum Grollen und Hassen angetan. So scharmant lieb schien die Sonne, so silbern glinzelten die vielen Bäche durch die Alpe herauf und in der Taltiefe dehnte sich das prächtige Ländchen zwischen schwarzen Wäldern, hellen Hügeln und wunderlich geschlungenen blauen Gründen so hablich aus und setzte ans hübscheste Staffelchen immer ein so sauberes Dorf ab, daß einem Auge und Herz darob lachten. Und aus dieser allerliebsten Geographie stiegen gerade jetzt seine liebe Sette und sein ersehnter Sohn herauf und brachten ihm ein Fest.

Und wieder dachte Emil an seinen Plan eines Straßenbahnnetzes, wodurch diese zugeriegelten, einsamen Bergmenschen sich näher kämen, zusammen reden und zusammen denken müßten und so in Kraft und Einheit ihren zerstückelten Handel großzügig machten. Je nichtiger nun die Bergbahn, desto wirklicher erschien ihm diese schimmernde Verästelung einer Talbahn mit läutenden Stationen, hellfenstrigen, bevölkerten Wagen, Mündungen in jedes Nestchen und mit dem guten Genius des Profits, der über allem rundbackig schwebte. – Soll er oder soll er nicht? Wohl, am Montag will er zuerst wettern wie ein Malio und sich vom Absomerprojekt wie ein Feind lossagen. Dann aber will er auch seine freundliche Seite zeigen und den Herren, die ja nun doch einmal durchaus Schienen legen wollen, den neuen Plan in seiner ganzen volkstümlichen, nutzbaren Kraft vor die Augen malen. – Papier, Papier!

Auf einen Fetzen über dem Knie zeichnet er mit genialer Skizzenhaftigkeit die Zusammenhänge des Ländchens in Tälchen und Hügelketten, so wie die verkürzte Perspektive sie heraufzeigt. Er notiert die Höhen und Sättel und Gründe, die Schleifen und Tunnels, die Brücken und Dämme und Haltestellen, merkt zweifelhaftes Gebiet, billiges Terrain an und tüpfelt die Knotenpunkte dichter. Die Bauern umringen ihn, blinzeln neugierig ins Gezeichnete, mucksen sich nicht und verstehen auch nichts. – Der Mensch da ist ein Rätsel.

Endlich springt der Ingenieur auf, legt das Papier zusammen und sagt lustig: »Habt ihr auch etwas zu essen, liebe Leute? Ich hab' heut einen verfluchten Hunger.«

Die Älpler sehen sich verdutzt an. Wie, essen mag er auch noch nach allem?

»Und dann zur Kilbi hinunter! Wir wollen doch alle einen Schottisch tanzen!«

Tanzen auch noch? – So einer! – Da hört doch alles auf. Sie wenigstens schicken die Jungen hinunter. Ihnen ist's bei solcher Verschwemmung der Alp nicht mehr ums Tanzen. – Aber erst am Nachmittag. Jetzt heißt es Brücken schlagen und zum Vieh sehen.

Der Melkbub mit der Leiter begleitet Emil bis zum großen Bach. Der Manuß pfeift ›Wo Berge sich erheben‹ so schrill und falsch, daß der Junge aufhört zu sekundieren. Die Älpler aber schauen mit Kopfschütteln nach und beschließen, den Berni von der hintersten Hütte an die Kilbi zu schicken. Der hat ein gutes Maul, spuckt vor jeder neuen Bahn und wird den Kilbileuten schon erzählen, wie's hier oben steht. Daß nicht etwa der Ingenieur lacht und sagt, es sei nur alles eine Bagatelle. Am End' ist ihm Bahn und Berg und Mensch grad' so einerlei wie die Zigaretten, die er aus der nassen Rocktasche geschmissen hat – und haben sie doch alle aufgelesen und kann man die meisten noch vornehm verpaffen.

31.

Auf dem Tanzboden gegenüber der Kapelle standen die Evangelischen und horchten auf ihren Pfarrer im langen, wallenden Prädikantenrock. Vom Gäßchen hatte man dicke, lange Bretter in die abfallende, steile Bergwiese hinausgereckt und hochauf mit Pflöcken gestützt. Hinten, wo sie zweimal mannshoch über die Halde ragte und hoch über den blauköpfigen Wald unten und über den Dunst des Absomtales zu den jenseitigen Bergen sah, war die Estrade für die Musikanten gezimmert. Und gerade an der Stelle, wo der Staffelsepp mit seinen blühenden Mazurkas dem Bergvolk heut die Muskeln heiß machen wird, predigte jetzt Pfarrer Daniel mit fein ersonnenem Satzbau und gelassenem Spiel der weißen, dünnen Hände. Er liebte die Absomer Heimat und das unverwüstliche Blut seiner Volksame. Dreimal im Jahr, an diesem Kilbifest, am eidgenössischen Bettag und am vierten Sonntag im August, wo die Rekruten von der Stadt zu einem dreitägigen Gebirgsmanöver sich in Absom einquartierten und auf dem Dorfplatz Feldgottesdienst abhielten, nahm er nicht einen Vorspruch aus dem ihm so lieben Epheser Brief, sondern da mußte der krummbeinige, mürrische, aber patriotische Gottfried Keller seine geniale Vaterlandsstrophe zum Motto hergeben. An diesem Tage vergaß Pastor Daniel den Herrn Jesus und Duldermann, – die Nöte der christusfremden Gesellschaft, – den turbulenten Hang der Untern zur Revolution und die Lust der Obern zu schwelgerischem Ausleben, – diese buchstäblichen Liebhabereien seiner klangvollen Kanzelstunden. An diesen Tagen gefiel ihm die ganze Welt, sah er sie wie durch ein rotes Glas so funkelig froh und war ihm jeder Mensch ein Glücksprinz. Und so feierte er auch jetzt den Gott der Berge, der nach dem gestrigen, kurzen Zürnen schon wieder lächelt, der die Berge und die Kinder der Berge am meisten liebt, daher von den Bergen aus zum Volke redete und auf dem Berg sein Heiligtum haben wollte. Und heute noch habe er sein Heiligtum auf die Berge gegründet, das – das – ja das Palladium der Freiheit.

Dieses fremde Wort rührte die siebenzig Zuhörer von Absom. Also so was Großes lag da oben! Hätten sie's je gedacht? Gescheit kann ihr Pfarrer reden. Kein Wunder, daß ihn die Basler schon zweimal ins Münster haben wollten!

Sonst waren es über die hundertfünfzig Zuhörer. Aber der mächtige Sturm hatte den Zuzug verzögert. Sie werden bis zum ersten Geigenstrich schon nachkommen. Jetzt kraxeln sie erst herauf oder schöpfen noch das Kotwasser aus den Kellern, legen neue Ziegel in die Dachluken oder nähen noch schnell drei, vier Rüschen ans Tanzkleid.

Aber die Absomer hier oben vergaßen mit dem Pfarrer sogar die kleinen Nachwehen des Unwetters. Sie hatten nur Kilbi im Kopf. Auf ihre seidenen Schürzen oder warmen Hosenknie legten sie die Hände bequem und folgten mit den bekräuselten Stirnen dem Prediger von einem geistlich-weltlichen Gaudium ins andere.

Es war auch wahrhaft schön zu schauen, wie die Prachtfigur Daniels schon mit den Füßen über die entblößten, buntfarbigen Köpfe von seiner Estrade emporragte. Die Waldungen der jenseitigen Berge langten ihm nur an die Hüften. Dann fingen die Felsen an. Sie reckten sich bis zu den Lenden. Aber ans Herz reichte keiner. Nur wenn der Pfarrer sich bei einer Frage ins Volk vorneigte, als wundert ihn die Antwort selber auch, dann stieg ihm der steile, besonnte Storenspitz sogar über das vaterländische Herz bis ans Kinn. Aber gleich richtete sich der Pfarrer wieder auf, und der dumme Gipfel, der gemeint hatte, dem Prediger einen Nasenstüber zu geben, ward heillos von den andern Gipfeln ausgelacht.

O, es war bezwingend schön und paßte zum Text, wie Daniel dastand, indem er von Jehova und Christus erzählte, wie sie selber auf den Bergen gestanden sind! Sei's nun auf Moria oder Sinai oder Tabor oder Kalvaria gewesen, gleichviel, aber so stellte man sich's vor, wie hier den stattlichen, schlanken Fünfziger in der Sonne und Bläue dieser Höhe. Aber doch lieber nicht auf den donnernden Sinai, – den gab's drüben im katholischen Kirchlein; und nicht auf dem qualenvollen Kalvarienberg, sondern auf dem Tabor! So verklärt waren Predigt und Prediger, so entzückend, was er von Honig und Milch des gelobten Landes da oben, von der reinen Luft, der Älplerkraft, dem unversieglichen Wasser – weniger wäre auch genug, dachte Walter – und von dem so nahen, fast mit einem Tanzhopser zu erspringenden Himmel sagte. »Hier wollen wir nicht drei, nein, viele Hütten bauen, jedem freiheitliebenden, gottsuchenden Menschen eine.« –

Unter den jungen Leuten saß auf einem langen, buchenen Strunk ein Grüppchen zum Marmorschnitzeln schön. Irmeli und Minchen, wie zwei Schmetterlinge, ein Zitronenfalter und ein Tagpfauenauge, kauerten Flügel an Flügel, – nein, die Ärmchen eng ineinander. Das stille, aber vieldenkende Alpentöchterlein und der rasche, lose Stadtvogel liebten sich. Seppli, der auf beide pfiff, stand leichtherzig dahinter. Aber Walter saß neben den zweien und sah heimlich mehr auf die blassen, reinen, etwas überhängenden Lippen und das lichte Auge Irmelis, als auf den Pfarrer. – Dann freilich gefiel ihm auch der schmelzende Schnee auf den Bergscheiteln hinter dem Prediger und wie der Pfarrer mit der Hand über eine Felswand und ihre Wasserfälle emporfuhr oder sich auf eine beschneite Kuppe wie auf einen Spazierstock stützte. Zuletzt zog er verstohlen seinen Kodak hervor, den er auf Weihnachten bekommen hatte. Vier Films waren drinnen. Auf einem sollte er mit Irmeli von Mang unterm Tanzen abgebildet werden. Auf dem zweiten wollte er Irmeli ganz allein haben. Auf dem dritten mußten Mang, Irmeli und dieses Zigeunerchen Mine stehen. Endlich auf dem vierten hätte er gern den Hosenlupf des Kerstenfranz mit dem Lachmoritz konterfeit. Aber jetzt konnte er nicht widerstehen. Er mußte den Pfarrer mit den Bergen und dem Himmel dahinterhaben. Nur will er warten, bis Daniel einmal gar weit die Arme spannt oder sich zu einer Frage gar komisch ins Volk vorbückt.

Aus den vergitterten Fenstern der Kapelle drüben quillt die müdsüße Stimme eines Harmoniums herüber mit Meßgesang dazwischen. Auch kräuselt der blaue Weihrauch zum Pförtlein heraus. Das paßte zum Tabor. Man konnte an Engelsang denken und hinter dem Weihrauch den Elias und den Moses vermuten.

Der Pfarrer stand jetzt elastisch auf die Fußspitzen und rühmte, wie auf den Bergen die stärksten Schwinger, die besten Käse, das saftigste Gras, die liebsten Blumen und heilkräftigsten Kräuter, die wahrsten Lieder, die kühnsten Soldatengebete und die heldenhaftesten Vaterlandsfäuste wachsen. Huldreich Zwingli sei von solchen Bergen und gar nicht zu weit ennet dem Absomer herfür getreten und die Feinde Helvetiens, Österreicher oder Welsche oder andere Bedränger, immer von den Bergen herab, von den heiligen Bergen herab, seien – Knips! – drinnen war's im Kästchen, der Pfarrer, die Predigt, das Gebirge, der Himmel. Walter und Mineli mußten lachen, Seppli konnt's verbeißen, aber Irmeli rümpfte unwillig das Näschen. Der Pfarrer hatte, weit ausholend mit beiden Armen, als wollte er seine heiligen Berge umschlingen, gerade im bösesten Moment den Knipser erblickt und schloß in der Verblüffung seinen begeisterten Satz statt mit ›zerschmettert worden‹, was so einfach gewesen wäre, mit: ›zerschmettert gewesen zu haben‹. –

Aus der Kapelle über dem Gäßchen hörte man jetzt die Gebete des Kaplans zu Sankt Jakobus und Margareta in der alten Sprache Roms und der Päpste. Darauf antwortete das Harmonium mit milder Holzstimme und einige Chorbuben mit frechen Jodelhälsen: »Amen« – oder: »Deo gratias!«

Aber nachdem er auf Latein noch das Evangeli von den Märtyrern gesungen, zog der Kaplan die Kasel ab, die rotseidene, seinem Riesenbau viel zu kurze, stieg über neun krachende Holzstufen ins Känzeli hinauf, wo er das schwarze Flügelbirett abnehmen mußte, weil er sonst sicher bei einer lebhaften Bewegung die Heiliggeist-Taube vom Schalldeckel heruntergeschlagen hätte, zum Verdruß der Gesetzten und zum Hallo aller Schlingel in den vordern Bänken.

Mit einem kleinen Schimmer vom berühmten Geißbubenhumor aller Mattler stand er da und winkte, daß die Außenstehenden hereinkämen und man die Türe zumachen möchte. Denn er hatte eine starke Stimme und wollte nicht die reformierte Predigt stören, die ennet dem Gäßchen immer noch patriotisch fortdauerte.

Einige von dem Pförtchen liefen nun flink zu den Reformierten, weil es da glimpflicher zuginge, und ungefähr ebenso viele von Daniels Schäflein, nämlich vier Stündlerinnen, ein spiritistischer Bauer und zwei Lutherische schlüpften noch ins Katholische hinüber. Pfarrer Daniel lächelte. Die Mischung freute ihn wie einen Gärtner, der ein Beet voll

weißer Nelken gepflanzt und nun doch auch einige rote Köpflein mit-
bekommen hat.

Der Kaplan in seiner weißen Albe mit der gekreuzten roten Stola
blickte immer noch schweigend, mit pfiffigen, aber gütigen Augen in
die Versammlung von so vielen roten Westen, kranzgestickten Jacken,
bunten Haarnadeln und eitel schimmerigen Seidenschürzen hinein. Er
kannte sie alle. Die Jungfer dort, schlank wie eine Pappel, hatte er getauft; den bärtigen Alten da zweimal schon mit dem heiligen Öl gesalbt;
die ganze Kinderbank war bei ihm in den Beichtunterricht gegangen
und viele von den Frauen hatten ihm in der letzten Fastnacht noch ein
Bällchen Butter oder Blutwürste von der Metzger gebracht. Aber vielen
hatte auch er ausgeteilt, Bücher, kleines Silber, den noch nicht ange-
schnittenen Käse der Frau Landammann oder Bettelbriefe mit seiner
empfehlenden Unterschrift. Ja, da sah er solche, die er selber nach Bet-
glockenruf durch ein paar Hintergäßchen in ein reiches Herrenhaus
geführt und denen er dort in ihrer Bedrängnis den beredten und oft
mitweinenden Advokaten gemachte hatte. Er erkannte auch etliche
Schlingel, die seinen einzigen Apfelbaum neben der Kirche in Mattli
jedesmal plündern, wenn er auf der Alp ist, und, so unschuldig sie jetzt
zu ihm hinauf lächeln, doch sicher auch dieses Jahr schon wieder ihm
alle Rotbäckler weggestohlen haben. Wartet nur, wenn ich euch erwische!
– Hände sah er gefaltet so weiß wie die Stickerei, an der sie spät und
früh nädeln, und Hände so braun und rauh wie die Erde, in der sie
grübeln. Alle haben die Köpfe erhoben. Er kennt sie wohl, diese verschmitzten, neckischen, engen Gesichter, ihre Tücken und ihr Gerades
und Aufrechtes, ihre Härte und ihr Weichgläubiges. Und ihre Stuben
alle kennt er auch, ihre Krankenzimmer, ihre verzwickten Stiegen und
engen, dunkeln Hausgänge, ihre geblumten Kopfkissen, ihre unbequemen
Holzsessel und übel schneidenden Brotmesser. Wie liebt er diese unruhigen, spitzigen, frohen Naturkinder! Er könnte gar nicht mehr weg
von ihnen, und wenn der Bischof drunten in der Stadt ihm ein violettes
Mäntelchen und einen geschnitzelten Domherrenstuhl anböte, er
könnte nicht weg. – Gnädiger Herr, kauft mir lieber einen gepolsterten
Lehnstuhl in die Kaplanei für die alten Tage, ein Sofa bring' ich doch
nie auf! – Ja, er liebt sie mächtig, er möchte sie jetzt alle umarmen. –
Was leiden sie nicht unter ihren Felsen und harten Erdbrocken, unter
dem kleinen Verdienst, den vielen Viehseuchen, den Martinizinsen,
unter der geringen Kost und dem langen Winter und unter dem Tritt

von ein paar Übermächtigen! Aber am meisten leiden sie doch unter dem eigenen bösen, von Haus zu Haus stinkenden Klatschmaul, diesem kleinlichen, unbarmherzigen, vernichtenden Geträtsch, das schon unsern Herrn Christus so sehr in die Sätze gebracht hat. Das will er ihnen heut ausreden, weil sie sich damit noch viel ärmer machen, als sie schon sind. Nachher mögen sie dann heut nur wacker tanzen und jodeln und schmausen und festieren, das gehört ihnen.

Aber vorher den scharfen Klaps!

Er sehe, begann er, auf dem neuen, ergötzlich gemalten Altarbild den Apostel Jakobus mit dem Schwert in der Hand und die heilige Margareta mit dem Fuß auf dem Drachen. Übers Schwert habe Sankt Jakob, über das grüne Ungeheuer Sankt Margaret gesiegt. Drum können sie heut Kilbi feiern im Himmel, und – fügte er mit ein klein wenig Verachtung bei – einige Fetzlein und Restlein davon uns Menschen da zum Festieren herunterwerfen. Und wir nehmen sie gern und zieren uns damit. Aber das sei doch ein wenig unverschämt. Denn wir sind über Schwert und Drach' noch nicht Meister geworden. Und es ist recht eingebildet von uns, daß wir doch kilbenen wollen. Wo's keine Butter hat, gibt's keine Küechli, wo keine Arbeit, keinen Lohn und wo man Schwert und Drach' nicht gemeistert hat, keine Kilbi.

»Mach's nit so harb!« murrte ein kurzjackiger Bauer für sich. Einige Buben hingegen verdrückten kaum das Lachen wegen Butter und Küechli.

Aber die junge, naseweise Zischgeseppa flüsterte, die Lippen wie zwei Rosenblätter schwelend, zur Spezereihändlerin von Tuzis, Baschtonilise: »O, mit Öl oder Margarine!«

»Oder hat einer von euch Mannen das Schwert oder von euch Frauen den Drachen besiegt? Steh auf und sag's, wer's darf! ... Was Schwert? fragt ihr, – was Drach'? – Wir haben den Säbel an die Wand gehängt und da ist er vor lauter Frieden rostig geworden. Und das rühmt man doch. Und Drachen hat's vielleicht gehabt, da drüben in den Bärlochhöhlen vor so und so viel tausend Jahren. Aber heut lacht man drob und meint etwas anderes, wenn von Drachen geredet wird.«

Ein Lächeln geht jetzt wieder durch das breite, bleiche Gesicht. Der kommt geladen. Sichert euch!

»So wisset, wie ich das Schwert und den Drachen verstehe! 's ist die böse Red', die ehrlose, verdächtigende, ehrabschneiderische, verleumderische. 's ist das ewige Schimpfen über die Mitmenschen, hinter ihrem

Rücken, so giftig und so schmutzig wie's nur die Schlangenwürm' noch treiben. Immer bemängeln, immer bekritteln, immer nörgeln! Fehler, nichts als Fehler suchen! In den Schatten laufen und sagen, 's hab' mir einer das Licht gestohlen!«

»Ja, die böse Zunge ist beim Mann ein Schwert, hauend, schneidend und schmerzbringend, rauh und doch wieder blitzscharf, macht Wunden und tötet zuletzt so gut wie Eisen. Aber noch viel garstiger ist die böse Zunge des Weibes. Das ist wie das Beißen eines Drachen, hinterrücks, aus der Höhle hervor, mit kleinen, giftigen Zähnen, – und dann rasch wieder ins Loch zurück! – ›Habt ihr schon gehört, was die Sophiemarei‹ – ›es heißt, der Bortoni sei‹ – ›ich sag's, wie ich's überkommen hab', aber wahr soll's sein‹ – ›also die und die haben am Heiligabend‹ – ›Frau Nachber, ist's auch wahr, daß‹ – Und zuletzt nach diesen Teufelssprüchen das scheinheilige: ›Sagt ja nichts weiter! – Ich will ihm beileib nichts Böses reden‹ – O, wenn der Herrgott diese Mäuler doch strafte, alle miteinander in einer schönen Klatschstunde, daß sie stumm würden, wie die Berge über uns! Glaubt mir, es würde viel zufriedener und herzgemütlicher bei uns, die Hälfte Weh ginge von uns, Mattli wäre ein Paradies.«

Fast alle Männer lächelten zufrieden und schielten hinüber: da habt ihr euere Prise, prosit!

»Schon die alten Heiden haben das Klatschbasentum nicht leiden können und sie erzählten, daß einmal alle Verleumderinnen samt und sonders in Frösche verwandelt wurden. Im Sumpf durften sie nun ewig quaken.«

Ein Lächeln wie das Windsäuseln über einem Blumenbeet strich über die Mädchenbänke. Dann wuchs und schwoll es der Bubenreihe entlang wie rauschendes junges Buchenlaub und toste endlich durch den ausgewachsenen Wald der Männer im Kapellchenschiff.

»Lachet nicht, fragt euch lieber, warum sich so quälen und elend machen? Habt ihr nicht genug vom Schnee und Föhn und den Lawinen und Wildbächen? Nicht genug von Blitzschlag und Mißwachs? Nicht genug von Stallseuche, vom Ungeziefer in Garten und Haus? Und nicht genug vom magern Tisch und vom strengen Arbeiten ums Brot und vom Kranksein und Wehschreien und Sterben allezeit um euch? Müßt ihr einander selber auch noch zum Luxus so martern, statt euch wohlzutun, und das winzige Nestlein und Restlein Paradies, das wir alle trotzdem noch behielten, müßt ihr das auch noch zu einem Dorn- und

Distelplatz machen? Nein, nein, ihr habt's nie recht bedacht. 's ist dumme Gewohnheit. Weg damit! Hinaus mit diesem Drachen aus unserem lieben Ländli! Voneinander das Beste denken und sagen, denn jeder hat sein Gutes, – verzeihen und verschweigen, das heißt wie Sankt Margret der Schlang' auf die Schnauze stehen und gut und selig werden.«

Eine Pause entstand. Von draußen hörte man Pfarrer Daniel: »In christlicher Freiheit zu wandeln, edel und gut!«

Der Mesmer, der wie immer eingenickt und von der Pause erwacht war, wollte die Altarkerzen wieder anzünden. Da merkte er an der Stille, daß die Predigt noch weiter ginge und duselte wieder ein. Die Weiber aber atmeten auf. Sie sahen die kleinen, kirschschwarzen Italieneraugen im Kaplangesicht nun wieder zu den Männern hinüberkugeln.

»Aber woher haben's die Weibsbilder? Etwa von der alten Eva? Nein, von euch, Männer!«

»Mach's nit zu harb!« wiederholte der Alte und krummelte im Tabakbeutel am Gurt.

»Was schimpft ihr nicht immer über alles Feste und Unfeste der Welt? Meint jeden Augenblick, ich werd' übervorteilt! – auf mich zielt's! – mich mögen's nit leiden! – mir schieben's alles in den Sack! – Und wie ihr kritisiert! Alles hättet ihr besser gemacht, als der, der's machen muß. Alles verständet ihr besser, als der, der's gerad' erklären muß. Bald lehrt ihr uns noch richtiger auf der Kanzel stehen und geschickter predigen.«

Wie in einer Schlafkammer so still war's und so deutlich hörte man das Schnaufen der gepreßten Kehlen. Aber wach sind die Leut' alle geworden. Glücklich allein der Sigrist, der in seinem Gestühl so prachtvoll schlafen kann.

»Ihr bröckelt jedem etwas ab, den Regierenden am meisten. Nichts machen die recht. Immer verkehrter wird die Welt ohne euch. Und doch habt ihr wählen oder ablehnen können an der Dorfgemeinde, habt selber die Richter und Regierungsrät' an der Landsgemeinde gemacht, habt dem Landammann zum großen Handmehr geholfen. Und jetzt schimpft ihr über euer eigenes Werk. Und jedes Jahr kommen die Wahlgemeinden wieder und könnt ihr's verbessern! Warum dann wählet ihr wieder die gleichen? Nur daß ihr wieder hinter den Stall gehen und eine Faust im Hosensack machen und wieder ein langes Jahr schimpfen dürft? Darum? – Ist's Mangel an Mut oder merkt ihr, daß ihr nicht recht habt, daß euere Zunge ein rostig Schwert geworden ist und nur heimlich und, wenn kein Feind umher ist, in der Luft fuchteln darf? Scheint euch das männlich, meine lieben, guten, treuen Älpler und Heimatgenossen und Glaubensbrüder, scheint euch das männlich?«

–

Wieder eine tiefe Pause mit noch gepreßteren Atemzügen. Von außen hallt gewaltig: »Wie Jesaias singt, – ein Reich des Friedens, – Amen!«

Wie ein Blitz zückt es durch die breite Stirne des Kaplans. Leis und weich aus aller Predigt heraus sagt er: »Horcht!«

Und dann: »Habt Ihr's gehört?« –

Alle hatten es gehört und das lange Amen und das Hinüberfluten der Protestantischen zur Kapelle, um nach der Predigt gemeinsam das heilige Lied zu singen. Die Tür ward geöffnet, die Männer drückten arg herein und die Frauen und die Jungen, darunter unser Grüpplein, hockten sich hinter die Kapelle in den aufsteigenden Rasen. Da sahen Walter und Mineli durchs offene Fensterchen in Kanzelhöhe prächtig den Kaplan, unter sich den Altartisch mit rotseidig bedecktem Kelch und offenem, groß und bunt bedrucktem Meßbuch und schräg den schlafenden Mesmer und tief ins Chorgestühl verschoben die Altarbuben, die einander heimlich kloben und mit den Zeigefingern häkelten.

Nach einer stillen, tief ergriffenen Weile versuchte der Kaplan weiter zu kommen.

»Ein Reich des Friedens hat mein Bruder da drüben gesagt –«

Und nochmals und noch stärker packte ihn die unbeschreibliche Rührung und wieder mußte er innehalten. Aber auch den andern verschüttelte es schier die Brust im Schauer. Der Pfarrer, der gerade mit Heinz durchs Pförtlein getreten war, und dem gleich zwei vierschrötige Bauern den Bankplatz abtraten, neigte sein Haupt vor dem schönen Willkomm. Heinz war es, als wache jene wundersame alte Geschichte der Chronik wieder auf. Das war der gleiche Geist. Er hätte weinen mögen. Wenn man so was dichten könnte!

»Ein Reich des Friedens!« wiederholte der starke Mann auf der Kanzel mit seiner kräftigen Stimme und fuhr sogleich fort: »Ja, das kommt, – wenn ihr wieder lieb miteinander seid und brüderlich im Herrn. Die Großen müssen mit den Kleinen und die Kleinen gerade so gut mit den Großen hundertmal im Jahr Geduld haben. Ihr müßt euch nicht bloß Böses, nein doch, auch Gutes zutrauen. Und vor die Obrigkeit dürft ihr frei treten und fragen: ›Warum? Wieso?‹ – aber nicht ihr heimlich Treue und Glauben stehlen. Sein gutes Recht darf jeder wahren. Aber dann muß er den andern das ihre ebensogut lassen. O nur nichts heimlich, nichts versteckt, nichts ungewiß und auf blödes Auge hin! 's geht immer um eine Seele! Die ist Gründ' und Beweise wert!«

»Als ich das erstemal hier gepredigt habe, sah ich, daß alles Volk in den engen Stühlen stehen blieb. Warum, wenn es keine Sitze hat, knien sie nicht auf die Schemel? Das ist ein stolzes Volk, dachte ich böse. – Ich predigte nun ernst und ernster und brauchte viel die allerheiligsten Namen. Aber alles blieb steif stehen. Welch ein kleinköpfiges Geschlecht, so unerzogen und ohne Ehrfurcht! – Ich fing an zu stürmen und statt vom Herrn zu reden, der aufrichtet, malte ich den Herrn, der in die Knie reißt und die Nacken bricht. Auch die Saulus und Goliath! – Doch alle standen frech erhoben da und sahen mich an. – Wer da steht, sehe zu, daß er nicht falle! schrie ich. – In Demut soll jeder das evangelische Wort empfahn! – Auf den Knien! Und soll noch froh sein drum! – Aber kein Bein biegt sich. Nicht einmal eine Jungfer, die sonst bei jedem ›Gelobt sei Jesus Christ!‹ sich fast bis zum Schurzzipfel bückte. –«

»Da donnerte ich denn wie ein Jüngsttagrichter hinunter: Ihr Halsstarrigen, versteht ihr mich noch immer nicht? Könnet ihr nicht knien, – knien – da niederknien!«

Alles horchte und sah gespannt auf den Prediger. Der zitterte vor Aufregung und es blitzte was Kleines, Helles aus den Fettäuglein. Auch Walter, auch Seppli, die lockern Vögel, lauschten inständig.

»Da rief mir ein alter Mann mit achtzigjährigem, fahlem Haar herauf: ›Herr Kaplan, es sind ja keine Kniebänke da. Aber wir können's versuchen und auf den Boden knien – wenn's nicht zu eng –‹ Und er und noch ein paar wollten sich zwingen – Brüder, erlaßt mir weiter zu erzählen.«

»Ich habe vor Tränen nichts mehr gesehen und hinunter gerufen: Verzeiht mir! Heut habt ihr mir gepredigt! Ich will's befolgen und nie mehr kritisieren, wo ich nicht sicher bin und nicht das Warum und Wieso weiß, das entschuldigt und mildert und ändert.«

»Und so gehet und tut auch so! Richtet nicht, daß ihr nicht gerichtet werdet. Schimpft nicht, tadelt nicht, beschuldigt nicht, nörgelt nicht, richtet nicht, sagt nicht: Kniet! – bevor ihr die Knieschemel seht!«

»Da hab' ich, – habt Geduld, das ist der letzte Satz! – frohe Kilbileute vor mir, meines Glaubens, fremden Glaubens und vielleicht auch eines unbekannten Gottes Diener, die alle vom gleichen Lebkuchen naschen, aus dem gleichen Glas trinken und in einem Paar tanzen werden. Das ist der gute Rest vom Beisammensein vor vierhundert Jahren. – Warum ein Rest? Weil's in der Urkund' vereidigt ist. Sonst wär' auch dieses Fünklein gemeinsamer Glut wohl erloschen. Und warum finden wir uns nur mehr hier? Und trauen einander nicht mehr, kennen einander schlecht, meiden und scheuen uns das übrige Jahr? Ist da nicht auch der schweflige Drach' und das rostige Schwert schuld? Das unbrüderliche Schimpfen und Schmähen und Besserseinwollen? Sehn wir einander ins Herz, ihr Absomer uns, wir Mattler euch? O sähen wir's! Wie gleich wären wir einander im Hellen und Schattigen, wie lieb und bös, wie lobsam und scheltbar, wie entschuldigt und schuldig, wie schämten wir uns voreinander, fielen uns in die Arme und küßten uns wie die Väter am Scheidbach! In Gottes liebem Namen, so schont einander, helft einander, liebt einander, bis mein Bruder da unten es nochmals rufen und über alle lieben Berge und Dörfer psalmodieren kann: ein Dorf, ein Land, ein Volk, ein Reich des Friedens. Amen!«

Er stolperte das Stieglein hinunter, legte die Kasel wieder an, die von Murgener Klosterfrauen gestickte, goldfädig in den Alpenrosen, silberig in den Edelweiß, ein königlich Kleid, aber viel zu kurz für den Riesen, – dann breitete er herkulisch die Arme aus, als wollte er ganze Erdteile umarmen und rief: »Credo in unum Deum!«

Dann brach es los wie ein Sturm, von Frau und Mann, katholisch und protestantisch, von der rotesten und welksten Lippe gesungen:

> »Alles Leben strömt aus dir
> Und durchwallt in tausend Bächen
> Alle Welten, alle sprechen:
> Deiner Hände Werk sind wir,
> Deiner Hände Werk sind wir!«

Dann die zweite, dritte, fünfte, siebente Strophe, dann wieder von vorne, bis die Messe zu Ende war. Die Kapelle toste und das Altartüchel flog mit den gelben Kerzenlichtern her und hin vor solchem Gottesatem. Draußen auf dem Rasen sangen die ungebrochenen Knabenstimmen mit, vor allem die schmetterndhelle des jungen Broller. Drinnen wiederholten es die jodelhaften Jungfern, deren Silberkettlein auf dem Mieder mitklingelte. Und die alten Sennen und Knechte, die Melker, Käser und verwetterten Wildheuer, die bleichgesichtigen Sticker und Weber vom

Tal und die kleinen, mitgehumpelten Göfli von kaum sechs, sieben Jährchen gaben es weiter, und leise summte es noch ein zahnloses Großmütterchen nach. Über die Wasser, Winde und Ebenen hinaus sang man hochstehend und die Hand fest an der Banklehne, und wenn von den nahen Ställen zwischenhinein das Muh oder Bläh eines lieben Viehleins in die Noten fuhr, war das nicht ungehörig, sondern gehörte in den Lob- und Liebessang aller Kreatur zum Erschaffer hinauf.

Vor dem Kapellchen wartete Pfarrer Daniel nach der Messe, fing den mächtigen Kaplan mit den beiden schönen, weißen Händen auf und sprach mit feuchter Stimme, wie's in der Chronik steht: »Der Herre mit dir!«

»Pax tecum!« brummte der Kaplan herzlich und schüttelte den geistlichen Partner tapfer.

....

Hinter der Kapelle stellte Jochem schon Bänke und Tische ins Gras, alles aus rohen Tannbrettern. Überm Gäßchen schmierte man den Tanzboden mit Öl, Schmirgel und Schaffett ein. Aus etlichen Hütten klangen Walzer, und zwei Krämerinnen legten ihre Budenlade auf mit Wecken, Birnbrot, Nußkipfel, Honigfladen, Käsküechli, Eierröhrli, Zimmethörnli und allerhand Zuckerigem. Und am Ende der Gasse tauchten unter unendlichem Hallo der Jugend schon Wildmann und Wildweib auf. Sie trugen einen bunten, grausig glitzerigen Aufputz mit Federn und Troddeln um die Lenden und Ellenbogen und sie hatten eine Maske unter dem wilden Hunnenhaar an, die unmenschlich grausame, zornige Mienen machte. Er hielt eine stumpfe Gabel, sie einen Besen in der Rechten. Zuweilen gab er einen dröhnenden Schuß aus einer alten Pistole ab. Das Kindervolk stob auseinander. Irmeli und Minchen krampften sich an Walter fest. Nur der verwachsene, herzkranke Bub Kläusli, der zwischen Absom und Mattli in der Mitte wohnte und von beiden Dorfkindern gleich übel behandelt wurde, konnte wegen des Herzklopfens nicht davonrennen.

Doch auch Walter wich nicht vom Platz. »Springt doch nicht fort, ihr Hasen«, lachte der purpurne Junge; »was seid ihr dumm! Der Wildmann ist ja Küfersepps Ludwig und das Wildweib ist der Dorffeger Willi, dem ich jeden Samstag bei uns daheim Sand hintern Hals schütte.«

Aber sein Mut brach den dämonischen Zauber des Wildpaares nicht. Alles floh. Und ein Besenstupf Willis traf Walter so wuchtig, daß er der Länge nach ins Gras fiel.

»Wart' nur, wenn du wieder Fegbub bei uns bist!« schwor dieser und verfinsterte das ganze Gesicht mit seinen nächtigen Augen. »Du wirst was erleben.«

Aber heut war Willi, der dreißigjährige Fegbub von Absomerdorf, unverletzlich und meisterte alles. Sonst war er ein Tölpel und Trottel und nur fürs Putzen gut. Doch in der Wildweibrolle kannte ihn keiner mehr. Er sprengte Walter und den andern Plaggeistern drohend nach. Nur dem Zwerg Kläusli, der so blödsinnig dumm und gut war und jetzt gern in den Boden vor Angst gekrochen wäre, dem tat er nichts. Er schob den Armen zur Bude, und da der nicht selber auslesen wollte, gab er ihm von den Süßigkeiten das, was er selber am liebsten aß. Besonders Rosinentörtchen. Denn man muß wissen, daß die Wildleute von den Krambuden, ohne zu zahlen, nehmen dürfen, was sie nur mögen. Auch aus welchen Gläsern der Schanktische sie nur trinken wollen, aus des Pfarrers Kelch oder des Landammanns Humpen, sie dürfen es tun. Heut ist der Willi ein König. Und wie ein Sklave, der gerade einen Tag im Jahr frei hat, tobt er jetzt alle Sehnsucht von dreihundertvierundsechzig Knechtetagen an diesem einzigen Herrentag aus, ist stolz, kühn, gewalttätig, hart und hält den Besen wie ein Kaiser sein Zepter. Morgen wird er wieder schüchtern, duldreich und klaglos wie ein Sklaventier mit Bürste und Stahlspänen Brollers Böden bohnen und die Treppen reiben und geduldig die Hand abwischen, wenn ihm Walter verächtlich auf die Finger spuckt. Doch heut muß ihn alles achten, den Eintagskönig.

Heinz staunt und grübelt, was diese Maske wohl bedeuten könnte. Immer wieder kommt er auf seinen ersten Eindruck zurück: das sei ein Symbol der Menschennatur, der gebundenen durch Jahrtausendgesetze, der gequälten durch Jahrtausendsitten, der verderbten durch Jahrtausendlügen. Jetzt ist sie für einen Augenblick frei und darf revolutionieren. »Das paßt in mein Buch vom Zusammenhang in Natur und Mensch«!

32.

Wie die Wildleute am Nachmittag die Sprüche hersagten, saftig und kernig, daß jedes Wort traf! 's war ein Jubel nach jedem Reim. Seppli hielt dem Pfarrer das Käslein, Minchen das Sennenkäppi hin. Der langfrackige Herr nahm Gedicht und Gabe mit guter Art an. Er wiegte den Ülibübel am Kopf her und hin, nannte Minchen ein Negerfräuli, aber drohte dem Heinz mit dem Finger und deklamierte: »Timeo Danaos et dona ferentes.«

Worauf Heinz sogleich wohlbeschlagen zurückgab: »Ut desint vires, tamen est laudanda voluntas.«

Dazu erhob er seine kaninchenzahmen Augen so rein zum Pastor, daß Herr Daniel es wohl oder übel glauben mußte, Heinz habe es viel besser und viel boshafter machen wollen.

Der Kaplan dagegen wog das Käslein in den vollen Händen und spaßte: »Eine halbe Erdscheibe! Bis ich mich da nur bis zum Äquator durchgegessen habe! – Aber Sie, poetischer Spitzbub von der Stadt, haben Sie mich nur einmal mit den Fäusten segnen sehen?«

»Das laßt nur so!« mischte sich der Redakteur ein. »Wer's am Samstag im Blättli liest, versteht schon, wie's gemeint ist.«

»Aber mit den Fäusten, – ich bitt' euch!« protestierte der Kaplan. »Wenn's dem gnädigen Herrn zu Ohren käme!«

»O, der Bischof liest doch unser Käsblättli nicht«, sagte Jochem mit einem heillos spöttischen Blick auf den Redakteur.

»Aber hat er auch gesündigt, dem Dichter gebührt nun doch ein Lorbeerkranz«, lachte der Kaplan, nachdem er ein Weilchen an den Tischen hinter der Kapelle mit den andern Gästen getafelt hatte. Es kam ihm in den Sinn, er sei mit seinem Brevier erst bei der dritten Nokturn. Hier unten war ans Beten nicht zu denken. Er erhob sich darum, setzte dem Heinz sein Sennenkäppi auf und ging langsam in den Wald. Und Heinz stellte sich vor, wie es wohl dem alten Petrarca zumute gewesen sei, als ihn der Papst zum Dichter krönte.

Ab und zu ging er ins Gäßchen hinaus, um dem Rummel auf dem Tanzboden zuzusehen, oder er eilte in die Kaplanei, um zu erfragen, ob Sette oder Emil noch immer nicht zurück seien. Aber am liebsten und seligsten saß er unter den trinkenden, behaglichen Philistern hinter der Kapelle, plauderte dies und das, nippte einen roten Rheintaler, sann einem verflogenen Vers nach und schleckte Zimmetküchlein. Der Reallehrer von Absom lobte seine Verse und las ihm ein kleines Gedicht vor, das er selber eines Nachts bei üppigem, ganz berauschendem Sternenschein komponiert habe, und trällerte den Refrain:

Sterne, von ferne, so gerne
Grüß' ich euch!

Heinz lächelte und rühmte gütig. Ihm war herrenwohl. Er sehnte sich gar nicht nach Emil. So selten hatte er eine solche eigenmächtige Stunde. Die mußte gehörig ausgesogen werden. Gar zu bald war er doch wieder nur der Schatten Emils, der am Morgen ordnend vorausging, untertags hart an des Herrn Ferse halten mußte und abends hinterdrein müde wie ein nachlesender Diener lief. Jetzt war er selber ein Meister und hatte einen eigenen Schatten und ward vom Volke auch recht respektabel angesehen. –

Schade freilich war's doch, daß weder Emil noch Sette oder der ernste Mang seinem Dichtertriumph beigewohnt hatten. Pech hatte er eben immer, auch mitten im Glück! Das wird nicht mehr anders.

Um die Tanzbühne sammelte sich indessen ein großes Volk an. Auf der einen Seite lehnten sich die Frauenzimmer an das Geländer, auf der andern standen die Mannsvölker, und hin und her flog der behendeste Mutterwitz. Auf einmal aber ward es still. Die Sennen nahten mit dem Vieh und schritten in einem gelassenen Aufzug zwischen ihren prachtvollen Kühen, den schweren Stieren, den grauen Kälblein und dem beweglichen Troß der Ziegen und Schafe durch das Gäßlein. Die Hauptstücke der Herde trugen Eichenkränze um die Hörner oder um den Hals. Das war ein Gemecker und Geblöke, ein Muhen und Blähschreien, ein Hufgeklapper und ein Stoßen der Hörner und ein Nomadenlüftchen zu allem, daß einem dabei ganz unmenschlich, geradezu tierwohl und tierselig ward.

Nachdem die Herde sich in die Wiesen verzogen hatte, stellten sich die Hüttenmeister von Miezeler und den nahen Alpen – Absomeralp fehlte noch – vor der Wirtschaft auf und schwenkten die großen Schellen, die sie dem Vieh abgenommen hatten und unter deren Geläute man auf die Alp im Lenz fährt und von der Alp im Herbst zu Tal zieht. Langsam und weich schwangen sie die schweren, künstlerisch verzierten Erzglocken vor sich hin und zurück, und es floß aus diesen vielen metallenen Schalen ein tiefes, tonreiches Klingen von einer stimmlosen und wunderlichen Poesie. Ernst sahen die Schwingenden aus, ernst scholl das dunkle Läuten, ernst machte es jeden Hörer.

Es redete vom uralten Hirtenstand und seiner Macht und Not und Würde. Es sang von Einfachheit und Strenge der Natur und alter Art zu leben. Es erinnerte an Zeiten, wo Tier und Mensch sich noch besser verstanden, wo Wind und Wasser und Hirtenpfeife noch die schönste Musik, die Bauernhütte noch das vornehmste Haus und das Fell überm

Nacken noch das königlichste Kleid war. Es rief die Schatten der Patriarchen auf, der Stammväter unserer Menschheit. Gegen das, was in dieser Musik lag, war das Heutige alles klein, splitterig, krank oder gekünstelt, beladen mit dem Staub müder, greiser Geschlechter.

Als diese sonderbaren, rührenden Musikanten weggingen, lief ihnen ein Bravo und Händeklatschen nach, das kein Ende nehmen wollte. Und als es dann doch endete, hörte man oben vom Waldrand noch klatschen und eine gewaltige Stimme rufen: »Brav, brav, hoch der Hirtenstand!« – Dann verschwand der Koloß im Wald.

Es war der Kaplan gewesen. Unter einer großen duftigen Tanne setzte er sich nieder und öffnete das Buch, worin das Schönste ja auch Hirtenlieder und Hirtengebete sind. »Deus in adjutorium.« –

Die Musikanten begannen ihre Instrumente auf dem Känzelchen zu stimmen. Das zündete in einer der Jungfer die ersten Töne zum Jodeln an. Zur hohen Vorsingerin gesellten sich rasch die andern Mädchen, und von der Männerseite wogte erst fern und leis, dann immer näher und gewaltiger der Baß und Tenor hinein. So wallte das Urlied der Lieder, der Jodel, wie ein Meer von einer zur andern Partei, bald feierlich wie große Wogen, bald hüpfend und neckisch wie zierliche Schaumspritzer. Es gibt keine Worte dabei, es ist nur Naturlaut. Aber wenn ein Berg oder eine helle Wiese oder ein Wasser oder ein Laub oder ein noch stummes Kind singen könnte in einem Chor, so käme es so heraus, es würde ein Jodel, das einzige Lied ohne Worte, das noch mehr sagt, als alle Sprachen mitsammen.

Die Singenden standen während des Liedes, hoben hie und da ein Knie oder einen Fuß oder Arm und schweiften mit langsamen, trunkenen Augen im Kreis. Sie grüßten sich lachend herüber, hinüber, winkten mit begehrlichen Blicken und lösten den Sang erst, als der Hackbrettler seine Saiten stimmen und Ruhe haben mußte. Nun ging es wieder an ein Necken zwischen Mann und Weib, zwischen Absom und Mattli. Dabei brannte es jedem in den Zehen, mit dem Tanzen zu beginnen. Denn die Musikanten waren bald gerüstet und spielten schon leichte, hüpfende Einleitungen. Aber so frech diese jungen Männer waren, ein gewisser ungelenker Stolz verbot jedem, den Reigen anzufangen.

»He, ihr mit den Rosenkränzen im Sack, fanget doch an!« schrie ein Absomer. »Wieviel Kügelchen hat's eigentlich dran?«

»Das kann ich so präzis nit sagen«, antwortete frisch ein Mattler, »aber sowieso sind's mehr, als du Silberknöpf' an der Weste hast, den versilberten natürlich abgerechnet.«

Die Mattler wieherten vor Vergnügen über die Abfuhr des Bauern, der nach protzigem Brauch statt der Knöpfe alte Silbertaler trug, aber einen unechten dabei.

»Ist's auch wahr«, fragte nun der Mattler Bärenwirt, »daß ihr in Absom kein Kropfwasser mehr braucht? – und das Patent auf Schwanenhäls' genommen habt?«

»Das stimmt«, entgegnete ein Jüngling listig. – Die Absomer sind ein kropfreiches Volk, das war nicht abzuleugnen.

»Drum habt ihr gestern so laut feilgeboten! Wir haben's läuten und böllern gehört.«

»Dummheit, habt mal wieder nichts gemerkt. Zum Baden haben wir euch gerufen. Aber da nützt alles nichts. Nur Mesmers Ferkel sind gekommen.«

Der Bärenwirt riß am Ohrläppchen vor Verdruß. Absom brüllte vor Spaß. Die Mattler, ob wahr oder falsch, gelten als ziemlich ungewaschene Köpfe.

»Schönes Fräulein von Absomstadt«, heuchelte jetzt ein flotter Hirt mit zuckeriger Stimme, »was kostet bei Euch ein Schmatz?«

»Kommt mal her und probiert ein Muster!« lockte die Jungfer keck. Dabei zog sie den brodierten Tanzpantoffel flink ab und ließ ihn über ihren Zöpfen kreisen. Aber sie lachte und funkelte mit den Lippen wie eine, die doch gern küßt, aber auch gern dreinhaut.

»Zieht nur auch den Strumpf aus«, setzt ein anderer fort, »ich will euch die Hühneraugen vertreiben.« – Dabei reißt er mit bloßer Hand einen Büschel Nesseln von der Weid' herauf und fächelt ihr zu, als wolle er sie kitzeln.

»Nein«, lärmt der Fabrikantensohn Fritz Darkler, ein schöner Jüngling aus Tuzis, der immer auf Weiber ausgeht und nie heiratet, »jetzt hört euern untertänigen Knecht Fritzli an! Ziehet alle eure weißen Strümpfe aus. Und wer von euch die allerweißesten Füßchen hat, die heirat' ich morgen! – Da habt ihr Kreide!«

»Die machen schlechte Witze«, jammerte leis der Staffelsepp und zieht eine tänzige Weise aus seinem Bogen.

Aber unter den Mädchen erhebt sich jetzt eine schlanke, stolze Jungfer, die Landammannstochter aus Mattli, und fragt mit spöttischer

Stimme, ob es wahr sei, daß in Fritzlis Fabrik nun auch Herren-Nachtkappen gestickt werden.

»Leider ja«, seufzt schuldbewußt der schöne Fritz.

»Was kostet das Dutzend?«

»'s kommt auf den Kopf an, für die Mattler das Doppelte, weil's doppelt viel Tuch braucht!«

»Aber euere Feuerwehr hat sie umsonst bekommen, oder?«

»Bravo, bravo!« lachen Absom und Mattli stürmisch. »Euch hat's! – Siebenschläfer aus Tuzis.«

»Mit der mußt tanzen, die dreht dich, Fritzli!« foppt einer.

Im Augenblick fällt keinem mehr etwas Witziges ein. Aber tanzen möchten sie nun alle sterbensgern.

Da mißt mit fünf schlanken, großen Schritten der purpurne Walter den Estrich, winkt im Vorbeigehen mit der Hand dem Vorgeiger und faßt das erschreckte Irmeli am Arm. »Staffelsepp, einen Walzer!«

Und das bleiche, stille Ülikind und der dunkelkrause, glutfarbene Brollersohn schwingen sich unter der Prachtmusik der Geigen, Flöten und des summenden Hackbretts ganz allein über die weite Diele. Anzuschauen ist das, als ob ein prächtiger junger Teufel und ein Engelchen wie junger Mondschein miteinander tanzen.

Nun riß auch Seppli sich lachmäulig von den Buben los und holte das schwarze Minchen heraus. Und das war nun gerade, als ob die überlustige Sonne mit einem kohlenschwarzen Flatterwölklein herumkugle. Jene tanzten fein wie Mann und Frau, aber die da ohne Regel und Gesetz, immer rundum, wie's so der Kreislauf der Gestirne, der Erde und aller lustig unwissenden Menschlein ist.

Das vernarbte, sorgenvolle Gesicht des Staffelsepp lächelte ein wenig, als es diese zwiefache Unschuld tanzen sah, die eine am Anfang, die andere am Ende der Kindheit. Dann strich er den Bogen so zündend hell, so beweglich, daß die Männer nicht lange an sich hielten und die Weibsleut' drüben in ihre Arme nahmen und in tollen und maßvollen Runden wiegten. Nun drehte sich alles mit heißen Gesichtern und klopfender Brust, vergaß Kuh und Stall und Dorf und Zeit und Welt und fühlte sich im wunderbaren, sinnverwirrenden Rausch des Blutes wie ein Halbgott und Seliger.

Auch der Pfarrer von Absom kam und reichte mit ehrsamer Gebärde der Gemeindepräsidentin von Mattli den Arm. Er tanzte nicht gut, sozusagen etwas steif, etwas grüblerisch und sinnend, kurz, zu theologisch,

meinte Fritzli. Aber es ging für einen Pfarrer und kantonalen Erziehungs-
rat ganz ordentlich.

33.

Heinz hockte, schmauste und rauchte hinter der Kapelle und hörte die
Musik und das Schuhgetrappel und die langgezogenen wonnigen Huiiij!
und Zijuu! irgendeines verzückten Tänzers.

Nun kamen die ersten Absomer an. Sie wollten zuerst jammern und
den Lustigen hier oben mißmutiges Blut machen. Aber im Gäßchen
teilten sie sich. Die Jungen gingen mit ihren breiten, genagelten Schuhen
sogleich unter den Pantoffeln und Röcken der Tanzbühne unter. Und
die Älteren rückten sich erst bequem vor einen Schoppen Wein und
packten nun viel zahmer die Possen ihres Baches und das Feuer in der
Meierei und die gesamte schlaflose Flöchnernacht aus. Freilich auf der
Brollerweid' könne man mit Schifflein fahren, und nur weil Mang und
Walter mit Leibsgefahr unten am Bach so herzhaft tapfer gewerkt haben,
liege das Unterdorf mit seinen fetten Gärten heut nicht grau versaart.

Spätere meldeten nun wohl immer mehr. Die Obstbäume seien zerschlagen und grüne Äpfelchen lägen wie gesäet am Boden. Noch spätere
erzählten, das Wasserwerk in der Taubenschlucht, das Kraft und Trieb
für die zwei Fabriken schafft, sei beschädigt. Aber der Broller habe noch
nachts um Mechaniker in die Stadt geschickt. Morgen könne man jedenfalls wieder arbeiten. Der Broller sei ja unterwegs zur Kilbi.

Jede neue Botschaft trübte ein bißchen die Stimmung an den Tischen.
Aber da war man nun doch weit weg von der bösen Sache, trank einen
alten, starken Rotwein, hörte Bergknöpfels süße Mundharmonika, und
hie und da trat ein schwitzender Tänzer mit seinem Gespons herzu und
trank einen halben Liter mit der Jungfer aus einem Glas und konnte
nicht sitzen, noch die Knie dabei stillhalten. Und das alles gab den alten
Hockern immer wieder eine gute Kilbilaune.

Endlich schob sich auch Ernst Broller mit seinem schönen, bleichen
Christuskopf in Achselhöhe durch die vielen Festierer und lachte mit
den großen, blauen und sichern Augen so herrisch ins Fest, als wäre
er sein Stern und Mittelpunkt. Tatsache, er war es auch da hinten im
Nu. Da riß er ein paar Witze, alte, aus einem grauen Volkskalender;
aber so meisterlich gab er sie, daß den Horchern die Hosenträger

krachten. Dann läutet er an einem langen Schanktisch sein Glas mit jedem Trinker an, klopft dem achtzigjährigen Merkli auf die Achsel und schreit: »Der sei uns Muster! Achtzigmal Kilbi, ein Malioleben!« – Den Flöchnern von gestern zahlt er ein Fäßchen Wein. Heio, macht das blutende Mäuler! Nun will er einen Jodel haben und ist der mächtigste Baß dabei. Plötzlich sieht er Jochems steinaltes Mütterlein hinter dem Degenfenster mit wunderseligen, zappeligen Greisinnenäuglein ins Zechvolk lachen und ruft herauf: »Base Elselore, hört Ihr, Base Elselore, den Bergler, den Bergler!« – Sie nickt kokett und verschwindet und rüstet sich in der Kammer zum uralten Lieblingstanz. Der Broller wartet mittlerweile im Stüblein und erklärt dem Pfarrer Daniel die goldene Gediegenheit der Absombahnaktien, worauf der gute Prediger drei tausendfränkige Scheine mit dem Datum des morgigen Tages unterschreibt. Draußen steigt die Kilbistimmung mit jedem Glas Wein. Viele warten mit Sehnsucht auf den Bergler, den alten, historischen Älplertanz. Er ist ein bißchen wie Spazieren, ein bißchen Stillestehen, ein wenig Drehen und Komplimentemachen, auch etwas Necken, sich Entschlüpfen und Erhaschen und dann im Allegro freilich auch ein Windwirbel von Kreiseln. Nur ganz wenige können ihn heut' noch durch alle Takte tanzen.

Indessen lief Heinz ein zweites und drittes Mal in Settens Bude, denn wie leicht konnte Emil oder Sette im Gewimmel des zunehmenden Volkes ungesehen angelangt sein. Und siehe da! Das drittemal fand er wirklich Emil am Tischchen. Am Boden lagen nasse, verkotete Kleider. Er selber steckte in einem saubern Anzug und hatte ein ganzes Spiel von Siegfriedkarten vor sich ausgebreitet. Darüber spann sich bereits ein blaues Geäder von wunderfeinen Winkelzügen und Schleifen. Die Musik vorne und das Zechen hinten zu den Fenstern herauf störten den Rechner nicht im geringsten.

»Grüß' dich, Heinz! Räum' das weg!«

»Ihr, – was, seid da und sagt nichts?«

»Wegräumen!«

Heinz schafft Ordnung und fragt etwa, wie's oben aussehe? Geschändet und geschädigt jedenfalls! Der Manuß nickt ja oder nein.

Der Alte wird wütend. Keine Frage nach seinem Gedicht. Nur Geometrie! Das ist doch ein Fluch über dem Menschen! Und doch ist ein Gedicht von Arnold Ott in Luzern oder von Mörike drüben im

Schwäbischen mehr wert als alle spitzen und rechten Winkel des alten Pythagoras.

Ha, und wenn Heinz doch einmal sammelt, was da in Notizbüchern steht und auf vielen zerstreuten Fetzen singt, ha, dann – o, es gibt noch Dichter, die schweigen können, – aber alles hat seine Zeit!

Je tiefer Emil in die Freundlichkeit der Miezeler Wälder und Weiden aus der öden Alpe herunterstieg, desto weniger schmerzte ihn das zerstörte Werk da oben. Sein Kind war es nie gewesen, nicht einmal sein Stiefkind. Aber das, was er jetzt erfand, das soll sein liebstes Kind heißen. Zum erstenmal fließt in seine kalte Geometrie warmes Blut. Zum erstenmal wollen seine Katheten und Hypotenusen mehr als geistreich, sie wollen auch hilfreich, mehr als klug, sie wollen auch liebevoll sein.

Da der herumschleichende Heinz Emil mehr geniert, als aller Lärm draußen, meint dieser: »Könntest du nicht mal Setten entgegengehen? Die kommt bald.«

»Gewiß kann ich«, sagt Heinz lächelnd, aber unbeschreiblich böse auf Emil, und springt grußlos hinaus.

»Heinz!« – Emil möchte dem Alten doch etwas Gutes sagen. »Heinz, nicht wild sein! Es kommen jetzt gute Tage!«

»Ja, ja, – aber nicht für mich!« murrt Heinz die Stiege hinab. »Und von mir oder meinen Wildleutsprüchen –«

»O Pardon, – ich gratuliere, ich gratuliere!« schreit Emil lustig nach.

Noch ein Viertelstündchen, dann legte auch er die Arbeit weg. So zufrieden war er noch nie. Denn noch nie hat er den alten Dessauer so hinreißend falsch gepfiffen. Er trat ans Vorderfenster. Wahrhaftig! Da steht ja Heinz mit Setten und Mang neben Minchen! Heinz zeigt hinauf, und Sette wendet sich rasch und grüßt herzlich hinauf. Aber Mang wird schwerrot, nickt nur und beugt sich zu Minchen, das um den hohen Jüngling wie ein Küchlein um einen Zaunpfahl trippelt: »Tanzen, jetzt mit mir tanzen!«

»Ich mag nicht«, flüsterte Mang heiser, »Ich bin müde.«

»Später«, tröstete Sette das Kind, dann lief sie zum Gemahl hinauf. »Alles gut!« war ihr erstes Wort.

Und er voll Leidenschaft: »Weiß Mang, daß ich –«

»Nein, – wir haben das ja so beredet, du und ich, – morgen erwarten sie beide den Vater und – eben dich! – ach, – sie ist arm daran und leidet bitter.« – Sette erzählte bald verlegen, bald wieder mächtig, was sie im Armenhaus erlebt und erwirkt hat, erzählte sich dabei aus aller anfänglichen Verlegenheit in eine offene, herzliche Hoffnung, daß nun alles aufs beste gehe, und fragte zuletzt munter: »Nun, wie bist du mit meiner Gesandtschaft zufrieden?«

»Es geht, es geht!« sagte er mäßig. Aber dann schloß er sie in die Arme, küßte sie auf Mund und Wangen, hielt sie zwei Handbreit von sich und staunte ihr tapferes Persönchen an, um sie nochmals und noch härter an seinen Mund zu drängen. Sie aber konnte kein Wort mehr vorbringen, nur stillhalten und selig sein. Dieser Augenblick war ihr ein Leben wert. Das Stüblein da wird ihr nun immer wie eine Heimat vorkommen.

Aber zuletzt mußte sie doch sagen, wie müde und durchnäßt sie sei, und bitten, daß man sie ein Stündchen allein lasse; vielleicht ein kleines Schläfchen. – »Aber«, bittet sie mit erhobenem Finger unter der Türe, »aber, Miggi, jetzt tu mir gar nichts als warten! Verdirb mir das Spiel nicht, hörst du!« –

Emil lacht und sitzt bald darauf auf einer Bank neben Heinz, hart am Chorgemäuer, so daß er von da alle Wirtschaft überschauen kann. Ob seinem Haupt ist der Erzengel Michael gemalt, wie er dem schwanzgeringelten Satan einen Tritt mitten in den Bauch versetzt. Trotz Settens Bitte sinnt Emil eifrig nach, wie er Mang wohl auf die leichteste Art vorbereite. Es wird schwer sein. Der Bub weicht ihm scheu aus. Neben Seppli sitzt er am andern Ende der Tische und trinkt fest aus dem gleichen Weinglas. Nie blickt er hinüber.

»Warum hol' ich ihn nicht einfach herüber und sag': Mang, ich weiß, an was du denkst, an deinen Vater! Da ist er. Ich bin's. Lieb' mich ein bißchen«

Aber schon bei der Vorstellung klopft ihm das Herz furchtbar. Seltsam ist das doch. Seit Wochen hat er die Stunden gezählt, bis zu diesem Augenblick. Und jetzt, so nahe, daß er ihn mit den Fingerspitzen fast berührt, jetzt wieder dieses Zaudern und Bangen! Hundert Ängste erstehen: Mang stelle sich gewiß einen ganz andern Vater vor, vielleicht einen frohen, guten Bert oder einen tapfern Volksmann mit Arbeiterkittel und rauhen Händen oder einen Professor, der wunderbare Bücher geschrieben hat, jedenfalls einen Mann mit väterlichem Antlitz und mit einem Gebaren, das voll Segen ist. Und der Manuß schämt sich zum erstenmal in seinem stolzen Leben vor seinem harten Gesicht und seinem ungemütlichen, schreckbaren Aug' und verwünscht sein herrisches, unmenschliches Wesen.

»Gib mir dein Taschenspiegelchen!« lispelt er Heinz ins Ohr.

Der schaut ihn sonderbar an.

»So gib doch!«

Heinz bietet es ihm unter dem Tischblatt hin, aber schüttelt den leichtergrauten Kopf. Da hat der Herr ihn immer ausgelacht wegen des Gläsleins in der Weste und gehänselt: »Guck doch, deine Dichterlocke hängt übel!« – und jetzt, o Eitelkeit! –

Der Manuß beschaut sich verstohlen und mit rührender Zaghaftigkeit. Seit Jahr und Tag wusch er sich allmorgendlich vor dem geschliffenen Kristallaufsatz seines Waschbüfetts. Aber gesehen hat er sich darin nie. Genau weiß er wahrhaft nicht, wie übel er aussieht. Er sieht sich immer so, wie ihn der Schundredakteur im Studentenverein, sein Leibfuchs, einmal ausgemalt hat: schmal, hart, mit grünen Eidechsenaugen und vier langen Oberzähnen in der dünnen Unterlippe und einem frauenhaften, aber verhärteten Oval, nicht bleich, nicht rotbackig, ohne Gefühl und ohne Lachmuskel.

Jetzt suchte er aus dem Gläschen der hohlen Hand etwas Gütiges herauszufinden. Er sucht einen Zug von Väterlichkeit. Aber er erschrickt, wie rauh sein Blick, wie steinig seine Miene und wie einfärbig hart das ganze Gesicht ist. Wer kann ihn so lieben? Es ist unmöglich. Wie gut begreift er, daß sich bisher alle von ihm abgestoßen fühlten, nur Heinz nicht, der ihn noch als weichen Knaben im Sinn trägt, – und jetzt auch Sette nicht mehr, weil die – eben ein Engel ist. Vielleicht wenn er den Mund öffnet und redet, sieht er gemütlicher, menschlicher aus. Es ist zwar einfältig. Wer ihn ertappte, hielte ihn für verrückt. Aber er versucht's. Was für ein Wort will er flüstern? Da gibt es nur eines, das ihn vielleicht schöner und liebenswürdiger macht: Mein Kind! mein liebes Kind! Er will sich vorstellen, Mang sehe ihn aus dem gleichen Spiegelchen an, und nun faßt er sich ein Herz und sagt leise: »Mang, du bist mein Kind!«

Bah, welche Gaukelei! Wie verzerrt sah das aus! Seine dünnen, bleichen Lippen mit den scharfen, schattigen Winkeln, die man trotz des Schnurrbärtchens deutlich sah, verzogen sich bei dieser Rede so eigen, so stolz, so verächtlich, als hätte er eher gesagt: »Heinz, putz' mir die Schuhe blanker!«

Trostlos ließ er das verwünschte Glas unter den Tisch fallen und zerhackte es mit den Absätzen.

Aber was ist das? – Um ihn herum ist es merkwürdig still geworden. Aha, da drüben erzählen zwei Hirten von Absom, die gerade angekommen sind, wie's oben aussehe. Alles horcht und sieht atemstill und scheu zum Ingenieur hinüber, den's doch am meisten anging. Und alle merken: etwas Großes ändert sich jetzt.

»Das Widderfeld ist ganz versandet.«

»Die Bahnlinie haushoch verschüttet.«

Die Absomer verbergen noch ihre Freude. Aber die Mattler, deren Dorf von der Bahn so parteiisch abgeschnitten würde, die jauchzen förmlich.

»Ganz recht, – 's war alles gegen unsern Gemeindewillen!«

»Hört erst, was der Berni weiter oben gesehen hat. Du, los mit!«

»'s Maul auf, Berni, hast da nichts zu fürchten!«

»Die Weigete«, beginnt der mit grober, über alle Tische rollender Stimme, »über die das Bähnlein soll, – es kann nicht anders, hat der Inschenier selber gesagt, – die Weigete ist gerutscht wie noch nie!«

»Und der Damm, der Damm! He, der verfluchte Klotz, red'!«

»Der Damm hat wie ein Faden gerissen. Alles in Fetzen! Da rädelt mal in Ewigkeit kein Wagen hinüber!«

»Halloo, zijuu!« schrien wohl fünfzig Kehlen frech und froh. Ganze Schoppengläser des dunklen Weines stürzten sie hinunter. Leicht flogen alle Blicke auf. Man sah, wie dieser gewaltige Damm schwer auf dem Völklein gelastet hatte.

Emil Manuß wird bleich, obwohl er sich darauf versehen hat. Er nagt die Lippe. Da naht ein Sturm, das sieht er den gewalttätigen Mienen an. Er lehnt sich halb stehend an die Chormauer, als hätte er so mehr Kraft zum Widerstand. Ob seinem Kopf blitzt das breite Richtschwert des Erzengels.

Er horcht genau auf, was der Erzähler bringt. Weiß der, ob eine Bahn nicht doch noch gelingt? Das weiß doch nur er. Die haben alle zusammen kein Recht, ihr das Leben abzusprechen. Denen will er antworten, Donnerwetter!

»Reg' dich nicht auf«, bittet Heinz leis zum herrischen Antlitz auf, »gehen wir lieber!«

»Still!« herrscht ihn Emil verächtlich an. Aber er wird immer fahler im Zuhorchen.

»Dann sind wir bis zum Kegel geklettert«, fuhr der Berni fort, ein magerer, giftiger, junger Mensch. »Kein rot gezeichneter Stein ist mehr da. Große Wandplatten sind vom Kegel wie dürre Rinde von einem faulen Baum geschält. Geschunden sieht er aus. Der Inschenier kann da wieder frisch anstreichen.«

»Hojoo! Zijuu!«

»Gar nicht mehr anfangen soll er«, brüllten einige Stimmen aus Mattli und Absom. »Wir sind dagegen«, fiel ein noch größerer Haufe unter Scharren und Tischklopfen ein. »'s ist alles Herrenwerk!«

»Hier oben wollen wir noch frei hagen und hirten«, donnert ein breitbartiger Gemsjäger.

»Habt Ihr nicht genug Land da unten zu verteufeln?« schrie eine Senne von Harlisalp, »wollt Ihr uns da oben auch noch fressen?«

Emil sagte noch immer nichts. Aber seine Augen schillerten grasgrün und gefährlich wie Blitze. Das wird ein Feuer geben!

Wie im Durcheinanderpfeifen von vielen Winden doch etwa ein stiller Augenblick entsteht, ein Atemholen der Natur, um dann dreimal brausender über das Opfer zu fallen: so trat jetzt eine kleine Pause ein. Diese Sekunde erwischte der kahle, über den runden Schädel schimmernde Mattler Ratsherr Frohner und rief mit seiner nadelspitzen, alles durchdringenden Stimme: »Wir von Mattli sind immer gegen die Bahn gewesen. Unsere Gemeinderät' haben euch dreimal nach Absom geschrieben: Wir wollen nicht! Wir sind nicht dabei! Aber ihr habt wieder einmal gedacht: O die Katholischen! Wie ihr ja immer alles für euch allein macht! Als gehörtet ihr Absomer gar nicht zu den andern Menschen und lebtet in einem Königsdorf über – über – über« – er zog spöttisch einen Bogen in die Luft – »über den Wolken, hundert Meter höher als alle Katholischen. Da habt ihr's! Nehmt's, essets, guten Appetit!«

»Sternendonnerwetter, Pfifflihannes!« tobte es auf ihn ein. Aber er hob den steifen rechten Arm und rief: »Habt ihr's gern oder nicht gern, 's ist doch wahr. Da singt ihr mit uns an der Kilbi und tanzt, und das ganze Jahr leben wir wie Hund und Katz'. Wir sind ja auch eigenkröpfige Leut', aber was die Bahn belangt, so haben wir uns mit Händen und Füßen gesperrt, ihr aber habt sie mit des Teufels Gewalt hinaufzerren wollen.«

»Das ist gelogen, – nur ein paar Herren, Pfifflihannes!«

»Alle tut ihr wie Herren!«

»Pfifflihannes!« warnte man. Aber die Mattler schrien: »Recht! recht!«

»Besser wird's nicht, bis wir wieder von Dorf zu Dorf die Arm' einander strecken wie im Kinderspiel, daß kein Fremder zwischendurch kann. Ein meineidiger Latschi[32], der immer noch zuerst untersucht: ihr seid ja evangelisch und ihr römisch, – da geht's nicht zusammen! – Dummheit! Freilich geht's zusammen! Ist der Absomer dort ob dem Wald katholisch oder reformiert? Herrgott, ich denk', er ist einfach ein Vaterländler!«

»Bravo! bravo! ein Vaterländler!«

»Und das gestrige Gewitter, war's denn katholisch oder protestantisch? Donnerwetter noch einmal, ich halt' dafür, es war ein vaterländisch Gewitter und hat uns mal wieder zusammengeholfen.«

»Zusammen, jawohl, zusammen«, jauchzte Absom und Mattli, schlug die Ellbogen auf den Tisch, klatschte in die Hände und stieß Wein- und Mostgläser zusammen.

»Da steh' ich auf Mattliboden! Drum vermag' ich mich so frech zu reden. Aber oben auf der Absomalp habt ihr mehr Atzweid. Haringegen die Felsen und Grät' sind uns beiden ungeteilt. Drum müssen wir einander gut verstehen.«

Er schöpfte Atem. Von der Tanzdiele scholl der wiegende, sohlenschleifende, süße Mazurka herüber, von trunkenen Schreien durchschnitten.

»Da schaut mal über den Wald hinauf. Wie früh hören die Tannen auf! Das war zu meinen Kindeszeiten noch nicht so. Aber vor dreißig Jahren hat man abgeholzt – ganz gesetzlos. Jetzt leiden wir schwer drunter. Jeder Wolkenbruch bringt uns ein Hochwasser. Allein könnet ihr und können wir nichts. Zusammen also! Aufforsten! Das, mein' ich, wär' wichtiger als eine Pläsierbahn.«

»Recht hast! Bravo! Das ist einmal bäuerisch gesprochen!« so klang's untereinander.

»Ihr müßt im April unser Landammann werden«, versprach ein halb Betrunkener.

»Als guter Landsmann red' ich. Dazu braucht's keinen Landammann!«

»Ihr wisset noch mehr! Nur heraus, Ratsherr Pfifflihannes!« gebot das Volk.

»Und haben wir etwa gute Straßen? Ein schöner Mist! Zum Arm- und Beinbrechen holperig. – Da unten, Herr Inschenier, da unten gibt's

32 Tölpel

noch genug zu messen und abzustecken, nicht hier oben im freien Gebirg!«

Ein Gebrumm und Geheul von Beifall.

Jetzt wandte sich der Ratsherr Aug' gegen Aug' zu Emil. Unbeweglich und stolz stand der immer noch am gleichen Fleck unter dem gezückten Erzengelsschwert.

»Meint Ihr, ich red' Euch bös? doch 't[33]! – Aber sagt' ich Euch nicht schon am ersten Tag in der Bahn: Nehmt Euch vor unsern Bergen in acht! Die sind verflucht stark. Wollt Ihr jetzt wieder von vorne anfangen? Soll's denn keine Ruh' in unsern alten Bergen geben? Hat's Euch der Absomer noch immer nicht klar genug gesagt: Ich will nicht! – ich mag nicht! – Habt Respekt vor unsern Bergen, Inschenier!«

»Er soll's probieren, der Hagel!« schrie der Weinvolle.

»Alle Stecken zerren wir dir aus!« brüllte ein Rudel Junger.

»Fort mit dir! Aus dem Ländchen! Pack' deine Instrument' nur ein oder –«

»Wir werfen dir alles zum Teufel!«

»Wie's da gemalt ist, hinter dir, Cheib!«

»Die Mordfluh hinunter, du und deine Bahn!«

Immer heißer schwoll und schäumte der Grimm auf. Wie ein Meer! Alles tobte. Emil fühlte sich ohnmächtig zur Gegenwehr. Er sah keinen einzelnen Hasser, er sah ein ganzes Volk gegen sich. Er hatte nicht unrecht, nein. Nur die Bahn hatte unrecht einem so gewaltigen Volkswillen gegenüber. Das war handgreiflich. – Aber warum beleidigen sie ihn so? Warum besudeln sie ihn? – Sind das Tiere oder noch immer Menschen? Ekel, Zorn und Schmerz faßt ihn an. Er schnappt aufblickend nach Luft. Da sieht er das Fensterchen, woran Sette schläft. Und mit einemmall ist ihm Bahn und Aktienkomitee und Broller und Absomer gleichgültig. Wenn nur sein liebes Frauchen vom Lärm nicht erwacht! Wenn nur sie nichts erfährt. Er will das schon aushalten, und zuletzt wird er doch noch reden. Aber seine Frau soll daran nichts tragen, nichts leiden. Sie tut schon genug und zuviel für ihn! »Schimpft, flucht, lästert mir jedes gute Haar weg, – aber leiser, stiller, daß mein Settchen nicht erwacht!« möchte er diese Barbaren bitten.

33 Warum nicht gar!

Um sich selber sorgt er nicht. Aber er sieht aus wie weißes Wachs, seine Lippen sind blutig gebissen und die Stirne trieft von einem feinen, tausendtröpfeligen Schweiß.

»Redet jetzt!« fordert man gewaltig. »He, seid Ihr noch immer zu stolz, uns anzuschauen? Nehmt Ihr uns noch immer den Gruß nicht ab? – Adi-i-e-e-e-e! Inschenier, Adieeee!«

»Adieeee!« höhnte es hundertfach.

Aber in diese häßlichen bösen Stimmen klingt nah und doch wie von einer andern Welt jetzt plötzlich eine einzelne Stimme und eine Hand tastet nach der seinen und ein Gesicht sucht sein Gesicht. Mang! – Er ist Schritt für Schritt durch Stühle und Tische gegen Emil geeilt. Es tötet ihn fast, was er da hört und sieht. Jetzt springt er über den letzten Stuhl. Jetzt beim giftigen Adieschreien des Haufens faßt er Emil am Ellbogen und schaut ihm mit stummen und doch so schreienden Augen an.

Dem Manuß wird es wie ein Wunder; er hört keine Menschen mehr.

Mang blickt ihm rastlos ins Auge, er gräbt und wühlt sich eigentlich hinein, zuerst zaghaft, als suche er, dann bestimmter und endlich sicher und siegreich wie einer, der gefunden hat. Die Blicke schmelzen zusammen. Und dem Jüngling kommt's wie von selbst nur so vom Munde – aber seine Zähne beben vor Schauder: – »Wir haben ja die gleichen – Augen, – ganz die gleichen – Vater –«

»Mang!« – Emil umfängt ihn sprachlos und drückt ihn an seinen Mund. Ihm ist, alles Blut in ihm singe hochauf.

»Vater«, schreit Mang laut, »du bist mein Vater! – Ja, du bist's!«

Verschlungen, wie ein einziger Mensch, steht das Paar da an der Kapellenmauer unter dem Schwert des Erzengels.

Und wie mit einem Schwert abgehauen ist der Lärm. Totenstill sind alle worden. Vorne nur hört man die Tanzmusik und das Johlen der Kilbileute.

Niemand versteht den Vorgang am Chormäuerchen. Aber das hat man gesehen, wie sie sich in die Arme gefallen sind, und das hat man gehört, wie einer Vater! gejauchzt hat. Der Mang ist's, den kennen alle, den frühern Dorfhirten, und er ist allen lieb. Er hat beim Inschenier, schon beim alten, gearbeitet. Das ist bekannt. Aber man hat doch gemeint, die zwei vertragen sich schlecht, der starre Bub widersteh' dem Meister, wo er nur könne! Und der Inschenier mög' auch die Kinder samt und sonders nicht leiden! Kurios!

Jetzt seht, sie lösen sich los, haben nasse Gesichter und lachen leis. Nein doch, hört! – Man reckt sich schier die Hälse aus und hängt übereinander.

»Mit der Bahn macht, was ihr wollt!« ruft Emil mit unendlich glücklichem Spott und kehrt seinen Mang dem hundertfältigen Volksgesicht zu. »Aber das ist mein Sohn, merkt es euch wohl! Ich bin sein rechter Vater. Wer's nicht glaubt, kann's morgen auf der Kanzlei besiegelt haben. – Mang Manuß von der Mutter Cäcilie Astli.«

Wieder umschließt ihn Mang. Wieder jauchzt er das ihm noch so ungeläufige, aber schöne Vater! Vater!

Mang Manuß! wie klingt das? Ja, ja, der Bub ist von einem Fremden. Ein Student hieß es, aus der Stadt – droben am Plättlisee! Ingenieur könnt' der wohl worden sein, und die Jahre, hm, so alt – das könnte auch stimmen! – Aber daß er's so herausbrüllt, Herrgott, – ohn' Beschwer', – ist schon ein Kerl, der!

So krummelt's im Volk herum. Aber Emil hört nichts davon. »Vater!« ist alles, was er versteht. Diese glückliche Stimme! Hat man diese Stimme je bei Mang gehört? Nur ein echtes Kind kann das Wort so einfaltvoll aussprechen. Es zuckt allen, die Väter oder Mütter sind, bei dem Jauchzer Vater! wie ein elektrischer Schlag durchs Blut.

Fast mit Gewalt windet sich Emil aus den Umschlingungen Mangs, der ja so viele Jahre Zärtlichkeiten nachzuholen hat, und ruft gegen das Volk gewendet, im gleichen prachtvollen Übermut: »He, Leute, schimpft und wettert doch wieder! – Wo seid ihr denn stecken geblieben? Ja so, die Mordfluh hinunter wolltet ihr mich eben werfen. Wie steht es also? Schafft ab alle Eisenbahnen und fahret in Ewigkeit auf vier Karrenrädern! – Aber das ist mein Mang, ein Eidgenoss' wie ich und wir alle, und ein Absomer dazu wie ihr, – mein lieber Bub!«

Bei allen zehntausend Nachtsternen, hat man schon so was auf einer Älplerkilbi erlebt? Wie Hasen ducken sich die Lärmer. Zahm sind die wuchtigsten Schreier geworden. Schimpfen sollen sie? – wettern? – Der hat gut lachen! Es wär' schon genug, wenn sie die Rührung hinunterwürgen könnten. Manchem dürren, ausgetrockneten Alten blinkt der Tau im Gesicht. Wie stehen sie eigentlich nun da? Herrgott neunundvierzig! Daß die ennet dem Kirchlein jetzt auch noch gerade Pause machen! Musizieren, tanzen, stampfen, ihr Buben!

»Vater! – und Absom und die Berg' dahier hast du auch lieb, gelt! Bist drum nicht bös?« –

»Hätt ich dich gekriegt ohne die Berge?« schreit Emil. »Gelobt sei der Absomer! Er hat mir mein Kind gegeben. – Aber ihr, ja wie denn, warum schmeißt ihr mich nicht die Mordfluh hinunter? He, du dort von der Alpe, hast schon verschossen all dein Pulver?«

Der Berni und die andern schrumpften zusammen vor Scham und werden immer kleiner. Der Ratsherr macht alle vier Zipfel seines ungeheuer großen, roten Schnupftuchs naß. So ergriffen ist er. Ein Bübel sprang in seinem Auftrag zum Tanzboden hinüber und rief: »Spielen sollt ihr, laut, einen mächtigen Walzer! So sagt der Pfifflihannes.«

Da entlodert eine Musik den Geigen, heiß und flackernd und glutverspritzend wie wahrhaftes Feuer. Man sollte meinen, Holz und Darm könnten nicht so singen wie mit einem hellen blutigen Mund. Steinalten Leuten dreht es die Knöchel.

Die hinter der Kapelle sind froh um das laute Spiel. Sie verbergen sich sozusagen dahinter. Sie tun, als hörten sie nur noch die Musik, aber sie haben all ihren Sinn nur bei Mang und Emil. Dieses große, unbändige Volk ist ganz Kind, eben noch im Zorn, nun im Mitleid, in der Mitfreud’ und Reu’ ein großes, weiches Kind. – Sie lärmen jetzt nicht mehr, reden leis wie in der Kirche, trinken kaum und wüßten gern, wie sie’s ankehren sollen, daß sie sich vor dem Inschenier minder schämen müßten. Es wird ihnen leichter, sobald Emil mit Mang ins Häuschen geht. Denn seine offenen Blicke machen ihnen schwer.

Leise gehn Emil und Mang die Stiege hinauf und horchen an der Türe, ob Sette noch schläft. Sie lachen vor Glück. Es ist still drinnen. »Tu auf, aber leis«, sagt Emil. – »Ich mag’s fürwahr nicht«, erwidert Mang; »ich muß laut schreien vor Freud’, sobald ich Sette sehe.« – Da drückt Emil sacht, ganz sacht die Klinke. Aber Mang, den es drängt, allen sein großes Glück ohne Verzug zu verkünden, stößt auf einmal wild dran, die Tür kracht auf, und lachend wie zwei Rangen stoßen sich die zwei ans Sofa, wo Sette erschrocken aus dem Halbschlummer aufschnellt. – Ohne ein Wort zu sagen, versteht sie alles sogleich. Sie streckt die Arme aus, dem lieben Sohne und dem noch liebem Gatten entgegen!

34.

Der Broller hatte im Degen beides belauert, die Empörung und die Demütigung des Volkes. Als die Leute nun stumm und geduckt genug dasaßen, mischte er sich wieder unmerklich unter die Menge. Jetzt, wo man glaubte, sein Schifflein sei am Versinken, wollte der erfahrene Steuerer es recht stolz in die beste und günstigste Strömung treiben. Ein Gewitter mag sicher viel verderben. Aber nur ein Narr kann glauben, daß wegen der Weigete nun sein großartiges, fertiges Bahnprojekt vereitelt werde. Es gibt für alles im Leben Auswege. Es wird auch hier zehn für einen geben.

Der Oberrichter kannte seine Leute. Jetzt waren sie in der warmen, weichen Kinderlaune, fügsam, gläubig, zutunlich, wie er sie nur brauchen mochte.

Er trat leise an Martiheiri, einen der größten Schreier, schob einen Zettel aus dem Rock und lispelte: »Heiri, kennst du den Fetzen da?«

Verdutzt sah der Angerufene in das stille, scheinbar so sanfte Christusgesicht empor, ward bleich und stotterte etwas.

»Am fünften August fällig«, murmelte Ernst Broller leicht zwischen den Zähnen. »Meinst du etwa, ich schone einen solchen Aufwiegler?«

»Oberrichter!« flehte der arme Mieter.

Aber im gleichen sanften Gebrummel fährt Ernst Broller fort: »Willst du an meiner Bahn rütteln, so soll auch dir zwischen First und Keller alles in Späne fliegen. – Um dich ist's nicht schad', so ein Saufmaul! Aber deine fünf Mädchen könnten einem leid tun.«

Martiheiri glotzte aus den trüben Trinkeräuglein den Allmächtigen bitterlich an und griff nach seinem Arm. Aber der Oberrichter riß sich wir im Ekel los und ging weg. An der nächsten Bank fuhr er zwei Großbauern vom Tal mit leise drohender Stimme an: »Sind wir nun so weit, Pauli und Melk Enderli? – den langen Streifen Weidland hätt' ich euch also darum abgekauft, daß ihr da ruhig dem Kasperlitheater zuseht und kein gutes Wort für die Bahn einlegt. Habt ihr das Geld schon?«

»Der Vertrag, Herr Oberrichter«, widersprachen zwei scheue Stimmen.

»Gilt so ein Sudel? Das wollen wir dann in der Stadt bei der Kommission bereden. Ich hab' euch das Land für die Bahn abgekauft und ihr habt es für die Bahn verkauft. Gibt's nun keine Bahn, weil ihr da mitschwadroniert, so gilt auch kein Verkauf für die Bahn. Aber euer meineidig' Tun sollte ich vor Gericht zitieren. – Also, brüllt nur weiter!«

Die zwei Geizhälse, die unvorsichtigen, schrien ihm umsonst nach.

»Berni!« sagte der Broller und setzte sich zum Alpler, »im letzten Gemeinderat hab' ich dir das Nutzrecht in den Furggler Wildenen erstritten. Übermorgen wird der zweite Schnitt verlost. Zähl' nicht darauf! Bist du meiner Sach' Feind, so kann ich deiner nicht Freund sein, das wirst du verstehen.«

»Und Euch, Gamspeter«, wendet er sich nach links, »hab' ich auch nicht verraten, als – na – Ihr wisset schon –«

Ja, der arme Mensch weiß gut, was der Broller meint. Ein ausgeklopftes Pfeifchen, ein Waldbrand, Anzeige von Kindern, Brollers Einspruch, schlauer und flotter als die beste Advokatenrede, und Gamspeters Freilassung. –

»Ist's unter euch Gemsjägern Brauch, euern Helfern in den Rücken zu schießen? Schön dünkt mich das nicht. Aber räsoniert nur weiter! Die rote Geschichte ist noch nicht verschlafen und« – wendet er sich wieder zu dem nun ganz tölpischen Berni – »dich seh' ich an der Verlosung wieder.«

Sie nehmen ihn am Ärmel und bitten ihn, lieber jetzt mit ihnen einen Liter zu trinken und zu vergessen, was sie da gelümmelt haben. Reuig blicken sie drein. Die Rührung wegen Emil und Mang hat ihre Kraft gebrochen. Ihre Seelen duseln weinselig im Glas herum. Ihretwegen mag doch die Bahn kommen oder nicht. Was geht das sie an? Ein Berg muckst sich doch nicht wegen einem Grasmücklein. 's ist Herrennutz, aber auch Herrenschad'! Laßt Fels und Wasser dreinreden! Die machen's allein. Dumm war's, ganz elend dumm, auch noch mitzurumpeln.

»Kilbischwatz, Weinschwatz, – nichts für ungut, Oberrichter!«

Aber der Broller lächelt schon in einer andern Bankreihe. Seine Augen schauen mild, seine Worte töten schier gar. Kleine Papiere zeigt er, schlimmer als Messer, da eine Schuldverschreibung, dort einen Wechsel, hier einen Pfandbrief oder einen fälligen Zinszettel. Und jeder, den's trifft, senkt den Kopf und verstummt wie von einem Beilschlag.

Ja, Ernst Broller ist bis an die Zähne bewaffnet, und er muß es sein. Denn in den vielen Jahren seiner offenen oder heimlichen Dorfherrschaft hat er sich hundert versteckte Feinde zugezogen. Und wie ein Häuptling in den Abruzzen, der schlafend und wachend seinen Genossen nicht mehr traut und daher seine Taschen alle und den Gürtel mit Dolchen,

Pistolen und Handmessern dicht besteckt, so hat sich auch der Ober-richter nach und nach für jede nahe, böse Möglichkeit tüchtig mit Waffen versorgt. Alle seine Ideen hat er ihnen ja aufzwingen müssen, die bessere Besteuerung, die Bewässerung und die Kraftanlage, das elektrische Licht, die zwei Fabriken. Er hat Ordnung geschaffen, aber diese Leute empfinden sie als Tyrannei. Mehr Verdienst kam ins Land. Aber die Absomer möchten lieber nur bauern. Sie können ohne Stickerei nicht mehr leben. Aber im Grunde ist diese altgeübte Kunst gegen ihre innerste Natur. Seit aus dem häuslichen Tagwerk eine Fabrik-arbeit und aus der Einzelkunst eine Maschinenindustrie geworden ist, schnellen ihre Löhne hochauf und sinken in alle Tiefe im gleichen Monat. Es ist nichts Stetes und Haltbares und Stillstehendes mehr daran. Sie aber gerade sind ausgesprochene Menschen der alten heiligen Stetig-keit. Ginge es nach ihnen, so müßte alles unverändert bleiben wie vor hundert Jahren. Die Berge wären ihre liebsten Vorbilder. Sie begreifen, daß dies unmöglich ist; aber sie hassen alle Notwendigkeiten, die ihrem konservativen Blut so weh tun.

Und nun die Fremdenindustrie auch noch, die Hotels, Kurhäuser, Stationen, die Bergbahn, diese vermaledeite fremde Unruhe. Dieses Überlaufen von Schwaben und Tschinggen, dieses Schänden des alten Stammbluts. Und vermöglicher wird das Volk doch nicht dabei. In diesem Geld ist kein Segen. Es kommt und geht wie Wind. Und froher wird man auch nicht. Nur unzufriedener, begehrlicher, unglücklicher! Spitäler und Armenhäuser und Waisenstuben füllen sich. Das ist ein allgemeines Sagen. Ein paar Große haben alles, so ein Ernst Broller zum Beispiel.

So denken sie zu jeder Stund', auch wenn sie lachen und mit ihm einen Jaß spielen, das weiß der Oberrichter gut genug. Sie beugen und neigen sich, wenn er sozusagen wie in königlicher Rüstung vor ihnen her stolziert. Aber wenn er sich eine Schwäche gibt, wenn nur eine Naht in der Rüstung reißt, dann schlagen sie den ganzen Kerl in Fetzen. O, er muß auf der Hut sein, er hat nie Frieden, er lebt immer im himmlischen Krieg!

Doch einen Trost hat er. In einem Lande von so viel Stein und Schnee und Winterschatten verführt nichts gewaltiger als die blitzende Lustigkeit des Goldes. Dieses sonnige Metall funkelt in einem so bergigen Land doppelt hell. Das Geld ist hier etwas Göttliches. Der Städter sieht es zu oft und zu leicht. Er braucht es ebenso sehr und sucht es ebenso gierig, aber er hat nur die Leidenschaft zum Geld, nicht auch die Hochachtung davor. Der Absomer aber fühlt einen grimmigen Respekt von den runden, wohlgeprägten, wie Sterne glänzenden Zwanzigfränklern. Er pfeift auf die Köpfe: Napoleon, gezopfte Helvetia oder die nachbarliche Liberté darauf, einerlei. Vor dem Gold allein kniet er ab, das im Stück steckt, die Sache, die Sache!

Und mit diesen Sachlichkeiten ficht jetzt der Politiker Broller. Aufs Geld zielt jedes Wort ab. Gerade hat er in vier nagelneuen Napoleons dem Jochem den Gemeindezins für die Schafsömmerung ausgerichtet. Stück um Stück warf er sie in ein leeres Veltlinerglas. Das war auch Musik, Donner, von allen Tischen lauschte man ihr!

Dann zog der feine Ernst englische Zeitungen hervor und verdeutschte daraus dem Redakteur, daß die Nachfrage für den Winter in cremefarbigen Stoffen und blassen Seidenmustern groß würde. In Amerika kommen Herrenhalstücher aus japanischer Seide, aber mit handgehäkeltem Rand, massenhaft auf. Das ist für unsere Handstickerinnen! Ein paar Zentner Stoff liegen schon im Bahnhof. Ein Ring von Horchern umsteht den Sprecher. Also Arbeit und Lohn im Steigen. Alles schon nahe, im Bahnhof!

»Das geht ja nun die Bahn da hinauf nichts an!« sagt er laut, daß es weitum schallt. »Und doch ein wenig. Denn hier wird die Bahn herauffahren und Fremde von allen Erdteilen hocken drin. Die lernen unsern Wald und Berg kennen. Sie übernachten auf unseren Alpen, besuchen Absom und Mattli und verstehen nach und nach unsere Eigentümlichkeiten. Und wir sie! Unsere Sticker und Zeichner beobachten ihre Moden, ihre Farben, ihre Spitzenmuster und wie sich eines oder das andere besser in der Farbe und im Schnitt trägt. Und bald sagen wir in unsern Werken ihnen ebensogut, was Mode ist, als sie uns. Wir, die Sticker, nehmen unsere Berge und Tannen ins Tuch auf, wißt, ein paar Linien, so einen Charakter davon. Wir bringen die Alphütten, die sie gesehen haben, das Sennenkäppi, das sie trugen, die Munihörner, wovor sie davonliefen, die Schafrücken, die Dornhecken, unsere geschweiften Hausgiebel, wir arbeiten unsere ganze, schöne, interessante Heimat in ihre Kleider, und sie, die unser Land nun kennen und lieben, sie tragen es weit nach London und New York und Indien und Kairo und noch weiter.«

»Das wär’ schon fein!« rief einer überlaut.

»Wir müssen nur frech sein mit unseren schönen Natursachen. Die müssen wir in unser Gewerbe tragen. Damit sind mir einzig. Das macht uns niemand nach, so wenig als unsere saubern Voralpendörfer oder unsere stolzen Felsen.«

»Jawohl, recht hat er, ganz recht!« schrien schon mehrere.

»Aber das Bähnlein da hinauf laßt nur in Ruhe! Das kostet euch nichts und schadet euch nichts. Mit jedem Wagen bringt es uns Kunden ins Land und trägt uns Adressen hinaus. Die Bahn verdirbt den Berg nicht. Man sieht sie nirgends, als wenn man gerade daran steht. Sie verkleinert uns die Schönheit der Heimat nicht, sondern sie vermehrt im Gegenteil unsern Ruhm, da sie ihn mit tausend Fremden in alle Welt hinausträgt.«

»'s hat alles zwei Seiten, das ist wahr«, gab jemand sehr laut zu.

»Und ich mein'«, spricht ein Bedächtiger ihm entgegen, »wovon man nicht redet und nicht schreibt, das ist das Best'!«

»Kämst wohl weit damit heutigentags!« wehrt ein anderer ab.

»Jawohl, – und warum stehst denn immer im Blättli mit deinem Hanfsamen und Wachholdergeist – auf der vierten Seite, hä? Machst ja selber einen Cheibelärm!« kam es schlagfertig zurück.

Man lachte auf den Krämer ein. Und dieses Lachen wirkte gesund. Man durfte nun auch wieder frisch um sich schauen und den Kopf hoch heben.

»Engel sind wir allesamt nicht«, seufzte mit matter Miene der Geschlagene.

»Und die Bahn«, fuhr der Broller nun mit der Gebärde eines öffentlichen Redners fort, »ist natürlich so wenig ein Engel als unser Hanfsamenbürger da vorne, aber gerade ein Teufel, wie so viele glauben, ist sie auch nicht, und wenn sie auch schwarz angestrichen ist und zwei glutige Augen macht. – Der Teufel fährt nicht gern dem Himmel zu.«

Alles lachte. Das war wieder einmal einer von den echten Absomer Witzen.

Ein Bub kam und wollte dem Oberrichter etwas sagen.

»Die Glarner – wart' mal, Bübel! – die Glarner möchten so was mit einer Bergbahn auch versuchen. Aber was ist das Glarus? – Ist kein Schabzieger[34] da? Gut, so darf ich's sagen: eine tiefe, lange Sackgasse zwischen drei hohen Wänden, das ist das Glarus. Da wird das Bähnli-

34 Glarner Spezialität

fahren schwierig. Aber, frag' ich, würden die klugen, scharfstirnigen Glarner an so was nur denken, wenn kein goldiges Profitchen fürs Land dahintersteckte? Nein, nein, nein!«

Er schüttelte das Glas mit den vier französischen Kaisern. Und alles nickte nun Beifall, voran die zwei Großbauern, der Berni und der Gamspeter. Die goldene Musik machte das Blut hier zappelig wie drüben die Geigen.

»Und die Berner und Bündner versuchen's auch und haben doch dabei kein hilfreich Gewerbe wie wir. – Es ist ja wahr, ihre Berge sind etwas höher und dicker gefüttert und machen mit dem Schnee daran und etlichen Gletschern dazwischen im ganzen einen passabeln Prospekt. Nun ja! Aber ist's denn in Bünden, wo ihr nur steht und geht, nicht immer das gleiche Einerlei von Grün, Blau und Weiß? Immer drei langweilige Streifen übereinander, zuerst Gras, dann Wald, dann Schnee. Wie mit der Maschine! – Aber wir hier haben jede halbe Stunde eine Schlucht von oben bis unten gespalten durch den Berg, – hinter jedem Gipfel liegt bei uns ein Seelein, immer mit anderem Spiegelwasser, – wir haben Wasserfälle gerade zum Vergeuden, – und alle Sorten Wald! Dann breite, gelbe Almen und darüber die Felsen wie eine graue und rote und weiße Marmorstadt.«

Begeistert blickten die Alpler dem Zeigefinger des Redners nach, der vom Tal in die Zinnen stieg.

»Hat es da nicht Turmhelme und Giebel und Dächer und Kuppeln und Säulen wie eine große Stadt, wie Rom oder Paris? Und das Zeug redet. Man kann hundert Gesichter und Geschichten nur aus der Furgglenkette lesen. Seht da links, neben dem Fernhorn, ist's da nicht, als lache ein Sennenkopf heraus oder ein Sennenbub, so etwa einer wie Ülis Seppli? – Und unter dem Absomer am Grat links seht ihr den Schlafenden Ritter und schräg am Känzeli haben uns schon die Groß-mütter den Näpi[35] gezeigt, wenn wir nicht brav sein wollten. So kurz-weilig wie ein Bilderbuch sind unsere Berge. Ja, schon allein in dem Stück nehmen wir es leicht mit den Bündnern auf.«

»Hoch Absom und Mattli«, schrien Berni und Gamspeter. Fünfzig fielen ein.

Dem Ratsherrn Pfifflihannes riß es schier die Seele auseinander. So schön rühmt keiner das liebe Ländli. Man könnte weinen vor Stolz.

35 Napoleon I.

Aber da will nichts Gutes heraus. Das ist so eine Zauberflöte. Er kennt diese Schalmei.

»Die Bergdörfer hoch!« wiederholte man.

»Und wenn die Berner unser Gebirg besäßen, Donnerwetter! sie ließen die Jungfraubahn links liegen. Ich bin vom Brienzersee über die Faulhornketten bis zu diesem Jungfraueli geklettert. Aber wie ist das? Entweder zu groß, – und dann drückt's einen und beschwert und macht nichts als Schatten, – man ist wie ein Floh im Strumpf des großen Miezeler Kaplans –«

»Heiho, hahaha!« krachte es durch den Haufen.

»'s ist so, und zu oberst ist einem dann wieder alles zu klein, ringsum alles gezähnelt und gezäckelt und gestrichelt wie Spielzeug, kein rechter See und kein würdiger Berg neben einem, kein großes Vaterland. Ich sag' euch, man meint in ein Zwergreich zu schauen.«

»Aber hier vom Absomer blüht einem Wald und Tal lustig ins Aug', jeder Berg präsentiert sich großartig, jedes Seelein will was gelten, auch die Hügel werden keine Ameisenhaufen, Mattli und Absom breiten sich aus wie Landstädte, fast kann man die Häuser zählen, so groß und nah ist einem alles. Und der Bodensee sieht immer noch aus wie das Meer. Nein, unsere Berge verkleinern nicht und vergrößern nicht. Ehrlich sind sie, die ehrlichsten Berge der Welt, hat der berühmte Züricher Professor Heim gesagt, – und sind wir oben, so meinen wir im obersten Fensterstock vom lieben vaterländischen Haus zu stehen und allum zu schauen.«

»Das ist gut gesagt!«

»D' Kreuzstöck' am Haus, die obersten!«

»Ja, d' Absomeralpen und die Berg' von Mattli.«

»Reden kann der! Kein Wunder, wenn's ihn schon partu in Bern haben wollen.«

So murmelt man und horcht wieder, daß einem keine Silbe entfalle.

»Aber das weiß niemand recht als wir hier! Alle meinen, wir hätten nur so ordinäre Berge. Jaso! Kommt nur, Ihr Fremden und ihr Schweizer rundum, ihr werdet Augen machen, wenn Euch die Bahn das steinerne Buch da oben auftut und mit euch durchblättert! Von einer Seite zur andern werdet Ihr staunen, was das für wunderbare Kapitel und Helgen[36] sind! Der Lontschifall, der wie der Jüngste Tag braust, das Tschurbachtobel, wo's nie Tag wird, – der Plättlisee mit den Augen

36 Bilder

der schönsten Absomerjungfer, – die Absomerfreiberg' mit ihren vielen Gemsen, der Känzelitritt so schmal wie eine Hühnerleiter, – das tintenschwarze Fornerseelein und die Orgelenfirst, wo noch Adler sind, – und die Bärenhöhle, und die Absomalp und Wedlisalp, das Treppenbächlein mit fünfzig Stufen fallenden Wassers. Wenn man das kännte, würde man vom Matterhorn und Gießbach leiser reden. Und wenn die Fremden erst den Hosendreckler sähen, – was die für einen Respekt und ein Bauchweh kriegten.«

Ein rollendes Gelächter ging über die Tische.

»Dieses Bilderbuch soll die Welt nur recht gut begucken. Sie hat kein schöneres. Und wir sind doch nicht so verriegelte und vergitterte Menschen, daß wir die Welt fürchten, wenn sie zu uns kommt. Nein, wir gehören doch alle zuletzt zueinander, Bergleut', Talleut', Stadtleut', – wir sind Geschwister und wir müssen zusammenstehen, die Zeit will's so. Von der reinen Luft hier oben haben wir nicht gegessen und von den großartigsten Felsen können wir halt doch keine Brötchen klauben. Wir brauchen die Fremden und die Fremden brauchen uns. Drum rufen wir die Welt zu uns herauf und sind nicht böse, wenn sie anständig kommt, und nehmen ihr den Gruß tapfer ab. Und heißen sie auch willkommen, die Mutter Welt und die Brüder und Schwestern Welt und das gescheite Bähnlein erst recht, das sie uns heraufbringt. – Da hab' ich Aktien – zu zweihundert, fünfhundert, tausend und fünftausend Franken! – Aufs Bähnlein festgeschrieben! – Wer will? – Morgen kann man auch im Dorf und in der Stadt darauf zeichnen. Aber ich dachte, ihr müsset mir die ersten sein, ihr Kilbigenossen von Miezeler! Ihr sollt das Vorrecht haben vor dem verdammten St. Galler Schüblig und den Züricher Hegeln und den Baslerlälli und dem Bernermutz[37], ihr, die Absomer und Mattler Bauern! Da, wer kaufen oder auch nur für heute unterschreiben will! Der Pfarrer hat schon drei Tausender gezeichnet! Die Pfarrer sind kluge Leute! Wo der Hirt vorangeht, darf die Herde sicher nachtrampeln.«

Die Leute drängten sich lachend um die Papiere. Der Pfarrer schneidet ein sauersüßes Gesicht. »Zeigt mal so ein Blatt!« Hundert Arme strecken danach. Hundert Augen lesen die Aktie, worauf so appetitlich sauber das Bähnlein schon zum Gipfel auffährt. Man vergißt,

37 Spottnamen, die sich die Schweizer nach kantonalen Eigentümlichkeiten geben

was das Wasser dazwischen geworfen und der Rutsch geschändet, man vergißt die Wut vor zehn Minuten und den Schwur: nie eine Bahn auf den Absomer! – Denn hier auf dem köstlichen Papier fährt sie ja schon in Wahrheit die letzten hundert Meter auf und wird ganz gewiß oben ankommen und rufen: Am Ziel, am Ziel!

Der Broller möchte noch gern ausmalen, wieviel Gold möglicherweis' so ein Papier alle Jahr ins Haus zaubert, aber der Bub stupst ihn wieder und sagt: »Absomer sind herauf gekommen und wollen mit Euch reden. Es pressiere!«

»Schon gut, schon gut! Behaltet ihr die Papiere und zeigt sie zu Haus und überlegt es euch, ob ihr auch ein Rad am Bähnlein haben wollt. – Aber was sind das für staubige Sachen an der Kilbi? Weg mit dem Geschäft! Tanzen muß man. He, Elselore, den Bergler nehmen wir jetzt.«

Der Oberrichter winkt zur Hintertür des Wirtshauses. Da steht die alte, dünne Elselore schon im blauseidenen Spenzer und hüpft leichtfüßig und festlich wie ein Mädchen auf den breiten, kurzen Mann zu. Er nimmt sie am Arm und führt sie zur stiebenden Tanzflur vor die Häuschen. Der ganze Haufe mit den Zetteln folgt. Der Bergler ist ein Staatsstück der Kilbi. Oben von Settens Zimmer schauen drei glückliche Gesichter auf die Szene nieder.

Der Absomerbub, ein Armenhäusler, zupft schon wieder ängstlich: »Absomer sagen, Ihr solltet sogleich kommen!«

»Wo sind sie denn?«

»Da hinten, hinter den Musikanten, – kommt flink, sei Wichtiges.«

»Nachher, nachher, geh sag's! – Jetzt Platz für den Bergler!«

»Der Bergler!« schreit alles laut, so daß die Musikanten es durch das Schuhgetrappel von dreißig Paaren hören und den Walzer auströpfeln lassen. Nur der Vorgeiger spielt weiter. Aber er spielt sich vom heftigsten Tanz in den wiegenden Rhythmus des unsterblichen Berglers hinüber. Schwarz stieren seine Äuglein, so wie er den Broller erblickt hat, in sein Instrument hinein.

Die Tänzer weichen zur Seite. Kokett nickt die Elselore nach allen Seiten.

»So, Walter, du tanzest auch und wie ein Großer!« schreit der Broller dem Bub zu, der purpur vor ihm steht, wild vom Tanz, mit feuchten, dunkeln Krausen und duftend von Jungmannahnungen.

»Wer ist das Jüngferchen daneben?« fragt der Oberrichter.

»Ingenieurs Minchen«, sagt das Kind mit einem famosen Knicks, wie etwa ein junger Heuschreck.

»Und ich Walters Vater«, erwidert der Broller dem lachenden Zigeunerchen an seines Sohnes Hand und macht zum Gaudium aller einen ebenso heftigen Knicks, wie ihn etwa ein älterer, aber nicht weniger höflicher Heuschreck macht.

»Also tanzet in Gottes Namen! – Wie die Alten sungen, zwitschern die Jungen.«

Er trat mit seinem zierlich greisen Gespan auf die Diele. »Nun, Frau Bas Elselore, tretet an!« sprach er gedämpft. Zuerst den Allegren, eins – zwei, eins – zwei! – frischer! So!«

Und der Fünfziger und die Sechsundsiebzigerin strichen lautlos und wirbelschnell im Kreise, wie Sonne und Mond hinter- und vor- und umeinander. Sein kohlschwarzes Haar und sein fast noch schwärzerer Bart kräuselten sich und flockten hin und wieder, aber sein Marmorgesicht blieb schneeweiß und licht. Er freute sich wieder einmal mächtig. Das war sein Leben, zwischen Gipfel und Abgrund. Jetzt hatte er eben wieder eine Tiefe überwunden und war hoch oben. Zu Tode geredet hatte er den Feind. Keinen Mucks wagte man mehr. Allen Teufeln zum Trotz muß diese Bahn kommen. Und das Land muß schnellere Beine kriegen und schnellere Hände und einen schnellern Umgang mit der Welt. So geht's nicht weiter mit dieser Langsamkeit von Anno 1700 mit Post und Gaul. Schnell, schnell! Dampf, Maschine, Elektrizität! Heijo! Elselore, hurtiger, hurtiger!

Auch sie merkt kein Alter mehr. Lenzluft fährt ihr ins kleine Näschen.

Und alles, denkt der Broller weiter, wird nach soviel Kampf und Wirbel sicherer und ruhig. Dann steht unser Volk und Land hoch und reich unter den andern Schweizerbrüdern da. Und ich kann in Ehren meine Jahre beschließen und den langen Feierabend im Schatten der Berge und im Lachen flotter Enkel, die mir nachgeartet sind, gemütlich verbringen, und zum Grab folgt mir eine lange Straße voll schwarzer Fräcke, und man schießt Böller vom Hügel. – Hurtiger, Elselore, mit Feuer, mit Feuer! –

Wie gern sie's tut! Ihr roter weiter Rock unter der langen blauen Jacke steht gebläht wie eine Knallrose, und man hätte nicht gesehen, daß sie sich dreht, wenn darunter die niedlichen Pantöffelchen nicht so unendlich gezappelt hätten. Alles zuschauende Volk tanzte mit den Augen, den Mienen, den Knien mit.

Es ging ins Andante, und leicht wie Schiffe auf glattem Wasser schwammen die zwei nun über den Estrich, während an den Säumen der Bretterdiele wenige Paar sich sacht und mehr in dienender Begleitung mitwiegten. Elselore und Ernst schwammen aneinander vorbei, ade! – ruderten durch einsame Gewässer, strebten dann wieder sehnsüchtig aus der Ferne einander entgegen, trafen sich hakten sich ein und schwammen selbander zum Hafen. So ward das Andante ausgewiegt.

Jetzt kommt das Glanzstück des Tanzes, der Galopp, ein letzter wilder Funke Leben vor dem Verlöschen. Sie packen sich an den Gelenken, heben das Knie hoch und lassen ein Hoihopho! fahren.

Da kracht es hinter der Musikanten-Estrade, ein verschmitzter, schwarzhaariger Kopf taucht auf, stößt den Spielern die Pulte um und ringt sich zum Vorgeiger herauf.

»Vater, hör' auf! Jetzt spiel' ich eins auf!« – Er sucht den Broller, erblickt und übergießt ihn mit einem grausen Feuerspiel der Augen.

»Der Bastian, der Brollerknecht«, schreit man entsetzt. Mit den Augen eines Verrückten steht er jetzt vorn am Geländer gegen die Tanzdiele herab.

Der Atem steht einem still, wenn man dieses verzerrte Gesicht mit den harten Backenknochen, dem geifernden Mund, dem tropfenden Haar, den wütend schwarzen Blicken und der Gespanntheit eines zum Sprung bereiten Tigers betrachtet. Alles begreift, daß etwas Heilloses geschehen muß. Vom Kaplanenfenster ertönt ein heller Schrei. Mang ist's; dem wird alles auf einmal klar.

Alle schauen starr auf den Broller. Nur das Pärchen merkt nichts; es hopst drei Schritte vor, springt an, und im berauschenden Schwung der Muskeln jauchzt das Herz des Broller: wild ist und flott das Leben!

»Ernst Broller!« –

»Was ist's? Hat da nicht jemand mich gerufen?« Es schwimmt ihm so ein Ton im Ohr. – »Elselore, jetzt rechtsum – knieauf – eins – zwei – knieauf! – eins – zwei! – wilder, Elselore, wilder! – so – o! – Ha, ein Galopp ist das Leben! Wild und schön ...«

»Oberrichter Ernst Broller!«

Diesmal erscholl es wie Donner. Das Paar stellt ab. Es merkt die Totenstille ringsum jetzt erst. Alles dreht sich dem Ernst noch herum. Aber wie er zur Tribüne sieht, steht ihm alles fest. Dort ist ein leichenfarbener Mensch; der hat gerufen.

Stumm und versteint blickt er auf zu ihm. Der Mensch da oben ist nicht sein Knecht. Der ist als Richter da!

»Tut mir leid, dir den Tanz zu verderben, Broller! Aber du hast mir's auch nicht besser gemacht. Das Kraftwerk ist kaput. Drei Wochen braucht's, bis die Motoren wieder in Gang sind. Das sagen die Ingenieurs. – Ihr Spinner und Weber und Sticker könnet unterdessen mit den Aktien hausieren gehen!«

Schadenfroh blitzen seine Augen bei dieser Botschaft. Im Volk fängt's an zu lispeln, zu rauschen, zu tosen. Das geht ans tägliche Brot. Einige Weiber kreischen. Walter, der prachtvolle, kühne Junge, sucht sich aus der vordersten Reihe ins Volk zu drücken.

Der Broller hatte Schlimmeres erwartet. Er faßte sich rasch, ließ die Alte los und ans Volk sich rechts und links wendend, rief er beinahe sanft: »Ist das meine Schuld? – Bin ich stärker als das Wasser? Kein Mensch ist so stark wie das Wildwasser!«

»Jetzt sagt er's auch«, rief die Stimme des Pfifflihannes. »Und der will die Absomerbahn durchsetzen.«

»Wo der Damm wie ein Bindfaden zerrissen ist«, lärmte Berni.

»Millionendumme Leute, wenn ihr noch an die Bahn glaubt und an die Fetzen da!« brüllte der Gamspeter und schleuderte dem Broller eine Aktie zu. »Der Inschenier dort oben soll reden.«

»Herr Ingenieur«, rief nun die salbungsvolle, aber merkbar zitternde Stimme des Pfarrers zum Fenster empor, »saget an auf Ehr' und Glauben, ist die Linie ausführbar? die Linie da herauf? – Die Linie nach dem, was gestern und heut geschehen?«

Alle blickten ans Fensterlein. Nur Bastian nicht; der ließ den Broller mit keinem Auge los.

»Könnet Ihr's machen? Heraus mit der Wahrheit! Redet!« heischte die Menge.

Dem Oberrichter war es, als fielen die Berge über ihn und begrüben ihn. Auch er sah zum Fenster auf wie zum letzten Spalt Licht und Luft, der noch offen steht. Seine blauen Wunderaugen schienen zu schmelzen, so mit flehender und bangender Erwartung hingen sie an Emils Lippen. Mang war vom Fenster gewichen. Aber Sette faßte Emil mit beiden Händen am Arm und redete dringend auf ihn ein.

»Ist das alles Schund?« fragte einer und zeigte auf die herumwirbelnden Aktien.

»Ich frage an, ist die Bahn, wie sie abgesteckt worden ist, ausführbar oder nicht?« wiederholte der Pfarrer so ernst, als stände er auf der Kanzel. »Auf Ehr' und Gewissen, saget an!«

Ehrlichkeit und Wärme für sein Volk, aber auch dreitausend gefährdete Franken klangen durch seinen erhobenen Ruf.

Der Manuß stand im Fensterrahmen, die Arme verschränkt, in seinem besten, härtesten Stolz. Wie widerte ihn dieses haltlose, weintrunkene Volk an! Sie waren es wahrhaft nicht wert, über das großartige Werk und diesen Mann da unten zu triumphieren. Er zaudert, zögert, bedenkt sich und hört das mitleidige Weib neben sich flüstern: »Laß ihm Hoffnung! Laß ihm doch ein bißchen Hoffnung!« – Aber dann reckt er sich, steht aufrecht da, weist die blinkenden Wolfszähne und sagt unter goldgrünem Gefunkel seiner Augen: »Die Absomerbahn ist auf diesem Weg nach der heutigen Lage nicht ausführbar. – Daran ist Herr Broller so unschuldig als ich und ihr alle. Die Geologen hätten ...«

Er kam nicht weiter. »Nicht ausführbar! Unmöglich! – Bravo! –« schwirrte es durcheinander. »Gelogen ist also alles. Da habt Ihr Euere Fetzen wieder!« Und man schleuderte die durchgerissenen Aktien dem Broller zu.

Der Mann war leise zusammengesunken. Aber er richtete sich mit einem Rest von Widerstand nochmals auf und schrie: »Und ich wiederhole, Wasser ist stärker als ich und ihr alle. Aber –«

»Kein aber, kein aber! 's Maul halten sollst! Verlogen ist alles, was du gesagt hast! Stopf' dir doch das Maul mit dem Papier da, nimm!«

Man drängt sich wild an den Oberrichter. Alte Wut und alter Verdruß drängen mit. Das Getümmel wird furchtbar. In Walter erwacht ein Tropfen vom falschen, feigen Blut der Mutter. Er verhält sich die Ohren, verkriecht sich und zittert an allen Gliedern.

»Irmeli, laufen wir schnell in die Kaplanei! Den Ingenieur holen!«

»Du mußt dem Vater helfen«, überschrien ihn beide Mädchen, und Irmrli zerrte ihn gegen die offene Bühne.

»Sie schlagen uns zusammen«, klagte Walter. »Holen wir schnell den Ingenieur.«

»Hände weg«, schrie jetzt eine Stimme so furchtbar, daß alles wieder still ward. »Der Mann gehört nicht euch, er gehört mir, mir! Ernst Broller, schau mich an!« Der Oberrichter versucht es. Lieber sterben, als Angst zeigen. Aber jetzt schlägt sein Stündchen, er weiß es sicher.

Der Bastian bebte mit den grauen Lippen. Aschfahl ward er und rief: »Die Cäcilie ist g'storben!«

Ein Schrei ging nieder. Alle hörten ihn durch die Totenstille. Es hatte geklungen wie von zwei Menschen. War's der Broller, Emil, Mang? Wer war's?

»Und an deinen zwei Kindern ist sie g'storben!«

Der Broller blieb fest stehen. Aber durch den mächtigen Leib ging eine leise, innerliche Erschütterung; gerade wie bei einem durchgespaltenen Baum. Er wird sogleich fallen, aber niemand weiß, ob nach rechts oder links.

»Und an dir g'storben, Mörder, Kindlimörder, Frauenmörder!«

Bastian schleuderte in der Wut die Klarinette von einem der Pulte über die Bühne und wollte übers Geländer springen. Man hielt ihn auf. Unten brauste der Volkswald dumpf auf.

»Laßt mich, laßt mich! Ich tu' ihm nichts!« Bastians Vater, der Vorgeiger, nahm Bogen und Fiedel, setzte wie zum Spiel an und lachte irre herum.

Beim Wort Mörder bäumte sich der Oberrichter auf. Wie eine Mauer stand er. Das soll er nochmals sagen, hei –

»Ich tu' ihm sicher nichts. Aber wir gehören zusammen«, schrie Bastian. »Er hat's mit der Cäcilie gehabt. Ihn hat sie mögen, mich hat sie gehaßt. Und da hab' ich in der Nacht, wo die Kinder zur Welt kommen sind, im Haß Brollers Scheuer angezündet. – Murmelt nur, – ihr habt's alle auch so ausgelegt gehabt. – Und da mußt' ich unterschreiben, die zwei Affen seien von mir. Und dafür ließ er mich aus den gestreiften Hosen schlüpfen. Aber es ist gelogen, so wahr ich dasteh' und der da so kreuzblau wird, seht, seht! – Cäcilie ist tot. Da ist mir alles gleich. Komm, Bürschchen, komm, wir wollen miteinander die gestreiften Hosen wieder anziehen. Was schaust mich an wie ein Klotz Holz und hast Maulaffen feil? 's ist Zeit, sonst kommen's noch gar mit den Handschellen, halloo –«

Wahnsinnig streckte er die Arme und rekelte den Hals schier aus dem Hemd.

Ein lautes, unendliches Schluchzen und Überschluchzen ertönte hinter dem Haufen.

Der Oberrichter aber neigte sich leise, sah schräg und steif neben den Beinen zu Boden, griff müd' mit einer Hand irgendwo in die Luft und rief schwach: »Walter!«

Niemand gab Antwort. Allein stand er da im Haufen von Feinden. Stundenweit unten glänzt sein vielfenstriges Haus und kräuselt der Vesperrauch über den geschweiften Giebel und fingert Zia wohl wieder wie jeden Sonntag im Album und sucht Vaters Photographien alle, die als Knab, als Soldat, als Freiersmann und als Oberrichter und Kaufmann. Aber es war weit bis dorthin, so neblig weit, – alles schwimmt ihm vor den Augen. – Und Walter ist der Liebling seiner Frau und ist beim Tanzen immer da gewesen, aber jetzt ist er weg.

Da übermannt es den Gewaltigen. Alles stürzt vor ihm zusammen; seine Bahn, seine Habe, seine Ehre, seine Existenz. Und nicht einmal sein eigen Kind, sein ältestes, hält bei ihm aus. Nichts hat er mehr. Da schlägt er die Hände übers Gesicht, brüllt auf wie ein Stier und bricht zusammen.

Droben auf der Spielkanzel legt der Staffelsepp seinen Bogen gräßlich frisch über die Saiten und spielt den abgebrochenen Galopp des Berglers mit so schrillen, wilden Strichen fertig, daß es zu hören war, wie die Hetze eines Tollen oder Verzweifelten, der über Stock und Stein einem Abgrund zu galoppiert.

Aber so grauenhaft diese Musik jetzt klingt, niemand stört ihn. Die einen führen den Bastian, der wie ein Riese um sich schlägt, tobt und irr redet, in den Degen, wo der Arme plötzlich niederfällt und tief einschläft. Emil, Mang und Jochem geleiten den Broller in die Kaplanei. Sein Bart ist naß und seine Stirne wie Eis. Schlaff hangen ihm die Arme nieder, aber das Auge ist wach und groß offen.

In kleinen und großen Gruppen steht das Volk im Tanzschmuck herum und rät, was nach so Schrecklichem zu machen sei.

Irmeli, Minchen, Seppli und Heinz suchen allenthalben Walter; am eifrigsten Minchen. Seit es diesen Purpurjungen kennt, ist es ganz vernarrt in ihn. Mang erblaßt davor. So wie Walter lacht niemand, so ansteckend und so goldig. Immer wieder hat sie mit ihm tanzen wollen. Nichts Schöneres gibt es, als in seinem Arm über die Diele fliegen. Wie an ihn verloren ist sie dann und ganz vergafft in das dunkelblühende Märchen seiner Augen. Während des Tanzes hat er immer geneckt: »Schneller, ihr Städter seid die reinsten Schnecken«, hat die Stadtfräulein ausgelacht, weil sie alle falsche Zähne, falsche Haare, falsche und gemalte Lippen und Backen haben. Und wie sie von Pomaden riechen! Auf dem Münsterturm in Zürich sei er einmal gestanden und habe alte, dürre Katzen über die Dächer schleichen sehen. Aber bis dahinauf hab' es von den Salben gerochen. Da hab' er die Katzen noch lieber gehabt. Aber je mehr er gescholten hat, um so lieber hat Mineli den Flotten bekommen. Und jetzt möcht' es ihm helfen. Wenn sie nur wüßte, wo er wäre.

Aber Walter hat mit ihr nur Possen getrieben. Er hätte hundertmal lieber mit Irmeli getanzt, wenn das blasse Kind nicht immer gleich Schwindel gekriegt hätte.

Anders Irmeli. Es ist wahr, eine Weile hat es geschwankt. Der feuerblütige Walter hat ein paar Tage über sie Gewalt gehabt. Mang war immer so kalt und trocken. Aber Walter kam wie ein Sturm. Er nahm ihr alle Besinnung. Er berauschte sie mit seinem süßen Reden und schwor hundertmal im Tag, er stürbe für sie. Einmal kniete er vor ihr und ein andermal regierte er sie herrenmäßig. Vor seinem gewalttätigen Wesen schauderte ihr immer, und doch zog es sie immer wieder an.

Aber im Augenblick, wo er sich feig vor der Not des Vaters versteckt hatte, schwand der Zauber dahin. Wie schlaff waren seine Hände, wir furchtsam seine Augen gewesen, und wie ein Mädchen hatte er die Ohren verhalten und hilflos geweint. – So ein großer, schöner, tapferer Bub! Aber den Mang hatte sie mit Emil auf die Bühne springen sehen. Ha, der hatte zugegriffen, den schweren, weißen, toten Kopf des Broller in seine Arme aufgefangen und den armen Mann, den alle mit tödlichem Haß betrachteten, leis und schonlich in die Kaplanei tragen helfen. O wie licht und hoch und herrlich war er da zu schauen gewesen! Wenn er sie doch auch nur ein bißchen, ein Bröselein stark liebte!

Gaßauf, gaßab suchen sie indessen Walter, die wunderlichen Mädchen, die schon soviel erlebt haben.

Als das Wildweib erfuhr, was die Kinder so unruhig suchten, stöberte es gleichfalls in allen Hütten nach Walter und fand ihn endlich hinter einer dichten Hecke, längshin ins Gras gestreckt und das Gesicht mit seinen zwei glänzigen, aber mutlosen und schamvollen Augen gegen den Boden gekehrt.

»Komm mit mir, lieber Walter!« sagte der Putzknecht mit einer rührend feinen und bescheidenen Stimme. »Es ist nicht gut, da im feuchten Gras zu liegen.«

Walter würgte und weinte wieder ins Gras.

»Es fragen alle nach Euch!« Der Kerl beugt sich mit seiner verspotteten Kilbifratze zum Jüngling. Er nennt ihn nicht mehr du. Voll Achtung ist er gegen sein Unglück. Er nimmt seine weiche, kraftlose Hand und sagt: »Auch der Vater fragt nach Euch! – Kommet, ich bitt' schön! – Ihr dürft mir dann am nächsten Putztag den Buckel verprügeln. Ich halt' sicher her, so lang Ihr mögt! Wenn Ihr jetzt kommt! –«

Der feine Jüngling ließ sich willenlos emporziehen und vom guten, noch in allen Grimassen der Kilbi steckenden Wildweib ins Gäßchen führen. Da aber schämte er sich dieses Menschen und sagte schon kräftiger: »Jetzt kann ich allein gehen!« – Und als er Irmeli und Minchen oben von der Gasse kommen sah, gebot er schon wieder mit der alten Jungherrnstimme: »Du los'[38], – geh und reiß dem Staffelsepp die Geige weg. Das kann ich nicht hören. Sogleich geh!«

Das Wildweib zottelte gehorsam auf die verödete Bühne, wo nur ein paar vier- und fünfjährige, unschuldige Göschen zum verrückten Geigenstrich Kapriolen machten. Es lief zum Alten hinauf und sagte einfach: »Hör' auf, die Kilbi ist fertig!« Das hatten schon der Pfarrer und der Jochem ihm gesagt. Aber umsonst. Aber sieh da, dem Kilbinarren gehorchte der Greis sogleich, schloß die Geige in den Kasten und ging die Wiesen hinunter.

Die zwei Mädchen nahmen Walter in die Mitte und führten ihn zum Pfrundhaus. Minchen drückte ihm fest die Hand, als sagte sie, nun hab' ich dich noch viel lieber. Irmeli aber fühlte ein großes Mitleid mit dem Kameraden, der da mit zerbrochenem Zauber neben ihr ging. Und aus Mitleid preßte sie seine Hand noch viel fester als das leidenschaftliche Zigeunerchen.

In der Kammer oben umarmte der Broller seinen Ältesten so heftig, daß Walter aufs neue weinen mußte. Er durfte keinen Schritt vom Vater weg. Sette beruhigte ihn mit ihrer so klugen, frauenhaft milden Stimme, nötigte ihn Milch zu trinken und rieb ihm die Schläfen mit Essig. Wohl dreimal sagte sie und immer mit einer noch flottern Betonung: »Denkt jetzt an nichts anderes, als in der Kraft zu bleiben. Das ist jetzt allein nötig«, und dann fügte sie das herrliche Sätzchen bei: »Ein Mann überwindet alles!«

Emil stand im Hintergrund und hielt seinen Arm um Mang gewunden. Zwei Väter und zwei Söhne. Aber wie ungleich waren die Paare geworden! – Der Ingenieur konnte sich nicht satt schauen, wie sein Weibchen hantierte und alles so vielmal besser machte und geschickter sagte, als er es fertig gebracht hätte. Und es erhöhte seinen Stolz, als er

38 Höre!

wahrnahm, wie auch der arme Broller ihren helfenden Händen mit
blauen dankbaren Augen nachging.

Unten summte und grollte es in den Haufen und sammelte sich wie
ein neues Gewitter vor der Kaplanentür. Einzelne Stimmen forderten
immer lauter: »Herauskommen!« – »Was tun wir jetzt?« – »Man gebe
uns Bescheid!« – Und dazwischen regnete es wieder Worte so spitz und
blutig wie: Mörder! – Zuchthaus! – Landverderber! – Jedesmal zuckte
der Oberrichter zusammen. Aber beim Ruf Landverderber! ächzte er
wie ein Sterbender.

Da trat Emil ans Fenster, das keine Scheiben hatte, um hinunter zu
reden.

»Geh lieber hinab!« bat die mutige Frau.

Emil freute sich, daß sie ihm das zutraute, und sprang eilig die Stiege
hinab. Ernst Broller aber ergriff die kleine Hand Settens und küßte sie
andächtig. Und obwohl das Mang und Walter sehr seltsam vorkam, tat
es ihnen doch eher wohl als weh.

Unten vor der Türe stand und redete Emil zum drängenden Volk:

»Leute! Den kranken Mann da oben laßt jetzt nur ein bißchen in
Ruhe! Oder seid ihr etwa die Richter? Verloren habt ihr bis zur Stund'
noch keinen Rappen an ihm, aber er an euch!«

»Sagt das nicht, hört, Inschenier!«

»Er hat zum Meineid getrieben!«

»Der Bastian, he!«

»Die Cäcilie!«

»Vors Gericht gehört er!«

»Aber euch hat er nicht Red' zu stehen! Ihr seid mir schöne Richter.
Nicht einmal zu Zeugen kann man euch brauchen. Hab' ich doch selber
heut gesehen, wie ihr in zehn Minuten den Balg gewechselt und hintereinander wie's Judenvolk gerufen habt: Hosianna – es leben die Aktien!
und fast den Broller auf den Achseln getragen hättet, – und dann wieder:
Nieder mit ihm! – Ja, ja, auf euer Schreien wird man in Tuzis viel geben.«

»Man hat uns halt angeschwindelt!«

»Überschwatzt hat er uns!«

»Daß ihr das sagen dürft, ohne rot zu werden, das nimmt mich
wunder. Seid ihr denn noch Kinder, daß ihr so leicht überschwatzt seid?
Da habt ihr immer so ein Geprahl mit euren festen Bergen und pochet
auf eure Stete! Aber wahrhaft, vor einer Stunde hab' ich nicht gesehen,

daß ihr mit diesen ruhigen, festen, soliden Bergen auch nur ein Strichlein Ähnlichkeit habt.«

Es wurde nun ungeheuer still. Alle sahen auf die harten Lippen des Sprechers, der mit unantastbarer Würde und unangreifbaren Worten vor ihnen stand.

»Nein, lasset lieber das Schimpfen, sonderlich die, die vom Broller Geld im Hosensack tragen! Die schon ihr Gut an die Bahn verkauft haben! – Die bei mir und bei dem Komitee um eine Kondukteurstelle oder um ein Restaurant an der Strecke angehalten haben.«

»Wer ist das?« schrien einige. Aber ihr Lärm ging sogleich in einem verworrenen Gemurmel unter.

»Ich bin heut nicht in der Predigt gewesen. Aber wenn ich einmal in die Predigt ginge und andächtig täte, so würd' ich mich schämen, gleichen Tags wie ein Heid' das Gegenteil von allem zu tun, was von der Kanzel euch ans Herz gelegt worden ist. Da habt ihr so fromme Lieder gesungen und so warm gebetet, und jetzt tätet ihr schier morden, wenn ihr dürftet. Mein' wohl, 's hat jeder von uns seinen Stein auf dem Herzen. Da gibt's nichts zu richten. Glaubet nur, daß der Tod der Cäcilie mir mehr aufs Gewissen drückt als aller Schutt vom gestrigen Gewitter. – Und wie ein blauer Himmel sieht sicher euer Gewissen auch nicht aus.«

Ein drückendes Schweigen bannte die wirre Masse von soviel Köpfen und Händen. Der Broller hörte jedes Wort. Wie Öl floß es auf sein wundes Wesen. Mang stand wieder am Fenster. Stolz und demütig zugleich hing er am prächtigen Vater. Aber Sette und Heinz warfen sich unaufhörliche Blicke der Freude zu. »Siehst du, ich kannte ihn ja!« sagten die Kaninchenaugen des Alten. »Welch ein Herr, welch ein einziger Mensch! – Seinesgleichen gibt es gar nicht wieder! Ich muß das Gedicht auf ihn wieder ändern!« –

Unten ging's ruhiger fort: »Jetzt mein' ich, sollten wir doch das Nötigste anpacken. Geht heim, Leute, legt den Kittel von gestern an und räumt mit allen Schaufeln und Äxten, die ihr habt, den Schutt von den Leitungen am Tauberloch, bis die Italiener kommen! Aber eilt, eilt, sogleich! Jede Minute, wo ihr früher anfanget, ist ein Profit für euch.«

Die Leute sahen sich fragend an. Wer kann da widersprechen. Ein Frecherer oder Vertraulicher ruft: »Kommt mit, Inschenier!«

»Lauft, lauft, – ich komm' noch vor Nacht nach! Dergleichen hab' ich oft getan. Es müßte schlimm stehen, wenn wir nicht in wenig Tagen den Betrieb wieder hergestellt haben. Inzwischen richt' ich euch zum Notbehelf die alten Wasserleitungen ein. 's ist besser als stillstehen!«

Ein Gemurmel der Zustimmung erhob sich an allen Enden.

»Das ist noch einer!«

»Der kann alles!«

»Probieren darf man's mit dem schon!«

»Dem trau' ich. Was tun wir Gescheiteres?«

»In vier, fünf Tagen ist das Werk wieder flott, da bürg' ich. – Und noch was: Die Bahn kann ich euch nicht bauen, mira[39]! Dafür will ich euch Besseres im Tal schaffen. Ihr sollt mit mir zufrieden sein. Kosten tut's nichts. Ich bin schon bezahlt. Ich hab' meinen Bub da oben am Fenster von euch!«

»Bravo, Sapperments-Inschenier!«

»Mang, grüezi!«

»Donnerskerl da oben!«

»He, Mang, gelt, jetzt bist was, bum!«

Schon lachten sie wieder, die merkwürdigen Leute von Absom. Doch Emil Manuß litt keinen Spaß und rief mühsam: »Was ich euch helf', das, bitt' ich, rechnet mir ab – wisset – wegen der – der Toten drunten!«

»Gott hab' sie gnädig!« betete eine Mattlerin.

»Ihr habt viel Ehr'!«

»Unsern Respekt, Inschenier!«

»Unsern Respekt!« toste es in die Kammer hinauf. Gottlob, der Broller schlief.

»Aber jetzt geht, geht! 's ist schad' um jede Minute!« gebot Emil.

Und sogleich zerfloß der Knäuel und zog in raschen Trüpplein bergab, Mattler und Absomer.

Um die Zeit trat der Kaplan oben aus dem Wald. Er war im Breviergebet beim ersten Vesperpsalm.

»Judicabit in nationibus –«

Der Vers stockte. Was gab's denn da unten? Das letzte bunte Kilbiröcklein verschluckte eben der Wald in der Tiefe. Miezeler war wie ausgestorben. Auf der Tanzdiele lag nur ein Sennenkäppi. Türen und Fenster der Hütten standen leer. Einzig Irmeli und Minchen saßen mit umschlungenen Armen auf der Kapellenschwelle und schielten zu ihm

39 Meinetwegen

hinauf. Der Kaplan schüttelte den Kopf und lief mit gewaltigen Sätzen
hinab. Unwillkürlich begann er wieder:

»Judicabit in nationibus, implebit ruinas« –

»Was hat's gegeben, Poeta?« bestürmte er Heinz, der ihm durchs
Gäßchen entgegenkam.

»Ein Gottesgericht!« sagte Heinz ernst und deutete zum Fenster hinauf, wo Walter mit verweintem Gesicht neben Mang über das Gesims
lehnte. Der Kaplan ahnte mehr, als er begriff. Die Treppe hinauf klet-
ternd vollendete er den Vers im dritten Anlauf:

»Judicabit in nationibus, implebit ruinas, – conquassabit capita in
terra multorum«[40].

35.

In Absom ist die Nacht zum Tag geworden. Fackeln über allen Wiesen
und Wassern, Lampen in allen Häusern, offene Türen und Fenster und
ein stetes Gehen und Kommen vom Scheidbach. Jede Stunde treten für
zwanzig Müde zwanzig Frische an. Im Garten des Kastanienbaum, der
in die Wiesen sieht und wo die Königin Olga von Württemberg einst
ein Glas Milch trank und sagte, so einen guten Schluck hätt' sie noch
nie gehabt, dort treffen die Abbefohlenen die Ablösung, schütten noch
zwei, drei Glas Bier hinter die Halsbinde und rühmen Emils Führung
in sieben Tonarten. »Euere Karren und Schaufeln sind an den Fohren,
guckt dort mal selber, wie der Inschenier regiert! – Seit dem letzten
Manöver bei Thun haben wir so was Militärisches nicht mehr erlebt.
– Aufs Kommando geht alles. Hochschneidig! Er immer voran! – Von
drei Seiten haben wir uns schon an die Kraftstation gegraben. Italiener
sind auch schon da und pumpen das Wasser, sie halten's im Sudel
besser aus. Durch den Gerstenacker gehen zwei Kanäle. Da ziehen wir's
Wasser ins Scheidbachtobel. Aber gerade noch vor dem Einsturz fassen
wir in Röhren, was es für die beiden Fabriken braucht. Man hat's schon
probiert. Das Zeug in der Spinnerei spielt wie mit Motoren. Morgen
kann das halbe Dorf arbeiten. So ein Mensch rechnet! – Bis der See
dort – seht ihr die Stern' drauf glitzern? – von unsern Kartoffeln und

40   Er wird richten unter den Völkern und sie mit Ruinen füllen und die
     Häupter vieler zu Boden schmettern

Rüben abgeflossen ist, – vereidigt hat er sich, daß bis dann das elektrische Werk in sauberer Ordnung sei. Aber auf die Bauleut' flucht er jede Minute ein Neues, weil sie Anno drei das Krafthaus an einen so gefährdeten Platz setzten. Und überhaupt, wie er nur den Scheidbach recht gesehen hat, dort wo er ins Tal springt, so unbewacht und schlecht verbordet wie ein Waisenhausbengel, hat er unserm Gemeinderat die Kutteln nicht fein gewaschen. Das sei ja eine abscheuliche Faulheit und ein lasterhafter Geiz, pfui Teufel! Zum Ausspucken! Was die Herren denn täten auf der Kanzlei und im Rat? Die Hosenknöpf' zählen? Der Vize und der Gemeindeschreiber waren dabei. Sie standen bis an die Waden in der Sumpfbrüh' und schöpften, als er so loszog, wie toll immer tiefer den Kot aus den Löchern. Aber stumm blieben sie wie Fische. – Und am Nachmittag muß der Inschenier in der Stadt sein. Kommission wegen dem Bähnlein selig! – Es ruhe sanft! Aber mit dem Nachtzug fährt er wieder herauf. Hat's dem Vize versprochen. – Den stellen mir jetzt an. So ein Mannli brauchen wir lang schon. – Bachkorrektion zum ersten!«

»Und zum zweiten das Tal entschutten!«

»Und zum dritten«, sagt wichtig der Primarlehrer Weideger und dehnt sich nach Kissen und weichen Decken, – »noch anderes, was zu nennen jetzt noch unzeitig wär'.«

»Also, ihr Kerls, ans Waten!«

»In die Flöh, ihr Helden!«

Lachend trennen sich die Gruppen, die einen ins Nest, die andern in die klatschenden Sumpfwasser vor dem Dorf. Da hört man nichts als das Quieken und Quietschen der Karren, das Schaufelstechen und deutsche und italienische Scheltworte. Ein von vielen Sternen ganz bleicher und müder Himmel schaut auf die frische Arbeit herunter. Aber die vielen lodernden Fackeln da unten nehmen ihm noch den letzten Glanz.

O wieviel lieber würde Ernst Broller hier im tiefsten Schmutz neben irgendeinem Armenhäusler Kot stechen, als mit Heinz und Walter die Treppen seines schönen Hauses aufsteigen und von Zimmer zu Zimmer über die vielen, weichen Teppiche seine Frau suchen. Walter ist an seinem Arm schier eingeschlafen. – Wo hat sich das Weib versteckt?

»Die Mutter soll herunterkommen!« befiehlt er dem Buben.

Walter schreit vor den Kammern: »Mutter, zum Vater herabkommen!«
und läuft eiligst wieder zu Vater und Heinz. Die Diele über der Stube
kracht. Die große, volle Frau kleidet sich an.

»Ihr bleibt in der Nebenstube, bis ich rufe!«

Da sitzen Walter und Heinz im Dunkel auf einem Sofa, aber sehen
deutlich ins offene, belichtete Bureau hinüber, wo der Vater Schubladen
aufzieht, Schlösser verriegelt, Schriften einsteckt und in der Eile etwas
auf ein Amtspapier kritzelt. Dann geht er auf und ab, die Hände hinter
dem Rücken, mit gefaßten, schweren Mienen.

»O Heinz«, flüstert Walter, der mit seinem Herreninstinkt sogleich
in dem Alten den unterwürfigen Geist erkannt hat, »du mußt mir helfen.
Ich bleibe nicht hier, um viel Geld nicht! Wo alle Buben mich auslachen!
Sag', sind wir nun wirklich arm?« –

»Ich weiß es nicht, Herr Walter!« erwidert der Diener leis. »So
schlimm steht es ganz sicher nicht, wie du – wie Sie meinen! Alles kann
noch in Ordnung kommen. Der Ingenieur wird sich des Vaters bei den
Aktionären morgen – ach, 's ist schon über Mitternacht! – also heut
gewaltig annehmen. Das sagt er und der hat ein Wort, Herr Walter!«

»Aber auch wenn wir das Haus da behalten können, ich bleib' nicht
hier, nein, – und wenn auch –« er dachte an Irmeli – »nein, das ist
nichts für mich! – Aber du, sag', wird – Vater – o –« er fing leise an
zu schluchzen. Heinz schlang seinen Arm um ihn, den Arm, den er
schon um so viele junge liebe Leute wie ein Engel geschlungen hatte,
er, der geborene Tröster, und bat: »Weinen Sie nicht! – Was kann ich
Ihnen helfen? Auf mich können Sie immer rechnen. Sie sind ja Mangs
Freund und – da muß ich Sie schon darum gern haben.«

»Hör' auf zu greinen!« schalt rauh der Broller aus dem Bureau.

Noch leiser und wie gebrochen von der Schande brachte Walter nun
heraus: »Kommt der Vater jetzt – ins – Zucht – Zuchthaus?« Heinz
fühlte es ganz warm über seine Hände fließen.

»Was denken Sie! Wo kein Kläger ist, sagte Emil, da ist auch kein
Richter. Den möcht' ich sehen, der nach allem noch Lust zum Verklagen
hat!«

»Unser Knecht!«

»Nein, nein! Dafür lasset nur Emil sorgen!«

»Aber«, fuhr Heinz fort, da dies offenbar seinen Schützling beruhigte,
»aber es ist gut, wenn Ihr Vater für einige Zeit fortgeht und aus der
Fremde für seine Heimat wirkt. Das kann er in London und New York

besser als jeder andere. Er ist ja dort schon wie zu Hause. Ja, junger, lieber Herr«, vollendete Heinz, zum schon wieder halb Getrösteten aufblickend, »Sie werden es erleben, daß das Volk Ihren Vater wieder in Ehren heimruft, mit Blechmusik und bekränzten Häusern, die Gemeinderäte alle im Nachtmahlfrack und die Schulkinder mit Blumensträußen. Die Absomer brauchen einen solchen Mann und klatschen ihm zu, sobald er aus dem Bähnlein steigt.«

»Das glaub' ich«, stimmte Walter stolz bei, »aber jetzt muß ich auch fort. Weißt du, im Herbst soll ich doch in euere Stadt auf die Forstschule. So geh' ich doch grad mit Mang. Hier bleib' ich keine Stunde ohne Vater. – Wer mich lieb hat, kann mir Briefe schreiben, nicht?«

Heinz lächelte fein. »Sie werden dir schon – ah, pardon! – Ihnen, Herr Walter, schon schreiben, die vielen hübschen Absomerinnen, die Sie nur immer geneckt haben, besonders die eine, blasse –«

Verschämt lächelte nun auch Walter aus den schwer betropften Augenwimpern hervor, aber hielt schnell dem Vorwitzigen die Hand vor den Mund. Dennoch fragte er leis: »Meinst du's nur im Spaß?«

Die Stiegen krachten, Frau Therese kam herab.

»Wenn ich rufe, tretet ihr sofort herein«, sagte Broller in die Stube hinaus. Dann öffnete er die Gangtüre. Im weißen Nachtrock schritt die Frau blutrot und schwarzhaarig herein und sah ihn steif an. Ihre schönen Augen, von denen sie Walter soviel gegeben hatte, blühten wie Rosen. Aber da sprach kein Mitleid, kein Schmerz, sondern vielmehr eine siegreiche Rechthaberei heraus.

»Was willst du?« forderte sie rauh, doch mit anerzogener Unterwürfigkeit.

Als Ernst Broller das Weib und Unglück seines Lebens sah, so gesund, frisch und kräftig, und doch so gefühllos und selbstsüchtig jetzt noch, wo dem Gemahl alles in Scherben ging, dieses Weib, das er in einer jähen, unberatenen Stunde in sein Haus genommen und das wie ein Bleigewicht seit vielen Jahren darinnen lastete, eine Närrin ihrer Kinder, dumm und leidenschaftlich, eifersüchtig und falsch, wie eine Katze, ohne Halt, ohne Wort, ohne Würde, da schlug ihm der Zorn alles Blut ins Gehirn. Das ruhige und kluge und seelenhafte Gesicht Settens trat ihm vor, mit seinen tapfer und doch so innigen und willigen Augen. Ach, wenn er so eine Frau gehabt hätte, alle die schweren Jahre seiner Arbeit hindurch, gescheit, hilfreich, ihn verstehend und ergänzend, einen Charakter statt einer Laune, eine Gattin statt einer Kätzin, wahrhaft, es wäre nie zu diesem Zusammenbruch gekommen. Aber nie half sie mit am Joch, und sollten doch Mann und Weib Seite an Seite das eheliche Fuhrwerk ziehen. War sie guter Laune, dann ward gelacht wie toll. War sie übel gestimmt, dann versank sie in ein leeres, schwarzes Sinnen. Ein solides, ernsthaftes Wesen, ein gesundes Lieben lag weit von ihr. Da ihr Mann rauh war und nicht ihr Götze sein wollte, so machte sie aus ihren Kindern Götzen. Aber diese Götzen wurden auch schon müde des kindischen, verliebten Hätschelkults, wurden grobe Götter, die blitzten und donnerten und der Opferfrau den Weihrauch zertraten. Sie war so wenig Mutter als Gattin.

»Sag', was du willst, so kann ich wieder ins Bett!« sprach sie, erschauernd in ihrem leichten Anzug und den nackten Füßen.

»Du weißt alles?« fragte der Broller.

»Ja«, erwiderte sie geekelt. »Den ganzen Schmutz!«

Der Oberrichter fühlte bei diesem Wort wieder die volle Schuld gegen sich aufstehen. Ja, sie hatten sich beide nichts vorzuwerfen. Er hatte sich entschädigt. Er war nicht besser als sie, die wenigstens ihre Ehetugend nie außer Haus getragen und von Fremden hatte verunreinigen lassen.

»Therese, ich muß fort, noch diese Nacht.«

»Das denk' ich auch.«

»Komm' es, wie's wolle, dein Frauengut bleibt unangetastet.«

»Sonst könnt' ich jetzt betteln mit den Kindern, hä!«

»Meinem Bruder und dem Ingenieur habe ich alles übergeben. Du – sorg gut zu den Kindern – und lehr' sie auch an den Vater weit weg denken, jeden Tag ein bißchen.«

Frau Therese schwieg.

»Ich bitte dich!« Er trat an sie heran und ergriff ihre schlaffe Hand. Sie nickte.

Walter in der Nebenstube meinte, er müsse zum Vater hinausspringen und ihm um den Hals fallen.

»Wo ist Walter?« fragte sie dann und ihr Aug' ward gierig. »Er ist nicht auf seinem Zimmer. Ist er auf Miezeler geblieben?«

»Walter geht mit dem Vater.«

Da fuhr die Frau blitzschnell auf und kreischte: »Nie, nie, das lass' ich nicht zu! Das ist dir nicht Ernst. Quälen willst mich wieder. Aber ich verklage dich. – Wer muß jetzt die Kinder erhalten? Ich, ich!« –

Wilde, böse, kleine Tränen entrannen ihr. Sie schoß wie eine Wespe um Ernst, und eine verzweifelte Angst flackerte aus ihren Augen.

Der Broller blieb ruhig und ließ sie fuchteln. Dann erwiderte er: »Walter geht in die Stadt auf die Forstschule. So haben wir es ja schon lange beschlossen. Ob jetzt oder im Herbst, bleibt sich wohl gleich.«

»Nein, nein, – ich verstehe euch gut, – meine Kinder wollt ihr mir abwendig machen, das ist's. Aber ich laufe zum Gericht, so wie ich bin, lauf' ich. Walter, mein Walter!«

Der Jüngling bückte sich tief in Heinzens Arme. Er verzagte vor dem, was ihn erwartete.

»Höre, Frau«, begann jetzt Ernst mit unwiderstehlich fester Stimme, »Walter geht mit mir! Da ändert keine Macht etwas. Mein Bruder Martin hier im Dorf und der Ingenieur Manuß in der Stadt sind ihm Vormund. Da ist schon alles ausgemacht. Er bekommt's gut beim Manuß. Das ist ein Mann, Donnerwetter! Da können wir beruhigt sein. Und Walter wird mit Mang studieren. Sie gingen ja doch immer mitsammen. Du kannst ihn jedes Jahr einmal besuchen. Aber wenn du Schwierigkeiten machst und mir nicht sofort dies da unterschreibst« – er deutete auf das gestempelte Dokument auf dem Pult – »dann nehm' ich ihn einfach mit nach Amerika – verstehst du!«

Sie horchte, weinte und wütete sprachlos. Jeder neue Satz war ihr ein Schlag.

»Lange frag' ich nicht! Der Vater und der Hausherr bleib' ich doch. – Walter!«

Der Junge riß sich los, zerrte Heinz bis unter die Türe mit und sagte mit seelenlosem Munde: »Da!«

Wie eine Tigerin warf sich die Frau auf ihren schlanken Liebling. Sie umwand und preßte ihn fest und zog seinen Kopf an ihr Gesicht herab und fing an zu küssen und Wange an Wange zu erwärmen. Es war kein Reden noch Weinen, sondern ein unverständliches Schreien wie von einem Irren oder einem gepeinigten Tier. Sie beachtete Heinz gar nicht. Der stand auf der Schwelle und erbebte vor den Abgründen des Lebens, die sich ihm da wie in einem Schwindel enthüllten.

In diesem Augenblick ging die andere Tür zum Gang auf und im weißen, fast auf den Boden streifenden Hemd, das Halsknöpflein offen, stand Zia, barfuß, das Haar verschüttet und die Augen neugierig in die Stube gekehrt, im Türrahmen. Sie war vom Lärm erwacht und hatte die Schlafkammer offen und Mutters Bett leer gesehen. Da war sie, den

Finger im Mund, ängstlich hinuntergelaufen. Buckelig stand sie da, rührend lieb in ihren Mängeln, und spannte, wie sie nur den Vater erblickte, die Arme nach ihm aus. Er hob das Kind vom Boden und herzte es innig. Als Zia seinen Bart fühlte, fing sie an zu stammeln und zu lachen.

»Vater muß fort, Zia, – aber er kommt wieder und bring dir dann Sachen, mehr als das Christkind.«

Zia nickte ein wenig besorgt.

»Bis dahin kannst du schon gut reden, das weiß ich.«

Das Mädchen gurgelte undeutliche Laute ruckweis, aber leidenschaftlich hervor. Es wollte sagen, daß der Professor in der Stadt das letztemal recht zufrieden war, wie es e und a und ein bißchen i hatte hervorstoßen können. Es würde noch reden, daß man staunen werde. – Das hätte es dem Vater längst bedeutet oder auf sein Täfelchen geschrieben, wenn er nicht immer die letzten Tage so finster und schreckbar gewesen wäre.

»Mußt immer mit dem Ernstli gehen, gelt!«

Sie nickte wieder und zeigte zur Diele, über der das Brüderchen schlief.

Der Broller setzte das Kind, das ihn mit seinen dünnen, weichen Gelenken umschnürt hielt, auf den Polsterstuhl und löste sanft seine Finger los.

Walter hatte sich der Mutter mit Gewalt entzogen. Etwas wie Männerscham berührte ihn, als er das reine Gegenbild drüben am Lehnsessel sah. Er wollte flink hinüberspringen aber die starke Frau ergriff ihn aufs neue und zerrte ihn an sich.

»Ich lass' nicht los«, schwor sie fieberhaft wild; »nimm Zia oder Ernstli, wenn du ein Kind brauchst! Zia kannst du haben! – Aber Walter, meinen goldigen –«

Das hätte sie nicht sagen sollen. Mit einem stolzen, unwiderstehlichen Ruck befreite sich der Bub. Vater hat nur immer gebrummt und gescholten, Mutter nur immer süß getan. Aber jetzt zum Vater, zum Vater! Da ist sein Platz. – Was ist das für eine Mutter, die sein liebes, stummes Schwesterlein so hilflos in die Welt hinauswerfen kann? – Und er sollte dafür bei ihr auf dem Schoß bleiben? Pfui, so mag er nicht geliebt sein, so süßlich kindmäßig, er, der halbe Mann!

Er wirft sich zwischen Vater und Zia, die verzweifelte Frau ihm nach.

»Halt!« donnert der Broller ihr entgegen und steht straff vor sie hin. »So soll der Bub selbst entscheiden! – Walter, – auf deine Ehre! Willst du lieber hier bleiben oder mit mir in die Stadt –«

»Mit dir, mit dir, Vater!« schreit der Jüngling.

»Aber nicht zum Spielen! – Zum ernsthaften Studieren, Bub, – denk nach!«

»Mit dir, wohin du willst, Vater«, schluchzt Walter laut auf. »Ich bin dir entlaufen, – ich bin feig gewesen, – so daß ich mich jetzt schäm' vor Mang und dem ganzen Dorf. – Aber jetzt will ich bei dir sein, Vater – ich will mit dir in die Stadt oder nach Amerika, – wo du hin willst!«

Der Mutter tönt das wie ein Totengeläute. Ja, das Liebeln hört hier auf.

»So lies das und unterschreib'!« gebietet der Broller.

Walter tut's mit seinen dünnen, flüchtigen Buchstaben. Er liest kein Wort davon. Therese steht wie eine Bildsäule.

»Du auch!«

Die Mutter hat keine Kraft mehr. Sie nimmt mechanisch die Feder und unterschreibt langsam und steif: daß sie einwillige in die Vormundschaft der Kinder, in die Abreise Walters und in seine Studien in der Stadt; daß sie die Ordnung anerkennen wolle, die von Manuß und Onkel Martin in den väterlichen Finanzen geschaffen werde. Zuletzt unterschreibt auch der Broller dick und breitschattiert, und als Zeuge gibt Heinz noch seinen klein und schnörkelig geschriebenen Namen dazu. Im Namen und Auftrag des Manuß.

Hierauf steckt Ernst das Papier ein und trägt Zia, das sein fein geschnittenes Gesichtlein in seinem schwarzen Bart traulich begräbt, ins Bett. Er kniet vor ihm ab und bittet, es möge doch jetzt einschlafen. Und es lächelt und spitzt den Mund zum letzten Küßchen. Dann schließt es die Augen und heuchelt einen schnellen, tiefen Schlaf. Aber es hört deutlich, wie Vater im Nebenzimmer den Ernstli küßt und wieder zurückkommt und schwer atmend an seinem Bett steht. Wie gern wollt' es noch einmal Vaters schönes, weißes, großes Gesicht anschauen; das schönste und liebste von allen Gesichtern, so daß es das Gottesgesicht droben auf dem goldenen Himmelsstuhl, umflattert von taubenkleinen, schneeweißen Engelchen, sich einfach nicht schöner vorstellen kann. – Aber Vater hat gesagt, es solle schlafen. Dem Vater Freude machen, nicht einmal mit einem Lid blinzeln! Es hört freilich den lieben Mann ob ihm so schwer atmen, daß sein Bettlein schier davon zittert. Aber wenn es nicht gehorchte, zum Beispiel jetzt aufblickte, würde er noch schwerer atmen, ja seufzen. 's ist heut wohl so eine Nacht zum Seufzen. Mutter hat ja auch geseufzt, als sie zu Bette ging, und ihm vor Seufzen dann gar noch das Gutnachtküßchen vergessen zu geben. Es weiß schon, dieses viele, graue Wasser vor dem Dorf ist Schuld daran. Durch Vaters Äcker läuft's ins Tobel ab. Aber wenn's dann rein abgeflossen ist und aller Kot überwachsen und es dort wieder gelbe Blumen und dicke Kräuter gibt und braune Lederäpfel reif werden und wenn es mit Walter aufs Roß sitzen und durch die Weide galoppieren darf, hui, hui, daß einem die Luft den Atem nimmt, dann stehen Vater und Mutter am Hag, im Sonntagsgewand, und lachen, und aus ist's mit dem argen Seufzen. Aber jetzt stillhalten, nicht zucken, sich nicht verraten!

Das ist schwer. Papa bäumt sich hoch auf und neigt sich wieder tief wie eine Pappel im Sturm. Im vollen Lampenlicht betrachtet er das Kind ganz nahe und gibt ihm noch einmal einen brennenden starken Kuß aufs feste Mündchen. Dann fährt er sich übers Gesicht, streicht den Bart und schießt schnell hinaus. Drunten standen Sohn und Mutter weit auseinander. Therese harrt und zittert nach einem lieben Wort zum Abschied. Wie sie's dann weiter aushält, so allein, weiß sie nicht.

Aber Walter redet nichts. Er ist froh, daß vom Platz herauf Menschenstimmen tönen und man es bis in die Stube hinauf versteht, was sich zwei begegnende Trüppchen zuschreien.

»Denkt, die Spinnerei läuft flott!«

»Ihr spinnt[41] wohl selber.«

»Mit eignen Augen gesehen haben wir's, und die Stickmaschinen sollen auch, eh' es Morgen ist, wieder spielen.«

»So was!«

»Der Inschenier leitet das Wasser in alte Räder oder – weiß der Teufel wie – grad ins Triebwerk, – kurz es geht maliönisch. Weiß kein Mensch, wie er das macht.«

»Respekt vor dem!«

»Da wollen mir selber sehen. Kommt, lauft!«

Schuhgetrappel und Hallo übers Pflaster. Frohes Pfeifen!

»Walter!« sagt endlich die Mutter weich, »hast du mir nichts mehr zu sagen?«

Schweigen.

41 phantasiert

»Du!« klagt sie weiter.

»Nein«, keucht der Jüngling und sieht dumpfen Blicks weg von ihr.

»Hab' ich dich nicht lieber gehabt als alle? Hab' dir immer geholfen gegen den Vater, – die schönsten Kleider –«

»Ächch!« knirschte der Bub widerwillig, »ja, so mußt gerade reden!«

»Mehr hab' ich dir Gutes getan, als den zwei andern zusammen.«

»Schlecht genug!« kam es gehässig zurück.

»Hab' gemeint, du seiest mir dann einmal eine Stütze –«

»Gegen den Vater, hä?«

»Der Vater und nur immer der Vater«, schrie sie; »aber die Mutter, die –«

Da konnte er endlich lospoltern, und seine halbgebrochene Stimme erinnerte schon an des Vaters rauhen Baß: »Hab' ich's wollen, daß du mich wie ein Baby liebeln sollst? –«

»Du hast dir geben und schenken lassen, soviel ich in der Hand hatte.«

»Hab' ich drum gebeten? Und war ich nicht ein kleiner, dummer Lappi?«

»Kind, Kind!« schrie sie empört.

»Mutter! Mutter!« äffte er sie nach; »ja, so kann ich auch rufen. Hast du uns nicht schon über den Vater geschimpft, da wir noch gar nichts Böses verstanden? Keinen Frieden hat's im Haus gegeben. Angestiftet gegen Vater hast mich immer. Freud' hast jetzt, daß er fort muß. Ganz allein möchtest ihn nach Amerika vertreiben. Und derweil sollten wir mit dir jodeln und spaßen und am Sonntag nachmittag auf dem Kanapee sitzen und uns von dir flattieren lassen. Ächchch! – Wie ich mich schäm'! Hat der Vater gefehlt, mira! – Gearbeitet hat er wie das halbe Dorf. Er allein! Und ich will auch stark werden und ein Mann wie Vater – Vater, komm, Vater – da bist du ja, wir gehen jetzt!«

Er warf sich wie erlöst dem Vater entgegen, der, um zehn Jahre älter ausschauend, in die Stube trat. Und jetzt umarmte Ernst zum ersten Male, seit Walter kein Bübchen mehr war, den Jungen voll Ergriffenheit. Nie hatte er ihm bisher recht getraut, dem Muttersöhnchen. Jetzt hatte er ihn erobert, das sah er. Das gab ihm Mut zu gehen.

»So gehen wir!«

Sie packten das Handköfferchen voll und zogen Reisemäntel an. Das übrige wird nachgeschickt. Die Uhr zeigte schon auf halb zwei nach Mitternacht.

Nun trat der Vater zu Therese, bot ihr die Hand ruhig und sagte: »Frau, leb' wohl!« – und sich reckend und mit dem alten unverwüstlichen Brollermut im blauen Auge fügte er bei: »Wir alle haben noch immer Zeit, mitsammen glücklicher zu werden. – Ich komme zurück, verlaß dich drauf!«

»Adie-e!« sagte sie scharf.

Walter wollte ihr zum Abschied einen Kuß geben, aber nur, wenn sie den Vater lieb grüße. Als er das trockene Adie hörte, verhärtete auch er sich. Er reichte der Mutter nur eine lahme Hand, gab keinen Gegendruck und wollte sie flink wegziehen, als er einen schmerzlich heißen Kuß darauf spürte.

Als wär's Feuer gewesen, riß er sich los und sprang dem Vater voraus die Treppe hinab. »Sollen wir nicht zur Hintertür hinaus?« fragte er.

»Nein, durchs Dorf gehen wir«, kam es stolz zurück. Aber da erinnerte sich der Oberrichter, daß man von der Halde hinter dem Haus nochmals das Dorf prächtig überschaue. Oben stand ein Buchenwäldchen, das sein Vater noch gepflanzt hatte. Von da ging ein Fußweg die halbe Talrunde in der Höhe bis zur Scheidbachschlucht, wo Bach, Bergstraße und Bahn in die nächste Stadt hinunterging.

»Gut, das Buchwegli!«

Sie stiegen übers Dorf auf, sahen die hundert lieben Lichter, den schwarzen Kirchturm und außerhalb der Häuser die vielen Pechfackeln ums Überschwemmungswasser schwanken. Deutlich schallten die Stimmen der Arbeiter durch die Stille.

Fliehen mußte er, und dort unten gab es so herrliche Arbeit! Sonst steht er immer an der Spitze. Jetzt würde kein Melkbub mit ihm arbeiten. Ein Fremder leitet alles, wo er doch noch gestern Kopf und rechte Hand dieser Menge gewesen ist.

Auf das Bänklein oben setzt er sich. Das hatte er mit Walter und einem Knecht da hingeschnitzelt. Oft saß er da im Winter und Sommer und wußte nie, wann das Ländchen schöner sei, im Purpur des Juli oder im Hermelin des Januar. Aber so oder so, er hätte keins an das größte Kaisertum der Welt getauscht. Und jetzt muß er bei Nacht und Nebel fliehen!

Vor zehn Jahren da schlich er auch so im Dunkel fort. Aber das war ein anderer Gang, ein Heldengang, zur Rettung des Landes. Damals floh er aus Tapferkeit, jetzt muß er aus Feigheit fliehen.

Wie kam's doch? Hatte er Schlimmeres getan als der da unten, der wie ein König regierte? Als dieser Manuß? Warum erging's ihm allein so elend?

An der Turmuhr schlug es dreiviertel auf zwei Uhr. Wie das tönte!

Ehrlichkeit, Ehrlichkeit, Ehrlichkeit! – Ja, der Ingenieur hatte doch recht. Da lag's. Da hatte er gefehlt. O bei jener Unterredung hatte ihm das Herz mehr als einmal gerufen: Tu's auch, wag's auch, sag's auch! – Und immer wieder verbiß er sich in den Brollertrotz und schwieg. Da hat er nun die Strafe. Eine verzweifelte Reue und Wut gegen sich konnte ihn bei diesem Gedanken ergreifen. Er hätte sich in Stücke reißen mögen.

Das mächtige, nächtige Dorf ruhte mit seinen schattigen Giebeln, den wohligen Stubenlichtern, dem breiten Kirchplatz und dem stattlichen Brollerhaus in einer Heimatseligkeit zu seinen Füßen wie noch nie. Von allen Seiten rollten sich die grünen Wiesenteppiche an seine Mauern, und von den Wäldern und Hügeln herab strömten kühle Lüfte in seine Gassen. Dahinter, im südlichen und östlichen Rücken, saßen wie müde Könige auf uralten Thronen die Berge, einer am andern, Knie an Knie und Schulter an Schulter. Aber blauer Nachthimmel und zuckende Sterne öffneten sich zwischen den freien, einsamen Häuptern eines jeden. Von allen der stillste, älteste, höchstthronende war der Absomer. Um ihn blühte es noch reicher von weißen, gelben und roten Sternen. Er allein schien nicht zu schlafen, sondern Wacht zu halten über Höhen und Tiefen. Jahrtausendealtes Volk hat er gesehen, jahrtausendealtes Leid und Glück. Auch das Gestern und Heute wie einen blassen Vogelschatten. Er regt sich nicht auf; er scheint zu sagen: Was Laune ist, geht vorbei. Nur Wahrhaftiges bleibt! Wir bleiben, wir, die Ehrenhaften, wir, die Erprobten, wir, die Uneigennützigsten der Erde, wir, die Berge, der Halt und Rückgrat der Welt!

Ernst Broller wagte kaum in die Höhen zu schauen. Sie machten ihm noch schwerer. Sie rüttelten ihm das Gewissen auf. Offenbar, diese Berge schüttelten ihn ab. Er ist ihnen zu unsauber. Er paßt nicht mehr in ihre Geradheit. Mag er das gekrümmte und gewundene Leben der Niederung austreten, dort ziemt ihm zu leben. Hier nicht! – –

Aber nein, nein, ihr Berge, gebückt geh' ich wohl, aber aufrecht will ich zurückkommen, wartet nur! Aufrecht, in Ehren, mit Wohltaten und Kränzen! Das will ich.

»Vater, komm!« bittet Walter.

Unter ihm erlosch ein Licht. Das war in Zias Schlafkammer. Das Kind schläft! O Gott, wenn ihm nur auch die Kleine gut bleibt! Wenn ihr nur niemand den Vater schlecht macht! Nur das nicht!

Und nun kann der Broller nicht anders, er muß zum Armenhaus in der Wiese blicken. Das ist dunkel. Ein einziges Fenster hat noch Licht, aber dieses eine Fenster dünkt ihn weißer als alle andern belichteten Fenster des Dorfes, schneeweiß, leichenweiß!

Da drinnen lag die tote Cäcilie.

Alles Leidenschaftliche erlosch in Broller, sobald er dieses weiße Fenster sah. Er hatte die Arme da drüben unerlaubt, aber wahr geliebt; sie ihn noch wilder. So schwer büßte das Weib seinen Fehler. Aus dem Leben mußte sie. Und er sollte es gut haben? Nein, das will er nicht. Ganz recht, daß auch er fort muß! Von so vielem Lieben weg! Abbüßen will er seine Schuld und nicht heimkommen, als bis er weiß, daß ihm alle verziehen haben, auch der Knecht und Therese und die ganze Gemeinde und auch die arme Tote dort. Arbeiten in Schweiß und Blut und landfremdem Staub und büßen und Verzeihung erringen und dann demütig heimkommen. Ja, ihr Berge, ich komme wieder und nicht aufrecht wie ihr, nein, tiefgebückt, nicht, wie einer, der Gnaden verteilt, sondern in Demut gebeugt, wie einer, der Gnaden braucht.

Ans Werk! Er steht heftig auf und marschiert mit gewaltigen Schritten in die Zukunft. – Auch Walter hat wehmütig ins Dorf geschaut, besonders auf Irmelis Haus und das Gärtchen daran und die Roßweid' und die Landstraße zum End und die Kletterfelsen. Aber er ist jung, und wie er soviel elastischer als der Vater über den Kamm setzt und gegen die tiefe, bleiche Straße hinabsteigt, deren Lauf in die Städte und weiten Länder geht, da fängt er an, sich das neue Leben vorzustellen, das Märchen von der wunderbaren Fremde und von der großen, glanzerfüllten Hauptstadt. Reiten auf Rappen oder Schimmeln, wie man lieber will; Steuern und Segeln auf dem See; die Theater voll kriegerischer Helden; Musik und Fest; Fußballkämpfe, Studentenmützen, Gefecht mit blanken Rapieren! Irmeli wird ihn sicher nicht mehr kennen, wenn er einmal nach Absom auf Besuch kommt, so flott und schnurrbärtig, als ein achtsemestriger Student nur prahlen kann. Leise schürzt er seine Lippen und stößt Luft zwischen den Zähnen aus und ein, bis ein gepfiffenes Liedlein daraus wird.

»Hör' auf zu pfeifen« sagt nach einer Weile der Vater. »Wie kannst du nur pfeifen?«

Sogleich hängt Walter den Lockenkopf wieder tief.

Aber nach einer Stunde, da sie in Steinbühl den Einspänner besteigen, den Heinz dort bereithält, und da sie nun rasch und leicht hinunterrollen ins Land, hie und da bei einem schwachen Lichtlein an einer Bauernscheibe oder am Nachtwächter, der schläfrig über einen stillen Dorfplatz geht, oder auch an einer schlafenden Kuh am Feldsaum vorbei, über sich ein unendliches Gesumm und Geblinzel von Sternen: da vergißt sich der leichtherzige Jüngling wieder und pfeift Stücklein auf Stücklein. –

Und der Vater verweist es ihm nicht mehr. Mag er denn pfeifen, der Glückliche! Er darf, er ist noch ohne Schuld!

36.

Mit einem spätem Zug langte am gleichen Tage auch Emil in der Hauptstadt an.

Es waren kaum acht Wochen verflossen, seit er von hier in die Berge verreist war. Aber er konnte das fast nicht glauben. Ihm waren es Jahre, und er fühlte sich auch um so viele Jahre älter und reifer.

Gern wäre er noch schnell ins Manußhaus gefahren. Walter würde dort wohl ungeduldig auf ihn warten. Vielleicht war auch der Oberrichter noch dort. Aber in einer halben Stunde trat die Kommission zusammen. Emil mußte vorher unbedingt mit Bert sprechen. Dem wollte er die Leviten lesen!

Die schöne, kluge Maria führte ihn mit einem unerklärlichen Lächeln zur Stube, wo Bert im Lehnstuhl saß und mit einem frischen, rüstigen Sinn die Depeschen des Mittagsblattes las. Er erhob sich eilig, wie alle Genesenden, aber linkisch und mit hängenden Gliedern.

»Ich weiß schon, ich weiß schon«, sagte er aufgeräumt und stellte eines seiner kleinen, grauen Augen gleichsam auf Trauer das andere auf Schadenfreude ein. –

»Was weißt du schon?« fragte Emil streng wie ein Richter

»Der alte Berggeist, – nicht, – hat euch tüchtig ins Zeug gepfuscht – Bäche, Versandung, Steinrutsch, – lies nur! – Der Absomer ist ein Genie, das wußte ich.«

Emil überflog die Depeschen. Ganz allgemein notierten sie die Verheerungen des Gewitters vom Samstag auf den Sonntag über einem Teil der Ostalpen, darunter auch über den Absomergebiet.

»Aber da liesest du mehr heraus, als drinnen steht«, sagte der Manuß böse. Er war nicht zum Spaßen gekommen.

»Ich weiß natürlich noch viel mehr«, entgegnete Bert ruhig.

»Das glaub' ich. Zum Beispiel, daß die Bahn über Absomalp gar nicht ausführbar ist«

»Jaso, habt ihr das jetzt doch auch herausgebracht?« entfuhr es Bert fast frohlockend.

»Warum hast du das den Leuten nicht beizeiten gesagt?« schalt Emil. »Deine Pflicht war's. Ich finde das, milde gesagt, eine strafbare Ungehörigkeit.«

»Keine so bösen Worte, Miggi! – Marie, Marie!« Er klingelte. »Bring' uns eine Flasche Veltliner – weißt du, ich darf wieder pinten. – Stoßen wir auf den unbesiegten Absomer an.«

»Bert!« brauste Emil auf.

»Warum denn nicht?« fragte Bert arglos.

»Ich habe keine Zeit dazu. Um drei Uhr ist Kommissionssitzung.«

»Weiß schon. Ich bin doch auch dazu geladen. Aber vor halb vier Uhr tritt bei uns keine Drei-Uhr-Kommissionssitzung zusammen. Die vier Braten, das Geflügel, der Rahmkäse und so und so viele Schnäpse und Jässe – o unsere Kommissionen!«

»Du bist zum Scherzen aufgelegt, aber mich dünkt, doch zu einer gar ungeschickten Zeit!«

»Nie geschickter, Miggi! – Schau, ich weiß soviel Lustiges!«

»So red einmal, du altes Rätsel!« forderte Emil etwas befangen.

»Nein, zuerst mußt du mich wirklich absolvieren. Mir gab man die Strecke Absom-Miezeler-Absomalp. Ich wollte die ganze Linie prüfen und habe die Weigete gleich mit Mißtrauen betrachtet. Aber da hieß es: Tu du nur deine Schuldigkeit. Die Geologen haben alle Strecken untersucht und als durchaus gesichert taxiert. Mußt wissen, der größte Erdkenner von ihnen ist ein Vetter des Präsidenten Broller. Der wisse ja, hieß es, alles Absomergebiet im Kopf auswendig. Was tun? Ich führte meine Messungen bis zur Alpe aus –«

»Und die sind flott genommen, das ist wahr –«

»Laß, Laß! – Aber je mehr ich das Volk und die ganze Talpolitik und den freien Berg kennen lernte, um so widerlicher ward mir die Arbeit.

Bisher hatte ich immer mit Land und Leuten gewerkt. Hier mußt' ich's zum erstenmal Land und Volk zuwider tun. Davon bin ich unglücklich und krank geworden. Glaub's nur, die Erkältungen sind nur eine Ausrede!«

»Aber warum hast du das Gerümpel dann dem Broller nicht vor die Füße geworfen?«

»Ich wollte aufs erste große Regnen warten. Da wollt' ich erfahren, was sich in der Weigete nach einer strammen, strengen Wasserschütte begäbe. Vorher gab ich's nicht gern in fremde Hände. Von den meisten Kollegen wußt' ich wohl, daß sie die Linie, grad oder krumm, einfach fertigzeichnen, einerlei, ob das Werk dann bei der Ausführung verlumpe. Und du warst im Waadtländischen beschäftigt.«

Emil nickte. Seine Richterstimmung schwand merklich. »So hielt ich trotz dem Nierenleiden noch eine Zeitlang aus. Da vernahm ich deine Heimkehr. Du wollest in die Ferien. Mich verließen die Kräfte. Ich ward nach Hause transportiert, rief dich zu mir und war unendlich froh, daß du Ja sagtest. Man hatte mir unter der Arbeit auch die zweite Strecke übergeben. Also hattest du den ganzen Berg in Händen. Du konntest jetzt mit deiner ehrlichen Kunst meine – ungehörigen – meine – wie sagtest du nur? – meine Schnödigkeiten oder so was – gutmachen.«

Maria hatte die Gläser gefüllt und sagte fröhlich: »Wohl bekomm's!«

Emil hackte die Oberzähne in die Lippe und errötete über das ganze Gesicht. Aber rasch erhob er sein Glas und sprach: »Fräulein Marie, auf Ihr Wohl und gutes Herz!«

Sie neigte anmutig ihre große Stirne und ging lautlos wie eine weiße Wolke hinaus.

»Nun fahr' ich mit dir in die Verhandlung und sekundiere. – Aber ich wollte von dem gar nicht reden, sondern ich wollte vielmehr –« er erhob sich feierlich und drückte mit seiner vermagerten Rechten Emils Hand fast schmerzhaft – »dem glücklichen Vater gratulieren! He, stoßen wir diesmal auf Mang an!«

Emil war zaudernd aufgestanden. »Das weißt du auch?« lispelte er beschämt. »Ach so, der Hinz, der große Posaunenbläser, war ja wohl schon da.«

»Das hab' ich doch lange vor Sette und Heinz und selber vor dem eigenen Vater gewußt«, erklärte Bert lustig.

»Du?« – Emil trat vor Staunen einen Schritt zurück.

»Was ist da so kurios? Ich war doch bei Ülis, bei Brollers, bei Mang und oft in der Plättlihütte bei den Sennen. Mit Mang war ich wochenlang allein. Da war's wahrhaftig kein Kunststück mehr, den Vater dieses Jungen zu erraten. Du weißt doch, daß ich Anno dazumal munter dabei war und dich den ganzen Tag wegen deinem abenteuerlichen Heimlichtun in der Plättlihütte und wegen der Jungfer aufgezogen habe. Und dann die Ähnlichkeit! Diese grünen Eidechsenaugen! Die haben eigentlich meine ganze Entdeckung angestiftet. Damals schien sie mir ein Wunder von Zufall. Jetzt würd' ich's für ein Wunder halten, wenn ich oder du daneben vorbeigegangen wäre. Ganz unmöglich ist das zu denken.«

»Bert, Bert«, rief Emil mit wunderlicher Sanftmut in der Stimme, »und du hast mir nichts gesagt!«

Bert sah den Manuß mit kleinen, lustigen Augen an.

»Ich mein', du willst mich narren, Miggi!«

»Nein, Bert, das mit der Bahn mag angehen, – aber das andere da, so etwas Wichtiges, ja Furchtbares zu verschweigen, mir, dem Vater, – Bert, das ist eine –«

»Keine bösen Worte, bitte, Miggi«, wehrte Bert schnell ab. »Also, du kommst zu mir ans Bett, und ich sage dir: Miggi, übernimm die obere Absomerstrecke! Du findest dort schwierige Felsen und nebstdem so bei Gelegenheit einen fünfzehnjährigen Buben, dem du Vater bist! – Du hättest gelacht, mich ausgespottet und mir keine Silbe geglaubt. Einen Beweis von Fleisch und Blut oder auch nur aus dem Munde jenes Weibes hätte ich dir nicht erbringen können. Auf keine Art hätte ich deinen harten Kopf überzeugt. Du wärest widrig geworden und hättest die Linie gar nicht mehr übernommen. Mir aber hättest du sicher die Freundschaft gekündigt!«

»Das hätt' ich.«

»Und doch wärest du immer ein wenig unruhig geblieben.«

»Sicher, Bert, du hast jetzt immer recht.«

»Dazu war ich den Aufregungen einer solchen Mitteilung und allem, was zwischen uns geschah, nicht mehr gewachsen, als ich dich an meinem Bett sah. Ich soll schon recht irr' geschwatzt haben. Was wäre da Dummes herausgekommen!«

»Bert, ich sehe schon, ich, ich habe jetzt wie ein Verrückter geredet.«

»Da war es besser, du gingest ohne Ahnung hin. Es mußte ja in einem solchen Flecklein Land, wo jeder dem andern auf die Füße steht, alles von selber kommen. Bei dir gewiß noch schneller als bei mir: das Erinnern dort oben, die Gerüchte, die Cäcilie, der Mang, der Bastian und so weiter, was dein scharfer Verstand alles dazu erriet. Und ich wußte, es würde dir ganz anders zumute, wenn du alles selber sähest und tropfenweise erführest, aber bis aufs Tüpfelchen genau und gar nicht zum Entrinnen mehr! Und wenn du dann dem Mang in die seltenen Augen blicktest! – Und wenn die Berge dazu – so –weißt du, wie's mir immer vorkommt? – so wie etwa der Chor der Alten in einem Griechenstück – stumm zuschauen, aber dann doch auch in einer entscheidenden Szene gewaltig mitreden – das hast du wohl auch erfahren – oder? –«

»Wie du das schön sagst! Ach, vielmal, Bert, hab' ich's gespürt.« – Emil dachte an den ersten Aufstieg über die Mordfluh, an die Szene auf dem Gipfel, ans letzte Gewitter.

»Und so war's doch besser, ich ließ dich allein schalten. Du machst es dann schon recht. Das freilich hat mir nun Heinz prächtig erzählt. Laß dich umarmen, Herzkerl, trockener, kalter, langweiliger und nun doch so ein Lieber! – Und dir nochmals gratulieren zum Bub – und gerade so einem! – und wenn ihr nun einen Götti[42] braucht, so –«

»Dir bin ich viel schuldig!« gestand Emil erschüttert. Er vermochte noch nicht zum letzten Späßchen zu lachen.

Wahrhaftig, dieser halbkranke Bert warf ihn aus allen Sätteln. Mit jedem Satz sagte er ihm eine Wahrheit. Erst jetzt sah Emil, was die herrlichen Berge in dieser kleinen Spanne aus ihm gemacht hatten. Scham und Freude überwältigten ihn fast.

»'s ist angespannt«, meldete Maria. Dann fragte sie mit schelmischer Unschuld: »Darf ich wohl einmal mit den Kindern zu Heinz hinüber? Alle möchten den jungen Absomer sehen.«

»Geht nur alle und macht ihm Kurzweil«, ermunterte Emil.

Darauf gab es eine junge Völkerwanderung ins Manußhaus.

....

Die Verhandlungen geschahen merkwürdig knapp und ruhig. Die Ingenieure wiesen nach, wie gründlich das Bodenstudium gewesen, und wie sich infolge der Sommergewitter die geplante Linie als schlechthin unausführbar gezeigt habe. Mit kleinen, aber sehr festen und gescheiten Zahlen rechnete Emil aus, daß eine Bahn auf den Absomer mit heilen Gliedern nur von der andern Seite erstellt werden könne, daß hierbei

42 Pate

ein dreistündiger Bogen durch starken Felsbau nötig sei, daß dann aber eine achtziffrige Summe notiert und Betriebskosten gefordert würden, die auf ein Jahrhundert statt Dividenden Zuschüsse zeitigten. Diese Zahlen Emils machten eine so unerbittliche Miene, daß kein einziger Aktionär ein Widerwort versuchte. Man hatte Mühe genug, sich der scharfen Hiebe Emils wegen liederlicher Unternehmung, Irreführung zweier Ingenieure und zu großer Sorglosigkeit der engern Kommission zu erwehren. Das Schicksal des Hauptbeteiligten lag wie eine dunkle Wolke über den Köpfen. Emil bewies, daß der Broller, dieser kühne, in seiner Art genialische Mann, es durchaus nicht verdiene, als Sündenbock vorgeschoben zu werden. Nicht seine großartigen Übergriffe, sondern die Naturgewalten hätten ihn zu Fall gebracht. Es würde einen Makel auf alle die Herren hier und ihr weiteres Geschäftsgebaren werfen, wenn sie nicht solidarisch Brollers Finanzen zu den ihrigen machten, das heißt, in seine Verluste kollegial einträten. Wenn jeder von den im Provisorium unterzeichneten achtzig Herren für seinen achtzigsten Teil hafte, gebe es gar keine Schwierigkeiten, und ein großartiger Mann mit seiner ganzen Familie sei dadurch vor dem Ruin bewahrt. Der Broller verdiene um so mehr Hilfe, als er weniger für seinen Sack als für den Ruhm seines Ländchens so gewalttätig gehandelt und alles, was er eigenmächtig vorauswirkte, zum allergrößten Nutzen der Aktionäre gewagt habe. So den Vorkauf von Wiesen, Wäldchen und Weidstreifen. All das wäre nach der Konstituierung der Gesellschaft und nach der Ausgabe der Aktien dreimal teurer gekommen. Sehr eindringlich sagte Emil, er und ganz Absom erwarte von den Herren denn auch diese Solidarität als etwas Selbstverständliches. Er, fügte der Sprecher noch ätzend scharf bei, schon darum, weil sonst eine Reihe von schweren Anklagen auch gegen einige Mitglieder hier, besonders gegen die engere Kommission und das sogenannte geologische Komitee, fast unvermeidlich würden. Denn er stehe stramm für Ernst Broller ein und habe bereits amtlich die Regelung seines Soll und Haben im Auftrag der Familie und Gemeinde übernommen.

Schwere, schwere Atemzüge gingen durch den Saal der Safranzunft. Einige Herren zogen nervös ihre dicke Uhrkette fester, andere kratzten, wo es keinen Haarwuchs gab, der Aktuar putzte immer wieder seine Brille, und Herr Sutter buchstabierte leidenschaftlich das Wort Museum rückwärts und versuchte es dann von vorne und von hinten rasch dreimal nacheinander auszusprechen, was tatsächlich schwierig war.

Aber am tiefsten ließ das Vizepräsidium den Kopf hängen. Denn zu allem hatte es vor der Sitzung fünf Kreuzjässe verspielt, fünfe nacheinander, und nur weil sein Mitpartner sein Augenzwinkern nicht verstehen wollte. Dem mochte er eigentlich den Hereinfall mit der Bahn ordentlich gönnen.

Nur Herr Peter Affenloser, der nachmittags drei Kaffee mit sechs Kognaks getrunken hatte, vermochte noch mit einem letzten Rest von Optimismus den Manuß anzulächeln. Das wollte etwas heißen, in der allgemeinen seelischen Depression so hervorragender und charaktervoller Männer noch allein das Fähnlein der Unverzagtheit zu schwingen. Der Aktuar wird es zu Protokoll nehmen.

Den Ingenieur ergötzte die Qual dieser Profitknechtlein unendlich. Um so ärgerlicher ward ihm der einzige Lacher da in der zweiten Bank. Aber da half nichts. Er mußte einmal mit dem tröstlichen Teil seiner Rede beginnen. Er tat es verdrießlich. Aber dabei sah er den Fähnleinschwinger so grün und gefährlich an und begann mit einer so eiskalten Stimme, daß nun auch dieser Kaffeeritter erblaßte und überhaupt die ganze Korona meinte, nun würden sie alle endgültig geköpft.

Ja, sagte Emil trocken wie ein Pfund Kreide, er wolle ihnen nun einen Weg öffnen, auf dem sie nicht nur ihre eigenen Fehler gutmachen, sondern auch den Schaden mit der Absombahn dreifach decken und ein gutherziges Völklein beglücken könnten. Darauf legte er ruhig seinen Plan eines Straßenbahnnetzes vor, Karten, Skizze, Berechnung der Kosten und Einnahmen. Er schilderte die unbenützten Wasserkräfte, die da massenhaft aus den Schluchten geholt würden, und strich insbesondere die soziale Wohltat eines solchen Verkehrsmittels heraus. Dabei wußte er fein zu malen, wie die böse Stimmung im Volke wegen der unbeliebten und aufgezwungenen Bergbahn durch so ein gemeinnütziges und volksfreundliches Unternehmen verwischt würde. Denn jedes Bein würde in einem so häuserbesäten, menschenvollen, aber unwegsamen Hügelland den Segen der Straßenbahn schon in der ersten Woche merken und laut preisen. – Es wirkte ermutigend, daß Emil sich selber sogleich mit einer fünfstelligen Summe als Hauptaktionär ins Projekt stellte und Bert das gleiche Manöver mit einer zwar nur vierstelligen, aber immer noch recht kühnen Zahlenreihe wagte. Die stille, doch mächtige Ansteckung, die ein fröhlicher Waghals stets auf andere ausübt, griff um sich, das sah man den nickenden und aufgeheiterten Mienen an.

Was Emil sehr hart und kalt, aber logisch erzählt hatte, erwärmte dann Bert mit seinen poetischen und malerischen Beifügungen. Er vergoldete sozusagen die grauen Skizzen des Manuß, malte eine Sonne darob und setzte einen süßen violetten Schatten daneben. Und wo Emil die frostige Mathematik und die fast ebenso frostige soziale Gerechtigkeit angerufen hatte, zitierte Bert viel lieber den Genius der Republik und die mütterlich flehenden, blauen Augen der Mutter Helvetia. So ward, bevor am Münster die Sechsuhrglocke bimmelte und die benachbarten Amtsleute aus ihren Bureaus erlöste, der einhellige Beschluß gefaßt, sich von einer verunglückten Bergbahngesellschaft in eine hoffnungsvollere Straßenbahngesellschaft umzutaufen. Morgen schon wollte man einen Augenschein vornehmen und mit den Landesbehörden und Gemeindehäuptern bei dieser Gelegenheit sich vereinbaren. Ist alles reiflich zubereitet, vor allem das Volk jener Gegend gründlich über die bequemen Fahrten im elektrischen Wagen aufgeklärt, und haben Bund und Kanton ihr Siegel daran gekleckst, so soll ohne Verzug an dieses von Steinschlag und Lawinen und Gießbächen gottlob unbedrohte, aber noch umfangreichere Werk geschritten werden.

Emil wurde zum Oberingenieur der ganzen Arbeit ernannt. Bert sollte sein Kollege sein, sobald er völlig genas. Für die Ausgaben Brollers erklärte sich die nun schon zum Prassen geneigte Gesellschaft Kopf für Kopf verbindlich. Emil erhielt alle erforderlichen Vollmachten und Kredite. So war Brollers Besitz und Geld zum größten Teil gerettet. Dem unglücklichen Manne wollte man über die heutige merkwürdige Umstellung seines Projektes baldmöglichst Mitteilung machen und ihm in den schwunghaften, klassisch geformten Perioden Berts die Hoffnung vermelden, daß der stattliche, heimatsfreudige Mann bald wieder am Werke persönlich mittue.

Die Gesichter hoben sich, und hochauf pflanzte Herr Affenloser wieder sein lustigstes Fähnlein. Der Aktuar spielte jetzt wie der verwegenste Schnelligkeitskünstler mit seinem ›Museum‹ Fuß- und Handball und der Vize sagte unter dem Portal: »Herr Affenloser, wollen wir's nicht nochmal mit einem Jäßchen probieren? Auf zwei, drei Kognaks kommt's mir nicht an. Nur«, er lächelte, »bitt' ich mir einen andern Stuhl aus.«

....

Indessen hatte Walter das stubenreiche Manußhaus in allen Winkeln durchstöbert, jede Waffe im Rüstkämmerlein von der Wand gerissen

384

und beängstigend nahe um Heinzens Dichterhaupt geschwungen. Der alte Kerl duckte sich unter diesem stählernen Mutwillen. Noch tiefer bog er sich unter der Ahnung, daß er hier einen neuen jungen Tyrannen kriege. Von den Gemälden tüchtiger deutscher und schweizerischer Meister gefiel ihm nur ein von Anton Stockmann gezeichnetes Brustbild. Das war ein behelmter Jüngling, der auf irgendeinen Trompetenstoß hin mit heftiger Hand das Visier lüftet und mit einem heillos kecken Gesicht unter dem blauen Stahlschatten hervor nach einem Dutzend Königskronen ausschaut. Ein Eroberer jedenfalls, ein Achill oder Alexander! Von diesem Gesicht mochte sich der Bursche fast nicht trennen, und als es hieß, es sei der zweiundzwanzigjährige Emil Manuß selber, da merkte sich Walter den eigentümlich groben Namen des Meisters wohl. Der mußte auch ihn einmal abschildern als Förster und Jagdmeister in den Tannen oder noch lieber als Kavallerieoberst auf einem funkelnd schwarzen Rappen, die Manöver im Aaregebiet leitend …

Dann kamen sie in die Bibliothek, wo Heinz den Wildling an die Glaskästen drängte, aber von Walter mit geradezu niederträchtigem Lachen hinausgezerrt wurde. Hinter dem Haus gefielen ihm die Lauben und Felsgrotten und ein tiefes Wasser am meisten, das von einem glashellen Bronn gespeist in der heimeligen Form des Vierwaldstättersees sein dunkles Kreuz durch all den buschigen und steinige Gartenspaß zog. So etwas Künstliches hatte Walter noch nie gesehen.

Aber nun zur Stallung! Hejo! – ein Apfelschimmel und ein sehr eleganter, kastanienbrauner Fuchs streckten ihre langen Köpfe mit den menschenklugen Augen dem Jüngling entgegen und dehnten und rekelten, als wäre ihnen eine kleine Unterhaltung mit dem neuen Gast lieb, die dünnen, seidenglatten Beine und schüttelten die kurze, wohlgekämmte Mähne. Walter bebte vor Entzücken. Er tätschelte die Tiere, die so ungeduldig wie er nach einem tollen Ausritt zur Stadt hinaus auf die Allmende verlangten. Vornehme Tiere, aber der dunkle irische Fuchs war das feinere. Auf dem muß er galoppieren. Und da er nicht sogleich aufsitzen konnte, schwang er wenigstens die Reitpeitsche, daß es dem Heinz wie von Hornissen um die langen Ohren summte.

Und wieder tauchte das kühne, junge Ritterbild vor seinem Auge auf. Der Maler hat da einen großen Fehler gemacht, dachte Walter. Kein Brustbild, eine ganze Figur hätte er geben sollen, so daß man das Pferd und die Sporen und in Reiters Hand, wenn nicht einen Speer, so doch eine flotte Peitsche sieht.

37.

Sette war nach jenem Sturm in einer großen, aber seligen Müdigkeit noch bis Montag abend auf Miezeler mit Mang und Minchen zurückgeblieben. Um die drei spann sich sogleich eine gemütliche, traute Stimmung. Man bildete nicht mehr bloß eine Freundschaft, man war eine Familie.

Minchen sagte Bruder, und Mang sagte Schwester. Aber er wurde doch jedesmal rot, wenn er Sette mit du ansprechen mußte. Das kleine Manußfrauchen bestand jedoch eigensinnig darauf. Ihm ging das Wechseln nicht so leicht, wie diesen Flattervögeln von der Stadt. Wußte das schwarzzottelige Jüngferchen da eigentlich, was das heißt: Bruder?

Als Mang in Jochems Heutenne hinüber schlafen gehen wollte, sagte er stockend: »Gute Nacht, mitsammen!« – So war er's gewohnt von Ülis Stube her.

Aber Minchen zerrte ihn am Ellenbogen und schimpfte: »Sagt man so gute Nacht? – Wirst du uns gleich einen Kuß geben?«

Er befreite sich und gab Setten die Hand. »Gute Nacht, Frau Sette!«

»Mutter sollst du sagen!« gebot die Kleine.

Es hätte der Frau geschmeichelt, wenn er ihr diesen Namen gegeben hätte. Aber sie fühlte wohl, daß man vom Burschen jetzt keine herzlichem Worte heischen dürfe. Er hatte das ›Mutter‹ zweimal probiert. Es war ihm unmöglich. Nicht von der Zunge ging's. Eine Leiche lag da im Weg.

»Wirst wohl zum letztenmal im Heu liegen«, brummte fast bös der Jochem, als er sich neben ihn auf den Laubsack warf.

»Meint Ihr, ich sei grad so einer?« versetzte Mang stolz.

»Langsam, langsam, – bist doch jetzt ein Herrensohn! und wohnst in einer großmächtigen Stadt und hast Geld wie Laub und vergissest die Geißbubenhosen schon in acht Tagen.«

»Jochem!« zischte Mang aus seinen Schaufeln hervor und saß wieder gerade auf. »Wollt Ihr aufhören zu lügen, – oder ich lauf' Euch im Hemd aus der Hütte!«

»He, he, nur nicht so aufbrausen! 's ist noch nicht Sauserzeit. Das ist einmal sicher, daß du heut über ein Jahr keine Geißmilch mehr magst und keinen Zieger mehr issest.«

»Ja, Ihr tätet vielleicht so. Aber ich bleib' meiner Tag und an allen Orten ein Bergler! Versteht! – Und jetzt laßt mich schlafen!«

Jochem murrte etwas wie ›Gelobt sei Jesus Christ'!‹, bekreuzte sich und schlief im rascheligen Lager sogleich ein. In einer Ecke schliefen noch drei Hirten. Ihr schwerer, regelmäßiger Atem schien immer zu wiederholen: »Müd' bin ich vom Tag! – Müd' bin ich vom Tag! Müd' bin ich – –« Man hörte das Wasser in den Höhen schallen, so still war die Nacht und so leis und gehorsam der zutragende Wind.

Mang konnte gar nicht einschlafen, obwohl auch er sehr müde war. Der Sonntag ging ihm wie ein bunter Bilderbogen durch den Kopf. Immer wieder sah er den gestürzten Broller, den tobsüchtigen Knecht, den schlaffen Walter. Wie hatte der Blitz da ins stolzeste Leben eingeschlagen und alles zerfetzt! Das war Geschichte, wahre, erlebte Geschichte, gültiger als alle Chronik und alles Chronikschreiben. Weiter ging sein Sinn zur Toten im Armenhaus. Die letzten Wochen hatte er an diese Frau mehr gedacht, als alle vierzehn Jahre zusammengerechnet. Oft hatte er früher gewünscht, sie möchte tot sein. Jetzt gäbe er von seinen blonden Jahren soviel man wollte, wenn er nur noch ein Stündchen hätte bei ihr sein und ihr noch etwas Liebes vor dem Sterben hätte erzeigen können. Ach, was hat sie wohl noch ein letztes Mal von ihm gedacht! Was gäbe er, wenn es ein freundlicher Gedanke gewesen wäre. Er krümmt und häckelt die Zehen vor Erregtheit und vor Ungeduld, sie bald zu sehen, ihr Gesicht zu studieren, ob etwas Bitteres darauf liegt, und Schwester Anna auszufragen, was die Sterbende in den letzten Stunden noch gesagt habe. Jede Silbe will er wissen. Sie soll sich besinnen, bis sie das Kleinste weiß.

Aber über allem dunkeln und dumpfen Nachdenken flog lerchengleich immer wieder eine seltsam wohlige Freude. Die Freude, nun auch einen Vater zu haben, nun auch lieber Sohn zu sein und nicht mehr außerhalb der andern Menschen zu stehen. Er legte sich jetzt zum erstenmal ins Bett als ein Bub, der einen festen Namen vom Vater hat, als Mang Manuß! Das war etwas noch nie Verkostetes. Dieses sichere, warme Nestgefühl umgab ihn gleichsam wie der heimatliche Dächerrauch den irrenden Odysseus. – Odyssee! O er hielt das Bändchen neben sich unter der Decke! Das wird er nie mehr aus der Hand lassen. – Welch ein Augenblick war doch dieses Aug-in-Aug-Stehen von Vater und Sohn und dieses offene Erkennen! Noch herrlicher als bei Telemach und Odysseus. Wenn er nur daran denkt, strömt ihm wieder ein unnennbares Wohlsein wie süßer, starker Most durch alle Glieder. Wie liebt er nun seinen großartigen, mannlichen, kerzengeraden Vater! – Freilich, wenn er vom Stall herauf das warme Schnauben der Kühe hört, oder durch die Ritzen herein die kräftige Alpenluft riecht, meint er wohl, er möchte lieber ein Begbub bleiben. Ja, wegen der Berge schon! Aber wegen der Menschen, nein! Sie sind da oben nicht besser, als irgendwo, das weiß er jetzt. Auf und ab, rechts und links, wie's der Wind will! Wie Stiere so stark und unbändig, aber auch wie Stiere so launisch. Wer sie gerade füttert, ist gut Freund. Mang kräuselt die Stirne. Oder

535

übertreibt er? Was wäre es dann mit seiner Volksgeschichte? Stimmte das? Er konnte es nicht ordnen im Kopf. Dieses Volk, so fühlte er leis, hatte doch im tiefsten Grunde recht, wenn es seiner Natur, seinen Bergen folgte! Hantierte es einmal falsch, so war es eben falsch geleitet. Sich besser kennen lernen mußte es, von Hand zu Hand, von Stirne zu Stirne und vom Reichsten zum Ärmsten. Da lag's! Es mußte sein Bruderhaftes wieder einmal recht herausfinden. Er fühlte das, aber konnte ihm keine passenden Worte geben. O, studieren will er, studieren, alles, alles das studieren und dann ein gewaltiges Geschichtenbuch schreiben, für die Bergler und die Ebenenmenschen, für die Starken und Schwachen, für die, so dienen, und für die, so befehlen, ein Buch, noch großartiger als dieses an seiner Brust warmgewordene Griechenbuch, ehrlicher, gerader, friedlicher. Statt dem Meer soll das weite flache Land im Buche liegen, statt der Schiffsmaste sollen Berggipfel aus den Blättern ragen, statt Kriege sollen es große Landsgemeinden, statt Abenteuer mächtige, schöne Arbeiten geben. Keine Könige, keine Prinzen, keine Alleinherren, – aber Helden und Wohltäter wie Hektor, Freunde wie Achill und Patroklus, Söhne edel wie Telemach, Hirten und Knechte freundschaftlich wie Eumäos, Frauen standhaft wie Penelope und Sucher und Dulder, minder verschmitzt, aber so beharrlich und sinnreich wie Odysseus. – Jawohl, edle Dulder wird es wohl zuerst am meisten geben müssen, bis diese neue Welt einmal ordentlich eingerichtet ist. Aber nichts von all dem ehrlosen Göttergeschmeiß läßt er zu. Die Wahrheit und die Liebe, die seien über allem.

So zog der aufgeregte schlaflose Hirtenjüngling im Heu von Miezeler den neuen Plan für die Menschheit und ein paar Jahrtausende Weltgeschichte!

Er grub und erbaute und schirmte mit Dach und Turm. Aber nach und nach verschachtelte sich das weitläufige Werk. Nur Dach und Turm sah er noch genau und einen bleich gewordenen, zahnverbissenen Mann davor stehen. Ach, das war ja die Kapelle, die Rückenwand, das Getümmel, der umzingelte und umfaustete Vater. Mang lief auf ihn zu und wollte ihn ansprechen wie einen Gott. Aber da hörte er den herrlichen Mann die ihm so bekannten Verse sagen:

>>Nein, ich bin kein Gott! wie wär' ich Unsterblichen ähnlich?
Sondern ich bin dein Vater, um den du mit innigem Seufzen
Soviel Kränkungen duldest, dem Trotz der Männer dich
    schmiegend.
Leicht für die Götter ja ist's die hoch obwalten im Himmel,
Einen sterblichen Mann zu verherrlichen und zu verdunkeln.<<-
Also redete jener und setzte sich. Aber der Jüngling
Schlang um den herrlichen Vater sich – schlang sich – um – den
    – herrli –

Tiefer Schlaf bannte nun ganz Miezeler mitsamt seinem jungen Reformator.

38.

Schon lag im schrecklich langen Sarg Cäcilie Astli, die Füße gestreckt und die Spitzen steil aufwärts, der Leib dünn und in die Hobelspäne versinkend, der Kopf an das obere Brett gesperrt, aber das Kinn in den Hals gedrückt, weil der Schreiner das Maß wie gewöhnlich bei den Armenhäuslern um zwei, drei Zentimeter zu kurz genommen hatte. Für ihre Lebensgier hatte sie nirgends genug Raum bekommen. Und jetzt hatte man das große Weib auch im Sarge noch betrogen, daß es sich nicht einmal da zum Ausschlafen recht strecken konnte. Damit es eher lange, hatte der Armenvater ihr gewaltiges, braungoldenes Haar abgeschnitten und eine dünne, weiße Nachtmütze über den Kopf gezogen. Die Zöpfe konnte er teuer verkaufen.

Sie trug einen weißen Kittel und einen verschossenen dunkeln Unterrock. Aus allen Lücken quollen die groben Hobelspäne. Um ihren Hals lief eine graue Schnur mit Glasperlen. Viele davon waren verscherbt und wohl die Hälfte fehlte. Aber es schimmerte und war wie eine letzte Flitterfreude dieses Flitterlebens anzuschauen.

Jedoch trotz dieser verdrückten und verkümmerten Lage blieb auf dem Gesicht mit den verschlossenen Augen und der violetten, verschwollenen Lippe noch ein leises, rotes Lächeln stehen. Auch jetzt in der Starrheit der wächsernen Glieder und in der furchtbaren Unbewegtheit des Kopfes, auch jetzt bot sie noch das Bild eines unverwüstlichen Leichtsinnes. Diese Lippen bereuten keinen Kuß, diese Hände keine Liebkosung, und die Augen schienen nur leicht geschlossen, um besser den Süßigkeiten des Fleisches nachzudenken.

Schwester Anna erzählte am Dienstag vor der Beerdigung Setten und dem feierlich scheuen Jüngling in den neuen schwarzen, städtischen Hosen, wie Cäcilie in den letzten Stunden phantasiert, oft wie ein Kind geträllert und immer von der Kilbi geredet habe. Schwester Anna sollte das Fenster mehr öffnen, daß man höre, ob das Tanzen schon angefangen habe.

Die Schwester betete ihr etwas vor. Cäcilie betete lächelnd mit. Aber dann sagte sie wieder: »Jetzt fängt's erst an.«

»Was?«

Da lachte die Kranke und meinte: »Ihr versteht's doch nicht.«

Am Sonntag gegen elf Uhr wollte der Bastian zu ihr herein. Das ging nicht. Sie schlummerte halb. Da stand er wie ein Wachthund vor dem Fenster. »Wie spät ist's?« fragte sie beim Erwachen. – »Elf Uhr!« – Da lächelte sie wieder und sang wunderleis und den Kopf hin- und herwiegend: »Jetzt fängt's erst an!«

Ich las ihr wieder etwas vor. Da horchte sie ein Weilchen still und froh zu. Dann sagte sie: »Nein, nicht das, – das Unser Vater will ich!« – und sie fing selber an: »Unser Vater, der du« – Ich fuhr weiter und sah wie sie zufrieden lächelte, als ich sagte: denn dein ist die Kraft und die Macht – und – da gluckste etwas wie Wasser aus einer Flasche. Cäcilie wird blau und schwarz im Gesicht, reißt den Mund auf und bevor ich sie aufstützen kann, ist ihr das Blut wieder gekommen, hell und rauschend über Brust und Decke, ach –

Ich schreie. Der Bastian stürzt übers Gesims herein. Aber wie ich den Kopf der Frau ins Kissen zurücklege, ist schon alles wie Blei und die Hände sind eiskalt. Der Bastian tut wie ein Kind und Narr. O, es war entsetzlich.

Während die Schwester das erzählt, hat Mang Mühe, aufrecht zu bleiben. Sette hält ihn; sie ist immer am stärksten, wenn die andern erschwachen. Und Mang empfindet es so klar, als wäre es ausgesprochen worden, daß ihn von dieser Minute an die zweite Mutter übernommen hat. Von jetzt ab will er sie »Mutter« rufen.

»Wollen Sie die Tote sehen?« fragt die Schwester. »Der Sarg ist noch offen.«

»Wir warten noch auf Emil«, versetzte Sette nun doch ein bißchen erbleichend. Tapfer war sie schon. Aber allein mit Mang wagte sie es nicht, der Toten gegenüberzustehen. Da mußte Emil mitkämpfen.

Er war zurzeit in der Gemeindekanzlei mit fünf Gemeinderäten und den zwei Schwestern der toten Cäcilie. An Hand all der schriftlichen Aussagen von Bert, Broller, Mang und Emil und den mündlichen dieses Schwesternpaares, aber noch vielmehr – denn das war doch nur Papier! – unter dem Druck so bezwingender Ereignisse Schlag auf Schlag war das Dokument rasch gefertigt. Danach war der ehemals hin und der verdingte Dorfhirt für alle Zeit Magnus Manuß geheißen und mit allen Rechten eines erstgebornen Manußsohnes ausgestattet.

Mit Hochachtung wurden die Formalitäten abgewickelt, und der Mann, der das Land ohne Auftrag und Pflicht entwässerte und den toten Fabriken wieder einen starken Pulsschlag gab, fand links und rechts ein Entgegenkommen und einen Respekt, als ob er von barem Gold wäre. Auf seine Frage, wie hoch sich etwa die Gemeindekosten für Cäcilie und Mang beliefen, erklärten die Befrackten einstimmig, das mache ein Kleines aus, und wenn er denn da durchaus etwas zahlen wolle, so möchte er das freiwillige Sümmlein von seiner eigenen Rechnung für die Korrektionsarbeiten in Abzug bringen.

Aber Emil wollte nicht vor die Tote treten, ehe er alles getan, was so spät noch für ihre Ehre getan werden konnte. Es ward ihm also mit Zögern und Entschuldigungen zuletzt eine Rechnung übergeben, die wunderlicherweise der Gemeindeschreiber geschrieben und getrocknet und gestempelt aus der Rocktasche ziehen konnte. Emil beglich sie sofort und legte dann noch das Doppelte in blauen Scheinen für Erziehung und Ausbildung von Absomerwaisen, vornehmlich namenlosen, auf den verklecksten Kanzleitisch. Eine persönliche Kontrolle behielt er sich dabei vor.

Des Dankes war kein Ende. Die Ratsherren legten ihre hohen Zylinder auf und geleiteten Emil zur Türe. Da kehrt sich der Manuß nochmals zu den feiertäglich und steif bekleideten Herren um. Er stützt sich auf die Klinke, würgt an etwas und wird bleich. In seinem kurzen Röcklein sucht er nach einem Papier und stößt endlich heraus: »Sehen Sie, so ist man: ein Feigling! – Fest hatte ich mir vorgenommen, Ihnen, Herren Gemeinderäte, und den beiden Jungfern Astli noch etwas Schweres zu sagen, was ich mir auf ein Böglein wörtlich notiert hatte. Aber da sah ich Ihre Zufriedenheit wegen der schäbigen, blauen Papierchen hier und dachte gern, das sei nun Genugtuung genug von mir und wollte eben glanzvoll entschlüpfen. – Aber da an der Türe fällt mir ein, daß ich vor einer Viertelstunde noch an einer andern viel ernsthaftern Türe stehe und daß ich dort nicht klopfen und sicher auf kein Herein! hoffen darf, wenn ich nicht schon hier die Schuhe ordentlich abgeputz habe, – mit – mit denen ich – so fehlgegangen bin.«

Jetzt erst merkten die Herren, wo hinaus das wolle und schauten sich verlegen an. Der Üli dachte: »Der brauchte es doch auch nicht gerad' in allem auf die Spitze zu treiben.«

»Mir«, fuhr nun Emil fest, aber ernst fort, »sagt das Gefühl, ich müsse dem Dorf Absom und den zwei Schwestern der Verstorbenen abbitten, – da ich es der armen Cäcilie selber leider nicht mehr tun kann. – Ich glaub', ich bin allein schuldig, daß Mangs Mutter kein besseres Leben und Sterben gehabt hat; und daß Mang so lange Zeit ein armer, vaterloser Verdingbub gewesen ist. – Ich bin, Ihr Herren, kein Mensch der Rührung. Aber wenn ich denke, daß ich die Folgen meiner jugendlichen Verirrung nie mehr gut machen, der Toten meine Reue nicht mehr zeigen und dem Mang die bessern Knabenjahre nicht mehr geben kann, dann krampft es mir doch das Herz zusammen.«

Emil mußte innehalten, so benahm es ihm den Atem. Die Gemeinderäte wollten nun rasch Einwendungen machen. Üli trommelte am Fenster. Aber was konnte man sagen? Das düstere Gesicht des Ingenieurs verbot alles Entschuldigen. Im Gegenteil, seine Erschütterung steckte an, die Jodeljungfer weinte leise und barg sich an der Brust der Ältern.

»Ich frage gar nicht, ob es Hunderte im Schlimmen machen wie ich, – vielleicht auch da oben in eurer reinen Bergluft, – und ob es keiner mir im Bessern nachmacht. Das geht mich nichts an. Ich lebe mein Leben und trage mein Gewissen, – keines andern. Aber vor acht Wochen dachte ich wie die Hunderte. Rühmt nur nicht! Ich wär' wohl heut noch so, wenn ich nicht schier übermächti in euern Bergen da zur Einsicht meiner Schuld gezwungen worden wäre. Schlag auf Schlag kam's. Zuerst lernte ich Mang kennen und schon vom ersten Augenblick an gern haben. Dann vernahm ich in der Plättlihütte auf eine geradezu vernichtende Weise, daß er mein Sohn sei. Mit Zweifeln und feigen Rettungsplänen gelangte ich auf die Mordfluh. Zum erstenmal im Leben war ich in greifbarer Todesgefahr. Dazu hatte ich zwei junge Leben gefährdet und eines gehörte meinem Sohne. Das wußte ich jetzt. Denn ich hatte mehr Angst für sein als für mein lebendes Davonkommen. Solche Augenblicke, Herren Räte, wo das Totengerippe vor und hinter einem klappert, können auch eine lederne Seele weich machen. Mir ging damals das große Gefühl der Verantwortlichkeit und eine echte Vaterliebe auf. Mein Verdienst ist das nicht. Euerem Berg sei Dank und Ehr'!« –

Emil wandte seine dankenden Augen – nie hatten sie schöner gestrahlt – durchs Fenster den Absomerbergen zu.

Die Gemeinderäte würgten und hüstelten etwas aus dem Halse, zupften am zerfransten Tischlinoleum, daß es noch mehr Franzen gab, der trockene Üli schneuzte sich lärmend die Nase und wischte bei der guten Gelegenheit unmerklich die Augen ab: »O unsere lieben Berge!«

»Nun also, liebe Herren Absomer, ich werd' Euch hernach wieder als ein sehr harter und trockener Mensch vorkommen. Das bin ich auch. Aber jetzt bin ich weich genug, jedem von Euch in Demut die Hand zu drücken und zu sagen: Verzeiht mir in Eueres lieben Dorfes Namen!«

Er trat an jedem mit eigentümlich zuckendem Mund und geröteten Augen und schüttelte seine Rechte. Die Ratsherren hatten die Hüte wieder abgenommen wie bei einer Predigt und ließen alles stumm geschehen. Zu Üli meinte Manuß, sich einen kleinen Spaß abzwingend: »Pflegevater Üli, Ihr werdet etwa in unsere Stadt kommen und schauen, ob Mang noch recht Absomerisch redet.«

Aber Üli schüttelte nur den Kopf, der Sprache unfähig.

»Und Euch, Jungfer Asli«, vollendete Emil zu den Geschwistern, »Euch hab' ich wohl am meisten weh getan. Wenn ich nur wüßt', wie ich's bei Euch abbüßen könnte! – Durch unsern lieben Mang wollen mir einander verbunden und verwandt bleiben. Nicht wahr? – Und laßt mich um Cäciliens willen doch immer als nächster Freund Euch hilfreich sein, wo Ihr's etwa brauchen könntet! Das ist keine Barmherzigkeit von mir, sondern da tut Ihr mir eine große Barmherzigkeit. – So, das wollte ich noch sagen. Ich hab's hübsch auf ein Papier geschrieben und ablesen wollen. Es wär' vielleicht schöner herausgekommen. Aber so ist's nun

frisch vom Herzen gesprochen. Da in der engen Stube hab' ich's gesagt.
Aber ich wollte, das ganze Dorf hätt's gehört.«

Das Gemurmel von sieben Personen brach los, aber auch nicht ein
Wort war zu verstehen.

»Jetzt geh' ich erleichtert weg! Und ich glaub', ich darf nun eher vor
die Tote treten.«

Ohne an eine Antwort zu denken, sprang er rasch über die Schwelle
und schlug die Türe hinter einem Häuflein sprachloser, ins Innerste
getroffener Menschen zu.

Sehnlichst begrüßten ihn Sette und Mang im Armenhaus, als ob sie
ihn nicht zwei Tage, sondern zwei Jahre nicht mehr gesehen hätten.
Dann winkte ihnen Schwester Anna und sie traten, Emil zuvorderst,
still und bleich, ins Totenstüblein. Ein Schwarm Fliegen schwirrte vom
Sarg auf. Die Luft war dick und warm und von einem scharfen Leichen-
geruch durchsäuert.

Sette blieb gefaßt. Der Ärger über die geizige Ausstattung der Toten
überwog augenblicklich alle andern Gefühle. Aber Mang schluchzte laut
auf. Das war die erste Tote, die er sah. Sie lag so arm, aber so schön
da. Er trat näher ohne Angst. War sie denn tot? Mit diesem liebenswürdigen Lächeln da? Konnte er sie nicht wecken? Merkte sie denn gar
nicht, daß er da war, er und mit ihm Emil, von dem sie so oft geträumt
und ihm zu erzählen versprochen hatte? Hatte sie ihnen gar nichts mehr
zu sagen? Das war unglaublich. »Mutter, Mutter!« flüsterte er.

Emil stand vor dem offenen Sarg wie gebannt. Er hatte sie sogleich
wieder erkannt, trotz Alter und Tod. Die fünfzehn Jahre verrauchten
an diesem Sarge wie ein Nebel. Er sah dieses gerötete Oval mit der
niedern Stirne, den glänzenden goldbraunen Wimpern, dem kecken
Stumpfnäschen, dem runden Kinn und dem schlanken, sonngebräunten
Hals deutlich wie in jener Sennhütte. Und diese üppigen, breitblättrigen
Lippen! Aber vor jeder Ähnlichkeit der Cäcilie hier und der Cäcilie dort
graute ihn jetzt. Warm an der Brust hatte er diesen eiskalten Körper
gehabt, sich stürmisch die steifen Arme da um den Hals geschlungen,
diese bleifarbigen Lippen immer wieder hitzig geküßt und – die Unschuld dieses Leibes gleichsam ausgenascht und vergeudet. Wie der Tod
hier war er schon damals über sie gekommen. Bis zur Leblosigkeit
hatte er sie sozusagen mißbraucht und dann totenähnlich, eine Leiche,
fallen lassen. Nie hatte ihn etwas so geekelt und entsetzt wie jetzt dieser
blöde, verbrauchte, abgegriffene Leib.

Durch die schönen Reste dieser Totenmaske sah er doch soviel Abgezehrtheit, Kummer und Betrogenheit durchscheinen, daß er daraus ihr Leben erzählen hörte. Aber als Verwüster und Unhold stand er am Anfang und am Ende dieses Lebens. Er war der erste Mörder dieses von vielen gemordeten Lebens. Ihm war, die Leiche sollte die Hände, die sie linealgerade an den Hüften hinunterstreckte, gegen ihn aufheben, müßte die Augen öffnen und sagen: »So, du, du bist's! Du wagst dich jetzt noch an mich heran! War es so gemeint, als du sagtest: ›Am Abend komm' ich wieder?‹ Zu spät! Aber wenn's dich so wundert, so schau mich jetzt nur gut an! Sieh recht zu, was du aus mir gemacht hast! Stark bist du gewesen, das ist wahr. Denn es hat ordentlich viel gebraucht, mich so zuzurichten, wie du mich da siehst.« –

Emil sah nichts als seine Schuld. Seine Strenge ließ keine Beschwichtigung aufkommen: er sei mehr Tor als Übeltäter gewesen, sie habe sich so flatterhaft benommen, wie er begehrlich war, – das sehe man daraus, daß sie aus diesem ersten Fall sich keine Lehre zog, sondern nun erst recht locker wurde. Die spätern Nachfolger hätten sie wohl gründlich vergiftet, so ein Broller! Nein, unerbittlich mit sich, vergaß Emil alles, was zwischen dem Heuhaufen der Plättlihütte und diesem Sarg lag. Er und niemand anders hatte sie einfach von dort hieher gejagt. Die andern waren nur Nebenpersonen. Wäre er nicht in ihr junges Leben geraten, alles hätte für sie einen andern Gang genommen. Sie wäre Gattin und Mutter und ist jetzt dafür –

Ob er bei all dem Betrachten stumm blieb oder aufschrie, stand oder in einem Stuhl lag, das wußte er nicht. Er kam erst wieder in die Gegenwart durch zwei große rauhe Hände, die ihn am Arm ergriffen und durch ein treues Gesicht, das sich an das seine schmiegte und durch das deutliche und tapfere: »Vater, wir sind auch noch da!«

Emli schloß den Sohn der Toten an seine Brust. Ja, da lag seine Rettung!

»Die Mutter hat gelacht, als sie starb! Sicher hat sie's noch gemerkt, daß wir daher kommen und sie grüßen«, erklärte Mang tröstlich. »Sie ist mit uns zufrieden.«

Das gab ihm die Liebe ein, und es war das einzige, was den kerzenbleichen, steifen, sozusagen vom Tode dieser Frau angesteckten Manuß ins mutige Dasein zurückbrachte.

»Wo ist denn Sette?«

»Sie ging Blumen holen.«

Sette war wirklich unhörbar aus dem Zimmerchen gegangen. Sie wollte den Gemahl jetzt allein lassen und ihm die Scham der Zeugen ersparen.

»Sitz' hieher, Vater, und ich sitze da! So! – Nun hör' was ich möchte«, sagte Mang. »Und ich sag's, daß Mutter es auch hören kann. Vater, laß mich bald in die Stadt! Ich will studieren Tag und Nacht. Ich will ein Mächtiger werden, auf den man einmal hören muß. Alles für das arme Volk, Vater! – Nicht Musik wie der Lehrer oder Gedichte wie Heinz oder Pinslerei wie Hitz! Das ist nur für einen Augenblick und für zwei, drei. Ein Hungriger wird davon nicht satt und ein Verdingbub nicht angesehen. Ich möchte etwas studieren, was dem Volke nützt. Vielleicht ist es das, daß man ihm zuerst einmal seine Geschichte erzählt – oder vielleicht ist es die Wirtschaftslehre, wie Sette gesagt hat, – ich weiß nicht recht, was es ist. Aber studieren ist's sicher! Denn ich bin gar ein dummer Geißbub! Gelt, Vater, gelt, Mutter, das darf ich?«

Der Manuß nickte und horchte gern.

»Und vielleicht ist's das Nachdenken über das, Vater, was jeder für ein Recht hat. Das ist's, glaub' ich, sogar sicher. Daß ein Kind ohne Vater so ehrlich ist und so gut und fest auf den Erdboden abstehen darf als eines mit Vater, siehst du, das mein' ich zum Beispiel. Und daß eine Frau nicht entehrt ist, wenn sie einmal gefehlt hat. Siehst du, Vater, so! – Und daß die Armenhäusler nicht weniger wert sind als die Fabrikanten und daß sogar ein Zuchthäusler, wenn er wieder frei ist, sogleich wieder einer unserer Brüder ist, weil er ja gebüßt hat, – und daß jeder so viel ist, als er gut ist, – ach was, ich sag's dumm her! – aber du merkst schon, wie ich's mein'. Nicht wahr? – Und daß alle befehlen und alle folgen und keiner vor dem andern steht und keiner nur nimmt oder nur gibt, daß alles verteilt ist. Einfach so, Vater, daß alle Gerechtigkeit ins Land kommt, – das!«

Emil hörte dieser seltsamen Zukunftsmusik nun selber gern zu. Er glaubte nicht an solche Melodien. Aber so geschehe denn nur wenigstens das mögliche davon. – Eines aber ist dem Vater sonnensicher, dieser Bub wird gutmachen, was seine Eltern nicht gutmachen können. Er wird die Menschen nicht betrüben, sondern beglücken, nicht berauben, sondern bereichern.

Der Schreiner trat ein, um den Sarg zu vernageln.

»Du hast's gehört, Mutter«, sagte Mang und führte den Vater hinaus.

Nach einer halben Stunde läutete die große Glocke, das erste Zeichen zur Beerdigung. Sette war noch nicht da. Nur bei Brollers Hausgarten gebe es Rosen, sagte man ihr, dort ganz an der Sonnenseite. Also dorthin!

Am Gartenzaun standen Ernstli und Zia beieinander.

»Darf ich da wohl ein paar Rosen nehmen, Kinder?«

Zia lächelte und nickte.

Aber unter dem Fenster stand wie gewöhnlich, einer lauernden Spinne gleich, Frau Therese. Ihre Wangen brannten und ihre Blicke stachen.

»Da werden keine Blumen abgerissen«, rief sie barsch wie ein Mann.

»Für das Begräbnis, bitte, Frau Oberrichter, der Sarg ist ganz kahl.«

»Ich halte keine Rosen für Huren«, kam es zurück. Das Fenster ward heftig zugeschlagen. Aber hinter den Vorhängen sah man ihren Schatten lauern und Setten bis zum Ausgang des Dorfes verfolgen. Dann aber brach sie in den Sessel und weinte mit ihrer herrlichen Jodelstimme über alles, was ihr Unglück war, über die geliebten und gehaßten Mitmenschen und am meisten über sich selbst. Und sie weinte so seltsam hoch und wieder so tief, daß die Katze auf dem Sofa die Ohren platt ins Fell drückte und endlich geduckten Ganges aus dem Stüblein lief.

Nahe dem Armenhaus hörte Sette hinter sich schreien: »Frau, Ihr, he, Frau!«

Sie wandte sich um. Das war Zias Brüderchen, der kleine Ernstli. Einen Büschel glühroter Rosen hielt er in der Hand. Seine Backen waren freilich noch ein Paar viel schönerer Rosen. Ein kleiner Walter! Er erstickte schier vor Schnaufen. Hinter ihm lief Zia.

»Seid Ihr die Frau, die – die – wegen den Rosen –«

»Ja, Bübli, aber die darf ich nicht nehmen«, antwortete Sette gütig und bedauernd zugleich.

»Nehmt nur!« Er gab sie großartig und sprang grußlos fort.

»Aber, Zia, ich darf wirklich nicht!« klagte Sette immer trauriger, je prächtiger ihr die Rosen ins Auge leuchteten.

»Mmch–mch–tsch–chi–i–i!« Das Mädchen strengte sich unsäglich an, mit seinem so rührend feinen, kleinen Olivengesichtlein etwas zu bedeuten und mit den Händchen zu erklären. Sie zeigte über das Brollersche Haus weg in eine ganz andere Richtung.

»Nicht aus Euerem Garten sind sie?«

Zia schüttelte sehr entschieden das Köpflein. Dann schwenkte sie den Arm gegen einen Hügel, wo ein stattliches Haus mit sicher fünfzig Scheiben herabschimmerte.

»Aha, von Onkel Martins Garten? Gibt's da auch Rosen?«

Die Kleine nickte bedeutend.

»Dann viel, vielmal Dank!« – Sette wollte das Händchen loslassen. Aber Zia packte sie gleich mit der andern. Groß und fragend sah das Kind zur Frau auf, als wäre die Sache noch nicht fertig. »Mchs – chs – mmm –« stieß es hervor, und wie heißes Bitten hatte dieses Gestammel einen Ton. Endlich verstand Sette wie auf eine Eingebung.

Sie bog sich zum beweglichen Mädchengesicht und lispelte ins Ohr: »Du, wenn ich deinen Vater sehe, sag' ich ihm, du habest mir Rosen gegeben für eine arme Frau.«

Nein, wie das Olivengesichtlein aufschimmerte, eine kleine Sonne!

»Und du seiest gesund und denkest viel an ihn und wartest hübsch geduldig, bis er zurückkommt.«

Zia strahlte wie ein schneeweißer Engel.

»Und er kommt gewiß, wir bringen ihn einmal.«

Da breitete das arme Dirnlein, das so gern jemand lieben möchte, die Arme auseinander und schlug sie um Settens Hals herzlich zusammen. Es kicherte dazu recht schlau in sich hinein und küßte die hübsche, gute Frau nacheinander auf Hals und Kinn und Nase und wo es nur traf. Sette mußte es zuletzt gewaltsam wie ein Milchkind von der Brust losreißen.

»Geh', geh' jetzt, ich muß zur Beerdigung. Walter wird dir bald schreiben. Und du mußt ihn einmal bei uns besuchen. Wir haben auch Rosen, ich gebe dir dann alle zurück.«

Zia schüttelte den Kopf. Sie wollte nichts zurückhaben. Selig lief das Kind dem Ernstli nach, um ihm vom großen Erlebnis etwas vorzustammeln. Viele Abende wird es nun bei Onkel Martin auf dem Funkenbühl sitzen, den Finger ans Kinn stützen und in die weiße Straße hinablauern, ob Vater bald kommt.

Mit den Rosen sprang Sette ins Armenhaus, wo schon einige Trauerleute versammelt waren. Vom Dorf erschollen jetzt die gesammelten fünf Glocken zum Begräbnis, und der schwarze Totenwagen schwankte in den Wiesenweg herein. In der Totenkammer nagelte man den Sarg zu. Bei jedem Schlag zuckte Mang zusammen.

Da lief die kleine Frau in die Stube und sagte: »Warum lärmt Ihr so? Könnt Ihr nicht Schrauben nehmen? Das ist ja furchtbar, so ein Hämmern!«

»Der Armenvater will's«, murrte der Schreiner.

Der Hausmeister errötete. »Frau«, entschuldigte er, »es kommt dreimal teurer mit Schrauben, stellt Euch vor!«

»Ich zahl' das gern«, sprach Sette zornig, »es ist nicht schön, beim Tod noch so knausern. Legt diese Rosen auf den Deckel.«

»Mir kann's gleich sein«, meinte der Schreiner blöd und zog Schräubchen aus der Westentasche.

»Herr Direktor«, wandte sich das mutige Weiblein nochmals an den Armenvater, »wo haben Sie das schöne Haar der Toten? Was machen Sie damit?«

Jetzt klaubte der Mann verlegen am Frack. Er wurde dunkel über die ganze Stirne und sagte endlich ausweichend: »Das Haar? Wo ist's nur? Ach, das ist hier so Brauch –«

»Geben Sie es mir sogleich heraus! Es ist ein Andenken für Mang. Ihm gehört's.«

»Wenn ich das gewußt hätte – aber nun ist's schon verkauft –«

Bleich vor Entrüstung stand das Frauchen vor dem breitschlächtigen Mann und befahl: »Holen Sie mir das Haar sogleich! Das Kind kommt wohl vor dem Krämer! Oder?«

Der Alte lachte häßlich. Das Kind? Diese tote Mutter? Alles ungesetzliches Gewächs! Ah bah, sind das auch Kinder und Mütter?

»Nach der Beerdigung reden wir darüber«, sagte er unwillig.

»Und ich will die Sache jetzt in Ordnung haben. Doch warten Sie, – ich rufe schnell meinen Mann herein!« – Sie machte Miene, zur Türe zu eilen.

»Unnötig, einen Augenblick!« Er holte das in ein Paket gewickelte und gezopfte und schon mit einer städtischen Adresse versehene Haar und warf es Setten in die Hand.

Der Sarg ward zugeschraubt, mit Rosen bekränzt und in den Totenwagen geschoben. Dann ging's zum nahen Friedhof. Dem Ingenieur zu Lieb' und Ehren kamen drei Gemeinderäte und fast alle Arbeiter mit. Bert hatte Maria und den kleinen Ferdel hergeschickt. Neben Emil und Mang schritt Bastian einher. Ein unstetes Feuer loderte aus seinem verblaßten Gesicht. Er bohrte seine Augen in den Sarg, durchbrach die schwarzen Bretter, küßte und koste die Tote mit leidenschaftlichen

Blicken, und alles um ihn herum war ihm gleichgültig. – Zuhinterst im Zug gingen mit Schwester Anna die Kleinen. Diese Ferdel, Minchen, Irmeli und Seppli liefen hinter dem großen Haufen von Schuld und Sünde wie die unwissende, schneeweiße Unschuld einher.

Aber es war eine merkwürdige Beerdigung. Niemand weinte vorne, niemand lachte hinten, niemand schwatzte in der Mitte.

Das Grab Cäciliens lag ganz nahe den Kindergräbern. Und da sah man denn nicht ohne besondere Gedanken die zwei nächsten und frischesten Hügelchen, worunter die Zwillinge schliefen.

Das Volk begab sich zur Abdankung in die Kirche. Aber Bastian blieb am Grab stehen wie ein Rest alten Lebens, das vergessen hat, mit dem andern zu sterben und begraben zu werden.

Da schüttelte ihn der Manuß derb an der Schulter. Gereizt blickte der Knecht den Störenfried an.

»Geht Ihr auch nicht in die Kirche?«

Bastian schüttelte das lange, verwilderte Haar.

»Auch ich mag nicht zuhören, wie man von der Kanzel nicht rühmt, weil es Feinde, und nicht tadelt, weil es Freunde waren, sondern so allgemein von Lebenslast und Totenruh redet und zuletzt noch ein ›Die Erde sei ihr leicht!‹ abschießt.«

Bastian spitzte interessierter die Ohren.

»Da gefallt Ihr mir. – Aber hört, Ihr müßt wieder unter die Leute! Müßt schwimmen und waten mit dem Leben und Euch wieder froh machen.«

»Was geht Euch das an?« murrte der andere und wandte sich ab.

»Viel geht's mich an. Ihr seid in meinem Alter, habt schon viel durchgemacht und seid aufrichtig, wie ich, mit der Toten verbunden.«

Das letzte traf. Bastian fühlte eine heimliche Hochachtung vor diesem Manne, der sich so kühn zu Mang bekannt hatte und so tapfer an der Spitze des Leichenzuges gegangen war. Der hatte die arme Cäcilie trotz so vieler schiefer Blicke nicht verleugnet.

»Auch Cäcilie wünscht von Euch, daß Ihr ein tapferer Mann seid. Tapfer ist ja doch auch sie gewesen.«

Bastian senkte den Kopf wieder.

»Lasset das Grab. Das kommt uns allen noch früh genug. Unter die Menschen! Da findet Ihr Euern Mut bald wieder!«

»Die Leute«, sagte der Knecht stockend, »fürchten mich jetzt. Ich bin ja ein Brandstifter! – ich weiß nie, wann mich die Polizei faßt!«

»Aber ich fürcht' Euch nicht, und im Volk sind genug, die Euch gern haben. Und die Polizei wird froh sein, wenn niemand die Geschichte mehr anrührt. – Kommt nur mit mir! Ich hab Euch Arbeit genug. Sollt sehen, wie wohl es Euch da wird.«

Unschlüssig stand der Bastian da. Da packt ihn Emil fest am Gelenk und führte oder schleppte ihn gegen das Dorf. Bastian, so beschließt Emil, muß an den Straßenbahnwerken auf einem angestrengten aber geachteten Posten mitwirken, vielleicht als sein Begleiter beim Messen und Abstecken. Sie werden da viel klettern müssen. Das macht frisch. Und so bleibt der Bursche ihm unter den Augen, und der Manuß müßte nicht der Manuß sein, wenn in Kürze dieses Geschöpf da nicht wieder stolz und lebensfroh und selbständig würde.

Wenn Emil das gelingt, dann glaubt er entsühnt zu sein. Aber wie sie an der Kirche vorbeikommen, rieselt das erste Volk aus der Abdankung.

Sogleich kehrt die alte Feindseligkeit in den Knecht zurück. Mit einem Ruck reißt er sich los und springt über den Platz. Sowie er die anständigen Kirchenleute in ihren wohlgeglätteten und gebürsteten Kleidern herausspazieren sieht, ist in ihm wieder der alte Ekel, die Verzweiflung, Rache und das verleidete Leben aufgestiegen bis ans Halszäpfchen, wie eine Übelkeit.

»Bastian«, donnert ihm Emil nach.

Aber der rennt davon, wie ein Hund vor der geschwungenen Peitsche.

»Bastian«, wiederholt Emil so furchtbar, daß der Mann mitten im Springen auf einem Fuß zurückblickt.

»Ich erwart' Euch heut abend nach acht Uhr in der Krone«, bestimmt der Manuß.

Bastian schüttelt den Kopf und will weiter.

»Wenn Ihr ein Mann seid, so kommt Ihr«, ruft der Ingenieur ... »Sonst –«

Aber nun wirbelt der Knecht weiter.

»... Sonst«, brüllt Emil in Wut nach, »sonst sterbt in Gottes Namen wegen einem Weib. Aber zieht die Hosen aus. Ihr seid kein Mann!«

39.

Im kleinen Saal der Krone, wo sonst Taufessen und Hochzeitsmäler zwischen zwei großen Barockspiegeln stattfinden, so daß der Toastierende nach zwei Seiten sein rednerisches Gehaben bewundern kann, da saß nun am regnerischen Dienstagabend eine kleine Gesellschaft, und man mußte aus ihren stillen Worten, ernsten Mienen und dunkeln Kleidern schließen, daß sie sich in Trauer befinde. Aber aus den schwarzen Ärmeln und Kragen schoß ins Gesicht hinaus ein so erquicktes Gefühl der Zusammengehörigkeit, die Augen wärmten sich so innig und festlich aneinander, und die Hände suchten sich hie und da über und öfter noch unter dem Tischtuch und hielten sich so herzhaft fest, daß es doch eher eine stille Freudenfeier war.

Zwischen Sette und Emil in der Mitte der Tafel saß Mang und schenkte den bläulichen Rheintaler bald da, bald dort ins Kristall. Dieser weichblütige Wein wächst tief unter dem Bergland Absom und läßt sich trinken wie Milch. Er macht nicht keck, sondern zärtlich, nicht wild und wirr, sondern sinnreich und schließt das weiche, breite Reden und das tiefe Lachen der Rheintalerdörfer in sich. Obwohl Heinz wußte, daß er bei seinem Asthma schwere, nächtliche, luftschnappende Stunden gewärtigen werde, trank er doch Glas auf Glas aus, leichtsinnig wie alle halben Poetlein und ganzen Asthmatiker sind. Aber entschuldigt ihn, er war ein Rheintaler!

Neben Ferdel, der bis zu den Tortenschnitten am Tische bleiben durfte, saß der Zipfelkäppler Üli und freute sich über ein ganzes Schock guter Dinge, so über Mangs Glück, über die verlumpte Bergbahn und am meisten über die vielen teuren Flaschenweine und die Süßigkeiten, die der Manuß aufstellen ließ. Es war ein so profitabler Abend wie der Silvester.

Noch seliger war Emil. Ihn freute Mang und freute Sette und auch an sich selber hatte er eine große Freude. Es war doch auch ein Stück Kraft gewesen, was er da aufgeboten hatte. Und die Zukunft lachte ihn jetzt mit ihren besten Augen an, denn die Straßenbahnen werden sicher ausgeführt. Schon haben die Verhandlungen günstig begonnen. Sie nehmen den üblichen, langsamen, von Amtspult zu Amtspult geschleppten und mit reichlich Papier und Unterschriften gesegneten Gang, aber sie gelangen ans Ziel. Die dem Broller zugehörige Fabrik übernimmt nun die Aktiengesellschaft, und ihr Leiter ist Martin Broller, ein stiller, reiner Geschäftsmann. Der händigt jeden Monat der Therese einen Fünfhundertschein aus. Dem Walter will Ernst Broller die Monatsraten selber schicken. Das hat er sich beim Manuß als eine Sache der Ehre und Vaterfreude ausbedungen.

Marias große, braune, unverwunderte Augen hangen jetzt doch mit Erstaunen an so unglaublichen Neuigkeiten wie einem Emil, der bekümmert nachsieht, wo ein Teller leer ist; einer Sette, die ihren Mann wegen seiner grünen Augen hänselt; einem Bauernbub, der zwischen Frack und Seidenrock in seinem Zwilch sich so ungeniert benimmt, als säße er zwischen seiner gewohnten sömmerlichen Tischgesellschaft: einer possierlichen Geiß und einem würdigen Schafbock.

Man redet nicht viel und nicht laut. Aber doch ist's wie ein fortwährendes Musizieren. Wie wallt Settchens Haar hoch, und wie schimmert ihr Gesicht! Nie hatte sie so melodisch ausgesehen. Es gab keine Küsse und Umarmungen. Das war nicht mehr nötig. Reiches, schönes Sattsein füllte alle Seelen.

Nur eine war nicht satt, Irmelis junge Seele. Sie zitterte und lechzte nach einem lieben Worte Mangs. Sie bangte, wie es nun wohl mit ihnen beiden würde. Wie hoch stand er jetzt! Reich und vornehm ist er auf einen Schlag! In die große Stadt geht er, und ein Gelehrter wird er! Sie aber bleibt das Kronenwirttöchterlein da oben und steht tief unter ihm. Ihr wäre es lieber, er hätte einen ärmern und geringem Vater gefunden, daß sie beieinander bleiben könnten und sie sich neben ihm nicht schämen müßte. Und morgen verreist er schon, früh, wenn sie noch zu Bette ist. Ach, wie sauer ist der Wein und wie bitter schmecken die Mandelsterne! Wenn er ihr doch nur zum Gut' Nacht etwas Schönes, Warmes sagte. Aber er tut's nicht. Ihm liegt ja nichts an den Mädchen!

Der ernsten Maria kommt das Glück im Stübchen hier fast zu groß vor. Sie erzählt, daß ihr Vater wieder tief im Bett liege; er konnte wohl soviel Freud' nicht mehr ertragen. Sie sei darum nicht gern da heraufgekommen. Aber er habe sie einfach gejagt. So edel sei Bert!

Maria dachte nicht zu erschrecken. Ruhig und mild berichtete sie das. Aber sie wollte an den guten Mann erinnern, der an allem Glück eigentlich zuerst schuld sei, und der sozusagen dafür büßen müsse. Indessen die Gesellschaft mochte sich nach so viel eigenem Leiden einfach nicht nochmals in dieses Kapitel einlassen, und Emil schimpfte kurzweg über die Ärzte, weil sie Berts Übel gar nicht erkannten. Der eine sagt, es sei das Organ selber krank, der andere schwört, all das Leiden bestehe einzig in einem verteufelt bösen Spiel der Nerven.

»Ins Bett, Minchen«, ruft da Sette. »'s ist hohe Zeit. Die Torte ist vorüber.«

»Aber der Ferdel auch«, fordert das Göflein[43]

»Was? Ich?« spreizt sich der Junge. »Ich darf doch bleiben bis zu den Haselnüssen.«

»Bringt schnell die Haselnüsse«, ruft Heinz zum Serviermädchen.

»Wart Heinz!« droht der dicke Ferdel, eine Faust schwingend.

»Und du, Irmeli?« fragt Minchen.

»Ich bleib' auch noch gern«, sagt das Ülikind leise.

Mang hört dieses tonlose Wort. Es fällt ihm etwas in dieser Stimme stark auf. Unter seinen goldroten Wimpern hervor blitzt er Irmeli scharf an. Da wird sie leicht rot und schaut ins Glas. »Aha!« denkt Mang mitleidig. »Wart du!« –

Heinz hält ein Gedicht bereit. Aber es paßt noch immer nicht in den Ton der Unterhaltung. Die Leute sind noch zu lustig.

»Sette«, fragt Emil über Mangs Kopf hinweg, »was glaubst du wird aus unserem Mang, ein Professor oder ein Dichter oder ein Sozialist?«

Irmeli versteht keinen von den drei Berufen. Sie horcht scharf auf.

»Ein Dichter«, schreit Heinz vorlaut hinein, da Sette sich noch bedenkt. »Er kramt aus alten Leuten und Büchern, er denkt viel einsames Zeug, er erzählt es gut und erfindet mitten drinn noch Besseres, da habt ihr den gegossenen Dichter!«

Mang wirft dem Propheten einen stolzen Blick zu. Tausendfältig blühen seine Märzenflecken wie zornige Blümchen im harten, feinen Gesicht auf.

»Da habt Ihr ganz falsch geredet«, meint er, »Dichter helfen dem Volk nichts, rein gar nichts.«

»Oho!« widerspricht Heinz.

»Pst!« begehrt Emil, da Sette reden will.

Mang und Irmeli hangen nun am Mund der verehrten Frau mit der gleichen Inständigkeit.

»Mang«, sagte sie langsam und sah studierend vor sich hin, »kennt erst einen Winkel der Welt. Jetzt muß er in die offene Stube hinaus.

43   Kindlein

Da lernt er dann das kunterbunte Leben kennen und sieht zu, wo er wohl am besten hinpaßt, und wo er am bravsten nützt.«

»Bravissima, Frau gnädigste Sette, ich weih' Ihnen meine Blume!«

Heinz trank mit diesen Worten ein volles Glas bis tief unter die Mitte an.

»Er wird die notwendigsten Gymnasialsachen studieren und währenddem schießt von selber auf, ob er lieber dichtet oder Reden macht oder ins Volk oder ans Pult geht. Ich glaub', er hat von allem etwas. Weißt du Emil, an wen ich da denke – doch nein, ich sag's nicht – es ist für heut' Abend noch ein zu großer Name –«

»Später, später!« wehrte sie nach allen drängenden Seiten. Mang umklammerte ihr Händchen. »Wer? wer?« dürstete er.

»Jetzt nicht, einfach nicht!« erklärte sie mit ihrem berühmten blondköpfigen Eigensinn. »Aber eines darf ich sagen: Mang wird der einfache, liebe Mensch von Absom bleiben, und wenn er zu oberst auf dem Globus steht.«

»Bravissima, – meinen ganzen Rest!« schrie Heinz mit weinblutenden Lippen.

Mang wurde tief rot. Aber Irmeli dankte mit den wunderlich innigen Augen für das schöne Wort der Frau. So was hörte es am liebsten.

»Zu Bett mit den Kleinen!« befahl Sette nun ernstlich und erhob sich.

»Geh' du nur auch«, knurrte Üli seine Tochter an.

Ja, jetzt ging sie gern, mit so einem hübschen Spruch im Ohr. Das summt ihr durch die ganze Traumnacht. Sie will die Kinder schon selber in die Kammern bringen. Minchen schläft ja im gleichen Zimmer und Ferdel daneben.

Kurz nach den dreien geht Mang auch hinaus.

»Ihr müßt doch auch sagen, daß Mang mir in vielem gleicht«, beginnt Emil, wie er sich unter den Erwachsenen allein sieht. »Ich nenne da bloß seine Augen, seine Bewegungen, sein hartes«, – Emil wandte sich lachend zu Heinz, – »herrisches Gebaren, – die ungeselligen, unabhängigen Manieren«, – er blinzelte Setten an, – »das respektlose, unzarte Wesen«, – er demütigte sich vor Maria. – »Aber in vielem ist er dann wieder anders. So hab' ich doch gar nichts Demokratisches an mir, und er ist durch und durch ein Volksfreund. Ich denke nur ans Können und er ans Nützen. Freilich – –«

Es regnete Proteste über ihn.

»Freilich sehe ich jetzt ein, daß ich ein bißchen schief stand.«

Wieder Proteste.

»Ja, was denn? Ich sag' ja! - ich bin - ich bekenne - ich scheine ein bißchen - bekehrt zu sein. Hoffentlich hält es an. Aber da seht nun eben: Mang hat schon ein festes Leben im Sinn. Da schwankt er nie. Das größte Unglück ändert ihn da nicht. Er weiß, daß er recht hat. Aber ich? Ich meinte es ja auch, stand auch so fest und jung da und hing doch schon im Falschen. Ich fühlte eben nie, daß ich recht hatte, ich wußte es nur. Aber fühlen muß man's. Und da seht, ein Unglück riß mich völlig aus dem Gleichgewicht.«

»Gott segne das Unglück!« rief Heinz, wieder zu einem Schluck langend.

»Ja, Heinz, bete nur! Du hast auch gesündigt! Wärest du mehr Freund und minder Diener gewesen –«

»Oho Miggi, und deine –«

»Still!, still!« beschwichtigte Sette. »Wir sind alle verschuldet. Der Miggi war der härteste von uns. Der meinte, die Liebe sei nur so eine –«

»Weibchen«, drohte Emil und bat doch mit frohen Augen, daß sie fortfahre.

»So eine Prise Schnupftabak zur Zerstreuung oder Erheiterung einmal genommen oder gar so eine alte Schnupfergewohnheit – und wurde darum immer härter – und da – ja, da kam das - der - die Toten –«

»Der Hosendreckler«, half Üli derb, aber ergriffen.

»Ja, der kam und so eine Mühe um den Bub, - und was man hat vergessen wollen - das Lieben, - da hat man nun drum recht hübsch und demütig bitten müssen - so weit ist's kommen, - denn die Liebe ist eine Königin und wer ihr keinen Knicks tut, der muß dafür später vor ihr die Stirne bis zur Erde beugen, so eine harte, schöne, gescheite Manußstirne, - aber dann sitzt er wieder neben ihr wie ein König - oh«, schreckte sie plötzlich auf, »nicht mich meine ich, die Liebe meine ich, versteht mich doch! Aber so ist's.«

Ganz rot war sie geworden, als sie endigte, und sie schaute wie um Verzeihung bittend um den Tisch herum.

»So ist's, bravissima!« bekräftigte Heinz.

»Und du bist's halt doch gewesen, diese Königin. Der Königin Liebe einen Extraschluck!« lachte Emil.

Da klopfte es zaghaft an die Türe, wollte aber beim Herein! doch nicht auftun. Maria öffnete. Im Gang stand Bastian und starrte wie blind in die lichterreiche Stube.

»Willkommen, willkommen!« rief es ihm entgegen. Er sah sogleich viele, viele aufstehende, ihm die Hände zustreckende Menschen. Eigen ward ihm zumute.

Er war den ganzen Abend oben in den Hügeln unter den Tannen gesessen und hatte sich verregnen und vom Winde zausen lassen. Als Leute nahten, war er höher gestiegen, wo es immer einsamer, wilder, toter ward, im Nebel, unter verkrüppelten Tannen. Wohin er lief, verfolgten ihn die wütenden Augen und der Spott Emils. Er konnte nicht liegen, nicht stille stehen, nicht allein sein und nicht ins Dorf gehen. Er war müde, voll Angst und Scham und Zorn über sich und alle Welt. Am liebsten wäre er in irgendein Tobel gefallen. Aber er vermochte es nicht, sich hinabzustürzen, wenn er auch zweimal an ein verlockend tiefes und gefährliches Felsloch trat. Er fiele sicher nicht ganz tot. Man fände ihn. Spital – Verband – Bett – oh! Teufelssachen!

Ruhelos trieb er sich hin und her und geriet beim Zunachten wie von einem Magnet angezogen gegen all' sein Sträuben nach dem Dorf. Auf der schon ganz dunkeln Straße sagte ein Mann mit einem Packwagen zum Kondukteur des Bähnleins, der Broller habe schon von London her telegraphiert. Der wolle sich wieder aufschwingen, wolle wieder zu Geld und Ehre kommen, und wenn er zu unterst anfangen müsse. Den kriege kein Teufel unter. Das Gepäck da müsse er ihm auf die Bahn schaffen.

Das traf wie eine Kugel. So, der alte Broller, der bis zum Boden geknickte Broller, ergibt sich noch nicht! So, der probiert das Glück nochmals. Und ist schon katzengrau. Und Bastian will sterben, der kaum dreißigjährige, der schwarzhaarige, gesunde Kerl! Inschenier, Inschenier, wie hast du recht gespottet!

Der Bastian rennt, damit kein anderer Vorsatz ihn wieder zaudern mache, flink wie ein Reh zur Krone, sucht die Saaltür, klopft –

Und jetzt, er weiß nicht wie, sitzt er schon zwischen Sette und Emil, vor sich die ernste, kluge Maria, Üli und Heinz nebenan, alle mit guten, heimeligen Gesichtern.

O Gott, es ist nicht zu glauben, wie das tut, nach solcher Nässe und Kälte und einsamer Verzweiflung in den Felsen oben: auf einem weichen Stuhl so warm zu sitzen, tief unter lieben Menschen! Diesen Platz, sagen sie, haben sie ihm leer gelassen, da sei sein Glas, sein Teller, zu ihnen gehöre er. Ist er denn nun ein anderer Mensch? Hat er wieder ein Daheim?

Gewiß und wahrhaft, hier sei er daheim. Diese Sette, die ihm schon beim Armenhaus so gut gefiel, füllt ihm den Teller und wärmt ihm die naßkalte Hand. Und Emil schaut ihn schon so meisterlich vertraut an wie einen vieljährigen treuen Gehilfen. Und so sicher dazu. Er hab's ja ganz fest in den Händen gehabt, daß der Bastian kommen müsse, einfach müsse, wettert er ihn an.

Wie lange hat der Bastian nichts Gutes mehr von den Menschen gehabt. Der Vater in Mattli schreit ihn weit von sich weg; die Geschwister meiden ihn; die Cäcilie knirschte, wenn er kam und der einzige, der ihn ertrug, den haßte er wie Gift. Aber hier ist er wie bei Vater und Mutter und lieben Geschwistern zur alten Bubenzeit.

Suppe, Fleisch und Wein und Süßes und Herzlichkeit von allen Seiten! Sogar der alte Griesgram Üli, der doch nun Oberrichter wird, lächelt ihm zu und trinkt Bescheid.

Bastian fängt an zu glauben, daß lang nicht alles so schlimm ist, daß man alles Zerstörte wieder bauen, alles überleben und besser machen kann.

Er will sich ganz darein ergeben, was Emil, dieser Gott da, mit ihm tut.

Wieder geht die Tür auf, und Mang kehrt zurück.

»Wo warst du so lange?« fragt Emil.

Mang wechselt die Farbe. »Hab' den Kindern noch Gutnacht gesagt.« Er hat aber Irmeli Adieu sagen wollen.

»Nun, so geh' jetzt auch, Du mußt ja schon vor Fünfe aus den Federn.«

»Ja«, sagt Mang gehorsam und reicht allen die Hand. Da erst sieht er Bastian.

Ganz froh wird er. Wie oft hat er mit Bastian Holz geschlagen und Gras gemäht. Und wie hat er ihn immer lieber gehabt, diesen ehrlichen, treuen Volksmenschen! Und wie leid wär' es ihm gewesen, wenn dem Knecht wegen der Cäcilie etwas Übles hätte zustoßen sollen. Beide Hände faßt er ihm jetzt und schüttelt sie gewaltig und ruft wohl dreimal: »So ist's recht, Bastian, so ist's recht!«

Und Bastian meint aus diesem Knaben auch die tote Mutter versöhnlich sagen zu hören: »Ja, Bastian, so ist's recht.«

Jetzt ist er erlöst. Morgen schon mit dem Manuß ans Todmüdschaffen!

Mang geht in seine Kammer. Vor Irmelis Türe steht er still und horcht, ob Minchens Schnabel nicht immer noch piepst und plappert wie vorhin. Nein, nun ist's da innen ganz still. Soll er Irmeli etwas hineinrufen? Er vermag's nicht. Aber es hat den ganzen Tag so ein trauriges Gesicht gemacht. So was kann er nicht gut aushalten.

Da hört er das Krispeln der Decke und etwas wie ein lautes Atmen oder gar Seufzen.

»Irmeli!« lispelt er rasch hinein.

Von Entzücken fast gelähmt, erwidert das Kind stockend: »Was?«

»Komm an die Tür, ich kann nicht laut reden.«

Er hört es aus dem Bett springen und seine nackten Füße zur Türe zappeln.

»Hast du das noch im Sinn, was Frau Sette von mit zuletzt am Tisch gesagt hat?« fragt er ernst durchs Schlüsselloch.

»Ja, Mang!« erwidert es. Es spürt deutlich den warmen Geruch seines Mundes durchs Löchlein zu sich strömen.

»Und hast du's gern, wenn ich dir das zum Abschied sag?«

Es antwortete nichts. Aber Tränen traten ihm in die Augen.

»Also, ich bleib' der alte, einfache Mang, der Absomer Mang, weißt du, der Mang, der mit dir am Sonntag Bücher gelesen und Geschichten erzählt hat. Weißt, der!«

»Dank, Dank!« Es wußte nichts anderes zu sagen.

»Einmal schreib' ich dann!«

»Dank! – Ja, ja!«

»Jetzt aber mußt' schlafen und am Morgen nicht aufstehen. 's ist zu früh um fünf.«

»Ja.«

»Adie-e, Irmeli!«

»Adieee, Mang!«

»Gut' Nacht!«

»Gut' Nacht!«

Beide halten das Auge nahe, und beide sehen aus dem andern einen wunderbaren Funken süßer; starker junger Unschuld ins dunkle Löchlein zu sich herüberspringen.

Dieser Funke wird dem Irmeli durch manchen tiefen Lebensschatten noch lange leuchten. Und nun deckt es sich zu und schläft ohne Verzug ein. Es hört nichts unter sich vom Gläserläuten und Tellerklappern, nicht, wie Maria die Gitarre nimmt und Schuberts göttliches ›Du bist die Ruh‹ mit klangvoll tiefem Alt singt. Auch keinen Vers von Heinzens Gedicht vernimmt es. Es schläft selig in den Morgen hinein und erwacht nicht einmal beim Pfiff der Eisenbahn, die durchs Scheidbachtobel landab fährt und ihm den Mang ins ferne, neue Leben trägt.

....

Beim achten oder neunten Glas neigte sich Heinz tief zum roten Rheintaler und verzweifelte daran, sein Gedicht noch vortragen zu können. Er hatte es zu lang verschoben. Nun gebrach es ihm an Mut. Das Gedicht gefiel ihm nicht mehr. Er stellte sich vor, wie alle ihn auslachen würden. Denn er weiß, daß er schlecht vorträgt, mit einer dünnen Stimme und üblen Gebärden, und daß er ein dummes Aussehen macht.

Ja, er sieht wahrhaft dumm aus mit seinen langen Ohren, dem Knochengesicht, dem magern, mißfarbigen Bart und den Kaninchenaugen und dem ganzen engbrüstigen, luftschnappenden Benehmen. Und nie hat er befohlen, immer gehorcht, auch den Büblein gehorcht. Davon bekommt man keine gescheite und königliche Miene.

O er weiß, wie dumm er aussieht, wenn er vor Walter knien und ihm die Zehennägel beschneiden wird wie einst dem Emil! Und das wird vorkommen. Und doch denkt er gerade dann die gescheitesten Sachen, wenn er knien muß. Er sinnt, warum doch die einen Füße sich so tief unten durch den Staub schleppen müssen und die andern so hoch über den Köpfen stolzieren dürfen. Oder wenn Emil-Walter sagt: So will ich's! – und es geschieht, – warum die einen so großartig wollen können und die andern gar keinen Willen mehr haben. Ja, Heinz ist tausendmal gescheiter, als er aussieht. So aus der Tiefe herauf kann er vieles bequem studieren, was man von der Höhe herab nie erfährt. Wenn er etwa eine feine Musik hört, – seine Herren hören sie nicht! – dann ist ihm, alles, was er gegrübelt und ersonnen hat, lebe da wieder in Tönen auf, danke ihm und belohne ihn für das viele Staubschlucken wunderbar. In der engelsüßen und doch so männlichen Air von Bach, die ihn heimlich immer erbeben macht, wie in der Appassionata Beethovens fühlt er Erlebnisse aus den Höhen und Tiefen der Menschheit, woran auch er Anteil hat. Das Niedrigste und das Großartigste spürt er, sieht, was viele Große nicht sehen, und erfährt, was viele Feine nie erfahren. O ja, er sieht nach außen sehr dumm aus. Aber nach innen hat er das Gesicht eines Salomon.

Jetzt steht er wieder am Anfang seines Alters, der alte Kerl. Wie einst Emil muß er nun Walter und Mang auf die Hochschule vorbereiten. Mit Mang wird's leicht gehen. Der ist stolz, aber mild. Doch mit Walter wird's eine Marter sein. Heinz hat schon etwas wie ein neues Joch empfunden. Das alte Knechtejoch! Soll er's abschütteln? Nein, nein, – er lächelt selig. Dummer alter Kauz! Jetzt dien' du nur fertig. Hast zu lang von diesem Gift genossen. Würdest sterben, wenn's fehlte. Diene zu Ende! Für dich ist's süß.

Mutig klöpfelte er jetzt ans Kelchlein, erhob sich und sprach:

Den Dienenden

Ich mag nicht wie Vernarrte singen
Von Schärpe, Kranz und Seidenhut,
Und was von andern süßen Dingen
An Lebens Sonnenseite ruht.

Mein Lied schwebt wie ein dunkler Falter
Zum Volke, das im Schatten steht,
Den Schemelkindern tönt mein Psalter,
Der Menschheit, die im Joche geht.

Ihr sinkt so tief zur Furche nieder,
Daß ihr den Himmel fast vergeßt.
Doch heiliger sind eure Glieder
Als Königshand am Salbungsfest.

Denn was sich türmt und was sich rundet,
In Kasten schwillt, in Kelchen glüht,
Und satt von Lipp' zu Lippe mundet,
Ist eurem Schweiß und Blut entblüht.

Ihr seid der Menschheit goldne Bienen
Und summt die ewige Melodie
Vom Honigessen und vom Dienen,
Vom Wink und vom gebognen Knie.

Was in der Weltgeschichte Rahmen
Sich drängt an Segen und an Fluch:
Die Drohnen geben nur den Namen,
Ihr schreibt und malt das ganze Buch.

Nur ihr seid Menschen und seid Leben,
Seid Größe, Liebe, Tapferkeit,
Nur euch kann einst die Gottheit heben
Vom Stündlein in die Ewigkeit.

O lasset mich zu euch gehören
Jetzt unter Dorn und Geißelschlag,
Daß ich einst auch in euer Chören
Des Dienens Ostern feiern mag.

Üli fand, das seien prächtige Worte. Maria verstand keine Silbe. Bastian
in halbem Begreifen ballte einmal die Faust, machte ein andermal ein
gesegnetes Gesicht. Emil aber schüttelte Heinzens Hand fröhlich und
meinte: »Am Anfang gut, am Ende schwach, wie alle deine Gedichte;
dazu übertrieben und zuviel Posaune in der Musik. Mang gäbe dir eine
üble Note. Er will nicht in den Himmel vertröstet sein. Aber, was bin
nun eigentlich ich, eine Biene oder eine Drohne, sag'!«

»Du?« lachte Heinz, »du hast doch einen Stachel, mehr weiß ich
nicht.«

40.

Zwei Jahre sind wie zwei junge Falken vorbeigeschossen. Was grau war,
ist einen Faden grauer, was blond, etwas brauner geworden.

Durchs ganze Absomländchen geht ein lachendes Hämmern und
Hauen, da kaum der Osterschnee geschmolzen ist. Denn im Juli soll
das gesamte Spinnetz von geschmeidigen, elektrischen Wagen landauf,
landab befahren werden. Tunnels wurden gebohrt, Hügel überschient,
finstere Abgründe überspannt und zierliche, grüne Fichtenwäldchen
nadelscharf durchschnitten. Kein Weiler ist vergessen, kein Gehöfte
mehr entlegen, kein Zuweg mehr schwierig. Der müde Merkur, der mit
seinen alten Vogelflügeln an den Füßen hier doch nur mit Not durch-

kam, kann bald in einem bequemen Kupee sitzen, die Federn ausrupfen und mit Hilfe der A. St. B. – Absomer Straßenbahn – sein göttliches Botenamt viel besser im Volk betreiben.

Es ist ein feingelegtes Netz, ein Muster seiner Art, von ausländischen Studienkommissionen oft abgesucht und viel in englischen und amerikanischen Fachblättern besprochen. Geistreich ist die Zeichnung auf der Landkarte abzulesen, und kurzweilig und verschmitzt fein scheint einem jede Linie durch die widrigsten Verhältnisse gezogen. Auch das neue elektrische Wasserwerk ist fertig. Der Betrieb der Bahnen wird erstaunlich billig und die Fahrt trotz aller Krümmungen katzenleis und katzenschnell geschehen. Wenn so ein Probewagen einmal eine kleine Strecke weit Versuche anstellt, laufen die alten Mütterlein im Hofener Pfrundhaus und alle Gebresthaften im Mattler Asyl unters Fenster, nicken und sagen einander: »Ihr, jetzt können wir bald wieder wie Jungleut' übers Land reisen.«

Warum nicht? So ein Wagen führt euch durchs ganze Land, von Absom und Mattli bis fast an die ersten Alphütten hinauf und hinunter durch mehr als zwanzig Kirchdörfer zur Stadt und Ebene. Und er lädt euch ab, gerade wo ihr wollt.

Nun könnt ihr euere reichen Steinbrüche öffnen, euer gewaltiges Holz in die Welt hinaustransportieren und den Segen euerer Stickerei ins letzte Hüttlein tragen. Und getrost dürft ihr die Völkerwanderung der Fremdensaison erwarten, sei's für die Sommerfrische, sei's für den Wintersport.

Der Manuß ist noch bei keinem Werke so glücklich und so genial gewesen. Bastian steht ihm wie eine rechte Hand bei. Die gefährlichsten Messungen haben sie zwei allein mit Strickleiter und Fußeisen vorgenommen. Bastian ist ein kühner und kluger Kopf. Emil will ihm später selbständige Streckenarbeit übertragen; er kann's verantworten. –

Ernst ist Bastian freilich geblieben, und das Goldhaar und der Schwanenhals und der Rosenmund, wie ihm Heinz die Zukünftige ausmalte, ist bis heute noch nirgends auf der Linie sichtbar geworden.

Mehrmals hat man die Trompetenstöße des Krieges nahe gehört. Ein paarmal machte das alte Europa ein arg soldatisches Gesicht und spie schon Blut und Blei. Aber hier an den Straßen ward lustig weiter gebaut.

Es drohten auch zwei-, dreimal ungeheure Krisen über die Welt zu gehen. In den Städten lief man nach den neuesten Depeschen wie nach einem Orakel über Tod und Leben. Die Eisen- und Holzbetriebe stockten. Aber hier oben ward tapfer weiter geschient. Und die Bestellungen in der Stickerei nahmen nicht ab. Denn Ernst Broller sitzt einen Herbst in New York und einen Winter in London und bearbeitet Onkel John und Onkel Sam und stellt ihnen vor, daß es doch keinen Krieg in der Schweiz geben könne, weil sie ja neutral sei und elektrisch bahnfahren und sticken wolle, fertig, punktum! – Und erfinderisch ist er. Immer Neues, aber Vaterländisches will er im Dessin. Er treibt die Absomer Zeichner in die reinsten Naturschilderungen hinein. Mattli und Absom sind wahre Künstlerdörfer solcher Heimatzeichner geworden. Die Fabriken laufen wie toll, und die Handstickerei erzielt hohe Preise. Broller empfängt Briefe und Dankesversicherungen aus der Heimat zu Haufen. Hie und da liegt auch in der Beige Korrespondenzen ein Papierschnitzel von Zia, Bleistiftsätze, liebes, argloses Erzählen und ein inniges Kindesschreien zuletzt nach dem Vater. Der gewaltige Kopf zittert dann und neigt sich übers Papier und küßt den kleinen Namen, aber sagt mit gepreßter Lippe: »Noch nicht! Noch lange nicht!«

Ingenieur Bert ist im letzten Winter nun doch an seinen Eiweißkörperchen gestorben, aber froh gestorben. Er hat seine Mörder, die Berge, noch im Verscheiden gesegnet. »Siehst du nun, Kollega, die Nerven!« sagte der Hausarzt zum Spezialisten. »Im Gegenteil«, erwiderte der Spezialist, »siehst du das Organ!« – Und sie schieden von der Leiche als Feinde und verfolgen sich heute noch im »Äskulap« mit pseudonym verfaßten Artikeln über die Behandlung der Nieren.

Frau Bert lebt und arbeitet und plaudert ja wohl ganz tapfer, aber die ernste Maria ist die eigentliche Führerin des kinderreichen Hauses.

Sette ist einstweilen noch immer ein kinderloses Weibchen geblieben und muß in der mondenlangen Abwesenheit Emils gar oft den Namen »Junge, lustige Witwe« hören. Aber nun klingt das anders! Man kann lachen dazu. Übrigens nisten doch drei Junge im Haus, Minchen, das schon die Zöpfe selber zu einer Krone flicht und nicht bloß dem Walter, sondern noch einer ganzen Reihe von Studenten gefallen möchte; dann Mang, der sich von der Stadt nicht im geringsten einschüchtern läßt, ausgezeichnet studiert und seine freie Zeit am liebsten in der Bibliothek oder im Garten zubringt bei den Felschen, Grotten und Wässerchen; endlich Walter, der Reiter, Fechter, Seeklübler und Fuchsmajor der »Helvetia«.

Wenn die zwei hohen, schlanken Burschen aus dem Portal des Manußhauses in die Stadt hinausschreiten, die Mützen im Haar, die Bücher unterm Arm, dann gibt es ein leises Knirschen der Fensterriegel an manchem Haus, ein Neigen übers Gesimse und ein langes, herzklopfendes Nachschauen von verliebten Leutchen nach dem purpurnen Jüngling, der so kühn ausschreitet und mit den dunkeln Samtaugen so manches unbeschirmte Äuglein versengt, – oder nach dem vielleicht noch stolzern, gelbroten Krauskopf, der ein so sonnenverbranntes Gesicht und so merkwürdige grüne Gletscheraugen hat.

Die Jünglinge scheinen es nicht zu merken, sondern Walter öffnet sein Buch der Erdkunde und sagt: »Sieh da, was ich dir schon lange zeigen wollte. Jetzt tut's uns ja nicht mehr weh.«

Eine Photographie! Der Pfarrer Daniel von Absom, hoch oben auf der Musikantenbühne, den Kopf gegen das Volk vorneigend, mit einem prachtvollen Predigerernst, – hinter ihm ferne, weißbeschneite Bergkämme und der große, saubere Alpenhimmel, unter ihm ein Gewimmel von alten und jungen Älplerköpfen.

»Weißt du noch?«

»Ja«, sagt Mang ernst und zugleich innig gerührt. Ihm ist, die Berge seien auf Besuch gekommen.

Und da: Walter sitzt zwischen Irmeli und Minchen auf dem Hag, während Seppli dahinter steht und eine lange Zunge streckt. – Und weiter: der Kaplan und der Pfarrer die Käslein empfangend; auch Heinzens langen Hinterkopf sieht man und Wildmann und Wildweib und einen Haufen Sennen.

Und da: die Tanzdiele. Die Spielleute sitzen und musizieren auf ihrem Känzeli, voran der Staffelsepp, die Beine übergeschlagen. Unten tanzt man in heftigen Läufen. In der Mitte wirbelt Walter in den Pumphosen mit Irmeli dahin. Wie man ihn kennt an der Schlankheit der Glieder und am runden Kopf! An der Rampe steht Sette und Minchen. Der Fant zerrt an Mang herum, daß er doch mit ihr tanze. Übers Gäßchen hüpft Elselore im Arme Brollers. – Das war Sepplis Aufnahme gerade vor dem furchtbaren Kilbischluß.

»Genug, genug!« wehrt Mang. –

Sie gehen im gleichen großen Schritt von Bergkönigen weiter durch die Stadt den vielen Schicksalen ihrer Laufbahn entgegen. Die Alpenvergangenheit geht ihnen durch den Sinn, und langsam, langsam legt sich auf ihre Stirnen der blaue Schatten ihrer Berge.

Sie sehen fürwahr die feinen Stadtfräulein oben an den Fenstern nicht, wie die auch schäkern und kichern mögen. Die Jünglinge müssen an ihre Berge denken.

Groß ist ja auch die Stadt und wunderbaren Lebens voll, goldreich und fruchtbar, völkerernährend und altweise und schön. Aber einen Tag ist sie so und einen Tag anders, immer unstet, immer untreu, immer haltlos, das Wandelbarste, was es unter der Sonne gibt. Ein Krieg, ein Brand, eine Revolution – und sie ist wieder Feld oder Sand oder Wildnis wie zuvor.

Die schönen Jüngferchen kesseln mit den Riegeln, und einige ganz dreiste werfen rote Nelken herab. – Aber die Jünglinge müssen an ihre Berge denken!

Denn mag gehen, was da will, mögen Städte tosen und wieder still werden, ganze Geschlechter wie die uralten Broller, Manuß und Festli aufstehen und wieder in die Erde verstäuben: die Berge überleben alles in ihrer Unvergänglichkeit. Sie schütteln über all dem Wandel ihr grünwaldig Haar und senden ihre Wasser in die Ebene und ihre gesunden Kinder in die alte Menschheit, gerade wie vor tausend Jahren. Aber ihre großen, schweigsamen Denkerköpfe halten sie unnahbar den ewigen Wölbungen zugekehrt wie zur ersten Stunde der Welt, unsere gesunden, heiligen Berge.